LIT RPG

WASILIJ MACHANIENKO

DROGA SZAMANA

ETAP 2

LitRPG

WASILIJ MACHANIENKO

DROGA SZAMANA

ETAP 2

GAMBIT KARTOSA

przekład z języka rosyjskiego

Gabriela Sitkiewicz

insignis

Tytuł oryginału
Путь Шамана. Книга 2. Гамбит Картоса

This book is published in collaboration with Magic Dome Books

Przekład z języka rosyjskiego
GABRIELA SITKIEWICZ

Redakcja i korekta
MAŁGORZATA WOJCIECHOWSKA, JULIA DIDUCH, DOMINIKA RYCHEL

Okładka
PIOTR SOKOŁOWSKI

Skład i przygotowanie do druku
TOMASZ BRZOZOWSKI

ISBN 978-83-66575-14-1

Insignis

Insignis Media, ul. Lubicz 17D/21–22, 31-503 Kraków
tel. +48 12 636 01 90, biuro@insignis.pl, insignis.pl
Facebook: @Wydawnictwo.Insignis
Twitter, Instagram: @insignis_media

Druk i oprawa
Drukarnia Abedik, abedik.com.pl

Wyłączna dystrybucja
DRESSLER Dressler Dublin sp. z o.o.
dystrybucja@dressler.com.pl, dressler.com.pl

SPIS TREŚCI

1 Na skraju Imperium 9
2 Wilki i inne przygody 42
3 Dalgor 82
4 Skarby Switebalda 124
5 Polowanie na Worgena 160
6 Kornik 193
7 Orki Wojownicy 226
8 Totem 257
9 Błąd Szamana 287
10 Myślałem, że gorzej być nie może, ale... 323
11 Mglisty stwór i nowe odkrycia 354
12 Finał 391

O Autorze 429

LitRPG

DROGA SZAMANA

ETAP 2

GAMBIT KARTOSA

ROZDZIAŁ 1

NA SKRAJU IMPERIUM

Śmiało wkroczyłem do portalu, przygotowany na niełatwą konfrontację z Gubernatorem. Wizja trzech miesięcy spędzonych pod jego rządami była dla mnie koszmarem, mimo to nie miałem zamiaru jak zbity pies kulić się i czołgać na kolanach przed tym błędem programistów ani się do niego łasić. Figę dostaniesz, a nie figurki Orków Wojowników, ropucho błotna, cokolwiek byś mi obiecywał: szwarc, mydło i powidło, gruszki na wierzbie czy nieprzebrane bogactwa.

Nie przejmowałem się też możliwością użycia przemocy fizycznej: byłem pewien, że więźniowie, którzy zdołali się wyzwolić, nie mogli być karani i torturowani ot tak. Wciąż przecież mamy jakieś prawa, choć ograniczone. Ponadto system doskonale wie, że filtry doznań są wyłączone, więc nie mam czym się martwić i... Co tym razem?

Powiadomienie dla gracza znajdującego się w kapsule więziennej! Zdobyłeś Szacunek wśród strażników Kopalni „Pryka" i przechodzisz do ogólnego świata Gry.

Zostałeś zaproszony do wzięcia udziału w scenariuszu adaptacyjnym „Zamek Gubernatora".
Czas pobytu w lokalizacji „Zamek Gubernatora": 2 miesiące i 26 dni.
Odgrywana rola: Rzemieślnik Zamkowy.
Warunki: ośmiogodzinny dzień pracy, tygodniowe wynagrodzenie, rezultaty codziennej pracy trafiają do skarbca prowincji Serrest, dzień wolny - co siedem dni, rozwój sprawności rzemieślniczych (do poziomu trzydziestego włącznie) - na koszt Gubernatora.
Nagroda za udział w scenariuszu adaptacyjnym: Szacunek w prowincji Serrest, dwa przedmioty klasy Rzadki.
W razie odmowy zostaniesz wysłany do przypadkowej osady w Imperium Malabaru, a reputacja w prowincji Serrest zmniejszy się do poziomu Nienawiść.
Czy chcesz wziąć udział w scenariuszu adaptacyjnym „Zamek Gubernatora"?

Sądząc po migającym dookoła mnie portalu, nigdzie mnie nie wyślą, dopóki nie dokonam wyboru. A jeśli tak – mam czas, żeby to przemyśleć i rozważyć wszystkie za i przeciw.

Po pierwsze: scenariusz adaptacyjny... Jak długo jeszcze będą mnie adaptować? Już zrozumiałem, jaki jestem wybrakowany i żałosny, i że w bonusie mogę dostać jedynie obowiązkową adaptację zamiast zwykłej gry oraz normalnych relacji z innymi graczami. To kładę na szali minusów.

Po drugie: bliskość Ropuchonatora. Nawet jeśli wyłącznie terytorialna. Wybacz mi, cyfrowy NiePoCiumie, nasze spotkanie było błędem, nie połączy nas wzajemna miłość. Chciałeś mnie po prostu wykorzystać... Chyba plotę trzy po trzy... W każdym razie osobowość Gubernatora to dwa duże minusy.

Po trzecie: jestem biznesmenem i muszę myśleć racjonalnie. To byłoby głupie z mojej strony, gdybym bez powodu odrzucił taką liczbę bonusów – i wynagrodzenie, i rozwój dowolnej liczby specjalności z jednym jedynym tylko ograniczeniem, którym jest górna granica poziomu. Mógłbym od razu nauczyć się Kowalstwa, Alchemii, Rzucania Zaklęć, Kartografii i jeszcze przy okazji rozwinąć wiele innych umiejętności, wszystko zgodnie z warunkami scenariusza. To są zdecydowanie dwa plusy.

Po czwarte: w wypadku odmowy dostanę Nienawiść w Serrest. To oczywisty minus, czyli jednak argument za przyjęciem propozycji uczestnictwa w scenariuszu. Jest tylko czterdzieści prowincji w Malabarze, a utrata dostępu do jednej z nich to bardzo krótkowzroczne posunięcie. A więc tutaj plus.

To już chyba wszystko. Zależy jak dla kogo, ale dla mnie wybór jest oczywisty. Nie chcę się ograniczać do jednego wolnego dnia w tygodniu. A skoro tak miałoby to wyglądać, pozostaje jedyna słuszna decyzja: życzę ci powodzenia, Ropuchonatorze, radź sobie beze mnie.

Byłem ma skraju załamania, gdy tuż przed moim wejściem do portalu wyskoczyło powiadomienie, że będę musiał przeżyć w zamku Gubernatora dwa miesiące i dwadzieścia sześć dni. Sytuacja jednak okazała się nie aż tak tragiczna, bo system z wyprzedzeniem wysłał mi warunki scenariusza, zakładając naiwnie, że go przyjmę. Jeszcze czego: tyle korzyści przy tak znacznych minusach... Nie w tym życiu.

Pewnym ruchem wybrałem lewitujący przed moimi oczami maleńki – w porównaniu z *Akceptuję* – napis *Rezygnuję*. W jednej chwili świat wypełnił się kolorami, dźwiękami i wspaniałym zapachem sosnowego lasu.

Powiadomienie dla gracza znajdującego się w kapsule więziennej!
Odmówiłeś udziału w scenariuszu adaptacyjnym
i zostałeś wysłany do osady Kołotowka.
Czas pobytu w osadzie: 2 miesiące i 26 dni.

Maksymalny czas pobytu poza osadą: 48 godzin.
Jeśli będziesz poza osadą dłużej niż dozwolony czas, zostaniesz teleportowany z powrotem do wioski i odpowiesz za naruszenie warunków przedterminowego zwolnienia. Trzy wykroczenia anulują twoje przedterminowe zwolnienie, zostaniesz odesłany do kopalni na pozostałą część kary pozbawienia wolności.
Życzymy miłej gry!
Otrzymałeś zadanie obowiązkowe: „Zwrócić się do Starosty".
Opis: Skontaktuj się ze starostą Kołotowki, aby ustalić swoje miejsce zamieszkania na następne trzy miesiące.
Termin wykonania: 12 godzin.
Kara za niewypełnienie zadania: 3 wykroczenia.

Ledwo zrobiłem kilka kroków w kierunku widocznej nieopodal wioski, przed moimi oczami pojawiła się kolejna wiadomość:

Twoja reputacja u Gubernatora prowincji Serrest zmniejszyła się o 22000 punktów.
Obecny poziom: Nienawiść.
Do Wrogości pozostało 12000 punktów.
Ponieważ otrzymałeś maksymalną wartość ujemną, twój bonus na codzienne zwiększanie reputacji został wyłączony.

A więc i tak mnie załatwili. Cóż, wiedziałem, na co się piszę – na maksymalną wartość złej reputacji. Chociaż... zła reputacja to też reputacja. W Barlionie są tylko cztery poziomy negatywnej reputacji: Brak Zaufania, Niechęć, Wrogość i Nienawiść. Stosunek Neutralny i Brak Zaufania dzieli tysiąc punktów reputacji ujemnej, do Niechęci są trzy tysiące punktów. Następnie sześć tysięcy – do Wrogości i dwanaście tysięcy – do Nienawiści. Ja od razu dostałem maksimum! Grając Łowcą, udało mi się osiągnąć Uwielbienie, granicznie dobrą reputację w jednej tylko frakcji, a i tak pracowałem na to przez dwa lata od rozpoczęcia gry. Teraz mam zaledwie trzy miesiące – i na dzień dobry dostałem Nienawiść! Oczywiście, Szaman nie przywykł do półśrodków. Jeśli reputacja to tylko skrajna, tworzone przedmioty – koniecznie Legendarne, dziewczyny – wyłącznie te, przez które trafia się do więzienia. Martwiła mnie tylko jedna rzecz – w prowincji Serrest byłem spalony. Jak tylko strażnicy mnie zauważą, od razu wyślą do więzienia na czas „wyjaśniania okoliczności". Doba w areszcie tymczasowym, a potem teleportacja na obrzeża prowincji. Następnym razem posiedzę w celi dwa dni, później trzy – i tak dalej, bez końca. Najgorsze jest to, że polepszenie takiej reputacji jest właściwie niewykonalne. Tu potrzebna jest osobista interwencja Imperatora.

Wizje utraconego beztroskiego życia w zamku Ropuchonatora unosiły się na obrzeżach mojej świadomości, ale szybko je przepędziłem i ruszyłem w stronę Kołotowki. Z wyglądu była to dość przeciętna wioska; sądząc po kominach, znajdowało się w niej przynajmniej siedemdziesiąt gospodarstw domowych. Drewniane domy pokryte gontem, szczekanie psów, radosne krzyki dzieciarni biegającej za przeraźliwie zawodzącym kotem, któremu coś przywiązano do ogona – normalne życie na wsi, które pamiętam z czasów, gdy odwiedzałem rodziców. Ogromny częstokół wokół osady, wykonany z grubych pali, chronił wioskę przed ciemnym lasem, do którego było mniej więcej sto metrów. Przyszło mi na myśl dziwne skojarzenie: las masztowy – proste jak strzała pnie sosen wznosiły się wysoko ku niebu, zasłaniając gęstymi wierzchołkami słońce. To z ich powodu w głębi lasu panował gęsty mrok.

Wiatrowały, krzaki, leszczyna i jeszcze jakieś inne drzewa sprawiały, że lasu nie dało się przejść w dosłownym znaczeniu tego słowa. Tylko nieliczne ścieżki, najwyraźniej wycięte przez miejscowych mieszkańców, wiodły w głąb tego przerażającego wybryku natury. Pomimo tego sąsiedztwa życie poza częstokołem toczyło się swoim biegiem – od skraju lasu ciągnęły się żółte pola jakichś zbóż i zielone łąki, na których pasły się krowy i owce. Widać też było długie, około stumetrowe grządki z pochylonymi nad nimi mieszkańcami wioski, machającymi motykami. Atrybuty wsi zostały tu w pełni oddane. Nieopodal drogi wiodącej do wsi znajdowała się kuźnia, z której wylewał się gęsty czarny dym i dobiegały dudniące uderzenia młota. Elegancko: mam miejsce, w którym mogę się rozwijać. Szkoda tylko, że na głowie noszę czerwoną opaskę. Gdyby nie to, powitano by mnie w Kołotowce jak wolnego obywatela Imperium – chlebem i solą. A tak będę miał szczęście, jeśli nie przywitają mnie psy i kije.

Wziąłem głęboki oddech, po czym nieśpiesznym krokiem wszedłem do wioski, zwracając szczególną uwagę na wszelkie nietypowe aspekty lokalnego życia. Moim głównym zadaniem było znalezienie tutejszego Starosty i „zarejestrowanie" swojego pobytu w wiosce. Gdybym tylko wiedział, gdzie go szukać – to przecież nie jest „Pryka", gdzie ork przez cały czas siedzi za swoim biurkiem. Tutaj Starosta może być wszędzie.

Spacerując po Kołotowce, starałem się zauważyć każdy drobiazg, który mógł mi się przydać w ciągu najbliższych trzech miesięcy.

Wtem z kuźni wyszedł Kowal, wielki – dosłownie – jak niedźwiedź. Podniósł niemałą beczułkę wody, głośno westchnął:

– Ech! – i przechylił ją na siebie, sapiąc i energicznie wydzielając parę. Przystanął na chwilę, przyjrzał mi się dokładnie spode łba i wdychając ze świstem orzeźwiające powietrze, podniósł – jakby to było piórko – leżące na ziemi kowadło. Znów spojrzał na mnie i zniknął w kuźni. Moje plany rozwijania specjalności chyba właśnie wzięły w łeb – nienawidzę gorąca. Jak dla mnie lepiej jest w ogóle nie pracować, niż zalewać się potem i z wywieszonym językiem wdychać skwierczące powietrze.

Jakieś trio brodatych wieśniaków, dziarsko wymachujących kosami, rzuciło mi wyjątkowo nieprzyjazne spojrzenia. Niskie czoła, złośliwe i jednocześnie trupie wejrzenia kosiarzy czyniły ich podobnymi do neandertalczyków, których wizerunki oglądałem na lekcjach historii. Brakowało im tylko skór zamiast ubrań – wtedy byliby ich dokładną kopią.

Kiedy przechodziłem obok nich, usłyszałem bełkot zupełnie niepodobny do uniwersalnego języka Barliony. Założę się, że z tą trójką związane będzie jakieś zadanie: albo sami je zlecą, albo trzeba będzie od nich zebrać powiązane informacje. Popytam lokalnych mieszkańców: na pewno się okaże, że ci mężczyźni nie są stąd.

– Jakie niesamowite drzewo...

– Uważaj! – dźwięczny dziecięcy głosik odwrócił moją uwagę od kontemplowania lokalnego kolorytu.

Kiedy odwróciłem się w kierunku źródła dźwięku i otworzyłem usta, by zapytać, co się stało, w moje czoło uderzyło coś dużego, twardego, ciężkiego i sprawiającego ból. Bam! Spokojny wiejski krajobraz został zmącony widokiem szybującego Szamana, przeklinającego wszystko i wszystkich na tym świecie. Jednak mój lot zakończył się niemal natychmiast – w stogu świeżo skoszonej trawy. Z trudem przekopałem się przez oblepiającą mnie zieleń, wyplułem trawę z ust i wytrząsnąłem jej resztki z kurtki. A niech was wszystkich! Z przyzwyczajenia spojrzałem na Punkty Życia i zakląłem raz jeszcze. Minus czterdzieści procent Życia! Co to było? Odpowiedź nadeszła dość szybko, ale wprawiła mnie w osłupienie. Ogromne koło od wozu, owinięte sznurem i okute żelazną płytką. No tak. Przecież czymś takim w mig można wysłać na odrodzenie!

– Wszystko w porządku? – Podbiegł do mnie mały, zdyszany i poczerwieniały chłopiec, na oko siedmioletni. – Ja tu... ząb... koło...! To było takie ciężkie! I nagle pan! I potoczyło się nie w tę stronę! A mój ząb za nim! I później, bam! I poleciał pan! W trawę, bach! Czy to bolało?

Patrzył na mnie tak współczująco i z takim poczuciem winy, nerwowo tarmosząc przy tym swoje rude i potargane włosy, że nie mogłem się na niego złościć.

– Nie powie pan mojej mamie, prawda? Nasz Kowal świetnie wyrywa zęby, ale zawsze jest zajęty, więc musiałem to zrobić sam. – Chłopak zaczął się tłumaczyć, łapczywie połykając powietrze między słowami i świecąc dziurą w miejscu przedniego zęba. – A ja teraz nie mam zęba jak Borka Łysy. – Malec nie przestawał trajkotać, a ja zrozumiałem, że koło, które wysłało mnie w przestworza, to tutejszy substytut dentysty, no przynajmniej kiedy Kowal nie ma czasu.

– Więc nie powie pan mamie? Bo ona już nigdy nie puści mnie samego na podwórko, tylko z moją siorą! A z niej taka nudziara... Tego nie wolno, tamtego nie dotykaj, do psów nie podchodź! Blee... Jak można tak zrzędzić? Pamiętam, jak raz poszliśmy do lasu...

Przyszło mi do głowy, że ten NPC ma zapisane w ustawieniach, że natychmiast znika z mapy Barliony, jeśli cisza wokół niego trwa dłużej niż minutę. Nieważne, co mówi; nieważne, czy ktoś go słucha; najważniejsze dla niego – mówić.

– Dobrze już, przestań! – przerwałem opowieść o wyprawie do lasu i pokonaniu ogromnego szarego zająca. – Znasz Starostę? Jeśli zaprowadzisz mnie do niego, to nic nie powiem twojej mamie.

Przewodnik na początkowym etapie mi nie zaszkodzi, a chłopiec zapewne zna wszystkich z wioski.

– Do Starosty? A kto go nie zna! Wszyscy znają! Pięć Miedzianych Monet i już idziemy. On wiecznie się chowa, i to tak, że nie sposób go znaleźć. – Malec uśmiechnął się szeroko i wyciągnął w moim kierunku drobną rękę, wpatrując się we mnie wyczekująco.

– Trzymaj, młodociany szantażysto. – Położyłem na jego dłoni pięć Miedzianych Monet, które natychmiast zniknęły, jakby nigdy nie istniały. Oczywiście, mogłem zmusić chłopca, żeby bezpłatnie zaprowadził mnie do Starosty, ale z powodu pięciu Miedziaków nie zubożeję, a jest przynajmniej szansa, że dostanę jakieś zadanie od jego rodziców. Oczywiście, mogę też dostać pałą po plecach, jeśli się okaże, że małemu nie wolno dawać pieniędzy.

– Jak masz na imię? – zapytałem chuligana, który teraz kręcił się wokół koła i zastanawiał się, z której strony się za nie zabrać.

– Jestem Szprycha – rzucił krótko małolat i spróbował podnieść koło, czerwieniąc się z wysiłku.

– Nie bujaj, nie ma takich imion. Poczekaj, pomogę ci. – Podszedłem i postawiłem koło na sztorc. Było naprawdę ciężkie. – Gdzie chcesz je przetoczyć?

– Jestem Szprycha – z uporem powtórzył chłopiec, wycierając nos rękawem. – Nie podoba mi się imię Awtandil i nie będę się tak nazywać. Wszyscy mają normalne imiona, tylko ja mam takie głupkowate, ciągle przez nie obrywam od Prostaków. Nie trzeba go toczyć, wystarczy skierować je o tam, niech samo się turla. Awtandil... źle to brzmi. – Szprycha wskazał dłonią na wioskę. – Może w nikogo nie przywali po drodze.

– A kim są Prostaki?

– To banda Lexa Pstrego z sąsiedniej ulicy, z Prostej. Uwaga! – wrzasnął Szprycha, pędząc za kołem i odwracając się do mnie. – Widzimy się na dole!

Szprycha potykał się kilka razy i turlał ze wzgórza jak kulka, ale zawsze szybko stawał na równe nogi i kontynuował bieg za kołem, drąc się na całe gardło. Uśmiechnąłem się do niego z powodu jego nierozgarnięcia i ruszyłem za nim, gdy nagle coś agresywnie obróciło mną w miejscu, oderwało mnie od ziemi i wepchnęło moją twarz na rozjuszony brodaty pysk Kowala:

– Czemu prześladujesz Szprychę, zabójco?

Zanim zdążyłem cokolwiek odpowiedzieć, Kowal solidnie się zamachnął i wysłał mnie w kolejny lot w przestworza. Oczywiście nie oczekiwałem chleba i soli, ale takie powitanie to jednak przesada. Loty zaczynają mnie męczyć swoją częstotliwością! Wstałem z ziemi i szybko spojrzałem na Punkty Życia. Matko jedyna! Zostało mi tylko osiemnaście procent! Cios Kowala był mocniejszy niż uderzenie kołem! Zrozumiałem, że drugiego mogę już nie przeżyć, i zacząłem wywoływać Ducha Leczenia.

– A co to za pląsy? Zdaje mi się, że jesteś czarownikiem!

Dobrze, że Tamburyn przyspiesza wywoływanie Ducha – zdążyłem całkowicie się wyleczyć, dosłownie na sekundę przed kolejnym lotem. Kowal jak się patrzy! Silny niczym niedźwiedź. Spróbowałem się podnieść, ale ręce mnie zawiodły i padłem na ziemię, patrząc na półprzeźroczysty komunikat:

Zawroty głowy! Straciłeś koncentrację na 10 sekund.
Zdobyłeś ulepszenie umiejętności:
+10% Odporności. Łącznie 60%.

– Panie Kondratij, proszę poczekać!

– Odejdź, Szprycha, nie przeszkadzaj. Nie widzisz, że zawitał do nas czarownik morderca?!

– On nie jest mordercą! Pomógł mi koło do wioski dotoczyć, on chce się dostać do Starosty!

– Do Starosty, mówisz. – Kondratij zawisł nade mną, a następnie podniósł mnie jedną ręką i oderwał od ziemi.

– Czego chcesz od naszego Starosty?

– Będę tu mieszkać przez trzy najbliższe miesiące – wymamrotałem przez ściśnięte gardło. No nieźle! Grając Szamanem, zaczynałem odkrywać Barlionę, jakiej wcześniej nie znałem: nigdy bym nie pomyślał, że jeśli złapiesz gracza za gardło, on zacznie wydawać świszczące dźwięki. Nie zacznie się dusić, po prostu pojawi się pasek, informujący o braku powietrza. A jeśli chodzi o te świsty – ciekawe, że wcześniej tego nie zauważyłem.

Kiedy Kowal poluzował zaciśniętą dłoń, upadłem na ziemię jak kłoda.

– Będziesz mieszkać? To po co tu łazisz i węszysz dookoła, co? Starosty tu nie znajdziesz.

Nim zdążyłem odpowiedzieć, Kowal odwrócił się i odszedł do kuźni. Wygląda na to, że moje pierwsze spotkanie z mieszkańcami Kołotowki zakończyło się niepowodzeniem.

– Proszę się na niego nie gniewać – wypalił Szprycha. – Pan Kondratij jest dobry, ale pewnie dzisiaj mu coś nie wyszło i dlatego się zdenerwował. Chodźmy razem, koło już odstawiłem. O, tam jest, wbiło się w płot. I niech już tam zostanie.

Przy drewnianej bramie stali tutejsi strażnicy – dwaj czerwononosi mężczyźni z podpuchniętymi oczami. Ostatkiem sił opierali się o swoje włócznie, starając się nie upaść na ziemię. Ale to nie zmęczenie czy długie trzymanie straży było powodem ich stanu, a nadmierne spożywanie procentów. Od tych dwóch na kilkadziesiąt metrów czuć było słodkawą woń zacieru, a butelki walające się na ziemi wyraźnie tłumaczyły, co dzielni stróże porządku robili przez cały dzień. Szkoda gadać, jak oni wyglądali. Za krótka kolczuga, sięgająca połowy ogromnego piwnego brzucha, założona na wierzch zwykłej koszuli, usztywnione grube spodnie i podarte łapcie czyniły wygląd strażników tak „przerażającym", że spróbuj tylko, wrogu, wtargnąć do wsi, a niechybnie umrzesz ze śmiechu.

– Stać!... Hep!... Kto idzie?!

– Idę do Starosty, mam tu zamieszkać – odpowiedziałem najkrócej, jak się dało. Wygląda na to, że tutejszy Starosta jest bardzo szanowany, dlatego powoływanie się na niego automatycznie otwiera wiele drzwi.

– Do Starosty, mówisz. – Drugi strażnik zaczął bełkotać pijackim głosem. – To powiedz mu, że brama jest w dobrych rękach, bo my tu stoimy i patrzymy. Żaden gad się nie prześlizgnie! – Strażnik wyprostował się, próbując zademonstrować, jak dzielny wojownik stoi na straży wioski. Ale był tak rozemocjonowany, że zatoczył się, zrobił kilka niepewnych kroków w tył, oparł się plecami o częstokół i osunął na ziemię, pozbawiwszy się wsparcia w postaci włóczni.

– Mitricz, dokąd to! – Drugi strażnik pośpieszył mu na pomoc, całkowicie zapominając o takich niesprawiedliwościach tego świata, jak stan równowagi i prawo grawitacji.

Na widok takiej straży przetarłem oczy ze zdziwienia i już miałem wejść do wsi, gdy mój wzrok przykuło skrzydło bramy, do tej pory zasłonięte przez strażników. Było to zwykłe drewniane skrzydło, tyle że pocięte szponami czteropalczastego niezidentyfikowanego stworzenia. Co ciekawe, ślady znajdowały się od strony wsi, jakby ktoś dosłownie chciał wydrapać dziurę do świata zewnętrznego. Czyżby z tą bramą wiązała się jakaś misja? Znaleźć i zniszczyć potwora? Muszę zaproponować Staroście moje usługi.

– A co się stało z tą bramą? – zapytałem Szprychę, kiedy zbliżaliśmy się do dużego domu, stojącego w sercu wioski.

– Nic się nie stało.

– A ślady szponów?

– To przez wygłupy Prostaków. Co noc przemykają obok śpiących strażników i tną bramę nożami. Kto zostanie złapany: za uszy i do Starosty, a kto nie, temu chwała, cześć i uwielbienie. Mnie ani razu nie złapali!

– A ile razy zakradałeś się do bramy? – zapytałem rozczarowany, podtrzymując rozmowę. Taka misja przeszła mi koło nosa!

– Jeszcze ani razu, ale i tak mnie przecież nie złapali, prawda? – dzieciak wyszczerzył zęby w szczerbatym uśmiechu i wskazał ręką kolorowy dom. – Jesteśmy na miejscu. Starosta jest tam, jak zwykle. – Po czym wystrzelił jak z procy. – I proszę nie zapomnieć. – Na moment odwrócił się i krzyknął z oddali: – Ani słowa mamie o kole!

– Więc masz u nas zamieszkać? – zapytał Starosta, staranie zwijając papier i chowając go do szuflady stołu.

Już na pierwszy rzut oka wszystko było jasne: miałem przed sobą czyściocha, pedanta i jednocześnie bardzo pewnego siebie NPC-a. Nie mogłem określić tego dokładnie, ale było w nim coś, co uderzająco przypominało mi doradcę Imperatora Malabaru. Podobna twarz wyrażająca silną wolę, zakończona krótką kozią bródką, przenikliwe i bystre oczy, widzące każdy szczegół; generalnie kompletny obraz pozytywnego zwierzchnika Barliony. Zupełne przeciwieństwo Ropuchonatora. Nic dziwnego, że taki lider jest szanowany w wiosce.

– Tak, prawie trzy miesiące.

– Nie stój tak, usiądź. Musimy zdecydować, czym będziesz się tutaj zajmował – powiedział Starosta, wskazując fotel, po czym rozłożył się wygodnie na oparciu swojego. Zaczął wpatrywać się w sufit, jakby próbując wymyślić, jak mógłbym się przydać w jego wiosce.

Miękki i dość wygodny fotel, w którym siedziałem, najwyraźniej nie był rodzimej produkcji. To dziwne, skąd w domu zwykłego NPC-a, nawet jeśli Starosty, takie meble? Nie chcąc przerywać jego rozmyślań, zacząłem przyglądać się gabinetowi lokalnego przywódcy. Był to oddzielny pokój w budynku mieszkalnym. Wielki drewniany stół, przypominający biurko naczelnika Kopalni „Pryka", stał pośrodku i był wzorem porządku: wszystko w teczkach i równych stosach, schludnie i bez zbędnych przedmiotów. Rzeczywiście, pedant. Małe szklane szafki z książkami i zwojami, kominek i wspaniały, puszysty dywan stanowiły gustowne dopełnienie klimatu w biurze zarządu. Już miałem powrócić wzrokiem do gospodarza, gdy moją uwagę przykuł mały obrazek: Starosta, dwóch dorosłych mężczyzn, atrakcyjna dziewczyna i kleks z farby, kryjący piątą postać.

– Nie mamy tu hoteli, więc muszę cię ulokować u kogoś. Myślę, że Elżbieta nie odmówi, i tak jej dom od dwóch lat świeci pustkami. – Starosta zaczął wypełniać jakiś papier, a następnie mi go podał. – Trzymaj, przekażesz jej moją prośbę. A teraz przejdźmy do kolejnej sprawy. Żeby ustalić, czym będziesz się zajmował, muszę wiedzieć, co umiesz i do jakiego poziomu rozwinąłeś swoje umiejętności. Potrzebuję dokładnych danych.

Wyświetliłem moje właściwości i zacząłem dyktować specjalności i ich poziomy. Dobrze, że nie wymaga ode mnie wszystkich parametrów, i co z tego, że jest NPC-em, nie chcę mu mówić o Rzemiośle:

PARAMETRY GRACZA: MACHAN					
Punkty doświadczenia	285 z 1400			Parametry dodatkowe	
Rasa	Człowiek				
Klasa	Szaman			Cios fizyczny	57
Specjalizacja podstawowa	Jubiler			Cios magiczny	555
Poziom postaci	14				
Punkty Życia	680			Odporność na atak fizyczny	230
Mana	1850			Odporność na magię	60
Energia	100			Odporność na ogień	60
Statystyki	Okala	Baza	Przedmioty	Odporność na zimno	00
Wytrzymałość	58%	30	68	Odporność na truciznę	60
Zręczność	24%	7	7		
Siła	55%	18	21		
Intelekt	16%	56	185	Szansa wykonania uniku	6,40%
Charyzma	40%	6	6	Szansa na cios krytyczny	2,80%
Rzemiosło	0%	3	4		
Wydolność	60%	10	10		
Nie wybrano					
Wolne punkty do statystyk			0		
Specjalność					
Jubilerstwo	61%	12	12		
Górnictwo	61%	12	13		
Handel	25%	6	6		
Kuchmistrzostwo	20%	5	5		

– Jubiler, Górnik i Kuchmistrz – przeczytał zamyślony Starosta. – U nas to absolutnie bezużyteczne specjalności. Nie mamy tu Kamieni Jubilerskich, można je kupić w mieście oddalonym stąd o dwa dni drogi jazdy wozem. Górnik jeszcze jakoś może się przydać. Jedyna Żyła, jaką mamy, znajduje się obok kuźni. Kondratij, czyli nasz Kowal, codziennie na niej pracuje. Ponadto jesteś jeszcze za słaby na Rudę Żelaza. Możesz oczywiście udać się na

Wolne Ziemie. To niedaleko stąd. Są tam Żyły Cynowe i Marmurowe, ale przeprawa przez nasz las jest niebezpieczna. Bez ochrony raczej nikt tam się nie zapuszcza. O Kuchmistrzu nawet mi się nie chce mówić: żaden kucharz się nie umywa do naszej Parascewy, nawet kucharz Gubernatora. Tak się sprawy mają.

Na Wolne Ziemie? Gdzie mnie rzucił los? Czyżby na skraj piekieł?

– Nie ma pan przypadkiem mapy Imperium? – spytałem Starostę. – Zastanawiam się, gdzie zostałem zesłany.

Ten zmrużył oczy, przez chwilę patrzył na mnie badawczo, po czym odpowiedział:

– Mam mapę.

Odsunął wszystkie niepotrzebne rzeczy z blatu, sięgnął do szuflady stołu, wyciągnął zwój i rozłożył go na stole. Ogromna mapa Imperium, około półtora metra na metr. Skąd ma takie cudo?! Taka mapa może kosztować około dziesięciu tysięcy Złotych Monet!

– Jesteśmy tutaj. – Starosta wskazał na skraj terenu przy granicy z Wolnymi Ziemiami. Pochyliłem się nad mapą i cicho zakląłem. A jednak to skraj piekieł, i to delikatnie mówiąc.

Po zjednoczeniu wszystkich państw i przyjęciu wspólnego języka świat rzeczywisty został podzielony na pięć głównych regionów. Zgodnie z klasyfikacją kontynentalną są to: Eurazja, Afryka, Australia i dwie Ameryki. Analogicznie do rzeczywistości w Barlionie również utworzono pięć wielkich kontynentów, z których każdy został umownie podzielony na trzy strefy. Na przykład na naszym kontynencie znajdowały się: Imperium Malabaru, Imperium Kartosa i Wolne Ziemie.

Malabar jest miejscem zamieszkiwanym przez graczy. To tutaj zgromadzone są główne zasoby, misje i frakcje, tu jest stolica i inne miasta. Znajdują się tu też nieznane jeszcze tereny, na przykład obszar, w którym właśnie przebywam – nie jest on w pełni zbadany, nawet na mapie Starosty jest zaznaczony bardzo schematycznie.

Kartos, Mroczne Imperium kierowane przez Bezimiennego Mrocznego Władcę, zajmuje około pięć razy mniejsze terytorium od Malabaru, ale za to sprawia nieustające kłopoty z powodu rozlicznych najazdów i rajdów, które podejmowane są na jego ziemie. Trzeba oddać cesarzowi, co cesarskie, i przyznać, że to właśnie Imperium kryje w sobie unikalne przedmioty i zasoby, jakich poszukują wyskokolevelowi gracze. Co najciekawsze, równe szanse zdobycia łupu mają zarówno grupy rajdowe złożone z setek graczy, jak i samotnicy, którzy w tajemnicy przedostają się do Kartosa. Nie można grać po stronie Mrocznego Imperium, chociaż gracze wielokrotnie podpisywali petycje i organizowali demonstracje, prosząc o pozwolenie na grę po ciemnej stronie Barliony. Korporacja ciągle obiecuje zająć się tą sprawą, ale – o ile wiem – nigdy nic nie zrobiła w tym kierunku. Kartos pozostaje lennem Symulatorów.

I wreszcie trzeci region, znajdujący się na każdym kontynencie i zajmujący obszar prawie sześćdziesięciu procent całej przestrzeni dostępnej dla gry: Wolne Ziemie. Mieszczą się tam rzadko występujące, niezależne miasta z własną skalą reputacji, wioski składające się z dwudziestu, może trzydziestu domów, nieprzebrane lasy, bezkresne stepy, nieprzebyte bagna, góry sięgające nieba. W ciągu piętnastu lat istnienia Barliony opracowano mapy tylko trzydziestu procent terytoriów Wolnych Ziem, reszta do dziś pozostaje wielką tajemnicą. Oczywiście zdarzali się entuzjaści, którzy rzucali wszystko i poświęcali się eksploracji tych terenów i podróżom, ale albo nie tworzyli map poznanych miejsc, albo nie udostępniali ich w ramach wspólnych zasobów. Chodziły też słuchy, że za bajońskie sumy sprzedawali mapy wiodącym klanom. Jednak dla większości graczy tereny Wolnych Ziem były niezbadane. Można się tylko domyślać, jakie misje i osiągnięcia skrywały te pustkowia. Mimo to przedstawiciele korporacji wielokrotnie nawoływali do zaprzestania wojen z Kartosem na rzecz eksplorowania Wolnych Ziem. Utrzymywali, że właśnie tam znajdują się „najsmaczniejsze kąski" Gry. Żeby zachęcić graczy do poświęcenia swojego czasu na przecieranie ścieżek, programiści umieszczali wszystkie nowe Podziemia, które otwierano co pół roku, na niezbadanej jeszcze części Wolnych Ziem. Tak, ale chyba trochę zboczyłem z tematu...

Wysłali mnie na kraniec Imperium, mieszczący się tuż przy granicy z Wolnymi Ziemiami, które tutaj przybrały formę niedostępnych lasów, bagien i gór. Żadnych miast ani wiosek. Na mapie w miejscu kropki oznaczającej Kołotowkę znajdowało się kilka piktogramów, wskazujących, że na tym obszarze są wolne kopalnie. Muszę tam pójść i to sprawdzić. Tym, co naprawdę mnie niepokoiło, pozostawał fakt, że do najbliższego imperialnego miasta było bardzo daleko. Dwa dni drogi wozem, jeśli się sprężyć – i oczywiście – o ile dobrze rozumiałem proporcje tej mapy. Biorąc pod uwagę, że wolno mi opuścić Kołotowkę wyłącznie na dwa dni, o wizycie w Dalgorze nie było mowy.

– Przyjrzałeś się już? – spytał Starosta, po czym zwinął mapę i schował ją do biurka. – Może i nie jesteśmy w sercu Imperium, ale jest tu co robić.

– Nie ma pan dla mnie jakichś zadań? – zapytałem z przyzwyczajenia, wiedząc doskonale, że czerwona opaska na głowie nie wzbudza zaufania NPC-ów. Muszę pomieszkać w wiosce przynajmniej tydzień, żeby się do mnie przyzwyczaili, przestali się bać, a później można pomyśleć o misjach. Ale – jak mówią – próba nie strzelba, nie zabije.

– Oczywiście, że mam. Jak mógłbym nie mieć. Tylko nie mogę ich dać nieznajomemu – odpowiedział Starosta, potwierdzając moje podejrzenia. – Pomieszkaj u nas tydzień, zrób coś dobrego dla wioski, wtedy znajdą się zadania dla ciebie. Chociaż... jest jedna rzecz. Ostatnio w lesie pojawiła się wataha wilków. Bardzo zuchwała. Zaczęła napadać na stada. Pasterze opowiadali, że przewodzi im ogromy Wilk. Jeśli pozbędziesz się Wilka, to zaczniemy rozmawiać o innych misjach. Najwyższy czas, żeby przerzedzić watahę. Niedobrze, że tak liczna grupa szwenda się po lesie. Tylko pamiętaj, nie uwierzę ci na słowo, potrzebuję dowodów.

Dostępne zadanie: „Polowanie na Szarą Śmierć".
Opis: Na obrzeżach Kołotowki pojawiła się wataha wilków przewodzona przez ogromnego samca alfa. Zabij 10 Wilków i ogromnego Szarego Wilka. Jako potwierdzenie wykonania zadania przynieś Wilcze Ogony, które wypadają z każdego moba ze 100% prawdopodobieństwem.
Klasa zadania: Zwykłe.
Nagroda: +100 do Reputacji w prowincji Krong, +200 do Doświadczenia, +80 Srebrnych Monet.
Kara za porażkę (lub odmowę) wykonania zadania: -100 do Reputacji w prowincji Krong.

– Biorę. Jutro z samego rana zajmę się wilkami – odpowiedziałem, przyjmując zadanie. – Mam tylko kilka pytań. Ile...

– Najpierw wilki, później pytania. – Starosta przerwał mi tonem nieznoszącym sprzeciwu. – Teraz Tisza zabierze cię do Elżbiety, nie zapomnij dać jej glejt ode mnie. Jutro wybierz się na polowanie, później porozmawiamy. Tisza! – krzyknął Starosta i dosłownie kilka chwil później do pokoju wpadła dziewczyna, którą wcześniej widziałem na obrazku.

– Poznajcie się, to moja córka Tiliasza. A to jest Machan. Będzie mieszkał w naszej wiosce przez trzy miesiące. Zabierz go do Elżbiety, u niej się zatrzyma.

– Mów mi po prostu Tisza. – Łagodny głos dziewczyny współgrał z jej pięknym wyglądem. – Chodź, pokażę ci wioskę. – Po czym z wdziękiem ruszyła naprzód, przywołując mnie gestem dłoni.

Zadanie „Zwrócić się do Starosty" zostało zaliczone.

Wioska była duża. Stojąc na pagórku, doliczyłem się około siedemdziesięciu domów, ale w rzeczywistości we wsi były sto trzy gospodarstwa domowe. Niemało, zwłaszcza według standardów z pogranicza. Plan wsi był dość typowy: plac centralny, na którym stał dom Starosty, a obok trzy ulice: Prosta, Skośna i Falista. Dzieciaki z tych ulic cały czas próbowały ustalić, kto jest najlepszy i najsilniejszy, dlatego regularnie odbywały się tu walki. Tisza opowiedziała mi też o bramie.

Rok temu jej ojciec, chcąc zaszczepić strach w rozbestwionej dzieciarni, wyrył na jej skrzydle trzy bruzdy. Chciał w ten sposób upozorować, że we wsi jest metamorf. Plan jednak nieco wymknął się spod kontroli, bo przez cały tydzień nikt nie chciał nosa z domu wyściubić. I trzeba było się przyznać. Od tej pory u młodzieży przyjął się zwyczaj: jeśli chcesz udowodnić swoją zręczność – musisz poharatać bramę. W ciągu dnia bramy pilnuje kilku pijaków – i tak nie są w stanie robić nic innego. Ale nocą wychodzi już poważniejsza straż – są to albo bracia Tiszy, albo najemnicy, tacy sami wolni obywatele Imperium, jak ja. Tylko bez czerwonych opasek. Nie mogłem się powstrzymać, musiałem się dowiedzieć, czy w wiosce przebywają teraz wolni obywatele. I bardzo się zdenerwowałem, gdy usłyszałem, że ostatni był tutaj pół roku temu.

Historia Tiszy była bardzo interesująca. Dziewczyna wraz z rodziną przybyła tutaj zaledwie dwa lata temu, tuż po śmierci poprzedniego Starosty, męża Elżbiety. Do tego czasu Tisza mieszkała w dużym mieście. Jej ojciec zajmował dość wysoką pozycję, ponieważ każdego ranka zabierał go powóz, a wieczorami w ich domu gromadził się tłum szykownie ubranych gości, którzy następnie zamykali się w gabinecie i o czymś dyskutowali. Później coś się wydarzyło. Wtedy ojciec zabrał wszystkich i udał się tutaj, na skraj Imperium.

– Czyli nocą bramy strzegą twoi bracia? Wszyscy trzej? – Obrazek z plamą nie dawał mi spokoju, czułem, że coś się za tym kryje. Od momentu inicjacji postanowiłem ufać swoim przeczuciom.

Tisza spochmurniała i zamilkła. Przez dobrą chwilę szliśmy przez wioskę w milczeniu, po czym zebrała się w sobie i poważnym głosem odpowiedziała:

– Nie, nie trzej, tylko dwaj. I robią to zaledwie raz w tygodniu. O trzeciego z braci nigdy więcej mnie nie pytaj. Ja sama go nie pamiętam, ale w rodzinie nie mamy zwyczaju o nim rozmawiać. Wiem tylko, że zdradził nasz ród, naszą ojczyznę i ojciec go wyklął. Ani słowa więcej o nim. Ale właśnie doszliśmy na miejsce. Elżbieta mieszka w tym domu.

Tisza odwróciła się i odeszła szybkim krokiem, znikając wkrótce za zakrętem drogi.

Ups. Wygląda na to, że moje ambitne plany uwiedzenia jej właśnie spaliły na panewce. Teraz, dopóki nie polepszę swojej reputacji, nie mogę spodziewać się ze strony Tiszy niczego poza zwykłym powitaniem. Szkoda. Zasadniczo dostarczyła mi ciekawych informacji. Wyklęcie z rodziny to bardzo poważny krok dla NPC-a. Ciekawe, co takiego zrobił trzeci syn, że zasłużył sobie na wygnanie przez byłego kierownika wysokiego szczebla. Jak tylko podciągnę reputację do Życzliwości – na pewno zapytam Starostę o obrazek. Założę się, że historia wygnania jest skomplikowana i wiąże się z nią jakaś misja. Takie zadania są typowe dla Barliony – socjalizacja graczy przez jednoczenie rodzin.

– Przecież się umówiliśmy, że nie powiesz mojej mamie o kole. – Obrażony dziecięcy głosik sprowadził mnie na ziemię. – Obiecałeś!

– Po pierwsze nie obiecałem, a po drugie nie mam zamiaru nikomu niczego mówić. Co tutaj robisz? – Nie od razu dojrzałem Szprychę schowanego pod gankiem.

– Jak to co? Mieszkam tutaj. Z moją mamą i siostrą – odpowiedział chłopak, wychodząc z kryjówki.

– Więc przyszedłem do was z wizytą. Mama jest w domu?

– W domu. – Szprycha rozejrzał się, na kilka chwil się zamyślił, po czym z powrotem schował się pod gankiem. – Tylko ja tam nie pójdę. Mamy na obiad owsiankę, a ja jej nie cierpię. Jeśli mama mnie zobaczy, za ucho zaciągnie mnie do stołu. Lepiej posiedzę tutaj.

– W czym mogę pomóc? – Niski żeński głos sprawił, że oderwałem wzrok od zbiegłego Szprychy. Sądząc po skrzypiących deskach podłogowych, malec dawał mi znaki, że go tam nie ma. A ja miałem udawać, że nie mam pojęcia, gdzie jest się schował. Elżbieta z uśmiechem rozumiejącej matki spojrzała pod nogi, po czym zadała zupełnie nieoczekiwane pytanie:

– Przepraszam, czy nie widział pan tutaj rudowłosego chłopca? Upiekłam jego ulubiony placek, ale wkrótce wystygnie i będzie niesmaczny. Będę musiała go oddać Zorzy, tak samo jak owsiankę.

– Oddałaś owsiankę Zorce? Naprawdę? – Szprycha kilka razy uderzył głową o deski, jak błyskawica wystrzelił ze swojej kryjówki i stanął przed matką, wpatrując się w nią iskrzącym wzrokiem. – Placek z jagodami?

– Oczywiście, że z jagodami. Wszystko dokładnie tak, jak lubisz. Biegnij, póki nie ostygł, łobuzie. – Elżbieta potargała włosy przebiegającego obok niej malca, a następnie odwróciła się do mnie. – W czym mogę pomóc?

– Przysłał mnie Starosta. Powiedział, że mogę u pani mieszkać przez trzy miesiące. Tu są papiery. – Wręczyłem dokumenty Elżbiecie. Jeśli jej zachowanie w stosunku do syna było naturalne, to z tym NPC-em raczej nie będę miał problemów.

– Czyli trzy miesiące... – wycedziła Elżbieta, przeglądając dokumenty.

Ciekawe, co takiego napisał tam Starosta? Nie udało mi się tego sprawdzić u niego w domu, później przeszkodziła mi Tisza. A może straciłem przez to szansę na rozwinięcie Intelektu? Nigdy nic nie wiadomo.

– Noce są teraz ciepłe, mogę panu oddać letni domek. Zgoda? – Gospodyni przyjrzała mi się. – Zamierza pan tu mieszkać jako rezydent czy jako robotnik?

Chyba zapachniało mi to zadaniem. Nawet jeśli darmowym, to jednak zadaniem!

– Nie lubię być darmozjadem. Jeśli potrzebna jest pomoc, proszę powiedzieć, w mig wykonam: mogę przynieść wody, narąbać drewna, przekopać ogród...

– Nie, z tym doskonale radzą sobie moi pracownicy. Starosta napisał, że Kuchmistrzostwo nie jest dla pana niczym nowym. – Elżbieta zawiesiła głos, a ja zamarłem w oczekiwaniu.

Zadanie związane ze specjalnością! Przecież to marzenie każdego gracza! Można z tego wyciągnąć takie fanty, że nawet najstarszym Indianom się nie śniło! Elżbieta zawahała się, ale po chwili zebrała się na odwagę i powiedziała:

– Nie jestem bogatą kobietą, nie zdołam wykarmić kolejnej osoby. Zapewnienie sobie wyżywienia jest pana obowiązkiem, zgoda? – Po czym skwasiła się na widok mojej czerwonej opaski i dodała: – Mam jeszcze prośbę: proszę nie wchodzić do mojego domu bez zaproszenia.

Uwaga dla Gracza! Odmówiono ci wejścia do głównego domu Elżbiety, wdowy po byłym Staroście Kołotowki. Jeśli złamiesz ten zakaz, zostaniesz obciążony jednym naruszeniem warunków zwolnienia przedterminowego.
Życzymy miłej gry!

Elżbieta odwróciła się i weszła do domu, zostawiając mnie na ganku w stanie kompletnej rozsypki. A już się cieszyłem na zadania, przyjazny stosunek do mnie... Jak mogłem zapomnieć o czerwonym piętnie, które nosiłem na czole? Przecież każdy NPC powinien być w kontaktach ze mną ostrożny i podejrzliwy. Jestem byłym kryminalistą, czego się po mnie można spodziewać...? Jeszcze zacznę mordować na prawo i lewo albo dobierać się do kieszeni i kraść co popadnie. Kto mnie tam wie?! Okazuje się, że zdobywanie poziomów odtąd już nie będzie takie proste. Planowałem w ciągu tych trzech miesięcy dzięki różnym zadaniom wspiąć się o kilkadziesiąt szczebli... To przykre. Muszę koniecznie coś z tym zrobić – i to jak najszybciej.

Letni domek, w którym miałem zamieszkać dzięki uprzejmości Elżbiety, zaskoczył mnie swoim ascetyzmem. Z mebli było tu tylko łóżko zajmujące połowę wolnej powierzchni. I nic więcej. Klepisko, które nie chciało się nagrzać nawet przy dzisiejszym upale, szare ściany z drewnianych bali i malutkie okienka pod samym sufitem, przez które nie przedostawało się nawet światło księżyca. Świetne miejsce na najbliższe trzy miesiące. Położyłem się na łóżku i żeby czymkolwiek zająć swoje myśli, zacząłem robić plany.

Po pierwsze: jutro muszę wykonać zadanie z wilkami. Dodatkowe doświadczenie i reputacja w prowincji Krong pomogą mi zdobyć zaufanie Elżbiety i przenieść się do dużego domu. Nie mam najmniejszej ochoty tkwić w tej klitce przez trzy miesiące.

Po drugie: muszę rozwiązać sprawę wizyty w Dalgorze. Podróż wozem nie wchodzi w grę, to zbyt czasochłonne. Trzeba wymyślić coś innego. Starosta powiedział, że do miasta co pewien czas jeździ karawana. Muszę dogadać się z jej głównodowodzącym w sprawie zakupu zwoju teleportu z Kołotowki do Dalgoru. Z powrotem sam sobie kupię. Sądząc po dystansie do miasta, zwój może kosztować około ośmiuset–dziewięciuset Złotych Monet. Drogo, oczywiście, ale muszę dostać się do Banku Barliony i odebrać depozyt Łowcy. Mam tam pewnie około jedenastu tysięcy. Powinny być tam też jakieś ubrania. Nawet jeśli w całości są na Zręczność, to i tak się przydadzą. W porównaniu z tym, co teraz noszę – będzie to dosłownie zbroja ze stali.

Po trzecie: muszę koniecznie sprawdzić, jakie kopalnie zaznaczono na mapie Starosty. On, rzecz jasna, ostrzegał, że niebezpiecznie jest tam chodzić w pojedynkę, ale nie mogę zmarnować takiej okazji. Jeśli dobrze pamiętam, najbliższe złoża znajdują się zaledwie kilka godzin spacerkiem od Kołotowki. Nie chce mi się spać: jeśli wyjdę teraz, to rano będę z powrotem. Przynajmniej od razu dowiem się, czego można się tu spodziewać po levelowaniu specjalności.

Po czwarte... Pod czwórką nie ma już niczego, plan zakończony. Postanowione – od razu idę obejrzeć kopalnię. Wcześniej opróżnię tylko mój worek, nie miałem kiedy tego zrobić. Po Podziemiu zgromadziło się w nim wiele rzeczy, których nawet nie sprawdziłem. Zawartość worka wysypałem bezpośrednio na podłogę, zapaliłem łuczywo, które wetknąłem w niewielką dziurę w ścianie, i rozpocząłem inspekcję.

Figurki szachowe. Szkoda, że każdy Ork Wojownik zajmuje jedno miejsce w torbie. Mam dreszcze na samą myśl, że muszę nosić ze sobą wszystkie trzydzieści dwie figurki. Skąd wezmę tak duży worek? Siedem pierścieni na plus trzy. I cztery – na plus dwa. To te, których nie sprzedałem w Kopalni „Pryka" i były już przestarzałe. Nie ma najmniejszego sensu trzymać ich tylko po to, żeby później je sprzedać na aukcji. Takiego szajsu nie wezmą nawet za pięć Złotych Monet. Muszę je opylić zwykłemu Handlarzowi NPC-owi. Rękawice kolczugowe, które wypadły z ostatniego bossa Podziemia – ich nawet nie biorę pod uwagę. Należą do przyszłych członków mojego klanu, nie mam zamiaru zamieniać się w szczura. Po co bez sensu wodzić się na pokuszenie? A jeśli mi się spodobają i nie będę chciał ich oddać?

Dwadzieścia trzy kawałki Malachitu, sto cztery kawałki Rudy Miedzi i sześćdziesiąt osiem Miedzianych Sztabek – przydadzą się do rozwijania Jubilerstwa, dopóki problem z rudą nie zostanie rozwiązany. Kilof – jest dla mnie wszystkim. I wreszcie ogromny stos różnych skór, ogonów, mięsa, pazurów i innego chłamu, który wypadł ze Szczurów i Pająków z Podziemia. Przezwyciężyłem spontaniczną chęć zgarnięcia wszystkiego na jeden stos i sprzedania tego bez sprawdzania, co tam jest. Pierwsze przejście Podziemia dawało dużą szansę na zdobycie jakichś fantów nawet z prostych mobów, więc nie chciałem pozbywać się potencjalnie przydatnych rzeczy. Po dokonaniu oględzin wszystkich przedmiotów odłożyłem na bok przerażające z wyglądu i w dotyku Oko Pająka. Jego właściwości były ukryte, a ja nie miałem cechy Mądrość, dzięki której można było je odczytać. Poza tym nie potrzebuję Mądrości. Prościej będzie, jeśli w dowolnym mieście zwrócę się do Maga NPC-a, żeby za kilka Złotych zidentyfikował obiekt.

Również oddzielnie położyłem dwadzieścia dwa Szczurze Ogony z przeznaczeniem „Używane przez Alchemików" i dwanaście Pajęczych Nóżek, które we właściwościach miały informację, że są „Używane przez Rusznikarzy" – przebiegnę się po odpowiednich sklepach i spróbuję je sprzedać. Ładnie powiedziałem – przebiegnę się po sklepach. Jeszcze nie rozwiązałem problemu ze zwojem, a już snuję plany podboju miasta. Pozostałe rzeczy były chłamem. Tylko Szczurze Mięso mogło się przydać do wylevelowania Kuchmistrzostwa.

Posortowane rzeczy włożyłem z powrotem do worka. Pewnym ruchem dłoni chwyciłem Tłuczek i wyruszyłem na nocną wyprawę. Właściciele Barliony doskonale wiedzieli, że wielu graczy wchodzi do gry dopiero późnym wieczorem. Dlatego noce w Barlionie były prawie białe, a już na pewno można powiedzieć, że widoczność była całkiem dobra. Zaledwie przekroczyłem próg drzwi, zakląłem. Co za pech! Wygląda na to, że Kołotowka jest na liście tych wyjątkowych miejsc, których prawo białych nocy nie dotyczy. Nieprzenikniony mrok, przykrywający wioskę niczym kołdra, nie pozwalał dostrzec czegokolwiek na odległość kilku metrów. Mój plan nocnej wyprawy diabli wzięli. Nie miałem najmniejszego zamiaru szwendać się po ciemku.

Usiadłem na ławce, oparłem się o ścianę i zamknąłem oczy. Z nastaniem ciemności wioskę ogarnęła prawie kompletna cisza, zakłócana jedynie szelestem lasu i cichym śpiewem cykad. Żadnych hałaśliwych psów, żadnych krzyków tłumu NPC-ów, śpiących teraz spokojnie w swoich domach. Idealna noc, żeby pobyć samemu i pooddychać czystym powietrzem z domieszką zapachu żywicy, igliwia i... cierpkiego zwierzęcia. Zwierzęcia?!

Natychmiast otworzyłem oczy i zobaczyłem, dosłownie kilka metrów ode mnie, niezidentyfikowaną chmurę, z której spoglądała na mnie para czerwonych oczu. Co to za diabelstwo? Zaznaczyłem ten obiekt i spróbowałem sprawdzić w jego właściwościach, z czym mam do czynienia.

Właściwości obiektu są niedostępne.

Niedostępne? Jak to? Przecież ukrywanie właściwości mobów w Barlionie jest niemożliwe. A przynajmniej dotychczas tak było. Cała ta gra polega właśnie na możliwości analizowania ich właściwości, bo to pozwala graczom przygotowywać taktykę walki z mobami lub bossami. Muszę wejść do instrukcji lub na forum, żeby sprawdzić, kto może ukrywać swoje parametry. I w ogóle – czy jest to możliwe? Ale wszystko to później, teraz martwiłem się czymś innym – czego chce to coś przede mną?

Nie wierzyłem, że było miękkie, puszyste i miało pokojowe zamiary. W Barlionie obowiązywała zasada – jeśli mob był agresywny, to na pewno miał czerwone oczy. Wszystkie neutralne lub przyjazne moby miały oczy w innym dowolnym kolorze, w każdym razie nie w czerwonym. Wycelowane we mnie dwa czerwone światełka dawały jasno do zrozumienia, że nie czeka mnie nic przyjemnego.

Próbując nie wykonywać gwałtownych ruchów, wstałem z ławki i bokiem zacząłem przesuwać się w stronę drzwi. Miałem do pokonania zaledwie kilka metrów. Niestety to coś synchronicznie płynęło tuż obok, zachowując dystans półtora metra od mojej twarzy. Przestało mi się to podobać. Może powinienem zaatakować? W końcu najlepszą obroną jest atak. Już miałem nasłać na to dziwadło Ducha Błyskawic, kiedy na plecach poczułem klamkę. Pomysł, aby sprawdzić, który z nas jest silniejszy, natychmiast się ulotnił – drzwi, mimo swojej prostoty, stanowiły świetną zaporę przed mobami. Zasada „mój dom to moja twierdza" działała nawet w Barlionie.

Ostrożnie sięgnąłem ręką za plecy. Powoli nacisnąłem klamkę. I szybko wpadłem do domu. Natychmiast się odwróciłem. Całym ciałem naparłem na drzwi, usiłując je zamknąć. Jednak, równocześnie ze mną, to coś także rzuciło się do przodu. I z drugiej strony zaczęło nacierać na zamykające się drzwi.

Otrzymałeś cios. Punkty Życia zmniejszyły się o 30: 260 (Cios drzwiami) - 230 (Odporność na atak fizyczny). Łącznie Punktów Życia: 650 z 680.
Zdobyłeś ulepszenia umiejętności:
+10% do Odporności. Łącznie: 70%
+5% do Siły. Łącznie: 60%.

Brakowało mi dosłownie kilku centymetrów, żeby domknąć drzwi. Zaparłem się ze wszystkich sił, ale stworzenie z drugiej strony nie pozwoliło mi na to. Co więcej, stopniowo, centymetr po centymetrze drzwi zaczynały się otwierać. W pewnym momencie okryta mgłą kończyna przedarła się przez powstałą lukę.

Wewnątrz domu mgła się rozproszyła i w mroku zdołałem dojrzeć cztery ostre pazury. A to co, przerośnięty Wolverine? Pazury wbiły się w drzwi i pozostawiły głębokie bruzdy. Takie same, jak na bramie wjazdowej do wioski. Czyżby tutejsza młodzież aż tak się zabawiała? Jutro będzie ubaw, jak zaczną opowiadać we wsi, że Szaman przestraszył się dziecięcych psikusów. Już chciałem przestać się opierać, gdy zobaczyłem wiadomość:

Poziom Energii: 30.
Zatrzymaj się, wściekły Szamanie!

Podobne ostrzeżenie po raz pierwszy dostałem w kopalni, żeby nie zejść z tego świata z powodu utraty Energii. To już nie są żarty. Raczej wątpię, że tutejsza dzieciarnia miałaby tyle siły, żeby dosłownie w dziesięć sekund pozbawić mnie Energii, i to w takim stopniu. To musiało być coś innego.

Co to było – tego nie udało mi się dowiedzieć. Po kilku sekundach wyświetliła się kolejna wiadomość, że Energia spadła do zera. A ja zamarłem jak popsuta lalka. W przeciwieństwie do kopalni w ogólnym świecie Gry Energię można bez problemu odbudować praktycznie od zera, nawet bez użycia wody. Dopóki jednak ta nie wzrośnie choćby do dziesięciu, gracz zastyga, dosłownie jak figura woskowa.

Kolejny cios wepchnął mnie głęboko do pokoju. Już w locie ujrzałem, że ruszył za mną szary cień. Mgła się rozproszyła. Mimo to w półmroku nie mogłem dostrzec zewnętrznego wyglądu stworzenia. Jedno było pewne – to coś miało co najmniej dwie ręce i dwie nogi lub po prostu cztery kończyny, jeśliby mówić ogólnie. Dlaczego zgasiłem łuczywo przed wyjściem z domu? Teraz widziałbym, z czym mam do czynienia. Przed oczami mignęły mi cztery ostre pazury. Poczułem krótkie ukłucie bólu. Wtedy otaczający mnie mrok jeszcze bardziej pociemniał. Okazało się, że mój dom jednak nie jest moją twierdzą. Chociaż to w sumie nie mój dom, może to dlatego.

Krótki wybuch światła i, jak mi się wydawało, niemal natychmiast znalazłem się obok wejścia na miejscowy cmentarz. Bardzo symboliczny punkt odrodzenia. Niewielka świątynia górująca nad okolicą, znajdowała się kilka metrów ode mnie. Osłaniała mnie przed jasnym porannym słońcem. Wyglądało na to, że ta niepojęta bestia jednak mnie urządziła na amen, a obowiązkowe dwanaście godzin od chwili śmierci minęło jak jedna chwila. Fajnie.

Zrobiłem krok w stronę świątyni i wściekły spojrzałem na powiadomienie, które się wyświetliło:

Uwaga! W związku ze śmiercią
poziom Doświadczenia zmniejszył się o 30%.
Obecna wartość Doświadczenia: 199,
do kolejnego poziomu pozostało 1201.

Sprawdziłem portfel. Wszystko się zgadzało, zostały mi tylko trzy tysiące Złotych z hakiem. Druga połowa była gdzieś w letnim domku. Pozostało mi mieć nadzieję, że nikt tam nie wszedł i nie położył łapy na mojej krwawicy. Monety leżą pewnie gdzieś za łóżkiem, nie powinny być widoczne od strony wejścia.

Ale co mnie właściwie zabiło? Pomimo że mam sześćset osiemdziesiąt Punktów Życia i dwieście trzydzieści Odporności na atak fizyczny, jakieś stworzenie jednym ciosem wysłało mnie na odrodzenie. Wszedłem w logi, mając nadzieję, że po wyjściu z kopalni ta opcja została otwarta. Jest! To teraz sobie poczytam, co mi tak przygrzmociło. Włączyłem filtr ciosów otrzymanych w ciągu ostatnich trzynastu godzin i ujrzałem kilka linijek:

23:45:23 Otrzymałeś cios: 28
(258 Uderzenie drzwiami - 230 Odporność). Punkty Życia: 652.
23:45:26 Otrzymałeś cios: 28
(258 Uderzenie drzwiami - 230 Odporność). Punkty Życia: 624.
23:45:39 Otrzymałeś cios: 28
(258 Uderzenie o ścianę - 230 Odporność). Punkty Życia: 596.
23:45:41 Otrzymałeś cios: 24 762
(24 998 Nieznane - 230 Odporność). Punkty Życia: 0.

Osłupiały patrzyłem na historię. Czyli aż tak dostałem! Dwadzieścia pięć tysięcy ciosu mają moby na siedemdziesiątym poziomie, nie słabsze. Skąd w Kołotowce wziął się agresywny mob na takim poziomie i, co najważniejsze, dlaczego, na litość boską, postanowił zaszczycić mnie swoją wizytą?

– Czego tu szukasz, mój synu? – Głos tuż obok sprawił, że się odwróciłem.

Mały, pulchny, z różowymi policzkami żerca jakiegoś boga stał przed świątynią i przebierał palcami paciorki różańca. Czarna chlamida całkowicie przykrywała jego ciało aż po same pięty, ale nie tuszowała rozmiaru ogromnego brzucha.

– Czy chcesz, abym wypowiedział nad tobą zaklęcie pomyślności Własta? Jeśli tak, musisz zostać jego nowicjuszem. Jesteś na to gotowy?

Czyli to jest świątynia Własta. Boga wina. Odpowiednika Bachusa, Pana i innych bogów z prawdziwego świata. Wszedłem do przewodnika, żeby sprawdzić główne ograniczenia nałożone z tytułu służby danemu bogowi. Zaskoczył mnie fakt, że w ogóle ich nie było – nowicjuszem boga mógł zostać każdy NPC lub gracz, bez żadnych ograniczeń. I nie tylko nowicjuszem – po zaledwie kilkumiesięcznej posłudze można było zostać nawet żercą. Nie wymagało to żadnych dodatkowych kosztów ani przysług. Żeby móc otrzymać boskie zaklęcie pomyślności, należało spełnić tylko jeden warunek: wypić codziennie kieliszek zacieru lub wina. Pominięcie tego obowiązku skutkowało boskim przekleństwem, a to nie była najprzyjemniejsza sprawa. Żeby zaś zmyć swoje winy, potrzebowałbym co wieczór dwóch kieliszków zacieru – nieźle. Grając Łowcą, nie bardzo interesowałem się religią w Barlionie, a Szamanowi była ona jeszcze mniej potrzebna. Włast jest oczywiście przydatnym bogiem, dzięki któremu można wylevelować parametr Wiara, ale w tej kwestii jest zbyt wiele niejasności. To nie moje klimaty. Teraz stało się jasne, skąd u żercy taki brzuch. Prawdopodobnie od codziennych modlitw z parafianami i prostym ludem. Okraszanych winem lub zacierem. Tak, a ta parka strażników, których spotkałem wczoraj przy bramie, to zapewne jego aktywni nowicjusze.

– Nie, dziękuję. Szanuję Własta, ale nie jestem gotowy stać się jego nowicjuszem. Dziękuję. – Pokłoniłem się żercy, który odwzajemnił ukłon.

– Twój wybór. Włast nikogo nie zmusza do służenia sobie. Tylko ci, którzy obdarzeni są większą gorliwością, zdolni są pojąć głębię jego nauczania. Czy mogę ci jeszcze w czymś pomóc, mój synu? – Żerca obdarował mnie utartą formułką.

– Tak, święty ojcze, czy są w tych stronach potwory, które chodzą nocą, siejąc postrach i zniszczenie wśród miejscowej ludności? – Sprawa mojego odrodzenia nie dawała mi spokoju. Bardzo chciałem się dowiedzieć, co zadało mi taki cios.

Żerca zatrzymał paciorki w palcach, rozejrzał się dookoła, a następnie wykonał zapraszający ruch dłoni:

– Wejdźmy do świątyni, mój synu. To nie najlepsze miejsce na takie rozmowy.

Wewnątrz nie było niczego ciekawego. Ołtarz przedstawiający zadowolonego, okrągłego Własta z mętnymi oczami zapatrzonymi w dal i kilka ławek. To wszystko. Dosłownie spartańskie warunki. Żerca wszedł za ołtarz, wyjął dwa puchary i podał mi jeden z nich.

– Przykazania Własta nie pozwalają rozpocząć rozmowy bez zwilżenia gardła winem – dostojnie zakomunikował żerca. – Widzę, że nie bez przyczyny pytasz mnie o nocnego potwora – kontynuował, gdy tylko wypiliśmy po kilka łyków.

Było to zwykłe wino, które nie daje żadnych dodatnich parametrów, wyświetliło się tylko lekkie odurzenie w postaci debuffa.

– A więc i ciebie dotyczy problem powtarzających się napaści w wiosce. Tak, mamy tu kłopot. Ludzie nie lubią o tym rozmawiać, udają, że nic się nie dzieje. Widziałeś ślady pazurów na bramie? Starosta, żeby uspokoić mieszkańców, wymyślił historyjkę o tym, że własnoręcznie je wyskrobał. Ale raz na siedem dni ślady pazurów pojawiają się od nowa. Dobrze, że miejscowej dzieciarni wpadł do głowy pomysł, żeby rozpowiadać, że to oni są za wszystko odpowiedzialni. Dzięki temu wioska się uspokoiła. A za to, że co siódmą noc ze wspólnego stada znika to krowa, to owca, wszyscy winią wilki. Tylko nikt tak naprawdę nie zastanawia się nad tym, jak wilkom udaje się przedostać przez zamkniętą bramę. Przecież cała wioska jest otoczona gęstym częstokołem, między palami nawet mysz się nie prześlizgnie. Tylko Starosta zna prawdę. I jego synowie, którzy nocą próbują wytropić tajemniczą kreaturę. Już od dwóch lat im się wymyka. Zaledwie kilka razy udało im się zobaczyć czerwone oczy potwora. I to z oddali. Twoja pomoc byłaby bezcenna. Zajmiesz się tym? Jeśli uda ci się przynajmniej dowiedzieć, co to za potwór wędruje po Kołotowce, nagroda będzie sowita.

Dostępne zadanie: „Nocny Postrach Osady".
Opis: Raz na siedem dni po Kołotowce błąka się potwór, siejąc strach i zniszczenie.
Dowiedz się, kto jest nocnym postrachem wioski.
Klasa zadania: Rzadkie.
Nagroda: +400 do Reputacji w prowincji Krong, +500 do

Doświadczenia, +80 Srebrnych Monet, Rzadki Przedmiot z zasobów Starosty.
Kara za porażkę (lub odmowę) wykonania:
-400 do Reputacji w prowincji Krong.

– Biorę. Dowiem się, kto ukrywa się pod postacią bestii.

Przyjąłem to zadanie. Teraz wszystko staje się jasne. Właściwości tego czegoś nie wyświetlały się, ponieważ takie są warunki zadania. Wychodzi na to, że trzeba będzie je odkryć w tradycyjny sposób, a nie taki, z którego mogą korzystać tylko gracze. Dobrze, tę sprawę odłożę na tydzień, kiedy przyjdzie czas na polowanie. Moje pierwsze spotkanie z kreaturą zakończyło się jej pełnym zwycięstwem. Zobaczymy, co będzie dalej.

– Dziękuję, Machanie! Jeśli będziesz potrzebował pomocy, możesz bez wahania się do mnie zwrócić – powiedział żerca.

A ja udałem się do wioski. Najwyższa pora zebrać pieniądze i wybrać się na polowanie na wilki. Czas zacząć levelować.

ROZDZIAŁ 2

WILKI I INNE PRZYGODY

– Kiedy pan wyszedł z domku? – zapytała Elżbieta, gdy tylko pojawiłem się na dziedzińcu. – Myślałam, że pan śpi do południa, a okazuje się, że z pana ranny ptaszek!

– Chciałem się przespacerować – zacząłem zmyślać, unikając rozmowy o potworze. – Nie chciałem nikogo budzić, przeskoczyłem płot i poszedł rozejrzeć się po okolicy.

– Jak to się stało, że Maluch pana nie ugryzł? – zdziwiła się kobieta.

– Maluch?

– Nasz pies. Każdego wieczoru wypuszczamy go na podwórko, żeby sobie pobiegał. Nie przeskakuje przez ogrodzenie, jest wytresowany, ale żadnego nieznajomego nie wpuści na teren domostwa. O, tam jest, widzi pan? – Elżbieta wskazała drugi koniec podwórka, gdzie w wolierze siedział Maluch: metrowy Wilczarz Irlandzki.

Pies warczał cicho i rzucał mi wrogie spojrzenia. Gdzie byłeś przystojniaku, kiedy wysyłano mnie na odrodzenie? Siedziałeś w swojej norze i szydziłeś ze mnie? Nagle wyraźnie poczułem, że muszę sobie „porozmawiać" z Maluchem. To idiotyczne, wiem o tym, ale od czasu inicjacji, podczas której stałem się Szamanem, nauczyłem się ufać nagłym porywom duszy.

– Czy mogę się z nim pobawić? – spojrzałem pytająco na gospodynię.

– Oczywiście, tylko go nie drażnij. Sforsowanie klatki to dla niego pestka, nie chcę tu kłopotów. Maluch jest co prawda wytresowany i nie rzuca się na nikogo bez powodu, ale lepiej nie kusić losu.

Zapewniłem Elżbietę, że nie będę prowokował psa, i podszedłem do woliery. Rozejrzałem się, żeby sprawdzić, czy nikogo nie ma w pobliżu, a później przykucnąłem i zajrzałem prosto w oczy Wilczarza. Nie potrafiłem wytłumaczyć, dlaczego, ale czułem, że było to konieczne. Maluch zawył i zbliżył się do kraty. Uderzyła mnie cierpka woń zwierzęcia. Przez kilka sekund patrzyliśmy sobie w oczy, gdy nagle...

Otaczający mnie świat poszarzał, pokrył się mgłą, a wokół zapanowała cisza. Dosłownie jakby ktoś jednym ruchem ręki wyłączył dźwięk. Od Malucha odłączył się jego cień, który przeszedł przez kratę, jakby nie istniała. Nieśpiesznie się przechadzając, cień psa przemierzył dziedziniec niczym gospodarz. Spojrzałem na prawdziwego Malucha. Ten wielkimi oczami patrzył na siebie z boku, z otwartą paszczą i wywieszonym językiem. Zdumiewający pies, zdecydowanie. W tym momencie widmo zwierzęcia zrobiło kilka kroków i nagle padło na ziemię. Podwinęło ogon i zaczęło się cofać. Nigdy nie myślałem, że psy są w stanie się cofać, a zwłaszcza na brzuchu. Mogę się mylić, ale wydaje mi się, że tego nie potrafią. Niech będzie, zaliczam to na konto wybujałej wyobraźni programistów. A więc widmo przeczołgało się przez zamknięte drzwi klatki, podpełzło do budy, oparło się o nią i zaczęło zakopywać się w ziemi.

– Przestraszyłeś się czegoś? – zapytałem cicho, a mój głos zadudnił dosłownie jak grom. Co to było, skoro tak ogromna psina uciekła ze strachem i zaczęła się zakopywać?

Obok widma psa pojawiło się teraz coś mglistego i bezkształtnego. Przez kilka sekund wisiało nad cieniem, gdy nagle ciszę tego widowiska przerwało skowyczenie prawdziwego Malucha. Wilczarz przykucnął, podkulił ogon, zakrył oczy łapami, zrobił pod sobą kałużę i w ogóle okazywał tak wielki strach, że mimowolnie odsuwając się od niego, potknąłem się i upadłem na cztery litery. Ciemność wokół nas rozproszyła się, a skowyt psa zgubił się w odgłosach otaczającego świata.

Aktualizacja zadania „Nocny Postrach Osady":
Potwór błąkający się po Kołotowce przeraża nawet najniebezpieczniejsze i największe psy.
Pamiętaj o tym podczas poszukiwań.

– Co pan robi Maluchowi? – Obok mnie pojawił się Szprycha. – Przecież on się pana boi! Proszę odejść! Pan Kondratij się nie mylił, jest pan czarownikiem! Maluch, nie bój się, nie dam ci krzywdy zrobić. – Szprycha stanął między mną a wolierą, gotowy do walki o swojego psa.

Nie miałem najmniejszej ochoty wyjaśniać czegokolwiek temu małemu NPC-owi, dlatego wstałem i wróciłem do letniego domku. Pieniądze, tak jak myślałem, leżały za łóżkiem. Automatycznie wrzuciłem je do torby i położyłem się. Wilki nie zające – nie uciekną, a teraz muszę uważnie przeczytać forum i przewodniki. Miejsce, w które rzucił mnie los, zaczyna być coraz bardziej interesujące, ale ja nie zamierzam zgrywać bohatera i na własną rękę odkrywać tajemnicy potwora.

Co my tu mamy pod hasłem „Kołotowka"?

Zacznę od przewodnika.

Wioska na obrzeżach Imperium w Prowincji Krong.

To już wiem. Liczba mieszkańców, bydła i różnych przedstawicieli NPC-ów mnie nie interesuje, idźmy dalej. O, tu coś jest:

W Kołotowce niedawno zginął Starosta wioski. Przyczyna śmierci – nieznana. Na miejsce Starosty mianowano przedstawiciela artelu z Dalgoru. Brak questów powiązanych z mieszkańcami Kołotowki.

Ostatnie zdanie wprowadziło mnie w osłupienie. Z przewodnika wynika, że w wiosce nie ma żadnych zadań. Tymczasem ja dostałem już dwa: „Nocny Postrach Osady" i „Polowanie na Szarą Śmierć". Coś tu nie gra.

Zacząłem wyszukiwać po nazwach zadań. Aha, jednak zadania istniały. Tylko dziwił mnie ich opis:

Zadanie wariantywne, niepowiązane z lokacją.

Nie ma zadań, ale jednocześnie są? To jakaś głupota. I znowu przewodnik. Hasło: „Zadanie wariantywne". Opis:

...wydawane przez NPC-ów w zależności od etapu scenariusza.

Teraz byłem całkowicie zdezorientowany. Jaki scenariusz? Gdzie w Kołotowce, w miejscu, gdzie diabeł mówi dobranoc, zadania według scenariusza? Tu nawet nie ma graczy, którzy mogliby to rozegrać.

Dobrze, teraz forum. Co tu mamy na temat Kołotowki? Forum mnie nie ucieszyło. Na moje zapytanie pojawiła się tylko wiadomość sprzed roku:

Debilna wieś! Diabli wiedzą gdzie. Gryfy tam nie latają, portal do najbliższego miasta wychodzi tysiaka Złotych! Programole już całkiem odlecieli z takimi cenami! W Dalgorze dostałem zadanie – przekazać paczkę Staroście. Dwa dni na wozie jechałem, zwariować można! Wyszedłem do realu na ten czas. Dobra, wreszcie dotarłem i przekazałem, co trzeba. Chciałem się trochę pobujać nocą po okolicy. Mało tego, że ciemno tam jak sami wiecie, gdzie, to nocą po wiosce szlaja się Worgen. Na setnym poziomie! A ja jestem na trzydziestym! Nie mogłem nawet w niego trafić, unikał wszystkich moich ciosów, swołocz! Moja rada dla wszystkich – nie ma tam czego szukać. W ciągu dnia rozejrzałem się po wiosce – ani jednego zadania! Po kiego grzyba tworzyć takie wioski, jeśli prawdziwi gracze nie mają tam czego szukać? Przynajmniej wykonałem zadanie i mam w prowincji lepszą repę.

PS Córka starosty to niezła sztuka! Niestety nie leci na kwiatki i prezenty. Zafajdany NPC!

Ponownie skorzystałem z wyszukiwarki, tym razem w przewodniku:

Worgen – typ Metamorfa, pozostaje świadomy podczas zmiany wyglądu. Worgen może się zmieniać na zawołanie o każdej porze dnia, a nie w zależności od faz księżyca. Jedna z niewielu ras, której gracze nie mogą sobie wybrać. Cechy szczególne rasy: zdolność przyśpieszonego poruszania się pod postacią Worgena, zdolność do wywoływania ataków paniki u psów, +(Poziom) do zbroi dzięki grubej skórze. Wygląd zewnętrzny Worgena przedstawiono na rysunku.

Patrzył na mnie wysoki, humanoidalny pies lub, mówiąc precyzyjniej – wilk. Dłoniołapy miał zakończone czterema ogromnymi szponami. Właśnie takimi, jakie widziałem zeszłej nocy. Czy to znaczy, że w Kołotowce grasuje Worgen? Teraz rozumiem reakcję Malucha. Atak paniki to poważna sprawa, zwłaszcza gdy widzisz metamorfa na setnym poziomie. Szkoda, że nie mogę od razu iść do żercy, przekazać mu tego, co wiem. On mnie po prostu nie usłyszy, nawet jeśli będę krzyczał mu do ucha: zadanie nie zostało wykonane, nie ma zaliczenia questa. Trudno, mam tydzień, żeby wymyślić, jak złapać tego kudłacza. Zemsta za moje odrodzenie będzie straszna.

Wyszedłem z domu i spojrzałem na Malucha. Już doszedł do siebie i szalał w najlepsze ze Szprychą. Pozwoliwszy się osiodłać, Maluch, jak najprawdziwszy koń, biegał po podwórku, a Szprycha śmiał się do rozpuku, trzymając się jego uszu.

– Co ty z nim wyprawiasz? – Dorodna kobieta, która wyszła z dużego domu, klasnęła w dłonie. Sądząc po kuchennym fartuchu, była tutejszą kucharką. – Znowu z psa konia robi! Mariana! Okiełznaj brata, póki jeszcze karku sobie nie przetrącił! – krzyknęła w głąb domu.

Nie czekając na zakończenie tej historii, szybkim krokiem ruszyłem na peryferie wioski. Jeśli dobrze zrozumiałem Starostę, wilki grasowały w lesie w pobliżu pasących się stad. Muszę się tam dostać.

Mój początkowy zapał do polowania na wilki wypalił się po trzech godzinach. Nie spotkałem ani jednego wilka, nawet najbardziej wyliniałego albo zdechłego. Z nudów zacząłem zabijać wszystko, co się rusza. Konik polny na drugim poziomie? A masz Ducha Błyskawic! Ropucha na trzecim poziomie? Dla ciebie też mam prezencik, trzymaj! Doświadczenie ani drgnęło, zero łupu, te zwierzęta nie szły nawet na konto osiągnięcia „Postrach Świata Zwierząt". Żeby jednak się nie nudzić, nieustannie terroryzowałem okoliczne robaczki. O, zdawało mi się, że mysz przebiegła. Ej, poczekaj no, zaraz cię trafię!

Otrzymałeś cios.
Punkty Życia zmniejszyły się o 220: 450 (Cios strzałą) - 230 (Odporność na atak fizyczny).
Łącznie Punktów Życia: 420 z 680.

Pomimo piekielnego bólu w ramieniu natychmiast rzuciłem się na ziemię i przeturlałem w bok. W miejscu, w którym przed chwilą się znajdowałem, natychmiast utkwiła kolejna strzała. Co, do cholery?

Nie widząc drogi, nadal się turlałem, aż zatrzymało mnie niewielkie drzewo. Zignorowałem fakt, że to uderzenie pozbawiło mnie kilku Punktów Życia, przetoczyłem się za pień i złapałem oddech. Uff! Teraz mogę spokojnie odetchnąć i się rozejrzeć. Niezłe wilki mają w tej Kołotowce – walczące strzałami! Nie miałem ani czasu, ani chęci, żeby wejść w logi. I tak za chwilę się wyjaśni, na kogo się natknąłem. Dlatego wyjąłem Tamburyn i wezwałem Ducha Uzdrowienia, przywracając sobie Punkty Życia. Teraz możemy wojować.

Minęła minuta, która wydawała mi się wiecznością, ale strzału już nie było. Czyżby to koniec? Uniosłem głowę ponad trawę i rozejrzałem się. Cisza. W okolicy nie było żywego ducha. Skąd więc wziął się ten tajemniczy strzelec? A co najważniejsze, kim on jest?

Odpowiedź jednak przyszła – w postaci strzały, która wbiła się bezpośrednio w moją klatkę piersiową. A niech to!

Otrzymałeś cios krytyczny.
Punkty Życia zmniejszyły się o 670:
900 (Cios krytyczny strzałą) - 230 (Odporność na atak fizyczny).
Łącznie Punktów Życia: 10 z 680.

Kiedy upadłem jak długi na trawę, próbowałem łapczywie łapać powietrze. Strasznie bolało! Złapię pokrakę i własnymi rękami rozerwę na strzępy! Dobrze przynajmniej, że nie musiałem wyciągać strzały: już wyparowała z tego świata, zostawiwszy po sobie tylko wspomnienie w postaci bólu. Wezwałem dwa Duchy Uzdrowienia, dzięki czemu odzyskałem wszystkie Punkty Życia i zamilkłem. Oczywiste było, że nie napadł na mnie gracz. Nie wyskoczyło powiadomienie, że zostałem zaatakowany przez PK-ersa. Wyglądało na to, że jakiś mob zabawiał się moim kosztem. Skoro tak, to za chwilę sobie wyjaśnimy, komu życie w Barlionie zbrzydło. Mob nie może długo stać w miejscu. Musi przyjść i sprawdzić rezultaty swoich strzałów. Symulatory – czego więcej można od nich oczekiwać. Tępe i przewidywalne. Najważniejsze, to ukryć się na ten czas. A tak w ogóle – gad nieźle strzela. Prawie mnie zabił! Nawet moja Wydolność zwiększyła się do jedenastego poziomu. A bałem się, że będę mieć problemy z rozwijaniem postaci. Okazuje się, że wystarczy po prostu trochę oddalić się od wioski: czeka tam takie levelowanie, że głowa boli.

Nie musiałem długo czekać. Po upływie pięciu minut usłyszałem ciche kroki, prawie bezszelestnie stawiane na trawie. No, no, Chingachgook. Chodź no tutaj, porozmawiamy sobie. Leżałem twarzą przy ziemi, bojąc się poruszyć. Najważniejsze, żeby nie odstraszyć moba, niech podejdzie jak najbliżej. Wtedy się przekonam, czy ten łucznik umie walczyć. NPC nie strzeli kontrolnie tylko po to, żeby mnie dobić, skrypt na to nie pozwala. A użycie łuku z tak bliska jest prawie niemożliwe. Znałem tę zasadę bardzo dobrze dzięki grze Łowcą. Jeśli ten osobnik wpakował wszystko w Zręczność, a można się tego domyślać po tym, jak doprowadził mnie do stanu krytycznego, w walce kontaktowej raczej się nie popisze. Zamierzałem to wykorzystać...

Odgłos kroków ucichł tuż przy mojej głowie. Nadeszła ta chwila, to coś stanęło obok mnie. Już miałem skoczyć na równe nogi, gdy uderzył mnie znajomy „aromat" roztaczany przez mojego przeciwnika. Zapach potu, obornika i czegoś muszkatołowego. Mroczny goblin! Gracz, który choć raz brał udział w rajdzie po Kartosie, nigdy nie zapomni tego zatykającego zapachu głównej siły bojowo-robotniczej Mrocznego Władcy. Skąd on się wziął w Krongu? Żeby tu dotrzeć, trzeba przemierzyć praktycznie całe Imperium!

Stojący obok mnie goblin mruknął coś z irytacją w swoim mrocznym języku, najwyraźniej zdziwił go brak góry pieniędzy obok mnie. Jeszcze chwilę ponarzekał, odwrócił się i zaczął odchodzić. Teraz! Skoczyłem na równe nogi. Zaznaczyłem stojące obok mnie zaskoczone czerwonookie dziwadło i wezwałem Ducha Błyskawic. A masz, draniu zielony!

Zadałeś cios.
209: 555 (Cios Ducha Błyskawic) / 2,14 (Poziom Przeciwnika / Poziom Postaci) - 50 (Wewnętrzna Odporność na Duchy).

A więc ta zielona kanalia jest na dodatek na trzydziestym poziomie! To nic, nie takim tłukli mordę. Najważniejsze, żeby nie pozwolić mu odejść dalej niż na odległość strzału. Jakby słysząc moje myśli, goblin krzyknął i wyrwał do przodu co sił w nogach. Nie uciekniesz mi, choćby nie wiem co! Mocno chwyciłem Tamburyn i rzuciłem się w pogoń za mrocznym. Jak za starych dobrych czasów, kiedy samotnie próbowałam przedostać się do Kartosa. Co prawda, wtedy to ja uciekałem, a za mną ganiała Dzika Horda – główna siła uderzeniowa Mrocznego Imperium w walce z graczami. W rezultacie udało im się mnie dogonić. Nie mogłem wtedy biegać i jednocześnie celnie strzelać do mobów na trzechsetnym poziomie. Teraz miałem ogromną przewagę – Duchy Błyskawic można przywoływać, będąc w ruchu. Najważniejsze to kontrolować poziom Energii podczas śpiewania szamańskich piosenek.

Goblin wbił się w las, próbując wybrać miejsca trudne dla mnie do przejścia. Sam był bardzo mały. Z łatwością prześlizgiwał się między gałęziami, ale ja miałem pod górkę. Gałęzie drzew powodowały nie tylko utratę oddechu, ale też Energii. Na dodatek chłostały mnie po twarzy, odbierając Punkty Życia nie gorzej niż sam goblin. Wprawdzie zanim jeszcze wbiegł do lasu, zdołałem zbić uszatego praktycznie do zera, mimo to pasek migający na czerwono nie chciał zniknąć. Zrozumiałem, że w takim lesie raczej nie dogonię goblina, za to mam wielkie szanse, żeby go zgubić. Stanąłem więc i zacząłem wzywać Ducha Błyskawic. Wystarczą mi trzy sekundy, żeby...

Strzała, która nadleciała, znowu odebrała mi dwieście dwadzieścia Punktów Życia. Nie, gadzie, ten numer już nie przejdzie. A masz! Ostatnie słowa piosenki o Szamanie wypłynęły z moich ust, następnie goblin krzyknął, a jego ramka poszarzała. Nareszcie!

Zdobyłeś doświadczenie:
+200 do Doświadczenia, do kolejnego poziomu pozostało 1001.
Zdobyłeś ulepszenia umiejętności:
+5% do Intelektu. Łącznie 23%.
Zdobyłeś osiągnięcie!
Obrońca Imperium na poziomie pierwszym
(do kolejnego poziomu – 19 zabójstw przedstawicieli Kartosa).
Nagroda za osiągnięcie: Obrażenia zadawane wszystkim członkom Mrocznego Imperium zwiększają się o 1%.
Listę osiągnięć można sprawdzić w ustawieniach postaci.

Z trudem przedarłem się przez gałęzie do trupa goblina, podniosłem dwadzieścia Złotych Monet, zwykły łuk i około dziesięciu krzywych strzał. Zdobycz nie miała żadnych dodatkowych parametrów, więc postanowiłem sprzedać ją Handlarzowi NPC-owi. Takim barachłem nie zabłysnę w oczach graczy – wyśmieją mnie. Tak czy owak, kilka Złotych w kieszeni nie ciąży. Przywołałem do siebie Duchy Uzdrowienia, żeby zwiększyć Energię i Punkty Życia, i się zamyśliłem. Nijak nie mogłem przestać myśleć o tym, co zaszło: czego ta uszata i śmierdząca postać szukała w okolicach Kołotowki? A co najważniejsze, dlaczego u diabła urządziła sobie polowanie akurat na mnie? O ile dobrze pamiętam specyfikę mrocznych goblinów – one nigdy nie polują same. Zwykle atakują stadem, im większe stado, tym lepiej. A ten mob naiwnie wyszedł na mnie sam, chciał bić się jeden na jednego. Dziwne to wszystko.

Zirytowany, że nie udało mi się spotkać wilków, pokręciłem głową, wstałem i zacząłem kierować się do wioski. Jutro pójdę w drugą stronę, może tam spotkam watahę. Chociaż Starosta wyraźnie powiedział, że wilki biegają gdzieś w tej okolicy. To nic, zobaczmy. Najważniejsze, żeby nie okazało się, że moje zadanie to kula u nogi. Jakoś nie chciałem tracić reputacji, którą, jak pokazuje praktyka, Szamani zdobywają z wielkim trudem. Są oczywiście pewne nadzieje na codzienne plus pięć do Reputacji, które dostałem dzięki Pierwszemu Zabójstwu, ale czekać aż kilka lat...

Ledwo zrobiłem kilka kroków, za moimi plecami rozległ się delikatny trzask gałęzi. Co znowu, czyżby goblin ożył? Odwróciłem się. Zamknąłem oczy. Odczekałem kilka sekund i otworzyłem je ponownie. Widok bez zmian. Przyszła mi do głowy głupia myśl, żeby iść przed siebie, udając, że niczego nie słyszałem. A jeszcze przed chwilą martwiłem się, że nie mogę znaleźć watahy. Oto ona, w pełnym składzie, na czele ze swoim wodzem na poziomie dwudziestym. Był prawie tak duży jak ja. Kiedy otacza cię dziesięć wilków, wykonywanie jakichkolwiek ruchów jest bezcelowe. Ale cieszyło mnie jedno – oczy wilków nie były czerwone. Jedynie to powstrzymywało mój instynkt przed wezwaniem Ducha Błyskawic i załatwienia przynajmniej jednego moba, zanim znowu się odrodzę. Wilki najwyraźniej rozważały, co ze mną zrobić. W tym czasie ja musiałem pomyśleć, jak stąd nawiać. Szybko rozejrzałem się po okolicznych drzewach. Na to nie wejdę, ma zbyt gęste gałęzie, to jest za małe, nie utrzyma mnie, tamto ma jakieś kolce. O! Znalazłem drzewo! Jednak miałem do niego całe dwadzieścia metrów. Wilki nie pozwolą mi dobiec. Oceniwszy sytuację, zamarłem jak kamienny posąg. Jak to leciało w piosence? „To tylko chmurka deszczowa. Wcale nie jestem... Szamanem, nie. To jasne, że chmurki deszczowe, lubią dostawać prosto w..." Nim zdążyłem sobie przypomnieć, w co lubią dostawać chmurki deszczowe, przywódca watahy podszedł do trupa goblina. Warknął na niego, a następnie wbił we mnie nienawistne spojrzenie. Wyszło na to, że mam dziś dzień pojedynków na spojrzenia z naszymi braćmi mniejszymi!

Po raz drugi w ciągu dnia przestrzeń wokół mnie poszarzała i pokryła się mgłą. Wtedy moim oczom ukazała się krótka opowieść o genocydzie wilków, z bandą mrocznych goblinów w roli głównej. Uzbrojona w łuki szajka dwudziestu drobnych, zielonych stworzeń zajęła kopalnię, sądząc po Żyłach, Rudy Cyny, którą zamieszkiwała wataha wilków. Podczas ataku wszystkie młode zostały schwytane i umieszczone w klatkach. Grupa szturmowa złożona z dwudziestu wilków próbowała odbić szczenięta, ale bezskutecznie. Ogromna samica, najprawdopodobniej partnerka samca alfa, walczyła do utraty sił. Ostatecznie, ugodzona strzałami, została zniesiona przez inne wilki z pola walki. Połowa stada zginęła w kopalni, nie uwolniwszy ani jednego szczenięcia. Film się skończył i świat wrócił do normy.

Dostępne zadanie:
„Ostatnia Nadzieja. Krok 1. Ocalić Szarą Śmierć".
Opis Kroku 1: Uratuj Szarą Śmierć, ciężko ranną w bitwie z goblinami. Gdy wilczyca umrze, samiec alfa z żalu umrze razem z nią. Jeśli wykonasz cały łańcuszek questów, wilki na zawsze opuszczą okolice Kołotowki.
Klasa łańcuszka questów: Rzadki.
Nagroda za wykonanie Kroku 1: 250 do Doświadczenia.
Nagroda za łańcuszek:
Niedostępne.
Kara za porażkę (lub odmowę) wykonania zadania:
Brak.

W Kołotowce nie ma zadań? Uśmiechnąłem się pod nosem, przyjmując już trzecie w ciągu dwóch dni. Szkoda, że nie zdołam wykonać poleceń Starosty, który wysłał mnie po Wilcze Ogony. Nie mam teraz najmniejszej ochoty walczyć z wilkami. Dla rzadkiego łańcuszka questów mogę przez kilka miesięcy ignorować mieszkańców wioski. W najgorszym razie złapię Worgena. Decyzja zapadła – pomagam wilkom.

Idąc za stadem, dostałem się do niewielkiej jaskini, w której leżała ranna wilczyca. Chociaż równie dobrze można było ją nazwać jeżem: około dwudziestu strzał sterczało z jej ciała na wszystkie strony. Jakim cudem wciąż żyła, było dla mnie zagadką. Jej spazmatyczne próby złapania powietrza wskazywały, że walczy o życie. Ogromny wilk podszedł do niej, polizał ją po nosie, zawył i spojrzał na mnie wyczekująco. Jakby chciał powiedzieć – no dalej, wylecz ją.

To dziwne. Czy Rzadkie zadanie mogło być aż tak łatwe? Dla uzdrowiciela było wręcz dziecinnie proste: zaznaczyć wilczycę, wypowiedzieć zaklęcie uzdrowienia, zdobyć Doświadczenie. Może niepotrzebnie zrezygnowałem z polowania na wilki – zadanie od Starosty było zdecydowanie bardziej opłacalne. Żeby całkowicie wyleczyć wilczycę, potrzebowałem zaledwie pięciu lub sześciu wezwań Duchów. I za to dostanę dwieście pięćdziesiąt do Doświadczenia? Miałem przeczucie, że jest w tym jakiś haczyk.

Zaznaczywszy wilczycę, wezwałem Ducha Uzdrowienia i natychmiast zrozumiałem, w czym rzecz. Rezultat okazał się zupełnie nieoczekiwany. To znaczy, Duch przybył i dosłownie wstąpił w wilczycę, dając jej część swojej siły. Jednak cała moc Ducha skierowana na leczenie przeszła natychmiast na mnie w postaci ciosu. Całe pięćset pięćdziesiąt pięć jednostek! Dobrze, że udało mi się uniknąć chociaż części obrażeń. Mimo że stawiałem opór, to i tak było to nieprzyjemne.

Przywróciłem sobie wszystkie Punkty Życia i pogrążyłem się w zadumie. Być może wilczycę należało uzdrowić niestandardowymi środkami. Tylko jakimi? Co mam z tobą zrobić, śliczność? Nie mam bandaży, a Duchy odbijają się od ciebie rykoszetem. Może trzeba ci podać specjalne zioła? Ponownie przeczytałem zadanie – ani słowa o tym, jak je wykonać. Nie było wymogu co do dostępności zadania wyłącznie dla uzdrowicieli. Wynikało z tego, że mogli je zaliczyć nawet Wojownicy i Łowcy, leczący tylko bandażami i magicznymi miksturami.

Nie wiedziałem, co robić. Pogłaskałem ledwo dyszącą wilczycę. Mimo że była tylko Symulatorem, zwyczajnie, po ludzku, było mi jej żal. Ponadto...

Potwierdź, że znasz warunki zaliczenia łańcuszka questów „Ostatnia Nadzieja".

Ogromny napis *Przeczytaj zasady* nęcił i przyciągał wzrok, więc natychmiast go nacisnąłem. O jakie zasady chodziło?

Dzięki łańcuszkowi questów „Ostatnia Nadzieja", który przyjąłeś, udzielono ci dostępu do sekcji „Zadania ukryte".
Uwaga! Podczas wykonywania zadania „Ocalić Szarą Śmierć" moc filtrów doznań zostanie zmniejszona o 50%. Pamiętaj, że podczas wypełniania zadania będziesz czuł prawdziwy ból.
Zapisano, że zapoznałeś się z zasadami. Jeśli zwrócisz się do sądu, ten fakt będzie brany pod uwagę przy rozpatrywaniu skargi.
Potwierdź, że chcesz kontynuować zadanie „Ocalić Szarą Śmierć".

Filtry zostaną wyłączone? Nic z tego nie rozumiem. Co filtry doznań mają do leczenia wilczycy? Niech będzie, zgadzam się. Biorąc pod uwagę fakt, że ból i tak czuję na sto procent, może przecież zdarzyć się cud w postaci zmniejszonego o połowę poziomu doznań, chociażby na chwilę. To byłoby wspaniałe. Tak więc jestem przygotowany na ból. Co dalej?

Otrzymałeś cios. Punkty Życia zmniejszyły się o 220: 450 (Cios Strzałą) - 230 (Odporność na atak fizyczny). Łącznie Punktów Życia: 420 od 680. Aktualizacja zadania „Ocalić Szarą Śmierć. Krok 1": Usunięto 1 z 20 strzał.

Po co mi to wszystko! Ledwo dysząc, podniosłem się z podłogi, na którą upadłem z powodu nagłego ataku bólu. Czyżby do moich stu procent doznań dodano jeszcze pięćdziesiąt? Ból był tak duży, że dostałem skurczu mięśni! Natychmiast przywołałem do siebie Ducha Uzdrowienia i uspokoiłem oddech. Potem usiadłem obok wilczycy i zacząłem się zastanawiać. A raczej udawać, że się zastanawiam, bo poza przekonaniem, że nie zniosę dwudziestu takich razów z rzędu, w głowie miałem pustkę. To jakiś idiotyzm. Programiści nie mogli przecież stworzyć zadania, które przechodzi się wyłącznie przez doświadczanie bólu. To absolutnie nie było możliwe. Na pewno istniał jakiś inny sposób, dzięki któremu strzały wyjdą same. Muszę się tylko skupić.

Podszedł do mnie samiec alfa. Obwąchał strzałę, która wypadła, i spojrzał na mnie, jakby pytając: „Dlaczego przestałeś? Działaj, no dalej". Jak mam pracować, szary, skoro aż tak mnie boli? Tylu ciosów nie wytrzymam, przepraszam. Chociaż... Może bolało tylko za pierwszym razem, a teraz będzie już łatwiej? Siłą woli zabrałem się do pracy. Zacząłem się zastanawiać, czy już wyglądam jak masochista.

Aktualizacja zadania „Ocalić Szarą Śmierć. Krok 1": Usunięto 2 z 20 strzał.

Dopiero na ziemi doszedłem do siebie. To nie było ani trochę łagodniejsze! Straciłem nawet przytomność! Za to moja Wydolność zwiększyła się o dwadzieścia procent. Jeśli nadal będę wyciągał strzały w ten sposób, niedługo zdobędę dwunasty poziom. No tak. Patowa sytuacja. Chciałoby się, ale boli. Przy czym boli tak, że aż rwie w zębach.

Aktywizacja szarych komórek, którą starałem się uskutecznić, nie przyniosła żadnego rezultatu. Nie miałem pojęcia, co i w jaki sposób zrobić. Już dość, najwyższy czas odpocząć! Może jeśli wyjdę z jaskini i zaczerpnę świeżego powietrza, jakiś pomysł sam wpadnie mi do głowy? Nawet w najbardziej szalonych wizjach nie potrafiłem wymyślić, jak wyciągnąć pozostałe strzały. Nie, oczywiście, miałem pomysły, ale nie chciałem iść tą drogą.

Przeszukanie przewodnika niczego nie dało. Na początku poinformowano mnie, że dostępna jest sekcja „Zadania ukryte". Znalazłem w niej wskazówkę, że aby wykonać zadanie, trzeba wyleczyć wilczycę po uprzednim wyciągnięciu wszystkich strzał. Może niepotrzebnie tak się cieszyłem, że mam dostęp do przewodnika? Na forum o tym zadaniu nie pisały nawet skostniałe trolle. No dobrze, najwyższa pora iść się przewietrzyć, złapać oddech i pomyśleć.

Być może podłoga była za śliska albo moje nogi nie doszły jeszcze do siebie po ostatniej próbie wyjęcia strzały, tak czy owak, zdarzyło się coś nieprzewidzianego. Kiedy próbowałem wstać, straciłem równowagę i ponownie upadłem, tym razem na wilka stojącego obok swojej samicy. Bąknąłem coś w stylu: „Wybacz, szary, to był przypadek", i znowu zacząłem się podnosić. Wilk na szczęście nie zawarczał, mruknął tylko. Zdając sobie sprawę, że przekraczam wszelkie granice bezczelności, jedną ręką oparłem się o wilka. W tej samej chwili drugą ręką przypadkowo dotknąłem wilczycy. Może na poziomie podświadomości wciąż bardzo chciałem zaliczyć zadanie...

Aktualizacja zadania „Ocalić Szarą Śmierć. Krok 1":
Usunięto 3 z 20 strzał.
Przekazałeś otrzymaną dawkę bólu.

Samiec alfa, o którego się oparłem, zawył zaskoczony i odskoczył w bok. Dobrze, że mnie nie zaatakował, nie byłem gotów na walkę z wilczym stadem. Ale nie to było teraz najważniejsze. Ważne było to, że miałem już trzy strzały z dwudziestu.

Wezwałem do przywódcy stada Ducha Uzdrowienia i gestem zapraszającym wskazałem mu miejsce obok siebie. Nie ma co się mazać. Przecież nie odwalę za ciebie całej roboty.

Po ósmej strzale przywódca miał dość. Za każdym razem odskakiwał, ale dumnie wracał na miejsce. Ale po ósmym uderzeniu po prostu stracił przytomność. Dobrze, że przynajmniej oddychał, bo już się bałem, że pozbawiłem watahę szefostwa. Pozostało jeszcze tylko dziesięć strzał do wyciągnięcia, ale skąd wziąć kolejnego ochotnika?

Jakby za sprawą magii do jaskini wszedł szeregowy przedstawiciel stada. Ciekawe, czy transfer na niego zadziała? Wilk podszedł do mnie, powąchał nieprzytomnego przywódcę i rzucił mi spojrzenie. Cóż, sprawdzimy? Dotknąłem go, a następnie ranną wilczycę. Działa! Wilk wytrzymał jednak tylko jedną strzałę, po czym pisnął i odskoczył. Łapy nie były w stanie utrzymać jego ciała i natychmiast, jak długi, runął na ziemię. Na wszelki wypadek go wyleczyłem i opuściłem jaskinię w poszukiwaniu kolejnej ofiary. A co? Przecież to nie są prawdziwe wilki, tylko Symulatory. Niech cierpią za swojego przywódcę. Nie jestem ich kozłem ofiarnym.

Ostatnią strzałę musiałem wyciągnąć sam. Zabrakło wilków w stadzie. Nie angażowałem wilczyc, które miały mniej Punktów Życia, niż zabiera jedna strzała. To jednak kobiety, nawet jeśli mają ogony: po co je narażać na ciosy? Musiałem wziąć to na siebie.

Aktualizacja zadania „Ocalić Szarą Śmierć. Krok 1":
Usunięto 20 z 20 strzał.
Zadanie zostało zakończone. Zdobyłeś doświadczenie:
+250 do Doświadczenia, do kolejnego poziomu pozostało 751.

Kiedy podniosłem się z ziemi, na którą upadłem z bólu, złapałem oddech i wezwałem do wilczycy trzy Duchy Leczenia. Teraz zadanie można było uznać za zakończone. Szara Śmierć żyła.

Wilczyca otworzyła oczy, uniosła z ziemi głowę, rozejrzała się i natychmiast zerwała się na równe nogi. Tego, co wydarzyło się później, naprawdę nie rozumiałem. Na początku w jaskini rozległo się gniewne wycie. Wszystkie wilki ocknęły się i stanęły na baczność. Wówczas oczy wilczycy wypełniły się krwią, a ona rzuciła się na mnie. Samiec alfa natychmiast przeciął jej drogę. Wilczyca jednak wbiła się we mnie, odejmując mi połowę Punktów Życia. Ale wtedy przywódca skoczył na nią, odciągnął ją i nie pozwolił mnie dobić. Stado zaś na wszelki wypadek, gdyby sytuacja miała wymknąć się spod kontroli, wybiegło z jaskini.

Odciągnięta wilczyca znów zerwała się na równe nogi i już chciała się na mnie rzucić, gdy na jej drodze ponownie stanął przywódca. Wilki zawyły porozumiewawczo: ton wilczycy był wysoki, oskarżający, a wilka – spokojny. Dosłownie jakby doświadczony mąż rozmawiał z rozhisteryzowaną żoną, słowo daję. Poczułem się piątym kołem u wozu w tych rodzinnych rozgrywkach. Chciałem powtórzyć wyczyn pozostałych członków stada i cicho wymknąć się z jaskini. Wtedy wyświetliła się kolejna wiadomość:

Dostępne zadanie: „Ostatnia Nadzieja. Krok 2. Uwolnić wilczęta".
Opis Kroku 2: Uwolnij 10 szczeniąt wziętych do niewoli przez mroczne gobliny. Jeśli wykonasz cały łańcuszek questów, wilki na zawsze opuszczą okolice Kołotowki.
Klasa łańcuszka questów: Rzadki.

Nagroda za wykonanie Kroku 2: 550 do Doświadczenia.
Nagroda za łańcuszek: Niedostępne.
Kara za porażkę (lub odmowę) wykonania zadania: Brak.

Oba wilki uspokoiły się i patrzyły na mnie. Oba. Czyżby czekały na moją decyzję? Oczywiście, że biorę drugi krok. Dostanę za to Doświadczenie, a na goblinach będę mógł się wylevelować. Trzeba tylko sprawdzić, gdzie one są.

– Ochłonęłyście już? To teraz pokażcie, gdzie osiedliły się zielone kreatury – wydusiłem w końcu.

W zwykłym życiu taki zwrot do wilków brzmiałby co najmniej głupio, ale Barliona to nie świat realny. Tu nawet wilki, jeśli się je przyciśnie, mogą przemówić. Przywódca warknął coś w odpowiedzi, wyszedł z jaskini i pognał w głąb lasu.

Nazrywałem trochę gałęzi, stworzyłem z nich coś w rodzaju krzaka i czekałem na znane mi powiadomienie:

Uwaga! Dostępny jest nowy parametr postaci: Skrytość.
Skrytość pozwala zakamuflować się w otaczającej przestrzeni. Będziesz trudny do zidentyfikowania przez moby oraz przez innych graczy. Kiedy osiągniesz maksymalny poziom Skrytości, trzeba będzie się bardzo natrudzić, żeby cię zobaczyć. Istnieje możliwość całkowitej rezygnacji z walki.
Czy chcesz przyjąć ten parametr?
Uwaga! Rezygnacja z przyjętego parametru będzie niemożliwa!

Gdybym grał Łowcą, trzymałbym się tej cechy rękami i nogami. Uwielbiałem wędrować samotnie po lasach Malabaru. Z tego powodu często musiałem uciekać przed mobami. Tak, nawet historia wyprawy do Kartosa rozwinęłaby się zupełnie inaczej, gdybym miał wtedy Skrytość. Ale zanim jeszcze zacząłem czytać rady doświadczonych rajderów, udało mi się osiągnąć trzydziesty poziom i wypełnić wszystkie cztery sloty innymi cechami. Zasadniczo również niezbędnymi dla Łowcy. A ponieważ nie miałem najmniejszej ochoty przebudowywać postaci, kamuflowałem się przy użyciu specjalnych eliksirów. Były przydatne, ale niestety miały też obrzydliwą właściwość kończenia się zarówno pod względem ilości, jak i okresu przydatności, i to zwykle w najmniej oczekiwanym momencie. Miałem na to empiryczne dowody. Dobrze, nie ma co roztrząsać przeszłości. Nie chcę Skrytości dla Szamana – w ostatnim slocie potrzebuję mieć coś do ataku. I tak wszystkie moje parametry są związane z wytwarzaniem rzeczy lub obroną. Nie chcę stracić równowagi.

Leżałem zamaskowany pod krzakiem zaledwie kilka kroków od krawędzi kopalni, która w rzeczywistości była ogromnym dołem. Wykurzyć gobliny z tej dziury nie będzie łatwo. Nieźle się tu zadomowiły – jedyne wejście do kopalni było zagrodzone ogromną drewnianą bramą, a od dołu, wzdłuż całego obwodu, postawiono pale uniemożliwiające zejście w dół. Cztery drewniane wieże, widać, że wykonane w pośpiechu, rozłożone były równomiernie wokół kopalni, a na każdej z nich siedziało dwóch obserwatorów. Gobliny łucznicy na trzydziestym poziomie. Około dziesięciu zielonych zajmowało się zwykłymi obowiązkami – wydobywali Rudę Cyny. Oddzielny namiot stojący w samym centrum kopalni należał pewnie do jakiejś grubej ryby, bo wejścia do niego strzegł wojownik. W pobliżu namiotu stało dziesięć klatek, w których skomlały szczenięta wilków. Dobrze, że nie zabrałem ze sobą wilczycy – w tej chwili rzuciłaby się na ratunek swoim dzieciom. Zaledwie kilka kroków od klatek leżało dziesięć martwych wilków. Gobliny nawet nie zamierzały ich stamtąd usuwać. Za kilka dni same znikną. Teoretycznie mogę zdjąć z nich ogony potrzebne do wykonania zadania. Przynajmniej zaliczę połowę: może Starosta mi to uzna bez ogona Szarej Śmierci. Nawiasem mówiąc, początkowo myślałem, że to samiec alfa, a tu taka niespodzianka.

Pomysł bohaterskiego ataku na kopalnię i metodycznego wybijania goblinów odrzuciłem z miejsca. Łucznicy na wieży nie pozwolą mi zbliżyć się do bramy, a skok w dół na pale – to gwarantowane odrodzenie. Znowu będę musiał zaplanować wszystko zupełnie inaczej.

Wczołgałem się z powrotem do lasu, zarzuciłem na siebie gałęzie i zacząłem studiować przewodnik. Co my tu mamy na temat mrocznych goblinów?

Mroczny goblin – humanoidalna rasa, spotykana wyłącznie w Imperium Kartosa. Jedna z niewielu ras, które nie mogą zostać wybrane przez graczy. Cechy szczególne rasy: +(Poziom) do Zręczności, zmniejszona liczba Punktów Życia i Siły. Na widok samicy orka traci głowę i z całej siły próbuje ją uwieść. Wygląd zewnętrzny mrocznego goblina przedstawiono na rysunku.

Nawet nie spojrzałem na mrocznego goblina. Od razu zacząłem szukać obrazków przedstawiających samicę orka. I znalazłem. O człowieku! Czyżby ta dwumetrowa zielona maszyna z wyboistą górą mięśni i kością wetkniętą w nos była przedmiotem westchnień tych uszatków z metra ciętych? Szkoda, że nie mam przyjaciół grających orkami. Zaraz poprosiłbym ich o małą przysługę. A tak, chyba sam będę musiał się przemalować na zielono. Przemalować!

Doznałem olśnienia! W Kołotowce mieszka tylko jeden Handlarz, nie ma wielu towarów, ale zieloną farbę powinien mieć. To standard. Spódnicę pożyczę lub kupię od Tiszy. Newralgiczne miejsca wypcham wyschniętą trawą, pomaluję się i z daleka będę wyglądać jak orczyca. Peruka też by nie zaszkodziła. Zdecydowałem. Wracam do Kołotowki i kupuję potrzebne rzeczy.

Zapewniwszy wilki, że wrócę tak szybko, jak tylko się da, wyrwałem z powrotem do wioski. Ku mojemu zaskoczeniu Handlarz nie miał zielonej farby. Już zacząłem się martwić, kiedy polecił mi kupca, który przybył do wioski dosłownie kilka godzin temu. Najszybciej jak mogłem, pobiegłem na plac centralny, gdzie zebrał się już spory tłum.

Pierwszą rzeczą, którą zrobiłem po przepchnięciu się do kupca, było wystawienie na sprzedaż całego barachła, które miałem: skór, ogonów, mięsa i pazurów. Torby trzeba systematycznie opróżniać – ropucha nie pozwalała mi wyrzucać rzeczy, nawet tych bezużytecznych. Zastanowiłem się przez chwilę i do góry niepotrzebnych przedmiotów dołożyłem łuk i strzały goblina, którego dzisiaj załatwiłem. Handlarz, który, sądząc po zachowaniu, był gnomem, a po wyglądzie – człowiekiem, bez jakiegokolwiek zainteresowania rozgarnął palcem ułożoną przeze mnie stertę. Na kilka sekund zatrzymał wzrok jedynie na łuku i strzałach. Nawet uniósł brew ze zdziwienia. Sądząc po jego reakcji, doskonale wiedział, z kogo wypada taki niezwykły towar.

– Cztery Złote Monety – powiedział w końcu. – Nie ma tu absolutnie nic, czego potrzebuję. Wszystko będę musiał odsprzedać. Zgoda?

Pokiwałem twierdząco, zgadzając się na tę cenę.

– Chciałbyś coś kupić?

– Chciałbym. Potrzebuję zieloną farbę, damską skórzaną spódnicę i tunikę, perukę z długimi włosami w ciemnym kolorze i portal do Dalgoru – wypaliłem. Nie miałem teraz czasu na uprzejmości.

– Farba kosztuje dwa Miedziaki – odparł kupiec, wcale nie dziwiąc się mojej szczególnej prośbie. – Tunika i spódnica – po dwie Złote Monety, peruka – dwadzieścia, a portal do Dalgoru – tysiąc Złotych. Płatność z góry, na krechę nie daję.

Zamiast zszokować Handlarza swoim zamówieniem, sam znalazłem się w ciężkim szoku. Skąd to wszystko miał zwykły kupiec? W porządku, farba i ubrania – to jeszcze rozumiem. To chodliwy towar, wielu go kupuje. Perukę od biedy też można zakwalifikować do tej kategorii. Ale zwój portalu zdecydowanie do niej nie należy! Tysiąc Złotych Monet dla graczy i NPC-ów do czterdziestego poziomu to bardzo dużo pieniędzy. Dopóki nie jest możliwe chodzenie po Podziemiach, mało kto dysponuje taką kwotą. Zadania wydawane przez NPC-ów przynoszą niewielki zysk, a niskolevelowe przedmioty trudno sprzedać. Jakby czytając w moich myślach i widząc moje zdziwienie, kupiec zaśmiał się:

– Nie martw się, nie ma w tym żadnego podstępu. To jest naprawdę zwój portalu do Dalgoru. Już dawno kupiłem go dla siebie na wypadek ataku bandytów, żeby wyjść z niego cało i zdrowo. Szwendam się z nim już dwa lata i ani razu mi się nie przydał. Już zacząłem myśleć, że niepotrzebnie wsadziłem w niego tyle pieniędzy. Sprzedaję praktycznie po kosztach: zwój u Maga kosztuje dziewięćset pięćdziesiąt Złotych, więc moja marża jest niewielka.

– Pięćdziesiąt Złotych to dla ciebie niewielka marża? Chcesz mnie wyczyścić do zera! – Opanowałem początkowy stan szoku i zacząłem się twardo targować. Ci, którzy znali mnie z czasów wolności, nigdy by nie uwierzyli, że taki cichy i pokorny programista systemów bezpieczeństwa, zawsze kupujący towary za cenę żądaną przez sprzedawców, będzie tak zaciekle walczył o każdego Miedziaka. A właśnie, że będę! Specjalność Handel do czegoś mnie zobowiązuje. – Opuść mi o czterdzieści i biorę od ręki.

– Ech, taki duży, a w bajki o opustach wierzy! – NiePoCium nie dawał za wygraną. Co więcej, w ustawieniach miał głęboko zakodowane, żeby zdzierać z graczy maksymalną cenę za towar plus jeszcze połowę. Graczom nie wolno było wyciągać swoich pieniędzy do świata realnego i dlatego musieli wydawać je w Barlionie. – Jestem gotów nagiąć się jedynie na pięć Złotych. Pomyśl tylko, jak długo chroniłem ten zwój, sam musiałem siedzieć na deszczu, a zwój trzymałem w suchym miejscu. Czyżbym przetrwał wszystkie niedogodności tylko po to, żeby zarobić dziesięć Złotych? Czterdzieści pięć Złotych marży i ani grosza mniej!

Pięć minut zajęło mi zmniejszenie ceny zwoju do dziewięciuset siedemdziesięciu Złotych. W tym czasie wokół nas zgromadzili się ludzie i zaczęli doradzać, jak sprawić, by kupiec przestał być taki chciwy. Kiedy zaś przychodziła kolej na kupca, odradzali mu robienia interesów z takim skąpym klientem. Ogólnie rzecz ujmując, w Kołotowce mieszkają dobrzy ludzie. Wrażliwi i uprzejmi. Wolałbym ich nigdy więcej nie spotkać.

Wyłożyłem odpowiednią kwotę, podniosłem Handel od razu o cały poziom, aż do siódmego, i już miałem odejść, kiedy przypomniałem sobie o dziwnym Oku Pająka. I tak będę musiał się w końcu dowiedzieć, co to jest, a sam nie dam rady. Może kupiec sobie z tym poradzi?

– Szanowny Panie, mam jeszcze coś. Czy zechce Pan spojrzeć? Może się przyda – powiedziałem, wyciągając straszne i nieprzyjemne w dotyku oko i wręczając je osłupiałemu kupcowi. Gdy on, oszołomiony, wpatrywał się w przedmiot w mojej dłoni, ja po kilku sekundach dostałem powiadomienie:

Przedmiot został rozpoznany: Oko Mrocznej Wdowy.
Uwaga! Właściciel przedmiotu ma dostęp do zadania, czy chcesz zobaczyć jego opis?

Stałem się prawie dokładną kopią zdębiałej postaci kupca. Zadanie dostępne dla posiadacza tego przedmiotu mogło oznaczać tylko jedno – w swoich rękach miałem przepustkę do kolejnej Legendy Barliony.

Z trudem przełykając ślinę, sprawdziłem opis zadania:

Oko Mrocznej Wdowy.
Opis: Sto tysięcy lat temu, jeszcze przed pojawieniem się ludzi, Barlioną rządzili okrutni i krnąbrni Władcy Tarantule, którzy całkowicie podporządkowali sobie pozostałe rasy. Po kataklizmie

Władcy zniknęli, a wszystkie rasy próbowały wymazać z pamięci doświadczenie tysiąclecia ucisku Tarantuli, skazując je po wsze czasy na zapomnienie. W głębi Wolnych Ziem nadal jednak istnieje kult Władców, których Patriarcha chce wskrzesić Tarantule i pogrążyć świat w pajęczynie strachu i bólu. Powstrzymaj ich, w przeciwnym razie będzie za późno. Skontaktuj się z Imperatorem w celu uzyskania dalszych instrukcji. Klasa zadania: Legendarne.
Wymagania odnośnie do poziomu: Nie niższy niż 100.
Wymagania dotyczące składu: Nie mniej niż 20 uczestników.
Nagroda: Niedostępne.

Dwudziestu graczy na setnym poziomie, którzy musieliby przedrzeć się w głąb Wolnych Ziem i natłuc jakiemuś Patriarsze... Z całym szacunkiem dla siebie samego, ale organizacji takiego rajdu nie udźwignę. Przynajmniej nie teraz. Z drugiej strony moja odmowa to jeszcze nie powód, żeby pozbywać się takiego przedmiotu! Przez chwilę przebierałem Okiem w palcach, a potem wrzuciłem je z powrotem do worka. Rzeczywiście, może się jeszcze przydać.

– Pięć tysięcy dzisiaj, a za tydzień przywiozę jeszcze czterdzieści. – Słowa Handlarza, który powoli dochodził do siebie, wprawiły mnie w osłupienie.

Zazwyczaj takie rzeczy są chodliwe wśród graczy, dla NPC-a natomiast są niczym więcej niż przedmiotem inwentarzowym. A tutaj – czterdzieści pięć tysięcy Złotych! I to pomimo mojej czerwonej opaski i tego, że przecież NPC cały czas próbował ze mnie zedrzeć, ile się tylko dało. Nie, dziękuję. Najpierw muszę się dowiedzieć, co to za Oko, kim są Władcy Tarantule i dopiero wtedy zdecyduję.

– Nie, dziękuję. Nie zamierzam teraz sprzedawać Oka.

– Dziewięćdziesiąt tysięcy Złotem. Już jutro.

Kupiec chciał mnie chyba wykończyć. Co szczególnego jest w tym przedmiocie? Wszedłem w przewodnik i zacząłem wyszukiwać po nazwie. Nic. Absolutnie nic. Przeszukanie forum też nie przyniosło rezultatów. Pewnie powtarza się historia z łańcuszkiem questów – dopóki zadanie nie zostanie przyjęte, nie masz dostępu do ukrytej części pomocy. Najprawdopodobniej tak właśnie jest. Nie mogę teraz przyjąć tego zadania. Setny poziom wciąż pozostaje setnym poziomem. Zabieranie się za Oko z moim czternastym byłoby po prostu śmieszne.

– Nie, dziękuję. Nie sprzedam Oka nawet za dwieście tysięcy. – Sądząc po opadniętej szczęce kupca, po raz trzeci zamierzał zaproponować mniej więcej taką kwotę. Udam się do Anchursu, stworzę Klan i dopiero wtedy postanowię, co zrobić z Okiem. Z torby nie może zniknąć, to nie jest Przedmiot Legendarny, więc niech sobie tam leży.

Zostawiając sfrustrowanego kupca, który ku niezadowoleniu ludzi natychmiast zaczął zwijać swój interes, wróciłem do lasu. Timer odmierzający czterdzieści osiem godzin mojego pobytu poza wioską wyzerował się, więc znowu miałem dwa dni, żeby uwolnić szczenięta wilków i stłuc mordy goblinów.

Wilki znalazłem w tym samym miejscu, w którym je zostawiłem – w krzakach przed drewnianą bramą kopalni. Jeśli strzegły wejścia jak oka w głowie, to jakim cudem ten jeden goblin wydostał się na zewnątrz i chodził sobie wolny? Raczej nie zauważyłem drugich drzwi, a wspięcie się na górę z tego dołu było niemożliwe. W porządku, może wilki też lubią sobie pospać, kto wie...

Wyciągnąłem z torby potrzebny ekwipunek i zacząłem się przeistaczać. Na początek zmieniłem koloru na mocno zielony. Pomalowałem ręce, twarz, nogi i w ogóle wszystko, co mogło wystawać spod spódnicy i tuniki. Wilki bez zrozumienia przyglądały się moim poczynaniom. Z prostego człowieka Szamana zmieniałem się w zielonego diabli wiedzą kogo. Cieszyło mnie tylko jedno – brak świadków. Bo wilki przecież nikomu nie powiedzą o tym upokorzeniu. Skórzana tunika miała wystarczająco dużo miejsca – mogłem wypchać ją trawą w newralgicznych miejscach i nadać sobie wygląd prawdziwej kobiety. Kiedy założyłem spódnicę i perukę, samiec alfa nie mógł się powstrzymać i parsknął. Zapamiętać – po zabiciu wszystkich goblinów obić przywódcy niewyparzoną szarą mordę.

Najważniejsze, żeby cała ta maskarada zadziałała, w przeciwnym razie wszystkie wysiłki pójdą na marne. Zanim udałem się na podbój uszatej drobnicy, poszedłem do strumienia, żeby zobaczyć swoje odbicie. Miazga! Wyszło mi z tego zacne straszydło. Zielone, przerażające i czarnowłose. Wykapany ork. Czegoś mi jednak brakowało. Skrzywiłem się, bo metamorfoza nie była kompletna. Tak – zielony, w spódnicy, z Obuchem w ręce... ciągle brakowało jakiegoś drobnego szczegółu. Gobliny na mnie nie polecą, to pewne jak dwa razy dwa. Subtelne wycie zmusiło mnie do odwrócenia się. Szara Śmierć, jeśli poprawnie zrozumiałem imię wilczycy, przyniosła w zębach niewielką kość. To jest to! Orczyca z obrazka miała właśnie ten atrybut piękna wetknięty w nos. Wyrwałem kilka włosów z peruki i natychmiast przywiązałem sobie kość. Teraz wszystko się zgadzało. Jeśli w tej formie nie uda mi się nikogo uwieść, to będzie znaczyło, że nic nie wiem o kanonach goblińskiego piękna. Jedno wciąż mnie denerwowało – wilczyca też parskała, zupełnie jakby się śmiała. W porządku, śmiejcie się, jeszcze wam o tym przypomnę.

Zebrałem się w sobie, wytypowałem jednego z łuczników na najbliższej wieży i wyszedłem z krzaków. Oto ona – chwila prawdy. Ukryty oddział wilków, gotowych do ataku na gobliny, czaił się w trawie. Odczekałem chwilę, ale nieczysta drobnica nie wykonała żadnych ruchów. Co jest – nie widzą mnie? To ja wam pomogę. Nabrałem powietrza do płuc i zacząłem gwizdać, uważnie obserwując goblina. Jeśli natychmiast zareaguje agresją – będę wiedział, że numer nie przeszedł. I że niepotrzebnie się przemalowałem.

Minęło kilka kolejnych sekund, podczas których gobliny nie zrobiły się czerwone. W to, że mnie widziały, już nie wątpiłem: obaj łucznicy omal nie zwalili się z balustrady, próbując dojrzeć, co to za pięknotka do nich zawitała.

Nagle na goblinie, którego miałem na oku, pojawił się buff w formie serca: *Adoracja*. Goblin, rzuciwszy swój łuk, zaczął schodzić z wieży, przeskakując schodki. A tuż za nim – drugi. Czyżby zadziałało? Wolnym krokiem zacząłem się wycofywać w stronę lasu, gdzie już czekała grupa szturmowa wilków. Rozkochane gobliny otworzyły bramę i ruszyły w moim kierunku. To by było na tyle, chłopcy są załatwieni. Całkowicie straciwszy głowę, wybiegli mi na spotkanie, w drodze wysyłając całusy. Cóż za obrzydlistwo. Jeden z lowelasów podszedł do krzaka, za którym siedział wilk, i zerwał kilka gałązek. Chyba chciał dać mi bukiet? No nieźle, jak mi miło... Tfu! O czym to ja mówiłem? Muszę wywieść gobliny głęboko w las, żeby nie było słychać ich krzyków. Starałem się więc odejść jak najdalej od kopalni.

Na zaznaczonym przeze mnie goblinie pojawił się kolejny buff: *Podniecenie*. Znowu w formie serca. Ups... Czyli orki grają w takie gry? Nieźle. Odszedłem mniej więcej dwieście metrów od kopalni i odwróciłem się twarzą do goblinów spieszących ku swojemu szczęściu. Cholera! Nie pomyślałem i zostawiłem czyhającą watahę na skaju lasu. Czołgające się po bokach wilki spieszyły się, by zająć nową pozycję do ataku, ale rażąco nie nadążały. Gobliny dotrą do mnie jako pierwsze. Cholera jasna! Przecież nie wezwę duchów – wyszedłbym z roli, a ta parka zmiotłaby mnie za jednym zamachem. Nawet jeśli z uporem maniaka levelują wyłącznie Zręczność, to i tak ich poziom trzydziesty jest znacznie silniejszy od mojego czternastego. Zgniotą mnie jak robaka, jednym ruchem kapcia. Ścisnąwszy Obuch, postanowiłem ich odeprzeć, dopóki nie nadciągnie wataha. Potrzebowałem zaledwie kilkudziesięciu sekund.

Goblin podbiegł do mnie i rozłożył ręce, próbując wziąć mnie w ramiona, ale dostał Obuchem prosto w nos. Zatoczył się i krzyknął. Dostał trzeciego buffa, znowu w formie serca: *Zaloty*. A po kilku sekundach wszystkie trzy buffy połączyły się w jedno wielkie serce: *Miłość*. No cóż. Chociaż w grze ktoś mnie pokochał. Odwróciwszy się do swojego przeciwnika, goblin krzyknął:

– Poszedła won, pomiot skliksa! Kobiet będzie moje!

– Za taki kobiet można i tebe w morda kałuż gówna! Ja też kobiet chce! – wrzasnął drugi.

Nawet nie zdążyłem się zdziwić, gdy zobaczyłem powiadomienie:

Uwaga! Zakochał się w tobie przedstawiciel Mrocznego Imperium Kartosa.
Żeby kochankowie mogli się komunikować, administrator Gry daje ci możliwość rozumienia języka mrocznych goblinów i mówienia ich językiem.
Życzymy miłej gry!
Nauczyłeś się nowego języka: Mroczny gobliński.
Zdobyłeś osiągnięcie!
Romeo i Julia poziom 1
(do kolejnego poziomu – 19 uwiedzeń przedstawicieli Mrocznego Imperium).
Nagroda za osiągnięcia:
Wzrost o 1% szansy rozkochania w sobie przedstawiciela Mrocznego Imperium.
Listę osiągnięć można sprawdzić w ustawieniach postaci.

Za chwilę chyba zejdę! Całe życie marzyłem o tak ważnym i prawie nierealnym osiągnięciu. Najważniejsze jest teraz to, żeby nikt nigdy się nie dowiedział, że je mam. W zasadzie opanowanie języka Mrocznego Imperium nie jest niczym nadzwyczajnym – wystarczy iść do biblioteki i spędzić w niej kilka miesięcy, studiując teksty i rozmawiając ze Stróżem. Kiedy nadejdzie czas, Stróż sam zaoferuje odpowiednią książkę i nauczy cię jednego ze stu języków naszego kontynentu. Do wyboru. Od rozpowszechnionego orczego po rzadki koboldski. Nie wiedziałem jednak, że języka można się nauczyć dzięki takim „prezencikom".

Gobliny zaczęły się spierać, który z nich jest dla mnie bardziej odpowiedni. W ruch poszły już pięści, kiedy w końcu dotarła moja wilcza grupa szturmowa. Walka była krótka, ale dość niezwykła. Wilki dosłownie rozrywały gobliny, a te nawet nie próbowały się przeciwstawiać. Z ogromnymi, pełnymi łez oczami patrzyły na mnie jak na zdrajczynię, która sprzedała ich wszystkie nadzieje... Oj, to znaczy jak na zdrajcę! Niech idą w diabły! Sam już zaczynam się mylić.

Zdobyłeś doświadczenie: +400 do Doświadczenia, do kolejnego poziomu pozostało 351.

Za każdego goblina dostałem dwie Złote Monety i potargane spodnie. Nie było ani broni, ani eliksirów. Dobra, nieważne. Najważniejsze jest to, że znalazł się sposób, w dodatku zupełnie bezbolesny, na pokonanie goblinów. A to, że do tego trzeba bujać biodrami i robić ładne oczka, powtórzę – świadków brak, więc nic nie zaszło. Z tą myślą poszedłem szukać kolejnej partii Romeów...

Wilki na pewno coś kombinowały. Dopóki nie zacząłem tłuc goblina Obuchem, ani jeden pies nie ruszył do ataku na pędzącą za mną parę. Dlaczego zleciłem im tylko stanie na czatach? Żeby mieli ubaw, patrząc na uganiające się za mną stado adoratorów? W każdym razie misja jest zakończona – wszystkie cztery wieże są wolne, bramy otwarte, pozostało tylko dziesięciu robotników wraz z wojownikiem i dowódcą. Obawiałem się dwóch ostatnich.

Wojownik ładował wszystko w Siłę, ale szef był wielką niewiadomą. Mógł okazać się nawet Magiem. Powinienem się go strzec.

Dzięki Romeom wspiąłem się na piętnasty poziom, ale nie chciałem teraz w nic wkładać wolnych punktów do statystyk. Im wyższy miałem poziom określonego parametru, tym trudniej było go rozwijać w standardowy sposób. Nie, nie ruszam ich, dopóki coś mnie nie przyciśnie.

A przy okazji, skoro mowa o statystykach, zdecydowałem się dowiedzieć, co daje mi Wydolność. Fakt, że obniża poziom bólu, jest dobry, ale w teorii Wydolność powinna również zmniejszać siłę nadchodzących ciosów. A ja nie zauważyłem w żadnym wyskakującym powiadomieniu, że cios został zmniejszony o określoną wartość ze względu na Wydolność. Może trzeba ją aktywować? Co na ten temat znajdę w Pomocy?

Wydolność to zdolność gracza do ignorowania dowolnego ciosu przeciwnika o (Wydolność/10) procent. Jest obliczana i automatycznie odejmowana jeszcze przed analizą blokowania – od wszelkich otrzymanych ciosów, wykonanych uników lub redukcji obrażeń – dzięki odporności na dany rodzaj ataku.

Teraz rozumiem, dlaczego nie widziałem Wydolności w powiadomieniach. Komunikat „Otrzymałeś XXX obrażeń" pokazuje uszkodzenia już zmniejszone o Wydolność. W moim przypadku o 1,1%. To niewiele, ale czasami nawet taka wartość pozwala pozostać przy życiu.

Zebrawszy wilki w jedną grupę uderzeniową, przystąpiłem do ataku na kopalnię. Liczba przebywających tam goblinów wciąż była wystarczająca, żeby skutecznie utrudnić nam życie.

– Pania przyszła! Pania przyszła! – Odrzuciwszy kilofy, cała dziesiątka robotników padła na kolana i zaczęła bić głowami o ziemię. Co oni? Czyżby wzięli mnie za swojego pana? A na cholerę mi to! Zaznaczyłem jednego z goblinów i sprawdziłem jego właściwości. Goblin. Po prostu goblin, bez oznaczenia „mroczny". Spojrzałem na osobnika stojącego najbliżej mnie i dostrzegłem na jego szyi obrożę. Niewolnicy! Dziesiątka niewolników wydobywających rudę.

– Aa-a-rch! – warknął wojownik strzegący namiotu i rzucił się na mnie. – Ty nie kobiet! Ty przebrany zwiadowca! Wrogowie w obozie!

Trzydziesty poziom. Wojownik walki kontaktowej, sądząc po stylu, w jakim szarżował na mnie, wymachując jataganem. A figę z makiem dostaniesz, złota rybko. Ja też umiem biegać. Tylko, w odróżnieniu od łucznika, mogę jeszcze przywoływać Duchy. Wilki znów zamarły jak posągi, nie chcąc jako pierwsze wdawać się w bójkę. Cóż, w porządku, tego osobnika sam załatwię. Niech lepiej pilnują, żeby w tym czasie nie wyszedł boss – spodziewałem się, walka z nim będzie długa i mozolna.

Dość szybko wykończyłem wojownika: dziesięć Duchów Błyskawic – i po krzyku. Dobrze, że wilki się do niego nie zbliżały – biegał jak wściekły, wymachując swoim jataganem na lewo i prawo. Mógł kogoś trafić.

Został tylko jeden namiot i dziesięciu robotników NPC-ów, którzy nawet nie myśleli o wstawaniu z ziemi. Dziwne, narobiliśmy tyle hałasu, a z namiotu wciąż nikt nie wychodził. Czyżby boss spał? To go zaraz obudzę.

Podszedłem do namiotu i zacząłem walić w dach. Przygotowałem się do zrobienia uniku w razie potrzeby. Cisza. Zebrawszy się na odwagę, odsunąłem drzwi i zajrzałem do środka. Nikogo nie było. To niemożliwe! To ostatnie miejsce, w którym mógł ukryć się boss! Rozejrzałem się po namiocie i zauważyłem, że góra utworzona z kołder dziwnie się porusza. Aha, schował się!

Podniosłem kołdrę i zobaczyłem maleńkiego brzuchatego goblina, od stóp do głów obwieszonego złotymi łańcuchami i pierścieniami, ubranego w drogie szaty. Uświadomiwszy sobie, że go znaleziono, goblin usiadł, złożył ręce na brzuchu i przemówił łamanym uniwersalnym:

– Ti złoto dostawać, mi ciebie nie widzieć.

– Moja rozumie i mówi twoim językiem – odpowiedziałem po goblińsku. Nie byłem przyzwyczajony mówić w ten sposób, dlatego każde słowo wypowiadałem oddzielnie, ale i tak szło mi lepiej, niż z tym koszmarnym uniwersalnym.

– O, o, o! Gość wysoki, udając ślicznotkę, mówi języku naszym w! Czy gość wysoki ślicznotka jest?

Na goblinie, który zdawał się coraz bardziej śmiały, pojawiał się i znikał buff *Adoracja*. A niech to, jeszcze i ten mnie pokocha. Zdjąłem perukę i rozwiązałem kość. Uff! Nawet oddychanie stało się łatwiejsze. Goblin zaś wyraźnie posmutniał. Naturalnie: kiedy miss świata w mgnieniu oka zamienia się w straszliwą ropuchę – to prawdziwa tragedia!

Miss świata. Nawet westchnąłem. Co roku w Barlionie odbywał się konkurs piękności. Jego obowiązkowym warunkiem było, aby wygląd uczestników odpowiadał rzeczywistemu. Przez ostatnie trzy lata tytuł Miss Malabaru przyznawano paladynce Anastariji. Bardzo pięknej dziewczynie. Napisano o niej niezliczone wiersze, wielu graczy specjalnie przybywało do Anchursu, stolicy Imperium, z nadzieją, że ją zobaczą. Raz się z nią mijałem, a dokładniej, widziałem ją z odległości około stu metrów. Nie wiem, jaki parametr wylevelowała, ale rzeczywiście jest powalająca. Chce się za nią biec i jak piesek domowy ocierać o jej nogi. Brrr, a do tego jest zastępczynią Helfajera z klanu Feniksa. Jest drugim graczem w Imperium pod względem poziomu wylevelowania postaci i autorką prawie wszystkich przewodników po bossach. Osobą, która patrzy na wyniki twojej gry, a nie na szpan w postaci pieniędzy lub prezentów. To jej nie interesuje... Zepchnąłem moje marzenia na drugi plan i skupiłem się na goblinie. A ten zdążył już wyjąć skądś kawałek pieczonego mięsa i zajadał się nim urzeczony, jakby to nie jego chwilę temu zaatakowano i wzięto do niewoli.

– Dziesięć gotów dać Złotych tobie ja. – W końcu przełknął mięso i raczył ze mną porozmawiać. – Odpracować śmierć trzeba wojowników moich. Magistra dla rudy nie nadążamy wydobywać my. Kopać rudę trzeba ci.

Dostępne zadanie...

Nawet nie spojrzałem na komunikat. Błyskawicznie doskoczyłem do bezczelnego zielonego i przygrzmociłem mu Tłuczkiem. Kilka razy, dla pewności. Goblin padł na ziemię jak worek, ale wciąż żył – pasek Życia praktycznie się nie zmniejszył, a na nim pojawił się dwugodzinny debuff *Ogłuszenie*. Tak jest lepiej. Teraz trzeba przeszukać namiot i sprawdzić, co w nim ukrył. Chomik nigdy by mi tego nie wybaczył. A co to jest?

Dostępne zadanie: „Herszt zielonych grabieżców".
Opis: Pojmałeś herszta zwiadowców Mrocznego Imperium Kartosa. Przetransportuj go do najbliższej miejscowości i przekaż naczelnikowi miasta.
Klasa zadania: Rzadkie.
Nagroda: +400 do Reputacji w Imperium Malabaru, +500 do Doświadczenia, +30 Złotych Monet, Rzadki Przedmiot ze zbiorów zarządcy miasta.
Kara za porażkę (lub odmowę) wykonania zadania: -400 do Reputacji w Imperium Malabaru.

Oczywiście – biorę! Teraz już wiem, co zrobić z tym pięknisiem. Nawiasem mówiąc, wspomniał o bardzo interesującym stanowisku: o Magistrze. W Mrocznym Imperium role podzielone były analogicznie do Malabaru. Jeśli w Malabarze był Imperator, czterech Radców i dwudziestu Zwiastunów, to w Kartosie – Mroczny Władca, czterech Mistrzów i dwudziestu Magistrów. W granicach Imperium Zwiastuni i Magistrowie mogli się teleportować tam, gdzie tylko chcieli. Bez ograniczeń. Gracze jednak widywali ich tak często, jak samego Imperatora, czyli w zasadzie nigdy. Temu małemu brzuchatkowi zadanie zlecił sam Magister. Doskonale! To znaczy, że jest cennym więźniem. Mam szansę na zdobycie dodatkowego bonusu od Malabaru. Muszę go koniecznie dostarczyć komu trzeba. Dobrze, że kupiłem już portal do Dalgoru. Dwie istoty przejdą przez niego bez najmniejszego problemu.

Porwałem kołdrę na kawałki i związałem bossa na wypadek, gdyby nagle się ocknął. Dwie godziny powinny wystarczyć, ale lepiej się zabezpieczyć. Teraz czas na plądrowanie.

Natychmiast przykuł moją uwagę mały kufer. Rzeźbiony, ze zmyślnymi symbolami po bokach. A także z jednym małym defektem – w dziurce od klucza tkwił złamany klucz. Cholera! Wieko było zamknięte. Najwyraźniej goblin nie zdążył go otworzyć. Za bardzo się spieszył, gdy zacząłem walić w namiot. Zirytowany kopnąłem nieruchomego goblina. Profilaktycznie. Po co tak się gorączkował? Czy nie wiedział, że wpadnę z wizytą? Co mam teraz zrobić? Nie mogę tu zostawić kufra, ropucha mi tego nie wybaczy, a taszczenie go ze sobą nie wchodziło w grę. To nie była zdobycz, tylko element wystroju wnętrza: jeśli wyniosę go z namiotu, to po prostu zniknie. Z całą zawartością.

Nie miałem czasu na analizowanie sytuacji, musiałem działać. Chociaż... Zastanawiało mnie, co by się stało, gdyby wszystko niszczącą kulę armatnią wystrzelić w niezniszczalną ścianę – co okazałoby się silniejsze? Tłuczek czy zamknięte wieko? Postanowiłem to sprawdzić. Ułożyłem kufer na jednym z boków i zacząłem w niego tłuc. Siła argumentów zawsze ustępuje sile łomu, przekonałem się o tym już w dzieciństwie. Dookoła mnie nie było innego „łomu", więc minutę później wieko potoczyło się z brzękiem po podłodze, a ja wpatrywałem się w łupy, które się z niego wysypały.

Jak dobrze trafiłem! Kopka Złotych Monet. Nieźle – aż trzy tysiące Złotych, które natychmiast zmniejszyły się o trzydzieści procent. Pięć zwojów teleportacji. Sądząc po ich wyglądzie – do Kartosa. Schowałem je na lepsze czasy. Kiedy zdobędę kolejne poziomy, przyda mi się możliwość teleportacji do Mrocznego Imperium. A może sprzedam je na aukcji za mniej więcej sto tysięcy każdy. Z goblina zdjąłem dwa złote pierścienie na plus dziesięć do Zręczności i łańcuszek na plus dwanaście do Wytrzymałości. Ładny prezencik! Jeśli ceny zwykłych pierścieni na plus pięć do statystyk zaczynają się od stu Złotych Monet, to pierścień na plus dziesięć będzie kosztować około pięciu tysięcy! A łańcuszek zostawię sobie. Wstyd się przyznać, ale jest lepszy od mojego, choć nie będę mógł go założyć przez piętnaście kolejnych poziomów. Jest dostępny dopiero od trzydziestego. Chociaż nie, też go sprzedam. Muszę jak najszybciej wylevelować Jubilerstwo. Mam recepturę, ale w miarę upływu czasu, jak się okazuje, mam też coraz więcej pracy. W małym kufrze znalazłem coś, co ucieszyło mnie najbardziej – mapę naszego kontynentu. Ogólnie rzecz biorąc, mapy w Barlionie miały bardzo interesującą funkcję – były skalowalne w zależności od potrzeb. Na przykład, jeśli chciałbym spojrzeć na kontynent w całości – mapa przyjmowała określoną skalę, jeśli chciałbym zobaczyć tylko Malabar, Dalgor lub Kołotowkę – skala się zmieniała w zależności od potrzeb. To jednak było możliwe wyłącznie wtedy, gdy dany rejon znajdował się na mapie. Jeśli go tam nie było, to mapa niczego nie pokazywała. Dlatego wszelkie aktualizacje trzeba było dokupić lub mógł je samodzielnie nanieść każdy, kto miał specjalność Kartografia. Rzuciłem okiem na mapę, którą zabrałem goblinowi. Dwadzieścia procent zbadanego terenu Kartosa, jeden procent – Malabaru, jeden procent – Wolnych Ziem. Przetarłem oczy ze zdziwienia, nie wierząc w to, co zobaczyłem. Dwadzieścia procent mapy Imperium Kartosa oznaczało tylko jedno – miałem przed sobą długie i szczęśliwe życie! Za kopię tej mapy zedrę z graczy tyle kasy, że nawet trzydzieści procent, które będę musiał oddać korporacji, nie będzie aż tak dotkliwą stratą. W końcu w Kartosie gracze przeważnie chodzą bez map, ponieważ niezwykle trudno je zdobyć. Och, jak dobrze zaczęła się moja przyjaźń z wilkami!

W namiocie nie było nic więcej. Miałem na myśli to, co można było przywłaszczyć. Oczywiście były poduszki, kołdry, mały kufer, stos drobnych rzeczy. I wreszcie sam namiot! Niestety, tego wszystkiego nie można było zabrać. Mogłem włożyć to do worka najwyżej na kilka sekund, później wszystko by zniknęło. Jak tylko wyślę goblina do Dalgoru, to namiot też zniknie, jakby nigdy go tam nie było. Szkoda i trochę wstyd z powodu takiego marnotrawstwa, ale tak już jest. W dodatku wszyscy już się przyzwyczaili.

Włożyłem perukę, przewiesiłem goblina przez ramię i wyszedłem z namiotu. Wilki krążyły wokół klatek z młodymi, nie mogąc otworzyć ich swoimi łapami. Rozweselone szczenięta radośnie piszczały i skakały, oczekując na chwilę, w której będą mogły dołączyć do rodziców. Zwykłe gobliny dotąd nie zdołały podnieść się z ziemi. Muszę postanowić, co z nimi zrobić. Chyba nie mogę ich tak zostawić.

Rzuciłem bossa na ziemię i rozsupłałem drut, którym były przewiązane klatki. W ten sposób zakończyłem ważny etap mojej misji: wykonałem krok drugi.

Zadanie „Uwolnić wilczęta" zostało zaliczone.
Zdobyłeś doświadczenie: +550 do Doświadczenia, do kolejnego poziomu pozostało 1.
Krok 3 z łańcuszka questów „Ostatnia Nadzieja" będzie dostępny za sześć dni. Zadanie otrzymasz automatycznie.

To brzmi dobrze! Zadanie jest z czymś powiązane. Sześć dni... To czas, w którym znowu pojawi się Worgen... „Ostatnia nadzieja" ma związek z Worgenem z Kołotowki? Co mówi przewodnik? Ani słowa na ten temat. Cholera! To denerwujące, że nie mogę wejść na normalne fora, tylko te moderowane przez przedstawicieli korporacji...

Pozostaje mieć nadzieję, że chociaż w połowie uda mi się wykonać zadanie Starosty. Przeszukałem dziesięć ciał wilków. Gdy tylko dotykałem ich zwłok, natychmiast się rozpływały, zostawiając po sobie ogon. Dziesięć ciał – dziesięć ogonów. Brakuje tylko ogona Szarej Śmierci. Gdybym go miał, zadanie zostałoby zaliczone. Spojrzałem zamyślony na wilczycę. Ciekawe, czy rzeczywiście tak dużo rozumieją? Wilczyca, gdy tylko zobaczyła, że trzymam w dłoniach ogony i spoglądam na nią, odwróciła się do mnie tyłem, zamarła na chwilę, a następnie wyrwała z kopalni. Maleństwa, szczekając, rzuciły się za nią. W ślad za nimi pobiegły szeregowe wilki. Został tylko samiec alfa. Podszedł do goblinów leżących twarzą w dół, obwąchał je, prychnął i dopiero wtedy podążył za stadem. Tak to się skończyło. Teraz sam musiałem rozwiązać problem dziesięciu goblinów, wciąż leżących na ziemi.

– Ej tam! Wstawać! Nie ma co się tu pokładać! – krzyknąłem po goblińsku. Zieloni robotnicy natychmiast zerwali się na nogi i stanęli w równym rzędzie. Według wzrostu.

– A więc. Zróbmy tu porządek. Kto tu dowodzi?

– Ty, pania – przemówił jeden z goblinów i cała dziesiątka znów padła na kolana.

– To już wiem. Czy wśród was jest przywódca? Z kim mogę porozmawiać?

– Ja, pania, rozmawiaj ze mną – powiedział ten sam goblin.

– Świetnie. Mam pytanie. Co tu robicie?

– Wydobywamy rudę, pania.

– Jasne, niewłaściwie zadałem pytanie. Dlaczego wydobywacie rudę?

– Rozkazała poprzednia pania. – Goblin wskazał dłonią mojego zakładnika.

– A gdzie składujecie wydobytą rudę?

– Trzymamy ją obok namiotu. Dzisiaj była szefa wysłała rudę. To nic, przecież jeszcze nazbieramy. Nowa szefa będzie zadowolona. Nowa szefa zabierze nas do siebie?

Uwaga! Możesz wynająć grupę robotniczą goblinów wydobywców.
Warunki: Należy zapewniać goblinom dzienne racje żywieniowe, dzienne wynagrodzenie – 1 Srebrna Moneta.
Poziom goblinów zależy od poziomu gracza.
Poziom wszystkich specjalności wydobywców zależy od poziomu gracza.

Wow! Dziesięć praktycznie darmowych korpusów, które dostarczą mi niezbędnych zasobów. Szkoda, że ta grupa robotnicza zajmuje się wydobyciem, a nie wytwarzaniem rzeczy. Z drugiej strony trafiła mi się jak ziarno ślepej kurze. W Anchursie można było wynająć różne grupy robotnicze – wydobywcze, rzemieślnicze, badawcze. Co prawda kosztowały niewyobrażalnie drogo, a robole umierali dość łatwo. Trzeba było ich żywić i się nimi zajmować. Wystarczyło tylko raz ich nie nakarmić, a następnego dnia już nie istnieli. Mój Łowca nigdy nie miał własnej grupy robotniczej, ponieważ nie codziennie wchodziłem do gry. Ale ponieważ teraz miałem jeden wielki on-line, grzechem byłoby nie skorzystać z okazji.

– Biorę. Od teraz jestem waszym nowym zarządcą.

Zdobyłeś osiągnięcie!
Zarządca 1 Poziomu (żeby zdobyć następny poziom, musisz zatrudnić kolejne 4 grupy robotnicze).
Nagroda za osiągnięcie: Prędkość pracy grupy robotniczej wzrosła o 5%.
Listę osiągnięć można sprawdzić w ustawieniach postaci.

– Jedliście już dzisiaj? – Widząc radosne, energicznie potakujące mordy goblinów, doprecyzowałem. – Na ile dni starczy wam jedzenia?

– Na pięć dni, pania. Poprzednia pania nagotowała nam wielką kadź, jeszcze jej nie zjedliśmy.

Kamień spadł mi z serca. Planowałem stąd od razu teleportować się do Dalgoru, żeby oddać bossa, a zostawienie moich nowych robotników z nierozwiązanym problemem żywieniowym nie wchodziło w grę.

– Posłuchajcie zadania na ten tydzień. Wydobywamy rudę i nie boimy się wilków, one nikogo z was nie dotkną. Rudę składujemy, o tutaj – wskazałem niewielką dziurę. – Za kilka dni przyjdzie tu Szaman Machan i powie hasło „Trym-Pyrym". Macie go słuchać tak jak mnie. Wszystko jasne?

Kiedy gobliny energicznie przytaknęły, zakomenderowałem:

– Co tak stoicie, gęby rozdziawiacie? Dalej, do roboty!

Gobliny rozpierzchły się, jakby zmiótł je wiatr. Chwyciły kilofy i rozbiegły się po kopalni. Ja zaś wyszedłem z niej, żeby pozbierać wszystko, co zgubili Romeowie, kiedy biegli na spotkanie ze swoją Julią. Ze mną.

Zaszedłem już dość daleko, ale wciąż słyszałem szeptanie goblinów między sobą:

– Nowa zarządca jest piękna! Zielona, w spódnicy i ma piersi jak moja głowa! Szkoda, że w nosie nie ma kości, ale to nic, z czasem wyrośnie.

ROZDZIAŁ 3

DALGOR

– Organizuję imprezę w Podziemiu Rortusa! Potrzebni healerzy i tanki!

– Sprzedam cztery dychy wilczych skór! Tylko dwadzieścia Złotych Monet za sztukę!

– Kupię miecz dla Wojownika na dwudziestym poziomie! Ze statystykami do Siły!

Dalgor przywitał mnie zwykłym miejskim zgiełkiem. Pod tym względem niczym nie różnił się od typowych miast Barliony, z których wyróżniał się tylko Anchurs. Podobne do siebie dwupiętrowe kamienne domy. Szare ściany, na których tu i ówdzie umieszczono szyldy kupców lub nauczycieli różnych zawodów. Brukowana ulica. Przewrócony na bok wózek, do połowy zanurzony w stogu siana: zapewne ulubione miejsce zabaw miejscowej dzieciarni. I gromada ludzi dookoła, zarówno graczy, jak i NPC-ów, biegających w tę i z powrotem. Pomimo że graczy nie było aż tak wielu, generowali niemały hałas.

Jeśli wierzyć przewodnikom, prowincja Krong była przeznaczona dla graczy pomiędzy dwudziestym a czterdziestym poziomem, więc szukanie tu dobrych ofert przedmiotów lub grup stanowiłoby zwykłą stratę czasu. Szanujący się gracze, mniej więcej do pięćdziesiątego poziomu, levelują się w pojedynkę lub w specjalnych lokacjach klanowych, a do miasta przychodzą jedynie po to, żeby zajrzeć do Banku lub Domu Schadzek albo poszukać kupców lub nauczycieli. Ci, którzy teraz krzyczą o tworzeniu grup do Podziemi lub kupowaniu niskolevelowych rzeczy... Ujmijmy to tak: właśnie tacy gracze określani są mianem nooba. I to słowo wszystko tłumaczy. Bycie w jednej grupie z początkującym tankiem lub healerem to sytuacja nie do pozazdroszczenia. „Nię zdążyłem cię wybrać na cel, dlatego cię nie uzdrowiłem. Dlaczego sam nie podleczyłeś się bandażami?". „O patrz, jaki słodki Szczurek, nie zabijajmy go". „Aaa! Atakują mnie! Opuszczam grupę!". „No to co, synkowie, tatuś wam teraz pokaże, jak się noża używa"... Kilka razy miałem nieprzyjemność bycia w tej samej grupie z takimi graczami i nie chcę powtarzać swojego błędu. Nie czytali przewodników ani forów, a byli bardziej ambitni i zarozumiali niż elfy.

Portal przerzucił mnie praktycznie na środek głównego placu miasta. Dlaczego główny? Ponieważ nad okolicą górował gmach tutejszej administracji i budynek Banku Barliony.

Ogólnie rzecz biorąc, Bank Barliony był czymś zaskakującym – dosłownie kpiną z prawdziwych banków. Wersja barliońska była niedużą trzymetrową altaną otoczoną niskimi drzewami. Bez tłumów strażników, bez grubych ścian. Tego rodzaju zabezpieczenia były zbyteczne, skoro po wejściu do altany każdy gracz od razu przechodził do własnej przestrzeni, zwanej Prywatnym Pokojem. W każdym takim Pokoju przy małym stoliku siedział gremlin, zawsze w czarnych zarękawkach, cały czas zapisujący coś na papierze. Można było mu oddać Złoto, które gracz chciał zdeponować na koncie. Również on wyciągał depozyt z konta, żeby przekazać go właścicielowi. Do gremlina trafiały podania o pożyczkę, ale też o rozbudowę Prywatnego Pokoju, który z założenia był bardzo mały, a umieszczenie w nim wszystkich posiadanych zasobów było problematyczne.

Właściwie jedyne ograniczenie, które dotyczyło Banku, stanowiła przechowywanych w nich przedmiotów – nie więcej niż dziesięć rzeczy jednej klasy. Oznaczało to, że można było zostawić sobie na później co najwyżej dziesięć Legendarnych, dziesięć Epickich i tak dalej. Bank nie chciał służyć za magazyn. Z tego powodu klany wszystkie zgromadzone bogactwa trzymały w swoich zamkach pod niezawodną ochroną zarówno strażników, jak i zaklęć strzegących. Istniały też specjalne klany zajmujące się produkcją systemów ochronnych i klany, których celem było łamanie tych systemów. Ogólnie rzecz biorąc, wszystko funkcjonowało jak w każdym innym miejscu.

Nie chciałem niczego zostawiać na czarną godzinę, może poza figurkami Orków Wojowników. Wybierałem się do Banku z innego powodu – chciałem odebrać rzeczy Łowcy. Dodatkowe pieniądze i rzeczy, nawet jeśli są na Zręczność, mi nie zaszkodzą.

– Wyobraź sobie, przeczytałem wczoraj na forum Feniksa, że za informację o Jubilerze, który stworzył Szachy Karmadonta, dają sto tysięcy Złotych Monet! – Usłyszawszy dialog dwóch graczy krasnoludów, zrzuciłem mojego więźnia na ziemię i zacząłem udawać, że rozciągam obolałe ramiona. I że w ogóle przechodzę obok, a to, co się dzieje dookoła, mnie nie dotyczy. Podczas gdy naprawdę zamieniłem się w słuch.

– A co ty tam robisz?

– Ja...

– Ha, ha! Czyżbyś chciał ubiegać się o członkostwo? – roześmiał się jeden z krasnoludów. – Nie wiesz, że z zasady nie przyjmują nikogo poniżej sześćdziesiątego poziomu?

– Tak, wiem. Po prostu czytam to forum, bo robią ciekawe rzeczy: co jakiś czas publikują filmiki taktyczne z Podziemi. Nawet jeśli są stare, to szczegółowo opisują, jak sobie tam radzić! Więc uczę się na ich doświadczeniach. Ponadto Anastarija wrzuciła nowe hologramy...

– A co z Jubilerem i stu tysiącami?

– Ach, no tak! Bezpośrednio w głównej zakładce na ich stronie jest komunikat: „Uwaga! Jesteśmy gotowi kupić informację o Jubilerze, który stworzył Szachy Karmadonta. Koszt informacji to sto tysięcy Złotych". A dalej jest dopisek: „Jubilerze! Oferujemy ci miejsce w naszych szeregach i tytuł Mistrza". Wyobraź to sobie: Mistrza!

– No i co?

Kiwnąwszy głową, jakby chciał zakomunikować: „z kim ja mam do czynienia", pierwszy z krasnoludów westchnął i mówił dalej:

– Mistrz w Feniksie to trzecia co do ważności ranga klanu! Pełny dostęp do zasobów, prawo zarządzania Rekrutami, Rajderami i Najemnikami. Feniks ma tylko ośmiu Mistrzów i wszyscy są w klanie od samego początku, a tutaj jakiemuś nieznanemu Jubilerowi składają taką propozycję!

– Przecież oni mają już wszystko. Ale mniejsza z Jubilerem! Słyszałeś, co Rita wczoraj wymyśliła? Z koleżankami...

Dalej opowieść nie była już interesująca. Zakończyłem więc swoje ćwiczenia rozciągające, wrzuciłem goblina na ramię i poszedłem z wizytą do zarządu miasta. A więc okazuje się, że Feniks, najlepsza gildia Imperium, chce przyjąć Jubilera, czyli mnie, w swoje szeregi w charakterze Mistrza? A wszystko to przez jakieś figurki szachowe? Wprawdzie w Kopalni „Pryka" gubernator wspomniał, że figurki otwierają dostęp do czegoś, ale czy ranga tego „czegoś" jest warta Mistrza? Muszę dokładnie przestudiować właściwości figurek, nie zaszkodzi też przetrzepać forum pod tym kątem.

Ogólnie pomysł wstąpienia do Feniksa jest kuszący. To najlepszy klan na kontynencie. Właśnie tam jest Anastarija. No i Feniks to jeden z najstarszych klanów w grze. Kiedy grupa rajdowa

Feniksa otrzymała po raz dwudziesty Pierwsze Zabójstwo, zaczęła reprezentować nasze Imperium na corocznym konkursie najlepszych klanów. Feniks uczestniczył w siedmiu konkursach i dwukrotnie zdobył tytuł najlepszego klanu Barliony. Jednak przez ostatnie cztery lata jego pozycja trochę spadła i nie zdołał podnieść się wyżej niż do trzeciego miejsca. Ostatnio Imperator zdecydował, że miesiąc przed kolejnym turniejem, który odbędzie się za dziewięć miesięcy, w Imperium zostanie przeprowadzony wewnętrzny konkurs, który wyłoni najlepszy klan Malabaru. Feniks znów będzie musiał walczyć o ten tytuł, ale nie miałem wątpliwości, że z łatwością otrzyma kolejną nagrodę.

Moja szkodliwa wewnętrzna ropucha przewróciła się i zaczęła mnie kopać nóżkami, mówiąc, że ja przecież też otrzymałem Pierwsze Zabójstwo. Ponadto mam plan stworzenia własnego klanu, więc i tak będę miał szansę uczestniczyć w turnieju. Najgorsze było to, że chomik w pełni ją popierał. Najwyraźniej pamiętał nagrody zdobyte przez ostatniego zwycięzcę.

Cholera! Znowu myślę o głupstwach! Moimi zadaniami było teraz: oddanie goblina, wizyta w Banku, przejście się po nauczycielach specjalności. Musiałem też kupić zwój na powrót. Tak wiele spraw, a nikt przecież nie odwołał timera. A właśnie! Timer: *43 godziny, 25 minut*. Wszystko dobrze, mam jeszcze czas.

– W imieniu Imperatora nakazuję ci się zatrzymać!

Wejście do administracji zablokowali mi dwaj wąsaci strażnicy, którzy skierowali na mnie swoje halabardy. Dobrze przynajmniej, że przed teleportacją przypomniałem sobie, że jestem zielony i zawczasu doprowadziłem się do porządku. Pokazywanie się innym graczom pod postacią orczycy nie miało najmniejszego sensu. Mogliby mnie źle zrozumieć.

– Stoję! – odpowiedziałem w prosty sposób. Niebezpiecznie jest dyskutować ze strażnikami. Mogą każdego z łatwością odesłać do więzienia na dwadzieścia cztery godziny. Masz reputację w prowincji? Nie. Czyli jesteś niepewnym elementem. Usiądź spokojnie i poczekaj do wyjaśnienia, tak to ujmijmy. – Złapałem zwiadowcę, chcę go oddać. Niech twoi przełożeni wyjaśnią, skąd w Krongu wziął się mroczny goblin.

Strażnicy nadal nieufnie wpatrywali się w moją twarz. Czyżbym nie wytarł całej farby? Myślałem, że w Barlionie wszystko będzie prostsze.

– Jak udowodnisz, że to zwiadowca? I że właśnie ty go pojmałeś, a nie ukradłeś odważnym bohaterom? Dlaczego nie wjechałeś do miasta przez bramę, jak jest przyjęte, tylko wskoczyłeś tu z teleportu?

To się przyczepili! Fakt, że mam na głowie czerwoną opaskę, nie oznacza, że popełniam przestępstwo co pięć minut. Nie zabijam graczy i NPC-ów. W porządku, muszę oddychać częściej i głębiej. Mam zadanie do wykonania i przeszkoda w postaci dwóch Symulatorów wykonujących swoje obowiązki mi w tym nie przeszkodzi.

– Bo to widać, że jest zwiadowcą! Wystarczy na niego spojrzeć! Kim jeszcze może być mroczny goblin w Imperium Malabaru, jeśli nie zwiadowcą?! Przecież nie jest uczciwym kupcem! A to, że go nikomu nie ukradłem, sami widzicie. Przecież nie wisi na mnie powiadomienie. Mam opaskę, ale powiadomienia, że popełniłem przestępstwo, już nie. A nie wjechałem do miasta konno, bo nie mam konia. Poza tym mieszkam w Kołotowce, dwa dni drogi stąd. Teleport był szybszy, choć więcej kosztował. Czy odpowiedziałem na wszystkie wasze pytania? Jeśli tak, to proszę mnie przepuścić, chcę oddać szpiega zarządcy miasta.

Strażnicy nie mieli więcej pytań, więc spokojnie wszedłem do budynku administracji. W Barlionie podobało mi się to, że do dowolnego urzędnika pokroju Mera miasta można było się dostać w kilka sekund. Wystarczyło przyjść i porozmawiać. Bez spełniania warunków i długiego oczekiwania. Jeśli kilku graczy przychodziło równocześnie, to każdy spotykał się ze swoją kopią kierownika, bez blokowania pozostałych graczy. Od poziomu Gubernatora wszystko zaczynało się komplikować. Jeśli do niego można było się jeszcze jakoś dostać, to spotkanie ze Zwiastunami czy Radcami graniczyło z cudem. A z Imperatorem – było niemożliwe. Jak to powiedział Eryk, dwieście tysięcy Złotych za bilet do Imperatora to całkiem dobra cena.

– Słucham pana. – Mer Dalgoru podniósł wzrok znad papierów i spojrzał na mnie.

Rzuciłem goblina na podłogę usłaną dywanem, znów rozciągnąłem ramiona, próbując poruszyć wirtualną krew, i odpowiedziałem:

– W Kołotowce, takiej wiosce na granicy, złapałem tego pięknisia. Jest kimś w rodzaju naczelnika, jak sądzę. Nie chciałem go zabijać, wolałem przywieźć go tutaj. To chyba wszystko.

– Zabrać go i przesłuchać! – rozkazał Mer strażnikom, którzy przybyli na dźwięk niewielkiego dzwoneczka. – Jeśli zaś chodzi o pana, młody człowieku, proszę poczekać na wyniki przesłuchania w sąsiednim pokoju. Może to uczciwy Handlarz, a pan naraził go na straty.

W taki oto nieskomplikowany sposób Mer jednoznacznie zasugerował, że nie ma do mnie za grosz zaufania. Cholera! Czas ucieka, a ja będę się tutaj wczasował. Ale... Co mogę zrobić? Skoro sam go tutaj przyniosłem, muszę czekać. Usiadłem w małym, przytulnym pokoju i zdecydowałem się trochę zdrzemnąć. W ciągu tych dwóch dni mojego pobytu poza Kołotowką i tak muszę się przynajmniej raz przespać, więc dlaczego nie miałbym tego zrobić tutaj? Jednak ledwo zamknąłem oczy, obudził mnie strażnik:

– Pan Mer chce pana widzieć.

Spojrzałem na timer: *38 godzin, 22 minuty*. Nieźle pospałem! Pięć godzin jak nic, a wydawało mi się, że ledwie zmrużyłem oko!

– Proszę pozwolić mi, w imieniu Imperium Malabaru, wyrazić wdzięczność i wręczyć Panu to niewielkie wynagrodzenie za wykonaną usługę. – Mer, podając mi zwitek, mówił już zupełnie innym tonem.

Zadanie „Herszt zielonych grabieżców" zostało wykonane.
Nagroda: +400 do Reputacji w Imperium Malabaru,
+500 do Doświadczenia, do kolejnego poziomu pozostało 1101.
Zdobyłeś poziom!
Wolne punkty do statystyk: 10.
Otrzymałeś przedmiot: Niepowstrzymany Skórzany Naramiennik.
Trwałość: 60. Ochrona przeciw atakom fizycznym: 30, +4 do Wytrzymałości, +4 do Intelektu.
Klasa przedmiotu: Rzadki.

– A teraz usiądź, muszę ci coś powiedzieć. – Mer przeszedł ze mną na „ty", chwilę się zawahał, uniósł złożone dłonie na wysokość ust, jakby chciał się pomodlić, nie zamykając przy tym oczu.

Odniosłem wrażenie, że nie wie, jak dobrze zacząć tę rozmowę.

– Przywiozłeś nam interesującego więźnia. Powiedziałbym nawet, że niezwykle interesującego. Wysłaliśmy go już do Anchursu, tam porozmawia z nim jeden z Radców lub Zwiastunów. Polecono mi przekazać ci informację, że przedstawiciele Kartosa skontaktowali się już ze Zwiastunami i zaoferowali okup za swojego goblina. Obecnie trwają negocjacje dotyczące ceny. Zgodnie z naszym prawem, dziesięć procent wartości więźnia należy do ciebie. Pieniądze zostaną przelane na twoje konto. Ale ta sprawa ma szerszy kontekst. Pojawienie się oddziałów mrocznych goblinów w naszym regionie jest zjawiskiem niezwykłym. W dodatku, jak się okazuje, ta grupa nie jest jedyna. Więzień zeznał, że utworzono i wysłano do prowincji Krong dziesięć takich oddziałów w celu wydobywania zasobów potrzebnych w Kartosie.

Po co Kartosowi nasze zasoby, wyjaśnią Zwiastuni. Ośmiu nowo zatrudnionych bohaterów prowadzi już poszukiwania pozostałych oddziałów. Radców jednak niepokoi coś innego. Wygląda na to, że wszystkie jednostki są w jakiś sposób ze sobą powiązane. A skoro tak, to musi być ktoś, kto koordynuje działania goblinów w naszym regionie i zarządza wykonywaniem zadania. Ponieważ w tym momencie nie mamy możliwości znalezienia odpowiedzialnej za to istoty rozumnej, Imperium Malabaru prosi cię o pomoc: znajdź ją. Rozumiem, że nie możesz wyjeżdżać z Kołotowki na długo. Ale to w niczym nie przeszkadza, ponieważ istnieją powody, by przypuszczać, że wszystkie ślady prowadzą właśnie tam. Nasz więzień kategorycznie odmówił odpowiedzi na pytanie, kto jest Koordynatorem i czym jeszcze gobliny się tutaj zajmują. Nawet Magowie mentaliści nie mogli złamać nałożonej na niego zapory. Zobaczymy, co da rozmowa z Radcą. W każdym razie to ty przyprowadziłeś tego więźnia i tobie powierzymy znalezienie Koordynatora. Jeśli w ciągu dwóch miesięcy twoje poszukiwania nie przyniosą rezultatów, zadanie oddamy jednemu z bohaterów, którzy zostali wynajęci do zlokalizowania oddziałów goblinów. Musimy mieć pewność, że Koordynator ponad wszelką wątpliwość zostanie unieszkodliwiony, a poleganie na zwykłym obywatelu na szesnastym poziomie byłoby z naszej strony naiwne. Masz dwa miesiące na wykonanie zadania.

Dostępne zadanie: „Poszukiwania Mrocznego Koordynatora".
Opis: Mroczne Imperium Kartosa zaczęło aktywnie wysyłać swoje oddziały do prowincji Krong. Istnieje podejrzenie, że działania dziesięciu oddziałów Kartosa są koordynowane przez jedną istotę rozumną. Znajdź ją. Czas na wykonanie zadania wynosi 60 dni.
Klasa zadania: Unikalne.
Nagroda: +4000 do Reputacji w Imperium Malabaru, +4000 do Doświadczenia, +10 000 Złotych Monet,

Przedmiot Skalowalny z zasobów Imperatora.
Kara za porażkę: +40 do Reputacji w Imperium Malabaru, +400 do Doświadczenia, +100 Złotych Monet.

– Dowiem się, kto koordynuje działalność oddziałów. – Przyjąłem zadanie, jąkając się.

Nie do wiary, że zwykły goblin zdołał popchnąć system do tego, żeby zlecono mi unikalne zadanie. Oko jeszcze rozumiem – szansa wypadnięcia czegoś takiego przy pierwszym przejściu Podziemi jest bardzo duża. Barliona jest praktycznie bezkresna, więc tego typu zadania zdarzają się często. Pewnie sam Feniks wykonuje je z regularnością godną pozazdroszczenia. Jestem o tym przekonany na sto procent. Jednak otrzymanie unikalnego zadania od Mera w normalnych warunkach jest nonsensem! Czyżby aż tak sprzyjały mi gwiazdy?

– Doskonale. Do zobaczenia wkrótce. Kiedy dowiesz się, kto jest Koordynatorem oddziałów, po prostu powiedz: „Wzywam Zwiastuna. Potrzebuję pomocy". Jeden z nich natychmiast przybędzie. Teraz wybacz mi, proszę, ale obowiązki wzywają. Strażnik cię odprowadzi.

Opuściłem budynek administracji w stanie kompletnego szoku. Pofarciło mi się! Otrzymanie zadania, które nawet za porażkę daje bonusy – przecież to marzenie każdego obiboka. Tak. Muszę się uspokoić i zapanować nad emocjami. Co ja chciałem zrobić w Dalgorze? Po co ja tu w ogóle przyjechałem? Muszę się dowiedzieć, czy jest tu nauczyciel Szamanów. Trzeba zajrzeć do Kartografa, żeby kupić mapy Malabaru i miasta. Znaleźć nauczycieli specjalności, kupić zwój teleportu do Kołotowki i do miasta. Może powinienem zaopatrzyć się też w zwój teleportacji do Anchursu? Jeśli będzie kosztować mniej niż dwa tysiące Złotych Monet, zdecydowanie go kupię.

Zacznę od Banku.

– Czym mogę służyć? – rozwlekłym i nieco skrzekliwym głosem przemówił maleńki, ubrany w kraciasty garnitur gremlin z ogromnymi, za dużymi nawet dla goblina, uszami.

– Chcę otworzyć rachunek i zabrać rzeczy Łowcy Machana.

– Identyfikacja przebiegła pomyślnie. Rzeczy Łowcy Machana znajdują się w pana Pokoju Prywatnym, może pan je odebrać – odpowiedział gremlin po kilku sekundach. – Jeśli chodzi o otwarcie rachunku, chcielibyśmy zaoferować Panu nowy system przechowywania środków finansowych. Teraz, gdy zdobywa pan pieniądze, mogą być one natychmiast przesyłane na pana rachunek z pominięciem konieczności osobistego pojawiania się w Banku. Dowolna kwota, ograniczona jedynie wartością depozytu, będzie zawsze dostępna w pana portfelu. Koszt usługi wynosi dwa tysiące Złotych Monet rocznie oraz pięć procent od każdej operacji na koncie. Czy chce pan skorzystać z naszej nowej oferty?

To dobre! Innowacja bankowości w Barlionie! Pomysł otwarcia takiego rachunku był po prostu wspaniały, teraz przez graczy PK mogłyby ucierpieć jedynie Przedmioty Legendarne, ale nie pieniądze. Jednak dwa tysiące roczne i pięć procent od każdej operacji, i jeszcze minus trzydzieści procent z powodu czerwonej opaski... Dla mnie to koszmarnie wysoka cena. Ale też ogromna oszczędność...

– W porządku, dopełnijmy formalności. – Mimo że ropucha urządziła strajk i w kółko chodziła po mojej głowie z plakatem „Oddajcie nasze pieniądze!", postanowiłem otworzyć nowy rachunek. Zabezpieczenie środków powinno być na pierwszym miejscu. Nie miałem ochoty oddawać ich tak po prostu złodziejom, czyniąc ich szczęściarzami.

– Gotowe – odparł gremlin i podał mi nowy portfel, który natychmiast zajął swoje miejsce na pasku. – Saldo bieżące rachunku: szesnaście tysięcy czterdzieści pięć Złotych Monet, trzydzieści dwie Srebrne i czterdzieści pięć Miedzianych. Worek do konta został panu wydany. Na pana nazwisko mamy jeszcze dwa zaproszenia, oto one.

Gremlin wręczył mi dwa złote kupony: moje potencjalne czterysta tysięcy Złotych. Pozostaje tylko znaleźć kupca i załatwione.

– Czy mogę jeszcze w czymś pomóc? – Widząc, że odmownie kręcę głową, przeszedł do końcowej formułki: – Dziękujemy, że skorzystał pan z usług Banku Barliony. Pana Pokój Prywatny czeka. – I wskazał dłonią otwarte drzwi.

Pokój Prywatny w Banku... Tak, śmiech na sali i tyle w temacie. Stolik z krzesłem (nawet nie z krzesłem, tylko z taboretem), pusta szafka na rzeczy – a wszystko to na trzech metrach kwadratowych. Nie ma się nawet jak odwrócić. Wyjąłem figurki Orków Wojowników i położyłem je na stole. Co w nich jest aż tak cennego? Zwyczajne małe, zielone szachy. A przecież chcą mi za nie dać ciężkie pieniądze i wysoką pozycję. Szaleństwo. Wziąłem do ręki jednego z orków i spojrzałem na jego właściwości. Co my tu mamy? „Gichin Nieustraszony. Około trzech tysięcy lat temu plemiona orków..."

Ten tekst już znam. Naczelnik Kopalni „Pryka" opowiadał tę historię, kiedy razem oglądaliśmy figurki. Tekst opisu nie mieścił się na jednej wirtualnej stronie, więc przewinąłem go do samego końca. Opa!

$$C^2 = A^2 + B^2$$

Zwykły i nieskomplikowany napis. Bez jakichkolwiek wyjaśnień. Nieźle. Proste równanie kwadratowe. Co ono tu robi? Zacząłem sprawdzać figurka po figurce:

$$\|X\| = \sqrt{X_1^2 + X_2^2 + \cdots + X_n^2}$$

1, 1, 2, 3, 5, 8, 13, 21...

Siedem miejsc po przecinku

*

*

=

[Pole wartości do uzupełnienia]

Pole do uzupełnienia. Gdy tylko na nie nacisnąłem, moim oczom ukazała się wirtualna klawiatura zachęcająca do wprowadzenia wymaganej wartości. Wysłałem pustą linijkę. Bez żadnych zmian. Wprowadziłem osobno każdy znak z figurek. Bez rezultatu. Straciłem prawie godzinę na wpisywanie różnych kombinacji znaków. Zero. Jeśli dobrze rozumiem treść równania, muszę obliczyć pewną wartość z dokładnością do siedmiu miejsc po przecinku, ale absolutnie nie widziałem logiki w tych linijkach.

Straciłem kolejną godzinę, próbując dobrać odpowiednią wartość, począwszy od pustej linijki, a skończywszy na losowo wybranym ciągu cyfr, po czym się poddałem. Nic nie wskórałem. Cholera! Za chwilę pęknie mi głowa! Potrzebuję przerwy. Teraz pochodzę po Handlarzach, pójdę do Kartografa, przewietrzę głowę. Może w drodze coś wymyślę. Jedno jest pewne – nie zostawię figurek w Banku. Gdyby nagle mnie oświeciło i zrozumiałbym, jak poprawnie rozwiązać tę łamigłówkę, a figurki byłyby w Banku, wściekłbym się. Co to, to nie. Wrzuciłem Szachy oraz rzeczy Łowcy do worka i wyszedłem z Banku. Co znaczą te wszystkie znaczki?

– Szanowni, czy jest w waszym mieście nauczyciel Szamanów i Kartograf? – zapytałem o drogę, napotkawszy pierwszy patrol majestatycznie krążący po ulicach miasta. NPC-e są zwykle negatywnie nastawieni do mojej czerwonej opaski, mimo to strażnicy mieli obowiązek odpowiedzieć na zadane im pytanie.

– Kartograf jest. Żeby do niego dotrzeć, musisz iść do końca ulicy, aż do tego przewróconego wozu, a następnie skręcić w prawo. Następnie, cały czas idąc prosto, dojść do fontanny z jednorożcem. Przy fontannie skręć w lewo. Trzy domy dalej po prawej stronie zobaczysz szyld, na którym narysowana jest mapa. Tam mieszka Kartograf – pokierował mnie strażnik.

Jego głęboki, dobiegający prosto z piersi, a jednocześnie miękki głos bardzo przypominał mi orka z kopalni. To wspomnienie rozpaliło w mojej pamięci chęć dowiedzenia się, za co właściwie wysłali go do Kopalni „Pryka" i pozbawili tytułu nauczyciela.

– Nie mamy tu żadnych nauczycieli Szamanów – kontynuował strażnik. – Jest za to były nauczyciel Almis. Jeśli chcesz dowiedzieć się czegoś o Szamanach, możesz zwrócić się do niego. Almis mieszka tuż przy murach miasta. Żeby do niego trafić, musisz iść prosto... – NPC zaczął nakreślać mi dość zawiłą drogę do Almisa, więc słuchałem go jednym uchem. Najpierw kupię mapę miasta, na której będzie wyświetlana moja lokalizacja, a następnie poproszę, żeby wskazali mi palcem miejsce docelowe. Zaznaczę je sobie i będę do niego zmierzał.

– Jeszcze jakieś pytania?

– Nie, to wszystko. Bardzo dziękuję za pomoc.

– Służymy Imperatorowi! – wykrzyknęli strażnicy i kontynuowali swój nieśpieszny obchód.

– Mileńki, nie pomógłbyś słabej kobiecie?

Do Kartografa było już całkiem niedaleko, gdy zaczepiła mnie staruszka stojąca w drzwiach domu. Jedną ręką wspierała się na laseczce, a w drugiej trzymała zapieczętowaną kopertę i wyciągała ją w moim kierunku. Zadanie dostarczenia koperty! Wreszcie zamieniam się w zwykłego gracza, którego prosi się o wykonanie różnych zadań! A gdzie są zlecenia, tam też są: Doświadczenie, Reputacja i pieniądze. Oczywiście, pomogę starszej pani. Kartograf i Almis nigdzie mi nie uciekną.

– W czym mogę pomóc, szanowna pani? Czego potrzeba?

– Chciałam wysłać list do mojej przyjaciółki Matrony. Zestarzałyśmy się już i nie mamy siły się odwiedzać, więc wymyśliłyśmy, żeby pisać do siebie listy. Dostarczysz go? To niedaleko stąd, tuż za rogiem. Dom jest pomalowany w kwiatki. – Machnęła ręką w jego kierunku.

– Oczywiście, że przyjmuję zadanie. Proszę dać mi list, migiem go dostarczę.

– Od razu uprzedzę, młody człowieku, że nie mam pieniędzy i nie mam czym się odwdzięczyć za twoją dobroć. Mogę cię wynagrodzić jedynie dobrym słowem.

– Mniejsza o pieniądze, jeśli to niedaleko – odpowiedziałem radośnie, chociaż w środku przeżywałem głębokie rozczarowanie. Trafiło mi się bezpłatne zadanie, jakich w Barlionie jest całe mnóstwo. Mają one na celu socjalizowanie graczy, kiedy ci nie mają nic do roboty. Okruszki Doświadczenia, zero pieniędzy, zero Reputacji. Niewielu traci na nie swój czas. Dobrze, skoro już je przyjąłem, to teraz nie wypada odmawiać. Oczywiście nie miałoby to żadnych konsekwencji, ale wewnętrzny niesmak, że zostawiłem staruszkę bez pomocy, nawet jeśli była NPC-em, byłby ohydny.

Otrzymałeś zadanie: „Dostarczyć list".
Opis: Dostarcz list Matronie, która mieszka w domu w kwiaty.
Klasa zadania: Zwykłe.
Nagroda: +10 do Doświadczenia.
Kara za niewykonanie zadania: Brak.

Za wcześnie się ucieszyłem, że zaczynam dostawać zadania. Jak mogłem zapomnieć o socjalkach? Już pociekła mi ślinka na samą myśl, że będę kosił hajs i Doświadczenie jak szalony. Mogę sobie o tym tylko pomarzyć. Matrona okazała się równie starą, pomarszczoną i wspierającą się na laseczce staruszką jak ta, która zleciła mi zadanie. Były jak siostry, nawet trochę do siebie podobne. Prawdopodobnie programiści nie natrudzili się nad ich wyglądem – ulepili coś według jednego wzoru, wsadzili do dwóch różnych domów i zapomnieli o nich. To nie stolica, gdzie każdy NPC jest przemyślany do tego stopnia, że historię swoich przodków do trzech pokoleń wstecz ma w małym palcu. Tutaj, na peryferiach, gdzie nie ma zbyt wielu graczy, można było odstawiać fuszerkę.

– Och, mileńki, dziękuję! Już straciłam nadzieję na list od Pielagieji. Wcześniej korespondowałyśmy codziennie, a teraz tylko nieliczni chcą pomóc. Każdy rwie się, żeby dostać za pomoc pieniądze, a przecież pomoc jest bezpłatna. Czy się mylę? Nikt nie liczy się ze starością...

Zadanie „Dostarczyć list" zostało zaliczone.
Nagroda: +10 do Doświadczenia, do kolejnego poziomu pozostało: 1091 Doświadczenia.

Potakiwałem, choć byłem nieobecny myślami. Z tego powodu moralizatorskie historie Matrony puszczałem mimo uszu. Socjalka, co z nią począć – nie dość, że nie daje pieniędzy, to jeszcze trzeba się nasłuchać historyjek o niesprawiedliwościach tego świata. Kiedy staruszka zamilkła, odwróciłem się i spróbowałem się ulotnić. Ale nic z tych rzeczy.

– Mileńki, nie pomógłbyś słabej kobiecie? Napisałam odpowiedź dla Piełagieji, ale oprócz ciebie nie ma nikogo, kto mógłby ją dostarczyć. Uszanuj babcię i bądź tak dobry.

Matrona podała mi zapieczętowaną kopertę. Kiedy zdążyła zrobić to wszystko? Przecież cały czas tu stała i prawiła mi morały, a tu nagle okazuje się, że ma gotową odpowiedź.

– Od razu uprzedzę, młody człowieku, że nie mam pieniędzy i nie mam czym się odwdzięczyć za twoją dobroć. Mogę cię wynagrodzić jedynie dobrym słowem.

I znów to samo. Nie mamy pieniędzy, nie mamy jak zapłacić, pracę wykonaj po cichutku i bez narzekania, a my cię wynagrodzimy dobrym słowem.

– Oczywiście, szanowna pani. Dostarczę list Piełagieji, może być pani pewna. Życzę dużo zdrowia.

Otrzymałeś zadanie: „Dostarczyć list".
Opis: Dostarcz list Piełagieji, która mieszka w brązowym domu.
Klasa zadania: Zwykłe.
Nagroda: +10 do Doświadczenia.
Kara za niewykonanie zadania: Brak.

Piełagieja stała w drzwiach domu, jakby czekała na mój powrót.

– I jak tam, czy Matrona jeszcze żyje?

– Jest cała i zdrowa, przesyła pozdrowienia i list. Proszę, to dla pani. – Wręczyłem kopertę staruszce.

– To dobrze. Sam wiesz, jakie mamy teraz niespokojne czasy! Wszyscy rwą się, żeby obrażać starych i słabych ludzi, grozić im... – I ją poniosło w stronę morałów. Ale ja przecież odnoszę się do starszych ludzi z ogromnym szacunkiem. Dopóki nie trafiłem do Barliony, bardzo często odwiedzałem moich niemłodych rodziców, zawsze ustępowałem starszym miejsca w środkach komunikacji. Jednak codzienne wysłuchiwanie wykładów, tym bardziej od NPC-ów, na dodatek w grze – to już za dużo.

Zadanie „Dostarczyć list" zostało zaliczone.
Nagroda: +10 do Doświadczenia,
do kolejnego poziomu pozostało: 1081 Doświadczenia.

– Mileńki, nie pomógłbyś słabej kobiecie? Napisałam odpowiedź dla Matrony, ale nie ma nikogo, kto mógłby ją dostarczyć, oprócz ciebie. Uszanuj babcię, bądź tak dobry.

Słowa starszej pani, która z niewinną minką podała mi kopertę, zatkały mnie. Zadanie cykliczne! Cholera! To mi się trafiło! Mogę tak biegać cały dzień między tymi staruszkami. Będą mnie pouczać, za wszystko punktować i prosić o przekazanie kolejnego listu. Już chciałem zrezygnować, kiedy wpadł mi do głowy szalony pomysł. A dlaczego by nie?

– Proszę powiedzieć, dlaczego pani sama nie może zanieść tego listu?

– Już ci mówiłam, że jestem stara i brak mi sił, żeby do niej dojść. Jeśli przekazałbyś jej mój list, byłoby wspaniale. – Staruszka po raz kolejny wyciągnęła dłoń z kopertą.

– W takim razie proszę się trzymać – ostrzegłem staruszkę. Podszedłem do niej, wziąłem list i przykucnąłem. Potem złapałem ją za nogi i wstałem.

– Oj! – W głosie Piełagieji wybrzmiał nuta paniki. Jedną ręką wczepiła się w moje włosy, a drugą zaczęła żywo gestykulować. – Co robisz, opętało cię? Ludzie! Aj! Oj! – zaczęła głośno zawodzić.

Pewnym krokiem szedłem w stronę domu z kwiatami, w którym mieszkała Matrona. Zadanie cykliczne dla kuriera, mówicie? No, no! Kiedy usiądą naprzeciwko siebie, przekonamy się, jak zaawansowany był Symulator w skórze tych starszych pań. Czy nadal będą przekazywać mi zadania, czy może zaczną się komunikować bezpośrednio? Niech sobie nawzajem prawią morały. Jedna rzecz mnie niepokoiła – jęki staruszki niosły się po całym mieście. Żeby tylko strażnicy nie przybiegli jej na pomoc.

– Babulo Piełagiejo, załatwiłaś sobie ogiera! – krzyknęła Matrona, kiedy wyłoniliśmy się zza rogu.

Postawiłem milczącą staruszkę na ziemi i znów zacząłem się dziwić podobieństwu obu pań. Rzeczywiście, programiści nie wysilili się jakoś specjalnie z powodu bezpłatnego zadania cyklicznego. Wzięli jeden prototyp i zmienili w nim tylko kolor ubrań.

– Proszę bardzo, dostarczone i załatwione – powiedziałem, uśmiechając się i obserwując zdziwione twarze obu pań. – Teraz możecie się nagadać nawet na tydzień do przodu. Przyjdę wieczorem i odniosę Piełagieję z powrotem.

– A co my tak w progu stoimy? – zmartwiła się Matrona. Skoro jesteś, to wejdźmy, poczęstuję cię herbatką. Ty też wejdź. Jeśli już przyniosłeś Piełagieję, to teraz zaopiekujesz się nami.

Otrzymałeś zadanie: „Usługiwać starym przyjaciółkom".
Opis: Zaopiekuj się napotkanymi przyjaciółkami.
Klasa zadania: Niezwykłe.
Nagroda: +80 do Doświadczenia.
Kara za odmowę wykonania zadania (lub porażkę): 3 godziny prac społecznych.

– Co?! Dlaczego, na Boga, aż trzy godziny pracy? Dajcie mi wszyscy spokój z takimi zadaniami! – pomyślałem rozgniewany i już chciałem odejść, gdy zobaczyłem oddział strażników spoglądających z zainteresowaniem w naszym kierunku.

Zmroziło mnie. Zbiegli się na dzikie krzyki babci, ale nie wtrącali się, czekając, jak to wszystko się skończy. Jeśli teraz odmówię, to zatrzymają mnie i trzy godziny będę zasuwać na pracach społecznych – myjąc ściany, czyszcząc konie, zamiatając rynek. Też mnie podkusiło, żeby przynosić tutaj tę staruszkę!

– Oczywiście, droga pani, zaopiekuje się wami, skoro zorganizowałem wasze spotkanie – wymamrotałem, wchodząc do domu.

Matrona miała przytulny i jasny dom. Białe, lekkie jak piórko zasłony wisiały w oknach. Na niewielkich nakastlikach stały duże kwiaty doniczkowe.

Przechodząc obok jednego z nich, starsza kobieta przeciągnęła po nim palcem i dokładnie się mu przyjrzała – prawdopodobnie codziennie ściera ze swoich kwiatków nieistniejący w Barlionie kurz.

– Mileńki, idź do kuchni zrobić nam herbatki. W szafce znajdziesz ciasteczka i cukier. Jak zrobisz, przynieś tutaj – powiedziała gospodyni, siadając w wygodnym fotelu.

– A my sobie porozmawiamy o naszych babskich sprawach.

– Herbatka dobra jest, tylko że ja nie umiem jej przygotować, nigdy nie uczyłem się jej robić – podjąłem ostatnią próbę wymigania się od zadania.

– Wszystkiego trzeba was uczyć, jak ta młodzież bez nas przeżyje? Pewnie nam nawet umrzeć spokojnie nie dacie? – mruknęła Pielagieja, po czym machnęła na mnie ręką. – Idź i bez herbaty nie wracaj.

– Nie zapomnij o herbatnikach – upomniała mnie jeszcze Matrona, a ja popatrzyłem na powiadomienie, które wyświetliło się przed moimi oczami.

Przyswoiłeś rzadką recepturę Sztuki Kulinarnej: Aromatyczna Czarna Herbata. Liczba receptur: 3.

Natychmiast otworzyłem książkę kucharską, żeby sprawdzić, czego właśnie się nauczyłem:

Aromatyczna Czarna Herbata.

- *Opis: Wspaniała czarna herbata z liści wysokogórskiego drzewa herbacianego, które dają niezapomniany aromat. Bonus parametru Rzemiosło: +(Rzemiosło) do maksymalnej wartości poziomu Energii. Osobnik, który wypije taką herbatę, odczuje niebywały przypływ energii. Czas trwania: 12 godzin.*
  Działanie: przywraca 20% Punktów Życia i Many.
  Wymagany poziom: 10.
- *Wymagania produkcyjne: piąty Poziom Kuchmistrzostwa.*
- *Składniki: Zwykła woda, liście wysokogórskiego drzewa herbacianego.*
- *Narzędzia: Zestaw Kuchmistrza.*

Doskonale! Praktycznie za nic dostałem bonus! Już robię staruszkom herbatki. Zobaczymy, co z tego wyjdzie z moim poziomem Rzemiosła!

Poświęciwszy trochę czasu na przygotowanie napoju, wziąłem tacę i postawiłem na niej dwie filiżanki wypełnione gorącą herbatą, której aromatyczna para przyjemnie łaskotała nozdrza. Teraz musiałem tylko znaleźć herbatniki, których zażądały starsze panie. Słyszałem ich nieustające trajkotanie nawet przez zamknięte drzwi. Były w tym niestrudzone! Że ich języki nie bolały od tej ciągłej paplaniny...

Przekopałem prawie wszystkie szafki i już chciałem iść do Matrony, żeby zapytać ją o dokładne miejsce położenia ciastek, gdy wreszcie je znalazłem w ostatniej szafce w rzędzie. Były schowane za butelką, na etykiecie której widniał napis „Nalewka wiśniowa". Rozejrzałem się na wszystkie strony, otworzyłem butelkę i podstępnie dolałem nalewki do obu filiżanek herbaty. Nie dam się przypierać do muru. Nie jestem pamiętliwy, ale nie mam też problemów z pamięcią. Nalewka nie zrobi im krzywdy. Na wszelki wypadek zaznaczyłem filiżankę i sprawdziłem jej właściwości. Lepiej być pewnym.

Aromatyczna Czarna Herbata z nalewką:
+4 do maksymalnej wartości poziomu Energii, +50 do Atrakcyjności osoby, która przygotowała napój (nie łączy się z innymi analogicznymi efektami).
Osobnik, który wypije taką herbatę, odczuwa lekkie odurzenie i niezwykły przypływ sił.
Czas trwania: 12 godzin.
Działanie: przywraca 20% Punktów Życia i many.
Wymagany poziom: 10.

Plus pięćdziesiąt do Atrakcyjności? Słyszałem już coś o tym, ale dokładnie nie pamiętam, na co ma wpływ. Wszedłem do przewodnika i zacząłem czytać:

Atrakcyjność – parametr postaci, którego wartość waha się w skali od 0 do 100 i określa stosunek NPC-a do gracza. Nie można wybrać tego parametru i go rozwijać, można go jedynie polepszyć tymczasowymi buffami, zmianą ubrań, kontaktami z NPC-em lub innymi dostępnymi metodami. W przeciwieństwie do Reputacji działającej w całej frakcji atrakcyjność działa osobno na każdego NPC-a, w tym również na NPC-a z frakcji, w której gracz ma negatywną Reputację. Przy Atrakcyjności na poziomie 80 i wyżej, NPC-e płci przeciwnej mogą zaproponować graczowi spotkanie w Domu Schadzek. We właściwościach NPC-a można sprawdzić aktualny poziom oczarowania swoją postacią.

To jest to! Jak mogłem zapomnieć! Rzecz, dla której gracze tworzą piękne postacie, ubierają się w krzykliwe ubrania, zdobią się biżuterią. Im wyższa Atrakcyjność, tym większe prawdopodobieństwo otrzymania unikalnych zadań. Podniosłem tacę i wszedłem do pokoju z niemilknącymi staruszkami w środku. Uśmiechnąłem się, gdy zobaczyłem we właściwościach Matrony moją Atrakcyjność: taka mocna trójka. Jak to możliwe, że staruszka w ogóle wpuściła mnie do domu, skoro jestem dla niej aż tak ohydny?

Nie patrząc w moją stronę i praktycznie bez przerwy mówiąc, staruszki natychmiast wypiły całą herbatę, nie zwracając uwagi na jej temperaturę. Zdawałem sobie sprawę, że nie będę mógł wyjść, dopóki mnie nie zwolnią. Usiadłem więc na kanapie i na chwilę zamknąłem oczy. Pięć godzin spania to oczywiście sporo, ale nie zastąpi normalnego snu. Staruszki zaczęły żywo o czymś dyskutować, a ja już drugi raz tego dnia niezauważenie zasnąłem. Obudziła mnie piosenka:

Kalinko, kalinko, kalinko moja!
W sadzie jagodo malinko, malinko moja!
Ach, krasawico, dusza-dziewico,
Pokochajże ty mnie!

Obejmując się, babuleńki kołysały się w rytm melodii, starannie śpiewając tekst piosenki i patrząc na świat dość mętnymi oczami. No cóż, teraz mogą mi jeszcze zarzucić rozpijanie staruszek. W pewnym momencie mętne oczy Matrony i Pielagieji zwróciły się na mnie, a piosenka się urwała.

– Powiedz mi, Matrono, jak to możliwe, żeby tak młody człowiek, który potrafi przygotować tak pyszną herbatę, mógł trafić do więzienia, co?

– Nawet mi o tym nie mów, Pielagiejo! Sama jestem zaskoczona! Wydaje się, że wszystko z nim w porządku: niby ma ręce, nogi, głowę, a jednak trafił w szeregi morderców. Wszyscy młodzi są teraz tacy sami: chcą wszystko na już i żeby się nawet nie spocić.

– Myślę, że to dlatego, iż żadna kobieta nie trzyma go krótko! Gdyby miał żonę, ta nie pozwoliłaby mu zejść na złą drogę!

– Dobrze mówisz! A ja mam niezamężną sąsiadkę. Już ona by go w mig nauczyła rozumu. Nawet nasz Kowal się jej boi i mówi, że jest straszna i... Ale on się w ogóle nie zna na kobiecym pięknie!

– Nawet mi nie mów. Widuję go, jak przechodzi obok mojego domu z chudymi jak patyk kaszalotami. Nawet nie ma na czym oka zawiesić. A twoja sąsiadka... Oj tak, aż miło popatrzeć, jak sama trzy worki mąki na ramieniu potrafi przenieść.

W tym momencie się wybudziłem i w pełni świadomy stanąłem przed staruszkami. Co tu się dzieje? Pijani NPC-e zamierzają mnie żenić? Na dodatek z jakąś Herkuleską? Spoglądałem zdziwiony raz na Pielagieję, raz na Matronę. Nieźle wpadłem! Najpierw przyniosłem tu staruszkę, a później obie kobiety tak napoiłem nalewką, że chcą mnie teraz ożenić. Co jeszcze mnie tu czeka?

– Tylko skąd nasz przystojniak weźmie pieniądze na naszą gołąbeczkę? Jest goły i wesoły, spójrz na niego. Myślę, że trzeba mu pomóc, jak myślisz?

– Pomoc jest dobrym pomysłem. Tylko czy on to wytrzyma? Ilu poszukiwaczy już wysyłałyśmy? I nikomu z nich nie udało się wrócić, wszystkich wzięło leśne licho. I mojego misiaczka też... – Matrona westchnęła ze łzą w oku.

– Wytrzyma, zobacz, jak strzyże oczami. Sam jest jak leśne licho!

– To prawda. Mileńki! – Matrona zwróciła się do mnie. – Postanowiłyśmy ci pomóc. Jesteś dobry, uczynny, zorganizowałeś nam spotkanie. Zuch z ciebie, chłopcze! To jednak za mało, żeby podbić serce naszej gołąbeczki. Musimy cię przygotować. Trzeba zrobić tak, żeby spojrzała na ciebie jak na pięknego chłopca, a nie wędrownego gołodupca. Wiemy o tajemniczym skarbie. Dawno, dawno temu ukrył go bogaty kupiec Switebald, który postawił przy nim strażnika – leśne licho. Jeśli uda ci się pokonać licho, to skarb będzie twój. A wtedy już będziesz mógł zacząć się zalecać do naszej gołąbeczki. Co powiesz?

Otrzymałeś zadanie: „Bądź cicho, bo przyjdzie licho".
Opis: W głębi lasu, dziesięć kilometrów na południe od miasta (miejsce jest pokazane na mapie), mieszka leśne licho.
Znajdź licho i zabierz chroniony przez nie skarb Switebalda.
Klasa zadania: Rzadkie.
Nagroda: Skarb Switebalda.
Kara za odmowę wykonania zadania (lub za porażkę): Brak.

W opisie zadania nie było ani słowa o ślubie, nie było też żadnych limitów czasowych, więc się zgodziłem. Miałbym odmówić przyjęcia rzadkiego zadania związanego z poszukiwaniem skarbu? Musiałbym być głupi!

– I bardzo dobrze! A teraz zanieś mnie do domu, zasiedziałam się tutaj – powiedziała zadowolona Piełagieja, wyciągając do mnie ręce.

Zadanie „Usługiwać starym przyjaciółkom" zostało zakończone.
Nagroda: 80 do Doświadczenia,
do kolejnego poziomu pozostało: 1001 Doświadczenia.

Pożegnałem się z Matroną i ostrożnie dostarczyłem zadowoloną, milczącą i majestatycznie spoglądającą na okolicę Piełagieję, a następnie udałem się po moje mapy.

Kartograf okazał się przedstawicielem dwóch często spotykanych w Barlionie gatunków: gnomów i pospolitych skąpiradeł. Za dwie Złote Monety zaproponował mi „najdokładniejszą, jaka istnieje" mapę sporządzoną przez „śmiałego i odnoszącego sukcesy" badacza. Doskonale zdawałem sobie sprawę z tego, że dobre mapy kosztują od stu Złotych wzwyż, ale jak dziecko uwierzyłem słowom Kartografa. A ten, wręczywszy mi mapę i wziąwszy pieniądze, wszelkimi sposobami próbował wypchnąć mnie za drzwi. Tłumaczył się tym, że jest bardzo zajęty, że musi iść do babci, że boli go głowa. Ale ja zdążyłem rozwinąć mój zakup. Matko jedyna! Takie kleksy to i ja umiem nabazgrać, i to nawet bez specjalności Kartografa! Strzałeczki, dziwne znaczki bez legendy, zaznaczone rzekomo interesujące miejsca, zajmujące połowę mapy. Spodziewając się katastrofy, przewróciłem stronę i spojrzałem na plan miasta. Ręce należałoby powyrywać temu, kto to narysował. Ulice wyglądały jak zwykłe proste linie tworzące siatkę. Tu i tam zostały naniesione napisy, takie jak: *Bang*, *Plac Głófny*, *Kościuł*... Spojrzałem na gnoma i zobaczyłem jego ogromne, szczere, absolutnie niczego nierozumiejące oczy.

– Czy coś jest nie tak? Nie miałem czasu, żeby samemu przyjrzeć się tej mapie, ale zapewniono mnie, że jest najlepsza. Czy coś się nie zgadza? – Ten sukinkot zapytał mnie o to z tak bardzo udawaną naiwnością, że odechciało mi się awanturować. Pewnie tak ma napisane skrypty: maksymalnie oszukać graczy i zedrzeć z nich jak najwięcej pieniędzy. Handryczenie się nie miało sensu.

Po upływie zaledwie dwudziestu minut wyszedłem od gnoma z pełnym zestawem map Imperium Malabaru i głównych miast, w tym Dalgoru. Dodatkowo nauczyłem się specjalności Kartografia, żeby móc samemu nanosić na mapy poprawki. To bardzo przydatna specjalność przynosząca duże zyski, a żeby ją rozwijać, wystarczy nanosić piktogramy na mapy. Te wszystkie dobra kosztowały mnie siedemset Złotych Monet. Nawet nie zdołałem rozwinąć Handlu, ponieważ gnom kategorycznie odmówił mi jakiejkolwiek zniżki. Niech będzie, mapy są tego warte. Dopytałem najbliższy patrol, gdzie znajdę Almisa, i udałem się do niego z wizytą. Byłem ciekaw, jak wygląda były nauczyciel Szamanów.

Drzwi do domu Almisa otworzyła mi służka pokaźnych rozmiarów, której śnieżnobiały, koronkowy fartuch mocno kontrastował z ciemnym odcieniem skóry. Rzuciwszy mi taksujące spojrzenie, dosłownie jakby analizowała zawartość mojego prywatnego worka i ilość posiadanych przez mnie pieniędzy, przemówiła:

– Proszę wejść, pan Almis czeka na pana od samego rana.

Czeka na mnie? Czyżby Almis czekał na kogoś, a służka błędnie wzięła mnie za spodziewanego gościa? Mniejsza z tym, nie wyjdę stąd, dopóki nie dowiem się wszystkiego o moim byłym naczelniku. Usadowiłem się więc wygodnie w fotelu i zacząłem rozglądać się po pokoju. Po chwili dołączył do mnie starszy mężczyzna ubrany w puszysty frotowy szlafrok i miękkie kapcie z króliczymi uszami. Zerknął na mnie i zanurzył się w fotelu naprzeciwko. Mam dzisiaj szczęście do rozmów ze starcami. Sądząc po pewnych ruchach oraz braku laski i okularów, staruszkowi od biedy można by dać około siedemdziesiątki. Zauważyłem nawet, że miał wszystkie zęby, kiedy to Almis – a byłem pewien, że siedzi przede mną były nauczyciel Szamanów – szeroko się uśmiechnął. Wstałem i pokłoniłem się – nic mnie to nie kosztowało, a spodziewałem się, że jemu zrobi się miło.

– Ja też cię witam, młodszy bracie. Usiądź, jestem już przyzwyczajony do tego, że w mojej obecności wszyscy siedzą. – Almis zrobił krótką pauzę, żeby zmierzyć mnie od stóp do głów, po czym mówił dalej: – Jesteś niczego sobie, nie mam zastrzeżeń. Od dawna w naszych stronach nie było Szamana, który miałby szansę zostać Heroldem. Według Pronto potrzebujesz Kornika, bo tylko on będzie w stanie oszlifować taki diament i wbić do zakutego łba podstawy Szamanizmu. A z rekomendacjami, jakie dał ci Najwyższy Duch Powietrza, po prostu masz obowiązek zaprezentować się z jak najlepszej strony, i to nawet bez treningu. Przy okazji, uprzedzono mnie, że dziś mnie odwiedzisz, ale przyznaję, że oczekiwałem cię dużo wcześniej. Czy bajka o skarbach Switebalda aż tak cię urzekła, że postanowiłeś opóźnić swoją wizytę?

– Więc wie pan o Switebaldzie? – zapytałem zaskoczony, wpatrując się w promienny uśmiech Almisa. Traktuje mnie jak małe dziecko, przysięgam.

– Oczywiście, ale nie musisz się tym martwić. W moim wieku ganianie po lesie w poszukiwaniu skarbów nie jest już interesujące. Kiedy je zdobędziesz, przyjdź i opowiedz mi, jak udało ci się pokonać leśne licho.

– A kim jest Pronto? – dopytałem o istotę, która wystawiła mi aż tak pozytywną opinię. Jeszcze nie zdążyłem z nikim pogadać, a już wypowiadano się na mój temat...

– Znasz go. To Szaman Najwyższy, ork, który jest teraz naczelnikiem Kopalni „Pryka". Mój były nauczyciel.

– Dlaczego pozbawiono go możliwości nauczania? Za co zesłano go do kopalni? Kim jest Kornik? I dlaczego to właśnie on ma mnie uczyć? – strzelałem pytaniami jak z karabinu maszynowego. Trzeba korzystać, póki Almis chce odpowiadać.

– Czy to wszystko, co chciałbyś teraz wiedzieć? – Almis uniósł pytająco brew. – Czy może masz oprócz tego jakieś inne pytania? Nie spiesz się, dobrze się zastanów, bo jeszcze o czymś zapomnisz. A jak już się zastanowisz, zapisz to na kartce i przeczytaj kilka razy, czy na pewno o niczym nie zapomniałeś. I dopiero jak już będziesz pewien, że wszystko masz zapisane, możesz śmiało podrzeć tę kartkę w drobny mak i wyrzucić ją do śmieci. Jesteś Szamanem, a nie babą z bazaru, żebyś zachowywał się jak przekupka! – Teraz Almis lekko się uniósł, a nawet podniósł głos. I dopiero teraz dotarło do mnie, że to był sarkazm, a nie zaproszenie do działania.

– Najwyższy Duch Powietrza przyniósł wieść, że twój Totem to Smok – uspokoiwszy się, powiedział Almis i odchylił się na krześle. – Proponuję ci wymianę. Ja odpowiem na wszystkie twoje pytania, a ty pokażesz mi Smoka. Smoki są niezwykle interesującymi istotami.

– Nie umiem wywoływać swojego Totemu. Jestem Szamanem Początkującym i żeby przywołać Totem, muszę poprosić o pomoc nauczyciela.

Próbowałem wymigać się od demonstracji Smoka. Nie miałem zamiaru pokazywać go komu popadnie, ale Almis stanowczo mi przerwał:

– Nauczyciel nie nauczy cię pracować z Totemem. On ci jedynie podpowie, gdzie szukać jego fizycznego wcielenia. Sam musisz nauczyć się komunikować z własnym Totemem!

– Jak mam go wezwać? – zapytałem bardziej siebie niż Almisa.

Wreszcie coś rozsądnego wpadło mi głowy – myślenie chyba mi dzisiaj nie szło jak należy – wystarczy wejść do przewodnika lub na forum, tam wszystko jest opisane dużymi literami dla takich matołów jak ja. I już zamierzałem rozpocząć wyszukiwanie słowa „Totem", gdy Almis przemówił:

– Wybierz miejsce, w którym chciałbyś zobaczyć swój Totem, a następnie wezwij go w myślach. Jeśli będziesz chciał, żeby Totem zniknął, poproś go o ukrycie się. Do dzieła!

Wybrać miejsce i wezwać go? To wydaje się dość proste. Spojrzałem na pusty stolik stojący pomiędzy naszymi fotelami – idealne miejsce dla Smoka – a następnie zamknąłem oczy. Wyobraziłem sobie wizerunek Totemu i w myślach wypowiedziałem słowa: „Cześć, chodź do mnie, pobawimy się". Przez kilka sekund nic się nie działo. Już chciałem powtórzyć moje wezwanie, gdy nad stołem pojawił się hologram radośnie wirującego Smoczka.

– Glać? Uwielbiam glać. A dzie piłecka? – usłyszałem dziecięcy głosik, który wydawał się dochodzić zewsząd.

Sądząc po zachwyconej, ale nie zdziwionej twarzy Almisa, gospodarz albo niczego nie słyszał, albo to, że Totemy potrafią mówić, było dla niego normą.

– A cy dzisiaj bendzie gloch? Fejnie było ostatnim lazem.

– To jest cudo – szepnął entuzjastycznie Almis, wstał z krzesła i zaczął chodzić wokół stołu, patrząc na Smoka. Następnie odwrócił się do mnie i powiedział: – Zabieram go. I tak nie umiesz go ucieleśnić, bo nikt nie widział Smoków od setek lat. Chodź do mnie, mój maleńki.

Almis wyciągnął rękę do hologramu, najwyraźniej zamierzając zabrać Małego Smoka. To jego bezczelne zachowanie sprawiło, że zdębiałem na kilka sekund. Gdy wróciłem do siebie, skoczyłem na równe nogi, żeby zaprotestować przeciw naruszaniu moich praw. Nie pozwolę nikomu zabrać mojego Smoka!

Nagle przerażający ryk Smoka wypełnił pokój, zagłuszając wszystkie inne dźwięki. Zawisło na mnie kilka debuffów: *Nie dotyczy właściciela*, *Ogłuszenie*, *Oszołomienie*, *Odrętwienie* i inne w podobnym stylu. Czas trwania debuffów był różny: od kilku sekund do kilku minut, ale nie to było istotne. Najważniejsze, że z hologramu Smoka trysnął wprost na Almisa strumień ognia.

W tej samej chwili były nauczyciel Szamanów przestał istnieć w Barlionie. Została po nim tylko kupka popiołu, leżąca samotnie na podłodze pokrytej czarną sadzą. Wzburzony Smoczek zaczął szczebiotać, krążąc dookoła i rzucając na wszystkie strony gniewne spojrzenia, a oniemiała służka zastygła z otwartymi ustami, bojąc się nawet oddychać.

– Słuchaj, czym prędzej uciekaj, później cię zawołam, wtedy się pobawimy – poprosiłem Małego Smoka i z bezsilności zamknąłem oczy.

Nie chciałem widzieć czarnego kleksa na podłodze. Barliona to naprawdę straszna gra: przeżyłem w niej już prawdziwą panikę, ból i przyjemność. Teraz miałem się dowiedzieć, co czują ludzie, gdy tracą wszystkie nadzieje i plany.

Właśnie przed chwilą za pomocą Totemu uśmierciłem NPC-a, naruszając tym samym podstawowy warunek mojego przedterminowego zwolnienia. Za chwilę pojawią się strażnicy i wrócę do kopalni, w której będę musiał pozostać do końca odsiadki. Usłyszałem w mojej głowie huk, ziemia osunęła mi się spod nóg i upadłem na fotel.

– Zabił! – gdy tylko zniknął Smok, krzepka służka, jakby słysząc moje myśli, wydała dziki krzyk. – Zabił Pana! Straż! Łapać mordercę!

Strażnicy, którzy w domu Almisa pojawili się dosłownie znikąd, natychmiast mnie otoczyli i z czterech stron wycelowali we mnie halabardy. Ich naczelnik wykonał ruch ręką i w projekcji, która się wyświetliła, zobaczył wszystko: Almisa wyciągającego rękę do hologramu Małego Smoka, mnie krzyczącego w stanie dezorientacji i skaczącego, zupełnie jakbym dawał rozkaz do ataku, Smoczka otwierającego paszczę i falę ognia, która nie pozostawiła z Almisa nawet mokrej plamy.

– Machanie, jesteś oskarżony o morderstwo Almisa, byłego nauczyciela Szamanów, przy użyciu Smoka. Masz prawo...

Słuchałem strażnika z zamkniętymi oczami i spuszczoną głową. Klan, Figurki Szachowe, zadanie Zwiastuna, Imperator, Pronto, Skarby Switebalda... Teraz to wszystko wydawało się tak nierealne, że miałem ściśnięte gardło. No dlaczego? Dlaczego chciał zabrać mojego Smoka?

– Dzień dobry, panowie! Co robicie w moim domu? – Czyjś głos zmusił mnie do otworzenia oczu.

Osłupiały spojrzałem na otwierające się drzwi od sąsiedniego pokoju. Stał w nich Almis, cały i zdrowy. Pytająco spoglądał na strażników. Wyglądał inaczej. Jeśli wcześniej, w głupkowatym szlafroku i kapciach, wywoływał uśmiech, to teraz stojący w drzwiach Szaman Najwyższy wzbudzał szacunek.

Czapka Szamańska z rozgałęzionymi rogami jelenia, które prawie zahaczały o framugę drzwi. Swobodnie powiewająca, jakby na wietrze, obszerna peleryna. Laska z wygiętym w kształt pętli czubkiem, wewnątrz której wirowała ciemnoszara chmura, bezszelestnie rozświetlana błyskawicami. Na ramieniu Almisa siedział żółtooki jastrząb, który co jakiś czas wypełniał pokój swoim przeraźliwym krzykiem, powodującym dwusekundowe paraliżujące debuffy. Totem ucieleśniony! Almis – Szaman Najwyższy – był w pełnym rynsztunku bojowym! Szczerze mówiąc, stanowiło to tak przerażający widok, że dreszcz przeszedł mi po plecach. Więc gdy strażnicy opuścili halabardy i zaczęli się przyglądać Almisowi, ja odruchowo się cofnąłem, potknąłem o fotel i upadłem. Wiedząc, że za późno na ucieczkę, spróbowałem wtopić się w fotel, żeby przypadkiem nie znaleźć się na linii ognia.

– Zatrzymujemy przestępcę, który pana zabił – poinformował precyzyjnie strażnik, jakby nie zwracając uwagi na powierzchowność Almisa i ani trochę niezmieszany absurdalnością swojej wypowiedzi.

– A więc o to chodzi! Oczywiście zgadzam się, że przestępców trzeba łapać, ale ja nie widzę ich w tym pokoju. Proszę mi jeszcze raz powiedzieć, co zarzuca się temu młodemu człowiekowi?

– To, że pana zamordował!

Naczelnik straży zaczynał mi się podobać. Wałkował swoją formułkę, mimo że nawet jego zdezorientowani podwładni zaczynali patrzeć po sobie ze zdziwieniem. Zuch chłopak, ja też byłem ciekaw odpowiedzi na to pytanie.

– Bo jeśli Almis żyje, to kogo przed chwilą spalił Smoczek? Przecież wszyscy widzieli projekcję – dodał.

– Moje morderstwo? – Almis karykaturalnie uniósł brwi. – Mery! – spojrzał na służkę, która wpatrywała się w niego ogromnymi, przestraszonymi oczami i wciąż próbowała się wycofać, mimo że plecami opierała się już o ścianę.

Gdy służka usłyszała, że mówi się do niej, pisnęła i jeszcze szybciej zaczęła przebierać nogami, ślizgając się po podłodze i próbując przepchnąć ścianę całym ciężarem swojego ciała.

– Proszę przygotować herbatę dla mnie i mojego gościa. I proszę się uspokoić, nie jestem zjawą.

Potem Almis zwrócił się do strażników:

– Jeśli zaś chodzi o was, panowie, proszę mi pozwolić rozwiać wasze wątpliwości: jestem cały i zdrowy. Nie mam najmniejszego zamiaru umierać lub dać się zabić.

Następnie przeszedł do pokoju wypełnionego świeżością i zapachem burzy.

Spojrzał na czarną plamę, która po „nim" została, z wyrzutem pokiwał głową i mruknął niewyraźnie:

– Ketrin zje mnie żywcem...

Potem zaś kontynuował swoją przemowę:

– Nie po to przeżyłem dwieście lat, żeby spłonąć od jakiejś projekcji. Mery, herbata! – podniósł głos, gdy zobaczył, że pokojówka nadal taranuje ścianę swoim ciałem.

Strażnicy jednak nadal nie dawali za wygraną, więc Almis musiał dać się dotknąć, żeby udowodnić, że nie jest zjawą. Kiedy w końcu opuścili dom, Szaman Najwyższy, jak gdyby nigdy nic, wrócił na swój fotel i podrapał się po nosie, najwyraźniej próbując zdecydować, od czego by tu zacząć rozmowę. I już nabrał powietrza, chcąc coś powiedzieć, gdy służka wybiła go z rytmu – spoglądając na niego nieufnie, postawiła na stole tacę z herbatą, po czym natychmiast odsunęła się o kilka kroków. Najwyraźniej miała zły dzień: najpierw ja z moim Smokiem, później Almis, który umarł i odrodził się niczym Feniks. Pewnie kupi sobie dzisiaj kilka butelek napojów wyskokowych i spróbuje wymazać z pamięci ten dzień, jakby był koszmarem.

– Mery! – Almis zwrócił się do służki, która znowu podskoczyła ze strachu. – Wszystko w porządku, nie martw się tak bardzo. Jeśli masz wątpliwości, że żyję, to też podejdź i dotknij mnie palcem, obiecuję...

Ale nim Almis zdążył powiedzieć, co obiecuje, służka podbiegła i zaczęła go szturchać palcami w ramię i klatkę piersiową. W końcu westchnęła z ulgą i powiedziała:

– Panie Almis, pan żyje? A już się bałam, że pana... No... – zawahała się, patrząc to na Almisa, to na mnie, po czym opamiętała się, odwróciła w moją stronę i zaczęła zawodzić: – Co tu się wyprawia, co? Przyszedłeś, Smokiem mnie nastraszyłeś, dywan zapaskudziłeś, filiżanki też za chwilę będą brudne, a jeszcze...

– Mery, wydaje mi się, że masz co robić w kuchni – delikatnie, lecz kategorycznie uciszył ją Almis.

Wtedy służka przerwała swój wywód, rzuciła mi gniewne spojrzenie i oddaliła się.

– Nie zwracaj na nią uwagi – powiedział Almis, gdy zauważył, że patrzę na nią zdziwiony. – Mery tymczasowo zastępuje moją gosposię. Ketrin wyszła dzisiaj do miasta, zostawiając na swoim miejscu to chodzące nieporozumienie. I chociaż Mery pracuje u mnie nie po raz pierwszy, nadal nie przywykła do pewnych rzeczy. – Zrobiwszy małą przerwę, Almis nalał sobie i mnie po filiżance herbaty. Potem zaczął ją pić z niemal zaraźliwą przyjemnością.

Miałem mnóstwo pytań, ale skoro gospodarz zdecydował, że teraz nadszedł czas na ceremonię picia herbaty, to przerywanie mu byłoby bardzo niegrzeczne. Wziąwszy swoją filiżankę, poszedłem w ślady Almisa. Pospolita herbata, nieznacznie przywracająca Punkty Życia i Many, brak buffów czy debuffów. To dziwne – zwykłe staruszki miały smaczniejszą i bardziej pożyteczną herbatę niż Szaman Najwyższy.

Pięć minut spędziliśmy w całkowitej ciszy i spokoju. Choć starałem się należycie celebrować ten rytuał picia herbaty, nie udawało mi się to. W zdecydowanej większości gracze w Barlionie mieli włączone filtry doznań, dlatego wiele obiektów nie miało swojego smaku, ponieważ było to niepotrzebne. Coś mi się wydaje, że herbata Szamana Najwyższego była żywym przykładem tej zasady: bez smaku, bez koloru, bez zapachu. Wreszcie Almis opuścił swoją filiżankę i spojrzał na mnie.

– Cierpliwość jest główną siłą Szamana. Bez niej nie można władać Duchami, bo one wszystkie są jak małe dzieci: kapryśne, krnąbrne, niepokorne. Jeśli Szaman będzie impulsywny, nic z tego nie wyjdzie. Pozwól, że wyjaśnię pokrótce, co dzisiaj się wydarzyło. Po pierwsze: o skarbach Switebalda dowiedziałem się w dość prosty sposób. Odkąd wyszedłeś od Mera, śledziły cię wysłane przeze mnie Duchy. Bo gdy tylko w Dalgorze pojawia się Szaman, nawet niedoświadczony i mało rozumiejący, od razu jestem o tym informowany. Ciekawie było cię obserwować: kim jesteś, co zrobisz, jak się zachowujesz. A tak przy okazji, jeśli nie byłoby to dla ciebie problemem, prosiłbym cię, abyś po naszej rozmowie przygotował herbatę, której parzenia nauczyły cię szanowne panie. Nazwanie tego, co piliśmy przed chwilą herbatą, byłoby sporym nadużyciem. Po drugie: Pronto powiedział, że jesteś właścicielem unikatowego Totemu – Smoka – więc musiałem sprawdzić, jak mocno jest do ciebie przywiązany. W naszym świecie jest wielu, nazwijmy to, złych Szamanów, którzy byliby w stanie przejąć twój Totem, gdybyś nie pasował do niego Duchem. Dlatego stworzyłem hologram mojego Ducha, obdarzyłem go siłą i wysłałem, żeby z tobą porozmawiał. Hologram był niezbyt udany, zwróciłem uwagę na jego wygląd, dopiero gdy z tobą rozmawiał. Kapcie z uszami... Było mi strasznie wstyd. Ale Duch spełnił swoje zadanie – gdyby zdołał przejąć Smoka, straciłbyś go na zawsze. Myślę, że lepiej byłoby dla ciebie zawieść się na nim teraz, niż kiedy Smok by urósł, a ty byś się do niego przywiązał. Na szczęście wszystko się udało, więc pozwól, że pogratuluję ci takiego okazu. Wiem, że masz do mnie wiele pytań, ale odpowiem tylko na trzy. Zastanów się dobrze, zanim je zadasz.

– Za co Pronto został zesłany do Kopalni „Pryka"? – wypaliłem natychmiast, bez namysłu. Przecież przyszedłem do Almisa, żeby właśnie tego się dowiedzieć.

– Nie był posłuszny woli Rady Szamanów. Następne pytanie! – odpowiedział chłodno Almis.

Ups... Skucha. Kiedy wreszcie nauczę się słuchać innych i myśleć? Najwyższy czas przestać działać impulsywnie, bo wynikają z tego same kłopoty. Jak zadać dobre pytanie?

Zacząłem zadawać je sobie w myślach i odpowiadać w stylu Almisa. Rzeczywiście, trzeba dobrze się zastanowić, zanim się zapyta. Tak więc... Czym zawinił Pronto? Naruszył przepisy. Jakie przepisy naruszył Pronto? Przyjęte przez Radę Szamanów. Dlaczego Rada Szamanów uznała, że Pronto złamał zasady?... Eee... Mmm... Wydaje mi się, że to jest dobre pytanie. I już prawie je zadałem, gdy nagle mi zaświtało. Dlatego, że tak głosowała większość członków Rady! Cholera, czy to jakaś pułapka?! Almis siedział i z uśmiechem delektował się moją próbą uporządkowania dostępnych danych i zmuszenia mózgu do pracy. Czyżby z boku wyglądało to aż tak komicznie?

Myśl, głowo, myśl. Zdobędę dla ciebie taką samą czapkę, jak ma Almis, z rogami.

„Myślą Magowie"... Przypomniałem sobie słowa pewnej Szamanki, które przeczytałem przed moją pierwszą szamańską próbą. Wiercipiętko, znajdę cię i wycałuję w oba policzki. Tylko musisz grać do tego czasu.

– Dlaczego przestał pan uczyć Szamanów? – wypaliłem w końcu.

To było pytanie, które chodziło mi po głowie, ale cały czas odpychałem je na później. Nie wydawało mi się zbyt ważne, coś mi jednak mówiło, że trzeba zacząć kopać z tej strony.

Almis odchylił się w fotelu i spojrzał na mnie badawczo.

– To dobre pytanie. Odpowiem na nie później. Teraz proszę o następne.

A niech cię! Miałem nadzieję, że opowie mi wszystko i na tej podstawie sformułuję moje trzecie pytanie. Ale skoro tak, to masz:

– Co trzeba zrobić, żeby Pronto odzyskał prawo do nauczania Szamanów? – zapytałem. A po chwili dodałem cicho: – Jeśli to oczywiście jest mu potrzebne...

Ale Almis mnie usłyszał. No i dobrze. Jeżeli nie jestem w stanie wprost wyciągnąć z Almisa powodów ukarania Pronto, a teraz jestem już pewien, że ich nie wyciągnę, to może – jeśli zacznę od drugiej strony – jednak poznam powody zesłania mojego byłego naczelnika.

Almis około minuty siedział w fotelu, kołysząc się lekko w przód i w tył, najwyraźniej intensywnie o czymś myśląc. Czyżby udało mi się zadać właściwe pytanie? A może głowi się teraz, jak powiązać moje pytania z tym, co i tak miał mi powiedzieć od samego początku? Westchnąłem. Trudno jest zrozumieć NPC-ów. Oni są praktycznie ludźmi, nawet działają w różnych sytuacjach tak samo jak my, kopiując ludzkie zachowania z przerażającą dokładnością. Symulatory – i to mówi wszystko.

– Wprawiłeś mnie w zakłopotanie. Teraz muszę się dobrze zastanowić, ile mogę ci powiedzieć w tym momencie, a ile zostawić dla Kornika. On mi nie podziękuje, jeśli teraz powiem ci absolutnie wszystko, co wiem o Pronto. Daj mi chwilę na zastanowienie i proszę, zrób mi w tym czasie herbaty. Tylko bez nalewki – dodał na wszelki wypadek.

– To niesamowite, jaki niezapomniany i niepowtarzalny smak ma odpowiednio przygotowany napój – powiedział po chwili Almis, delektując się przygotowaną przeze mnie aromatyczną herbatą. Kiedy ją robiłem, Mery cały czas wisiała nade mną jak cerber, uznawszy najwyraźniej, że planuję zająć jej miejsce. Próbowała nawet przepędzić mnie z kuchni, musiałem więc wytłumaczyć jej, że Almis poprosił, żebym to ja przygotował herbatę. Mery skomentowała to tak, że po kuchni szlaja się, kto popadnie, ale udostępniła mi niezbędne składniki i przybory.

– Wróćmy do twoich pytań. Zrezygnowałem z moich uprawnień do nauczania Szamanów dwanaście lat temu, gdy Pronto został wydalony z Rady. Nie mogłem znieść tego bezprawia – westchnął Almis, jakby przywołując nieprzyjemne wspomnienia. – Szkoliłem ucznia, bardzo zdolnego, który miał wszelkie szanse zostać Heroldem. Już w rok po rozpoczęciu nauk zdobył tytuł Szamana Wielkiego, a od Najwyższego dzieliła go tylko jedna próba. Coś w nim jednak pękło i w jednej przerażającej chwili Gieranika, bo tak się nazywał, zwrócił się przeciwko swoim braciom. Siłą nie ustępował Szamanowi Najwyższemu, a gniewem – Mrocznemu Władcy Kartosa. Nie udało mi się go powstrzymać, choć na samym początku miałem taką okazję, po prostu nie byłem w stanie podnieść na niego ręki... A potem było już za późno, bo mój były uczeń osiągnął tak niespotykaną moc, że chyba nawet Herold by sobie z nim nie poradził. Kiedy Gieranika zaczął niszczyć Szamanów, żeby, jak sam mówił, w pojedynkę rządzić Duchami i całym światem, mój mentor zażądał stworzenia Dużego Kręgu Szamańskiego. Była to jedyna rzecz, która swoją mocą mogła powstrzymać Gieranikę. Cena za stworzenie Kręgu była straszna: całkowite pozbawienie szamańskich zdolności wszystkich pięciu członków koła. Ale nie było innego wyjścia. Jednak zwierzchnik Rady, starszy brat Gieraniki, odrzucił tę propozycję, nazywając Pronto narwańcem, nowicjuszem i panikarzem, który nie widzi niczego poza czubkiem własnego nosa. Wtedy ork złamał zasady, sprzeciwił się zwierzchnikowi Rady i rzucił mu wyzwanie. Zgodnie z naszym prawem, ten kto przegrywa taki pojedynek, zostaje wydalony z Rady i nie ma już prawa uczyć innych. Skutek był taki, że Szaman Najwyższy Pronto przegrał, a Gieranika zniknął i już od dwunastu lat nikt o nim nie słyszał. Po tym incydencie coś we mnie pękło. Nie mogę już uczyć, bo paraliżuje mnie strach, że mój nowy uczeń powtórzy losy Gieraniki. Między innymi dlatego od rana cię śledziłem. Chciałem się przekonać, czy powinienem pozwolić ci na spotkanie ze mną, czy nie. Jeśli chodzi o twoje trzecie pytanie... Pronto może odzyskać swój tytuł tylko w jednym wypadku: jeśli znajdą się dowody na to, że pojedynek między nim a Sziamem, zwierzchnikiem Rady, odbył się z naruszeniem prawa. Kornik twierdził, że podczas bitwy czuł obecność obcego Ducha, ale nie udało mu się wydobyć z Pronto ani słowa na ten temat. Czy dowiesz się, co naprawdę się wtedy stało?

Otrzymałeś zadanie: „Przywrócić sprawiedliwość".
Opis: W wyniku pojedynku o tytuł zwierzchnika Rady Szamanów, który odbył się dwanaście lat temu, Szaman Najwyższy Pronto po przegranej walce został na zawsze pozbawiony tytułu i możliwości nauczania innych. Istnieje podejrzenie, że pojedynek odbył się z naruszeniem prawa.
Dowiedz się prawdy o tej walce od Kornika, Pronto i pozostałych świadków.
Klasa zadania: Unikalne Klasowe.
Nagroda: Przywrócenie Pronto tytułu Szamana Najwyższego, Unikalna Nagroda od przewodniczącego Rady Szamanów, +(Wariantywnie) Reputacja wśród Rady Szamanów,

+(Wariantywnie) Reputacja wśród Najwyższych Duchów Świata Górnego i Dolnego.
Kara za odmowę wykonania zadania (lub porażkę): Brak.

– Dowiem się, co zaszło dwanaście lat temu, poznam prawdę – zapewniłem Almisa, gdy tylko przeczytałem opis zadania.

Dzisiaj mam naprawdę szczęście do zadań! To Unikalne, to Rzadkie, to Unikalne Klasowe! Muszę tylko jakoś wytrzymać trzy miesiące w Kołotowce, a potem mogę wyruszać na poszukiwania prawdy.

Spędziłem jeszcze u Almisa około trzydziestu minut, podczas których rozmawialiśmy o nieważnych sprawach, a następnie podziękowałem mu za informacje i poszedłem szukać nauczycieli Kuchmistrzostwa i Kowalstwa. Muszę się nauczyć robić sztabki. Wymagają tego kolejne poziomy Jubilerstwa.

Pod koniec dnia miasto przypominało mrowisko: roiło się w nim od graczy. Skąd tylu ich wzięło się na peryferiach Imperium? Lepiej zostaliby w swoim Anchursie i nie robili tutaj tłoku. Większość z nich przemieszczała się pieszo, ale kilka razy widziałem graczy poruszających się konno, a raz nawet niebo przeciął jeździec na gryfie. Czego gracz na setnym poziomie szuka w tej lokacji? A może to jest ten bohater, o którym mówił Zwiastun? Gryfy, lub inaczej latające krowy, były najczęstszym środkiem transportu wśród graczy, którzy osiągnęli setny poziom i którzy przy okazji nie mieli co robić z pieniędzmi. A były to ciężkie pieniądze. Najprostsza latająca krowa kosztowała milion Złotych, ale dawała tyle korzyści, że niektórzy gracze brali pożyczki w Bankach Barliony lub w realu, żeby tylko kupić Gryfa w świecie wirtualnym. Moim zdaniem najczęściej robiła tak rozpuszczona bananowa młodzież. Gdybym tylko jakimś cudem zdobył sto takich ptaszków i sprzedał je, natychmiast zniknęłyby wszystkie moje problemy.

– Krokodyl! Łap go! – Rozległo się wołanie NPC-a, które natychmiast przyćmiło odgłosy graczy. A jakże, NPC nadaje, wszyscy słuchajcie! Odwróciłem się i spojrzałem na powód tego dzikiego skowytu. Gra Szamanem zaczyna mi się podobać. Kiedy biegałem jako Łowca, to albo nie zwracałem uwagi na takie drobiazgi, albo nigdy mi się nie przytrafiały. Po Dalgorze przechadzał się najprawdziwszy kobold. A dokładniej gracz, który wybrał dla siebie postać kobolda. Gracz, który świadomie zdecydował się rzucić wyzwanie Barlionie. Tacy śmiałkowie byli nazywani starodawnym słowem pochodzącym ze starożytnych gier: hardkor. Niewielu pamiętało prawdziwe znaczenie tego słowa, ale tak nazywano wszystkich, którzy decydowali się zostać koboldem, goblinem lub nagą. A jednocześnie ten tutaj udowodnił swoim trzydziestym poziomem, że koboldem można grać równie dobrze, jak każdą inną rasą.

Otworzyłem przewodnik i sprawdziłem właściwości tej rasy. Taaaaa.

- *Kara rasowa do Intelektu: -75%. Stosunek wymaganych punktów do statystyk: 1:3.*
- *Kara rasowa do Siły: -50%. Stosunek wymaganych punktów do statystyk: 1:2.*
- *Kara rasowa do Wytrzymałości: -50%. Stosunek wymaganych punktów do statystyk: 1:2.*
- *Bonus rasowy do Zręczności: +150%. Stosunek wymaganych punktów do statystyk: 4:1.*
- *Bonus rasowy do Wściekłości: +50%. Stosunek wymaganych punktów do statystyk: 2:1.*
- *Zdolność rasowa: Odporność na trucizny.*
- *Zdolność rasowa: Zdolność widzenia w ciemności.*
- *Zdolność rasowa: (+Poziom × 5). Odporność na atak fizyczny dzięki grubej skórze.*

- *Zdolność rasowa: Umiejętność oddychania pod wodą.*
- *Umiejętność rasowa: Spowalniająca trucizna.*
- *Ograniczenie rasowe: Wzrost Reputacji został zmniejszony 2 razy.*
- *Ograniczenie rasowe: Wzrost Atrakcyjności został zmniejszony 2 razy.*
- *Ograniczenie rasowe: Wzrost Doświadczenia został zmniejszony 2 razy.*
- *Ograniczenie rasowe: Parametry statystyk otrzymane dzięki ekwipunkowi zostały zmniejszone 2 razy.*

Tak, to nie była zwykła masakra, to był rodzaj samobójstwa! Do kar związanych z parametrami jeszcze można się jakoś przyzwyczaić lub przystosować, na przykład levelując nie Maga lub Szamana, a właśnie Łowcę. Bonusy do Zwinności i do Wściekłości właśnie to sugerują. Tylko że z takimi karami do Reputacji, Atrakcyjności i ekwipunku nie można grać! Jak mu się udało osiągnąć trzydziesty poziom? Czyżby na samej Zręczności? Reptil Idźciewszyscydodiabła. Nawet imię sobie wybrał takie, jakby chciał zakpić z wszystkich graczy. To dziwne, że w ogóle nie reagował na okrzyki tłumu, na młodocianych NPC-ów uciekających przed nim co sił w nogach. Po prostu szedł zdecydowanie w jednym kierunku, sądząc po trajektorii, wprost do tawerny. Ogólnie rzecz biorąc, widowisko było dość niezwykłe jak na Dalgor. To dopiero – krokodyl w mieście. Coś strasznego!

– Poczekaj, jak cię zaraz...! – Wielki Kowal NPC, zamachnąwszy się niemałą pałką, zawisł nad koboldem. Reptil zacisnął pięści, ale nie odezwał się ani słowem i szedł dalej w swoim kierunku. Rzeczywiście, hardkor!

Moim pierwszym odruchem było powstrzymanie chłopiny, ale natychmiast zmieniłem zdanie. Przeszkadzanie NPC-owi w odgrywaniu swojej roli, z moją czerwoną opaską? Po co mi to?

Przecież nie chciałem wstąpić w szeregi paladynów. Miałem dość własnych problemów, cudze nie są mi potrzebne. Ponadto Reptil z pewnością wie, jaki stosunek mają do niego NPC-e. Zdobyć trzydziesty poziom, będąc takim krokodylem, to nie dziecinna igraszka.

Bam! Pałka wylądowała jednak na głowie kobolda. A raczej w miejscu, w którym jeszcze przed chwilą była jego głowa, i głośno uderzyła o bruk. Reptil nieuchwytnym ruchem przesunął się w bok i podniósł ogon, spod którego trysnęła zielona chmura. Kowal zastygł jak kamienny posąg. Rozejrzawszy się na wszystkie strony i przez chwilę zatrzymawszy na mnie wzrok, Reptil, dość flegmatycznie i ignorując pozostałych, jednak powlókł się do tawerny. A przydatna, jak się okazuje, umiejętność koboldów zepsuła powietrze. Ciekawe, czy można się jej nauczyć?

ROZDZIAŁ 4

SKARBY SWITEBALDA

Usiadłem na jednej z ławek, które w dużej liczbie były rozsiane w centrum Dalgoru, i postanowiłem gruntownie zrewidować moje zadania. Musiałem zdecydować, które z nich zaliczyć teraz, a które odłożyć do czasu całkowitego wyzwolenia się z sideł Kołotowki.

To, co mam:

1. Droga Szamana. Krok 2. Znaleźć nauczyciela Szamanów, Kornika. Klasowe.
2. Poszukiwanie Totemu. Klasowe.
3. Polowanie na Szarą Śmierć. Zwykłe.
4. Nocny Postrach Osady. Rzadkie.
5. Ostatnia Nadzieja. Krok 3. Brak zadania, ale wkrótce się pojawi. Rzadkie.
6. Oko Mrocznej Wdowy. Również brak zadania, ale pojawi się na poziomie 100. Legendarne.
7. Poszukiwania Mrocznego Koordynatora. Unikalne.
8. Bądź cicho, bo przyjdzie licho. Rzadkie.
9. Przywrócić Sprawiedliwość. Unikalne Klasowe.

Dziewięć zadań i tylko jedno z nich zwykłe. Niezły zestaw jak na gracza na szesnastym poziomie. Pierwsze dwa zadania, tak jak ostatnie, zdecydowanie zostawiam na później, kiedy już wyjdę z Kołotowki. Questy od trzeciego do piątego dotyczą Kołotowki: jutro wracam i wtedy zdecyduję, co zrobić z wilkami i Worgenem. Oko trzeba odłożyć na daleką przyszłość. Albo do czasu osiągnięcia przeze mnie setnego poziomu, albo – sprzedaży na aukcji. Poszukiwania Koordynatora również trzeba rozpocząć w Kołotowce, szkoda, że nie wiem, kto to może być. Jeśli koordynuje pracę, to albo musi wciąż krążyć pomiędzy bazami, albo przyjmować gości. Muszę dopytać Tiszę lub strażników, jak często do wioski przyjeżdżają goście i do kogo. Pozostaje jeszcze zadanie staruszek. Zajmę się nim już dzisiaj. Ale najpierw – interesy.

Ogromna wieża Maga, do którego przyszedłem po zwoje portali, górowała nad miejskimi zabudowaniami. Co ciekawe, w każdym mieście, nawet w Anchursie, wieża Maga była budowlą najbardziej wysuniętą na północ. Dalej były już tylko mury i brama. Dlaczego właśnie tak – prawdopodobnie nikt nie wie, a jeśli nawet wie, to milczy. Może jest z tym związane jakieś zadanie, kto wie, co wymyślili programiści?

Do wieży prowadziło standardowe podwójne wejście. Dzięki temu można było skorzystać z kolejnej rzeczy typowej dla Barliony – rozwoju osobistego przez grę.

Głównym wejściem można było dostać się do wieży, wspiąć się na pięćset stopni i w pokoju na samej górze spotkać tutejszego Maga. Nawiasem mówiąc, w każdym mieście mieszkał tylko jeden Mag. Wewnątrz Imperium byli oni sklasyfikowani, ale w granicach miasta przebywał tylko jeden i był nazywany Najwyższym Magiem miasta. Tak więc wejście główne prowadziło bezpośrednio do Maga, drugie zaś pozwalało uzyskać od Najwyższego zniżkę.

Jeżeli wchodziło się drugim wejściem, system losowo wybierał temat i zapraszał do odpowiedzi na serię pytań. Pierwszy błąd przerywał cały proces. Przed pierwszym pytaniem otrzymywało się ujemną wartość rabatu, wydaje mi się, że minus dwa, i dalej każda poprawna odpowiedź zwiększała tę wartość o jeden. Tym sposobem, żeby dojść do zera i uzyskać taką samą cenę jak gracz, który wszedł wejściem głównym, trzeba było koniecznie odpowiedzieć na dwa pytania. Dopiero potem zaczynała się praca nad zniżką. Dwa razy próbowałem to przejść jako Łowca. Dostały mi się tematy związane z literaturą i sztuką. W obu wypadkach poległem na drugim pytaniu. A co najgorsze – jeśli po teście nie kupiło się niczego od Maga, to można było pożegnać się z normalnymi cenami. Narzut wynosił dwieście procent i dotyczył wszystkich Magów w Barlionie. Dlatego, jeśli ryzykujesz – musisz być przygotowany na zakup zwojów teleportacji za koszmarne pieniądze. W świecie realnym gracze stworzyli specjalne zasoby, do których wszyscy dorzucali pytania, które otrzymali w grze, ale programiści nie dostają swojego chleba ot tak, muszą stale aktualizować bazę pytań. Mówi się, że w korporacji pracuje nad tym cały dział. Cóż, życzę im powodzenia w ich niełatwej pracy.

Prawie już wszedłem głównymi drzwiami, gdy coś we mnie zaprotestowało. No nie, znowu to samo. Czyżbym nie wierzył, że mogę wyjść poza dwa pytania? Oczywiście nie miałem teraz problemów ze Złotem, ale nie chciałem wyrzucać w błoto pięciuset Złotych Monet. Cholera! Jednak muszę spróbować! A jeśli nie przejdę – to będzie precedens mówiący, że nie można ufać wewnętrznemu głosowi.

Wszedłeś przez Drzwi Wyboru.
Kategoria pytań została zdefiniowana: Matematyka.
Potwierdź, że jesteś gotowy, aby przejść do odpowiedzi.

Matematyka! Prawie podskoczyłem z radości, ale od razu postarałem się opanować. Poszczęściło mi się! Z moją fascynacją niestandardowymi zadaniami! Moje wewnętrzne „ja" miało rację! Z drżącym sercem nacisnąłem wirtualny przycisk, oczekując na pierwsze pytanie. Ogólnie rzecz biorąc, w Barlionie każde potwierdzenie jest zawsze wykonywane przy pomocy wirtualnych przycisków. Nie można sterować okolicznościami bezpośrednio wpływającymi na gracza lub jego postać przy pomocy głosu. W pierwszych latach, gdy funkcja ta była dostępna, odnotowano kilka nieprzyjemnych zdarzeń, kiedy to gracze imitowali głos innych osób, uzyskując dostęp do ich postaci.

Pytanie 1. Wskaż dwie liczby składające się tylko z cyfr „1", których suma i iloczyn są takie same.
Czas na odpowiedź: 4 minuty.

To jest proste. Znałem odpowiedź na to pytanie jeszcze z czasów wolności: 11 i 1,1. Ale, o ile dobrze pamiętam, spędziłem nad tym zadaniem dość dużo czasu. To dziwne, bo zwykle pierwsze pytanie jest łatwe i dobrze nastraja gracza do działania. Wypełniłem pole odpowiedzi i wcisnąłem przycisk. Cieszyło mnie, że trzy dodatkowe minuty przechodzą na następne pytanie.

Odpowiedź przyjęta. Aktualny bonus rabatowy: -1.
Pytanie 2. Za swój zwój teleportu zapłaciłeś 1000 Złotych i wciąż musisz zapłacić tyle, ile trzeba by było zapłacić, jeśli zapłaciłbyś tyle, ile zostało do zapłacenia. Ile kosztuje zwój?
Czas na odpowiedź: 7 minut.

Że co... Głowa mi pęknie, zanim zrozumiem logikę tego zdania. Trzeba to przetłumaczyć na normalny język: za zwój teleportu zapłaciłem 1000 Złotych i nadal muszę zapłacić X, a jeśli zapłaciłbym X, to wciąż zostawałoby X do zapłaty. Teraz to już nie jest takie trudne.

1000 + X = X + X. Stąd X = 1000, czyli zwój portalu kosztuje 2000 Złotych Monet. Naprawdę mam nadzieję, że niczego nie sugerują. Odpowiedziałem na dwa pytania i wyszedłem na zero. Na konto kolejnej rundy przechodzi pięć minut.

Odpowiedź przyjęta. Aktualny bonus rabatowy: 0.
Pytanie 3. Jaka to dziesięciocyfrowa liczba naturalna, o której wiadomo, że cyfra położona w niej najbardziej na lewo jest równa liczbie zer w zapisie liczby, a kolejna cyfra za nią – liczbie jedynek, i tak dalej, aż do cyfry położonej najbardziej na prawo, która jest równa liczbie dziewiątek?
Czas na odpowiedź: 9 minut.

To jest już ciekawsze. No dobrze, tak z marszu jest trudno podać tę liczbę, więc pójdziemy drogą dedukcji. Załóżmy, że w liczbie są same zera. Wtedy pierwsza cyfra musi być równa dziewięć – dziewięć zer i dziewięć. Skoro pojawiła się dziewiątka – na ostatnim miejscu powinna być jedynka. Teraz mamy nie dziewięć zer, a osiem. Usuwamy dziewiątkę, wstawiamy ósemkę. Jedynka jest już jedna, więc zer będzie nie osiem, a siedem. Teraz mamy jedną jedynkę. Wstawiamy jedynkę na drugie miejsce. Mamy więc dwie jedynki. I pojawia się dwójka. No i mamy już mniej o dwa zera. Cholera, zgubiłem się! Jeszcze raz. Muszę sobie zapisywać warianty na wirtualnym papierze. Otworzyłem notatnik i zacząłem notować kolejne ruchy.

Mamy wszystkie zera, potem dziewięć zer i dziewięć, do tego dokładamy jedynkę: 9000000001. Zer jest nie dziewięć, ale osiem: 8000000010. Dalej jest jedynka i liczba ma teraz postać: 7100000100. Mamy teraz dwie jedynki, co oznacza, że pojawi się dwójka. I znowu zmniejsza się liczba zer. Liczba ta wynosi teraz 6210001000. Sprawdźmy: sześć zer, dwie jedynki, jedna dwójka i jedna szóstka. Wszystko się zgadza. Spojrzałem na timer: *4,5 minuty*. Jedziemy dalej.

Odpowiedź przyjęta. Aktualny bonus rabatowy: 1.
Pytanie 4. S + W = P; M · K = G; M + M ≠ 2M
(P / L) + (M + M) - S = ?
Czas na odpowiedź: 8 minut.

Moja pierwsza odpowiedź nie była błyskotliwa: (P / L) + (M + M) – S = CHGW. Po całości. M + M ≠ 2M. Idiotyzm, nie matematyka. To działanie nie może być poprawne, jeśli każdej literze odpowiada konkretna liczba. Okazałoby się, że pod literą M skrywają się dwie wartości na raz. A to zasadniczo obalałoby wszystko, co wiem o szyfrach.

Pomysł, żeby litery zastąpić wartościami liczbowymi odpowiadającymi ich kolejności w alfabecie, odrzuciłem od razu. Już pierwsze wyrażenie zaprzecza takiemu założeniu, w którym W i S miałyby większą wartość niż P. Przez kilka minut nie byłem w stanie nic wymyślić. Nie miałem pojęcia, od której strony zabrać się za to zadanie.

Gdzieś tu musi być jakiś haczyk, i to na wyciągnięcie ręki. Spojrzałem na timer: *4 minuty*. A niech to! Przecież będę siedział nad tym zadaniem do następnej zimy.

Chwileczkę! Zimy? A co jeśli...

(10 / 2) + (3 + 5) – 1 = 12. Tak więc odpowiedź brzmi „G"! I co najważniejsze, jak pięknie wymyślili M + M ≠ 2M! Rzeczywiście, te wartości nie są równe!

Odpowiedź przyjęta. Aktualny bonus rabatowy: 2.
Pytanie 5. Dokończ sekwencję: HHHeLiBO...
Czas na odpowiedź: 5 minut.

Zima. Złoto. Kwadrat zbudowany na przeciwprostokątnej trójkąta prostokątnego. Pierwsze dwie minuty straciłem na to, żeby dobrze zrozumieć logikę zadania i dokończyć ciąg. Potem dwie minuty dałem sobie na skojarzenie tego z czymkolwiek. I nic. Kiedy do końca czasu zostało kilka sekund, wpisałem przypadkowe znaki i potwierdziłem odpowiedź. Mówią, że jeśli dasz małpie maszynę do pisania, to w perspektywie nieskończoności zdoła napisać *Wojnę i pokój*.

Odpowiedź przyjęta. Aktualny bonus rabatowy: 2.
Twoja odpowiedź jest niepoprawna.
Dziękujemy za wzięcie udziału w pytaniach interaktywnych.
Zwracamy uwagę, że towary zakupione ze zniżką nie mogą być odsprzedane innym graczom. Życzymy miłej gry!

Nie tym razem. Teraz jest już jasne, dlaczego nikt nie chce sprzedawać owoców swojego wysiłku umysłowego. Z pewnością jest wielu omnibusów, którzy moje zagadki rozwiązaliby w kilka minut i otrzymali taką zniżkę, że Mag swoje towary musiałby oddać im praktycznie za darmo. Najwyraźniej droga do robienia takich interesów została zamknięta.

– Witaj wędrowcze – przywitał mnie dostojny starzec, ubrany w długi biały chałat. – Zaliczyłeś cztery pytania, to godny wynik. Z uwagi na to oferuję ci moje usługi ze zniżką. – Mag spojrzał na moją czerwoną opaskę. – I z niewielką dodatkową opłatą. Nie wiem, co zrobiłeś, ale opaska oznacza, że jeszcze nie odkupiłeś swojej winy. Co chcesz kupić?

Wychodząc od Maga Najwyższego, byłem najszczęśliwszym Szamanem w Barlionie. Po pierwsze kupiłem po pięć zwojów powrotu do Kołotowki i Dalgoru z zasięgiem teleportu od Dalgoru do Kołotowki. Takie zwoje wyniosły mnie po czterysta Złotych za sztukę. Teraz mogłem zwiedzać okolicę, nie martwiąc się o drogę powrotną. Dowiedziałem się, ile kosztuje zwój teleportu do Anchursu. I się popłakałem: dziesięć tysięcy Złotych ze zniżką! Nie, naprawdę dziękuję! Kiedy przyjdzie czas, dojdę tam choćby na własnych nogach. Kupiłem od Maga dwa zwoje z zaklęciem Pułapka z Kości, przeznaczonym dla istot na setnym poziomie. Po pięćset Złotych Monet za zwój. Postanowiłem wziąć Worgena żywcem. Drogo, oczywiście, ale za złapanie stworzenia na takim poziomie nagroda powinna być niemała. Jeśli w okolicy osiadły mroczne gobliny, to możliwe, że i Worgen był powiązany z Kartosem. Dodatkowy bonusik od Mera mi nie zaszkodzi.

Następny był nauczyciel Jubilerstwa. Nadszedł czas, żeby zabrać się za własną głowę i rozwinąć nowe możliwości specjalności głównej.

– Witaj! W czym mogę pomóc?

– Chcę się nauczyć Jubilerstwa – odparłem i w tym momencie zauważyłem, że na twarzy nauczyciela odmalowało się jakby... niezadowolenie. Najwyraźniej wziął mnie za nowicjusza, który postanowił uczyć się rzadkiej specjalności od zera.

– Proszę dotknąć książki – powiedział nauczyciel zamyślonym głosem. Dotknąć książki? Po co? Cholera! Dlaczego nie param się takimi profesjami jak Łowca? Wiedziałbym teraz, czego się spodziewać. Ale cóż, jak trzeba, to trzeba. Położyłem rękę na pustych kartkach otwartej książki. A wtedy natychmiast zaczęły pojawiać się tam jakieś symbole.

– No proszę, nieźle – odparł nauczyciel, zerkając na pojawiające się gryzmoły, a w jego głosie pojawiła się nutka zaciekawienia.

Nie wiem, w jakim języku zostało to napisane, ale z liczb, które znalazły się w książce, nic nie rozumiałem.

– Widzę, że ma pan niemałe sukcesy w wytwarzaniu przedmiotów Unikalnych i Rzadkich. Szczególnie dobrze radzi pan sobie z pierścieniami. Czy chce pan wybrać specjalizację dla siebie? Koszt wyboru wynosi dwieście Złotych Monet.

Specjalizację? Nie zrozumiałem. Jaką specjalizację? Natychmiast zajrzałem do przewodnika. Nic nie wiedziałem o specjalizacjach w ramach specjalności.

Wyszukaj: *Specjalizacje Jubilerstwa*. Wyniki wyszukiwania wyrwały mnie z ciemnogrodu, w którym tkwiłem. *Kiedy zdobędziesz dziesiąty poziom Jubilerstwa, możesz wybrać specjalizację: pierścienie, łańcuszki, kolczyki, kamienie lub biżuteria*. Na pierwszym poziomie specjalizacji szybkość wytwarzania rzeczy, ich trwałość i szansa na stworzenie Przedmiotu Rzadkiego wzrastała o dziesięć procent. Drugi stopień specjalizacji przypadał na pięćdziesiąty poziom umiejętności, trzeci – na sto pięćdziesiąty, czwarty – na dwieście pięćdziesiąty i piąty, ostatni – na pięćsetny. Gracz uczy się przez całe życie, a i tak umrze w niewiedzy. Mój Łowca nie miał ani jednej specjalizacji, w ogóle nie znałem takich funkcji. Rzuciłem okiem, jakie bonusy dają moje pozostałe specjalności.

Górnictwo – wpływa na Wytrzymałość i Siłę, które na dziesiątym poziomie specjalizacji rosną o pięć procent, a następnie na pięćdziesiątym, sto pięćdziesiątym, dwieście pięćdziesiątym i pięćsetnym poziomie – o kolejne pięć procent do bieżącej wartości parametru. Doskonała perspektywa: muszę pilnie znaleźć nauczyciela Górnictwa i wybrać specjalizację Krzepkość.

Kuchmistrzostwo – specjalizacje dotyczą typów wytwarzanej żywności i bonusów do parametrów. Bez wpływu na moje główne parametry. Szkoda.

Kartografia – wpływa na zdolność postrzeganie świata, niektóre zwoje i Intelekt! Na każdym z pięciu poziomów specjalizacji Intelekt zwiększa się o pięć procent. Od dzisiaj zacznę intensywnie rozwijać Kartografię! Wszedłem w ustawienia i włączyłem cowieczorną przypominajkę o potrzebie rysowania mapy miejsca, w którym spędziłem dzień. To kolejna możliwość rozwoju dzięki pracy własnych rąk. Pewnie, że biorę.

Handel nie dzielił się na żadne specjalizacje.

– Tak, powinienem się zdecydować na jakąś specjalizację – odpowiedziałem, wyciągając pieniądze do wyczekującego mojej decyzji nauczyciela.

Co było miłe, spędziłem sporo czasu, przeszukując przewodnik, a NPC nawet słowem się nie odezwał. Wszystkie Symulatory miały zapisane w ustawieniach, żeby analizować zachowania graczy i nie przeszkadzać im w korzystaniu z przewodnika.

– Chciałbym się specjalizować w pierścieniach. – Z całej listy specjalizacji pierścienie wydawały mi się najbardziej neutralną sztuką.

– Jesteś przekonany? Weź, proszę, pod uwagę, że specjalizacji nie można już zmienić. Tylko Imperator może ją usunąć.

– Nie, nie jestem pewien... – Co ja mówię? – Zmieniłem zdanie. Chcę specjalizację z kamieni szlachetnych.

Noo taaak... Zaczynam działać, jak napisała na forum Wiercipiętka: odcinam procesy myślowe i opieram się wyłącznie na odczuciach. Pierścienie są bardziej opłacalne, efektywniejsze i w ogóle warte zachodu, ale ja wybrałem kamienie.

– Jesteś pewien?

– Tak, absolutnie.

Wybrałeś specjalizację „Szlifierz kamieni".
Szybkość obróbki kamienia i szansa stworzenia Kamienia Rzadkiego zwiększyła się o 10%.

– Gratuluję. Teraz rozwiążmy kwestię szkolenia. Mogę ci zaoferować pięć zwojów, których nie masz. Koszt jednego to dwieście Złotych Monet. Jesteś zainteresowany?

Okazuje się, że rozwijanie Jubilerstwa nie jest tanią przyjemnością. Z ręki zniknął mi tysiąc Złotych Monet, a w zamian pojawiło się na niej pięć świstków papieru! No dobrze, potraktujmy to jak inwestycję w przyszłość. Od nauczyciela kupiłem wszystkie zwoje, jakie miał, i natychmiast przestudiowałem trzy z nich.

Pierścień Miedziany

- *Opis: Pierścień Miedziany. Trwałość: 40. 3 przypadkowe parametry z listy głównej: (Siła, Zręczność, Intelekt, Wytrzymałość, Wściekłość). Bonus parametru Rzemiosło: +(Rzemiosło) przypadkowych parametrów z listy głównej: (Siła, Zręczność, Intelekt, Wytrzymałość, Wściekłość). Wymagany poziom 12.*
- *Wymagania produkcyjne: Poziom Jubilerstwa 12.*
- *Składniki: 2 sztabki Miedzi, Prosty Malachit Szlifowany.*
- *Narzędzia: Zestaw Jubilera. Forma do odlewów.*

Kamień Jubilerski: Prosty Malachit Szlifowany

- *Opis: Początkowa obróbka Malachitu, choć surowa, ale nadająca mu atrakcyjny wygląd. 1 przypadkowy parametr z listy głównej: (Siła, Zręczność, Intelekt, Wytrzymałość, Wściekłość). Bonus parametru Rzemiosło: +(Rzemiosło) przypadkowych parametrów z listy głównej: (Siła, Zręczność, Intelekt, Wytrzymałość, Wściekłość). Wymagany poziom 10.*
- *Wymagania produkcyjne: Poziom Jubilerstwa 12.*
- *Składniki: 1 kawałek Malachitu.*

Narzędzia: Zestaw Jubilera.

- *Szkatułka Malachitowa*
- *Opis: Starannie wykonana i solidna szkatułka na wyroby jubilerskie. Można w niej schować 5 przedmiotów. Bonus parametru Rzemiosło: Szkatułka umożliwia umieszczenie w niej dodatkowo (Rzemiosło) przedmiotów. Klasa przedmiotu: Niezwykły. Wymagany poziom 10.*
- *Wymagania produkcyjne: Poziom Jubilerstwa 12.*
- *Składniki: 2 kawałki Malachitu.*
- *Narzędzia: Zestaw Jubilera.*

Do worka schowałem jeszcze dwie receptury na obróbkę Lazurytu. Żeby je zgłębić, musiałbym być na szesnastym lub osiemnastym poziomie Jubilerstwa, więc teraz mi się nie przydadzą. Pierścień Miedziany mnie rozczarował: bez względu na parametry wstawionego kamienia pierścień domyślnie będzie dawać tylko plus trzy. Łatwiej byłoby połączyć druciany pierścień z oszlifowanym Malachitem, rezultat okazałby się może zadowalający. Cieszyły mnie Prosty Malachit Szlifowany i Szkatułka. Jeśli chodzi o sam kamień – z Rzemiosłem każdy oszlifowany Malachit będzie dawać plus pięć do statystyk, podczas gdy Kieł Kamienny i Brylant dają po plus trzy. Bardzo przyjemny bonus. A jeśli Szkatułka zajmie w worku tylko jedno miejsce, będzie bezcenna – wrzucę do niej figurki szachowe i dzięki temu zwolni się sporo miejsca. Szkoda tylko, że będzie trudno ją sprzedać. Tylko Jubilerzy mogą jej używać, dla pozostałych to wyłącznie element wystroju. A kupowanie tego, co możesz zrobić samodzielnie... byłoby głupie i bezsensowne. Jestem przekonany, że wszyscy Jubilerzy robią sobie Szkatułki sami. Postanowione: gdy wrócę do Kołotowki, zrobię sobie Szkatułkę.

– Jeszcze jedno, chcę cię uprzedzić o pewnym małym ograniczeniu. Dopóki nie uzyskasz drugiego poziomu specjalizacji, nie będziesz mógł tworzyć przedmiotów, które sumarycznie podnoszą parametry o więcej niż dwanaście. Ostrzegam cię, ponieważ widzę, że masz rzadką specjalność Rzemiosło. Nieczęsto do Jubilerów przychodzą wolni obywatele z taką specjalnością.

– Dziękuję, szanowny panie, za naukę i ostrzeżenie. – Starałem się być uprzejmy, ale wewnętrznie odczuwałem skrajne oburzenie. Miałem swoje plany, powoli zacząłem sobie wyobrażać sprzedaż na szeroką skalę przedmiotów na plus piętnaście, w myślach już wykąpałem się w Złocie, a tu taka skucha! Muszę się uczyć i rozwijać. To uderza w moją kieszeń: aż do pięćdziesiątego poziomu Jubilerstwa moje przedmioty będą dawać nie więcej niż dwanaście do parametrów. W tym tkwił szkopuł...

Nauczyciel Górnictwa, prawie kwadratowy krasnolud, za trzysta Złotych Monet nauczył mnie specjalizacji Krzepkość. Nawet podarował mi naszywkę na płaszcz z napisem „Machacz". Żadnych bonusów do statystyk, tylko Atrakcyjność wzrosła mi o jedno oczko. Biorąc pod uwagę moje standardowe cechy, był to drugi najistotniejszy dodatek.

Od nauczyciela Kuchmistrzostwa zdołałem nauczyć się tylko pięciu przepisów: Pieczonego Mięsa Wilka, Jelenia, Zająca, Lisa i Dzika, które przywracały od trzydziestu do stu dwudziestu Punktów Życia. Na piątym poziomie nie było nic lepszego.

Ostatnim nauczycielem, do którego postanowiłem pójść przed opuszczeniem Dalgoru, był nauczyciel Kowalstwa. Jak bym nie uciekał w kopalni od tej specjalności, ona i tak mnie znajdowała. Nauczycielem okazał się wielki ork siedzący obok kuźni, z której wynoszono jakiegoś gracza. Nie rozumiem: gracz sam po prostu odpadł? Jeśli go wynoszą, to znaczy, że stracił panowanie nad swoją postacią. To jest możliwe tylko w jednym wypadku – całkowitej utraty Energii.

– Przepracował się – skomentował ork, widząc moje zaciekawienie. – Tyle razy mówiłem temu nieukowi: odpocznij! Ale nie! On twierdził, że jest silny i wytrzymały! Teraz przez tydzień nie będzie mógł wrócić do kuźni, nie starczy mu na to sił. Dlaczego niektórym wolnym obywatelom brakuje rozumu? Kto ma za nich myśleć? A ty, czego chciałeś? – To już było do mnie.

– Chcę się uczyć. Chcę być podobny do tamtego. – Kiwnąłem głową w stronę gracza, którego położyli pod ścianą kuźni.

Jego poziom Energii wzrośnie w ciągu godziny, nic strasznego się nie stało. A fakt, że na gracza, który się przepracował, nakładany jest tygodniowy debuff *Bezsilność*, o czym usłużnie poinformował mnie przewodnik – to dla mnie nowość. Z takim debuffem nie można zajmować się żadną specjalnością – ani rzemieślniczą, ani wydobywczą. To mocno bije po kieszeni nieostrożnego gracza. Nigdy nie usunę ostrzeżenia o utracie Energii, niech wisi na widoku.

– Nauka jest prosta, jeśli się ma na to pieniądze. Szkolenie kosztuje dziesięć Złotych Monet, a narzędzia pięć – powiedział ork, spoglądając co chwilę na moją opaskę.

Cholera! Co mnie podkusiło, żeby zrezygnować z nauki Kowalstwa w Kopalni „Pryka"?

– Proszę. – Podałem orkowi pieniądze. – Jestem zdeterminowany, żadne wydatki finansowe mnie nie powstrzymają.

– Hmm – mruknął ork, przyjmując pieniądze. – No widzisz, z takim podejściem na pewno się dogadamy.

Nabyłeś specjalność „Kowalstwo".
Obecny poziom: 1.
Otrzymałeś przedmiot: Zestaw Kowala (uwaga, nie zajmuje miejsca w worku).

Otworzyłem stronę z umiejętnościami Kowala i zacząłem ją studiować.

Wytapianie sztabek.

- *Opis: Ta umiejętność pozwala przetopić 5 kawałków rudy na 1 sztabę. Szybkość wytapiania zależy od Zręczności gracza i poziomu Kowalstwa. Bonus parametru Rzemiosło: podczas przetapiania rudy masz (Rzemiosło) procent szansy na znalezienie Kamienia Drogocennego, odpowiadającego poziomowi rudy.*
- *Składniki: Sztabka Miedzi (od 1 poziomu Kowalstwa): 5 kawałków Rudy Miedzi; Sztabka Cyny (od 20 poziomu Kowalstwa): 5 kawałków Rudy Cyny; Sztabka Brązu (od 40 poziomu Kowalstwa): 4 kawałki Rudy Miedzi i 1 kawałek Rudy Cyny; Sztabka Srebra (od 60 poziomu Kowalstwa):*

5 kawałków Rudy Srebra; Sztabka Żelaza (od 80 poziomu Kowalstwa): 5 kawałków Rudy Żelaza. Receptury na sztabki 100+ poziomu umiejętności kupowane są osobno.
- *Narzędzia: Zestaw Kowala.*

Moje serce zamarło, gdy przeczytałem o bonusie za Rzemiosło, i natychmiast wszedłem do przewodnika. Szansa pojawienia się Żyły Szafirowej – to jedna tysięczna procenta. Zasadniczo Szafiry są wydobywane przez przesiewanie Rudy Elementium z półprocentową szansą. A jeśli będę rozwijać Kowalstwo i dojdę do poziomu dwieście sześćdziesiątego, na którym możliwe jest wytapianie Sztabek Elementium, to nawet przy obecnym poziomie Rzemiosła mam cztery procent szans na znalezienie Szafiru. Spojrzałem na inne rzadkie kamienie. Szmaragd: szansa na pojawienie się Żyły – dwie dziesiąte procenta, wydobycie przy przesiewaniu – dwa procent. Diament – odpowiednio jedna dziesięciotysięczna i jedna tysięczna. Z podniecenia spociły mi się dłonie. Żeby przetopić Przejrzyste Żelazo, z którego można uzyskać Diament, potrzebny jest czterysta sześćdziesiąty poziom Kowalstwa, ale ceny diamentów mogą pokryć wszelkie koszty związane z levelowaniem specjalności.

Zacząłem nerwowo krążyć wokół kuźni – teraz najważniejsze, żeby nikt się nie dowiedział, że Rzemiosło i Kowalstwo to aż tak przyjemna kombinacja. Byłem pewien, że wiodące klany znały specyfikę tego parametru, ale nie spieszyły się, żeby dzielić się tą informacją z konkurencją. To by się nie opłacało z ekonomicznego punktu widzenia. Nawet w przewodnikach i na forum pisano tylko, że Rzemiosło jest parametrem, który wpływa na specjalności rzemieślnicze. To wszystko, co można było znaleźć pod hasłem „Rzemiosło", nie pojawiało się więcej wyników, dosłownie jakby ktoś celowo usuwał wszelkie informacje na ten temat. Co, nawiasem mówiąc, nie byłoby pozbawione sensu. Biorąc pod uwagę ilość pieniędzy, która krążyła w Barlionie, przekupić, a nawet jeszcze lepiej: zatrudnić się jako moderator forum lub przewodnika, było bardzo łatwo. Postanowiłem milczeć jak grób, nie wspominać, że mam Rzemiosło i zabrać się za...

Z rozmyślań wyrwał mnie kaszel orka.

– Dlaczego tak tu krążysz i cały pył ze sobą unosisz? Przyszedłeś tu, żeby się uczyć czy żeby kręgi zataczać? Jeśli kręgi, to przesuń się tam dalej, tu nie ma miejsca dla bumelantów!

– Wybacz mi, szanowny nauczycielu. Zawiniłem. – Do NPC-a trzeba odnosić się z szacunkiem, tej zasady nauczyłem się jako Łowca. – Ucieszyłem się, że teraz mogę zostać prawdziwym Kowalem, i na chwilę odpłynąłem.

– Nigdy nie zostaniesz prawdziwym Kowalem, jeśli będziesz zajmował się wyłącznie wytapianiem sztabek. Bycie Kowalem jest powołaniem – wzniośle zakomunikował ork.

Wydawało mi się, że nasza rozmowa przypominała przygotowanie do zadania. Trzeba jeszcze bardziej rozkręcić orka, a może wtedy wpadnie mi bonusik.

– Chylę czoło przed pańską mądrością, szanowny nauczycielu. Proszę mi powiedzieć, jak mogę zostać prawdziwym Kowalem?

Po takim wstępie z mojej strony NPC nie mógł nie wydać mi zadania, jeśli je miał. Oczywiście istniała jeszcze zależność od reputacji, ale w takim razie NPC powinien odpowiedzieć, że jeszcze mi nie ufa i nie może powierzyć tajemnicy pierwszemu napotkanemu osobnikowi.

– Czy ty naprawdę nic nie rozumiesz? Trzeba pracować, obiboku! – Ork ostentacyjnie się odwrócił i wszedł do kuźni. Ładne zadanie, strzał w samą dziesiątkę...

Już przed moim odjazdem z Dalgoru wpadłem do sklepu Alchemika. Sprzedałem tam ostatnie rzeczy, które zostały mi po rewizji worka, a także kupiłem kilka natychmiastowych mikstur ziołowych na plus trzysta do Punktów Życia i plus trzysta

Many. Teraz mogę śmiało wyruszać na poszukiwanie skarbów. Sprawdziłem, co mam, i zagwizdałem ze szczęścia. Niezłe, jak się okazało, zrobiłem dziś zakupy! Zostało mi tylko dziesięć tysięcy sześćset osiemdziesiąt cztery Złote Monety. To nic, Switebald mi wszystko wynagrodzi!

Gdy do punktu zaznaczonego na mapie pozostało nie więcej niż dwa kilometry, zacząłem nabierać pewnych podejrzeń, że ze skarbem Switebalda może nie pójść tak łatwo. Na drodze stanęło mi ogromne bagno, którego nie było na mapie. Padłem na ziemię pod rozgałęzionym drzewem rosnącym przy samej jego krawędzi. Nie miałem najmniejszej ochoty łazić nocą po mokradłach – kto wie, kogo i co tu można spotkać? Stracić dwanaście godzin na odrodzenie z powodu własnej głupoty... Nie, dziękuję za taką przyjemność. Miałem jeszcze dwadzieścia sześć godzin do powrotu do Kołotowki. Mały odpoczynek mi nie zaszkodzi. Rano, z nowymi siłami i przy świetle dziennym, znajdę sposób na pokonanie tej przeszkody.

Otworzyłem mapę i zacząłem na nią nanosić moją dzisiejszą trasę. Kartografia to dobra rzecz. Nawet z takim talentem do rysowania jak mój, czyli absolutnie żadnym, można tworzyć piękne i szczegółowe mapy. Najważniejsze, żeby sobie przypomnieć, najlepiej z detalami, całą drogę. Pióro w ręce samo narysuje niezbędne elementy i to od razu we wszystkich skalach. Zamknąwszy mapę i otrzymawszy prawie natychmiast drugi poziom Kartografii, wyjąłem dwa kawałki Malachitu i zacząłem badać, co i jak trzeba zrobić, żeby stworzyć Szkatułkę Malachitową. Nie ma wymagań dotyczących określonych narzędzi; wszystko, czego potrzebuję, mam przy sobie. Po co bezczynnie marnować wieczór?

Praca z Malachitem była zajmująca, a chwilami wręcz ekscytująca. Rzeźbiarstwo musi być wspaniałym zajęciem! Kamieni jest pełno, walają się na prawo i lewo: bierzesz dłuto, młotek – i do dzieła. Istniało tylko jedno ograniczenie – własne ręce. Jeśli masz dwie lewe, to żaden nauczyciel nie pomoże, a z każdej rzeźby i tak wyjdzie Quasimodo. Wyciąłem wieko, umieściłem je we właściwym miejscu i oparłem się o drzewo, podziwiając pracę własnych rąk. Prosta, bezpretensjonalna, miejscami toporna Szkatułka nie była tylko kolejnym wyrobem, była obiektem stworzonym z duszą. Och, jak dawno nie zajmowałem się tworzeniem rzeczy! To jest nawet fajniejsze, niż bezmyślne zabijanie mobów.

Stworzyłeś przedmiot: Szkatułka Malachitowa.
Puste sloty na Wyroby Jubilerskie: 9.
Klasa przedmiotu: Niezwykły.
Wymagany poziom 10.
Zdobyłeś ulepszenia umiejętności: +30% do głównej specjalności Jubilerstwo. Łącznie: 91%.

Włożyłem do Szkatułki figurki Orków Wojowników, wrzuciłem wszystkie rzeczy z powrotem do worka i położyłem się spać. Teraz pozostało mi doczekać do rana, a potem dotrzeć do punktu zaznaczonego na mapie.

Otrzymałeś cios.
Punkty Życia zmniejszyły się o 1: 1 (Ugryzienie).
Łącznie Punktów Życia: 729 z 730.

Obudziło mnie ostre ukłucie i natychmiast zerwałem się na równe nogi. Co się stało? Pomimo tego, że ukąszenie zabrało mi tylko jeden Punkt Życia, było strasznie bolesne.

Otrzymałeś cios.
Punkty Życia zmniejszyły się o 1: 1 (Ugryzienie).
Łącznie Punktów Życia: 728 z 730.

Instynktownie klepnąłem się w miejsce, w które właśnie zostałem ugryziony. Co się dzieje?

Zdobyłeś Doświadczenie: +1.
Do kolejnego poziomu pozostało 1000.

Doświadczenie? Kompletnie przestałem rozumieć, co się dzieje. Może powinienem się obudzić? Spojrzałem na swoją rękę, na której przycupnęło coś dziwacznego. A niech to! Jak mogłem o was zapomnieć, moje najdroższe? Komary! Najzwyklejsze komary, jakich pełno w przestrzeni gry. W przeciwieństwie do swoich prawdziwych odpowiedników wirtualne komary nie brzęczą, co sprawia, że śledzenie ich jest praktycznie niemożliwe. A co gorsza, jeśli nie używa się specjalnych ubrań, są w stanie zabierać raz za razem po Punkcie Życia, i to nawet graczowi ubranemu od stóp do głów. Sądząc po miejscach ukąszeń, bez najmniejszego kłopotu przeszywały zbroję na wylot. Oczywiście jedno lub dwa ukąszenia nic mi nie zrobią, ale gdyby obsiadła mnie cała chmara, to przeżycie bez specjalnych zaklęć AoE, działających na wskazany obszar, byłoby praktycznie niemożliwe. Zagryzłyby mnie na śmierć.

Rozejrzałem się. W świetle drugiego księżyca Barliony, który właśnie wzniósł się na niebie, dostrzegłem ogromną poruszającą się chmarę owadów. Komary w Barlionie były trzykrotnie większe niż w świecie realnym, nie było więc trudno je zauważyć. W jednej chwili zostałem okrążony przez tę migocącą chmurę.

Ech.

Teraz przydałoby się coś z efektem masowego rażenia, mógłbym zdobyć od razu kilka tysięcy do Doświadczenia. A tak, będę zmuszony się odrodzić. Złapałem mocno Tłuczek i spojrzałem na chmurę.

Otrzymałeś cios. Punkty Życia zmniejszyły się o 1: 1 (Ugryzienie).
Łącznie Punktów Życia: 727 z 730.
Otrzymałeś cios...
Otrzymałeś cios...

I zaczęło się. Zaciekle wymachiwałem Tłuczkiem, a z każdym machnięciem dostawałem po pięć do dziesięciu jednostek do Doświadczenia. Komarów jednak było coraz więcej i więcej, moich Punktów Życia zaś coraz mniej i mniej.

Poziom Energii: 30.
Zatrzymaj się, wściekły Szamanie!

Niech to wszystko... Tego jeszcze nie grali! Przywołałem do siebie Ducha Uzdrowienia, bo zaczęło mi świtać, że z tej bitwy nie wyjdę żywy. Sądząc po timerze odliczającym powrót do Kołotowki, minęły już dwie godziny wściekłego machania Tłuczkiem, a o wygranej z komarami nie było mowy. Z Many wyprztykiwałem się dosłownie w dwie minuty – i to z moją zdolnością regeneracji! Dostawałem zbyt wiele ukąszeń. Komary mnie zagryzą, jak nic. Oczywiście, były też plusy tej walki. Poziom mojej Wydolności wzrósł do dwudziestu trzech i stale się zwiększał. Intelekt wzrósł do pięćdziesięciu siedmiu, Siła – do dwudziestu trzech, Zręczność – do czternastu. Nawet Wytrzymałość podniosła się o cztery oczka i wyniosła teraz trzydzieści cztery. Nie mówiąc już o Doświadczeniu. W ciągu dwóch godzin zdołałem osiągnąć dwa kolejne poziomy, dzięki czemu liczba wolnych punktów do statystyk wzrosła do dwudziestu. Wszystko świetnie, ale nie chciałem się znowu odradzać. Bardzo nie chciałem. A jeśli nadal będę tak machać Tłuczkiem, to poziom Energii spadnie mi do zera i przez dwie godziny będę do całkowitej dyspozycji komarów. Szamana podano do stołu.

Musiałem coś wymyślić, i to szybko. Komary nie znikną, dopóki ja nie zniknę. Słońce, które powinno pojawić się za kilka godzin, nie działa na nie. Latają szybko, ucieczka niczego by nie dała. Odpłynąć też nie dałbym rady. Chwileczkę. Odpłynąć! Przecież one nie wlecą pod wodę! I nawet jeśli w bagnie nie ma wody, tylko jakiś dziwny zielonkawy szlam, to przecież mógłbym w nim przesiedzieć dwie godziny. O ile dobrze pamiętam, jest to czas, po którego upływie komary zmieniają cel.

Machając Tłuczkiem we wszystkie strony i zbierając kolejne punkty do Doświadczenia, pobiegłem na skraj bagna i z rozpędu skoczyłem w szlam. Wiedziałem, że najpierw trzeba zbadać jego głębokość w danym miejscu, ale absolutnie nie miałem na to czasu. Poziom Energii spadł poniżej dwudziestu i zmierzał do dziesiątki. Jeśli osiągnie ten poziom, to za dwie godziny zamienię się w posąg. Musiałem zaryzykować.

Miałem szczęście. Miejsce, do którego wskoczyłem, nie było głębokie. Maź najwyżej sięgała mi do klatki piersiowej. Zaczerpnąłem powietrza, zapewne z przyzwyczajenia ze świata rzeczywistego, i zanurzyłem głowę. Natychmiast pojawiło się okno informujące, że powietrza wystarczy mi na trzy minuty. Po tym czasie będę musiał się albo wynurzyć na dziesięć sekund, albo utonąć. W powietrzu czyhały komary, które z wielką radością wyzerowałyby swój licznik odmierzający czas do rozpoczęcia poszukiwań innej ofiary. Chociaż... Jeśli udałoby im się dotrzeć do mnie w dziesięć sekund...

Powoli, pokonując opór rzęsy, przemieściłem się w kierunku skarbu Switebalda, jak najdalej od komarów. Kiedy do końca czasu bez powietrza zostało mi kilka sekund, ostrożnie się wynurzyłem i rozejrzałem dookoła. Udało mi się przejść nie więcej nić pięćdziesiąt metrów, dlatego doskonale widziałem krążącą chmarę owadów. One jednak nie widziały mnie! I świetnie! Poczekałem zalecane dziesięć sekund potrzebne na przywrócenie oddechu i już chciałem się z powrotem zanurzyć, gdy zobaczyłem powiadomienie:

Zdobyłeś osiągnięcie!
Nurek poziomu 1
(do kolejnego poziomu: 27 minut spędzonych pod wodą).
Nagroda za osiągnięcie: Czas pobytu pod wodą wzrósł o 1%.
Aktualny czas: 3 minuty 1,8 sekundy.
Listę osiągnięć można sprawdzić w ustawieniach postaci.

Już lepszy „Nurek" niż osiągnięcie „Romeo i Julia", które zdobyłem kilka dni temu. Wśród Nurków odbywały się konkursy na poszukiwanie kosztowności, jeśli pamięć mnie nie myli. Sprawdzę to, gdy trafię do Anchursu. Trzy razy wynurzałem się i zasilałem swój pasek powietrza, aż po komarach nie zostało ani śladu. Mana praktycznie całkowicie się zregenerowała i poziom Energii też już nie zmuszał mnie do tego, żeby sprawdzać go co sekundę. Wszystko zaczęło się układać!

Otrzymałeś cios. Punkty Życia zmniejszyły się o 2: 2 (Ugryzienie).
Łącznie Punktów Życia: 768 z 770.
Tracisz po 2 Punkty Życia co 5 sekund przez 30 sekund lub do czasu usunięcia Pijawki.

Przyjąłem to bez emocji. Wezwawszy Ducha Błyskawic do przyssanej do mnie pijawki, wynurzyłem się i rozejrzałem. Najbliższa wysepka nie była daleko – około stu metrów. Jeśli popłynę wpław, to dotrę tam w ciągu minuty i nieco odsapnę. Ponadto nie zaszkodziłoby...

Otrzymałeś cios... Tracisz po 2 Punkty Życia co 5 sekund...

Pijawek było zdecydowanie mniej niż komarów, ale miały niezwykle wredną właściwość: ukrywały się. Nie miałem pojęcia, gdzie się wpiły, więc nie mogłem ich zaznaczyć w polu widzenia i zadać im ciosu. Nawet z moim pełnym odczuwaniem bólu nie czułem ich ukąszeń, dlatego kierowałem się wyłącznie powiadomieniami o odniesionych obrażeniach. Po zlokalizowaniu przyssanego intruza zatrzymywałem się i usuwałem go.

Sto metrów dzielących mnie od wysepki pokonałem w pół godziny. W pewnym momencie pomyślałem nawet, że najlepiej będzie zostawić przyssane do mnie pijawki i jak najszybciej dopłynąć do wyspy, ale już po dziesięciu metrach tego eksperymentu moje Punkty Życia zmniejszyły się o dwadzieścia procent. Musiałem więc stale zatrzymywać się, wzywać Ducha Leczenia, a następnie zdejmować z siebie krwiopijców.

Wysepka przywitała mnie zieloną trawką i zaskakującym spokojem. Praktycznie całkowicie wyczerpany, z zaledwie dwudziestoma czterema punktami Energii, padłem na ziemię. Przepłynięcie stu metrów jednak nieźle podrasowało moje statystyki: plus dwa do Wytrzymałości, plus trzy do Intelektu, plus trzy do Wydolności i kolejny, już dziewiętnasty poziom postaci. To poszukiwanie skarbów zaczyna mi się opłacać! W ciągu zaledwie kilku godzin wylevelowałem się bardziej niż przez miesiąc pracy w kopalni.

Punkt zaznaczony na mapie był już niedaleko. Wysepka majaczyła na horyzoncie w odległości trzystu do czterystu metrów. Żeby zdobyć skarby, trzeba było się na nią dostać, ale nie spieszyłem się, przecież się nie pali. Wewnętrzny głos po prostu krzyczał we mnie, żeby nie wybierać najkrótszej drogi, a ja w pełni się z nim zgadzałem. Powierzchnia wody prowadząca do wysepki, w której centrum rosło niewielkie drzewo, była podejrzanie cicha i spokojna.

Usiadłem na trawie i zacząłem się zastanawiać. Chociaż nawet nie zastanawiać się, a po prostu czekać na nie wiadomo co. Wysepka, do której dopłynąłem, nie była duża – miała około trzydziestu metrów średnicy i była prawie idealnie okrągła. Była też dziwna. Nagle rozległ się ledwie słyszalny plusk wody. Przemknął cień i natychmiast zniknął, ale zdążyłem zaznaczyć go jako cel. Aligator, poziom dwudziesty. To pewnie kolejna pułapka na drodze do skarbu. Mam już tego dość! Rola chłopca do bicia zaczyna mnie męczyć. Dwudziesty poziom, mówisz? Cudownie! Gdzie jest mój Tamburyn i Tłuczek?

Szaman ma trzy ręce...

Rozległ się stłumiony ryk i Aligator natychmiast pojawił się na powierzchni. Obrócił głowę, wybrał kierunek i ruszył w moją stronę. Chodź, jestem tutaj. Jeden Duch Błyskawic odebrał krokodylowi połowę Punktów Życia, dlatego poczekałem, aż wyjdzie na wyspę i wezwałem drugiego Ducha. Kawałek Mięsa i Skóra Aligatora – to niezła zdobycz. Podniosłem mięso i wrzuciłem je do wody. Będę wabić zielonych, jednego po drugim.

Ale pojedynczo się nie udało. Gdy tylko mięso wylądowało w błocie, cała przestrzeń wokół zaczęła się poruszać, a aligatory wychodziły ze wszystkich stron. Cooo...? Chyba nie na to liczyłem, wrzucając mięso do wody. Ale... sprawdzę, jaki ze mnie Szaman. Ilość Many – tysiąc dziewięćset osiemdziesiąt. Na jednego krokodyla potrzebne są dwa Duchy Błyskawic, a jeden Duch kosztuje siedemdziesiąt sześć Many. Dlatego bez żadnego problemu mogę przywołać dwadzieścia sześć Duchów Błyskawic. A później będę polegać na moich zdolnościach do regeneracji.

Wszystkich Aligatorów było czterdzieści. Biegałem po wyspie, przywołując Duchy Błyskawic, ale kipiąca krokodylami przestrzeń nie dawała szans nawet na to, żeby się odwrócić. Parę razy byłem bliski porażki, musiałem użyć mikstury leczniczej, ale generalnie bitwa poszła gładko. Mana regenerowała się dość szybko, krokodyle, chociaż było ich dużo, były powolne, Tamburyn działał bez zarzutu, a Duchy przybywały natychmiast po ich wezwaniu.

Kiedy ostatni krokodyl przestał istnieć w grze na kolejne trzy dni, taki był czas odradzania się zwykłych mobów, ja osiągnąłem dwudziesty pierwszy poziom, plus trzy do Intelektu, plus dwa do Wydajności i otwartą drogę na wyspę.

Zebrałem całą zdobycz i wpław dopłynąłem do celu. Teraz pozostaje tylko wspiąć się na wzgórze, dostać się do drzewa i poznać leśne licho.

Miękki plusk sprawił, że zamarłem. Przecież wybiłem zielonych co do jednego. Co tu jeszcze pływa? Powoli, starając się nie wykonywać gwałtownych ruchów, odwróciłem się. Wiedziałem, że wysepka, na której walczyłem z Aligatorami, nie była zwyczajna. Jak się okazało, to w ogóle nie była wysepka. Ogromny Żółw, wyciągnąwszy swoją pomarszczoną głowę, pewnym krokiem ruszył w moim kierunku. Dosłownie jak czołg. Dzieliło nas już zaledwie czterdzieści metrów, gdy Żółw wykonał prawie niezauważalny ruch głową, złapał coś w wodzie, zatrzymał się i zaczął przeżuwać. Nad nim pojawił się czerwony pasek *Sytość*, który wypełnił się kolorem zielonym do poziomu pięciu procent. Czy on chce sobie ze mnie zrobić przekąskę? Wybrałem Żółwia i spojrzałem na jego Punkty Życia. O matko jedyna! Setny poziom, sto pięćdziesiąt tysięcy Punktów Życia! Z moimi Duchami pokonanie go może mi zająć około tygodnia...

Żółw ponownie wykonał ledwo dostrzegalny ruch, wyciągnął z bagna kolejną ofiarę i zaczął ją przeżuwać ze smakiem. Jak na swój gigantyczny rozmiar był bardzo ruchliwy! Jego poziom Sytości wypełnił się do dziesięciu procent, po czym Żółw nieśpiesznie podążył w moim kierunku. Dziwne, ale byłem przekonany, że oprócz krokodyli w bagnie nic już nie mieszka. Co on łapie?

Myśleć. Trzeba myśleć, i to szybko. Nie zdołam go zabić. Nie mogę też przed nim uciec. A może by go nakarmić? Tylko czym? Mięso Aligatorów! Przecież mam czterdzieści kawałków Mięsa! Od Żółwia dzieliło mnie około dziesięciu kilometrów, dlatego błyskawicznie wyrzuciłem z worka całe surowe mięso, które dostałem z krokodyli, i odbiegłem kawałek pod górę. Oby to zadziałało...

Żółw wypełzł na brzeg, zatrzymał się przy przygotowanym przeze mnie stosie, który, w porównaniu z jego ogromnym rozmiarem, wyglądał dość mizernie, powąchał mięso, dosłownie jak pies, i zaczął je zjadać. Dwadzieścia procent Sytości. Czterdzieści. Siedemdziesiąt. Dziewięćdziesiąt. Dziewięćdziesiąt dziewięć. To by było na tyle. Mięso się skończyło.

Wygłodniałe cielsko podniosło głowę, spojrzało na mnie i ruszyło niespiesznie w moją stronę. No to klops! Odwróciłem się i zacząłem co sił w nogach uciekać na przeciwległy koniec wyspy. Chociaż była mała, miała około pięćdziesięciu metrów średnicy, liczyłem, że zanim ta kupa mięsa do mnie dopełznie, zdążę coś wymyślić.

Pomysł był świetny, ale nie miałem okazji go wypróbować. Gdy tylko odwróciłem się i zrobiłem kilka kroków, Żółw wystrzelił swoją głowę jak strzałę, zacisnął mnie w swoich szczękach i zaczął powoli przeżuwać. Ból był piekielny. Czułem się jak ziarno miażdżone przez dwa młyńskie kamienie, moje Punkty Życia leciały jak szalone ku zeru. Wrzeszczałem, krzyczałem, miotałem się, ale ból nie znikał.

Nagle wszystko się zatrzymało. Upadłem na ziemię, gorączkowo próbując złapać powietrze. Minęła minuta, zanim doszedłem do siebie i zdołałem się rozejrzeć. 12 Punktów Życia. Trwałość moich wszystkich rzeczy zmniejszyła się o siedemdziesiąt procent. Obok mnie leżało cielsko śpiącego Żółwia z wypełnionym paskiem Sytości. Przywołałem do siebie cztery Duchy Uzdrowienia na raz i jakoś udało mi się stanąć na chwiejących się nogach.

Moja Wydolność była już na poziomie trzydziestu, teoretycznie powinienem odczuwać o sześć procent bólu mniej. Jednak jakoś nie zauważyłem tego, będąc w zębach Żółwia. Wyglądało to raczej tak, jakby zdolność odczuwania podkręcili mi jeszcze o sto procent. Na samą myśl miałem dreszcze. A wszystko to dla jakichś skarbów? Gdzie w ogóle one są? Jestem ja, jest wyspa zaznaczona na mapie, ale gdzie skrzynia i skarb?

Doczekawszy całkowitej regeneracji Many, ruszyłem w stronę drzewa, które wznosiło się w centrum wyspy. Jeśli w ogóle istnieje jakaś skrzynia, to powinna być właśnie tam.

– Stój, wędrowcze! Przeszedłeś przez ogień, nadeszła pora, żeby przejść przez wodę!

Pomiędzy drzewem a mną pojawiło się coś kudłatego i pozbawionego kształtu. Ach, to ty, leśne licho? To wszystko jest dziełem twoich rąk? Czyli to ty, gadzie, jesteś odpowiedzialny za komary, pijawki i krokodyle? Osobno wspomnę o Żółwiu, który teraz spokojnie śpi tuż obok. Wszystko to zrobiłeś ty? Trzydziesty poziom, dwa i pół tysiąca Punktów Życia, poziom Odporności nieznany, ale nie ma to już dla mnie znaczenia. Jestem zły i zdegustowany, a tu taki szczęśliwy zbieg okoliczności, że licho właśnie teraz staje na mojej drodze.

– Moje pierwsze pytanie... – zaczęło licho, ale bezczelnie mu przerwałem. Ależ mi się przejadły te wszystkie zagadki!

Szaman ma trzy ręce...

To za komary. Przecież mogły mnie zagryźć na śmierć!

– Zatrzymaj się, Szamanie! Co robisz?! – wołało leśne licho, nie kończąc swojego pytania.

...i skrzydło za ramieniem...

A to za pijawki. Nie dość, że zmusiłeś mnie do kąpieli w zielonej brei, to jeszcze nasłałeś na mnie pijawki. A jeśli miałbym lęk przed pijawkami?

– To niezgodne z zasadami! – No, dalej, krzycz głośniej. Bulwersuj się jeszcze bardziej. Wystarczy mi jeszcze dosłownie kilka sekund.

...od jego oddechu...

Nie zapominajmy o krokodylach. Chociaż nie dały mi się we znaki aż tak bardzo, ale to tylko dlatego, że włączyłem myślenie i nie wskoczyłem do wody. Co by się wtedy ze mną stało, boję się nawet pomyśleć.

– Dogadajmy się! – Okazało się, że leśne licho chce negocjować.

...zapala się świeca.

A to za Żółwia Ninja. Jeden Duch za niego to zbyt mało, dostaniesz trzy naraz.

– Zmiłuj się, wykupię swoje życie... – licho już ledwo mówiło. Nic dziwnego, zostało mu jedynie dziesięć Punktów Życia. W razie potrzeby mogę cię dobić Tłuczkiem. Lepiej nie zaczynać ze wściekłym Szamanem. Mogłem zatłuc na miejscu. Też mi pomysł, żebym jeszcze jego zagadki miał rozwiązywać. Parę Duchów Błyskawic i proszę, wszystkie zagadki rozwiązały się same.

– Przysięgasz, że nie skrzywdzisz mnie ani czynem, ani myślą? – zapytałem licho, opadając na kolana. Dziwne, moja Energia wciąż jeszcze była na poziomie czterdziestu jednostek, a poczułem się, jakby w jednej chwili cały ciężar świata spadł na moje ramiona.

– To jak będzie?! – ryknąłem, widząc, że licho się zawahało. Nie może mnie odciąć, zanim z nim nie skończę. – Jeśli nie, to właśnie wybrałeś swój los. Szaman ma trzy...

– Przysięgam! – krzyknęło owłosione coś i dosłownie na chwilę przed utratą przytomności poczułem, że tajemniczy ciężar zniknął z moich ramion. Było mi już wszystko jedno. Zmęczyłem się i musiałem odpocząć...

Doszedłem do siebie, jeśli wierzyć timerowi, dopiero po dziesięciu godzinach. Spokojnie śpiąca góra w postaci Żółwia zniknęła. Najwyraźniej nie lubiła spać pod gołym niebem. Odwróciłem się i pod jedynym drzewem na wyspie zobaczyłem okrągłe owłosione coś. To ono sprawiło, że spałem tak długo. Postrzępiony twór bez nóg, bez głowy, bez oczu... Taki okrągły futrzany kłębek.

– Obudziłeś się? – Licho, jak balon wypełniony powietrzem, płynnie dryfowało nad ziemią.

– Obudziłem – potwierdziłem ponuro. – Czym mnie tak załatwiłeś?

– Zaklęciem zapomnienia. Ja nie myślało, że od razu mnie zaatakujesz. Myślało, że najpierw spróbujesz rozwiązać zagadkę, mózg sobie zlasujesz, a tu proszę, jak to wyszło. Niegotowe na to było. Po co tu przyszedłeś? Tutaj, oprócz komarów no i mnie, nie ma nikogo.

– Przecież nie przyjechałem do nikogo w odwiedziny. Powiedziano mi, że w tym miejscu Switebald ukrył swoje skarby. Więc po nie przyszedłem. Dlaczego miałyby się zmarnować?

– Aaa! Jesteś poszukiwaczem! A ja pomyślało, że może jesteś jakimś złodziejem i masz złe intencje. A ciebie, najwyraźniej, przysłały do mnie siostry? Cóż im takiego uczyniłeś, że posłały cię na pewną śmierć?

– Śmierć?

– Oczywiście. Czy naprawdę myślisz, że oddam ci skarby? Nie po to tyle lat ich strzegło, żeby oddawać pierwszemu lepszemu. I proszę na mnie tak nie patrzeć, trzeba było od razu zabić, kiedy była okazja. Teraz się przygotowało. Możesz oczywiście spróbować, ale pamiętaj, wtedy moja przysięga, żeby nie robić ci nic złego będzie nieważna.

– Rozumiem. Czyli nie mam szansy wyjść stąd żywy?

– Nie jesteś mi tutaj potrzebny! Idź, gdzie chcesz. A jak chcesz, to możesz tu zostać, nie przeszkadzasz mi. Skarbu i tak nie można znaleźć, a wygrać ze mną ci się nie uda.

– Zaczekaj. Ty powiedziało, że gotowe wykupić swoje życie. Mówiło? – Poczekałem na potakujące chrząknięcie licha, po czym mówiłem dalej: – Jeśli wszystko się zgadza, to w zamian za twoje życie, chcę dostać skarb.

– Myślisz, że jesteś taki sprytny? Nic z tego. Switebald postawił zaporę. Nie mogę oddać skarbu, nawet pod groźbą utraty życia. Mogę oddać go tylko jemu lub jego przyjacielowi. Jeśli chodzi o okup, to zamiast śmierci daję ci możliwość porozmawiania ze mną. Nawet odpowiem na twoje pytania, oczywiście nie wszystkie, ale jednak.

– Przecież to ja jestem przyjacielem. – Skoro groźba okupu nie zadziałała, to spróbowałem znaleźć na licho inny sposób.

– Jaki tam z ciebie przyjaciel? Switebald ukrył skarb czterdzieści lat temu, kiedy ciebie nie było jeszcze w planach. – Licho uśmiechnęło się, dumne z własnego żartu.

Okazało się więc, że skarb został ukryty przed uruchomieniem Barliony. Co oznacza, że mam do czynienia z wcześniej przygotowanym zadaniem, a nie z doraźnym, wygenerowanym przypadkowo, w zależności od działań gracza. To mi się podoba. Zdobycz z takich zadań jest „smaczniejsza". Pozostaje tylko zdobyć ten przysmak. Może trzeba zaryzykować i znów podjąć walkę? Potrzebuję zaledwie pięciu Duchów Błyskawic...

Czy zdążę?

– Poza tym dobrze pamiętam kolegę Switebalda – licho mówiło dalej. – W ogóle nie jesteś do niego podobny.

Mój pomysł nie przeszedł. Dobra, trzeba zmienić taktykę.

– Powiedz mi, a tobie się nie znudziło tak tu siedzieć? Przecież jesteś leśnym lichem, a nie bagiennym. Męczysz się w samotności, przez czterdzieści lat pilnując jakiegoś skarbu, którego nikt nigdy nie widział... Czy to nie jest głupie?

– Jak to ja nie widziało skarbu? Codziennie na niego patrzę – zdziwiło się licho, ale coś w jego głosie mnie zastanowiło. Postanowiłem więc pociągnąć ten temat.

– A co ty tu widzisz? Zamkniętą skrzynię? A ty jesteś przekonane, że w środku jest skarb? Może jedynym skarbem jest sama skrzynia?! Czy kiedykolwiek zaglądało do środka? Założę się, że nie.

– Ale... Switebald przecież mówił, że... – bez przekonania przemówiło licho.

Trzeba to doprowadzić do końca, koniecznie.

Wystarczy mi jeden rzut oka na to, z powodu czego tu przyszedłem. Jeśli rzecz byłaby warta zachodu, to mógłbym nawet zaatakować licho.

– I ty uwierzyło kupcowi? Przecież ta postać w zakresie obowiązków ma zapisane: oszukuj wszystkich, żeby mieć z tego korzyści. Jak cię uprosił, żebyś strzegł skarbów?

– To nie on prosił. To jego przyjaciel, któremu nie mogłem odmówić. I niewielu ludzi mogłoby to zrobić. – Licho zawahało się, po czym zapytało: – A ty jesteś przekonany, że nie ma żadnego skarbu?

– Oczywiście! A jak często przychodzą do ciebie goście? Gdyby skarb był prawdziwy, to wolni obywatele ciągle kręciliby się na bagnach. Czy często ich widujesz?

– Ty jesteś pierwszy. Zazwyczaj przychodzili wieśniacy. Kiedyś Matrona przysłała swojego męża, najwyraźniej życie z nim jej się przejadło.

– A tak na marginesie, skąd znasz starsze panie? Nie wyglądają mi na kogoś, kto koleguje się z lichem.

Nie mieściło mi się w głowie, skąd lokalne dziwadło zna standardowe staruszki NPC-e z Dalgoru. Były tak banalne, może nawet ulepione z jednego szablonu? Czyżby ich podobieństwo nie było przypadkowe? Czy to możliwe, żeby Matrona i Pießagieja były zobowiązane warunkami zadania do wysyłania zawodników na śmierć? A może pozostawały w zbrodniczym spisku z miejscowym złem? Jakoś mi to do nich nie pasowało.

– Wiem od Switebalda, że to jego siostry.

Więc to stąd staruszki wiedzą o skarbie! A już zacząłem o nich źle myśleć.

– Coś strasznie mi zamotałeś w głowie. – Licho znów przemówiło. – A jeśli rzeczywiście pilnuję pustej skrzyni? To będzie zadyma! Wyśmieją mnie na zgromadzeniu lich!

– Zobaczmy więc, co znajduje się w skrzyni. Może nie ma sensu, żebym dalej tu siedział. Znajdź sobie innego głupiego, co na pustą skrzynię będzie tracił swój czas.

Zdobyłeś ulepszenia umiejętności: +20% do Charyzmy. Łącznie 60%.

Licho zniknęło na kilka sekund, po czym pojawiło się ponownie i zadowolonym głosem zakomunikowało:

– Jak mogło zwątpić w takiego człowieka jak Switebald? Och, ty prowokatorze! Oczywiście, że jest skarb, nie mogło być inaczej. I to taki skarb, dla którego tłumy rycerzy gotowe są zaryzykować życie, żeby tylko go zdobyć.

– A co to konkretnie jest? – Nie na to liczyłem, gdy przekonywałem licho do sprawdzenia skrzyni. Myślałem, że przyniesie skrzynię, otworzy wieko, a potem razem zajrzymy do środka. Okazało się jednak, że zrobiło ze mnie głupka.

– W środku jest skarb! A jaki, to nie twój interes. – Licho demonstracyjnie zatańczyło wokół mnie, a następnie odpłynęło w kierunku drzewa. – Jeśli to już wszystko, co masz w zanadrzu, to ja się chwilę prześpię. Trochę się zmęczyło tu z tobą. Jak będziesz chciał atakować, to mnie nie budź.

I ono jeszcze ze mnie kpi. Senne się zrobiło! Cholera, a ja nie mam już więcej pytań. Chociaż...

– A tak z ciekawości, dlaczego błoto? Czy nie można było ukryć skarbów gdzieś bliżej? Chyba to nie było zbyt mądre, żeby taszczyć ogromną skrzynię w taką głuszę?

– Switebald niczego nie taszczył. To jego przyjaciel przyniósł tu skrzynię na sobie. – Licho odpowiedziało, ziewając.

Na sobie?

– W jakim sensie „na sobie"? Przyjaciel Switebalda jest koniem?

– Dlaczego od razu: koniem... – Licho znów podpłynęło do mnie. – Przyjaciel Switebalda nie jest koniem. To Smok! Najzwyklejszy Smok. Dla niego przelecieć przez bagno, to jak raz splunąć.

Smok? Skąd? W całej historii Barliony mało kto je widział! Ja, na przykład, w ogóle nie znam takich graczy i nie widziałem żadnych wpisów na forach na ten temat. A tu jakiś kupiec lata na Smoku!

– Jak to się stało, że Switebald zaprzyjaźnił się ze Smokiem? – zapytałem ze szczerym zaciekawieniem.

– Tego nie wiem. Może siostry odpowiedzą na to pytane, one bardzo się przyjaźniły ze Switebaldem. – Licho jeszcze raz ziewnęło. – Posłuchaj, ogarnij się już. Tak bardzo chce mi się spać, a ty w żaden sposób nie możesz się zdecydować: atakować mnie czy nie? Lepiej zakończmy już to wszystko, a ja pójdę spać.

Zmiana zadania „Poszukiwanie Totemu":
Udało ci się dowiedzieć, że Smoki z Barliony nie są mitem, ale rzeczywistością. Kupiec Switebald zaprzyjaźnił się z jednym z nich. Dowiedz się od sióstr kupca, skąd wziął takiego przyjaciela. Jeśli nie zdołasz się tego dowiedzieć, skontaktuj się z nauczycielem Szamanów.

– Poczekaj. Czy to znaczy, że powinieneś oddać skrzynię Switebaldowi albo Smokowi? Temu samemu albo jakiemukolwiek?

– Wszystkie Smoki są jedną rodziną. Mogę oddać skarb każdemu z nich. Jednak przez czterdzieści lat nie widziałem ani jednego.

– A jemu oddasz? – Powstrzymując w emocjach oddech, zapytałem licho, po czym wyszeptałem:

– Smoczku, cześć. Chcesz się pobawić?

– Glać? Lubię glać? Obiecujes, ze będziemy glać? Bo popsednim lazem nie glaliśmy.

– Będziemy, będziemy. Chodź.

– Jakiemu jemu? – Pokpiwało licho. – Czyżbyś znał jakiegoś Smo... – Ale licho nie zdołało dokończyć, gdyż obok mnie pojawił się hologram małego Smoka.

Świat zamarł. Wyglądało to tak, jakby w jednej chwili ktoś kliknął przełącznik i natychmiast ucichły wszystkie bagienne dźwięki.

– Cesć. Psysedłem na twoją plośbę – Cieniutki dziecięcy głosik przerwał milczenie, które nas otaczało.

– Panie! – Mogę się mylić, ale licho wyglądało, jakby runęło na kolana. To znaczy, na pewno runęłoby na kolana, gdyby je tylko miało.

– A kto to jest? Co on lobi? – Smoczek spojrzał na nie z zadziwieniem.

– On się zgrywa. Wyobraź sobie, że żebyśmy mogli pobawić się w chowanego, musimy zdobyć skrzynię. Ma ją licho, ale nie chce jej oddać. Mówi, że odda tylko wtedy, jeśli Smok je poprosi. Chcesz się pobawić w chowanego?

– Ziabawa w chowanego, ziabawa w chowanego, tak! – Smoczek zatańczył dookoła mnie skuszony perspektywą rozrywki. – A ja jeśtem Śmok?

– Smok.

– Daj mi sksynię – Smoczek spojrzał na licho i po chwili dodał: – Plosę.

– Tak, Panie. – Obok licha natychmiast pojawiła się niewielka skrzynia, sięgająca mi mniej więcej do kolan. Przekonajmy się, o co tyle zachodu? Czyżby była w niej ukryta Legendarka lub Epik? Byłoby świetnie!

– A telaz bawimy się. Licho, ty glas z nami?

– Jeśli tak mi rozkażesz, Panie. – Licho wciąż nie podnosiło się z ziemi.

– Loskazuję. Glas z nami. Ja sukam...

Gra w chowanego zajęła nam dwie godziny. Okazało się, że na wyspie jest wiele miejsc, w których można się schować. A ja myślałem, że drzewo jest jedyną kryjówką. Małe dziury, kamienie, a nawet nora, w której mieszkało licho – wszystkie te miejsca wykorzystaliśmy do zabawy. Przez cały ten czas nie udało mi się nawet dotknąć skrzyni, Smoczek też nie zapytał, dlaczego jej nie wykorzystaliśmy. Chociaż kilka razy próbował schować się za nią, przezroczysty ogon zawsze zdradzał, że za skrzynią ukrył się mój Totem. Wreszcie Smoczek zaczął ziewać i poprosił, żeby go odesłać. Musiałem mu obiecać, że niedługo znowu go wezwę i będziemy bawić się dalej.

Przywołałeś swój Totem. Z uwagi na to, że Totem nie jest jeszcze ucieleśniony, kolejne wezwanie jest możliwe dopiero po upływie 7 dni.

Ech... Jeszcze dzisiaj chciałem kontynuować zabawę ze Smokiem. To nic. Gdy minie siedem dni – na pewno znowu go wezwę.

– Czyli twoim Totemem jest Smok – przemówiło licho, gdy Smoczek zniknął. – Dawno ich nie widziało. Nawet zdążyło zapomnieć, jak to jest, kiedy patrzy na ciebie Smok.

– To znaczy, że mogę zabrać skarb. – Zerknąłem na skrzynię, wciąż stojącą obok drzewa.

– Możesz. Nadszedł kres mojej służby. Wrócę do lasu i poszukam driady. Albo dwóch... – Licho zamilkło i zanim zniknęło, zdążyło jeszcze powiedzieć: – Żółw obudzi się za minutę, ja już go nie kontroluję. Powodzenia.

Za minutę? Żeby użyć zwoju teleportu, potrzebuję trzydziestu sekund. Ile czasu potrzebuje Żółw, żeby dostać się na wyspę? A jeśli znowu zechce mnie przeżuć...? Nie wiem, ale załóżmy, że niewiele. Więc...

Podbiegłem do skrzyni i podniosłem wieko. Gdzie jest moja Legendarka lub Epik?

Suknia balowa Leary.
Opis: Znana na całym świecie piękność Leara była bardzo dumna ze swojej garderoby. Szczególne miejsce zajmowała w niej suknia balowa, która nie miała do siebie podobnych w całej Barlionie. Dziewczyna, która przymierzy tę suknię,
stanie się właścicielką wyjątkowego przedmiotu i z radością wpadnie w ramiona tego, kto obdaruje ją tym prezentem.
Trwałość: Niezniszczalna.
Jeśli przedmiot zostanie podarowany NPC-owi płci żeńskiej: +100 do Atrakcyjności dla tego NPC-a.
Klasa przedmiotu: Unikalny. Brak analogicznego przedmiotu w Barlionie. Wymagania dotyczące poziomu: Brak
Zadanie „Bądź cicho, bo przyjdzie licho" zostało zaliczone.

Automatycznie włożyłem suknię do worka, wyjąłem zwój teleportu do Kołotowki i aktywowałem go. Kiedy portal się ładował, miałem jeszcze czas pomyśleć, że dawno nikt mnie tak nie oszukał.

Staruszki wysłały mnie po sukienkę dla mojej przyszłej narzeczonej!

ROZDZIAŁ 5

POLOWANIE NA WORGENA

Następnego dnia rano kupiłem od kupca jedzenie i udałem się do mojej brygady robotniczej. Musiałem zapewnić im wyżywienie na kolejnych kilka dni, a nie zaszkodziłoby też odebrać od nich rudę. Przecież nie na próżno dwa dni machali kilofami. Później pójdę do kuźni i zacznę levelować Kowalstwo, może trafi mi się jakiś kamień...

– Cześć, Machanie! – Z rozmyślań wyrwał mnie niski, zdecydowany głos. – Co tu robisz?

Obejrzałem się za siebie, ale nikogo nie było. Czyżbym miał omamy?

– Spójrz w górę!

Usłyszałem tym razem hipnotyczny, piękny głos kobiecy. Podniosłem głowę i zobaczyłem dwa gryfy bezgłośnie machające skrzydłami nad moją głową.

O matko i córko! Nadludzką siłą woli powstrzymywałem dygotanie kolan, które były jak z waty, i całym sobą utrzymywałem się w nadziei, że nie pociekła mi ślina z gęby. Anastarija! A wraz z nią Helfajer! Dwoje liderów klanu Feniksa we własnych osobach!

– Zostałem tutaj zesłany! – Opanowałem drżenie ciała i udało mi się odpowiedzieć. – Słuchajcie, jeśli to nie problem, może zejdziecie na ziemię? To nie jest wygodne patrzeć tak na was z zadartą głową.

– Hel, chłopak jest bezczelny! – uśmiechnęła się Anastarija.

– Albo nie wie, z kim ma do czynienia. Lądujemy! – Helfajer wykonał prawie niedostrzegalny ruch dłonią i jego gryf wylądował.

Stałem tam i wciąż starałem się powstrzymać drżenie. Dwóch najlepszych na naszym kontynencie graczy w Barlionie. Helfajer – krasnolud-wojownik na trzysta czterdziestym poziomie i Anastarija – paladynka ludzka na trzysta trzydziestym. Po co im gracz na dwudziestym pierwszym poziomie? Na takich jak ja nie powinni nawet zwracać uwagi...

– Nie martw się, nie jesteśmy PK-rsami (*Player Killerami*). – Paladynka ma boski głos! – Jeśli dobrze rozumiem, ty jesteś jednym z pięciu więźniów, którzy jako pierwsi przeszli Podziemia Mushu, prawda? – Z trudem przytaknąłem głową, a Anastarija mówiła dalej: – Mam na imię Anastarija, obok mnie stoi Helfajer. Reprezentujemy klan Feniksa, słyszałeś o takim klanie?

Zrobiłem kilka głębokich wdechów, zebrałem myśli i wreszcie udało mi się wydobyć dźwięki inne niż stękanie:

– Doskonale wiem, czym jest klan Feniksa, kim są Helfajer i Anastarija. Dwoje najbardziej wymasterowanych graczy naszego kontynentu, liderzy najlepszego klanu, zwycięzcy dwóch turniejów międzykontynentalnych i postaci, które mają na swoim koncie niezliczoną ilość Pierwszych Zabójstw. Jeśli bierzecie mnie za kompletnego nooba, który nie interesuje się grą, to jesteście w błędzie.

– Świetnie. Przejdźmy od razu do rzeczy. – Rozglądający się dotąd Helfajer nagle odwrócił się do mnie. – Nie odpowiedziałeś na moje pytanie. Co tutaj robisz? Co to znaczy, że cię tu zesłali? Od kiedy to zsyła się Czerwone Kapturki?

W skrócie wyjaśniłem mu przepisy prawa nakazujące odbycie pierwszych sześciu miesięcy wyroku albo w kopalni, albo w osadzie.

– Czyli zdobyłeś szacunek wśród strażników w czasie krótszym niż sześć miesięcy? – Ciut lekceważący ton Anastariji zmienił się nagle w głos pełen zaciekawienia. – A jak ci się to udało?

Cholera... Opowiadać im o Jubilerstwie czy nie? Jeśli opowiem, to z pewnością poproszą o pokazanie albo w ogóle podarowanie figurek szachowych. Wtedy zagadka, która jest w nich ukryta, pozostanie dla mnie tajemnicą.

– W kopalni stanąłem w obronie jednego więźnia, którego wrobili. Później zabiłem prowodyra. Kiedy wyrzuciło mnie na odrodzenie, komisja do spraw więźniów postanowiła dać mi trzy poziomy i Życzliwość ze strażnikami. A dalej pomogły mi Szczury. Jestem Szamanem, mogę przywoływać Duchy, a Szczurze Ogony przynoszą bardzo dobre dodatki do Reputacji. Tym sposobem wyszedłem po trzech miesiącach. Można powiedzieć, że miałem farta.

– W Podziemiach też miałeś farta? – Helfajer wtrącił się do naszej rozmowy.

– Właściwie to tak. Eryk, jeden z naszej piątki, zauważył kropkę w górze. Zanim trafił do więzienia, grał w Barlionie, był tankiem, więc mu zaufaliśmy. Ta kropka okazała się wejściem do jaskini. Szybko zaliczyliśmy zadanie zbiórki Malachitu i poszliśmy do Podziemi. Podziemie akurat odpowiadało nam pod względem poziomu, dlatego przejście go nie było zbyt trudne.

– Tylko że Eryk, jak go nazywasz, jak również Leyte i Ciapa mówią, że to było trudne zadanie. – Sądząc po tym, jak uważnie Helfajer mnie obserwował, domyślałem się, że spodziewa się po mnie jakiejś reakcji.

Dziwne, im dłużej stałem obok Anastariji, tym mniej chciało mi się padać do jej stóp. Zwyczajna dziewczyna, tylko piekielnie piękna, z tak cudownymi włosami, że chce się je... Weź się w garść, niedorajdo!

– Trudno jest wtedy, kiedy dopada cię setny wipe i masz zero pomysłów na to, co dalej z tym zrobić. Ale kiedy przechodzisz Podziemie za pierwszym podejściem, tego nie można nazwać trudnym. – Skąd wzięła się we mnie taka pewność siebie? Jak dowiedzieliście się o Leyte, Ciapie i Eryku?

– Twoi przyjaciele przeszli próbę i są teraz naszymi Rekrutami. Są w Feniksie. Kiedy przyjedziesz do Anchursu, wstąp do siedziby naszego klanu. Oni już tam na ciebie czekają. Zaliczysz test i też się do nas przyłączysz. – Helfajer mówił z takim przekonaniem w głosie, jakby wiedział, że nie odrzucę tej propozycji.

Ale ja czułem, jak rodzi się we mnie bunt. Czyli okazuje się, że Eryk, Leyte i Ciapa są już w Feniksie? I wszystkie nasze plany stworzenia własnego klanu biorą w łeb? Kij wam w oko! Nie pójdę – i kropka! Cholera, zdenerwowałem się! Miałem nadzieję, że przez resztę wyroku będę mógł grać z podobnymi do mnie, byłymi więźniami. A tu coś takiego...

– Dobrze, wyjaśniliśmy już szczegóły, teraz przejdźmy do interesów. Szukamy tu mrocznych goblinów. Widziałeś jakieś?

– Czyżby z góry był słaby widok? – szczerze się zdziwiłem.

– Właśnie o to chodzi, że na tym obszarze został postawiony ziggurat. Promień jego działania wynosi czterdzieści kilometrów.

Ziggurat?! To już poważna rzecz! Wszedłem do przewodnika, żeby odświeżyć w pamięci opis tego cudu Kartosa.

Ziggurat – unikalne urządzenie Kartosa, które może znajdować się w dowolnym miejscu zaciemnionego terenu, służące do zakłócania map i zwodzenia sił powietrznych wroga. Ziggurat zaciemnia określony teren na mapie. W polu działania zigguratu nie jest możliwe przeszukiwanie terenu przy użyciu powietrznych środków przemieszczania się, ponieważ wszystkie budynki i jednostki Kartosa otrzymują buff „Niewidzialność”.

– Zasnąłeś?

– Co? Nie, po prostu się zamyśliłem. Ziggurat w tej prowincji? Czy coś się wam nie pomyliło? No dobrze, powiedzmy, że jest tu oddział mrocznych goblinów, a nawet dziewięć oddziałów po dziesięć goblinów w każdym. Ale przecież one są zaledwie dwudziesto–trzydziestopoziomowe. Natomiast ziggurat to poważna sprawa! Postawić go może tylko Magister! Skąd w prowincji Krong wziął się Mroczny Magister Kartosa?

– Rzeczywiście, nie jesteś noobem – uśmiechnęła się Anastarija. – Kiedy dołączysz do naszego klanu, wezmę cię do mojego oddziału. Chociaż chwileczkę! Hel, drajw!

I natychmiast po okolicy poniósł się wicher. Helfajer, który jeszcze przed chwilą stał kilka metrów ode mnie, teraz siedział na mnie.

A ja leżałem na ziemi i nie mogłem nawet ruszyć ręką.

– Nastja, co się stało? – Mimo że Helfajer niczego nie zrozumiał, bez zastanowienia wykonał rozkaz Anastariji.

Jak wytrawny rajder – najpierw robimy, później pytamy dlaczego. W Podziemiach inaczej się nie da.

– Nasz Szamanek jest do bólu ciekawski. Chyba trafiliśmy na konkurencję. Jest jednak wstydliwe cienki jak na naszego rywala. Hel, sam się zastanów: nie mówiliśmy, ile jest oddziałów goblinów. Nie powiedzieliśmy, na jakim są poziomie. Nie rozmawialiśmy o liczbie goblinów w oddziale. A Machan spokojnie mówi o tym wszystkim, chociaż Zwiastun przekazał nam tę informację jako poufną. Czy nie wydaje ci się to dziwne?

– Myślisz, że Dwójka przeciągnęła go na swoją stronę? – Jego głos stał się jakby ze stali. Helfajer odchylił moją głowę tak, że zobaczyłem jego szare oczy. – Machanie? Czy chcesz nam o czymś powiedzieć? Czy mamy cię ładnie o to poprosić? Myślisz, że nie wiem, co znaczy czerwona opaska na twojej głowie?

– Puśćcie mnie, powiem wszystko, co wiem! – krzyknąłem.

Helfajer spojrzał pytająco na Anastariję, zaczekał na jej znak i dopiero wtedy zszedł ze mnie. Uff... No dobrze, czas się wyspowiadać. Wstałem, rozciągnąłem szyję, którą wcześniej przygniótł Helfajer i zacząłem opowiadać:

– Chodzi o to, że to ja odkryłem pierwszy oddział mrocznych goblinów. Odkryłem i zniszczyłem, wziąwszy do niewoli jakiegoś ich przywódcę – zacząłem, a potem opowiedziałem o przebiegu całej bitwy, o zdobytym przeze mnie osiągnięciu „Romeo i Julia". Przemilczałem Wilki, nie miały związku z goblinami. – W ten sposób zdobyłem brygadę robotniczą. Tu niedaleko machają kilofami. Zasadniczo to wszystko.

Helfajer i Anastarija nawet się roześmiali, gdy mówiłem o tym, jak zwabiłem gobliny, ale kiedy tylko zacząłem mówić o brygadzie, natychmiast zamilkli.

– Więc to była twoja dziesiąta? – w końcu wydusił z siebie Helfajer, gdy historia o moich podbojach dobiegła końca.

– Była?

– Widzisz, przeczesywaliśmy te tereny przez dwa dni, szukając goblinów – zaczęła Anastarija przepraszającym tonem. – O zigguracie dowiedzieliśmy się dopiero dzisiaj, kiedy nanosiliśmy naszą trasę na mapy. Zobaczyliśmy twoje gobliny z gryfów, wzięliśmy je za poszukiwane przez nas oddziały, a ponieważ otrzymaliśmy polecenie, żeby je zabić, to nawet nie zeszliśmy na dół, żeby to sprawdzić. Czy wiesz, czym jest deszcz meteorów? Krótko mówiąc, nie masz już żadnej grupy robotniczej.

– Cooo?

– Uspokójmy się – wtrącił się Helfajer. – Należy wywieszać znaki, gdy zatrudnia się brygady robotnicze. Wszelkie zażalenia kieruj do klanu, tam zostaną rozpatrzone.

– Hel, dlaczego jesteś taki? To płotka, skąd ma wziąć pieniądze? Można powiedzieć, że niewiarygodnie mu się poszczęściło, a my pozbawiliśmy go dziesięciu tysięcy Złotych.

– Oj, Nastja! Pewnego dnia twoja dobroć przyniesie zgubę naszemu klanowi! Trzymaj! – Helfajer rzucił mi przez okno wymiany siedem tysięcy Złotych Monet. – Koszt oddziału na poziomie początkowym waha się od dziesięciu do stu Złotych. Roczny dochód, jaki możesz z niego mieć, nie przekroczy dziesięciu tysięcy Złotych, więc ze strony finansowej nie możesz mieć już żadnych roszczeń do klanu. W imieniu klanu Feniks przepraszam za powstałe nieporozumienie. Mam nadzieję, że przebieg twojej gry nie ucierpiał. Nastja, lećmy już, musimy sprawdzić jeszcze jeden kwadrat.

– Machanie, jeśli zobaczysz gobliny, daj mi znać. – Anastarija podała mi amulet połączenia. – I natychmiast się ze mną skontaktuj!

Dwa gryfy wzleciały w górę, zostawiwszy mnie w kompletnej rozsypce. Oczywiście, dobrze jest dostać siedem tysięcy Złotych Monet, ale teraz sam będę musiał machać kilofem. Ciekawe, czy zabrali wydobytą rudę, czy może wala się ona gdzieś po ziemi? Jeśli nie lądowali, to teoretycznie wszystko powinno zostać na miejscu. Muszę tam pójść i sprawdzić. Przy okazji popracuję trochę kilofem, żeby wyładować swoją złość, chociażby na Żyle Cyny. I dlaczego w Feniksie myślą, że wszyscy gracze są im coś winni? A co najważniejsze, jak Eryk, Leyte i Ciapa mogli mnie tak po prostu porzucić?

Kopalnia zdecydowanie się zmieniła po ataku meteorytów. Ogromne doły, stosy kamieni i ani śladu moich pracowników. Miejsce zbiórki rudy też ucierpiało, a raczej po prostu zniknęło pod nasypem ogromnych bloków skalnych. Jeśli moi byli pracownicy cokolwiek wydobyli, to dokopanie się do tego teraz jest praktycznie niemożliwe. No to klops! Wziąłem kilof i zacząłem wyładowywać złość na Żyle. Chociaż po co się złościć? Przylecieli wysokolevelowi gracze, pokazali, kto tu rządzi, wydali kasę i odlecieli. Wszystko jest dokładnie tak jak wszędzie indziej, nic nowego.

– Hej, ty tam! – Szorstki głos przerwał moją pasjonującą próbę wyładowania gniewu na Żyle Cynowej. Czterdzieści procent Trwałości w około pół godziny. Nieźle jak na Żyłę na tym poziomie. Jeszcze ręce nie zapomniały, jak to się robi. – Co ty tu wyczyniasz?

Nauczony doświadczeniem spojrzałam w górę. Kolejny standardowy gryf i ogromny ptak ognisty. Doskonale wiedziałem, kto zdołał zagarnąć dla siebie jedynego Feniksa w grze. Klan Mroczny Legion lub, jak wszyscy nazywali ich za plecami, Dwójka. Na Feniksie siedział sam Plinto – przywódca klanu, gracz na trzysta trzydziestym poziomie. Łotrzyk. Helfajer oferował mu niewyobrażalne pieniądze za możliwość odkupienia mitycznego ptaka, ale Plinto śmiał się z tych propozycji. Według niego to pokazywało prawdziwe miejsce klanu Feniksa – czyli pod Plinto...

W ogóle między tymi klanami toczyła się nieprzerwana wojna. Feniks wygrywał mistrzostwem, a Mroczny Legion – liczebnością. Gdy tłum kilkuset graczy na setnym poziomie próbuje złapać jednego gracza na dwusetnym, to niezwykle trudno jest przewidzieć wynik bitwy. A w Mrocznym Legionie były dziesiątki tysięcy graczy, Plinto brał wszystkich. I odrzuty z Feniksa, i tych, którzy chcieli uczestniczyć w zdobywaniu zamku. Praktycznie wszyscy wysokolevelowi PK-rsi należeli do tego klanu, mimo to Mroczny Legion zawsze był na drugim miejscu. Teraz nade mną wisiało dwóch najważniejszych graczy tego klanu. Cóż to za dzień pełen spotkań?

– Wydobywam Rudę. – Nie miałem najmniejszego zamiaru dyskutować z Plinto, który słynął z porywczego charakteru. Dla niego wysłanie mnie na odrodzenie to jak jedno splunięcie.

– Widziałeś gobliny?

Ledwo się powstrzymałem, żeby nie powiedzieć, że jedną parę widzę właśnie teraz.

– Tak, w tej kopalni było ich dziesięć. Ale przylecieli Helfajer i Anastarija z Feniksa i zabili je wszystkie. Skutki sami widzicie:

wszędzie chaos i ruina. – Zabijanie moich robotników nie było konieczne. Przynajmniej tak mogłem się zemścić, nawet jeśli tylko niewielkim stopniu.

– Czy oni tu są?! Dron, wzywaj naszych!

– Plinto, nie możemy. Pamiętasz warunki zadania? Tylko dwóch przedstawicieli klanu na tym terenie. Jeśli będzie nas więcej, przegramy. Znaleźliśmy już trzy oddziały z dziewięciu. Pokraki, jak rozumiem, znalazły przynajmniej jeden. Cholera wie, ile jeszcze par lata nad Wolnymi Ziemiami.

– W takim razie rozwiązaniem są najemnicy! Potrzebuję dwudziestu najemników na dwusetnym poziomie! Muszą spowolnić Feniksa! Przyda nam się dwanaście dodatkowych godzin. Będziemy pierwsi! – Plinto spojrzał na mnie: – Gdzie po raz ostatni ich widziałeś?

– Tu niedaleko, polecieli w tamtą stronę. – Machnąłem ręką w kierunku, w którym odlecieli zabójcy mojego oddziału.

– Dalej, lecimy. Trzymaj, to za informację. – Plinto rzucił mi okno wymiany i wręczył przez nie siedemset Złotych Monet. – Jeśli znów ich zobaczysz, skontaktuj się ze mną.

W ślad za pieniędzmi wyleciał amulet połączenia. Lekki powiew wiatru – i obaj gracze natychmiast zniknęli mi z pola widzenia. No, no. Co tu się dzieje? O jakie zadanie, które mogą wykonać tylko dwaj tak wyjątkowi gracze, chodzi? W dodatku zadanie dotyczące dwóch najpotężniejszych klanów. Przypomniałem sobie słowa Mera: „Poszukiwania pozostałych oddziałów prowadzi ośmiu bohaterów wynajętych przez Zwiastunów". Wychodzi na to, że gdzieś tu jeszcze lata czterech z nich. Jest też ziggurat. I Koordynator. Dobrze już, koniec z tym. Mnie to nie dotyczy.

Chwyciłem mocno kilof i wróciłem do pracy na Żyle Cynowej. Moja filozofia była prosta – żyj i daj żyć innym. Nie miałem ochoty wtrącać się w międzyklanowe rozdania.

Uwaga! Łańcuszek questów „Ostatnia Nadzieja" został zablokowany w związku z zabiciem Szarej Śmierci i jej watahy.
Czas odrodzenia watahy wynosi 4 miesiące.

Zdziwiony wpatrywałem się w komunikat. Zabili wilki... A miałem nadzieję, że z tego rzadkiego łańcuszka zadań dostanę niezłe fanty... tu skończyło się jak zwykle, przylecieli wysokolevelowi gracze i wszystko zepsuli... Z bezsilności runąłem na Żyłę Cynową. Dlaczego mam ostatnio takiego pecha?

Zdobyłeś doświadczenie: +10 do Doświadczenia, do kolejnego poziomu pozostało 8145.
Zdobyłeś ulepszenia umiejętności:
+40% do specjalności Górnictwo.
Łącznie 101%. Umiejętność Górnictwo wzrosła do 13.
+2% do Wytrzymałości. Łącznie 60%.
+2% do Siły. Łącznie 67%.

Spojrzałem na rezultat mojej pracy: siedem kawałków Rudy Cyny. Może rzeczywiście powinienem dać sobie ze wszystkim spokój i levelować Górnictwo? Nie mogłem w tej chwili o tym myśleć, teraz nie powinienem podejmować żadnych decyzji. Uderzać kilofem, nie myśleć – to wszystko. Zebrałem Rudę i przeniosłem się na kolejną Żyłę. Do powrotu do Kołotowki zostało mi dwadzieścia godzin. Żyły regenerują się codziennie, a ja mam dużo jedzenia. Nigdzie się stąd nie ruszam, tu będę pracować.

Do końca dnia udało mi się rozbić jeszcze sześć Żył. Rozwinąłem Górnictwo do czternastego poziomu, nieco zwiększyłem Doświadczenie, Wytrzymałość i Siłę, a także wydobyłem czterdzieści kawałków Rudy Cyny. Praca po zmierzchu nie była najlepszym pomysłem, postanowiłem więc wrócić do wioski. Kiedy zna się drogę, to tylko dwie godziny wolnym krokiem. Można powiedzieć, że to całkiem niedaleko.

Po około trzydziestu minutach wyszedłem z lasu. Wtedy moim oczom ukazało się pobojowisko. Chociaż nie wyglądało ono jak miejsce bitwy, a raczej nagłej śmierci watahy. Ciała wilków, samca alfa i Szarej Śmierci rozrzucone były w promieniu około dwudziestu metrów od wielkiego czarnego krateru. To dziwne, że wilki nie zniknęły, gdy tylko zostały zabite. Moby nie znikają tylko w jednym wypadku – jeśli są przypisane do jakiegoś zadania. Jak te wilki, z których zdjąłem ogony. O! Może da się też zabrać ogon Szarej Śmierci? Wtedy przynajmniej wykonam zadanie Starosty...

Ogon wilczycy praktycznie sam wskoczył w moje ręce, po czym całe stado się rozpłynęło. To wszystko. Odegrały swoją rolę.

Zadanie „Polowanie na Szarą Śmierć" zostało zakończone. Udaj się do Starosty Kołotowki.

Ruszyłem dalej, ale mały biały punkt zwrócił moją uwagę. Podszedłem bliżej. Kawałek papieru, przyciśnięty kamieniem. Swoją drogą, to nietania rzecz w przestrzeni Barliony. Przesunąłem kamień nogą, wziąłem kartkę i przeczytałem tekst napisany starannym charakterem pisma:

Cześć, Machanie!

W obecności Anastariji nie poruszałem tematu Jubilerstwa, ale ta sprawa bardzo mnie interesuje. W swoim raporcie Eryk zaznaczył, że masz parametr Rzemiosło na trzecim poziomie. Opowiadał też o twoich pierścieniach i o tym, jak Duchami załatwiałeś Szczury. Doskonale wiem, za co można dostać Rzemiosło i jak się je leveluje. W moim klanie dwudziestu graczy ma ten parametr, ale tylko czterech z nich rozwinęło Rzemiosło bardziej niż ty.

Teraz do rzeczy. Rozważyłem wszystkie argumenty i jestem przekonany, że to ty jesteś tym Jubilerem, który stworzył Orków Wojowników z Zestawu Karmadonta. To temat na osobną rozmowę, ale figurki i tak do niczego ci się nie przydadzą. Teraz jednak nie o tym.

Za miesiąc są urodziny Anastariji, ona ma fioła na punkcie szachów. Zgodnie z zasadami następne w kolejności tworzenia są Krasnoludzcy Wojownicy. Potrzebuję ich. Jeśli o orkach wiedzą już wszyscy, nawet setki podróbek pojawiły się na rynku w Anchursie, to krasnoludów nie ma jeszcze nikt. Idź do Banku, na hasło „Helfajer-Lazuryt-krasnoludy" otrzymasz materiał niezbędny do stworzenia figurek. Ze względu na ograniczenia zadania, które wykonuję z Anastariją, a także twoją obowiązkową obecność w Kołotowce, nie mogę cię teraz przyjąć do klanu, ale wiedz, że zostaniesz Mistrzem Feniksa, jak tylko zakończymy poszukiwania. Mniej więcej za dwa tygodnie przyjadę odebrać rezultaty twojej pracy, czekaj na mnie w Kołotowce.

PS Przepraszam za wilki. Sądząc po tym, że nie zniknęły, były to moby przypisane do zadania. Z graczy w tej lokalizacji spotkałem tylko ciebie, więc one chyba były twoje. Zostawiam tutaj list – na pewno natkniesz się na wilki, jeśli nie dzisiaj, to jutro.

PPS Nie zawiedź mnie. Jeśli Anastarija nie otrzyma prezentu, bardzo się zdenerwuję...

Helfajer, przywódca klanu Feniksa

Więc Eryk z braćmi całkowicie mnie wydali? To ja, naiwny, odkryłem przed nimi wszystkie karty związane z moim Rzemiosłem, a oni, dziwolągi, gdy tylko zaoferowano im miejsce w wiodącym klanie, natychmiast zmienili wszystkie plany. Rzeczywiście, kim ja niby jestem? Więźniem, którego znali przez dwa tygodnie. Jaką mieliby perspektywę gry ze mną? Żadnej. W Feniksie zaś będą chronieni przed dziewięćdziesięcioma procentami graczy. Oprócz Mrocznego Legionu nikt Feniksowi nie chce wchodzić w drogę. Dobra robota, chłopaki, nieźle się zabezpieczyliście! A Helfajer, pięknіś! Prezenty będzie robił. Zlecając ich wykonanie właśnie mnie, i to w trybie przymusowym. A na dodatek zabił moje wilki! Za kogo on się uważa!

Gdyby napatoczył mi się teraz jakikolwiek gracz, zaatakowałbym go bez zastanowienia. Bo jeśli otaczają mnie same pokraki, to już wolę pozostałą część kary przesiedzieć w kopalni. Codziennie wydobywać Rudę, tworzyć pierścienie i zupełnie nie myśleć o przyszłości.

Już prawie pod samą Kołotowką odezwało się moje sumienie. Może i nie jest mi szkoda Helfajera, ale Anastarija... nie zrobiła mi przecież nic złego, nawet na swój sposób obroniła mnie przed krasnoludem. A ja wysłałem jej śladami Plinto. Nie najlepiej to wyszło. Wyciągnąłem amulet jednokierunkowego połączenia z nią, wcisnąłem go i wezwałem Anastariję.

– Słucham! – Usłyszałem boski głos paladynki. – Kto mówi?

– Anastarija, cześć. Tu Machan, spotkaliśmy się dziś rano...

– Machan! Gdzie teraz jesteś? Na czym polega twoje zadanie? – Przerwał mi zaniepokojony głos Anastariji.

– Jak to gdzie? Zmierzam do miejsca, w którym odbywam pozostałą część kary. Do Kołotowki. A co się stało?

– Dobrze, zajmiemy się tym za chwilę. Czego ode mnie potrzebujesz? Znalazłeś kolejny oddział goblinów? – Wydawało mi się, że Anastarija albo łapie oddech, albo próbuje szybko podjąć jakąś decyzję.

– Można powiedzieć, że znalazłem gobliny. W kopalni, gdzie zabiliście mój oddział, wpadłem na Plinto. On też szuka goblinów. I jeszcze coś. Słyszałem jego rozmowę z zastępcą. Znaleźli już trzy oddziały. Ponadto w tym obszarze poszukiwania prowadzi jeszcze czterech graczy. Zasadniczo to wszystko. Chciałem cię ostrzec przed Plinto i przekazać wiadomość o goblinach.

– Dzięki za Plinto, ale gobliny są już nieaktualne. Algorytm wyszukiwania oddziałów był na poziomie elementarnym; do wyboru były albo kopalnie, albo ziemie drwali. Ja z Helem znaleźliśmy cztery oddziały, z czego wynika, że pozostałe grupy odkryły jeszcze dwa. Dwie godziny temu, kiedy uśmierciliśmy ostatni oddział, pojawił się Zwiastun. Przyjął od nas zadanie i powiedział, że w czasie najbliższych dwóch miesięcy, pod rygorem niewykonania scenariusza, w prowincji Krong nie może znaleźć się już ani jeden przedstawiciel klanu. Zwiastun obiecał poświęcić szczególną uwagę wolnym graczom i oddziałom, które mogłyby przeszkodzić pewnemu graczowi w wykonaniu swojej części scenariusza. Wiesz, nie trzeba być geniuszem, żeby wiedzieć, kim jest ten gracz. To ty! Wiemy, że pierwszy znalazłeś oddział, zapewne więc to ty dostałeś zadanie, które jest ograniczone czasem wykonania. Hel wpadł w szał, a ja niczego nie rozumiem. Co się dzieje?

– Odlecieliście?

– Tak, Zwiastun wysłał nas do Anchursu. Machanie, powiedz mi, co jest twoim zadaniem? Czy mogę ci jakoś pomóc? Zrozum, ten scenariusz jest bardzo ważny dla naszego klanu. Jeśli czegokolwiek potrzebujesz, po prostu powiedz: pieniądze, sprzęt, zwoje. Wszystko, co będzie ci potrzebne, możemy natychmiast wysłać do Banku na twoje imię. Nie spiesz się, pomyśl.

– Nie ma o czym myśleć. Potrzebuję kompletu ubrań na dwudziesty pierwszy poziom z plusami do Intelektu. Największy problem mam z odzieżą. – Nie zamierzałem rezygnować z możliwości ubrania się na czyjś koszt. – Nie mam problemu z pieniędzmi, ale mam ze zwojami... Gdyby jeszcze były z AoE działającymi na wskazany obszar, byłoby po prostu cudownie. Jeśli chodzi o zadanie, to w czasie naszego spotkania powiedziałem już wszystko. Nie mam nic więcej do dodania. Nie wiem, dlaczego nikt z waszego klanu nie może się tu zbliżać. Przy okazji, czy mogę ci zadać pytanie?

– Pytaj. Jeszcze dzisiaj wyślemy ubrania. Jeśli chodzi o zwoje, to myślę, że uda się coś wybrać dla twojego poziomu. Sto sztuk ci wystarczy?

– Tak, w zupełności. A więc: Eryk, Leyte i Ciapa naprawdę są w Feniksie? – Miałem przeczucie, że oni nie mogli mnie zdradzić. To niemożliwe, i nieważne, co powiedział Helfajer.

– Tak, ale nie wszyscy. Kilka dni temu zwróciło się do nas kilku graczy z Pierwszym Zabójstwem. Zaciekawiło mnie to, dlatego osobiście poddałam ich próbie.

– Próbie? Co to znaczy?

– Sprawdziłam ich umiejętności. Eryk okazał się świetnym tankiem, już go wysłaliśmy na przyspieszone masterowanie. Ciapa jest niezłym DD. Ale Leyte nie przeszedł testu. Jako DD jest przeciętny, więc go nie przyjęliśmy. Teraz szukamy Karachuna, żeby sprawdzić jego możliwości.

– Jak mogliście wypuścić Leyte? Przecież my wszyscy za zdobycie drugiego miejsca w wydobywaniu Malachitu otrzymaliśmy po przedmiocie Skalowalnym. Wypuszczać gracza z takim naramiennikiem to marnotrawstwo – powiedziałem zdziwiony.

– To nie rzecz czyni człowieka. Jeśli nic nie potrafisz, to żadna odzież ci nie pomoże. Daliśmy Leyte szansę, ale jej nie wykorzystał.

– No dobrze, mam jeszcze jedno pytanie. Czym się zajmuje Mistrz Feniksa? – rzuciłem z innej beczki.

Pozwolę ci chwilę odsapnąć, o najpiękniejsza. To już kolejny powód przeciwko wstąpieniu do Feniksa. Mam uwierzyć, że nie dość, że Eric i Ciapa już u was są, to jeszcze zdążyli wam wszystko wypaplać... Oczywiście, pobiegli i w mig donieśli o wszystkim, zwłaszcza o nieistniejącym drugim miejscu i naramienniku Leyte. Wygląda na to, że rozmawialiście z Karachunem... Tylko on nie wiedział o piątym miejscu i mieczu Leyte.

Na jakiś czas zapanowała cisza, pomyślałem nawet, że połączenie zostało przerwane, gdy Anastarija znów przemówiła:

– Czyli to tak! Teraz już rozumiem, skąd masz Rzemiosło. A rozwiązałeś już zagadkę? Nie podzielisz się warunkami?

Ups. Zaczynam stąpać po cienkim lodzie. Anastarija wie o Rzemiośle...

Skąd? Przecież Karachun widział tylko pierścienie i słyszał, że mogę zmieniać ich parametry...

– Chyba nie zrozumiałem, o czym mówisz. – Cholera, nieudolna ta moja odpowiedź. Całkiem dziecinna.

– W porządku, nieważne. Jeśli coś, to pamiętaj, że nasz dział analityczny jest jednym z najpotężniejszych w całej grze. Nie tylko opracowujemy strategię przejścia Podziemi, lecz także umiemy myśleć. Jeśli będziesz potrzebował pomocy, mów. A jeżeli chodzi o Mistrza... W Feniksie jest kilka rang. Na samym szczycie są dwie osoby, przywódcy klanu: Helfajer i ja. Na drugiej pozycji znajdują się Skarbnicy, których mamy dwóch, oraz pięciu Właścicieli Zamków. Na trzecim miejscu naszej hierarchii są Mistrzowie. Teraz mamy ich ośmiu. Mistrzowie to nasi najcenniejsi gracze, którzy otrzymują pensję ze skarbca klanu. Na przykład jednym z Mistrzów jest gracz, który ma dwunasty poziom Rzemiosła. O ile mi wiadomo, jest to maksymalna wartość Rzemiosła w Barlionie. Czwarty poziom zajmują Specjaliści. Naprawdę doceniamy ludzi, którzy przynoszą klanowi pieniądze, więc tworzymy im najlepsze warunki do rozwoju. Klan przyjmuje graczy z dowolną specjalnością rozwiniętą powyżej dwustu. Przy czym przyjmujemy niezależnie od wyników pierwszej próby. Piąty poziom to Rajderzy. Jak widać, mają nawet niższą rangę niż Specjaliści. Szósty to Bojownicy, nasi potencjalni Rajderzy. I siódmy: Rekruci. To wynajęci gracze, którzy wyrazili chęć dołączenia do klanu. Eryk i Ciapa od razu otrzymali rangę Bojowników, omijając poziom Rekrutów. Świetnie poradzili sobie z testami. A to, że są na niskim poziomie, nadrobią z czasem. Czy odpowiedziałam na twoje pytanie, przyszły Mistrzu Feniksa?

– Tak, dziękuję. Co do Mistrza, to jeszcze zobaczymy. Do usłyszenia.

A więc w ciągu najbliższych dwóch miesięcy nie zobaczę tutaj żadnego reprezentanta wiodących klanów. To znaczy dopóki będę szukał Mrocznego Koordynatora. I świetnie, będę miał czas, żeby wymyślić, jak w eleganckim stylu odmówić przyłączenia się do Feniksa. Chociaż z drugiej strony, sądząc po opowieści Anastariji, w jej klanie niczego mi nie zabraknie. Jeśli wziąć pod uwagę moje pragnienie spokojnego przetrwania aż do czasu wyjścia z więzienia, jest to dla mnie opcja idealna. Po cichutku rozwinę specjalności, może nawet będę uczestniczył w rajdach z Feniksem. Przyjęcia u Imperatora, tłumy graczy, którzy będą mi oferowali niewiarygodne korzyści, licząc na to, że się za nimi wstawię. Życie jak w Madrycie.

Jednak nie dają mi spokoju niespójności w słowach Anastariji i Helfajera. Jeśli Eryk mnie wydał, to w raporcie musiałby zeznać, że w zbiorach Malachitu zajęliśmy piąte miejsce i że Leyte dostał jakiś miecz. A jeśli Anastarija osobiście przeprowadziła spotkania z tymi graczami, to nie minęło aż tak dużo czasu, żeby wyleciało jej to z głowy. Coś mi tu śmierdzi. Ponadto mój wewnętrzny głos uporczywie powtarza, że z Feniksem nie jest mi po drodze. I ogólnie nie podoba mi się idea dołączania do jakiegokolwiek klanu, muszę stworzyć własny. Dlaczego? Nie mam pojęcia, ale jestem Szamanem i dlatego powinienem ufać swoim przeczuciom...

Cztery dni minęły jak jedna chwila. Zdałem Staroście zadanie z wilkami i uzyskałem dostęp do reszty jego zleceń. Nie ma pracy w Kołotowce, też coś! Przynieś wody, przynieś drewna z lasu i zamieć ulicę. Tym sposobem tylko w pierwszym dniu wykonywania poleceń podniosłem Reputację w prowincji Krong do pięciuset jednostek. Gdy zlecenia się skończyły, poszedłem do Kowala i umówiłem się, że około czterech godzin dziennie będę się kręcił w zasięgu jego wzroku.

Kowal generalnie był dziwnym NPC-em. Cichym i ogromnym. Na wszystkie moje pytania odpowiadał lakonicznie, cedząc słowa przez zęby. Dobrze chociaż, że nie przegonił mnie z kuźni.

Levelowanie specjalności okazało się bardzo korzystne. Rozwinąłem Kowalstwo do poziomu ósmego, tworząc najpierw Miedziane, a następnie Cynowe sztabki. Kiedy przetapiałem Rudę Miedzi, gwiazdy mi sprzyjały, bo wypadł z niej kawałek Malachitu. Trzeba było widzieć w tym momencie wzrok Kowala! Stał przez kilka minut, rzucił coś niewyraźnie i wyszedł z kuźni na świeże powietrze. Jeszcze tylko tydzień poświęcę na Kowalstwo, a później przejdę do Jubilerstwa.

Nie zapomniałem też o Mrocznym Koordynatorze...

– Tisza, cześć! – Kiedy wyszedłem z kuźni, natknąłem się na córkę Starosty.

– Cześć, Machanie – odpowiedziała tutejsza piękność, poprawiając włosy. Po Anastariji, reprezentującej świat realny, wszystkie piękności NPC-e wypadały blado w moich oczach. – Widzę, że zaczęło ci się powodzić w naszej wiosce. Ojciec będzie zadowolony: i woda jest na czas, i drewno. Rozwiązała się nawet kwestia wilków, które przysparzały bolesnych problemów naszemu stadu, jak mówił ojciec. Potrzebujesz czegoś?

– Tak. Mam pytanie. Chcę się wybrać do sąsiednich wsi, może tam też mają dla mnie jakieś zlecenia. Nie wiesz, kto tu często przemieszcza się między wioskami, żeby go podpytać, która wieś będzie najlepsza na początek?

– Handlarz. On jeździ między wioskami raz na trzy tygodnie. Ale był tu zaledwie kilka dni temu, dlatego wróci nieprędko. Kto jeszcze... Mam! Kondratij, nasz Kowal. On często spaceruje to tu, to tam. Z Kowalami w naszym regionie jest słabo, więc jeździ po wioskach i naprawia, co trzeba. O ile mi wiadomo, wkrótce znów wyrusza w drogę. To chyba wszyscy. Nie mamy tu więcej włóczykijów.

– Rozumiem. A czy goście często przyjeżdżają do Kołotowki? Może ich mógłbym zapytać, jak wygląda sytuacja w ich wioskach?

– Nie, mamy bardzo niewielu gości. Tylko Handlarz, o którym już wspomniałam, i wolni obywatele, ale ich nie było tu już od pół roku. Nie mamy hotelu, po co mieliby przyjeżdżać tutaj goście?

– Dziękuję, bardzo mi pomogłaś. Zapytam Kondratija, do której wioski najlepiej się udać. Tylko że on jest taki milczący. Trudno wydobyć z niego choćby słowo.

– Po prostu jeszcze się ciebie boi. Przyzwyczaił się do pracy w samotności, a tu nagle ty się do niego przyczepiłeś. Nie wie, jak się zachować. Poza tym nasz Kowal jest dobry i uprzejmy. Lubi poezję.

– Poezję, powiadasz? A nie wiesz może od jak dawna mieszka w Kołotowce?

– Mniej więcej tyle co my. Około dwóch lat.

Kiedy rozstawałem się z Tiszą, miałem już dwóch podejrzanych: Handlarza i Kowala. Przy czym opcja z Handlarzem, który oferował mi ciężkie pieniądze za Oko, była najbardziej prawdopodobna. Nie wierzyłem w to, że Kowal może być Koordynatorem goblinów. A to oznacza, że muszę sprawdzić Handlarza. Zrobię to, kiedy przyjedzie za trzy tygodnie.

Pod koniec czwartego dnia wspólnej pracy Kondratij nadal nie miękł. Wciąż zerkał na mnie ponuro spod swoich brwi, milczał, czasem tylko rzucając zdawkowe odpowiedzi. Moja metoda nie działała. Postanowiłem więc się z nim zakolegować.

– Kondratij, Tisza mi mówiła, że jeździsz po wioskach i naprawiasz różne rzeczy. Czy to prawda? Naucz mnie naprawiać, co? Umiem tworzyć różne przedmioty, ale z naprawianiem u mnie raczej bieda. Wszystko, co mam na sobie, aż prosi się o odświeżenie, a ja nie umiem tego zrobić.

– Naprawa, mówisz? Nie jest trudno się tego nauczyć. – No! Wreszcie jest postęp! Tyle słów naraz. – Tylko żeby naprawiać, musisz wiedzieć co. Nie możesz się nauczyć reperować wszystkiego. Możesz specjalizować się w przedmiotach z metalu, ze skóry i z tkaniny. Ale możesz nauczyć się tylko jednej specjalizacji. Co konkretnie cię interesuje?

Szamani noszą głównie rzeczy skórzane. Oczywiście mogę wcisnąć na siebie kolczugę lub zbroję płytową, ale będę poruszał się w tym jak żółw. Powoli i miarowo. Na wszelki wypadek postanowiłem dopytać:

– Czy będę mógł zmienić wybór? Na przykład, kiedy znudzi mi się naprawianie rzeczy skórzanych, czy będę mógł nauczyć się naprawiać przedmioty metalowe?

– Tak. Pomoże ci w tym każdy nauczyciel Sztuki Naprawiania. Więc jak, wybrałeś już?

– Tak, chcę nauczyć się naprawiać rzeczy ze skóry.

Nabyłeś specjalność „Sztuka Naprawiania". Obecny poziom: 1.
Otrzymałeś przedmiot: Zestaw Naprawczy
(uwaga, nie zajmuje miejsca w torbie).
Nabyłeś specjalizację „Naprawa Skóry".
Teraz możesz naprawiać rzeczy skórzane aż do
(10 x Sztuka Naprawiania) poziomu.

Nieźle! Myślałem, że naprawa jest częścią Kowalstwa, ale okazuje się, że jest przypisana do oddzielnej specjalności! I to w dodatku z podziałem na specjalizacje!

– Jak z tego wszystkiego korzystać?

– To dość łatwe. – Wygląda na to, że w końcu znalazłem wspólny język z Kondratijem. – Kładziesz przedmiot na stół, wyciągasz z Zestawu Naprawczego igłę z żyłką i zaczynasz zszywać podarte kawałki. Trwałość będzie wzrastać stopniowo.

– Dziękuję. Spróbuję od razu. – Wyjąłem niezbędne narzędzia, zdjąłem moją dość zniszczoną kurtkę i zacząłem ją naprawiać.

– Ej, słuchaj, Machan... Wybacz mi to, jak cię za pierwszym razem przywitałem. – Słowa Kowala spowodowały, że prawie wbiłem sobie igłę w rękę. – Nie sądziłem, że jesteś normalnym człowiekiem. Uznałem, że przysłali nam mordercę, bałem się tego, co możesz tu nawyczyniać. A tu proszę, jak bardzo się myliłem. Nie chowaj urazy...

Czas mijał, aż nareszcie nadszedł ten dzień, a raczej ta noc. Noc mojej zemsty za odrodzenie, noc polowania na Worgena.

Sam plan pojmania nie wyróżniał się szczególną pomysłowością. Postanowiłem, że wyjdę na środek podwórka Elżbiety, postawię obok siebie dwie Pułapki z Kości, które kupiłem od Najwyższego Maga Dalgoru, usiądę pomiędzy nimi i zaczekam na pojawienie się czerwonookiego. W to, że się pojawi, ani przez chwilę nie wątpiłem. W końcu był to mob przypisany do zadania, co oznaczało, że i tak będziemy musieli się spotkać. Poprosiłem, aby dzisiaj nie wypuszczać Malucha z zagrody, tłumacząc to moją potrzebą przespacerowania się przy świetle księżyca. W końcu jestem Szamanem.

– Elżbieto, gdzie się pani wybiera tak po nocy? – Byłem bardzo zaskoczony, gdy już pod sam wieczór gospodyni wyszła z domu.

– Och... To ty... Ja... – Nawet w półmroku było widać, że Elżbieta czerwieni się jak mała dziewczynka. Wyglądało na to, że moja gospodyni wybiera się na randkę! W jej wieku! I nawet domyślałem się z kim. Na pewno spotyka się z tutejszym Starostą. Och, Elżbieto!

– Wyszłam trochę pooddychać świeżym powietrzem. – Odzyskawszy równowagę, spojrzała na furtkę i zapytała: – Czy długo będzie pan tu spacerować? Jest zimno, proszę lepiej wejść do domu.

Krótko po tym, jak wykonałem zadanie z Wilkami, Elżbieta zaproponowała, żebym przeniósł się z ciasnej letniej klitki do normalnego pokoju w dużym domu. Ja jednak odmówiłem. Uznałem, że tak będzie lepiej, przynajmniej na razie. Dopóki nie złapię Worgena, nie chciałem zakłócać spokoju domowników moim dreptaniem.

– Cóż, pójdę już. – W tym momencie zobaczyłem w dłoniach kobiety małe zawiniątko. Po co jej ono na spotkanie? A może wybiera się gdzieś indziej? Dokąd?

Noc w Kołotowce nabierała typowego dla siebie charakteru. Ta sama co zwykle nieprzenikniona ciemność, cisza rozpraszana szumem lasu i Szaman siedzący pośrodku dziedzińca między dwiema pułapkami. Elżbieta nie wracała, mimo że był już środek nocy. Spojrzałem na Malucha. Pies nie wykazywał żadnych oznak strachu i cicho biegał po wolierze. No to będzie kupa śmiechu, jeśli Worgen dzisiaj nie przyjdzie i okaże się, że zmarnowałem prawie tysiąc Złotych Monet na pułapki! Byłoby szkoda...

Noc była identyczna jak wtedy, jednak nikt się nie pojawił... Nikt i nic. Jutro skoczę do Dalgoru, kupię jeszcze kilka pułapek. Tak, i zajrzę przy okazji do staruszek, muszę się dowiedzieć, skąd Switebald zna Smoki. Następnie do Banku – powinienem dostać od Anastariji przesyłkę z ubraniami. Już dawno wyrosłem z tych, które zrobił dla mnie Kart, ale przebywając w takim oddaleniu od domu aukcyjnego i normalnych sprzedawców, w żaden sposób nie mogłem kupić godnego zastępstwa. Tak, i jeszcze Lazuryt, który obiecał mi Helfajer, nie zaszkodzi go zabrać. Nawiasem mówiąc, po czterech dniach rozmyślań zdecydowałem się z nim porozmawiać. Byłem gotów pracować dla klanu, ale nie jako jego członek. Nie mogłem do nich dołączyć, bo nie dostałbym jakiejś bardzo ważnej premii. Spędziłem kilka godzin, wertując przewodnik w poszukiwaniu powodu, który mógłby uniemożliwić mi wstąpienie do nich, ale nic nie znalazłem. Wręcz przeciwnie, wszędzie rozpisywali się o tym, że przyłączenie się do klanu daje wiele kluczowych możliwości w Barlionie, takich jak ta, że gracze otrzymują pełny zestaw wszystkich funkcji... Może mam paranoję? Kto wie...

Przemyślałem też to, że Helfajer rozmawiał ze mną z pozycji siły. Dla niego to normalne. Przecież jest najlepszy w Malabarze i po prostu nie umie rozmawiać w inny sposób. Feniks miał już w swoich rękach bonusy z Pierwszego Przejścia Podziemia, a figurki szachowe, których tak pragnął... Dopóki nie rozwiążę tej zagadki, nie oddam ich. A jeśli nie wystarczy mi własnego rozumu i przez dwa miesiące jej nie rozwikłam, będę musiał pokłonić się Anastariji. Jednak tym wszystkim zajmę się później, teraz mam inny problem.

Dopiero gdy skończyłem snuć misterne plany, dosłownie jakby czekał, aż skończę, kilka metrów ode mnie padł cień. Dobiegł mnie stłumiony skowyt Malucha i zdałem sobie sprawę, że nadeszła godzina, na którą czekałem. Pojawił się Worgen.

Humanoidalny pies stał w odległości kilku kroków ode mnie, dokładnie naprzeciwko pułapki. Za chwilę dostanie to, co lekarz przepisał! Jeśli teraz rzuci się na mnie, to wpadnie prosto w zasadzkę. A rano zobaczymy, kto tak zwinnie biegał po Kołotowce i robił przeróżne świństwa. Niepokoiła mnie tylko jedna rzecz – Worgena nie przesłaniała mgła i doskonale widziałem jego właściwości:

Worgen. Płeć: Żeńska. Poziom: 95.

Wychodzi na to, że to moja gospodyni. Gospodyni... Co zrobią twoje dzieci, kiedy oddam cię żercy? Co stanie się ze Szprychą? Cholera! Nawet zrobiło mi się jej żal. Może można to jakoś inaczej rozwiązać?

Minęło kilka minut. Worgen wciąż stał przede mną, przeskakując z łapy na łapę, i nie miał najmniejszej ochoty atakować. Może trzeba go zachęcić? Już się robi!

– Co tak stoisz, na co czekasz? Może potrzebujesz specjalnego zaproszenia? No dalej, skacz, ja jestem gotowy.

Na moje słowa Worgen drgnął, ale nie ruszył z miejsca. Zdziwniej i zdziwniej, jak mawiała Alicja*. Na co ona czeka? A co najważniejsze, dlaczego Worgen nie ma czerwonych oczu? Czemu nie jest agresywny?

Dźwięk upadającego w oddali przedmiotu spowodował, że włosy stanęły mi dęba. Co, do cholery? Byłem chroniony przed Worgenem, więc odważnie się odwróciłem i spojrzałem na nowego członka naszej zabawy.

Kłęby mgły i dwoje palących się, czerwonych oczu.

– Eeee... Cześć... – W tej chwili chyba nie mogłem powiedzieć nic głupszego. Worgen zaś wydał z siebie stłumiony ryk i rzucił się na mnie. A może nie na mnie? Nie miałem jednak okazji tego sprawdzić, ponieważ stwór wleciał do pułapki niczym motylek w siatkę. No to pierwszego już mam. Zostało mi jeszcze złapać to mgliste coś i po sprawie. No już – atakuj!

I zaatakował. Po czym nastąpił wipe. Mój.

Na własne oczy zobaczyłem, jak działa Pułapka z Kości. Gdy tylko czerwonooki stwór rzucił się na mnie, wokół niego utworzyła się zasłona w zielonym kolorze. To było jak zamrażanie. Natychmiast zaczęły pojawiać się kości, które owinęły stworzenie ze wszystkich stron i uwięziły je w swojego rodzaju ciemnicy. To wszystko. Teraz mam już dwóch podejrzanych o ciemne sprawki. Rano dowiemy się, kto jest kim.

Już chciałem odejść zadowolony, kiedy pułapka z kości rozpadła się na kawałki. Z jej wnętrza wyskoczył zły i wściekły stwór, który błyskawicznie znalazł się tuż obok mnie.

Zostałeś otruty i unieruchomiony. Twój Poziom Życia przez 2 minuty będzie się zmniejszał co 5 sekund o 300.

* Zob. *Alicja w krainie czarów* Lewisa Carrolla w tłumaczeniu Macieja Słomczyńskiego.

Łącznie Punktów Życia: 490 z 790.
Zostałeś otruty i unieruchomiony...

Czerwonooki stwór stał obok i, zapewne z satysfakcją, patrzył, jak umieram.

Jedno mrugnięcie i znalazłem się przy wejściu na miejscowy cmentarz. Jasne słońce nieznacznie odbarwiło kolejne powiadomienie:

Uwaga! W związku z twoją śmiercią poziom Doświadczenia zmniejszył się o 30%.
Obecna wartość Doświadczenia: 360,
do kolejnego poziomu pozostało 8040.

No dobrze, podsumujmy. Worgen rodzaju żeńskiego, prawdopodobnie Elżbieta, jest w mojej Pułapce z Kości. Jakaś mara, składająca się z mgły, pazurów i trucizny, po raz drugi wysłała mnie na odrodzenie. Przy czym pułapkę dla stworzeń na setnym poziomie bez większego wysiłku rozniosła w drobny pył. Jakie są opcje?

Kiedy się opamiętałem, wyrwałem co sił do Kołotowki. Po powrocie z dwunastu godzin na odrodzeniu mogłem się spodziewać, że teraz wszyscy będą chodzić wokół pułapki i zastanawiać się, skąd ona się wzięła na środku podwórka. W końcu nikt oprócz mnie nie mógł zajrzeć do środka.

– Zaczekaj, synu. – Zdołałem zrobić zaledwie kilka kroków, gdy zatrzymał mnie żerca. – Słyszałem, że został pojmany Nocny Postrach naszej wioski. Już tam byłem, widziałem. Przyznaję, że dobrze to wymyśliłeś. Chodźmy, oddasz mi tego, który robił nam te wszystkie świństwa. Sam nie mogłem zajrzeć do środka, choć bardzo się starałem.

Aktualizacja zadania „Nocny Postrach Osady": Żerca boga Własta wierzy, że w Pułapce z Kości jest Nocny Postrach Osady.

Ups... Wychodzi na to, że teraz żerca pójdzie ze mną, zobaczy Elżbietę i okrzyknie ją Nocnym Postrachem. Ja zaliczę zadanie, a moja gospodyni zostanie ukarana i wysłana do Dalgoru? No cóż, przecież Szprycha i Mariana są już dorośli, sami dadzą sobie radę. Poza tym są NPC-ami, a w Barlionie nie ma dzieci-włóczęgów, więc nic im nie grozi. Po raz kolejny sprawdziłem plusy, które powinienem otrzymać za zadanie: pięćset do Doświadczenia, czterysta do Reputacji, Rzadki przedmiot od Starosty...

– Mylisz się, święty ojcze. Nocny Postrach to mgliste stworzenie o czerwonych oczach. Widziałem je, to właśnie ono wpadło wczoraj do pułapki i połamało ją. Przez pomyłkę zastawiłem wczoraj kolejne sidła, wydaje mi się, że złapałem w nie swoją gospodynię. Ale ona zdecydowanie nie jest Nocnym Potworem. Bo taka pułapka to dla niego bułka z masłem. – Nie wydam Elżbiety. Nie chcę tego robić.

– Jaką gospodynię? – zdziwił się żerca. – Elżbietę? Przecież ona przez cały ranek biegała po podwórku, jęcząc i stękając. A jeśli chodzi o Nocny Postrach, to nie zmyślaj. To jasne, że właśnie on jest uwięziony w pułapce. Nikt inny nie mógł w nią wpaść. Chodźmy to sprawdzić. Aż mnie ręce świerzbią, żeby go oddać w ręce przedstawicieli prawa.

Zamurowało mnie. Jak to możliwe, że rano Elżbieta biegała po podwórku i wzdychała? Przecież to ona jest Worgenem! Czyli powinna znajdować się w mojej pułapce. Ale... jeśli gospodyni jest na wolności, to kogo schwytałem?

– To jak, idziemy zobaczyć?

– Chodźmy sprawdzić. Sam jestem ciekaw, kogo przez pomyłkę złapałem. – Zostawiłem sobie otwartą furtkę: że niby tak wyszło przez przypadek. Po czym ruszyliśmy w stronę Kołotowki.

– Jest i on, nareszcie! – Elżbieta przywitała mnie na podwórku, kończąc porządki. – Zrobiłeś swoje i się ulotniłeś? A ja mam sprzątać po tobie? Mogłam wypuścić Malucha, on by nie pozwolił na taki obłęd na podwórku. Co to za szkarada? – Gospodyni wskazała dłonią na pułapkę stojącą pośrodku dziedzińca.

– Poczekaj, Elu. Machan złapał złoczyńcę. – Żerca stanął w mojej obronie. Potem zwrócił się do mnie: – Nie otwieraj jeszcze, postawię zaporę wokół pułapki, żeby kreatura nam nie uciekła.

Żerca wykonał kilka zwinnych ruchów i pułapka znalazła się wewnątrz zielonego kokonu. Prawie opadła mi szczęka, gdy zobaczyłem jej właściwości:

Więzienie Mobilne. Pozwala zatrzymać na 24 godziny NPC-ów do 250 poziomu, a na 1 godzinę graczy do 250 poziomu włącznie.

Przy czym żerca nie korzystał z żadnych zwojów! Czyżby sam był w stanie stworzyć coś takiego?! Kim on jest? Z przyzwyczajenia spojrzałem na właściwości żercy:

Żerca boga Własta. Poziom 1 x N.

Opis standardowy. Taka niewiadoma w opisie poziomu jest widoczna u wszystkich NPC-ów, wśród których ma się Reputację mniejszą niż Poważanie. Czemu jest równe „N" dla danego osobnika, pozostaje się tylko domyślać. Na pewno nie jest mniejsze od stu! Zgodnie z przewodnikiem, Więzienia Mobilne mogą tworzyć Magowie od sto dwudziestego poziomu. Trzeba będzie zapytać żercę, skąd ma takie umiejętności.

– Co się stało, mój synu? – Żerca spojrzał na mnie zaskoczony. – Otwieraj pułapkę. Postawiłem niezawodną zaporę, nikt się z niej nie wywinie!

Zaznaczyłem moją pułapkę, wszedłem do właściwości i wybrałem dezaktywację. Mylił się co do tego, że nikt się nie wydostanie z jego więzienia. Helfajer lub Anastarija nawet go nie zauważą.

Pułapka się rozpadła, a dookoła poniosło się westchnienie zaskoczenia.

– Co ty narobiłeś? Nie dość, że zagnoiłeś mi ogródek jakimś szajsem, to jeszcze Tiszę zamknąłeś w pułapce! To koniec, wyczerpała się moja cierpliwość! Jeszcze dzisiaj pójdę do Starosty, niech znajdzie ci inne miejsce zamieszkania. Nie chcę cię więcej widzieć...

Elżbieta klęła, na czym świat stoi, ale mi było wszystko jedno. Patrzyłem ogromnymi, zdziwionymi oczami na Tiszę, która nieśmiało się uśmiechała, starając się na mnie nie patrzeć.

– Okazuje się, że to jest nasz złoczyńca. – To proste stwierdzenie żercy sprawiło, że cały dziedziniec zamarł. Nawet Maluch, biegający w tę i z powrotem po wolierze, zamarł, starając się nie hałasować. Wszyscy ze zdziwieniem spoglądali to na mnie, to na Tiszę.

– Święci Pańscy... – zdołała wyszeptać Elżbieta, zakrywając sobie usta dłońmi. – Ale jak to?

Zielonymi oczami, pełnymi łez, nadziei i błagania o litość, Tisza w końcu spojrzała na mnie. „Nie wydawaj mnie – mówiły te oczy. – Błagam". Przez jakiś czas wpatrywaliśmy się w siebie, gdy nagle zauważyłem powiadomienie:

Uwaga dla gracza! Jeśli wydasz Worgena żercy, zadanie „Nocny Postrach Osady" zostanie zaliczone.
Jeśli odmówisz wydania Worgena, zadanie „Nocny Postrach Osady" zostanie zmodyfikowane, a twoja Reputacja wśród przedstawicieli boga Własta zmniejszy się o 1000.
Czy chcesz nazwać Worgena Tiliaszę Nocnym Postrachem Osady?

– Mylisz się, święty ojcze – powtórzyłem. – Wczoraj Tisza spacerowała nieopodal, więc zaprosiłem ją do siebie. A reszta jest prosta: pokłóciliśmy się, a ja, rozgniewany, rozstawiłem pułapkę i pobiegłem do lasu wyładować się na wilkach. Tylko że ich nie spotkałem, a Tisza najwyraźniej wpadła w moją pułapkę. Tiszeńko, wybacz mi, byłem głupcem. Spojrzałem na Worgena, mając nadzieję, że ma dość rozumu, by potwierdzić moje słowa.

– Przemyślę to. – Tisza poprawiła włosy. – Ale musimy jeszcze o tym porozmawiać. Nie chcę, żeby to się powtórzyło. Zgoda?

– Zgoda. Musimy sobie sporo wyjaśnić.

Zadanie „Nocny Postrach Osady" zostało zmodyfikowane. Skontaktuj się ze Starostą, żeby uzyskać dalsze instrukcje. Reputacja wśród Żerców Własta została zmniejszona o 1000. Obecny poziom: Niechęć.

– Na co się gapicie? – Elżbieta jako pierwsza doszła do siebie i zaczęła przeganiać pracowników. – Nie wiecie, że młodość rządzi się swoimi prawami? Marsz do pracy!

Żerca rzucił na mnie spojrzenie, które mówiło, że popełniłem największy błąd w swoim życiu, po czym usunął Więzienie Mobilne i poszedł do swojej świątyni. Tak, rozumiem, że zrobiłem głupstwo, ale Tisza nie jest potworem z mgły.

– Idziemy do mnie. – Tisza podeszła bliżej i znów spojrzała mi prosto w oczy. – Wydaje mi się, że musimy ci sporo opowiedzieć o tym, co naprawdę dzieje się w Kołotowce...

– Tisza? – Starosta spojrzał na nas ze zdziwieniem, gdy weszliśmy do domu.

– Tato, jest sprawa... Machan złapał mnie wczoraj w pułapkę. – Zobaczyłem zmrużone oczy Starosty. – W mojej naturalnej postaci.

– On wie? – Przywódczy wyraz twarzy Starosty zmienił się w zastygłą maskę.

– Teraz już tak. Obronił mnie przed Żercą. Najwyższy czas powiedzieć mu całą prawdę. Może właśnie on nam pomoże?

Starosta przez krótką chwilę rozważał słowa córki, po czym rzekł:

– Zrób nam, proszę, herbaty. Ta rozmowa może trochę potrwać. A ty usiądź. – Starosta zwrócił się do mnie. – Nie chciałem cię w to angażować, ale najwyraźniej los zdecydował inaczej.

Jasne, przeznaczenie. Przecież masz to wszystko w swoich ustawieniach, pomyślałem złośliwie. Nie wydałem twojej córki i dlatego zadanie zostało zmienione.

Tisza przyniosła herbatę, usiadła w fotelu i spojrzała pytająco na ojca, który wciąż nie ośmielał się mówić. Dobrze, skoro wszyscy są tacy niezdecydowani, to ja zacznę.

– Pozwól, że ja powiem, co wiem. A więc tydzień temu żerca Własta zlecił mi znalezienie Nocnego Postrachu Osady. Przygotowałem się, poszedłem na polowanie i dziś w nocy zobaczyłem dwa niezwykłe stworzenia. Niezwykłe dla mnie. Worgena i niepojęte mgliste stworzenie. Udało mi się złapać Worgena, ale ze spotkania z mglistą istotą nie wyszło nic dobrego. W rezultacie okazało się, że pod postacią Worgena ukrywała się Tisza. Żerca z jakiegoś powodu jest przekonany, że Worgen i Nocny Postrach to jedna i ta sama istota. Bardzo się na mnie pogniewał, gdy nie wydałem mu Tiszy. A nie wydałem jej tylko dlatego, że na własne oczy widziałem prawdziwego potwora. Właściwie to wszystko z mojej strony. Teraz pana kolej. – Spojrzałem pytająco na Starostę.

– Moja rodzina od zawsze była niezwykła. – Przetrawiwszy moje słowa, Starosta zaczął mówić. – Tak się złożyło, że wszyscy jesteśmy Worgenami. To nie jest ani dobre, ani złe. Po prostu tak jest. W poprzednim życiu, tak nazywam życie przed Kołotowką, zajmowałem bardzo wysokie stanowisko, ale w jednej chwili wszystko się zmieniło. Przyjaciele i koledzy odwrócili się od nas, a na moją rodzinę nasłano łowców głów. Wszystko z powodu mojego najstarszego syna. On nie chciał zaakceptować naszego stylu życia i przeszedł na stronę wroga. Kiedy zaproponowano mi przeniesienie do Kołotowki i rozpoczęcie wszystkiego od nowa, chwyciłem się kurczowo tej szansy. Trzeba chronić rodzinę. Jednak nawet tutaj kłopoty nas nie opuszczają.

– Wszystko przez tego mglistego potwora – dodała Tisza.

Starosta spojrzał na nią z wyrzutem, ale mówił dalej:

– Tak, to wszystko przez mglistego potwora. Dwa lata temu przeprowadziliśmy się tutaj. Na początku wszystko było w porządku: miejscowi przyjęli nas bardzo dobrze, mieliśmy normalne relacje z żercą, który od razu się zorientował, kim jesteśmy, ale nie robił z tego problemu. Kłopoty zaczęły się kilka miesięcy po moim mianowaniu, kiedy ze stad zaczęły znikać zwierzęta. Co siedem dni we wsi ginęły to krowy, to owce. A pewnego dnia na bramie pojawiły się ślady pazurów. Wymyśliłem bajeczkę o metamorfie i wszyscy, całą rodziną, wyruszyliśmy na polowanie...

Tisza westchnęła nerwowo, jakby przywołując nieprzyjemne wspomnienia z przeszłości.

– To był jedyny raz, kiedy widzieliśmy stwora z bliska. On się przed nami nie chował, wyczuwając, że jest panem sytuacji. Ta kreatura kilka razy próbowała nas zaatakować, ale zawsze się broniliśmy, zadając jej przy tym nieznaczne obrażenia. W rezultacie stworzenie zaczęło uciekać, a nam udało się je zapędzić w kozi róg. Zapędzić, zapędziliśmy, jednak nie zdołaliśmy go unicestwić. Maszkara okazała się zbyt inteligentna. Wybrała najsłabszego z nas, czyli Tiszę, i rzuciła się na nią. Wtedy popełniłem niewybaczalny błąd. Zamiast zaatakować potwora, osłoniłem moją córkę własnym ciałem. Kreatura zostawiła mi wtedy pamiątkę na całe życie. – Starosta podwinął rękaw i zobaczyłem przerażającą bliznę na jego ramieniu. – Dokładnie taką samą mam na biodrze. Stworzenie uciekło i zaczęło się przed nami ukrywać, a ja przez pół roku nie mogłem chodzić. To dlatego zacząłem tutaj przyjmować wszystkich odwiedzających. Od tego czasu przyjęło się, że w naszym domu mieści się administracja. Poprzedni budynek został zburzony, na jego miejscu jest teraz rynek. Moi synowie każdej nocy wyruszają na poszukiwania, ale już nigdy więcej nie spotkali tego upiornego stworzenia. Tisza jest pierwszą z nas, która od tamtego czasu tak wyraźnie widziała potwora.

Starosta zamilkł na chwilę, żeby pociągnąć łyk herbaty, po czym mówił dalej:

– Ale to jeszcze nie wszystko. Okazało się, że stworzenie wcale nie uspokaja się na sześć dni, po zjedzeniu jednego zwierzęcia. Ono napada na sąsiednie wsie, pojawiając się w każdej z nich raz w tygodniu. Postanowiłem, że moja rodzina zgładzi tę kreaturę. To właśnie dlatego moi synowie bardzo rzadko bywają w Kołotowce. Wciąż wędrują po wioskach, mając nadzieję na złapanie i zniszczenie Nocnego Postrachu, jak go nazywa żerca. On ma powody, żeby uważać nas za winnych: pewnego razu zobaczył mojego syna pochylającego się nad ciałem niedawno zabitej owcy. Nie udało nam się wtedy udowodnić, że przecież polowaliśmy na mordercę. Mimo to żerca nie ma żadnych dowodów na to, że jesteśmy Nocnym Postrachem. Zachowując wobec siebie nawzajem neutralność, nie darzymy się już dawnym zaufaniem. Dopóki prawdziwy potwór nie zostanie oddany w ręce naszego żercy, on nie uwierzy ani mnie, ani nikomu innemu, że jesteśmy niewinni. Już od dwóch lat nie możemy znaleźć tego stworzenia, potrzebujemy pomocy. Jeśli chodzi o nagrodę, nie martw się, będzie godna. Pomożesz nam?

Modyfikacja zadania „Nocny Postrach Osady": Rodzina Starosty okazała się Worgenami, które od dwóch lat poszukują mglistego potwora. Znajdź potwora i zabij go.
Klasa zadania: Rzadkie.
Nagroda: +400 do Reputacji w prowincji Krong,

+500 do Doświadczenia, +10 Złotych Monet, Rzadki Przedmiot z zasobów Starosty.
Kara za porażkę (lub odmowę) wykonania zadania: Brak.
Czy chcesz przyjąć zmodyfikowane zadanie?

– Pomogę wam zgładzić potwora. – Źle byłoby odrzucić zadanie, które nie ma żadnych minusów.

– To dobrze. Tisza, odprowadź Machana. – Starosta odchylił się na krześle. – Rozumiem, że nie możesz podróżować po innych wioskach, więc masz czas na tygodniowy odpoczynek. Za sześć dni spotkamy się ponownie i zorganizujemy, tym razem wspólną, obławę na potwora z mgły. On musi zginąć.

Wróciwszy do domu, wyciągnąłem zwój teleportu do Dalgoru i aktywowałem go. Kiedy się formował, podsumowywałem moje drugie spotkanie z mglistym stworzeniem. Dwa zero dla niego. Wciąż pozostaje jedno sensowne pytanie: kogo, oprócz Tiszy pod postacią Worgena, boi się Maluch? Czy potwór z mgły też jest Worgenem? Może to najstarszy syn Starosty... Potrzebuję pomocy, ale nie chcę kontaktować się z Anastariją. Poczekam tydzień i sam się dowiem co i jak. Ponadto wkrótce przyjedzie Handlarz, którego muszę rozpracować. Nie mam żadnych wątpliwości, że to on jest Koordynatorem. Pozostaje mi przekonać o tym innych.

ROZDZIAŁ 6

KORNIK

Gdy tylko wyszedłem z portalu, moim oczom ukazało się powiadomienie:

> **Aktualizacja zadań „Droga Szamana. Krok 2" i „Poszukiwanie Totemu": Nauczyciel Szamanów, Kornik, przyjechał do Dalgoru na spotkanie z tobą i obecnie znajduje się u Almisa. Odwiedź go. Klasa zadania: Klasowe.**

Coś podobnego! Tak bardzo brakowało mi zwykłych umiejętności Szamańskich, że zacząłem już planować zakup teleportu do Anchursu. Chciałem tam odnaleźć Kornika i szkolić się u niego. Nie bałem się o drogę powrotną – po upływie dwóch dni automatycznie teleportowano by mnie z powrotem. Skoro trzy razy mogę nie wrócić, dlaczego miałbym nie skorzystać z tej możliwości? Nic złego by się nie stało. Jeśli jednak Kornik sam przybył do Dalgoru, muszę koniecznie do niego pójść. Tylko najpierw Bank i staruszki. Nie wiadomo, gdzie nauczyciel może mnie zabrać i na jak długo się u niego zatrzymam.

– W czym mogę pomóc? – Ten sam gremlin, co poprzednio, siedział przy biurku i coś pisał.

– Powinny tu na mnie czekać pewne przedmioty, chciałbym je odebrać. Są to rzeczy na hasło „Helfajer-Lazuryt-krasnoludy".

– Proszę poczekać. – Oczy gremlina zaszły mgłą. Po kilku chwilach jego wzrok znów stał się obecny. – Dziękuję za cierpliwość. Rzeczy i listy czekają w Pokoju Prywatnym. Proszę zwrócić uwagę, że na pana konto wpłynęło nieco ponad dwanaście tysięcy Złotych Monet. Dokładną kwotę można znaleźć w opisie przelewu. Nadawcą jest Mer Dalgoru.

– Dziękuję za informację – odparłem z wdzięcznością i poszedłem do mojego Pokoju Prywatnego. Czyli jednak sprzedali goblina, którego złapałem! Dwanaście tysięcy Złotych Monet to bardzo miła niespodzianka.

Pośrodku pokoju leżała duża sterta ubrań. Wziąłem pierwszą rzecz z brzegu i sprawdziłem jej właściwości:

Skórzany Naramiennik Mistrza Rika.
Trwałość: 600.
Odporność na cios fizyczny: 80.
Odporność na cios magiczny: 40,
+24 do Wytrzymałości, +32 do Intelektu.
Klasa przedmiotu: Rzadki Zestaw.
Liczba przedmiotów w zestawie: 8. Wymagany poziom: 20.
Stworzone przez: Rik Trafny.
Zestaw dwóch przedmiotów: +50 do Intelektu.
Zestaw czterech przedmiotów:
+200 do Odporności na wszystkie rodzaje ciosów.
Zestaw ośmiu przedmiotów: +300 do Intelektu.

Chomik przewrócił się na plecy i zaczął się wić w dzikich konwulsjach powodowanych wybuchem ekstazy i miłością do

Anastariji. Teraz był gotowy oddać jej nie tylko Orków Wojowników, ale także zobowiązać się do stworzenia kolejnych figurek szachowych w ciągu następnych dwóch godzin. Komplet ośmiu przedmiotów z takimi parametrami mógł kosztować około pięćdziesięciu tysięcy Złotych Monet! Podczas gdy ropucha próbowała sprowadzić chomika na ziemię, ja zacząłem zakładać na siebie otrzymane rzeczy.

Odłożywszy na bok rękawice podwyższające Rzemiosło, z przyjemnością popatrzyłem na swoje statystyki. O tak... Wytrzymałość: dwieście trzydzieści osiem. Intelekt: siedemset pięćdziesiąt siedem. Odporność na wszystkie rodzaje ciosów: dwieście osiemdziesiąt. Odporność na ciosy fizyczne: osiemset czterdzieści. A ja się martwiłem, że z powodu moich pierścieni jestem oszustem! Wtedy jeszcze nie zdawałem sobie sprawy, że istnieje Mistrz Rik! Jak to możliwe, że przedmioty przeznaczone dla dwudziestego poziomu, nawet jeśli rzadkiej klasy, mają takie statystyki? Na stole leżało kilka listów. Otworzyłem pierwszy z nich, przeczytałem i od razu wszystko stało się jasne:

Witaj, Machanie!

Zgodnie z obietnicą przesyłam Ci kilka rzeczy. Wybacz, ale w tak krótkim czasie nie zdołaliśmy znaleźć płaszcza. Rick nie umie ich robić, a reszta naszych Krawców dla poziomu dwudziestego pierwszego nie miała niczego takiego. Zleciłam kupno płaszcza dla Twojego poziomu z potrzebnymi parametrami od zwykłego Handlarza NPC-a, ale to wymaga czasu. Niedługo go wyślemy. Nie wysyłam pierścieni i łańcuszka, sam jesteś Jubilerem i możesz zrobić o wiele lepsze niż te, które mam do dyspozycji. Jak widzisz, rzeczy, które Ci wysłałam, są dość niezwykłe. Zostały wykonane przez naszego Mistrza, Rika Trafnego, który ma dwunasty poziom Rzemiosła. Chyba zdajesz sobie sprawę, ile na rynku jest wart taki komplet. I nie mam tu na myśli zwojów. Jak widzisz, klan Feniksa jest bardzo zainteresowany Twoim wstąpieniem w nasze szeregi: nie wysłaliśmy Ci taniochy, którą można znaleźć u każdego Handlarza.

A teraz przejdźmy do najważniejszego. Musimy porozmawiać. Skontaktuj się ze mną tak szybko, jak to możliwe. Już wielokrotnie plułam sobie w brodę, że dałam Ci amulet połączenia jednokierunkowego. Żeby naprawić swój błąd, wysyłam Ci normalny, dwukierunkowy, który da mi możliwość skontaktowania się z Tobą w każdej chwili.

Twoje pytanie o przedmiot Leyte było podchwytliwe, zgrabne i niespodziewane, nie byłam na nie przygotowana. Tak, oni nie przyłączyli się do naszego klanu. Wzięliśmy Karachuna, żeby klan miał Pierwsze Zabójstwo Podziemia Mushu. Pozostała trójka odmówiła współpracy. Zamieszkali w bezpiecznej strefie Anchursu i czekają na Twoją decyzję o przyłączeniu się do klanu. Eryk powiedział nam: „Jeśli Machan się przyłączy, to my pójdziemy za nim; jeśli nie, to nie chowajcie do nas urazy. Obietnic trzeba dotrzymywać. Jeśli teraz wystawilibyśmy Machana, jaką gwarancję miałby Feniks, że nie wystawilibyśmy i jego? Chyba nie o to wam chodzi?". To była godna odpowiedź, nawet zaczęłam szanować tego krasnoluda. Helfajer postąpił nierozważnie, koloryzując na temat ich wstąpienia do klanu. Musiałam go wesprzeć i skłamać. Hel myślał, że pobiegniesz w podskokach w ślad za swoimi przyjaciółmi. Ale wszystko potoczyło się bardzo dobrze. Gdybyś wstąpił do klanu, zawalilibyśmy zadanie Zwiastuna. Jego sens jest oczywisty – dać Ci możliwość wykonania jakiegoś zadania. Jestem pewna, że masz wiele pytań i jestem gotowa na nie odpowiedzieć. Powtarzam – skontaktuj się ze mną. Nie da się opisać wszystkiego w liście.

Głównym powodem, dla którego jesteś niezbędny klanowi, jest Twoje Rzemiosło na trzecim poziomie i Szachy Karmadonta. Oczywiście możesz zaprzeczyć, że je zrobiłeś, ale sam spróbuj rozważyć wszystkie za i przeciw. Jak widzę, masz głowę na karku. Wyliczenie Twojego poziomu Rzemiosła było banalnie proste – Karachun opowiedział nam o pierścieniach i ich parametrach. Porównaliśmy to z recepturą i obliczyliśmy deltę. Nic skomplikowanego. Jedyne pytanie zadane przez Rika brzmiało: jakim cudem zmieniasz parametry, żeby otworzyć tryb wirtualnego konstruowania? Potrzebny jest sto pięćdziesiąty poziom postaci i setny poziom rozwoju któregokolwiek z zawodów. Nawet nie wspomnę o łańcuszku zadań, który musi wykonać grupa graczy. W pojedynkę jest to fizycznie niewykonalne. Nasi analitycy wciąż zastanawiają się, jak to się stało. Nawet kwestionują słowa Karachuna. Sam Eryk – a specjalnie się z nim kontaktowałam w tej sprawie – potwierdza, że zmieniałeś właściwości tworzonych pierścieni. Wszyscy moi analitycy są zaskoczeni i rozkładają ręce. To trzeci powód, dla którego chcemy Cię mieć w naszym klanie.

Jak widzisz, gram w otwarte karty. Teraz twoja kolej, Jubilerze.

Z wyrazami szacunku
Anastarija, naczelna klanu Feniksa

Dobrze, że w Pokoju Prywatnym stało krzesło, bo upadłbym na podłogę, a tak tylko usiadłem. Chwileczkę. Później się zastanowię. Teraz przeczytam pozostałą korespondencję i dopiero wtedy będę podejmować decyzje. Jeśli głowa mi nie pęknie.

Otworzyłem drugi list i zacząłem czytać:

Cześć, Machanie!

Jest jakaś chryja. Już drugiego dnia po wyjściu z kopalni nasza bojowa trójka zebrała się w Anchursie, gdy nagle przedstawiciele klanu Feniksa zaproponowali nam, żebyśmy do nich dołączyli. Propozycja była oczywiście kusząca, ale zdecydowaliśmy się poczekać na Ciebie. Nikt nie chciał się wyłamywać. Dzisiaj przyszła do mnie Anastarija, przywódczyni klanu Feniksa, i dopytywała o wydobycie Malachitu, otrzymane przedmioty i miejsce, które zajęliśmy. Nie sądziłem, że ta informacja była tajna, więc uczciwie wszystko jej powiedziałem. O piątym miejscu i o tym, co każdy z nas dostał.

Była bardzo zainteresowana Tobą, pierścieniami, tym, jak zmieniałeś parametry. O tym też jej opowiedziałem, chociaż teraz myślę, że nie powinienem był tego robić. Ogólnie, bądź czujny – interesują się Tobą w Feniksie. A my za dwa miesiące z kawałkiem czekamy na Ciebie w „Wesołym Gnumie". Nie możemy przyjechać do Ciebie, wybacz nam – PK-rsi są prawdziwym wrzodem na tyłku. Wystarczy tylko wyjść z miasta, a oni już pojawiają się obok. Jeśli możesz, wyślij nam nasze pieniądze, które zostały w Podziemiu – w tej kwestii trochę się nam śpieszy.

Eryk

Jak tylko wyjdę z Kołotowki, stawiam im piwo. Nawet jeśli w Barlionie nie można się upić, to stawiam piwo bez dwóch zdań! Eryk z braćmi mnie nie zostawili! A ja już zaczynałem w nich wątpić. A co mamy w trzecim liście?

Cześć, Machanie!

Wysyłam Ci Lazuryt. Mam nadzieję, że możesz już z nim pracować. Pięćdziesiąt kawałków powinno Ci na długo wystarczyć. Do urodzin Anastariji zostały cztery tygodnie, nie zawiedź mnie.

Helfajer, naczelny klanu Feniksa

Pierwsze, co zrobiłem, zanim zacząłem zastanawiać się nad listami, to poszedłem do gremlina i przesłałem Erykowi dziesięć tysięcy Złotych oraz zdobyte w Podziemiu rękawice. To tyle. Wysłane i zapomniane, bo już zaczynały mnie kusić. Napisałem też do niego list, że wszystko u mnie w porządku i że za dwa miesiące udam się do Anchursu, choć prawdą jest, że doczłapanie się tam zajmie mi pewnie tydzień. Po zrobieniu tych wszystkich rzeczy usiadłem w moim Pokoju Prywatnym i dopiero wtedy przytłoczył mnie ciężar wydarzeń. Ręce mi drżały, a w głowie nie miałem żadnej sensownej myśli z wyjątkiem pytania: „Co robić?".

W mojej głowie bardzo szybko zrodził się epicki plan: Kornik przybył do Dalgoru. Skoro przyjechał, to niech mi wyjaśni, co to za mieszanka uczuć. Dlaczego głowa chce do Feniksa, a serce – nie.

Z tą myślą poczułem się lepiej, więc zacząłem wpychać rzeczy do worka: sto zwojów na Ścianę Ognia wyrządzającą szkody ogniowe na tysiąc punktów i kopkę Lazurytu od Helfajera. Został jeszcze amulet połączenia dwukierunkowego. Spojrzałem na niego z tęsknotą, ale mimo wszystko zawiesiłem go na szyi. W rzeczywistości wszystko jest tu proste – albo biorę go i używam, albo zwracam wraz z pozostałymi rzeczami. Rzeczy przejrzałem i nie chcę ich oddawać. Przynajmniej na razie. Nie mam zamiaru wyrzucać sobie, że się sprzedałem, dlatego, rozważywszy wszystkie za i przeciw, napisałem odpowiedź:

Witaj, Anastarija!

Bardzo dziękuję za rzeczy i zwoje. Jak tylko z nich wyrosnę, naprawię je i oddam w stanie nienaruszonym. Dobrze zauważyłaś – doskonale wiem, ile wart jest taki zestaw. Może dla Ciebie ta kwota nic nie znaczy, ale dla mnie jest po prostu ogromna. Nawet jeśli przyłączę się do Feniksa, to rola ubogiego krewnego, któremu spadają ochłapy z pańskiego stołu, nie leży mi. Nie przywykłem być balastem.

Szaman Machan

Jeszcze raz przeczytałem list. Wyszło to tak, że niczego nie obiecywałem, ale jednocześnie na nic się nie zgadzałem. Dopóki nie uporam się z wątpliwościami, będę robić takie uniki. Wysłałem list, gdy nagle wpadł mi do głowy szalony pomysł.

Kolejny list:

Cześć, Helfajer,

dostałem Lazuryt, będę próbować.

Mam sprawę: powiedziałem Anastariji o Dwójce, której przedstawicieli spotkałem w prowincji Krong. Rozpoznałem Plinto dzięki jego Feniksowi. Mam prośbę. Przyślij mi, proszę, nicki i hologramy dwudziestu czołowych graczy klanu Feniksa i Dwójki. Muszę wiedzieć, komu można zaufać, a kogo unikać.

Machan

Jeśli Helfajer odpowie, to już wiem, jak wykonam jego zamówienie szachowe dla Anastariji. Krasnoludów mu się zachciało. Poczekaj no!

– Mileńki, nie pomógłbyś słabej kobiecie?

Piełagieja wciąż stała w drzwiach domu, wyciągając kopertę w stronę przemykających graczy. Niektórzy z nich zatrzymywali się, a wtedy ich oczy pokrywały się mgłą. Prawdopodobnie wchodzili do przewodnika, żeby sprawdzić szczegóły zadania i po kilku minutach natychmiast biegli dalej. Nikt nie chciał socjalki.

– Dzień dobry, szanowna. – Podszedłem do starszej kobiety i pokłoniłem się. – Wykonałem zadanie, zdobyłem Skarb Switebalda, pani brata. Mam w związku z tym kilka pytań, czy mogę liczyć na odpowiedź?

– Ty, kochanieńki, najpierw służbę odsłuż, a później zadawaj pytania. – Ripostą Piełagieji dostałem niczym obuchem w łeb. – Rozkręciłeś się. Brat! Switebald! Skarby! Łazisz jak Czerwony Kapturek, który przyniósł babci fanty. Niczego ci nie opowiem! I ani się waż zabierać mnie do Matrony jak ostatnio. Wszyscy sąsiedzi się ze mnie później śmiali. Nie, drugi raz nie zniosę takiego wstydu, już prędzej wezwę straż.

Masz ci los. Przecież wisi na tobie moje zadanie, babciu! A ty stajesz okoniem. Sprawdziłem w ustawieniach swoją Atrakcyjność dla Piełagieji: jeden. Ostatnio była przynajmniej dwójka. Chwileczkę! Ostatnim razem wykonałem zadanie, dlatego moja Atrakcyjność wzrosła. Dopiero później napoiłem staruszki herbatą.

– Proszę mi pozwolić dostarczyć list, i tak mam po drodze.

– No tak. Rzeczywiście nie udało mi się jeszcze wysłać listu! Każdy chce zarobić kosztem starszych i słabych ludzi. – Piełagieja zaczęła swoją pieśń o niesprawiedliwym losie NPC-ów w Barlionie, ale słuchałem jej jednym uchem. Jeśli się nie mylę, to w ciągu kilku najbliższych godzin moje nogi będą miały co robić...

Miałem rację. Moja Atrakcyjność dla Matrony też była równa jedynce. Po wygłoszeniu mi kazania, że należy być pomocnym, opiekować się młodszymi i szanować starszych, przekazała mi list z odpowiedzią. Wróciłem do Piełagieji i zobaczyłem, że moja Atrakcyjność wzrosła do dwójki. Kursowałem więc między staruszkami, wysłuchując nie tylko ich kazań, ale także opinii na swój temat od innych graczy:

– Frajer. To przecież socjalka! Zostaw to.

– Chodźmy do instancji. Tu nie ma czego szukać!

– Stary, co ty wyprawiasz? Chcesz sprawdzić, kto się szybciej zmęczy: ty, czy staruszki? No cóż.

Gracze snujący się po Dalgorze nie wykazywali się szczególną tolerancją. Chory na głowę Szaman biegał na ich oczach między staruszkami NPC-ami, przekazywał listy, odbierał nowe, a później znowu wracał. Czyż nie był idiotą?

Przy czterdziestej rundzie staruszki zaczęły się powtarzać – ponownie mówiły o tym, że kosztem starych i słabych ludzi wszyscy próbują zarobić. Nareszcie nadszedł ten moment. Miałem na koncie pięć godzin poza Kołotowką, ale po powrocie do Piełagieji wiedziałem, że w końcu dostanę to, na co czekałem:

Twoja Atrakcyjność dla Piełagieji: 100.

– Pewnie jesteś zmęczony, synku? – zapytała staruszka już zupełnie innym tonem, gdy tylko dałem jej odpowiedź od Matrony. – Pół dnia biegasz między nami, pewnie przeszedłeś około dwudziestu wiorst. Nie wiedziałyśmy już, co pisać, i wysyłałyśmy puste wiadomości. Ty jednak nadal je przekazywałeś, nie zaglądając do środka. Zanieś mnie do Matrony, musimy porozmawiać.

Trzeba było tak od razu. Delikatnie chwyciłem Piełagieję i zaniosłem ją do Matrony niczym drogocenny ładunek. Naprawdę drogocenny – mój Totem zależał przecież od nich.

– Och, Piełagiejo, zawsze miałaś słabość do upartych baranów. – Matrona przywitała nas przed domem, obserwując przenosiny swojej siostry. – To niesprawiedliwe! Dlaczego on przyszedł do ciebie, a nie do mnie? Ja też chciałabym pozwolić się nosić.

– Matrono, zazdrość mi w milczeniu. – Piełagieja gestem wskazała miejsce, gdzie chce, żeby ją postawić.

– Szanowne panie, jestem tutaj w pewnej sprawie. – Gdy już postawiłem na ziemi zadowoloną staruszkę, postanowiłem nie marnować więcej czasu.

– Patrzcie, jaki w gorącej wodzie kąpany! – Matrona wzruszyła ramionami. – Ciągle tylko gdzieś się spieszy. Trzeba go jednak jeszcze sprawdzić, jak myślisz?

– Daj spokój, siostrzyczko. Już go porządnie przegoniłyśmy. Nawet nie pisnął, a ty mówisz, że jest w gorącej wodzie kąpany. – A potem zwróciła się do mnie: – Czego od nas chcesz?

– Nie! – zaprotestowała Matrona, gdy tylko otworzyłem usta. – A co, czy my jesteśmy wędrownymi gołodupcami, że tak przed wejściem stoimy? Wejdźmy, porozmawiamy u mnie.

W jej domu nic się nie zmieniło, było tak samo jasno i czysto.

– Matrusiu, zrób nam herbatki. Machan oczywiście też robi pyszną herbatę, ale strasznie boli po niej głowa. Chodź, lepiej same zróbmy. – Piełagieja, poczuwając się do roli gościa, rozsiadła się w fotelu i zaczęła dyrygować swoją siostrą.

– Masz rację, nie będziemy rozmawiać przy pustym stole – zmartwiła się gospodyni i pobiegła do kuchni. Po chwili wróciła z herbatą.

– A teraz opowiadaj, jak udało ci się przechytrzyć leśne licho. – Staruszki wpatrywały się we mnie uważnie.

Chciałem zaprzeczyć i wyjaśnić, że nie było żadnego licha, ale później pomyślałem, że nie opłaca mi się psuć stosunków ze starszymi paniami. W kilku zdaniach opowiedziałem więc o moich przykrych przygodach, nie pomijając wątku ze Smokiem.

– Wygląda na to, że nie obyło się bez Aarenoksitolikusa – orzekła zamyślona Matrona. – Nie spodziewałam się, że masz w Totemie Smoka. Pokażesz nam go?

– Nie mogę. Nie jestem prawdziwym Szamanem, nie przeszedłem odpowiedniego szkolenia, dlatego jeszcze przez kilka dni nie mogę przywołać Smoka. A skąd Switebald zna Aarino... Aarenoksalatonitusa?

Język można sobie połamać na takich imionach.

– Nazywaj go po prostu Smokiem. Brat dowiedział się ze starożytnego zwoju, gdzie mieszkają. A później zrobił wszystko zupełnie jak ty. Zebrał się, narwaniec, i poszedł je odwiedzić. Tam zaprzyjaźnił się z Aarenoksitolikusem i przez dwadzieścia lat się z nim nie rozstawał.

– A gdzie teraz jest ten zwój? – Starałem się prawie nie oddychać, żeby nie spłoszyć starszych pań.

– Wrócę sama. – Piełagieja wstała nagle i nie odpowiadając na moje pytanie, poprawiła sukienkę. – Dziękuję, Machan, że uwolniłeś licho. Mój brat źle postąpił, zostawiając je na straży skarbu. Męczyło się tam i nudziło. Jeśli chodzi o zwój, niełatwo jest znaleźć do niego drogę. Oj, niełatwo. Ale powiedziałyśmy ci już, jak do niego trafić. Czy słuchałeś nas uważnie, czy nie, to już twoja sprawa. Idź i nie przychodź do nas więcej. Będziemy udawać, że cię nie znamy. I nie damy ci więcej żadnych zleceń.

Ledwo otworzyłem usta, by zaprotestować, niezidentyfikowana siła odwróciła mnie i wypchnęła za drzwi. Głośne trzaśnięcie zamykających się drzwi zbiegło się z wyświetleniem powiadomienia:

Aktualizacja zadania „Poszukiwanie Totemu":
Switebald znalazł starożytny zwój, w którym opisano drogę do krainy Smoków. Gdzie teraz znajduje się zwój – to zagadka, którą musisz rozwikłać. Siostry kupca udzieliły ci niezbędnych wskazówek. Jeśli nie zdołasz rozwikłać zagadki, skontaktuj się z nauczycielem Szamanów.

Spojrzałem ze złością na drzwi, za którymi skryły się staruszki. O jakich wskazówkach mowa? Przeanalizowałem w głowie całą naszą rozmowę, ale nie znalazłem ani jednej podpowiedzi. Do nauczyciela Szamanów zwrócę się w ostateczności, jeśli poczuję, że sam nie dam rady znaleźć Totemu. Nie mam najmniejszego zamiaru rezygnować z podopiecznego, który może mieć rzadkie parametry. To przecież norma w Barlionie. Robisz coś sam – dostajesz fanty jak słodkie bułeczki. Prosisz o pomoc – dostajesz co najwyżej herbatnika. Też dobre, ale trochę za mało. Wolę bułeczki...

– Gdzie się pan włóczył? – Jeśli miałem przed sobą główną służkę Almisa, to on najwyraźniej lubił kobiety przy kości. – Pan Almis i jego gość już od dłuższego czasu czekają na pana przybycie. Są już po trzeciej rundce herbaty, a pana ciągle nie ma! Tak się nie godzi!

– Ketrin, prowadź go od razu do salonu. I nie zrzędź mu nad głową, Szamani się nie włóczą, tylko przychodzą wtedy, gdy uznają to za słuszne. – Dobiegł nas głos byłego nauczyciela. Dzięki temu służka natychmiast zamilkła. Dając mi znaki oczami, że będzie mnie obserwować, zaprowadziła mnie do pokoju, gdzie czekały już na mnie dwie osoby. A raczej człowiek i rozumny. Ten drugi całkowicie zasłonięty szarym płaszczem. Sądząc po wzroście, albo gnom, albo długo i ciężko chorujący krasnolud.

Czyżby Kornik?

– Nie mamy czasu na zbędne rozmowy. – Spod kaptura usłyszałem głos mocno posuniętego w latach człowieka. – Almis, powiedziałem ci, co masz robić. Uprzedź pozostałych.

– Tak, nauczycielu. Zrozumiałem.

– Jeśli chodzi o ciebie, młody uczniu, musimy już iść. Szykują się duże zmiany w Barlionie i musisz być na nie gotowy. – Kornik wziął mnie za rękę i w tym samym momencie zniknęło mieszkanie Almisa, podobnie jak cały Dalgor. Oszołomiony patrzyłem na góry wspinające się po nieboskłonie. Złota aura otaczająca mnie i Kornika zatrzymywała szalejący dookoła śnieg. Czy Kornik jest Heroldem? Otworzyłem mapę, żeby zobaczyć symbol prowincji, w której się znajdowaliśmy. No tak... to jedno z przedmieść Wolnych Ziem, niedaleko oceanu oddzielającego kontynenty Barliony. Mapa uczynnie pokazywała mi mgłę we wszystkich skalach, zarysowując jedynie kontury granicy między lądem a oceanem. Tego obszaru nie było na mojej mapie. To nic, wieczorem go rozrysuję. Nie miałem tylko pojęcia, do czego jeszcze, poza levelowaniem Kartografii, mogła mi się przydać ta mapa. Nie dość, że byliśmy tam, gdzie diabeł mówi dobranoc, to dotarcie tu nie było wcale takie proste: między nami a Imperium Malabaru znajdował się jeszcze Kartos.

Kornik ze świstem wciągnął mroźne powietrze, które przepuszczała aura, a następnie opuścił kaptur i spojrzał na mnie ogromnymi, kiedyś brązowymi, a teraz już wyblakłymi, oczami starego goblina.

– Nie mogę czekać na ciebie w Anchursie, nie ma na to czasu. Zbliżają się straszne wydarzenia i musisz się do nich przygotować. Najpierw powinieneś zdobyć Totem. Teraz udamy się do Smoków, gdzie złożysz przysięgę wierności Najwyższemu Władcy. Następnie...

– Wybacz mi, nauczycielu. Sam muszę zdobyć mój Totem. – Skąd wzięła się we mnie taka bezczelność? – Dziękuję ci za chęć pomocy i możliwość przyspieszenia tego procesu, ale sam muszę znaleźć drogę do Najwyższego Władcy; jeśli dobrze rozumiem, jest to tytuł głównego Smoka.

Kornik przez krótką chwilę prześwietlał mnie przenikliwym spojrzeniem.

– Dobrze. Zgodzę się, jeśli zdołasz jakoś uzasadnić, dlaczego sam musisz znaleźć Smoki i nie możesz skorzystać z mojej pomocy. Ale twoje usprawiedliwienie musi być niepodważalne.

– Nie mogę tego uzasadnić. To... coś we mnie tak mi podpowiada. Czuję, że powinienem tak postąpić. A jeśli skorzystam z pana pomocy, wynik będzie o wiele gorszy. – Postanowiłem nie kręcić i powiedzieć Kornikowi prawdę. Bez względu na to, jak śmiesznie mogło to brzmieć. Nawet jeśli był tylko NPC-em, to wyjątkowo mądrym, no i miał dostęp do potrzebnych mi informacji. Jeśli ktoś mi nie pomoże uporać się z moimi przeczuciami, to pewnego pięknego dnia z powodu nieustającej rozbieżności między rozumem a sercem stracę zmysły. Dla człowieka, który przez całe życie kierował się wyłącznie rozumem, jest to wyjątkowo trudne wyzwanie. I to nawet jeśli nie dysponuje rozumem najwyższej próby, pomyślałem, przypominając sobie powód mojego zamknięcia w więzieniu.

– To najmocniejszy argument, jaki może dać Szaman. – W głosie Kornika słychać było nutę zadowolenia. – Wygląda na to, że twoje szkolenie zostanie znacznie skrócone, skoro już teraz kierujesz się przeczuciami. Nie traćmy więc czasu, siadaj! – Kornik usadowił się na śniegu, próbując dać mi przykład. – Na początek powiedz mi, co wiesz o Szamanach?

Czy to kolejny Pronto? Ork też zadał mi to pytanie przed wysłaniem mnie na próbę. Wtedy odpowiedziałem głupio, nie chciałbym po raz kolejny narobić sobie wstydu. Otworzyłem przewodnik po Szamanach, żeby przypomnieć sobie kolejne stopnie Szamanizmu, i już chciałem radośnie wymienić je Kornikowi, gdy powstrzymał mnie kolejny atak wewnętrznych sprzeczności. Nie tego potrzebuje teraz goblin; oczywiste jest, że nie o to pyta.

– Co wiem o Szamanach? – Zamknąłem oczy i próbowałem wsłuchać się we własne uczucia, a następnie powoli powiedziałem: – Szamani... Szamani to ci, którzy rozmawiają z Duchami... Duch Szamana powinien być twardy, niezłomny, elastyczny i łagodny... – wyjaśniałem z zamkniętymi oczami, całkowicie zanurzony w świecie wewnętrznym. Nie zauważałem już nawet przenikliwego wiatru. Były to słowa Pronto, Najwyższego Ducha Powietrza, na pewno i ja mogłem je teraz wypowiedzieć.

– Zgadza się, uczniu, ale to cudze słowa. – Głos Kornika dotarł do mnie przez plątaninę moich myśli. – Nie mów słowami innych, szukaj własnych.

Przypomniałem sobie wpis Wiercipiętki: „Myślą Magowie, Szamani czują..." I nagle mnie oświeciło. Już wiedziałem, co odpowiedzieć Kornikowi.

– Nie da się ująć słowami istoty Szamanizmu. Jak można opisać wiatr, tęczę czy ból? To można tylko poczuć. Ten, kto nie dzieli losu Szamana, nigdy nie zdoła zrozumieć, kim on jest. A ten, kto zrozumiał, nie jest w stanie znaleźć słów, którymi mógłby to opisać. Dla mnie bycie Szamanem oznacza kierowanie się uczuciami, dla Pronto poczuciem obowiązku, dla ciebie, nauczycielu, być może jeszcze czymś innym. Dla każdego z nas bycie Szamanem oznacza znalezienie własnej drogi i kroczenie nią aż do końca. Co wiem o Szamanach? Nic i jednocześnie wszystko. Nie znam tego Szamana, którym stanę się po zakończeniu szkolenia, będę musiał się uczyć go od nowa, wciąż mam pytania do obecnego siebie, ale wiem jedno: jeśli jesteś Szamanem, to jesteś wyjątkowy. Mam na myśli prawdziwych Szamanów, a nie tych, którym udało się zdobyć Totem, ale nie są w stanie otrzymać tytułu Szamana Wielkiego.

Aktualizacja klasy gracza: Klasa Szaman Początkujący została zmieniona na klasę Szaman Elementarny. Zwróć się do nauczyciela, żeby nauczył cię pracować z Duchami Żywiołów.
Uwaga! Zdobyłeś stopień Szamana Elementarnego bez posiadania Totemu. Jeśli w ciągu dwóch miesięcy nie zdołasz zdobyć Totemu, zostaniesz zdeklasowany do stopnia Szamana Początkującego.

– Najwyższy Duch miał rację. Wciąż jeszcze jest dla niego nadzieja – wycedził Kornik. Na kilka chwil zapadła cisza, przerywana jedynie podmuchami wiatru.

– Muszę cię nauczyć wielu rzeczy, młody uczniu – kontynuował po chwili goblin. W tym czasie ja doszedłem do siebie i otworzyłem oczy. Usiadłem w pozycji lotosu i przygotowałem się do wysłuchania Herolda. Do powrotu do Kołotowki zostało mi jeszcze około trzydziestu godzin, tyle powinno wystarczyć na szkolenie.

– Zacznijmy od wywoływania Duchów. Teraz jesteś Szamanem Elementarnym, który nie ma własnego Totemu, ale możesz przywoływać Duchy Żywiołów. W sumie istnieją cztery rodzaje Duchów: ognia, wody, powietrza i ziemi. Każdy rodzaj dzieli się na cztery kolejne klasy: zadające obrażenia masowe i pojedyncze oraz leczące masowo lub pojedynczo. Tak, nie dziw się, nawet Duchy Ognia mają zdolność leczenia.

Jeśli dobrze rozumiem, będę miał dostęp do szesnastu Duchów, ale do mojej aktywnej strefy będę mógł dodać tylko osiem przywołań. Trzeba będzie ostrożnie wybierać. Na początkowych poziomach nie powinno stanowić to problemu, ale już począwszy od setnego, konieczne będzie planowanie strefy aktywnej w zależności od typu wroga. Głupotą byłoby przywołanie Ducha Ognia na Salamandra lub Ducha Powietrza na Żywiołaka Powietrza.

– Każdy typ Duchów – mówił dalej Kornik – do którego będziesz mieć dostęp, ma swoją własną rangę. Im częściej używasz określonego typu Duchów, tym stają się one silniejsze. Musisz wybrać kierunek, w którym chcesz się rozwijać, ponieważ możesz wzmocnić tylko jeden z czterech typów. Wzmocnienie działa na wszystkie Duchy, które możesz przywołać teraz lub będziesz w stanie wywołać później: od Najmłodszych do Najwyższych.

To też rozumiem. Teraz zaczyna się praca nad rozwojem umiejętności. Trzeba wybrać jedną szkołę lub, jak nazywają to Szamani, typ, i pracować wyłącznie z Duchami tego typu. Im częściej będę je przywoływać, tym będą potężniejsze. Szkoda, że przeskoczyłem pracę z Młodszymi Duchami, teraz już pewnie miałbym specjalizację.

– Musisz zrozumieć, że Duchów nie przywołuje się za darmo. Powinieneś się z nimi dzielić. Swoim Życiem albo darami. Proste Duchy żądają chleba. Nie zapominaj, że raz w tygodniu, jeśli chcesz zmniejszyć liczbę oddawanych im Punktów Życia, musisz złożyć ofiarę. Składa się ją na Ołtarzu, który ma każdy Szaman. Ty dostaniesz go później.

Wyjaśniło się coś, co nie dawało mi spokoju. Od samego początku, kiedy stałem się Szamanem Początkującym, zgadywałem, w jaki sposób składa się ofiarę. W przewodnikach nie ma o tym ani słowa. Kiedyś nawet zostawiłem Duchom herbatę w domu Elżbiety, ale herbata nie zniknęła. Okazuje się, że potrzebny jest do tego Ołtarz.

– I ostatnia rzecz, którą powinieneś wiedzieć o Szamanach. Aby nikt nie miał wątpliwości, że jesteś Szamanem Elementarnym, powinieneś nosić Płaszcz. Trzymaj! – W rękach Kornika, dosłownie znikąd, pojawił się kawałek materiału ozdobiony piórami. Delikatnie wziąłem go do rąk i rozłożyłem, starając się nie uszkodzić piór. Czy naprawdę muszę w tym chodzić? Chcę być Heroldem jak Kornik; bez atrybutów zewnętrznych i głupich płaszczy.

Westchnąłem, włożyłem płaszcz i sprawdziłem jego właściwości. Płaszcz górnika, który miałem jeszcze z Kopalni „Pryka" już od dawna wymagał wymiany, a ponieważ Anastarija nie przysłała mi zamiennika, będę używać tego, który właśnie dostałem:

Płaszcz Szamański Kornika.
Trwałość: Niezniszczalny.
Opis: Zwiększa rangę przywołanego Ducha o 2.
Kara za wezwanie wszystkich rodzajów Duchów zmniejsza się o 10%.
+15 do Intelektu, +5 do Wytrzymałości.
Klasa przedmiotu: Rzadki, wyłącznie dla Szamanów.
Ograniczenia odnośnie do poziomu: 20+.

– Teraz czas na trening. Od tej chwili jesteś Szamanem Elementarnym.

Kornik uniósł ręce i coś krzyknął. Dookoła mnie zatańczył śnieg, który nie przenikał przez aurę, a moim oczom zaczęły ukazywać się powiadomienia:

Nauczyłeś się wywoływać Uzdrawiającego Ducha Powietrza.
Typ Ducha: Powietrze.
Opis: Zwracasz się do świata Duchów i przywołujesz Ducha, który oddaje poszkodowanemu część swojego bytu.
Siła przywoływanego Ducha i ilość oddanego bytu zależą od poziomu twojego Intelektu i rangi Ducha.
Czas kamłania: 2 sekundy.
Koszt przywołania: (Poziom postaci)/2 Punkty Życia wywołującego.
Koszt uzdrowienia: (Poziom postaci) x 4 many.
Przywraca (Intelekt x 3) Punktów Życia.

Nie może uleczyć istot ziemskich: Krasnoludów, Koboldów, Gnomów...
Daje dodatkowe leczenie istotom powietrznym: Żywiołakom Powietrza...

Nauczyłeś się wywoływać Ducha Powietrznego Ataku.
Typ Ducha: Powietrze.
Opis: Zwracasz się do świata Duchów, przywołując Ducha przeciwko twojemu wrogowi, któremu odbierze on część jego siły życiowej. Siła przywoływanego Ducha i ilość siły życiowej odebranej przeciwnikowi zależą od poziomu twojego Intelektu i rangi Ducha.
Czas kamłania: 5 sekund.
Koszt przywołania: (Poziom postaci)/2 Punkty Życia wywołującego.
Koszt ataku: (Poziom postaci) x 4 many.
Obrażenia: (Intelekt x 3) jednostek.
Zasięg: 40 metrów.
Nie może atakować istot powietrznych: Żywiołaków Powietrznych.
Zadaje dodatkowe obrażenia istotom ziemskim: Krasnoludom, Koboldom, Gnomom...

Uzdrawiające Duchy Fali Powietrza i Ściany Powietrza zapewniały odpowiednio leczenie i zadawanie obrażeń AoE na wskazanym obszarze. Całkiem nieźle, szkoda tylko, że zarówno masowe zadawanie obrażeń, jak i uzdrawianie skutkowało zawsze trzykrotnie słabszym efektem niż to, które było skierowane na pojedyncze cele. Jeśli miało się przynajmniej trzech lub więcej przeciwników, albo przynajmniej trzy ofiary do wyleczenia, było to bardzo opłacalne. W pozostałych wypadkach trzeba było wybierać cele pojedynczo. Analogicznie nauczyłem się wywoływać

Duchy Wody, Ognia i Ziemi. Ich istota się nie zmieniała, jedyna różnica tkwiła w nazwach.

Z tego, co zapamiętałem od razu: Duchami Ognia nie można leczyć ludzi i taurenów, Duchami Wody – orków i trolli, Duchami Ziemi – elfów i chochlików. To samo dotyczyło zadawanych obrażeń – wszędzie były ograniczenia.

– Musisz wybrać typ Ducha, który chcesz doskonalić, uczniu. – Dotarł do mnie głos Kornika, gdy już skończyłem przeglądać listę wszystkich zaklęć. – Szaman musi zacząć od dokonania wyboru, któremu winien być wierny przez całe życie, i to niezależnie od tego, jak błędny by się nie okazał.

Czyżbym w głosie Kornika wyczuwał szczyptę goryczy?

Pogrążyłem się w zadumie. Z jednej strony wybór jest oczywisty: Ogień. Wprawdzie siła zadawanych obrażeń dla wszystkich czterech typów jest taka sama, ale z psychologicznego punktu widzenia wszyscy najbardziej boją się ognia. Nie znam efektów wizualnych, które występują w czasie przywołania Ducha Ognia, ale myślę, że powinny pójść przynajmniej iskry. Jedyne, co mnie powstrzymuje od tego wyboru, to brak możliwości leczenia ludzi. Doskonalenie Ducha, który nie daje możliwości samoleczenia, jest głupie.

Co mam wybrać? Ziemię, Powietrze czy Wodę? A może rzucić monetą?

– Czy dokonałeś już wyboru? – ponaglił mnie Kornik.

Proszę, jaki z niego raptus! Ja się próbuję skupić, a on mi brzęczy za uchem.

– Tak, nauczycielu. Woda. Wybieram typ wodny.

– Wyjaśnij mi swój wybór.

– Mógłbym ponownie powołać się na uczucia, ale tym razem kierowałem się prostą kalkulacją. Ogień i Powietrze odpadają od razu, ponieważ moi przyjaciele to ludzie, gnomy i krasnoludy. No i ja sam jestem człowiekiem. Jeśli nie mógłbym wzywać dla nich i dla siebie wzmocnionych Duchów, to po co w ogóle byłyby mi one potrzebne? Zostały więc Woda i Ziemia. Chciałem wybrać Ziemię, ale zaważyłem, że w tym wypadku istnieją ograniczenia dotyczące elfów. Może nie mam przyjaciół elfów, ale za to mam wśród nich znajomych. Pozostała mi więc już tylko Woda. Nie znam żadnych orków i trolli poza Pronto, ale jego mógłbym akurat wyleczyć zwykłymi Duchami.

Kiedy wspomniałem Pronto, twarz goblina się rozpromieniła.

– Tak, tego barana można wyleczyć nawet zwykłymi bandażami. Nic go nie rusza. Niech tak się więc stanie. Odtąd i na zawsze twoim indywidualnym typem Duchów będzie Woda!

Dokonałeś wyboru indywidualnego typu Duchów: Woda.
Ranga przywołanych Duchów Wody: 1.

Dodałem zaklęcia ognia i wody do strefy aktywnej, wypełniając wszystkie osiem dostępnych slotów. Teraz jestem przygotowany na wszelkie trudności!

– Nauczycielu, skoro już zaczęliśmy mówić o Pronto, chciałbym wiedzieć, co się wydarzyło tego nieszczęsnego dnia, w którym pojedynkował się z Sziamem? Gdzie jest teraz Gieranika? I najważniejsze pytanie: co się ze mną dzieje? Dlaczego głowa chce jednego, a serce czegoś innego? Na dodatek, ilekroć kieruję się głową, wychodzą z tego jakieś kompletne bzdury.

– Czy to wszystko, co chciałbyś teraz wiedzieć? – Kornik uniósł pytająco brew. – Czy może masz jeszcze inne pytania? Nie spiesz się, pomyśl, żebyś o czymś nie zapomniał.

Och, jak bardzo Kornik przypominał mi teraz Almisa. Czy Szamani NPC-e mają zapisane w ustawieniach, żeby odpowiadać pytaniem na pytanie?

– Nie, to jeszcze nie wszystko. Chciałbym również poznać powody, dla których przyleciałeś po mnie do Dalgoru. Co zagraża

Barlionie? Skąd taki pośpiech, żeby mnie wyszkolić i żebym zdobył Totem? Co powinien zrobić Almis? Teraz to wszystko.

Od gór odbił się śmiech goblina.

– Według wszelkich zasad powinieneś był zawstydzony przeprosić mnie za swój niewyparzony język, pochylić głowę i czekać na moje pozwolenie na zadanie pytania. Widzę jednak, że najwyraźniej nie słyszałeś o czymś takim jak zasady. – Kornik spojrzał na mnie przebiegle. – I bardzo dobrze. Zanim odpowiem na twoje pytania, chcę, żebyś przywołał Ducha. Rozmawiać możemy wszędzie, a przeprowadzić szkolenie tak, żeby być niewidzialnymi dla Gieraniki, możemy tylko tutaj. Wylecz się!

Wylecz się? Nie ma problemu. To nic skomplikowanego. Wybrałem samego siebie i zacząłem przywoływać Ducha Uzdrowienia. To ma być sprawdzian? Raczej chyba kpina.

Odniosłeś obrażenia. Punkty Życia zmniejszyły się o 2036: 2316 (Przywołanie Ducha Ognia) - 280 (Odporność na ogień). Łącznie Punków Życia: 384 z 2420.

Ten Duch miał efekty wizualne i to jeszcze jakie! Na chwilę zamieniłem się w ogień bengalski, z którego iskry leciały we wszystkich kierunkach. Przynajmniej nie było to bolesne: najwyraźniej własne Duchy nie powodują bólu.

Ale chwileczkę, co jest grane? Przecież chciałem się uleczyć! Ogromnym wysiłkiem woli powstrzymywałem się, żeby nie przywołać kolejnego Ducha Uzdrowienia. Wystarczył mi jeden.

– Wybornie, pięknie. – Usłyszałem złośliwy ton goblina. – Tylko chyba rezultat daleki jest od leczenia. Myślę, że wystarczająco już nadwyrężyłeś samego siebie, spróbuj trafić w cel.

Kilka metrów ode mnie pojawił się manekin ćwiczebny, którego gracze często używali do opracowywania sekwencji uderzeń lub zaklęć.

– Próbuj dalej.

Wybrałem manekina na trzynastym poziomie i postanowiłem przywołać do niego atakującego Ducha Wody. Nawet jeśli się pomylę, to po prostu go wyleczę.

I pomyliłem się.

Uwaga! W związku ze śmiercią poziom Doświadczenia zmniejszył się o 30%...

Duchy masowego ataku zadają trzykrotnie mniej obrażeń niż Duchy przeznaczone dla pojedynczego celu, ale i to okazało się dla mnie za dużo. Mam za wysoki Intelekt i po pierwszej nieudanej próbie zostało mi zbyt mało Życia. Punkt odrodzenia znajdował się w tym samym miejscu, do którego przywiózł mnie Kornik. Manekin został prawie całkowicie pokryty białym puchem, co wskazywało na to, że w ciągu dwunastu godzin mojego odrodzenia bez przerwy padał śnieg.

– Myślałem, że postanowiłeś już na zawsze zostać na Szarych Ziemiach – burknął stary goblin. Odwróciłem się i zobaczyłem, że nauczyciel siedzi na przywleczonym nie wiadomo skąd dywanie i pije gorący napój. Wciąż otoczony złotą aurą, kpiąco zmierzył mnie od góry do dołu i dodał: – Oferuję pomoc. Ja nauczę cię poprawnie używać Duchów, ale ty zadasz mi tylko jedno pytanie. A jeśli sam dojdziesz do ładu z Duchami, odpowiem na wszystkie wcześniej zadane pytania. Wybieraj.

Jakie „wybieraj"? Przecież mam przewodnik i forum! Dość robienia z siebie bałwana, trzeba trochę poczytać. Tak więc przywoływanie Duchów...

Godzina spędzona na przetrzepywaniu instrukcji nie przyniosła spodziewanych rezultatów. W oficjalnej dokumentacji nie było ani słowa o tym, jak używać Duchów. A dokładniej, było kilka rad, jednak nie takich, jakich potrzebowałem. Wszyscy odnosili się do jakiegoś trybu selekcji Duchów, ale nie było powiedziane, jak przejść w ten tryb. Nie wiem, czy dobrze zrozumiałem, że chodziło o to, jak przypisać Duchy do strefy aktywnej?

Chwila. A gdzie jest wybór Duchów? Wcześniej miałem tylko dwie próby przywołania, dlatego nie zajmowałem się takimi szczegółami. Teraz liczba Duchów wyraźnie wzrosła, pewnie trzeba wskazać, z której komórki strefy aktywnej chce się wezwać Ducha.

Spróbujmy. Wybrałem pokrytego śniegiem manekina i na wszelki wypadek się odsunąłem. W myślach wybrałem Ducha Wody i zacząłem go przywoływać. Z jakim efektem?

Nie odniosłem obrażeń, co nie mogło nie cieszyć, ale zamiast zaatakować manekina, wysłałem do niego Ducha Uzdrowienia, a to było błędem. Dobrze, że przynajmniej pojawił się Duch Wody, a nie Ognia. Wychodzi na to, że pierwszy wybór dotyczy typu Ducha. Ale potrzebny jest jeszcze jeden, związany z powodem przywołania: zadawaniem obrażeń lub uzdrawianiem. Próbujemy.

Po raz kolejny wskazałem manekina, wybrałem Ducha Wody, powtórzyłem wybór Ducha i rozpocząłem przywoływanie. Jest! Po manekinie we wszystkie strony bryzgała woda, która niemal natychmiast zamieniała się w sople lodu. Zimno tu, jak widać. Nie chciałbym tu przebywać pozbawiony złotej aury. Ale to sprawa drugorzędna, najważniejsze, że mi się udało! Samodzielnie poradziłem sobie z przywoływaniem Duchów! Kpiąco spoglądając na goblina, powtórzyłem wezwanie: manekin, Duch Wody, Duch Wody. Przywołanie!

– He! He! – Rozległ się śmiech goblina, gdy wokół manekina utworzyła się kałuża, po której przemykały niezliczone bezcielesne Duchy, zadając co jakiś czas obrażenia.

Wszystko się niby zgadzało. Tyle że to były Duchy Wody w wersji masowej. Mój schemat jednak nie zadziałał. Muszę wymyślić coś innego.

Po kilku godzinach eksperymentów wreszcie dotarło do mnie, że nie zdołam sam się nauczyć wywoływania potrzebnych Duchów. Chyba jednak powinienem pogodzić się z tym, że nie jestem orłem, przez okno nie wylecę.

– Czyżbyś chciał się poddać? – złośliwie zapytał Kornik.

– Potrzebuję podpowiedzi. Przynajmniej wskazania kierunku, gdzie szukać – odpowiedziałem z zakłopotaniem.

– W takim razie będziesz mógł zadać tylko dwa pytania. Zgadzasz się?

– Zgadzam. – Dwa pytania to więcej niż jedno, a samodzielnie nie byłem w stanie zrozumieć, w czym tkwił problem. Nie pomogły mi ani przeczucia, ani rozum. Co więcej, nawet stare znane Małe Duchy Błyskawic i Uzdrowienia nie chciały dać się wywoływać na żądanie. Coś w moich szamańskich czarach przestało działać, kiedy wskoczyłem na Szamana Elementarnego.

– Oto wskazówka. Przyjąłeś poprawną strategię wobec tego, kogo wzywałeś. Teraz pomyśl o tym, w jaki sposób to robiłeś.

W jaki sposób przywołuję Ducha? Zwykle biorę Tamburyn, uderzam w niego Tłuczkiem, odśpiewuję wers „Szaman ma trzy ręce" – i to wszystko. Duch się pojawia. I nagle przed moimi oczami stanęli Szamani, których widziałem wcześniej. Bezustannie uderzali w Tamburyny, ciągle coś śpiewając. Może o to właśnie chodziło? Może cały czas powinienem pozostawać w trybie przywoływania?

Szaman ma trzy ręce
i skrzydło za ramieniem,
od jego oddechu
zapala się świeca...

No tak... Wystarczyło dziesięć sekund – a świat się zmienił. A raczej nie świat, ale mój interfejs użytkownika gry. Prawie jedną czwartą widoku zajęło osiem przezroczystych Duchów, które praktycznie cały czas się obracały, jakby chciały zaprezentować się ze wszystkich stron. Pod czterema Duchami znajdował się licznik, najwyraźniej pokazujący rangę Ducha. Teraz widniała tam samotna jedynka. Słabe mam na razie Duchy Wody, oj, słabe. Orientując się w nowym interfejsie, przerwałem wywoływanie. Minęło dziesięć sekund i interfejs z Duchami zniknął.

Czyli na tym polega tryb pracy z Duchami? Wybrałem manekina i ponownie przełączyłem się w tryb wywoływania, po czym skoncentrowałem się na jednym z Duchów Wody i nakierowałem go na cel.

Bam! Manekin zatrząsł się, a woda rozlała się na wszystkie strony, zabierając ze sobą śnieg. Jeszcze raz wezwałem tego samego Ducha i znowu manekin odegrał rolę fontanny. Czyżby się udało? Około dziesięciu minut bawiłem się w wywoływanie Duchów, lecząc siebie, manekina, a nawet Kornika, który obruszony tym faktem, rzucił coś w stylu: „Taki stary, a taki głupi". Kiedy zakończyłem kamłanie, wyszedłem z trybu pracy z Duchami. Z jednej strony to bardzo wygodne – potrzebne Duchy są zawsze widoczne jak na dłoni. Z drugiej jednak strony szybkość ich przywoływania wzrasta kosztem interfejsu przyjaznego dla użytkownika. Wychodzi więc na to, że ze względu na ten właśnie aspekt umiejętności Szamańskich klasa ta nie jest zbyt popularna. Zanim użytkownik wejdzie w odpowiedni tryb, zanim przywoła Ducha, inny gracz trzysta razy zdąży przejąć kontrolę nad jego postacią, a nawet może wysłać go na odrodzenie.

– Masz prawo do dwóch pytań. Dobrze się zastanów, nim je zadasz. – Głos Kornika sprowadził mnie na ziemię.

– Mam te same pytania, co wcześniej. Nadal chcę się dowiedzieć, co wydarzyło się w tym nieszczęsnym dniu, kiedy Pronto wdał się w pojedynek z Sziamem, i dlaczego moja głowa chce jednego, a serce czegoś zupełnie innego. – I zanim Kornik otworzył usta, dodałem: – Tylko mam jedną prośbę. Proszę o pełną odpowiedź, a nie o coś w rodzaju: „odbył się pojedynek" lub „twoje przeczucia mogą prowadzić cię w dobrym kierunku". To już wiem. Nauczycielu, jeśli nie mamy czasu, odłóżmy te zagadki na później i odpowiedz mi wprost na moje pytania. Po wyjściu z Kołotowki przyjdę do Anchursu, odwiedzę cię i wtedy zagramy w zgadywanki. Teraz naprawdę nie ma na to czasu.

Twoja reputacja wśród Rady Szamanów wzrosła o 10 punktów. Do Życzliwości pozostało 990 punktów.

– He! He! – zaśmiał się goblin. – Naprawdę chciałem ci odpowiedzieć w ten sposób. Słowo w słowo. Muszę teraz wymyślić nową odpowiedź! He! He!

– A odpowiedzieć jak najpełniej się nie da?

– Prosta odpowiedź jest nudna. Przecież to ty nie chciałeś lecieć do Smoków. Postanowiłeś sam odnaleźć zwój. I nie patrz na mnie takimi oczami. Czy naprawdę sądzisz, że Almis i ja nie śledziliśmy twoich poczynań, kiedy biegałeś pomiędzy szanownymi damami? Mogę odpowiedzieć wprost na jedno z twoich pytań i już mniej precyzyjnie na drugie. Wybieraj, co jest dla ciebie ważniejsze.

– Proszę o odpowiedź na temat Pronto. – Ze sobą jakoś sam sobie poradzę, ale przede wszystkim nie mogę zgubić tropu wydarzeń sprzed wielu lat. – To jest ważniejsze.

– Dokonałeś wyboru. Posłuchaj więc uczniu, co się z tobą dzieje. Jesteś Szamanem. Wyjątkowość Szamanów związana jest ze zdolnością odczuwania określonych rzeczy w otaczającym ich świecie. Na przykład Szaman zawsze wie, że ktoś mu się przygląda, lub czuje, że gdzieś w pobliżu ma miejsce bójka albo czai się wróg. To uzewnętrznienie tego, co przekazują mu Duchy. Czasami jednak zdarzają się szczególni Szamani. To ci, którzy mogą odbierać nie tylko zewnętrzne impulsy płynące ze świata, ale także przeczuwają jego istotę. Niektórzy nazywają to intuicją, inni: przeczuciem lub czuciem. To jednak nie zmienia faktu, że chodzi tu o zdolność widzenia przyszłości. Tacy rozumni są wśród Magów, Wojowników, Łowców, Szamanów. W każdej klasie może pojawić się wolny obywatel, który nie odczuwa, ale czuje i przeczuwa. Skąd u ciebie ta zdolność? Na to pytanie możesz odpowiedzieć tylko ty. Nie wiem, kim byłeś w poprzednim życiu. Mam nadzieję, że sam zdołasz to pojąć.

Kornik zawiesił głos, dając mi okazję do refleksji nad jego słowami. Okazuje się, że zdolność czucia nie jest domeną Szamanów, a właściwie graczy. Graczy, którzy potrafią przeczuwać. Graczy kierujących się uczuciami w realnym świecie...

W myślach przywołałem wspomnienie chwili, w której stałem się artystą freelancerem zaangażowanym w Barlionę. Miałem około dwudziestu lat, kiedy zacząłem uczyć się o hakowaniu i bezpieczeństwie systemów informatycznych. Właściwie czego innego może uczyć się student filologii klasycznej pozbawiony perspektyw rozwoju? Kariery wśród miłośników starożytności raczej nie zrobi. Dlatego wybrałem bezpieczeństwo systemów komputerowych. Dwa lata uporczywego i monotonnego czytania książek, odbywania szkoleń, zdawania testów, nawiązywania znajomości z tak samo chorymi na głowę ludźmi. Aż pewnego pięknego dnia korporacja ogłosiła konkurs. Konkurs na zhakowanie Barliony. Wtedy, mimo aktywnej propagandy rządu, w tej grze nie było jeszcze zbyt wielu graczy. Nie brakowało innych wirtualnych światów, często nawet lepszej jakości. Gracze mieli wybór. I tu nagle pojawił się konkurs: ten, kto zdoła przejąć konto innego gracza lub chociażby uzyskać do niego dostęp, otrzyma nagrodę w wysokości trzydziestu tysięcy Złotych Monet, których wartość już w tym czasie była porównywalna do rzeczywistych pieniędzy. Czas trwania konkursu wynosił dwa tygodnie, liczba zwycięzców była nieograniczona.

W Barlionie zaczął się chaos.

Hakerzy z całego świata wzięli się do pracy i Barliona wysiadła na tydzień. Leżały serwery, włamywano się na konta, usuwano postaci. Na forach gracze wylewali wiadra pomyj, w sądach zalegały tysiące skarg, ale korporacja wytrwale znosiła te wszystkie niedogodności. Taka była polityka firmy i trzymano się jej pomimo bieżących kłopotów. Ten zamęt trwał tydzień. A później się uspokoiło. Całkowicie. Poszkodowani gracze otrzymali zadośćuczynienia, wręczono im wspaniałe prezenty, wszystko wróciło do normy. Ale minęło pół roku i znowu ogłoszono konkurs. Zadanie było takie samo jak za pierwszym razem: ten, kto zdoła zhakować grę i uzyskać dostęp do danych innej postaci, otrzyma nagrodę. Tylko tym razem kwota była wyższa. Milion Złotych.

Barliona trzymała się przez tydzień, dopóki swoich sił nie spróbowała nasza bojowa trójca. Tak, pracowaliśmy we trzech. Ja, mój przyjaciel rozpracowujący zaporę, którą na swoim Symulatorze postawiła Marina, i nasz mentor. Ten, który wszystkiego nas nauczył.

„Haker z prawdziwego zdarzenia nie tylko doskonale zna się na swojej pracy – lubił powtarzać nauczyciel – haker czuje. Jeśli nie jesteś w stanie poczuć, że w tym momencie musisz kliknąć tutaj, a w innym wejść tam i uruchomić skrypt, to nigdy nie będziesz mógł nazwać siebie hakerem. Zaawansowanym programistą, ekspertem do spraw bezpieczeństwa, a nawet guru od włamań – owszem. Ale nigdy nie będziesz hakerem".

Przez trzy dni próbowaliśmy złamać Barlionę – bez rezultatu. Zaktualizowany Symulator całkowicie blokował wszelkie próby przejścia zapory. Dwa dni przed zakończeniem konkursu spotykaliśmy się jak zwykle w domu mojego przyjaciela i planowaliśmy kolejne kroki. Niestety nikt z nas nie miał już żadnego pomysłu, więc praktycznie się poddaliśmy. I wtedy to wszystko się stało.

Wpatrując się bezmyślnie w strumień danych wysyłanych przez moją kapsułę i porównując go z analogicznym strumieniem danych innego gracza, zacząłem losowo zmieniać ustawienia obwodu sterującego, który postawiliśmy pomiędzy kapsułą a serwerem gry. Co dokładnie robiłem – nie wiem. Nawet teraz, po siedmiu latach, nie potrafię tego wyjaśnić. Coś wybierałem, coś zmieniałem... Po prostu w danym momencie uważałem, że tak trzeba. Mój przyjaciel próbował mnie powstrzymywać, ale nauczyciel mu na to nie pozwolił. Wręcz nakazał mu nie przeszkadzać.

Dwadzieścia godzin później, zmęczony i głodny, upadłem na podłogę i zasnąłem. Ale udało się. Udało mi się zasymulować na poziomie programu dane innego gracza w mojej kapsule. Wprawdzie wynik nie był doskonały, bo żeby powtórzyć tę akcję, byłaby potrzebna dokładna tablica kontrolna kapsuły gracza, pod którego chciałbym się podpiąć, ale to nie miało znaczenia. Najważniejsze, że mogłem wejść do Barliony postacią innego użytkownika. Kiedy się obudziłem, w pokoju był tylko mój przyjaciel. A nauczyciel zgłosił się na ochotnika, żeby obwieścić światu, że pożądany rezultat został osiągnięty, i dlatego nas opuścił. Później okazało się, że opuścił na zawsze.

Korporacja sprawdziła moją metodę, którą nasz były mentor zdążył już nazwać swoją, i natychmiast zaoferowała mu pracę. Wypłacili mu obiecaną nagrodę i konkurs się zakończył. W ciągu miesiąca dokonano zmian w kapsułach. Korporacja wymieniała je za darmo, więc powtórzenie włamania było niemożliwe. Kilka miesięcy później otrzymaliśmy list od nauczyciela, w którym z żalem zauważał, że jeszcze nigdy nie miał tak nieudolnych uczniów. Ubolewał też, że zgodził się nas przyjąć, i poinformował, że nagrodę zatrzymał dla siebie jako rekompensatę za stracony czas. A gdybyśmy mimo to mieli jakieś roszczenia, zaproponował, że możemy je omówić z nim w grze.

Mój przyjaciel w tym dniu usunął swoją postać i, o ile wiem, do dziś z zasady nie wchodzi do gry. Twierdzi, że w prawdziwym życiu też jest mu dobrze. Ja trzymałem się trzy lata, stając się artystą freelancerem. Robiłem wszystko, żeby dokopać Barlionie od zewnątrz. Nie znajdowałem wprawdzie żadnych globalnych dziur, ale na życie starczało. Jednocześnie zawsze namierzałem jakieś nieudokumentowane absurdy gry, dzięki przeczuciu, że z daną funkcją jest coś nie tak. Później, po kolejnym rozstaniu z dziewczyną, stworzyłem sobie postać – i tak się zaczęło...

Okazało się, że gra w jakiś sposób pozwala, jeśli nie rozwijać, to przynajmniej wyostrzać odczuwanie w świecie rzeczywistym. Tak jest nie tylko ze mną, ale też z innymi graczami. Tymi, którzy nie potrafią wyjaśnić, dlaczego nie należy lecieć tym samolotem lub jechać tamtym pociągiem, ale są pewni, że nie powinni tego robić.

– Jeśli skończyłeś medytować, to będę mówić dalej. – Kornik nie zniknął, kiedy pogrążyłem się we wspomnieniach. – Chciałeś wiedzieć, co wydarzyło się dwanaście lat temu między Pronto a Sziamem. Słuchaj więc.

Z trudem próbowałem skoncentrować się na tym, co mówi goblin. Wspomnienia są dobre, ale trzeba żyć teraźniejszością.

– Dwanaście lat temu uczeń Almisa postradał zmysły i przeszedł na stronę Kartosa. Gieranika poprosił Mrocznego Władcę, aby ten przyjął go na ucznia. Tym samym stracił możliwość powrotu do Malabaru. Jako dowód nieodwracalności swojej decyzji Gieranika przyniósł Mrocznemu Władcy Dusze czterdziestu Szamanów, od Wielkich po Najwyższych. W zamian Pan Kartosa obdarzył go taką mocą, że nawet ja nie mogłem sobie z nim poradzić i zhańbiony, musiałem uciekać. Gieranika dorównywał bowiem siłą Imperatorowi i Mrocznemu Władcy. Jednak wtedy mieliśmy jeszcze szansę go pokonać. Dopóki Najwyższe Duchy nie potwierdzą siły Szamana, można go jej pozbawić, a Najwyższym się nie spieszyło. Mieliśmy więc na to cały miesiąc. Pronto zaproponował stworzenie Kręgu Szamańskiego. Niestety, Sziam był temu przeciwny. Nie wierzył, że jego brat przeszedł na ciemną stronę i nie chciał go zabijać własnymi rękami. Między nim a Pronto doszło do konfliktu, po którym ork wyzwał zwierzchnika Rady na pojedynek. To było wbrew wszystkim naszym zasadom i prawom. Sama walka Szamanów Najwyższych była dynamiczna i krótka. Coś jednak mi nie pasowało. Czułem na polu bitwy obecność postronnego Ducha. A nawet nie Ducha... Nie umiem tego nazwać, ale z pewnością tego czegoś nie mógł przywołać ani Pronto, ani Sziam. Zwierzchnik Rady był silny, ale nie aż tak silny, by wypchnąć Pronto z kręgu. Osobiście uczyłem tego zielonego upartego barana, więc doskonale znam jego możliwości. Pronto był silniejszy, mimo to przegrał. Ork odmówił odpowiedzi na moje pytania, mówiąc tylko, że jeśli przegrał, to znaczy, że taki jest jego los. Nieszczęsny fatalista. Może tobie uda się wyciągnąć coś więcej z tego bałwana, kto wie...

Aktualizacja zadania „Przywrócenie sprawiedliwości": Zastępca Zwierzchnika Rady Szamanów, Kornik, jest przekonany, że w pojedynku brał udział postronny byt, ale nie ma na to żadnych dowodów. Dowiedz się prawdy o pojedynku Pronto.

– A gdzie jest teraz Gieranika? – wyrwało mi się mimowolnie.

– To już trzecie pytanie, ale odpowiem na nie. Poluje na mnie, nie wychodząc z zamku Mrocznego Władcy. Nawet jeśli formalnie nadal pozostaje Szamanem Wielkim, to siłą znacznie przewyższa Herolda. I nie tylko Herolda: z pojedynku z nim nawet Radca nie zdoła wyjść zwycięsko. Teraz, uczniu, czas wracać. Nie rób niczego głupiego. Gdy wszystko się skończy, będziesz mógł wrócić do swojej ukochanej kopalni.

– Co się skończy?

– Wyczerpałeś limit pytań, a nawet go przekroczyłeś. Sam wkrótce wszystkiego się dowiesz. Nasze następne spotkanie odbędzie się, kiedy Najwyższy Duch Świata Górnego uzna, że jesteś gotów przejść próbę i inicjację na Szamana Wielkiego. I jeszcze jedno... – Kornik spojrzał mi głęboko w oczy. – Gdy nadejdzie czas wyboru, kieruj się sercem, nie rozumem. Masz tu swój ołtarz.

Otrzymałeś przedmiot: Ołtarz Ofiarny dla Duchów. Nie zajmuje miejsca w worku.

Świat zamigotał mi przed oczami i po chwili ocknąłem się przed bramą do Kołotowki. Przywitały mnie: chrapanie strażników, których oddech był wyraźnym znakiem żarliwego poddaństwa Włastowi, uderzenia młota w kuźni, a także widok tria kosiarzy o wyglądzie neandertalczyków. Te osoby i okoliczności stały się mi tak bliskie w ciągu ostatnich kilku tygodni, że poczułem się jak w domu. Puściłem oko przemykającemu tuż obok berbeciowi i skierowałem się na podwórko Elżbiety. Nie wiedziałem, co Kornik miał nam myśli, mówiąc o wyborze, ale teraz nie chciałem sobie zawracać tym głowy. Jeśli uważał, że wkrótce dowiem się wszystkiego, to niech tak będzie.

ROZDZIAŁ 7

ORKI WOJOWNICY

Następnego dnia po tym, jak Kornik wysłał mnie do Kołotowki, poszedłem do kopalni, żeby w samotności przemyśleć to, co chciały mi zasugerować staruszki. Tłukąc Żyłę Cynową, odtwarzałem słowo po słowie naszą rozmowę. Tak z Matroną, jak z Pielagieją, począwszy od: „Mileńki, nie pomógłbyś słabej kobiecie?", a kończąc na: „Nie damy ci więcej żadnych zleceń".

Po kilku godzinach zdołałem przypomnieć sobie kilka zdań, które mogły być wskazówkami, albo które nie pasowały do ogólnej logiki rozmowy:

„Łazisz jak Czerwony Kapturek, który przyniósł babci fanty".

„Pół dnia biegasz między nami, pewnie przeszedłeś około dwudziestu wiorst".

„(...) zawsze miałaś słabość do upartych baranów".

„Ty jednak nadal je przekazywałeś, nie zaglądając do środka".

„A co, czy my jesteśmy, wędrownymi gołodupcami, że tak przed wejściem stoimy?"

Poza tym staruszki nie powiedziały już nic niezwykłego. Wymuszonych uprzejmości, które wżerały mi się w mózg za każdym razem, gdy dostarczałem ich listy, nawet nie brałem pod uwagę. Nie chciało mi się wierzyć, że mogłyby tam być zaszyfrowane jakieś wskazówki: w takim wypadku rozszyfrowanie ich byłoby nierealne. Chyba jednak powinienem rozpracować tych pięć wyrażeń.

A jeśli tak, to od razu można powiedzieć, że zwój znajduje się w promieniu dwudziestu wiorst od Dalgoru. Niestety nie wiedziałem, w którym kierunku liczyć te wiorsty. Czy może powinienem chodzić po obwodzie? Nie bez powodu mówiły o upartych baranach. Ile zajęłoby to czasu, strach pomyśleć. Konieczne jest zawężenie pola poszukiwań.

Może wskazówką jest postać Czerwonego Kapturka. Co robiła ta dziewczynka? Nosiła babci fanty. A gdzie mieszkała babcia? O ile dobrze pamiętam, to w lesie lub za lasem, w którym mieszkał Szary Wilk.

Skończyłem kolejną Żyłę, wrzuciłem Rudę do worka, otworzyłem mapę i sprawdziłem, z której strony Dalgoru znajdował się las. Cholera! Lasu na mapie było całkiem sporo! Praktycznie zajmował on trzydziestostopniowy sektor tuż za miastem. Teleport do Kołotowki w tym rejonie nie zadziała. Będę musiał wrócić do Dalgoru, a dopiero stamtąd do wioski. Albo bardzo szybko znaleźć to, czego potrzebuję, i wróć do miasta.

Wychodzi na to, że gdzieś w lesie, dwadzieścia wiorst od Dalgoru, leży zwój. Trzeba wykazać się wytrwałością, żeby go znaleźć, bo las jest duży, a zwój mały. Zwroty: „nie zaglądając do środka" i „wędrowni gołodupcy" na razie nie pasowały do mojej układanki, ale czułem, że one też są ważne. Uporam się z tym, kiedy znajdę się już w odpowiednim miejscu. Kolejna Żyła zamrugała i zniknęła, pozostawiając pięć kawałków Rudy Cyny. Ucieszyłem się. Po dzisiejszym dniu mój poziom Górnictwa wzrósł do osiemnastu, jeszcze dwa stopnie i będę mógł chodzić do innych kopalni.

A może istnieją Żyły Marmurowe lub Żelazne? To by mi się przydało do levelowania postaci. Ale tym zajmę się jutro. Dziś muszę dokończyć pozostałe trzy Żyły i wrócić do domu.

– Machanie, wziął pan złą łyżkę – rzucił Szprycha i ponownie utkwił wzrok w swoim talerzu. Po incydencie z Maluchem w ogóle nie rozmawialiśmy. Szprycha unikał mojej obecności w każdy możliwy sposób. Mijaliśmy się tylko przy obowiązkowej kolacji, na którą Elżbieta zaczęła mnie zapraszać po tym, jak zaliczyłem zadanie z wilkami. Podczas posiłku chłopiec, słynący w całej wsi z nieopisanego gadulstwa, zamieniał się w niemowę rzucającą od czasu do czasu uwagi, że jestem niewychowanym analfabetą. W pewnym stopniu się z nim zgadzałem.

Kolacja u Elżbiety zawsze składała się co najmniej z trzech dań, po których serwowano jeszcze deser. „Nie jest bogatą kobietą..." – jak to?! Przy każdym talerzu ułożone były trzy widelce i dwie łyżki. Podczas pierwszej kolacji, kiedy zacząłem jeść rybę zwykłym widelcem z czterema długimi zębami, wszyscy patrzyli na mnie ze zdziwieniem. Z tego powodu poczułem się wtedy nieswojo.

– Machanie. – Szprycha po raz pierwszy zwrócił mi uwagę: – Rybę je się przy pomocy innego widelca. – I wskazał na ten z czterema krótkimi zębami. Zaskoczony wymieniłem widelec. Co za różnica? I tu, i tam są cztery zęby, które różnią się tylko długością. Nic z tego nie rozumiem...

– Awtandil, niegrzecznie jest zwracać starszym uwagę przy stole – Elżbieta zganiła syna.

– Ale mamo! On wziął zły widelec! Dlaczego mnie zmuszano, żebym nauczył się, co każdy z nich znaczy, a temu... – Kiwnął głową w moją stronę. – ...nikt słowa nie powie? Maluch do tej pory skowyczy, jak widzi Machana.

– Machan jest gościem, a ty jesteś moim synem! I na tym zakończmy tę rozmowę. Za każdą niepotrzebną uwagę będziesz czyścić chlew.

– To niesprawiedliwe! A jeśli zacznie jeść rękami? Też nie będzie wolno mu nic powiedzieć?

– Awtandil!

– A właśnie że będę! – Uparł się chłopak. – Już lepiej przebywać ze świniami niż z tym tu przy stole. – Szprycha rzucił serwetkę na stół. – Pójdę już. W chlewie na mnie czekają.

– Och! – westchnęła gospodyni, gdy Szprycha wyszedł. – Przepraszam cię, Machan. Szprycha chce być dorosły. W końcu to jedyny mężczyzna w rodzinie. Ale wciąż jest mały i niewiele rozumie.

Po tym incydencie Szprycha codziennie robił mi uwagi, nie przejmując się karą. A to niewłaściwie siedziałem, a to wziąłem zły widelec, a to źle podałem nóż. Wszystkie w tym samym tonie. Z tego powodu codzienne kolacje przerodziły się w moją nieustanną walkę z własnymi nerwami o to, żeby nie rozerwać na strzępy małego NPC-a. Dziwnie został zaprogramowany, bardzo dziwnie.

– Szprycha, potrzebuję twojej pomocy. – Tego dnia postanowiłem wyrwać się z błędnego koła własnego grubiaństwa. Elżbieta wraz z córką popatrzyły na mnie ze zdziwieniem. Szprycha jednak siedział niewzruszony, wciąż gapiąc się w swój talerz. – Masz rację, nie można być tak niewychowanym. Dziękuję, że ciągle starasz się mnie poprawiać, ale chciałbym czegoś więcej. Przecież możesz nauczyć mnie wszystkich tych sztuczek z widelcami, łyżkami i prawidłową postawą przy stole. Tak się złożyło, że nikt wcześniej tego nie zrobił. Poradzisz sobie, czy może powinienem poprosić Matronę?

– A z czym tu sobie radzić? W dodatku Matrona i tak nic nie umie – wypalił chłopak. – Ona przecież sałatę je widelcem do ryby.

– Więc się zgadzasz? Jutro z samego rana zaczniemy. Popracujemy godzinę dziennie i nauczę się wszystkiego w ciągu tygodnia. Odwdzięczę się prezentem.

– A jakim? – Szprycha podniósł głowę i spojrzał na mnie z zainteresowaniem.

– To będzie niespodzianka. Jeśli w ciągu tygodnia nauczysz mnie wszystkiego, wtedy prezent będzie godny.

– Zgoda. Jutro rano przyjdę i pana obudzę. Mamo, idę do chlewu. Muszę pożegnać się z chrumkami. Nie będę już do nich chodzić. Brzydko tam pachnie. – Po pokoju poniósł się wiatr, a Szprycha zniknął. Ogarnięty chłopak.

Od tego momentu zaczął się dla mnie bardzo pracowity czas. Poranki należały do Szprychy. Przybiegał do letniego domku, potrząsał mną, a następnie rzucał bezpośrednio na łóżko górę różnych widelców i łyżek, a potem uczył mnie, jak z tego wszystkiego korzystać. Słuchając chłopaka, z każdym dniem dziwiłem się coraz bardziej. Skąd ośmioletni mieszkaniec wsi miał taką wiedzę?

Po lekcjach chodziłem do kopalni. Helfajer, Plinto i pozostali bohaterowie sprowadzeni przez Zwiastunów doskonale oczyścili okolicę, dlatego nie spotykałem już goblinów. Oprócz Kopalni Cyny, w pobliżu Kołotowki znajdowały się Kopalnie Miedzi, Marmuru i Żelaza. Do Żelaznych Żył nie miałem jeszcze dostępu, więc codziennie levelowałem się na Marmurze. Z punktu widzenia moich potrzeb nie miało to większego sensu – Marmur nie był używany w Jubilerstwie, a ja nie miałem specjalności rzeźbiarskiej. Dlatego Marmur zbierałem na sprzedaż.

Drugą połowę dnia poświęcałem na rozwój umiejętności Jubilerskich. Miałem wystarczająco dużo sztabek i Malachitu, więc robiłem pierścienie i szlifowałem kamienie. Monotonne, jednostajne zajęcie, ale coś robić trzeba...

– Zwinnie sobie z tym radzisz – powiedział Kowal, kiedy skończyłem tworzyć kolejny Pierścień z Brązu. – Tylko nie rozumiem, po co ci tyle pierścieni i kamieni? Chcesz zrobić z nich przetwory?

– Sprzedam je wolnym graczom, kiedy wrócę do Dalgoru, albo Handlarzowi, kiedy tu przyjedzie. Same pierścienie nie są mi potrzebne, ale muszę rozwijać specjalność. – Wrzuciłem pierścienie do torby, wyszedłem z kuźni i usiadłem na walającym się przy wejściu drewnianym klocku. Dzisiaj w nocy będziemy z Tiszą polować na Nocnego Potwora, dlatego musiałem odpocząć.

Tydzień był bardzo pracowity. Podskoczyłem z Górnictwem do dwudziestego dziewiątego poziomu. Jeszcze jedenaście – i będę mógł pójść do Kopalni Żelaza. Górnictwa na razie wyżej nie wywinduję, ponieważ Jubilerstwo udało mi się rozwinąć jedynie do dziewiętnastego poziomu. Kowalstwo nie podniosło się o wiele, tylko do czternastego, ale za to w trakcie wytwarzania sztabek znalazłem szesnaście kawałków Malachitu. Dla moich stopniowo topniejących zapasów to było coś. W ciągu tygodnia najbardziej udało mi się rozwinąć Kartografię. Przeklęty ziggurat, aktywny na tym obszarze, codziennie resetował moją mapę oraz to, co narysowałem dzień wcześniej. Każdego dnia musiałem więc wszystko kreślić od nowa, ale dla Kartografu ten sam rysunek był wciąż nowy. W rezultacie osiągnąłem dwudziesty dziewiąty poziom praktycznie w cztery dni...

Wieczorem w domu Starosty odbywało się spotkanie drużyny łowców potworów. Ja, Tisza, Starosta i dwóch Worgenów z obrazka – braci Tiszy, których pierwszy raz zobaczyłem na żywo.

– Jeśli dobrze rozumiem, to potwór upodobał sobie Machana. I nie ma w tym nic śmiesznego, Tiszo – zaczął Starosta, po czym zwrócił się do mnie: – Machanie, twoje zadanie jest proste. Musisz wyciągnąć potwora na otwartą przestrzeń, najlepiej na plac. Tam ci dwaj – skinął głową w stronę synów – będą czekać na dachu. Jak tylko przyprowadzisz bestię, natychmiast zanurkuj pod ganek. Schowaj się tam, a Loyd i Trail będą go łapać. Najważniejsze, żebyśmy mogli go zobaczyć, wtedy już go nie wypuścimy. Idź już, spotkamy się dokładnie o północy.

Po powrocie do domu przygotowałem sobie jedzenie, żeby choć trochę poprawić statystyki, po czym wyszedłem z letniego domu i usiadłem na ławce. Do zmroku zostało zaledwie kilka godzin. Później pójdę do centrum wioski i zacznę kręcić się po placu. Spodziewaliśmy się, że mglisty potwór sam do mnie przyjdzie. Ustawiłem budzik, żeby nie zaspać, oparłem się o ścianę i zamknąłem oczy. Miałem tak napięty grafik, że nie zostawało mi wiele czasu na odpoczynek.

Delikatne skrzypienie drzwi wejściowych sprawiło, że moje ciało się napięło. Udając, że śpię, na wpół otworzyłem oczy i obserwowałem, jak Elżbieta ostrożnie wymyka się z domu, podchodzi do bramki, ciągle oglądając się na mnie, a następnie, jak bezszelestny cień, wślizguje się w nadchodzącą noc. W ręce gospodyni było takie samo zawiniątko, co tydzień temu. Dokąd ona idzie? Miałem dużo czasu, całe dwie godziny, więc postanowiłem ruszyć za nią. Nawet jeśli wybierała się na randkę, coś tu było nie tak. Czułem w trzewiach, że moja gospodyni jest zamieszana w historię z potworem. A skoro tak czułem, to koniecznie chciałem to sprawdzić.

Zostawiłem Elżbiecie przewagę około pięćdziesięciu metrów i cicho podążyłem za nią. Bałem się podchodzić bliżej, bo nie miałem umiejętności niesłyszalnego pościgu, jaką szczycili się Łowcy czy posiadały Łotrzyki. Poruszałem się jak słoń w składzie porcelany.

Zachowanie Elżbiety wyglądało „zdziwniej i zdziwniej". Przemykała skrajem ulicy, w cieniu domów. Ciągle oglądała się za siebie, jakby w obawie, że zostanie przyłapana. Kierowała się w stronę placu. Czyżby szła do Starosty? Jeśli tak, to stary nieźle to wykombinował – synów i córkę wysłał na polowanie, a sam przyjmował gościa!

Zatrzymałem się i obserwowałem z oddali, jak Elżbieta podeszła do placu, rozejrzała się i zamiast wejść do domu Starosty, skręciła w sąsiednią ulicę.

I znów nic nie rozumiałem!

Rzuciłem się za gospodynią z maksymalną prędkością pozwalającą zachować ciszę. Moje podejrzenia, że jest zamieszana w sprawę potwora, zmieniły się teraz z przeczucia w pewność.

Po kilku minutach Elżbieta podeszła do częstokołu i się zatrzymała. Rozejrzała się, żeby sprawdzić, czy nikt jej nie obserwuje. Potem coś nacisnęła i dwie belki ogrodzenia uniosły się, jakby były nawleczone na żerdź. Schyliwszy głowę, kobieta przeszła na drugą stronę, znowu coś nacisnęła i belki powróciły na swoje miejsce. Szaleństwo! W ogrodzeniu jest tajne wyjście z wioski i moja gospodyni go używa! Dokąd ona się wybiera?

Chociaż widziałem dokładnie miejsce, w którym Elżbieta uruchomiła dźwignię, nie umiałem jej użyć. Po prostu nie widziałem tej dźwigni. Wiedziałem, że jeśli zatrzymam się na dłużej, to kobieta mi ucieknie. Machnąłem ręką na konspirację i wskoczyłem na częstokół. Złapałem się górnej krawędzi, podciągnąłem i przetoczyłem na drugą stronę. Dobrze, że w Kołotowce ogrodzenie nie jest wyostrzone od góry i składa się ze zwykłych bali. W przeciwnym razie ten manewr mógłby okazać się nieprzyjemny. Spadłem jak kłoda na ziemię (minus dwadzieścia Punktów Życia, ale to nie miało teraz znaczenia). Udało mi się dostrzec niewyraźną sylwetkę Elżbiety zmierzającą w stronę świątyni.

Cholera! Może ona nie chodzi do Starosty, tylko do żercy? Włast chyba nie miał żadnych ograniczeń w kwestii zachowania czystości. A ja biedną kobietę podejrzewałem o takie podłości. Jednak kiedy ją usprawiedliwiałem, mój wewnętrzny robak całkowicie wygryzał moje przekonanie o niewinności Elżbiety, podpowiadając mi: ufaj, ale sprawdzaj. Pomyślałem więc, że kiedy zobaczę ją wchodzącą do świątyni, uspokoję się i wrócę do Kołotowki.

Kobieta okrążyła jednak świątynię i udała się na cmentarz. Ostrożnie zbliżyłem się do ogrodzenia i zajrzałem do środka. Elżbieta usiadła na małej, wolnej od grobów wysepce pośrodku cmentarza, wyjęła z zawiniątka świeczki, ułożyła je w określonej kolejności, zapaliła i usiadła pośrodku tak uformowanej figury. Kilka chwil później usłyszałem głos kobiety bełkoczący jakiś recytatyw niezwiązany z językiem uniwersalnym.

I co ja tutaj robię? Spojrzałem na zegar: została godzina do północy. Powinienem już biec na plac, żeby zwabić potwora, a ja tymczasem uganiam się za Elżbietą. Chociaż z drugiej strony byłem bardzo ciekaw, co ona tu robi. I dlaczego akurat w tę noc, w której pojawia się mglista kreatura?

W czasie, gdy Elżbieta wypowiadała zaklęcia, ja poczułem na plecach gorący oddech. Powoli, starając się nie wykonywać gwałtownych ruchów, odwróciłem się na powitanie nowego nieszczęścia. Ujrzałem dwoje czerwonych oczu i mgłę otaczającą stwora od stóp do głów.

– Też się cieszę, że cię widzę. – Skrzywiłem się, gdy kreatura fuknęła mi prosto w twarz. Gorący jak z pieca oddech stworzenia, zmieszany z nieprzyjemnym ostrym zapachem sprawił, że aż mnie cofnęło. – Jak się masz? Mam propozycję. Negocjujmy. Na pewno czegoś potrzebujesz, a jestem w stanie pomóc ci to zdobyć. – Ani trochę się nie bałem. Wydawało mi się, że zmierzam w dobrym kierunku. Musiałem sprawić, żeby kreatura zaczęła mówić. Później się zastanowię, co robić dalej.

Bestia ponownie fuknęła, otoczyła mnie falą gorącego powietrza i jednym niezauważalnym susem znalazła się tuż obok mnie. Była na wyciągnięcie ręki, ale nie miałem najmniejszej ochoty jej dotykać. Choć już się nie bałem umierać, nadal chciałem żyć. Zastygłem jak posąg, mając nadzieję, że kreatura mnie nie rozpozna, gdy nagle dwie szponiaste łapy dosłownie wystrzeliły z mgły i złapały mnie za gardło. Natychmiast pojawił się pasek *Brak powietrza* odmierzający moje dozwolone dwie minuty bez oddechu. Próbowałem stawiać opór, ale bezskutecznie. W żaden sposób nie udawało mi się kopnąć mglistego gada. Miał zbyt długie ręce, a rozluźnienie zacisku na szyi było niemożliwe. Różnica poziomów była zbyt duża. Czy naprawdę znowu czeka mnie odrodzenie? Tisza ucieszy się, kiedy jutro będę przyznawać się do winy... Zamiast czekać na potwora na placu, sam poszedłem go szukać.

Już wiedziałem, jak monstrum dostaje się do Kołotowki: sekretnym przejściem, które zna Elżbieta. A ona sama, jak się okazuje, jest zwykłym zaklinaczem sprowadzającym raz w tygodniu postrach do wioski. Ale po co jej to? I co to za stworzenie?

Pasek zamrugał po raz ostatni, a Punkty Życia zaczęły maleć w zastraszającym tempie. To nic, w głowie miałem już plan, jak zapobiec pojawieniu się stworzenia w przyszłym tygodniu i jak zdemaskować Elżbietę. Gdyby była Worgenem, to jeszcze zastanawiałbym się, co się stanie z jej dziećmi. Ale ponieważ to ona sprowadzała nieszczęście na wioskę, nie miałem wyjścia – musiałem ją oddać w ręce władzy.

Uwaga! W związku ze śmiercią poziom Doświadczenia zmniejszył się o 30%...

– Widzę, że jesteś u nas częstym gościem, synu. – Żerca Własta stał przed świątynią, kiedy się tam odrodziłem. – Chcesz naprawić swój błąd i oddać Worgeny? Tak, wiem wszystko o Staroście i jego rodzinie. Nawet gdyby przeszli na stronę światła, każdy żerca rozpoznałby te kreatury w ludzkiej postaci.

– Worgen nie jest winien. Tu chodzi o coś innego.

– A niby o co? – Żerca spojrzał na mnie z zaciekawieniem.

– Za tydzień wszystko stanie się jasne. Wymyśliłem sposób, jak złapać tego potwora. Będę potrzebował pomocy. Ojcze, czy możesz zrobić zwój Więzienia Mobilnego?

– Ech! Nie umiem robić zwojów, nie mam umiejętności w zakresie Kartografii.

– A co ma do tego Kartografia? – Słowa żercy bardzo mnie zdziwiły. Czyżbym czegoś nie wiedział o swojej profesji?

– Ma, i to dużo. Jedną ze specjalizacji Kartografii jest Twórca Zwojów. Tylko ten specjalista ma zdolność przeobrażania swoich czarów lub receptur w zwoje.

Szaleństwo! Mogę upiec dwie pieczenie na jednym ogniu! Mam przecież receptury własnej produkcji! Jeśli udałoby mi się zamienić je w zwoje i wystawić na rynku, to miałbym szansę nieźle zarobić. W Barlionie nie brakuje kolekcjonerów różnych receptur.

– Dobrze, sam coś wymyślę. Dziękuję za poradę.

– Nie ma za co. A co planujesz?

– Mam pewne podejrzenia. Za tydzień to sprawdzę.

– Będę czekał na wieści od ciebie. – Żerca odwrócił się i zawiesił wzrok gdzieś w oddali.

Na myśl o rozmowie ze Starostą i Tiszą wziąłem głęboki oddech, i poszedłem do Kołotowki. Aż do przyszłego tygodnia nie powiem im o Elżbiecie.

– Machanie! Gdzie byłeś?! – Z domu wyskoczyła Tisza i podbiegła do mnie. – Wczoraj długo na ciebie czekaliśmy, ale się nie zjawiłeś! Zapadłeś się pod ziemię?! Co się stało? Przecież byliśmy umówieni!

– Poczekaj, Tiszo, nie gorączkuj się. – Stłumiony głos Starosty dał się słyszeć zza moich pleców. Odwróciłem się i zobaczyłem, jak przekazuje ostatnie instrukcje swoim synom, siedzącym już na koniach. Wyruszali do następnej wioski. – Machan jest wolnym obywatelem, nie można go tak po prostu zabić. Kiedy Punkty Życia spadają prawie do zera, tacy jak on są wysyłani na Szare Ziemie. Gdy minie dwanaście godzin, wracają na najbliższy cmentarz. To bardzo ciekawa funkcja, którą mają wyłącznie wolni obywatele. Jeśli dobrze rozumiem, wracasz właśnie z cmentarza? Czy tak?

Przytaknąłem zrezygnowany.

– Bestia cię dorwała, zanim doprowadziłeś ją na plac?

Wzdrygnąłem się i prawie byłem gotów wycałować Starostę. Sam zadał pytanie i sam na nie odpowiedział, a zrobił to tak, że wyratował mnie z opresji. Uwielbiam takich NPC-ów.

– Zgadza się, nie zdążyłem. Trzeba od razu zaczynać na placu. Bestia jest zbyt szybka.

– Za tydzień spotkamy się więc od razu na placu. Tym razem nam się nie wywinie. Coś jej się w tobie wyjątkowo podoba.

Zamieniłem kilka słów z Tiszą i wróciłem do domu. Chociaż teraz nie umiałem już nazywać tego miejsca domem. Elżbieta, jak gdyby nigdy nic, rozkazywała robotnikom, wysyłając jednych po drewno na opał, a innych po wodę.

– Widzę, że lubi pan wędrować po nocy – rzuciła, zwróciwszy się w moją stronę. – Lepiej poszedłby pan pod bramę i nastraszył dzieci, które ciągle ją dewastują. Co tydzień musimy ją naprawiać.

– Pójdę, oczywiście, że pójdę. Kolejny atak dzieci jest zaplanowany za tydzień? – Uważnie obserwowałem reakcję kobiety. – Pójdę tam w tym czasie i sprawdzę, kto demoluje bramę. Zaciągnę tego kogoś za uszy do Starosty.

Wydawało mi się, czy mięśnie Elżbiety rzeczywiście się napięły? To dobrze, już prawie mam cię w garści. Został mi tydzień, żeby wymyślić, jak sobie z tobą poradzić. A raczej już wiem, co zrobić. Wystarczy przelecieć się do Dalgoru. Nawet nie szkoda mi na to pieniędzy.

Wyjąłem ostatni zwój teleportu. Czas rozwiązać problem z Totemem...

Dalgor przywitał mnie ulewnym deszczem. Choć wcale mi on nie przeszkadzał (krople spływały po przezroczystej aurze otaczającej każdego gracza), ale widoczność i nastroje NPC-ów uległy gwałtownemu pogorszeniu. W czasie deszczu większość sklepów była zamknięta, ceny w tawernach wzrastały dwukrotnie, a całe miasto miało wtedy status „strefy umownie bezpiecznej". W deszczu można było zabijać innych graczy z miasta, a jeśli komuś udało się przemknąć niezauważonym przez strażników, to spokojnie mógł zaszyć się na osiem godzin w jakiejś dziurze.

Dlatego w dużych miastach znajdowała się tak zwana strefa bezpieczna, w której nigdy nie padał deszcz i gracze mieli pewność, że nic im nie zagraża. Tylko ceny były tam zazwyczaj kilkakrotnie wyższe. Jak zrozumiałem, Eryk z braćmi osiedli właśnie w takiej strefie, dlatego pieniądze wyczerpały się im przerażająco szybko. To nic, jeszcze przez dwa miesiące z hakiem powinni jakoś dać sobie radę.

Zignorowałem gremlina, który jak zwykle zapytał, w czym może mi pomóc, i wszedłem do Pokoju Prywatnego. Dwa listy. O ile spodziewałem się wiadomości od Helfajera, to list od gracza o pseudonimie Ners był dla mnie zaskoczeniem. Nie miałem pojęcia, kto to był i czego chciał. Dobrze, zobaczmy. Ale najpierw list od naczelnego Feniksa:

Cześć, Machanie!

Wysyłam, jak prosiłeś, hologramy dwudziestki klanu Feniksa i Mrocznego Legionu. Powodzenia!

Nie rozumiem. A gdzie pytania o to, kiedy wyślę mu figurki, jak mi idzie i inne takie? A tak w ogóle, to minął cały tydzień, a Anastarija ani razu się ze mną nie skontaktowała. Dlaczego? Oszołomiony liczbą mnożących się niewiadomych, sięgnąłem po drugi list:

Cześć, Machanie!

Nie spotkaliśmy się, ale znam Cię pośrednio przez kogoś innego. Dmitrij powiedział mi, że wiesz, za co siedział. Tak, ja jestem tym powodem. Wyjaśnił mi też, w jaki sposób więzień z adnotacją „brak możliwości warunkowego zwolnienia" mógł wejść do ogólnego świata Gry. Sam musiałby pracować na reputację przez kolejnych pięć lat. Ale twoja pomoc pokrzyżowała szyki prawnikom. Musieli wybierać: złamać prawo czy wypuścić Dimę. Tak na marginesie, jeśli nadal nie łapiesz, idzie o Karta. Powiedział, że zrozumiesz, o co chodzi. Tak więc gdy tylko wyszedł z kopalni, zapłaciłem za niego kaucję i wyciągnąłem go z gry. Na szczęście kwota nie była aż tak duża. W tej chwili jest na rehabilitacji. Dziesięć lat w grze – to nie przelewki.

Teraz wróćmy do Ciebie. Dima suszył mi o Ciebie głowę, błagając o pieniądze, żeby Cię wyciągnąć. Z kopalni nikogo nie można wykupić, to jest możliwe tylko wtedy, kiedy więzień sam wyjdzie do świata ogólnego. Przyjrzałem się Twojej sprawie. Nie mam wolnych stu milionów, więc przepraszam. Ale udało mi się znaleźć milion. Jestem Dimie sporo dłużny. Mam dostęp do spraw więźniów, dlatego znam wysokość Twojej kaucji i cenę usunięcia czerwonej opaski. Wpłaciłem pieniądze, teraz już pewnie są księgowane. Myślę, że w ciągu tygodnia Twoja opaska zniknie.

PS Dima nie wróci do gry. Zbyt długo był poza prawdziwym życiem. Żegnaj. Myślę, że spłaciłem jego dług.

Z nadmiaru emocji trzęsły mi się ręce. Czerwona opaska wkrótce zniknie! Teraz nie będzie można bezkarnie mnie zabijać, a poziom Atrakcyjności dla wszystkich NPC-ów wróci do poziomu Standardowy: dwadzieścia jednostek. Kart, Kart... Bardzo dziękuję, że o mnie nie zapomniałeś. Jak wyjdę, spróbuję cię znaleźć przez Nersa.

Ponownie wyjąłem figurki, żeby spróbować rozwikłać tę przeklętą zagadkę. Już od kilku tygodni nie wychodziła mi z głowy, ale nie zbliżyłem się do jej rozwiązania ani o krok. To wszystko jest zbyt abstrakcyjne.

Zacznijmy od tego, co mamy:

$$\mathrm{C}^2 = \mathrm{A}^2 + \mathrm{B}^2$$

$$\|X\| = \sqrt{X_1^2 + X_2^2 + \cdots + X_n^2}$$

1, 1, 2, 3, 5, 8, 13, 21...
Siedem miejsc po przecinku
*
*
=
[Pole wartości do uzupełnienia]

Pierwsze równanie to twierdzenie Pitagorasa. Drugie – odległość w przestrzeni euklidesowej. Trzecie to ciąg Fibonacciego. Co je łączy? Nic. Próbowałem już podstawiać wartości, ale bezskutecznie. O co chodzi z tymi siedmioma miejscami po przecinku? Dlaczego nic mi nie przychodzi do głowy? Co z moją intuicją? A niech to szlag!

Przesiedziałem kilka godzin, gapiąc się w pole do uzupełnienia, wprowadzając od czasu do czasu różne warianty odpowiedzi, w końcu wrzuciłem wszystko do worka i poszedłem do Najwyższego Maga. Potrzebuję jeszcze kilku zwojów do Kołotowki i Dalgoru, a także kolejną Pułapkę z Kości, tylko tym razem przeznaczoną dla sto siedemdziesiątego poziomu. Boję się nawet pomyśleć, ile może kosztować.

Nie było wcale źle. Było strasznie. Dzisiaj najwyraźniej nie jest mój dzień. Wszedłem drzwiami z pytaniami i dostałem jeden z moich najbardziej nielubianych tematów: Kulturoznawstwo. Jeśli na pierwsze pytanie – z dużym trudem, ale jednak – udało mi się odpowiedzieć, to drugie mnie pokonało. Zwój teleportu do Dalgoru i z powrotem wyniósł mnie tysiąc dwieście Złotych. To chore. Z krwawiącym sercem oddałem trzy i pół tysiąca za Pułapkę z Kości. Dawno się tak nie wykosztowałem, ale trudno. Wiedziałem, na co się piszę.

Pobiegłem do nauczyciela Kowalstwa i nauczyłem się specjalizacji „Hutnictwo". Teraz z pięciu kawałków rudy mogę otrzymać z pięcioprocentową szansą dwie sztabki. Niby nic wielkiego, ale jednak bonus. Później u Kartografa nauczyłem się specjalizacji „Twórca Zwojów" i od razu dostałem za to premię: wzrost Intelektu o pięć procent. Przeczytałem opis i oblizałem się ze smakiem: mogę tworzyć zwoje z recepturami lub zaklęciami do pięćdziesiątego poziomu włącznie. Zwój z zaklęciem? Stworzyłem zwój „Wezwanie Ducha Wody – Strzała Wodna". Świetnie! Po pierwsze zdobyłem kilka kolejnych punktów na konto Kartografii, a po drugie kiedy skończy mi się mana, będę mógł z tego zwoju skorzystać. Usiadłem na ławce i stworzyłem dwadzieścia zwojów uzdrowienia i ataku. Zatrzymam je na czarną godzinę...

To wszystko. Nie mam nic więcej do załatwienia w Dalgorze. Mogę iść rozwiązywać zagadkę staruszek.

– Machanie, poczekaj! – Dobiegł mnie głos z charakterystycznym cmokaniem. – Moja chcieć z tobą rozmawiać. Psiamać, znowu koboldski mi się włączył. Już jestem! – Jedno uderzenie i już było słychać normalny głos: – Potrzebuję pomocy. Pomożesz mi?

W końcu zobaczyłem tego, kto mówił w tak nietypowy sposób. W pewnym oddaleniu ode mnie stał z rozłożonymi na boki zielonymi łapami, demonstrując w ten sposób niesprawiedliwość całego świata, kobold Reptil Idźciewszyscydodiabła. Miał już czterdziesty poziom postaci. Szybko rośnie! Naprawdę jest hardkorem.

Dokładnie przyjrzałem się koboldowi. Miał całkiem reprezentacyjne ubrania – zdecydowanie nie były przeznaczone dla zwykłego poziomu: gałkę na ogonie, którą najwyraźniej atakuje, a na plecach jakąś ni to bałałajkę, ni to gitarę. Może jest bardem? Świat całkowicie oszalał.

– Potrzebuję pomocy w wykonaniu zadania. Zapłacę pięć tysięcy Złotych. Pójdziesz ze mną?

– Pięć kafli Złotych Monet? Mam kogoś dla ciebie zabić? – uśmiechnąłem się.

– Zabić mogę sam. Jestem Asasynem.

– To do czego jestem ci potrzebny?

Nieźle, nie dość, że jest hardkorem, to jeszcze przedstawicielem rzadkiej klasy!

– Mam zadanie. Zgodnie z jego warunkami, dwóch graczy musi dojść do punktu znajdującego się dwadzieścia wiorst stąd. Trzeba iść w tamtą stronę. – Reptil wskazał ręką las. Dokładnie w tym kierunku sam zamierzałem pójść. Czy on też przeszedł zadanie ze staruszkami?

– Pieszo? – Udawałem, że kategorycznie nie podoba mi się opcja chodzenia.

– Dlaczego pieszo? Mamy na czym jechać, więc za godzinę dotrzemy na miejsce.

– Dobra, a na czym polega to zadanie? Od kogo je dostałeś?

– Oho! Już zawijam kiecę i lecę ci wszystko wyśpiewać. Jeszcze się nawet nie dogadaliśmy, a już zadajesz pytania.

– Dobra, chodźmy, nie mam nic przeciwko temu. I tak w ciągu najbliższych dwóch dni nie mam nic lepszego do roboty.

– Grupa?

Przed oczami wyświetliło mi się zaproszenie do grupy od gracza z nickiem Reptil.

– Niech będzie grupa. – Przyjąłem zaproszenie. Jeśli ten zielony cudak naprawdę ma środek transportu, to jest mi z nim po drodze.

– O! A gdzie tak wylevelowałeś Intelekt do dwudziestego pierwszego poziomu? Wcześniej byłem Magiem i mniej więcej do czterdziestego poziomu nie miałem tyle co ty.

– W zasadzie nie ma o czym mówić. Odpowiedź jest prosta: ubrania. Dobre ubrania, które dają dużo do Intelektu. Dlaczego przestałeś grać Magiem? Znudziłeś się?

– Nie do końca to, ale coś w ten deseń. – Reptil się skwasił. – Pewnego dnia złapię tego, który pchnął mnie na tę drogę, i wszystko mu wygarnę. Wepchnę temu bydlakowi do gardła moje słowa aż po same migdałki, żeby je na długo zapamiętał.

– Uh... – Nie mogłem powstrzymać uśmiechu. – Trzymajcie mnie! Nadchodzi zły krokodyl!

– Bardzo zabawne. Chyba umrę ze śmiechu. – Reptil zatrzymał się, odwrócił i zmierzył mnie wzrokiem. – No dalej, ruszaj się. Jesteś tu, żeby zarobić, a nie się wyzłośliwiać. Więc nie zwracaj uwagi na to, że jestem koboldem. Teraz przede wszystkim jestem twoim pracodawcą.

– Robi się! Wedle rozkazu! Będę sobie ciebie wyobrażać jako piękną elfkę z wybujałym biustem, koniecznie z blond włosami, długimi uszami i delikatną białą skórą.

– Zjeżdżaj...

Twoja grupa została rozwiązana.

– Poczekaj! – Ciekawe, dokąd to się piękniś wybiera. Potrzebuję go do roli mojego mustanga. – Wybacz mi. To nie jest dla mnie najłatwiejszy czas, przesadziłem. Rzuć mi jeszcze raz zaproszenie do grupy.

Reptil przystanął, chwilę pomyślał, ale jednak wysłał mi ponowne zaproszenie.

– Umawiamy się od razu: ani słowa o moim wzroście czy o podobieństwie do krokodyla. W przeciwnym razie nie dostaniesz pieniędzy.

– Zgadzam się.

Zawarłeś umowę. Otrzymasz 5 tysięcy Złotych Monet od gracza Reptil Idźciewszyscydodiabła, jeśli będziesz mu towarzyszył w drodze do punktu zaznaczonego na mapie. W trakcie trwania umowy nie możesz nawiązywać do niskiego wzrostu Reptila lub jego podobieństwa do krokodyla.

– Chodźmy więc. Moja piękność czeka za miastem. Strażnicy zbytnio jej nie lubią.

Nieopodal bramy stało TO, w zamyśleniu przeżuwając jakąś formę życia, wystającą z paszczy w postaci kopyta. Wiwerna.

Doskonale znałem te jeździeckie stwory. Kilka razy sam polowałem na ich jajka, żeby później sprzedać je na rynku.

– Tutaj jest – powiedział radośnie kobold, zauważywszy moją reakcję. – Jest jeszcze młoda, ale naszą dwójkę zabierze, gdzie trzeba.

– Ciekawego masz konia – powiedziałem i wspiąłem się na tył wiwerny. Reptil usiadł na specjalnym siedzeniu przy szyi. Pozostawało mi usiąść na grzbiecie i modlić się, żebym nie spadł podczas podróży.

– Rzeczywiście ździebko ciekawego. Gotów? To lecimy.

Wbrew moim wszystkim obawom, wiwerna poruszała się płynnie i delikatnie, zdając sobie sprawę z faktu, że wiezie cenny ładunek, którym byłem.

– Reptil, dlaczego grasz koboldem? Oczywiście, jeśli nie chcesz o tym mówić, nic nie mów, ale będziemy tak jechać około godziny, chciałoby się pogawędzić. Już od czterech miesięcy nie rozmawiałem ze zwykłymi graczami.

– To zacznijmy rozmowę od twojej opowieści. Jak trafiłeś do więzienia? Też jestem ciekaw, z kim jadę.

– Moja historia jest prosta. Słyszałeś na pewno o „Pogromcy Kolektora"? To właśnie ja.

– Więc to ty zaświniłeś jezioro? – Reptil uśmiechnął się do mnie.

W każdym razie wydawało mi się, że się uśmiecha, ponieważ od tyłu słabo było widać.

– Cóż... ździebko, jak mawiasz.

– Mówią, że zacnie rąbnąłeś w Symulator. Ale nie mogę pojąć dlaczego? Po co tam lazłeś?

– Głupia kłótnia z głupią dziewczyną. Bez sensu jej uległem i zgodziłem się na zakład. A później ktoś się pomylił. Albo ja, kiedy wprowadzałem adres, albo ona, kiedy mi go wysyłała. Umówiliśmy się, że będziemy pracować na systemie testowym, żeby sprawdzić, czy zdołam się włamać. No i się włamałem. Ale wykończyłem przy tym prawdziwy Symulator. Dali mi za to osiem lat. Zdobyłem reputację wśród strażników i wyszedłem z kopalni. Właściwie to wszystko. A ty?

– Moja historia jest mniej skomplikowana. Byłem liderem jednego z klanów najemników. W jednym z rajdów ochranialiśmy nowe Podziemie, żeby Feniks mógł zdobyć je jako pierwszy, ale pięknie nas wystawili. Wtedy mój klan się rozpadł. Ludzie się rozeszli po innych klanach, a ja postanowiłem udowodnić całemu światu, a przede wszystkim sobie, że jako gracz mogę coś osiągnąć.

– A co ma do tego ten bałwan, o którym mówiłeś wcześniej?

– To przedstawiciel Feniksa, który nas oszukał. To on mnie prowokował, mówiąc, że jako gracz nic nie znaczę, że on nagusieńki w trzy lata osiągnął poziom 150+. Wtedy postanowiłem zdobyć najwyższy poziom postaci. Najbardziej wymasterowany kobold jest w tej chwili na dwieście dwudziestym piątym poziomie, więc wciąż mam przed sobą długą drogę. Ale to nic! Na początku było ciężko, a teraz nawet się cieszę, że gram koboldem. Nikt się nie spodziewa, że mały krokodyl może być zdolny do podłości.

– Zauważ, że sam o sobie tak mówisz. – Uśmiechnąłem się. – Na czym polega twoje zadanie? I dlaczego masz je wykonać w takiej dziczy? Tutaj bywają głównie gracze z małymi dochodami. Niskie poziomy, proste Podziemia, podstawowe zasoby. A ty, sądząc po wiwernie, masz w Grze sporo pieniędzy.

– Tu sytuacja jest jeszcze bardziej interesująca. To, czego mi się nie udało w rzeczywistości, realizuję w wirtualu. Czy słyszałeś o takim graczu jak Anastarija? – Dobrze, że Reptil siedział odwrócony do mnie plecami, więc nie widział, jak się wzdrygnąłem, gdy usłyszałem to imię. Czy to wszystko było ustawione?

– Tak, słyszałem. Mówią, że to najpiękniejsza i najpotężniejsza dziewczyna, bogini... – Cholera, znowu mi cieknie ślina!

– Słyszałeś? Sądząc po reakcji, nawet widziałeś.

– Skąd taki pomysł?

– Jeśli nie chcesz, to nie mów, twoja sprawa. Po prostu wisi na niej bardzo ciekawa klątwa. Feniks, klan, do którego należy Anastarija, ogłosił kiedyś wyjątkowego questa związanego z zabijaniem odradzających się syren. To wtedy przywódca syren przeklął Anastarię i powiesił na niej wyjątkowy debuff. Teraz Anastarija emanuje trucizną – niewidoczną i nieidentyfikowalną przez żadne amulety. Ci, którzy dostają się w strefę działania tej trucizny, zakochują się w paladynce z niespotykaną siłą. Imperator w nagrodę nauczył Anastariję wykorzystywać tę truciznę, pokazując, jak może regulować jej intensywność. Może więc ją rozpylać na zawołanie. Takie cuda. Kiedy gracze, którzy są pod wpływem trucizny, mówią o Anastariji, mimowolnie cieknie im ślina, smarki i generalnie zmieniają się w przepełnionych miłością kretynów. Nic nie wiem o antidotum, nie szukałem.

– Ekstra, ale nadal nie rozumiem, co mają ze sobą wspólnego naczelna Feniksa i kobold na czterdziestym poziomie.

– Czyli jednak ją znasz... To proste. Spotkaliśmy się po moim zwycięstwie na arenie w Anchursie. Rozmawialiśmy o przeszłości, okazała się zwyczajną i interesującą dziewczyną. I jeszcze przy tym mądrą.

– Tak. Widzę, że ty też jesteś pod wpływem trucizny.

– Trucizna nie działa na koboldy. Całkowicie. To było interesujące: obserwować mętne oczy całej tawerny, kiedy Anastarija zaczęła poddawać próbie mój immunitet. Gracze prawie się do niej modlili. Mówiono, że wielu z nich po tym zdarzeniu poszło prosto do Domu Schadzek.

– Piękna bajeczka, tylko trudno w nią uwierzyć. Niezależnie od tego, jak dobra byłaby wizualizacja, to tylko gra i świat wirtualny. Dlaczego nagle zwykli gracze mieliby się ślinić?

– To bardzo proste. Chodzi o kapsuły. Przecież przed pełną izolacją sensoryczną robione są obszerne testy. A więc to system określa, które zapachy najbardziej cię pociągają. Zwykła chemia, nic więcej. Poza tym trucizna Anastariji nie działa na graczy, którzy nie ukończyli dwudziestu jeden lat, czyli tych, którzy nie są wpuszczani do Domu Schadzek.

– Poznałeś Anastariję, doświadczyłeś bezużyteczności jej trucizny. I co dalej? Dlaczego wyjechałeś z Anchursu na kraniec świata?

– Przybyłem tu w związku z zadaniem gildii Asasynów. Miałem wtargnąć do domu jednego z NPC-ów i wynieść pewien dokument. Papier wyniosłem, ale przy tym odkryłem coś interesującego. Jedno unikalne zadanie związane ze Smokami. Anastarija to nie tylko dziewczyna. Ona jest wielbicielką wszystkiego, co unikalne w grze. I bardzo lubi tych, którzy mają unikalne przedmioty. To jej słabość. O ile się orientuję, nikt nie ma Smoka. Więc wyruszyłem, żeby go znaleźć. Jeśli mi się poszczęści, będę miał pretekst, żeby startować do Nastji.

– Znasz nawet jej imię? Widzę, że jesteś jej wielkim fanem.

– A kto go nie zna? O, już jesteśmy.

Dość niezauważenie przebyliśmy dwadzieścia wiorst. Spojrzałem na timer powrotu. Rzeczywiście, minęła godzina. Czas spędzony na rozmowie szybko minął.

Znaleźliśmy się na małej polance o średnicy około pięćdziesięciu metrów, w której środku stał dom. Nawet nie dom: raczej domek. Wszystko we mnie zadrżało – to tutaj. Czułem to całą swoją duszą. Okazało się, że z Reptilem mieliśmy zadanie dotyczące tego samego przedmiotu – zwoju. Zastanawiałem się, czy jest tylko jeden, czy też każdy będzie miał swoją własną kopię?

– Zaczekaj! – Zatrzymałem kobolda, który chciał wejść od razu do domu. – To nie takie proste. Pomyśl, w jaki sposób zwroty: „Ty jednak nadal je przekazywałeś, nie zaglądając do środka" i „Jesteśmy wędrownymi gołodupcami, że tak przed wejściem stoimy?", mogą być związane z obecną sytuacją.

– To dziwne. Myślałem, że moja piękność dobrze sobie poradziła z przejściem pomiędzy tymi wszystkimi drzewami. Kiedy zdążyłeś uderzyć się w głowę?

– Jeśli teraz wejdziemy tymi drzwiami, wszystko będzie stracone. Ja też otrzymałem zadanie związane ze znalezieniem zwoju.

– Jaki zwój? Tu mieszka Dragonoid, który powie, gdzie znaleźć Smoki. – Reptil wzruszył ramionami i oświadczył: – Rób, jak chcesz, ja w każdym razie idę. Nie mam ochoty sterczeć tu bez sensu.

– Ostatnie pytanie: jak dokładnie brzmiało twoje zadanie? – Próbowałem odwołać się do zdrowego rozsądku kobolda. Nie możemy wejść do środka, bo spotka nas wielkie łubudu. Ale jak przekonać o tym tego krokodyla?

– Miałem odszukać w miejscu wskazanym na mapie Dragonoida, który powie, jak znaleźć ścieżkę do Smoków. Obowiązkowym warunkiem wykonania zadania było zabranie ze sobą innego gracza. Po co potrzebny jest inny gracz, dowiedziałem się już offline. Dragonoid będzie tego wymagał...

– Będzie chciał jednego z was wysłać na Szare Ziemie, podczas gdy drugi zdobędzie wiedzę. – Przerywając Reptilowi, z progu domu wyłonił się na czterech łapach Dragonoid. Wyglądał strasznie. Wściekły wyszczerzony pysk jak na starożytnych chińskich obrazkach, ogon, cztery łapy. Rodzaj hybrydy konia ze Smokiem.

– Więc mam być twoim mięsem pikselowym? – Zwróciłem się do Reptila, ale na jego miejscu nikogo już nie było.

– Czas minął – odezwał się Dragonoid. – Zwycięzca otrzymuje nagrodę. Walczcie!

Twoja grupa została rozwiązana.
Odniosłeś obrażenia 400:
1240 (obrażenia od broni) - 840 (zbroja).
Łącznie Punktów Życia 2020 z 2420.

Zostałeś otruty!
Co 5 sekund przez 2 godziny Punkty Życia będą się zmniejszać o 220: 500 (obrażenia od trucizny) - 280 (odporność na truciznę).
Łącznie Punktów Życia 1800 z 2420.
Zostałeś ogłuszony na 5 sekund!

Reptil wyszedł z ukrycia i stanął tuż za mną. Systematycznie i uparcie zaczął realizować plan wysłania mnie na odrodzenie, a w konsekwencji uniemożliwienia mi zdobycia Totemu. Zdając sobie sprawę, że nie zdążę wejść w tryb pracy z Duchami, kiedy tylko ogłuszenie przestało działać, chwyciłem zwoje i zacząłem ich używać jeden po drugim. Samoleczenie i cios w Reptila. Samoleczenie i cios w Reptila. Nie miałem zbyt wielu zwojów, ale na jedną walkę powinno wystarczyć. Gdyby nie zbroja, którą podarowała mi Anastarija, to ta jaszczurka w pierwszych sekundach walki zarzuciłaby mnie rzutkami i innym ostrym szajsem. A to swołocz! Wiedział, na co mnie skazuje. Specjalnie wybrał gracza na niskim poziomie. Zabiję gada.

Dwie minuty później zwoje się skończyły, a Reptil miał jeszcze połowę paska Życia – zbyt często Duchy pudłowały lub były całkowicie blokowane przez zbroję. A może, choć to pewnie głupie, nasłać na płaza Duchy Wody? Pewnie jest odporny.

– Naprawdę myślisz, że ten lanserski szpej zrobi z ciebie dobrego gracza? – Po raz pierwszy od dwóch minut walki usłyszałem głos jaszczurki. Staliśmy naprzeciwko siebie, oddychając ciężko i próbując przejrzeć przeciwnika na wylot. Nie wiem, dlaczego Reptil ciężko oddychał, ale mi naprawdę nie było lekko. Nawet mój poziom Odporności wzrósł w tym czasie o jednostkę.

– Jeśli ty, palancie, choć na sekundę włączyłbyś mózg, to zobaczyłbyś jedynkę przed moim imieniem. Wyjaśnić ci to wielkimi literami, czy może sam spróbujesz to rozgryźć tym miejscem, którym zwykle mielisz papu? Naprawdę myślisz, że zwykły gracz, który nie ma pojęcia o grze, może jeszcze przed osiągnięciem poziomu dwudziestego pierwszego dostać Pierwsze Zabójstwo? Wiesz, czym jest dla mnie twój poziom czterdziesty? To jak przegryźć i splunąć. Zacznij się lepiej modlić, zafajdana jaszczurko. Wyślę adminowi wiadomość, że orżnąłeś mnie na pięć kawałków Złotych. Była umowa. W realu będziesz się tłumaczyć przed sądem. Powiedz swojej Anastariji: „Ciao".

– Zjeżdżaj. Wyślę ci Złoto do Banku, jak tylko cię załatwię.

Uwaga dla gracza! Masz włączoną opcję blokowania nienormatywnej leksyki używanej przez NPC-ów lub graczy. Aby wyłączyć tę opcję, przejdź do ustawień postaci (tylko dla graczy, których wiek biologiczny przekracza 21 lat).

Idź do diabła, później się tym zajmę. Teraz mam coś innego na głowie:

Szaman ma trzy ręce...

Giń, zielone nieporozumienie – tryb Duchów włączony. Najpierw musiałem zatrzymać działanie trucizny, która co pięć sekund odbierała mi po dwieście dwadzieścia Punktów Życia. Kiedy wezwałem Ducha Uzdrowienia, ucieszyłem się, bo zostałem całkowicie wyleczony. Odkryłem jednak ze zdziwieniem, że trucizna nie zniknęła. Co więcej, Reptil ponownie rzucił się do walki. Szybko pozbyłem się ze strefy aktywnej wszystkie czary ognia, nasłałem na kobolda Ducha Ataku i próbowałem wykombinować, co zrobić z zatruciem. Wiem, że Szamani powinni umieć sobie z tym poradzić, ale z jakiegoś powodu Kornik mnie tego nie nauczył. Może sam dam radę?

Zaatakowałem Reptila czterema Duchami Ataku na raz i zmusiłem go do przejścia w tryb niewidzialności. Zacząłem przywoływać kolejnego Ducha, koncentrując się na pustym slocie strefy aktywnej. No dalej, działaj!

Wywołujesz Ducha z pustego slotu strefy aktywnej.
Czy chcesz zapełnić wolne miejsce dostępnymi Duchami?

Nie, nie chcę. Cholera, nie działa!

Czy chcesz dodać do pustego slotu dodatkowego Ducha?

Tak, właśnie o to mi chodzi.

Szaman Elementarny ma dostęp
do następujących dodatkowych Duchów:
Duchy Kontroli, Duchy Oczyszczenia, Duchy Wzmocnienia,
Duchy Tymczasowych Obrażeń.
Czy chcesz dodać Duchy do strefy aktywnej?

Tak! Natychmiast! Poproszę wszystkie wodne!

Ducha Uzdrowienia na siebie. Jeszcze do tego – Ducha Oczyszczenia. Jest! Debuff trucizny zniknął. Teraz możemy wojować! Reptiliuszku, gdzie jesteś?

Działanie Ducha Kontroli było bardzo interesujące. Reptil wciąż ciskał we mnie jakimś obrzydlistwem, ale robił to tak wolno, że udawało mi się unikać lecącego na mnie żelastwa. Duch Kontroli działał przez pięć sekund, po czym przez dwie minuty był niedostępny, ale to mi wystarczyło, żeby wysłać Reptilowi Ducha Wodnego Szoku, zadającego obrażenia ograniczone czasem. Nawet jeśli były one niewielkie, to pozwalało mi one odbiec na dziesięć metrów i wlepić w kobolda jeszcze kilka Duchów Ataku. Tym razem Ognia. Powoli, ale zdecydowanie, Punkty Życia gada zaczęły topnieć. Kilkakrotnie Reptil używał mikstur leczących, uzdrawiając się prawie całkowicie, ale ja miałem praktycznie nieskończone rezerwy many. I kto powiedział, że Szamani są słabą klasą w PvP?

– Machanie, poczekaj! – Po kilku minutach walki Reptilowi zostało tylko dziesięć procent Życia.

– O co chodzi? Zrozumiałeś, że siłą się nie uda i teraz chcesz rozmawiać? A co ty sobie wcześniej myślałeś, pięknisiu? O nie, wreszcie mam świetną okazję zabić kogoś i nie trafić za to do kopalni! Trzeba było nie wojować, zielona paskudo.

– Na co ci informacje o Smokach? – Reptil zaprzestał ataku. Po prostu stał i krzywiąc się, przyjmował ciosy moich Duchów.

– Zadanie mam. A tobie na co? Żeby uderzać w zaloty do Anastariji?

– To nie jest główny powód – westchnął Reptil. – Powiedziałem ci, jak zostałem koboldem. Tak, teraz już lubię nim być, ale nie zapomniałem, że kiedyś miałem klan, dlatego pragnę zemsty. Okrutnej zemsty. Ten bydlak, który oszukał mnie na pieniądze, to jeden z najbardziej wpływowych graczy Feniksa. Ciągle przesiaduje u Imperatora. Chcę wyzwać go na pojedynek przed pałacem, a do tego potrzebuję mieć Smoka. Tylko z nim zostanę wpuszczony do pałacu. Bydlę z Feniksa bardzo ceni sobie miejsce w cieniu Imperatora, a ten z kolei nienawidzi awanturników toczących pojedynki. I w ogóle jakiejkolwiek formy przemocy. Bez względu na wynik walki, obaj zostaniemy na zawsze wygnani z pałacu. Mnie jest wszystko jedno, ale dla niego będzie to cios o wiele gorszy niż zmiana postaci. A teraz między nim a moją zemstą stoisz ty, bo nie chcesz oddać mi Smoka. Co takiego szczególnego jest w twoim zadaniu?!

Reptil już niemal krzyczał. Taka sytuacja... Doskonale rozumiałem chłopaka: zamienił Maga na wysokim poziomie na to nieporozumienie, a kiedy wymyślił sposób zemsty, trafił na Szamana, który nie chce umrzeć. Kłody same rzucają mu się pod nogi.

Chociaż...

– Poczekaj. Jeśli dobrze rozumiem, szukasz Smoka tylko po to, żeby dostać się do pałacu? Czy koniecznie go potrzebujesz?

– Nie, zadziała każdy Przedmiot Unikalny. Tylko skąd mam go wziąć? – Reptil stopniowo dochodził do siebie.

– Masz pięćdziesiąt tysięcy Złotych Monet?

– Co?

– Zobacz. – Wyciągnąłem sukienkę i udostępniłem mu do wglądu jej właściwości. – Myślisz, że takie cacko spodoba się Imperatorowi? Dasz mi pięćdziesiąt kawałków Złotych i suknia będzie twoja. Co powiesz?

– Nie mam przy sobie tylu pieniędzy. – Reptil się zamyślił. – Mogę dać trzydzieści teraz i dwadzieścia za tydzień. Wyślę zgodnie z umową do Banku na twoje nazwisko.

– Zgoda, ale rozumiesz, że będę zmuszony cię teraz zabić? Muszę dostać się do Smoków. To konieczne. Poza tym niedobrze jest zostawiać niedokończone sprawy. Skoro podjąłem się zabicia cię, muszę to zrobić.

– Dobij. – Uśmiechnął się Reptil, odzyskawszy pełnię sił i snując plany na przyszłość. – Jeśli sprzedasz mi sukienkę, zgadzam się.

– Nawiasem mówiąc, pojedynek to nieładne zagranie. Proponuję ci inny scenariusz... – I w paru zdaniach przedstawiłem mu kilka opcji zemsty, którą można by przeprowadzić na przyjęciu u Imperatora. – Jeden z tych sposobów byłby zdecydowanie bardziej interesujący. Poza tym nie stracisz swojego miejsca w pałacu.

– Niezły z ciebie popapraniec. – Uśmiechnął się Reptil, zawierając ze mną kolejną oficjalną umowę. Cholerne trzydzieści procent ulotniło się na konto korporacji, a do mojej kieszeni wpadło dwadzieścia jeden tysięcy Złotych.

Co ciekawe, absolutnie nie było mi szkoda sukienki. Nawet ropucha spokojnie zareagowała na jej stratę. W Anchursie mógłbym ją sprzedać mniej więcej za trzysta–czterysta tysięcy, ale czułem, że zrobiłem dokładnie to, co należało.

– A co się stanie z wiwerną? – Skinąłem głową na „konika".

– Nic się nie stanie. Za kilka minut zniknie, ja mam uzdę. Dobra, dobij mnie. Wiszę ci dwadzieścia pięć tysięcy. Nie zapomnę o tym. I dzięki za radę. Bydlaki z Feniksa i ich świństewka tak mi się przejadły, że ja już ich wszystkich piii.

Dzyń-dzyń! Zaświtało mi w głowie.

– Co powiedziałeś? – dopytałem, wstrzymawszy oddech.

– Tylko nie udawaj cnotki. Nigdy przekleństw nie słyszałeś?

– Do diabła z przekleństwami. Powtórz, proszę, ostatnie zdanie. Słowo w słowo.

– Powiedziałem: „Bydlaki z Feniksa i ich świństewka".

– Całkowicie ci się przejadły i ty już to wszystko 3,14.

Wszedłem do ustawień i usunąłem ograniczenie wulgaryzmów. Ciekawie będzie usłyszeć, jaką kwiecistością mowy programiści obdarzyli NPC-ów w Barlionie. Ale nie to jest najważniejsze.

– W porządku, żegnaj. Może jeszcze się spotkamy. – Nasłałem dziesięć Duchów Ataku na Reptila i moim oczom ukazało się powiadomienie:

Zdobyłeś osiągnięcie!
Morderca poziomu 1
(do następnego poziomu – 19 morderstw graczy).
Nagroda za osiągnięcie:
Obrażenia zadawane innym graczom wzrosły o 1%.
Listę osiągnięć można sprawdzić w ustawieniach postaci.

Wyłączyłem powiadomienie o wątpliwym osiągnięciu i wyciągnąłem Szachy. Dragonoid nigdzie mi nie ucieknie, a ja muszę potwierdzić swoje przypuszczenia. Czy to możliwe, że jest to aż tak proste? Już po raz drugi dzisiaj spojrzałem na właściwości Orków Wojowników:

$$C^2 = A^2 + B^2$$

$$\|X\| = \sqrt{X_1^2 + X_2^2 + \cdots + X_n^2}$$

1, 1, 2, 3, 5, 8, 13, 21...

Twierdzenie Pitagorasa. Przestrzeń euklidesowa. Ciąg Fibonacciego.

Wyrażenia, które nie są logicznie powiązane. Jeśli jednak mam rację...

Pitagoras. Euklides. Fibonacci.

Pitagoras. Euklides. Fibonacci.

Pi. E. Fi.

Niewiele osób zna wartości tych trzech stałych, ale ja zaliczam się do nerdów, którzy starają się zgłębić badany przedmiot tak dobrze, jak to tylko możliwe. Skoro zdecydowałem się być programistą, to nauczyłem się podstawowych stałych matematycznych z dokładnością do dziesiątego miejsca po przecinku:

3.1415926536; 2,1782818285; 1.6180339887.

Otworzyłem wbudowany w grę kalkulator, obliczyłem potrzebną liczbę (13,8175802) i wprowadziłem ją w pola wartości do uzupełnienia. Cóż? Zgadłem, czy będzie klapa jak wcześniej?

Świat zamarł. Dragonoid, który wciąż stał w drzwiach, padł na kolana wszystkich swoich czterech łap i pochylił głowę. Kilka metrów przede mną pojawił się wir, z którego wyszło ośmiu dwumetrowych orków, jeden za drugim. Z jataganami. Wpatrywałem się w figurki od tak dawna, że mogłem teraz bezbłędnie nazwać każdego orka po imieniu: Gichin, Grover, Vanchor... Cała ósemka wielkich Orków Wojowników stanęła przede mną i na coś czekała.

Wybrałem jednego z orków jako cel i sprawdziłem jego właściwości. Trzysta pięćdziesiąty poziom. Przełykając ślinę, wyobraziłem sobie, że ci wojownicy ogłoszą teraz, że będą dla mnie pracować. Z szacunkiem ukłoniłem się im, składając hołd ich wyczynom.

Nagle orki zaczęły recytować jeden po drugim:

– *W dzień, w którym niebo pokryło się mgłą i spadł silny grad.*
– *Wielki Stwórca wszechrzeczy zrozumiał, że nadszedł jego czas...*
– *A ponieważ nie mógł umrzeć, odszedł w stan spoczynku.*
– *Zamknąwszy na wieki swoje drzwi, by nikt go nie niepokoił.*
– *Stwórca ukrył w jaskini wszystko, co znał, posiadał i stworzył.*
– *A ten, kto znajdzie do niego drogę, obdarzony zostanie łaską.*
– *Tandemu bogów. Karmadont tę drogę odnalazł.*
– *I urodzony jako sługa, został Imperatorem wśród Lśniących Gór.*

Matko! Co to może znaczyć? Jakie Lśniące Góry? Czy chodzi o Elmę, łańcuch górski rozciągający się od południa kontynentu do skrajnego punktu na północy? W godzinach porannych jego szczyty migają jak latarnie. On jest ogromny, po prostu olbrzymi!

– Krasnoludy wiedzą więcej – dodał Grover, po czym orkowie wstąpili do wiru powietrznego, a świat znowu wypełniły dźwięki. Hej, a gdzie zadanie? Gdzie nowe osiągnięcie?

Poczułem się oszukany. Czy właśnie dla tych kilku zdań Feniks był gotów uczynić mnie Mistrzem? Z przyzwyczajenia od razu sprawdziłem właściwości figurek. Były tam tylko opisy wyczynów. Bez dodatkowych danych, nie mówiąc już o możliwości ich uzupełniania. Zwyczajne Unikalne Szachy, tak jak pierwotnie założono. Najważniejsze, żeby Anastarija się nie dowiedziała, że znam tych kilka zdań wskazujących jakiś punkt na mapie Barliony. Punkt, w którym znajduje się wirtualny Stwórca tego świata.

ROZDZIAŁ 8

TOTEM

– Klucz!

Oczywiście jestem osobą wytrzymałą psychicznie, ale kiedy zakazana morda Dragonoida czterdziesty raz z rzędu powtarza to samo zdanie, mam ochotę go czymś trzasnąć.

Gdy tylko portal z Orkami Wojownikami zniknął, Dragonoid podniósł się z kolan i jakby nigdy nic usiadł w drzwiach.

– Potrzebuję zwoju prowadzącego do Smoków. – Podszedłem do czteronożnego NPC-a.

– Klucz! – odburknął Dragonoid po raz pierwszy.

– Jaki klucz?

– Klucz!

– Znalazłem polanę, spełniłem wszystkie warunki. Żądam zwoju!

– Klucz!

Przez pół godziny próbowałem wbić do zakutego łba tej niedoszłej jaszczurki, że spełniłem warunki zadania, ale ona uporczywie odmawiała przekazania mi zwoju prowadzącego do Smoków. I w ogóle w kółko wałkowała tylko to jedno słowo: „Klucz". Nie miałem pojęcia, o jaki klucz chodzi i dlaczego miałbym go przekazać Dragonoidowi. Czy Reptil zapomniał mi o czymś powiedzieć? Przyjechaliśmy tu przecież z powodu jego zadania. A może sam nie wiedział?

Usiadłem naprzeciw drzwi i utkwiłem wzrok w Dragonoidzie. Skoro siłą się nie da, to może sposobem.

– A może...

– Klucz!

– Mam cię dość! Trzymaj swój klucz! – Zajrzałem do torby i wyjąłem z niej pierwszy lepszy przedmiot. Oko Mrocznej Wdowy. A do cholery z nim, jest mi już wszystko jedno!

– Nie ten klucz! Klucz!

O! Mamy mały postęp. Pojawiły się nowe słowa. Wygląda na to, że ten NPC zaprogramowany jest według algorytmu rozpoznawania jakiegoś klucza. Wyjąłem Szkatułkę Malachitową, wyciągnąłem z niej Orków Wojowników, włożyłem do środka kawałek Rudy Cyny i podałem ją Dragonoidowi. Zobaczmy, co z tym zrobi.

– Klucz jest w Szkatułce. – Bez najmniejszego zażenowania bezczelnie okłamałem Dragonoida.

– Otwórz!

– Sam otwórz! Nie jestem twoim służącym! Klucz jest w Szkatułce. Szkatułka jest w twoich rękach, a więc dostałeś ode mnie klucz.

Dragonoid wlepił wzrok w otrzymany przedmiot. To teraz się męcz! Szkatułkę mogą otworzyć wyłącznie Jubilerzy. Dla pozostałych to zwykły rupieć. Dragonoid zrobił głęboki wdech i ścisnął Szkatułkę z dwóch stron tak, że pękła jak przejrzały orzech, ujawniając rudę.

– To nie klucz! Klucz!

Przejrzenie przewodników i forum nic mi nie dało. Nie wiem, skąd Reptil wytrzasnął to zadanie, ale wyglądało na to, że sobie nie poradzę. Wiedziałem i czułem, że zgodnie z moim zadaniem miałem znaleźć się na tej polanie, ale skrzyżowanie dwóch różnych misji dało niespodziewany rezultat. Teraz zadanie Reptila wyskakiwało jako pierwsze, przesuwając moje na dalszą pozycję. NPC jest tylko jeden, a my przyszliśmy do niego we dwóch w tym samym czasie. Pojedynkując się, spełniliśmy warunki zadania Reptila. Nie powinienem był go wysyłać na odrodzenie. Gdyby tu teraz był, jeszcze raz dałbym mu w tę zieloną mordę. Żeby nieukończone zadania mogły się zaktualizować, muszą upłynąć cztery miesiące, których nie mam. Jeśli nie zdobędę Totemu, za dwa miesiące zostanę zdegradowany.

Wygląda na to, że nie mam innego wyjścia...

– Słucham!

– Cześć, Anastarija! Tu Machan. Masz chwilę? Potrzebuję pomocy.

– Jeśli to nic pilnego, zdzwońmy się za dwadzieścia minut. Mam teraz coś na głowie.

– Dobrze. Kiedy będziesz wolna, zadzwoń do mnie.

Naprawdę nie chciałem w to angażować Feniksa, ale najwyraźniej inaczej nie dotrę do Smoków.

– Cześć jeszcze raz! – Po dwudziestu minutach odebrałem z amuletu przychodzące połączenie.

– Dzień dobry! – Usłyszałem męski głos. Nie rozumiem: a gdzie jest paladynka? – Nazywam się Rik Trafny. Pewnie dostał pan w Banku moje ubrania wraz z tym amuletem. I jak się noszą? Podobają się panu? Starałem się, żeby wyglądały neutralnie, chociaż początkowo receptura pochodziła z zestawu strojnisia. Proszę sobie wyobrazić: pomarańczowy przeplatany zielonym. Myślę, że nie chciałby pan tego nosić.

– A gdzie Anastarija? – Udało mi się przerwać potok słów rozmówcy.

– Niestety była zmuszona na jakiś czas wyjść z gry. Poprosiła mnie, żebym się z panem skontaktował. Według niej jest panu potrzebna pomoc. Słucham.

– Rik, nawet nie wiem jak...

– Jeśli nie jest pan pewien mojej pozycji w klanie, to zapewniam, że mogę podejmować decyzje nawet o wypowiedzeniu wojny innemu klanowi. Mam nadzieję, że nie o to chce pan prosić? Brzydzę się przemocą...

– Proszę mi powiedzieć, Rik, jaki jest pana poziom Elokwencji lub Gadulstwa? Jak naprawdę to nazywają?

– O, czyżby miał pan już doświadczenia z takimi graczami? Gratulacje! To bardzo rzadka cecha. Jeszcze rzadziej spotykana niż Rzemiosło. Ale teraz nie chodzi o mnie. W jaki sposób klan Feniksa może panu pomóc?

Nie miałem wyboru, więc opisałem swoją sytuację związaną z zadaniem Reptila. Moje i tak przepadło.

– Dragonoid stoi w progu domu i wymaga od pana klucza: czy dobrze zrozumiałem?

– Tak.

– I nie chce udzielić panu informacji o Smokach?

– Skąd...? – odezwałem się zdziwionym głosem. Skąd on wie? Reptil powiedział, że zadanie jest unikalne...

– Proszę się tak nie denerwować. Te Dragonoidy są rozproszone po całym Malabarze jako wspomnienie istniejących niegdyś Smoków. Kluczem jest berło NPC-a, któremu udało się ukraść zwój z zadaniem. Tak, tak, ukraść, to zadanie można uzyskać wyłącznie taką drogą. Kiedyś całym klanem poszukiwaliśmy szansy na dotarcie do Smoków, ale bezskuteczne. W Barlionie nie ma Smoków. Potwierdzenia szukaliśmy nawet u administratorów gry. Chcieliśmy sprawdzić, czy zakończenie zadań z Dragonoidami może być aż tak absurdalne: zwykły hologram przedstawiający latającego Smoka. Jednak niezależnie od wszystkiego, proszę przyjąć moje gratulacje: nie każdy w Barlionie może zbliżyć się do poznania historii Smoków. Czy to wszystko?

– Tak, dziękuję za pomoc.

– Wyłączam się więc. Wszystkiego dobrego.

Cholera jasna! To nieźle Reptil mnie wkopał, krokodyl niedorobiony! Mam czekać cztery miesiące na ponowne aktywowanie zadania! Żegnaj, Szamanie Elementarny. Wszystko przepadło!

– Klucz! – Najwyraźniej ostatnie słowa wypowiedziałem na głos, gdyż Dragonoid znowu zaczął swoje.

– Nie mam żadnego klucza. Uspokój się i idź do domu. To koniec, pograliśmy już.

Dragonoid, niczym posłuszny koń, odwrócił się i wszedł do domu. Co mam teraz zrobić? Wracać? Miałem tak podły humor, że chciało mi się wyć. Dlaczego nie posłuchałem Kornika i nie poleciałem z nim po Totem? Zachciało mi się być mądrzejszym od wszystkich? Wyobraziłem sobie drwiące oczy goblina po powrocie do niego z opuszczoną głową i mój nastrój pogorszył się jeszcze bardziej.

Zdając sobie sprawę z tego, że nie pozostało mi nic innego, jak powrót do Kołotowki, postanowiłem zrobić prezent Anastariji. I tak muszę stworzyć te Szachy, więc dlaczego nie zabrać się za to teraz? Mam ze sobą wszystkie niezbędne narzędzia, hologramy też, na Dragonoida mogę nie zwracać uwagi. Może choć trochę poprawi mi się humor? Zdecydowawszy się, usiadłem bezpośrednio na trawie i wyjąłem hologramy, które dostałem od Helfajera. Przedstawiciele Feniksa i Mrocznego Legionu. Wiodący gracze naszego kontynentu. Kiedy skopiowałem do pamięci ostatni obraz, przeszedłem do trybu wirtualnego konstruowania. Ach, tak mi źle...

Wyrzuciłem natychmiast po cztery podobizny graczy z każdego klanu, które z jakiegoś powodu w mojej świadomości były szare. Skoro poszarzały, to znaczy, że ich nie potrzebowałem. Z pozostałych zacząłem tworzyć figurki. Anastarija – to oczywiście Królowa. Gdy tylko wyobraziłem ją sobie w szatach, z koroną, zadartą brodą i wyniosłym spojrzeniem, jej podobizna odpłynęła, rozmyła się, a następnie ukazała się w formie jaśniejącej figurki, która była mi potrzebna – pierwsza gotowa. Wizerunek Helfajera odmawiał utworzenia z niego Króla. Korona w ogóle do niego nie pasowała, więc odłożyłem go na bok i przeszedłem do innych postaci. Skoczki, Gońce, wszystkie osiem Pionów i jedna Wieża powstały niemal natychmiast. Pozostały już tylko dwie podobizny i dwie figurki do zrobienia – Król i Wieża. To dziwne, z jakiegoś powodu myślałem, że królem powinien być Helfajer, a nie nijaki i niepozorny gnom, patrzący na mnie złośliwie, dosłownie jakby prosił: „Spróbuj ze mną!". W porządku, skoro się prosi, to trzeba mu zaufać. Sprawdziłem imię gracza: Echkiler Niewidzialny. Ta nazwa nic mi nie mówiła, ale skoro nie miałem innych opcji, postanowiłem spróbować. Miałem tylko nadzieję, że Helfajer mnie nie zabije, jeśli to zadziała.

Zadziałało. Gdy tylko wyobraziłem sobie Echkilera z koroną i w pelerynie, jego podobizna odpłynęła i przeistoczyła się w potrzebnego mi Króla. Dziwne, dlaczego właśnie on? Dlaczego nie Helfajer, który bez najmniejszego problemu pozwolił zamienić się w Wieżę? Zwalę to na zamysł artystyczny.

Z Dwójką też nie było lekko. Plinto nie chciał zostać Królem, chociażby nie wiem co. Nauczony wcześniejszym doświadczeniem, próbowałem zrobić z niego Wieżę, ale i to się nie udało. Szaleństwo! Skoczka, Gońca i Królowej też nie mogłem dopasować. Zostały tylko Piony. Przełknąłem ślinę, mimo trybu wirtualnego konstruowania, w którym świadomość była całkowicie odłączona od ciała. Jeśli Plinto się dowie, że zrobiłem z niego Piona, to Dwójka doda mnie do swojej czarnej listy i poniosę wszystkie przykre konsekwencje tej sytuacji. Mam nadzieję, że Anastarija będzie miała z tego ubaw i nie doniesie o wszystkim temu niezrównoważonemu człowiekowi. Miejsce Króla zajął zatem inny gracz Dwójki o nierozsławionym imieniu. A Królową został gracz, którego widziałem razem z Plinto. Przestałem rozumieć, co robię.

Gdy szesnaście figurek zajęło już swoje miejsca, wyszedłem z trybu konstruowania. Wyciągnąłem z worka Lazuryt i Malachit, ale tuż przed moim powrotem do tego trybu zobaczyłem obok Dragonoida. Czego on tu chce?

Kamienie nie stanowiły najmniejszego problemu. Wszystkie miały identyczny kształt, więc kiedy w wyobraźni odciąłem pierwszy z nich, rozmnożyłem go na osiem kawałków Lazurytu i osiem Malachitu. Już przed samym połączeniem projekcji figur z kamieniami postanowiłem wprowadzić drobne ulepszenia. Chciałem nadać wszystkim figurkom Feniksa dumny i odważny wygląd. Jednak po metamorfozie w większości wypadków figurki patrzyły tak wyniośle, jak gdyby reszta świata w czymś im zawiniła. Tylko Rik, z którym dziś rozmawiałem, nadal miał ludzką twarz.

Dwójce chciałem dodać drapieżności i gniewu. Jeśli mają być zieloni, to niech wyglądają jak orki. Rezultat okazał się zadziwiający – z całej Dwójki tylko Król i Królowa nie pozwoliły na taką przemianę. Twarze pozostałych postaci zniekształciła złość krzycząca, że są coś winni Feniksowi, a nie mają z czego oddać. A niech już tak zostanie. Powiedzmy, że to kolejny zamysł artystyczny.

Kiedy zakończyłem pracę nad wyglądem figurek i połączyłem ich projekcje z kamieniami, otworzyłem oczy. To by było na tyle. Jak tylko dojdę do Dalgoru, wyślę figurki Helfajerowi. Skoro tak bardzo mnie o nie prosił, to wypada spełnić jego życzenie. Wszystkiego najlepszego z okazji urodzin, Anastarijo. Szachownicę sama sobie załatwisz. Cholera, w środku zrobiło mi się przyjemnie, że stworzyłem coś własnoręcznie. A po krótkiej chwili nadmiar szczęścia mnie powalił:

Stworzyłeś przedmiot: Przeklęte Szachy Równowagi.
Opis: Tego w historii Malabaru jeszcze nie było – po raz pierwszy powiązano podmioty z konkretnymi graczami. Od tej chwili gracze klanów Feniksa i Mrocznego Legionu są ze sobą ściśle związani. Gracze odwzorowani w Szachach w postaciach Królów muszą co trzy tygodnie grać ze sobą, żeby wyłonić zwycięzcę. Jeśli któryś z Królów będzie offline, to zastąpi go Królowa, Goniec, Skoczek, Wieża lub Pion. Czas trwania gry – dwie godziny. Jeśli w czasie gry nie uda się wyłonić zwycięzcy, gra zostanie uznana za niebyłą.
Przedmiot jest jednoznacznie przypisany do jego twórcy – Machana.
W wyniku gry w Przeklęte Szachy wszyscy gracze reprezentowani na szachownicy otrzymają:
Trzytygodniowe buffy w przypadku zwycięstwa:
+10% do wszystkich głównych parametrów.
Trzytygodniowe debuffy w wypadku porażki:
-10% do wszystkich głównych parametrów.
Trzytygodniowe debuffy, jeśli gra się nie odbędzie:
-20% do wszystkich głównych parametrów.
Klasa przedmiotu: Unikalny, niezniszczalny. Powiązanie z graczami zostało wykonane. Wszyscy powiązani gracze otrzymali powiadomienie o stworzeniu Przeklętych Szachów Równowagi.
Uwaga! Tego przedmiotu nie można stworzyć ponownie. Brak receptury.
Stworzyłeś Przedmiot Unikalny. Twoja reputacja we wszystkich wcześniej napotkanych frakcjach zwiększyła się o 200.
Zdobyłeś ulepszenia umiejętności:
+1 do Rzemiosła. Łącznie 4.
+3 do Jubilerstwa. Łącznie 22.
Otrzymałeś tytuł: „Artefaktor Klątw".

Gdy przeczytałem wiadomość, nerwowo przełknąłem ślinę. No to mam przegwizdane... Jeśli z przedstawienia Helfajera w postaci Wieży lub Plinto w roli Piona mógłbym się jeszcze jakoś wytłumaczyć, to tworząc taki zestaw szachów, skazałem klany na wieczny konflikt. Tego mi nie wybaczą, nawet jeśli bym wstąpił do jednego z nich. Co mnie podkusiło, żeby robić coś w takim nastroju?

A to co?

Otrzymałeś przedmiot: Klucz do Smoków.
Opis: Pradawne jak sam świat Smoki zawsze szanowały piękno i unikalność. Opuszczając ten świat, Smoki przekazały strażnikom zadanie, żeby przepuszczali do nich tylko godnych przedstawicieli tego świata. Spełniłeś warunek uzyskania Klucza do Smoków: Stworzyłeś unikalną rzecz na oczach Strażnika. Gratulacje!

Przed moimi oczami pojawił się błysk, a zaraz po nim znalazłem na dłoni mały żelazny klucz.

– Klucz! – Dragonoid stojący obok mnie znowu się odezwał, wskazując na moją rękę.

– Trzymaj! – Przekazałem mu kawałek żelaza.

Otrzymałeś przedmiot: Zwój przenoszący do Smoków.
Zastosowanie: Przenosi do miejsca zamieszkania Smoków.

Kiedy Dragonoid otrzymał klucz, przekazał mi zwój, parsknął z zadowoleniem i powlókł się do domu, zupełnie o mnie zapominając. Udało się – teraz wykorzystam zwój i zdobędę Totem. Nie mogę dłużej czekać.

Trzask otwierającego się teleportu sprawił, że się wzdrygnąłem. Odwróciłem się w kierunku tego dźwięku i zobaczyłem uśmiechającego się, ubranego na biało mężczyznę.

Zwiastun.

– Dzień dobry, Machanie. Mam nadzieję, że nie zabiorę panu zbyt wiele czasu. Przejdźmy od razu do rzeczy. Proszę pozwolić sobie pogratulować stworzenia tak interesującego artefaktu. Jest pan czwartym wolnym obywatelem Barliony, który stworzył obiekt powiązany, i pierwszym na naszym kontynencie. Imperator przysłał mnie do pana, żebym wymienił stworzone figury i dostarczył je do pałacu. Gra będzie się odbywać pod jego osobistym nadzorem. Uczestnicy będą przybywać na grę w trybie przymusowym.

– Wymienić? A na co? – Nadstawiłem uszu. Przychylność Imperatora w Barlionie jest dużo warta.

– To słowa nie chłopca, a mężczyzny. Bardzo się bałem, że będę musiał pana przekonywać, wyjaśniając niebezpieczeństwa związane z zatrzymaniem Szachów. Co oferuje Imperator? Po pierwsze nieograniczony dostęp do zewnętrznego ogrodu jego zamku, po drugie jego osobisty pierścień i oczywiście jego osobisty szacunek dla tak interesującego mistrza.

Jednak jest porządnym gościem – jakoś utrzymałem się na nogach, chociaż chomik upadł na plecy i nie dawał znaku życia. To nie wstęp do ogrodów pałacu czy pierścień zainteresowały mnie najbardziej. Te rzeczy też były trudne do zdobycia, ale nie nieosiągalne. Najbardziej ucieszyłem się z „osobistego szacunku" Imperatora. To oznaczało tylko jedno – gigantyczną reputację. Biorąc pod uwagę, że mam doskonałą umiejętność codziennego zwiększania reputacji o pięć jednostek, to już za kilka lat moja postać może mieć niesamowicie wylevelowaną reputację u Imperatora. A to oznacza otwarty wstęp do pałacu! Jednak są jakieś pozytywne skutki stworzenia Szachów.

– Zgadzam się. Proszę. – Wręczyłem stworzone figurki Zwiastunowi.

Twoja reputacja u Imperatora Malabaru wzrosła o 100 punktów. Do Życzliwości pozostało 900 punktów. Reputacja u Imperatora Malabaru nie może zostać zwiększona przez działanie osiągnięcia „Pierwsze Zabójstwo".
Otrzymałeś przedmiot: Pierścień Imperatora.
Opis: Osoba, która nosi ten pierścień, działa zgodnie z moją wolą i na korzyść Malabaru. Liczba użyć: 1.

– Dziękuję i do zobaczenia wkrótce. Zgodnie z zasadami pan jako autor Szachów musi uczestniczyć w pierwszej rozgrywce, która odbędzie się za trzy dni. Pana obecność będzie utajniona, żeby nie przeszkadzać w skoncentrowaniu się Królom klanów. Powodzenia. Za trzy dni jeden z nas przyleci po pana.

Zwiastun uruchomił teleport i zniknął, a ja stałem i gapiłem się głupio na indulgencję w moich dłoniach. To raczej Richelieu niż Imperator. Czegokolwiek teraz nie zrobię, nawet jeśli kogoś zabiję, nie wrócę do kopalni. Otrzymałem jednorazową łaskę. Doskonale, trzeba będzie mądrze ją wykorzystać.

– Słucham – odpowiedziałem na nieoczekiwaną wibrację amuletu połączenia.

– Machan, co to za żarty?! Co ty najlepszego narobiłeś, kretynie?! – Nigdy bym się nie spodziewał, że piękna dziewczyna umie tak się wydzierać.

– Ciebie też miło słyszeć, Anastarija. Ale podobno jesteś offline?

– Jak to offline? Co ty wyprawiasz? Jakie, u diabła, Przeklęte Szachy? Czy w tej Kołotowce zdurniałeś do reszty?

– Anastarija, daj mi wyjaśnić...

– Masz dwie godziny na to, żeby figurki trafiły do mnie. Muszę je rozpracować. Jeśli nie dostanę Szachów, oficjalnie ogłoszę cię wrogiem klanu Feniksa. Zrozumiałeś?!

– Nie mam już figurek. Zabrał je Zwiastun. Imperator ich zażądał.

– Imperator?

– No tak. Przyleciał Zwiastun, nagrodził mnie nieograniczonym dostępem do zewnętrznych ogrodów pałacu oraz setką reputacji u Imperatora, zabrał Szachy i zostawił mnie samego. I przestań na mnie krzyczeć, o figurki poprosił Helfajer, chciał zrobić ci prezent. Wszystkiego najlepszego z okazji urodzin! Nadchodzących urodzin, oczywiście.

– Jak śmiesz?

– Nastja, jak pragnę zdrowia, mam tego dość! Mów otwarcie, czego chcesz? Kiedy poprosiłem cię o pomoc, nie chciałaś nawet ze mną rozmawiać, przekazałaś mnie Rikowi. Teraz dzwonisz i krzyczysz na mnie. Też mi z ciebie wielki analityk, niby mózg Feniksa! Przestańmy wpuszczać się nawzajem w maliny.

– Machan! Ty... ty...

– Tak, ja! Jak długo można grać na czas i mydlić mi oczy? Czego chcesz?

– Chcę figurki Orków Wojowników. Wiem, że je masz.

– Co otrzymam w zamian?

– Tytuł Mistrza Feniksa.

– Nie jestem zainteresowany. Jak pokazuje doświadczenie, sam też nieźle daję sobie redę. Zamierzam stworzyć swój klan.

– Czego więc chcesz w zamian?

– To źle postawione pytanie. A co możesz mi zaoferować? Jeśli dobrze rozumiem, od czasu pojawienia się Orków Wojowników do chwili obecnej nikt nie był w stanie stworzyć Krasnoludów. Wygląda na to, że figurki powinien wykonywać jeden gracz albo twórca powinien mieć poprzednie figurki. Jestem pewien, że Rik w trybie ASAP próbuje nauczyć się Jubilerstwa, ale mu to nie wychodzi. Popraw mnie, jeśli się mylę.

Na jakiś czas w amulecie zapadła cisza.

– Czy możesz mi zagwarantować, że otrzymam pozostałe figurki, jeśli je stworzysz?

– Jeśli dojdziemy do porozumienia, to tak. W ciągu miesiąca od momentu stworzenia figury będą twoje.

Ech, poniosła mnie ułańska fantazja! Naprawdę miałem nadzieję, że w ciągu miesiąca uda mi się rozwiązać łamigłówkę związaną z nowymi figurkami.

– Klan Feniksa będzie ochraniać twój klan. Za figury z jednego rodzaju kamienia dostaniesz milion Złotych Monet. Do tego dostęp dziesięciu graczy twojego klanu do magazynu naszego klanu, z opcją wyboru przez każdego z nich pięciu rzeczy. I jeszcze przyspieszone wylevelowanie dziesięciu graczy z twojego klanu do setnego poziomu pod przywództwem naszych rajderów. Taka oferta ci odpowiada?

– Całkowicie. Umowa?

– Tak, za chwilę przygotuję jej treść i wyślę ci pocztą. Będziesz mógł ją przeczytać w Banku. Machan...

– Co?

– Kiedy planujesz stworzyć klan?

– Jak tylko dotrę do Anchursu. W Dalgorze nie można go zarejestrować.

– Powiedz mi, czy miejsce twojego zastępcy jest wolne? – zapytała tajemniczo Anastarija.

– Nie rozumiem...

– Później porozmawiamy. Nie daj się, Szamanie Unikalny.

Co tu się dzisiaj wyprawia? Czy udało mi się zainteresować sobą wielką Anastariję? Po co zapytała mnie o zastępcę? Czyżby chciała...

Jak zwykle sprawdziłem timer powrotu i nieźle się zdziwiłem: zostało mi tylko siedem godzin. Oho! Proszę, ile czasu zajęły mi Przeklęte Szachy! Może mi nie wystarczyć czasu na Smoki. Pomysł, żeby skoczyć do Dalgoru, a stamtąd do Kołotowki, aby zresetować licznik, odrzuciłem od razu. Szkoda na to pieniędzy. Zostało mi jeszcze tylko po jednym teleporcie do Dalgoru i Kołotowki, a iść do Najwyższego Maga i kupować kolejne... No cóż, sam nie wiem. Poza tym czułem, że zdążę. Po prostu będę musiał wykazać się trochę większą roztropnością.

Kiedy wchodziłem do aktywowanego portalu, spodziewałem się zobaczyć różności: góry, stepy, nieprzebyte lasy. Ale miejsce, do którego trafiłem, zupełnie nie przypominało standardowej siedziby Smoków: złoty piasek, błogie ciepłe słońce, palmy i błękitne czyste morze. Pięknie! Czy mogę tutaj zostać? Niech Feniks i Dwójka spróbują mnie znaleźć.

– Witam pierwszego wolnego obywatela Barliony, który przybył na wyspę. – Przez plażę przetoczył się niski głos. – Nazywam się Ajaretolikus, jestem strażnikiem pamięci Smoków.

– Nazywam się Machan, jestem Szamanem. Kłaniam ci się nisko, strażniku, ale odpowiedz, gdzie i kim jesteś? Niezbyt przyjemnie jest rozmawiać z powietrzem. – Jakoś po rozmowie z Anastariją stałem się odważniejszy.

– Znajduję się kilka kilometrów stąd, w głębi wyspy. Idź drogą, ona doprowadzi cię bezpośrednio do mnie.

Postanowiłem, że zanim pójdę do strażnika, otworzę mapę, żeby sprawdzić, gdzie znajduje się ta wyspa.

Uwaga dla gracza! W tej lokalizacji używanie map jest zabronione.

Masz ci los! Gdzie ja w ogóle jestem? Wiedziałem jedno – na wyspie. Tylko gdzie się ona znajduje? Na Oceanie Świata? Na morzu śródlądowym? Na wielkim jeziorze? Jest przecież mnóstwo możliwości.

Zdając sobie sprawę, że przed powrotem do Kołotowki mogę nie zdążyć zdobyć Totemu, wyrwałem truchtem do strażnika. Nie miałem czasu na romantyczny spacer.

– Strażniku? – Podbiegłem do dużej błyszczącej kuli o średnicy około dwóch metrów, swobodnie wiszącej mniej więcej dwa metry nad ziemią. Epickie widowisko. Denerwowało mnie tylko jedno: planowałem zobaczyć żywego Smoka, a nie ten piorun kulisty.

Powierzchnia kuli zawibrowała i, jak się wydaje, na całej wyspie rozległ się głos:

– Po raz kolejny witam na mojej wyspie pierwszego wolnego obywatela Barliony. Jestem Strażnikiem wiedzy Smoków. Pytam cię, podróżniku, dlaczego do mnie przybyłeś?

Trochę pompatycznie, ale niech będzie.

– O, Strażniku wiedzy Smoków. – Zdecydowałem się odpowiadać kuli w podobnym tonie. – Przybyłem tu, by wcielić mój Totem.

– Totem? Masz Smoka w Totemie?

– Tak, Strażniku. Wolą losu otrzymałem Smoka, ale jest jeszcze bardzo mały i niedoświadczony.

– Nie potrzebuję wyjaśnień, zrobię dla ciebie portal do świata Smoków.

– Świata?

– Tak, Smoki na zawsze opuściły ten świat. Mieszkają na zewnątrz Barliony i tylko obserwują nas z boku.

– Dziękuję, Strażniku, za twoją pomoc.

– Wskakuj więc. Nie ma sensu tracić czasu. Ciągle go brakuje.

Rozległo się klaśnięcie i obok kuli pojawił się portal. Kiedy zmierzałem do niego, zastanowił mnie jeden szczegół: Kornik zaproponował, żeby udać się bezpośrednio do Smoków. Czy jest w stanie skakać pomiędzy światami? Przy okazji muszę go o to zapytać.

Portal otulił mnie światłem, a kiedy zniknął, zdałem sobie sprawę, że nigdy wcześniej nie widziałem gór. To, co dotąd nazywałem górami, to zwykłe pagórki. Teraz moim oczom ukazały się góry z prawdziwego zdarzenia. Praktycznie pionowe skały sięgające daleko w niebo, ośnieżone szczyty sąsiednich wzniesień gubiące się w chmurach i przenikliwy wiatr. To dopiero widok!

– No nareszcie! Dotarłeś! – Obok miejsca, w którym znajdowało się wyjście z portalu, siedział Kornik z rozłożonym koszykiem pełnym jedzenia i zarzuconą na siebie kopułą ochronną.

– Nauczycielu – pokłoniłem się – powiedziałeś, że następnym razem zobaczymy się, gdy nadejdzie czas egzaminu na Szamana Wielkiego. Czy to jest ten moment?

– Nie, no coś ty! – Roześmiał się Kornik. – Po prostu założyłem się z Aarenoksitolikusem, że zdołasz tu dotrzeć w ciągu miesiąca. Wyobraź sobie, że ta zielona jaszczurka powiedziała, że mój student potrzebuje dwóch lat, żeby trafić tu samodzielnie.

– Czyli wygrałeś? Nauczycielu, narzuć na mnie kopułę, zimno tu.

– Kopułę? Sam ją sobie narzuć. Czy naprawdę sądzisz, że za każdym razem będę za tobą biegał i zmieniał ci portki? Musisz się rozwijać. Wygrałem beczułkę doskonałego wina. Tylko Smoki potrafią robić tak wyśmienity trunek. Reszta to popłuczyny. Kiedy zostaniesz Szamanem Wielkim, przyjdź, dam ci spróbować.

– Nauczycielu, nie uczyłeś mnie tworzyć kopuły. Skąd mam wiedzieć, który z Duchów jest za nią odpowiedzialny?

– Nikt też nie pokazywał ci, jak wywołać Ducha Spowolnienia lub Oczyszczenia, a jakoś sam się tego nauczyłeś. Dlatego i z tym sobie poradzisz. Jesteś Szamanem czy nie?

Uparty goblin! Wyłożył podstawy, a resztę wymyśl sam. Jak dobrze było grać Łowcą – nauczyciele międlili każdy drobiazg: jak trzymać łuk, jak zakładać sidła, jak prawidłowo zmierzyć odległość. A tu – sam dasz sobie radę. Wielkie mi mecyje! A może to charakterystyczne tylko dla tego nauczyciela? Stetryczały dziad!

Wiedząc, że bez kopuły długo nie pociągnę, włączyłem tryb pracy z Duchami i zacząłem improwizować. Ranga Duchów Wody, pomimo mojego codziennego samoleczenia i walki z Reptilem, wzrosła tylko do dwóch. Nawet nie zauważyłem, kiedy to się stało.

Co mógłbym więc wybrać? W kategorii Wody znajdowały się: Duch Wodnego Ataku, Duch Fali Wodnej, Uzdrawiający Duch Wody, Duch Wodnej Fali Uzdrowienia, Duch Uzdrowienia, Duchy Tymczasowych Obrażeń, Duch Kontroli i Duch Oczyszczenia.

Wszystkie potrzebne, wszystkie ważne, ale potrzebuję innego Ducha. Nie wiem, jak poprawnie go nazwać, ale może chodziłoby o coś w rodzaju Ducha Tarczy Wodnej. Gdzie powinienem go umieścić? Nie miałem pustych slotów. Prawdopodobnie najwyższy czas zająć się Duchową Optymalizacją. Kalambur, bez dwóch zdań.

Duch Wzmocnienia przez minutę zwiększa główne parametry o dwa procent, ale w czasie walki, jak pokazuje potyczka z Reptilem, jest bezużyteczny. Nie ma czasu, żeby go wywoływać. Trzeba albo bić, albo leczyć. A jeśli by tak połączyć Ducha Wzmocnienia z Duchami Uzdrowienia? To by kosztowało sporo many, ale za to podczas leczenia natychmiast włączałby się niezły buff. Doskonale wiedząc, że czytanie przewodnika i forum nie ma sensu, przejrzałem je dla spokoju sumienia, oczywiście bez rezultatu. Znowu muszę zdać się na intuicję...

Najpierw spróbowałem wybrać Ducha Uzdrowienia i przywołać do niego Ducha Wzmocnienia. Pudło. Duchy nie rozumiały, co mają robić. Przywołałem więc do siebie oba Duchy jednocześnie. Też nic. Najpierw jednego, później drugiego. Spróbowałem więc jeszcze inaczej...

Pracowałem z takim zapałem, że wyłączyłem się na chwilę, zapominając o zimnie. Wreszcie przy kolejnej próbie scalenia Duchów pojąłem, co trzeba zrobić. Proste programowanie obiektowe. Istnieje klasa „Duch Uzdrowienia" z jej właściwościami i klasa „Duch Wzmocnienia" – ze swoimi. Zadanie polegało na utworzeniu nowej klasy zbiorczej, która odziedziczy podstawowe właściwości składowych klas. Ale skąd wziąć kreator, który je skompiluje? Poprosić o to Kornika? Wyśmieje mnie, morda zielona, powie, że ma ucznia kompletne beztalencie i szkolenie go jest stratą czasu.

Po co Szamanom Totem? Czy tylko po to, żeby z nim grać i bawić się? Oby przewodnik tym razem mnie nie zawiódł:

Totem: obiekt naturalny używany w charakterze znaku rozpoznawczego Szamana. Totemy pomagają Szamanom zrozumieć samych siebie. Służą jako środek komunikacji ze światem wewnętrznym i odzwierciedlają te substancje, z których składa się osobowość szamańskiego doczesnego, cielesnego „ja". Totemy pomagają zrozumieć, dlaczego Szamani są tacy, jacy są. Wskazują mocne i słabe strony charakteru, wzmacniają zalety i osłabiają wady.

Właściwości Totemu: Nie można go zmienić. Może być używany jako wierzchowiec (po inkarnacji) lub kreator Duchów. Totem jest rozumny, należy go rozwijać. Po każdych kolejnych pięćdziesięciu poziomach Totem otrzymuje dodatkową umiejętność w zależności od typu Totemu. Jeśli Totem nie pasuje do Szamana, można mu go odebrać.

No tak. Wszystko od razu stało się jasne i zrozumiałe, szczególnie po przeczytaniu pierwszego akapitu. Nieźle nawymyślali. Dlaczego? Żeby pokazać, że bycie Szamanem jest super? Brr... Najważniejsze, że udało mi się dowiedzieć tego, co chciałem. Totem jest kreatorem Duchów.

A skoro tak, to...

– Cześć. Potrzebuję twojej pomocy. Przybędziesz?
– Będziemy glać?
– Nie, nie będziemy się bawić. Trzeba porozmawiać z Duchami.
– Dobze. Idę.

Obok mnie pojawiła się projekcja małego, przezroczystego Smoczka. Czy mi się wydawało, czy trochę urósł? Chyba rzeczywiście wcześniej był mniejszy.

– Cesć. W cym ci pomóc?

– Sam jeszcze nie wiem. Widzisz, są dwa Duchy. Jeden wzmocnienia, a drugi uzdrowienia. Chcę je połączyć, żeby powstał nowy Duch, ale nie wiem, jak to zrobić. Może ty wiesz?

– Z dwóch Duchów ceba zlobić nowego? Ocywiście, ze wiem. Chwileckę! – Smoczek zniknął na kilka sekund, po czym pojawił się, trzymając w łapach jakiś kryształ. Gdy tylko Smok wrócił, rozległ się ciężki, ogłuszający głos:

– Dusza Totemu. Szaman powinien strzec jej jak oka w głowie. Jeśli Dusza Totemu zostanie zniszczona, Totem zniknie na zawsze, a Szaman utraci swoją moc.

Smoczątko, trzymając kryształ, potrząsnęło głową i kontynuowało swoim dziecięcym głosem:

– Wezwij tutaj pocebnego Ducha, później nowego, i zlobi się nowy Duch. Splubujmy, zobacymy co bendzie.

Dusza Totemu? Pierwsze słyszę. Przewodnik i forum milczały na ten temat. Cholera, dlaczego pomoc w grze jest taka skąpa? Musiałbym wejść do sieci: tam jest wszystko o Barlionie. A tutaj...

Westchnąwszy z goryczą, włączyłem tryb pracy z Duchami, wybrałem kryształ znajdujący się w łapach Smoka i przywołałem do niego Duchy uzdrowienia i wzmocnienia. Gdy tylko Duchy znalazły się w krysztale, przed moimi oczami wyświetliło się okno z opisem nowego Ducha. Był to Wodny Duch Uzdrawiającego Wzmocnienia. Obok opisu znajdowały się dwa aktywne paski z suwakami: *Leczenie* i *Wzmocnienie*. Chwilę pobawiłem się suwakami i trochę się wkurzyłem. Wyglądało na to, że Duchy Uzdrowienia i Wzmocnienia wywołane osobno dają swoją siłę w stu procentach, jednak hybryda Duchów nie ma takiej samej siły jak każdy z nich z osobna. Nie dość, że czas wywoływania Ducha Uzdrowienia wzrósł, to moc uzdrowienia i wzmocnienia była równa zaledwie siedemdziesięciu procentom wartości początkowej. Kiedy suwakami ustawiałem jeden parametr na dziewięćdziesiąt procent, wtedy drugi spadał do trzydziestu. Takie wzmocnienie nie miało sensu. Prawdopodobnie zależność między parametrami była nieliniowa.

Zastąpiłem Ducha Uzdrowienia powstałą hybrydą i wykonałem podobną operację z masowym uzdrowieniem. Wydawało mi się, że taka kombinacja przyniesie więcej korzyści. Postanowiłem, że teraz pobawię się z Duchami Ataku.

Kliknąłem kryształ i wezwałem Ducha Wodnego Ataku, Ducha Tymczasowych Obrażeń i Ducha Kontroli. Potrójny cios w nerki wroga!

Maksymalna liczba kombinacji Duchów nie może przekraczać wartości rangi Duchów.

Psiakrew! A już się cieszyłem... W zasadzie to logiczne – trzeba podnosić rangę Duchów, żeby tworzyć dowolne kombinacje. Połączyłem atak wodny z tymczasowymi obrażeniami i zoptymalizowałem strefę aktywną. Pojawiły się dwa wolne sloty, do których mogłem przywołać Ducha Tarczy Wodnej. A tego z kolei mogłem połączyć z uzdrowieniem i w ten sposób nakładać na wyleczony cel tarczę blokującą kolejne uszkodzenia. Uff! To teraz się rozkręcę.

Skupiając się na pustym slocie, zacząłem wywoływać Ducha.

Szaman Elementarny drugiego stopnia ma dostęp do następujących dodatkowych Duchów: Duch Tarczy. Czy chciałbyś dodać Ducha do strefy aktywnej?

Nareszcie! Po otrzymaniu nowego Ducha Wody połączyłem go z leczeniem i ponownie przetasowałem strefę aktywną. A więc jednak nie będę marznąć!

Wezwałem Ducha Uzdrawiającej Tarczy i spojrzałem z zadowoleniem na uśmiechającego się Kornika. Chociaż nie, on się nie uśmiechał, on bezczelnie rechotał. Nie rozumiem, co w tym śmiesznego?

Po chwili stało się jasne, co tak rozbawiło mojego nauczyciela. Tarcza wodna miała jedną przykrą właściwość: składała się z wody. A w górach było zimno. Bardzo zimno. Kiedy znalazłem się w lodowej kuli, podłamałem się. Kornik był draniem! Widział, że skupiłem się na Wodzie, ale nie powstrzymał mnie. Chociaż ja też dałem czadu. Byłem tak zaaferowany tym wyzwaniem, że nie pomyślałem o tym, jak woda zareaguje na zimno. Właściwa tarcza powinna być wykonana z powietrza, jak tarcza Kornika. Tyle że ja nie specjalizuję się w Powietrzu. Podchwytliwa zagadka!

Poczekałem minutę, aż tarcza spadnie (to kolejne pytanie do Kornika: dlaczego jego tarcza wisiała przez długi czas, a moja – tylko minutę) i Tłuczkiem zacząłem uwalniać się z zamarzniętego więzienia jak pisklę z jajka. I dlaczego kopuła nie chciała pękać?

– Źle to lobis! – Całkowicie zapomniałem o Smoczku. Kręcił się wokół mnie i z zaciekawieniem obserwował bieg wydarzeń.

– A jak zrobić to dobrze?

– Nie mozna stukać wsendzie, gdzie popadnie. Ceba znaleźć słaby punkt i tam udezać.

– Pomożesz mi?

– Tak, juz mam. Udezaj tutaj. – Smoczek przytknął swój pyszczek do lodowej kapsuły. Jeśli mówi, że tutaj, to tutaj.

– Odsuń się. Za chwilę będzie tu wielkie bum!

Zamachnąwszy się, na ile to było możliwe w ciasnym lodowym sarkofagu, trafiłem w punkt wskazany przez Smoczka. Zaczęły się fajerwerki. Lodowa skorupa rozleciała się we wszystkie strony, jakby została wyrzucona siłą eksplozji. Lodowaty wiatr znów dał mi się we znaki, ale wtedy złote światło otaczające mnie i Smoczka stanęło mu na drodze. I skąd wzięła się ta dziwna muzyka?

– Ojej! Jak dobrze... wyszł... Dobr-r-r... r-r-r, gr-r-ra, kr-r-r-a! – Gdy uciekłem wzrokiem od oślepiającego blasku, zobaczyłem kręcącego się wokół mnie Smoczka. Chociaż... jakiego Smoczka? Wokół mnie zataczał kręgi młody dwumetrowy Smok!

– Wyobr-r-raź sobie – przemówił radośnie. – Mogę wymówić literrrę R-r-r. Super-r-r!

Posłałem Smokowi wymuszony uśmiech, klepiąc go po plecach, bo nic z tego nie rozumiałem: wcieliłem go? Niby jak?

Zadanie „Poszukiwanie Totemu" zostało zaliczone.
Zadanie „Droga Szamana. Krok 2" zostało zaliczone.

I to wszystko? Czy te męki, które przyszło mi przejść w czasie poszukiwań zwoju, były tylko po to, żebym mógł po prostu wyjść ze Smokiem z kapsuły lodowej? A gdzie unikalne bonusy? Gdzie osiągnięcie niespotykanej mocy? Gdzie jest to wszystko, pytam? I w końcu, gdzie są Smoki?

– Witaj, synu! – Mój Smok nadal ryczał na wszystko, co widział, ucząc się normalnie mówić, gdy wtem obok mnie zstąpił na ziemię inny ogromny zielony Smok. Przy okazji, dopiero teraz zdałem sobie sprawę, że mój jest czarny jak noc. Przyzwyczaiłem się, że był przezroczysty, dlatego nie zauważyłem tego od razu.

– Ojcze. – Ukłoniłem się Smokowi.

Choć nie do końca rozumiałem, o co chodzi z tym ojcem i synem, na wszelki wypadek nie wyłamywałem się z konwencji.

– Nazywam się Aarenoksitolikus, jestem tą zieloną jaszczurką, o której mówił ci Kornik. Możesz mówić do mnie Renoks.

– Nie psuj mi ucznia – zagrzmiał głos goblina. – Zachciało ci się gier z podziałem na role: syn i ojciec. On jest Szamanem, nie Smokiem.

– Smokiem? Jakim Smokiem? Jestem człowiekiem.

– Jesteś Smokiem! – Ryk Renoksa poniósł się po górach.

– On jest Szamanem! – W ślad za nim Kornik zatrząsł górami.

– Tato, dobr-r-rze cię widzieć! – Dobił mnie Smoczek. – Wyobr-r-raź sobie, że znowu żyję! I wr-r-róciła mi pamięć!

– Czy ktoś mógłby mi wyjaśnić, co tu się właściwie dzieje? – Prawdopodobnie zabrzmiało to głupio, ale nic z tego nie rozumiałem.

– Kornik, zacznij. Poprawię cię, jeśli zajdzie potrzeba – burknął Renoks.

– Szaman musi mieć Totem. Bez niego jest nikim. Istnieje mnóstwo sposobów zdobycia Totemu. Można o niego poprosić swojego nauczyciela, można znaleźć go samodzielnie. Można też zrobić coś niezwykłego i w ten sposób wyciągnąć Totem z Szarych Ziem. W twoim wypadku wszystko potoczyło się tak, jak powinno.

– Machanie, jestem zdumiony, jak z takim nauczycielem udało ci się pojąć tworzenie kombinacji Duchów. Kornik, przynajmniej raz odłóż na bok swoje zasady i wyjaśnij wszystko normalnie.

– Nie wtrącaj się w to, jak uczę! Robię to tak, jak chcę. Ja nie łażę do twoich Smoków i nie mówię im, jak mają latać. Więc i ty niczego mi nie dyktuj.

– A może ty wiesz, co się tutaj stało? – zapytałem Smoczka, który ciągle porykiwał na kamienie.

Kornik i Renoks byli zajęci głęboką ideologiczną kłótnią. Wcinanie się w nią byłoby bezcelowe, w dodatku zostały mi już tylko dwie godziny na powrót.

– Nic takiego. To prr-r-rawda, że byłem Smokiem, ale sto lat temu w bitwie z lodowymi gigantami tego świata poległem. Miałem zaledwie tr-r-rzysta lat, można powiedzieć, że dopiero co wyklułem się z jaja, a podczas pier-rrwszej bitwy głupio wpadłem pod kamień. Chciałem pomóc kr-r-rewnym. Ojciec przez długi czas szukał możliwości mojego odr-rodzenia, dopóki nie dowiedział się, że mogę wcielić się w Totem. Nawet jeśli tylko na kr-rótki czas, to i tak było to lepsze niż całkowite zapomnienie. Zwr-rócił się do Szamanów, a ci przywołali mnie na ten świat w roli Totemu.

Przez ostatnie sto lat nikt nie otrzymał Smoka w Totemie, a nawet jeśli by się to zdarzyło, byłbym zwykłym, nieogarniętym i głupiutkim malcem. Nawet teraz, kiedy wrócimy z powrotem do twojego świata – o, już nie ryczę! – znów zamienię się w maleńkiego głuptaska. Żebym odzyskał tam pamięć, musiałbyś doprowadzić mnie do dwusetnego poziomu.

– A dlaczego tutaj ją odzyskałeś?

– Urodziłem się ponownie. Z jajka. Ale urodziłem się razem z bratem.

– Z kim?

– Niespodzianka! Swoją kopułą utworzyłeś lodowe jajko, a ojciec oddechem zamienił je w prawdziwe. Bo czy nie zdołałbyś sam rozbić Tłuczkiem zwykłej lodowej bańki? Więc ze smoczego jajka wykluły się dwa Smoki. Jeden zmartwychwstały, a drugi... Drugim jesteś ty, bracie.

– I jeszcze ten zaczyna... – Okazało się, że Kornik i Renoks, przerwawszy swoją kłótnię, stali obok i słuchali wyjaśnień Smoczka. – Nie róbcie mu wody z mózgu, bo za chwilę oszaleje. Nie słuchaj ich, niczego dobrego cię nie nauczą. Sytuacja jest trochę bardziej skomplikowana niż stwierdzenie, że jesteś Smokiem. Najwyraźniej będę musiał ci wyjaśnić, co tu zaszło. Sto lat temu Rada Szamanów, na prośbę tej zielonej jaszczurki, odrodziła zmarłego Smoka w postaci Totemu.

– Kto skupiałby się na kolorze – skomentował Renoks, bez cienia żalu w głosie.

– Nie przerywaj. Wracając do tematu, zdołaliśmy go ożywić, jednak nie było godnych kandydatów, którzy mogliby otrzymać ten Totem. Kilku ochotników próbowało, ale wszyscy zginęli w Smoczym ogniu. Nawet Gieranika bał się zaryzykować. Aż tu nagle pojawiłeś się ty ze Smokiem w Totemie. Kiedy Pronto się o tym dowiedział, mało brakowało, żeby opuścił swoją kopalnię i popędził poinformować o tym wszystkich Szamanów.

Powstrzymał się jednak, jego poczucie obowiązku okazało się silniejsze, jednak wysłał mi wiadomość. Zacząłem cię obserwować. No tak, ale to nie ma większego znaczenia dla sprawy. Smok. Nawet gdybyś po prostu wcielił Smoka, on pozostałby nierozumny. I to jeszcze jak nierozumny... Z czasem oczywiście by zmądrzał, wykonywałby polecenia, ale wciąż byłoby mu daleko do prawdziwego Smoka. Tak byłoby, gdybyś wybrał standardową ścieżkę i zwrócił się do mnie o pomoc. Ale wybrałeś drogę Szamana. W rezultacie stało się to, co się stało. W tym świecie twój Totem odzyskuje pamięć i może przebywać z rodziną. Ale nie więcej niż pięćdziesiąt procent czasu, ponieważ resztę czasu musi spędzić z tobą. W naszym świecie Smok też może odzyskać pamięć, ale żeby tak się stało, trzeba go doprowadzić do dwusetnego poziomu. Kiedy wrócisz, on będzie na pierwszym poziomie i będziesz mógł go przywołać tylko na dwie godziny dziennie. Na razie nie stać go na więcej. Wraz ze wzrostem poziomu będzie wzrastał czas jego obecności w twoim świecie. Tak to wygląda.

– A jeśli chodzi o to, że stałem się teraz Smokiem?

– Nikim się nie stałeś! Jesteś Szamanem tak jak przedtem! Może tylko przez kilka dni po powrocie do naszego świata będziesz kompletnym wrakiem, no i otrzymasz odporność na trucizny. Na wszystkie. Jest jeszcze kilka rzeczy, z którymi będziesz musiał poradzić sobie sam, ale do tego czasu jeszcze długa droga rozwoju przed tobą. Nic, co byłoby teraz warte jakiejś szczególnej uwagi.

To dziwne, skoro mam nowe zdolności, to dlaczego system mnie o nich nie powiadomił?

– A jak zdobywa się kolejne stopnie u Smoków? Mam na myśli to, jak mógłbym ci przywrócić pamięć? – Spojrzałem na Smoczka.

– Wzywaj mnie jak najczęściej i wysyłaj na polowania na drobną zwierzynę. Tylko planuj to rozważnie, bo jeśli zostanę odprawiony na Szare Ziemie, stracę od razu dziesięć poziomów. Pamiętaj o tym.

Aha, wygląda na to, że jest zwykłym zwierzakiem Łowcy, tylko ułatwiającym pracę z Duchami. Nieźle.

– Czy powinienem jeszcze o czymś wiedzieć? Kończy mi się już czas. Muszę wracać.

– Reszty dowiesz się w trakcie – odpowiedział Renoks, a następnie zwróciwszy się do zadowolonego z siebie Kornika, burknął: – Wygrałeś po raz drugi. Gdzie ty znalazłeś takiego ucznia?

– Po raz drugi? – Spojrzałem pytająco na Kornika.

– Renoks obiecał temu, kto otrzyma jego Totem, nagrodę godną Imperatora. A tego, kto umożliwi mu chociaż krótką rozmowę z synem, sowicie wynagrodzi. Założyliśmy się o to, że nawet się nie zająkniesz o nagrodzie. I zgarnąłem kolejną butelkę wina.

– Jestem ci wdzięczny, Szamanie. Z naszego świata tylko Herold może wynieść coś materialnego, ale są rzeczy ważniejsze od złota: informacje. Spójrz na te dwie mapy. Są na nich zaznaczone starożytne skarbce Smoków. Nam już nie są potrzebne, ale tobie mogą się przydać. Ale pamiętaj: o ile w drodze do pierwszego miejsca możesz mieć towarzystwo, o tyle do drugiego idź sam. I co najważniejsze: zauważyłem, że zacząłeś odbudowywać Szachy Karmadonta. Lubiłem tego człowieka, był wielkim władcą. Pamiętaj tylko o jednym: niezależnie od tego, co będą podpowiadać ci logika i wskazówki, zawsze wybieraj właściwą drogę.

Aktualizacja map świata Gry.
Na twoich mapach zaznaczono dwa skarbce Smoków. Oznaczenia są ponumerowane.

Właściwą drogę? Jaką znowu właściwą drogę?

– To wszystko. Pora na ciebie.

– Czy mogę jeszcze zadać pytanie? Jak Switebaldowi udało się pozyskać waszą przyjaźń?

– Szaman Najwyższy Switebald pomagał Renoksowi w poszukiwaniach kandydata, który otrzymałby Smoka w Totemie. Poświęcił na to dwadzieścia lat. – Zamiast Smoka odpowiedział Kornik.

– Ale staruszki, jego siostry, mówiły, że...

– Dla nich on zawsze pozostanie Handlarzem, kupcem, poszukiwaczem przygód. Nie wszyscy muszą znać prawdę.

– Chwileczkę. Mam jeszcze jedno pytanie.

– Kornik, zaczynam cię rozumieć. Dasz mu palec, to weźmie całą rękę – skomentował starszy Smok.

– Na poprzednim spotkaniu powiedziałeś, że muszę się na coś przygotować i że absolutnie nie ma już czasu. O co chodziło? – Zignorowałem słowa Smoka. Skoro jestem bezczelny, to polecę po całości.

Kornik zastanowił się chwilę, po czym, ostrożnie dobierając słowa, odpowiedział:

– W Barlionie szykują się duże zmiany, ale Imperator nie chce o tym nawet słyszeć. Jest na to głuchy i ślepy.

– Zmiany? Jakie zmiany?

– Dość już pytań. Jeśli będziesz nadal robić to, co robisz, wkrótce sam wszystkiego się dowiesz. Musisz stać się Wielkim. A zatem, ucz się!

Otrzymałeś zadanie: „Droga Szamana. Krok 3. Przejście próby na Szamana Wielkiego".
Opis: Przejdź próbę, by zostać Szamanem Wielkim.
Następna próba: Za 3 miesiące.
Klasa zadania: Klasowe.

Miałem już na końcu języka pytanie, co mam dalej robić, gdy nagle znalazłem się na swoim łóżku w domu Elżbiety.

Otrzymałeś nową umiejętność pasywną – Smoczą Krew: Odporność na wszystkie rodzaje trucizn.
Uwaga! Dostępny jest nowy parametr postaci: Duchowość. Duchowość wpływa na umiejętność kierowania Duchami, tworzenia różnych kombinacji Duchów, umożliwia nauczenie się przywoływania Duchów pozostałych klas. Wraz z rozwojem statystyk zmniejsza się kara za stworzone kombinacje Duchów.
Czy chcesz przyjąć ten parametr?
Uwaga! Rezygnacja z przyjętego parametru będzie niemożliwa!

Przyjmuję! Już najwyższy czas wypełnić ostatnią pustą rubrykę. Chociaż nie był to parametr bezpośredniego ataku, to tworzenie kombinacji Duchów bardzo mi się podobało. A w każdym razie nieźle działało.

Przyjąłeś nowy parametr postaci: Duchowość. Obecny poziom: 1.

Rozejrzałem się i zdziwiłem, dlaczego Kornik odstawił mnie do łóżka. Ostatnim razem zostawił mnie przy bramie do wioski. Porzuciłem te rozważania, gdy nagle zaatakował mnie ból. Początkowo poczułem lekkie mrowienie w całym ciele, następnie zawisł na mnie debuff *Modyfikacja* i ból zaczął się zwiększać. Trzymałem się tak długo, jak pozwalała mi na to wola, ale później pękłem – zacząłem wyć i krzyczeć. Ból był straszny. Kiedy *Modyfikacja* zamieniła się na *Transformację*, prawie straciłem kontakt z rzeczywistością. Po prostu jęczałem i wiłem się na łóżku.

– Co się dzieje? – Gdzieś na granicy świadomości usłyszałem zaniepokojony głos Elżbiety. – Machanie, co się stało?

Ból całkowicie otumanił mój rozum. Najwyraźniej coś niedobrego zaczęło dziać się z moimi zmysłami, ponieważ przestałem słyszeć. Wydawało się, że minęły całe wieki, zanim czerwona zasłona zamigotała mi przed oczami i odzyskałem świadomość.

Dosłownie jakby ktoś nacisnął przycisk i wszystko wyłączył. Pierwsza myśl, która przyszła mi do głowy, brzmiała: „Jak dobrze być zwykłym graczem! Z brakiem bólu i możliwością wyjścia z gry".

– Gospodyni, tu gospodyni, obudził się!

Ocknąłem się w jasnym pokoju.

– Jak się pan czuje? – Z trudem zdołałem skupić wzrok na Elżbiecie.

– Chyba żyję. – Wsłuchałem się w siebie. Ból zniknął, wszystkie parametry w norm... Co?! Poziom Odporności wzrósł do stu dwudziestu siedmiu jednostek! Tak wiele wycierpiałem...

– Och, ale nam pan napędził stracha – kontynuowała gospodyni. – Nie wiedziałam nawet, co robić! Był pan gorący jak piec. Żerca nawet przyszedł, spojrzał, ale nic nie mógł zrobić. Dwa dni leżał pan w gorączce, miotając się w łóżku. A dzisiaj jak nowo narodzony! Może przynieść panu herbaty?

Nie rozumiem, skąd taka uprzejmość? Spojrzałem na parametry Elżbiety i trochę się zdziwiłem: trzydziesty czwarty poziom Atrakcyjności. Jeszcze pięćdziesiąt i zacznie ze mną flirtować. Skąd ta zmiana?

– Machan! Żyjesz? Jutro będziemy dalej się uczyć, jak używać łyżek i widelców. Wyjaśniłem ci tylko podstawy, zostało jeszcze tyle szczegółów, że szok. Jutro rano wpadnę. Nie zapominaj o prezencie, który mi obiecałeś! – Szprycha przemknął przez pokój jak błyskawica i natychmiast poleciał dalej. Absolutnie nic z tego nie rozumiałem.

Nie miałem ani ochoty, ani nastroju na leżenie w łóżku. Ogarnąłem się i tuż przed wyjściem z pokoju spojrzałem w lustro. Moja czerwona opaska! Zniknęła! Jak mogłem zapomnieć? Teraz już wiadomo, dlaczego nagle wszyscy stali się dla mnie tacy uprzejmi: dodano mi standardowe dwadzieścia jednostek do Atrakcyjności.

Trzask otwierającego się portalu – i do pokoju wszedł Zwiastun.

– Milordzie... – Elżbieta, która wciąż stała w drzwiach, ukłoniła się, uginając lekko kolana. To był tak elegancki gest, że nie mogła go zepsuć ani prosta sukienka, ani ciasno związane włosy. Kim ona jest?

– Machan, przybyłem po ciebie. Za pięć minut zacznie się pierwszy mecz szachowy między klanem Feniksa a Mrocznym Legionem. Jako twórca figurek zostałeś zaproszony w charakterze obserwatora. Chodźmy.

Elżbieta wpatrywała się we mnie wielkimi oczami, a moja Atrakcyjność w jej właściwościach natychmiast wzrosła o dwadzieścia punktów. To już pięćdziesiąt cztery. Oto kobiety. Prawdziwe są takie same jak NPC-e. Im mężczyźni mają wyżej postawionych znajomych, tym ich Atrakcyjność rośnie.

Właściwie byłem gotowy, więc od razu wszedłem do portalu otwartego przez Zwiastuna. Wreszcie zobaczę Pałac Imperatora na własne oczy.

ROZDZIAŁ 9

BŁĄD SZAMANA

Pałac Imperatora powalał. Przebogaty, zdobny niczym choinka, błyszczał wszystkimi kolorami tęczy. Starannie przycięte zielone krzewy, dróżki oprószone złotym piaskiem, trawa – patrząc na nią, uświadamiałem sobie, że nigdy wcześniej nie widziałem koloru zielonego, programiści bardzo się postarali w tej lokacji. Pałac Imperatora w Malabarze był uważany za perłę kreatywności projektantów i artystów. Co trzy miesiące w świecie rzeczywistym odbywał się konkurs – jak udoskonalić jego i tak już prześwietną formę. Wydawać by się mogło, że to niemożliwe, ale twórcy wciąż znajdowali coś, co można było poprawić, programiści to wykonywali, a gracze, którzy mieli szczęście zbliżyć się do tego pięknego miejsca, z zapałem rozsławiali jego cuda wśród swoich przyjaciół.

Kamery wideo wewnątrz pałacu były wyłączone, nie można było robić zrzutów ekranu – taką możliwość blokowano na poziomie kapsuł i kodu. Nawet transmisje z pałacu pokazywały tylko jego ogólnodostępne przestrzenie. Już od piętnastu lat trwania gry pałac pozostawał tajemnicą i kuszącym celem wszystkich graczy Malabaru. Podobne pałace istniały na pozostałych kontynentach, ale projekt i wystrój każdego z nich był inny. Tak jak reputacja, którą należało zdobyć, aby wejść do środka. Żeby zwiedzić je wszystkie – wystarczyło zdobyć Uwielbienie wszystkich pięciu Imperatorów. O ile mi wiadomo, takich graczy było niewielu.

– Proszę za mną. – Zwiastun wyrwał mnie z mojej ekstatycznej podróży po urokach pałacu. – Zgodnie z regułami twórca Potępionych Przedmiotów jest w pałacu niewidzialny. Pan i wszyscy dookoła będziecie pozostawać tutaj w różnych wymiarach. Nawet jeśli przejdzie pan przez ciało innego gracza, to żaden z was nawet tego nie poczuje. To dlatego, że Pałac Imperatora jest jednym z niewielu miejsc na naszym kontynencie, gdzie przemoc jest zabroniona.

A to nowina. Okazuje się, że każdy gracz wchodzi do swojej kopii zamku, a pozostali gracze pojawiają się w nim za pośrednictwem hologramów?

– A co z przedmiotami? Czy mogę na przykład wziąć krzesło i rzucić nim w innego gościa? Krzesło jest tutejsze, dostępne dla wszystkich.

– Nie pan jeden jest taki sprytny. – Uśmiechnął się Zwiastun. – Jak tylko gość dotknie jakiejś rzeczy, ona przechodzi do jego wymiaru. Dlatego nie można uderzyć nią innego gościa.

– To załóżmy inną sytuację. Goście chwytają jednocześnie, powiedzmy, ten miecz. – Wskazałem na imponujące ostrze wiszące na ścianie. – Czy on się rozdwoi? Czy może przejdzie w ręce kogoś konkretnego?

– Właśnie dlatego mamy straż. Gdy tylko odwiedzający zaczynają eksperymentować z możliwościami zadawania sobie nawzajem obrażeń, natychmiast wyrzuca się ich z pałacu i na zawsze zabrania im się do niego wstępu. Powinienem dodać, że w całej historii pałacu takich śmiałków nie było wcale mało. Niektórzy z nich nadal piszą listy do Imperatora, prosząc o ułaskawienie, ale Jego Wysokość jest nieugięty w swoich decyzjach. Proszę dalej, my idziemy tędy.

Przeszliśmy przez drzwi i znaleźliśmy się w sali pełnej gości. Panował w niej gwar jak w rozjuszonym ulu. Gracze nieustannie coś szeptali. Jeśli się nie mylę, byli podzieleni na dwa obozy. Na dwa ogromne – mniej więcej po trzydzieści do czterdziestu osób – skupiska ludzi. Feniks i Mroczny Legion. Prawie każdy, kto miał wstęp do Pałacu Imperatora, przyszedł tutaj dzisiaj rzucać przeciwnikom gniewne spojrzenia, pokazywać nieładne gesty i w ogóle na wszelkie sposoby okazywać pogardę. Sądząc po tym, że nie zwracali na nas uwagi, Zwiastun nie kłamał – nikt mnie nie widział.

– Imperator właśnie wymienia z graczami uwagi i dodaje im otuchy przed rozpoczęciem rozgrywki. Proszę poczekać w sali. Kiedy skończy, zabiorę pana do pokoju gier. Może pan się teraz przespacerować i rozejrzeć.

Idąc za radą Zwiastuna, ruszyłem wprost do graczy. W Mrocznym Legionie nie miałem nic do roboty, więc od razu podszedłem do Feniksa. Anastarija, Helfajer, Rik. To ci, których znałem osobiście.

– Nastka, powiedź, po co my tu przyjechaliśmy? Czy ja nie mam nic lepszego do roboty? – Kiedy zbliżyłem się do niewielkiej grupki ludzi, których przedstawiłem w formie szachów, zacząłem rozumieć ich słowa.

– Hel, uspokój się. Kiler powiedział, że mają być wszyscy. Jak wszyscy to wszyscy. Lepiej zobacz, jak Plinto się piekli. Parszywy Pion. Kiedy dopadnę Machana i za stworzenie Szachów wyrwę mu jego organ reprodukcyjny, to z pewnością nie omieszkam mu też podziękować za tak wspaniały spektakl. Kiedy to zobaczyłam, zaczęłam bić brawo.

– To prawda, że pięknie go załatwił. Tylko jednego nie rozumiem, z której strony ja przypominam Wieżę? Z Plinto wszystko jest jasne: nikt nigdy nie traktował go na serio, pomimo jego poziomu, ale ja... To nawet obraźliwie.

– Nie przejmuj się tym. Ty i Rik jesteście podporą naszego klanu. Na tobie i na nim *de facto* opiera się bojowa i finansowa aktywność klanu. Jesteście przedstawieni jako Wieże. Jako niewzruszone fundamenty. Mnie zastanawia coś innego. Skąd Machan wie o Echkilerze i Ewoletcie? Nigdy się przecież nie wyróżniali.

– A co mówi boss? Skontaktował się już z administracją?

– Milczy jak grób. Powiedział, że dopóki gra się nie skończy, on nawet słowem nie piśnie.

– Cholera. Nie chcę dostać debuffa. – Helfajer posmutniał. – Planowałem przejechać się z ludźmi po kilku Podziemiach, nie chcę się niepotrzebnie męczyć.

– Chrzanić go i chrzanić debuffa. Teraz to nieważne. Kiedy przyjdzie czas turnieju, wtedy będziemy się zastanawiać, co zrobić. Wywiad doniósł, że w sześciu innych miejscach poza Dalgorem też zauważono anomalie. Już wysłałam tam grupy, a jutro sama polecę sprawdzić, co się dzieje.

– Tam też stoją zigguraty?

– Na to wygląda. Mapa nie działa. Widziano tam gobliny. Tym razem na osiemdziesiątym poziomie. Jeśli w Kołotowce nam się nie udało, znowu z powodu tego przeklętego Szamana, to w tych strefach musimy być pierwsi.

– A przy okazji, Nastjo, co naprawdę zamierzasz z nim zrobić? Dasz mu tytuł Mistrza?

– Nie, on się na to nie zgodzi. Przekupię go. Najpierw zabiorę mu Orków Wojowników, a później pozostałe figurki.

– A jeśli nie będzie chciał ich oddać?

– Oczywiście, że nie będzie chciał, ale jakie ma wyjście?! Umówiliśmy się. Poczekam, a kiedy będzie można polecieć do Dalgoru, sama przekażę mu porozumienie. Trochę trucizny i nawet najbardziej wariacką umowę potraktuje jak okazję.

– Może lepiej nie igraj z ogniem? Te figurki nie są tego warte. Pozostały ci tylko trzy ostrzeżenia. Po co tak ryzykować? Wydaje mi się, że istnieje skuteczniejszy sposób. Pomoże nam czerwona opaska i zdolność odczuwania bólu.

– Porozmawiamy później. Przeanalizowałam wszystkie opcje. Figurki będą moje. Kropka.

– Machanie, chodźmy. – Obok mnie niepostrzeżenie pojawił się Zwiastun. – Imperator skończył wygłaszać swoją mowę, gra rozpocznie się, gdy tylko wejdzie pan do pokoju. Proszę tędy.

Cholera! Z rozmowy Anastariji z Helfajerem dowiedziałem się tylu ciekawych rzeczy i właśnie w tym momencie mam stąd wyjść! Jedno jest pewne – Feniks nie dostanie figurek, i to bez względu na to, jakie porozumienie mi przyśle. Skoro potrzebne są Anastariji, to i mnie się przydadzą.

Małe pomieszczenie, w którym się znalazłem, było całkowicie wypełnione rzeźbionymi szafami z książkami, zwojami i innymi papierami. Stłumione światło świec, dwa fotele, stolik z wyrzeźbioną na nim szachownicą, moje figurki, dzban wina. I dwóch graczy siedzących naprzeciwko siebie: Echkiler i Ewolett wymieniający nienawistne spojrzenia. Po kilku graczy z każdego klanu podeszło do swoich Króli i życzyło im powodzenia. Potem trzasnęły zamykane drzwi i obaj gracze zrobili wydech, z ulgą odchylając się na oparcia foteli.

– No to bądź zdrów, bracie – przemówił zadowolony Echkiler.

– I tobie życzę zdrowia, starszy bracie – odpowiedział Ewolett w tym samym tonie, czym wprowadził mnie w stan absolutnego osłupienia.

Spodziewałem się wszystkiego: przekleństw, krzyków, gróźb i innych grubiańskich metod perswazji, ale nie tego, że faktyczni przywódcy dwóch klanów, które nienawidzą się nawzajem, są braćmi. Ciekawe tylko, czy rodzonymi czy przybranymi? A właściwie, gdzie jest fotel dla mnie: czy całe dwie godziny mam tu tak stać?

– Dlaczego nas nie odwiedzasz? Ala już dopytuje, czy coś ci się stało. A może po prostu zanurzyłeś się po uszy w Barlionie?

– Gdzie tam. Wkrótce zacznie się nowa kampania wyborcza, boss chce zostać merem, zmusza mnie do pracy. Nie uwierzysz, trzy dni do gry nie wchodziłem. Nie miałem kiedy. Nawet straciłem jedną grupę robotniczą, nie miał jej kto nakarmić, a nie chcieli jeść od nikogo innego. A co u ciebie?

– Wszystko po staremu. Jutro z Alą jedziemy nad morze. Dawno tam nie byliśmy. Na trzy tygodnie, wracamy dokładnie przed naszą kolejną grą.

– A komu zostawisz klan?

– Nastji. Najwyższy czas, żeby wydoroślała.

– Siostrzenicy nie można odmówić rozumu. Poradzi sobie?

– Oczywista oczywistość! Przecież kieruje swoim oddziałem jajogłowych mózgotrzepów, w czym klan jest gorszy? Poradzi sobie, już dawno chciałem przekazać jej klan. Chyba gra zaczyna mnie nudzić. Pieniądze, władza, przyjęcia u Imperatora z niezapomnianymi daniami... A w rzeczywistości przypalone racuchy mojej żony smakują mi o wiele bardziej, niż wszystko to, co generuje mózg i receptory smaku wewnątrz kapsuły. Starzeję się, Lechu, zwyczajnie się starzeję. Sześćdziesiątka mi stuknęła, a ja ciągle gram w te dziecinne gry. Gdyby nie Kartos, dawno bym z tym skończył. Twój ruch.

– E2 na E4. Ruszę się standardowo. Rozmówmy się od razu, potrzebujesz wygrać? Plinto ze łzami w oczach prosił, żeby skopać ci tyłek, wybiera się na jakiś rajd i nie chce osłabnąć o dziesięć procent.

– Nie, niekoniecznie. Już dawno powinienem był sprowadzić swoich na ziemię. Tak im odbiło, że zaczęli traktować zwykłych ludzi jak nieudaczników. A kim sami byli przed klanem? Tego już nie pamiętają. Myślę, że do samego turnieju będę dawał ci wygrywać.

– Chcesz go wygrać?

– A kto nie chce? Nie mam rywali. Twoi to stado nierozgarniętych debili. Wybacz, ale sam wiesz, że mam rację.

– Dlaczego mam się obrażać? Przecież z góry wiedzieliśmy, po co tworzymy klany.

– Tak. Z prawdziwych przeciwników został tylko klan Lazurowych Smoków z Bezpalcym na czele. Ale brakuje mu zdolnego organizatora. No więc: tak, zamierzam wygrać. A teraz uważaj, za chwilę zmiotę twojego Plinto. Jakim cudem twórca wpadł na to, żeby przedstawić go w postaci Piona...

– Zgadzam się, zabawnie wyszło. Ale popatrz na siebie: wyniosły, pękaty jak bukłak, nos zadarty tak, że widać wszystkie smarki. Zdolny mistrz stworzył te figury, pięknie wyszło. Co wiesz o Machanie? Przy okazji na pewno już się dowiedziałeś, z jakiej racji te Szachy w ogóle pojawiły się w Grze?

– Owszem. Udało mi się porozmawiać z administracją. Takie przedmioty są teraz wprowadzane na wszystkich kontynentach. Powód jest prosty: powstały, żeby zwiększyć rywalizację między wiodącymi klanami i pozwolić innym zbliżyć się do nich. Jeśli chodzi o twórcę Szachów, to jestem mu wdzięczny. Bo na przykład w Grindosie stworzono drewniane domino nietypowych rozmiarów. Płytki wysokie na metr. Wyobraź sobie, jak zabawnie się je rozkłada. Mozolą się i trudzą, ale muszą robić swoje. A my – bumelanci. Siedzimy sobie, pijemy wino, snujemy opowieści. Twórca Szachów w niczym tu nie zawinił, bo to administracja szukała gracza, który mógłby zrobić coś takiego. Kiedy Machan zaczął tworzyć Szachy, nawiasem mówiąc, na życzenie Helfajera, korporacja po prostu dokonała wyboru. Nie miał najmniejszej szansy zrobić czegoś innego. Szachy zostały siłą wprowadzone do Gry. Więc on nie zawinił.

– Chcesz go do swojego klanu?

– Nie. I wszystkim zabroniłem go brać. Chcę najpierw zobaczyć, co z niego będzie. Nie podoba mi się ten trend: w ciągu ostatnich dwóch lat przyjęliśmy pięciu graczy z Rzemiosłem, z czego połowa przestała grać, a pozostali zatrzymali się na pierwszym poziomie rozwoju tego parametru. Niech robi swoje poza Feniksem.

– A ty nie zapytałeś przypadkiem swojego przyjaciela z administracji, dlaczego pojawiliśmy się jako Królowie? Nigdy się nie wyróżnialiśmy, a tu bam, niespodzianka! Czy ktoś z klanu wyprowadza informacje?

– Nie, sprawa jest bardziej skomplikowana. Twój ruch, notabene. Wybór postaci został całkowicie powierzony twórcy. Jak również ich wygląd zewnętrzny. Skąd on zna prawdziwy stan rzeczy: oto jest pytanie. Co ty robisz? Za trzy ruchy cię zamatuję!

– Oj... rzeczywiście.

– Ale z ciebie gracz, cholera! Ej, weź Królową. To, że jest tak świetnie poinformowany, kto jest kim w naszym klanie; to kolejny powód, dla którego chcę zobaczyć, jak Machan będzie się samodzielnie rozwijać. Chcę go obserwować z daleka, ale się w to nie mieszać.

– To wszystko, co o nim wiesz? A wiesz, że Machan i twórca Szachów Karmadonta to jedna i ta sama osoba? Czy wywiad Feniksa nie działa jak należy?

– Wiem, oczywiście. Ale bez kompletnego zestawu są bezużyteczne. Dopiero zebrane razem, jeszcze z szachownicą, otworzą przejście do Stwórcy. Jedna czy dwie figurki tego nie uczynią.

– Więc niech stworzy resztę.

– Takich rzeczy nie robi się pod przymusem. Dałem po łapach Helfajerowi, kiedy poprosił Machana o zrobienie dla Anastariji prezentu urodzinowego w postaci Krasnoludów. Nie można zmuszać do tworzenia.

– W porządku. Powiem też swoim, żeby Machana nie ruszali. Niech tworzy. *À propos*, wiesz coś o dodatkowych sześciu anomaliach?

– Tak, wysłaliśmy już tam grupy. To bardzo przypomina ziggurat, który zawisł nad Krongiem.

– Wciąż nie mogę wpaść na to, co wymyślili w korporacji. Wprowadzenie sił Kartosa w okolice Malabaru, i to przy wsparciu Magistrów... Szykuje się coś mocnego. Tylko co?

– Pożyjemy, zobaczymy. No, w końcu! Słuchaj, musisz pilnie podszkolić się w szachach. Grasz jak skończony noob! Ojciec, gdyby żył, byłby bardzo rozczarowany.

– Nie ględź. Wygrałem, i w porządku. O, już pojawił się buff. Wiesz co, przyjemnie będzie się grało z czymś takim.

– Machan, proszę za mną. – Obok mnie pojawił się Zwiastun. – Pierwsza gra dobiegła końca, uszanowano zasady. Pozostałe mecze odbędą się bez pańskiego udziału. Życzę miłego pobytu.

– Zwiastunie, czy mogę zostać jeszcze pięć minut? – Błagałem. Znowu coś mi podpowiadało, że trzeba zostać, choćby kilka minut.

– Jeśli pozostanie pan w pałacu jeszcze trzy minuty, na zawsze zostanie panu odebrany dostęp do zewnętrznych ogrodów – odpowiedział Zwiastun. – A za kolejne trzy minuty dostęp do pałacu zostanie zamknięty na zawsze. Nawet Pierwsze Zabójstwo nie pozwoli panu tutaj wrócić. Proszę wybierać.

– Zostanę jeszcze trzy minuty. Gdy tylko minie czas, proszę, zabrać mnie stąd i teleportować z powrotem. Potrzebuję tych trzech minut.

– Zostały panu już tylko trzy minuty. Po ich upływie albo wejdzie pan do tego portalu – Zwiastun wskazał na powstały wir powietrza – albo na zawsze może się pan pożegnać z pałacem.

– Rozumiem, dziękuję!

Znowu odwróciłem się do dwóch Króli klanów. Siedzieli, niespiesznie pili wino i milczeli. No dalej, ludzie, co takiego chcecie sobie powiedzieć?

Minęły całe dwie minuty, gdy zaczął Ewolett:

– Myślę, że Zwiastun już go zabrał. Ze swoją reputacją nie ma czego szukać w pałacu.

– Zgadzam się. A więc teraz przejdźmy do naszych interesów. Jutro wyślę Helfajera do Serrestu. Trzeba go wyciągnąć z gry na co najmniej dwanaście godzin. Chłopak się trochę w niej zatracił. Przygotuj, proszę, jakąś zasadzkę na niego.

– Zrobi się. A co z Machanem?

– Jeszcze nic. Nie możemy jechać do Krongu, zabraniają tego warunki zadania.

– A sześć nowych punktów?

– Zanim byśmy je rozpracowali i zrozumieli, o co chodzi, minęłoby sporo czasu. Niech Anastarija próbuje, ale nie wierzę w jej sukces. Będę musiał sam polecieć do Dalgoru. A tam znajdę Machana i porozmawiam sobie z nim od serca. I o Szachach, i o tym, skąd miał informacje o nas. Nikt nie mógł mu o tym donieść, sam się skądś dowiedział.

– A przy okazji, dlaczego nie chcesz wziąć go do siebie?

– Przez cholerne ograniczenia Szachów Karmadonta. Przecież sam czytałeś zwój.

– Machan, czas minął. Dokonaj wyboru: portal czy wygnanie? – Obok mnie znowu pojawił się Zwiastun, odcinając dźwięk rozmowy braci.

– Portal – wydusiłem z siebie. Ale z jakim trudem wypowiedziałem te słowa...

Migotliwa chmura, która momentalnie rozlała się dookoła, wyrzuciła mnie po chwili w domu Elżbiety. O czym rozmawiał ten duecik...?

Natychmiast po powrocie do Kołotowki zamknąłem się w domku letnim i odciąłem od świata. Rozmowa dwóch braci kompletnie wyprowadziła mnie z równowagi. Czy naprawdę byli braćmi? Wcale nie byłem pewien, czy to, co słyszałem, było prawdą, a moje wewnętrzne przeczucie milczało. Teraz miałem jeszcze więcej pytań niż przed tą rozgrywką.

Muszę przeprowadzić analizę tego spotkania.

Fakty:

1. Dwaj gracze, którzy są rzeczywistymi przywódcami klanów Feniksa i Mrocznego Legionu, dobrze się znają i spełniają nawzajem swoje określone prośby.
2. Liderzy klanów wiedzieli, że twórca Przeklętych Szachów będzie obecny na pierwszym spotkaniu i odegrali dla niego spektakl.
3. Gdy tylko upłynie miesiąc pozostały do zakończenia mojego zadania, do Krong ruszy tłum wysokolevelowych graczy. Część z nich jest bardzo negatywnie do mnie nastawiona.
4. Istnieje zwój, w którym znajdują się informacje o Szachach Karmadonta.
5. Wniosek: Szachy pozostaną u mnie, dopóki nie zobaczę tego zwoju.

Co należy podać w wątpliwość:

1. Fakt, że gracze są braćmi. Powód: dla realizacji jakichś niezrozumiałych celów ci dwaj gracze pokazali, że nie tylko nie są wrogami, ale że są najbliższymi krewnymi. Dlaczego mieliby to robić? Żeby pokazać mi, że mam zamkniętą drogę do obu klanów? A może chcą mnie obaj? Tego nie rozumiem.
2. Ustalenia w czasie gry. Powód: pierwsza gra była pokazówką wyreżyserowaną specjalnie dla mnie. Może nawet otworzą totalizator sportowy na następne spotkania. Wiedząc, że jestem obecny w czasie gry, mówić, że przez cztery miesiące Feniks będzie miał pecha z debuffem... To mi zalatuje dezinformacją.
3. Obaj liderzy klanów twierdzą, że wiedzą, iż to ja stworzyłem Orków Wojowników. Powód: blefują, żebym w końcu się przyznał i oddał im figurki.

Aha! No to sytuacja jest interesująca. W dodatku nic mądrego nie przychodzi mi do głowy. Co powinienem zrobić? Cholera wie... Jasne jest tylko jedno – muszę pilnie zająć się ważnym i ciekawym zajęciem, którym jest rozwój umiejętności i poziomów. Koniecznie muszę wyskoczyć przynajmniej na czterdziesty poziom, wtedy będę mógł inaczej rozmawiać z klanami. Mam cały miesiąc, żeby maksymalnie się wylevelować. Nie mogę zmarnować tego czasu. Od razu zajmę się prezentem dla Szprychy, a od jutra pójdę w „pola". Smoczka też trzeba podrasować. A jeśli już o nim mowa...

– *Cześć. Chodź, musimy porozmawiać.*

– *Idę.*

Jak uprzedzał Smok, będąc jeszcze w swoim świecie, tutaj jest mały, ma niewiele ponad pół metra. To nic, jutro intensywnie się nim zajmę. Moimi oczom natychmiast ukazał się timer obecności Totemu, odliczający dwie godziny. Totem na pierwszym poziomie, dwadzieścia Punktów Życia, Siła i Intelekt zależą od gracza, ale nie mogą przewyższać poziomu zwierzaka o więcej niż dwadzieścia jednostek. To nic, Smoczkowi i tak to wystarczy.

– Słuchaj, cały czas zapominam zapytać: jak masz na imię?

Smoczek zatrzymał się i popatrzył na mnie wielkimi naiwnymi oczami. Cholera! Po co ja go pytam? Przecież to jest dziecko. Jak go nazwą, tak się przyjmie! Ale co, jeśli imię nie będzie mu się podobać, kiedy dorośnie? Wtedy będzie nieprzyjemnie.

– Zdałem sobie sprawę, że niewłaściwie zadałem pytanie. Od teraz, aż do osiągnięcia dwusetnego poziomu będziesz miał swoje własne imię: Drako! Kiedy dorośniesz, zastanowimy się, jak inaczej cię nazwać.

– Drako – powiedział z namysłem Totem. – Drako... Podoba mi się! Jestem Drako!

Odpowiedziałem „tak" na pytanie, które wyskoczyło w powiadomieniach, czy zgadzam się na takie imię dla Totemu, i wyszliśmy z latającym malcem na dziedziniec. Jeśli nie zawodzi mnie pamięć, jest tam pełno niskolevelowych chrząszczy i much, to na nich rozkręcę swojego pupila, niech się rozwija.

– Smok... – Naszą lekcję przerwał zadziwiony szept Elżbiety, patrzącej wielkimi oczami na to, jak Drako zamienia kolejnego chrząszcza w kupkę popiołu.

Z dwudziestym poziomem Intelektu Drako całkiem nieźle pluł ogniem i jednym tchem niszczył chrząszcza lub motyla o dwa poziomy wyższego od siebie. Trzydzieści minut walki z owadami na dziedzińcu Elżbiety pozwoliło Drako rozwinąć się do trzeciego poziomu. Zastanawiam się, czy ma system punktowy jak zwierzęta Łowcy? Czy wraz ze wzrostem poziomu proporcjonalnie rosną jego umiejętności? Przewodnik nie odpowiadał na to pytanie, na forum nawet nie wchodziłem. Nie miało to sensu...

– Skąd pan go ma? – Elżbieta dochodziła do siebie, z podziwem obserwując powietrzny taniec Drako.

– To jest mój Totem.

Z przyzwyczajenia sprawdziłem właściwości Elżbiety i zdębiałem. Atrakcyjność – siedemdziesiąt jednostek. Jeszcze dziesięć – a gospodyni będzie się do mnie przystawiać w sensie erotycznym! Ona była oczywiście ładnie zrobionym NPC-em, ale nawet postać rysunkowa w grze miała wyraźnie określony wiek. Była dla mnie za stara. Cholera, o czym ja mówię! Już za cztery dni będę na nią polował!

– Ale przecież nie ma Smoków... Awtandil, stój! – krzyknęła gospodyni, gdy obok niej przemknęła burza czerwonych włosów i zatrzymała się dopiero na Drako.

Krew w moich żyłach na chwilę przestała krążyć. Jeśli Totem potraktuje Szprychę tak jak Almisa, to...

– Mamo, mamo! To jest Smok! Zobacz, jaki ma ogon! Oj! Dokąd się wybierasz? Nigdy mnie nie dogonisz! – Dwoje dzieci biegało teraz po dziedzińcu przy akompaniamencie radosnego szczekania Malucha. Człowiek i Smok. Różnica ras nie miała najmniejszego znaczenia. Dzieci szczebiotały, piszczały, biegały jedno za drugim, zupełnie o nas zapominając.

– A... on... niczego... nie... zrobi? – zapytała Elżbieta, potykając się o każde słowo.

– Nie powinien. Jest spokojny.

Już miałem zawołać Drako do siebie, kiedy wyświetliło się powiadomienie:

Poziom Totemu zwiększył się o 1. Obecny poziom: 6.

Kilka minut zabawy na podwórku – i od razu jeden poziom? Z jakiej racji? Stłumiłem chęć zabrania Totemu i patrzyłem, jak dzieci biegają po dziedzińcu. Zabawa w chowanego, w berka, gra w piłkę – do której zaciągnęli mnie i gospodynię pod koniec drugiej godziny obecności Drako – doprowadziły go wprost na siedemnasty poziom. Dlaczego? Nie miałem na to racjonalnego wytłumaczenia, więc po prostu cieszyłem się z biegu wydarzeń.

– Czy to był ten prezent? – zapytał Szprycha, próbując złapać oddech, kiedy Drako pomachał łapami i zniknął. To by było na tyle: będzie niedostępny przez dwadzieścia cztery godziny. – Czy można będzie go jeszcze wezwać? Zjem całą owsiankę jak bum-cyk-cyk. Od razu pobiegnę. Proooszę!

– Obiecuję, że jutro go przywołam. Zdążysz jeszcze się za nim nabiegać. Teraz się zmęczył i poszedł spać. Smoki takie są: jak tylko się zmęczą, od razu się kładą. I to nie jest prezent. Prezent dostaniesz jutro. Więc biegnij, wisisz mi owsiankę.

– A może owsiankę zjem jutro? – Szprycha spojrzał na matkę błagalnym wzrokiem.

– Nie. Albo owsianka i Smok, albo nic. To moje ostatnie słowo!

– Ech... A jednak życie jest niesprawiedliwe i okrutne. Pełna obstrukcja, matuchno – westchnął Szprycha i wszedł do domu.

Skąd on zna takie słowa?

– Proszę go nie słuchać. Naczytał się różnych rzeczy, a nawet nie rozumie ich znaczenia – skomentowała to Elżbieta, poprawiając włosy, gdy Szprycha zniknął w domu. – Co do Smoka, czy to prawda, że jutro znów się tutaj pojawi?

– Oczywiście. Dotrzymuję słowa. Nie zapomniałem też, że obiecałem sprawdzić, kto niszczy bramę.

Elżbieta wyraźnie się wzdrygnęła, a jej spojrzenie stało się nerwowo rozbiegane. W końcu rozejrzała się i zapytała:

– Może jednak nie powinien pan? A jeżeli chodzi o tych młokosów... Nie radzę panu spacerować nocą po wiosce. To nie ma sensu.

– Nigdy nie złamałem danego słowa. A teraz proszę wybaczyć, muszę zrobić prezent dla pani syna. Obietnic trzeba dotrzymywać.

Gospodyni już nabrała powietrza w płuca, żeby mnie zatrzymać, ale jednak tego nie zrobiła. Było wyraźnie widać, że chce coś powiedzieć, ale tym razem nie miałem zamiaru wyciągać z niej informacji. Dla mnie wszystko było jasne. Toczyła ze sobą wewnętrzną walkę, w której próbowały dojść do głosu zarówno Atrakcyjność, jak i obowiązek wykonania głównej misji. Na razie wygrywała misja. Jeśli do końca tygodnia do mnie przyjdzie i wszystko wyzna – zastanowię się, co z tym zrobić.

Usiadłem na łóżku, wyciągnąłem wydobyty w kopalni Marmur i Zestaw Jubilera, po czym włączyłem tryb konstruowania. Pomysł na prezent był prosty: skoro Szprycha tak kocha swojego Malucha, to spróbuję wyrzeźbić dla niego figurkę psa z Marmuru. To może się udać. I mnie się przyda praktyka, i chłopakowi sprawię radość.

Umieściłem kawałek Marmuru w kreatorze i zacząłem tworzyć podobiznę psa. Hm... Okazuje się, że odtworzenie z pamięci wizerunku żywej istoty nie jest takie proste. Kiedy tworzyłem Przeklęte Szachy, miałem hologramy graczy, dlatego było to o wiele łatwiejsze. Maluch długo mi nie wychodził. To głowa była nie taka, to łapy za krótkie. Nie miałem w Kołotowce żadnych ograniczeń czasowych, więc nie przejmowałem się, że wykonanie psa może trwać za długo. Raz za razem tworzyłem podobiznę Malucha, a następnie usuwałem ją z pamięci, aż wreszcie jedna z tych prób okazała się idealna. To on – metrowy Wilczarz, przyjazny i mięciutki, właśnie taki, jakim pies był w swoim wirtualnym życiu. Połączywszy go z kawałkiem Marmuru, otworzyłem oczy i zaskoczony zacząłem odbierać powiadomienia:

Odniosłeś obrażenia. Punkty Życia zmniejszyły się o 24: 304 (Aura Przeklętego Psa) - 280 (Odporność na magię).
Łączna liczba Punktów Życia: 2396 z 2420.
Zdobyłeś ulepszenia umiejętności:
+1 do Jubilerstwa. Łącznie 23.
+1 do Rzemiosła. Łącznie 5.

Co do...?!

Spojrzałem w dół i zobaczyłem TO. Niewielka Marmurowa statuetka psa. Ale nie zwykłego psa. Wyszczerzony, złowrogi, ociekający śliną pysk czworonoga, obroża nabita kolcami, wściekłe oczy, łuszcząca się skóra, miejscami obnażająca żebra. Wygląd statuetki był straszny. A jakie miała parametry?

Przeklęty pies.
Opis: Nienawiść i ból przeobraziły łagodne zwierzę domowe we wcielenie zła. Strach zrobił resztę i teraz Pies nienawidzi wszystkiego, co żyje, wszystkiego, co nosi w sobie pierwiastek dobra. Co pięć sekund zadaje 350 obrażeń ciemną magią wszystkim „jasnym" istotom znajdującym się w promieniu dziesięciu metrów.
Uwaga! Tego przedmiotu nie można powtórzyć. Brak receptury.
Stworzyłeś Przeklęty Przedmiot.
Twoja Reputacja we wszystkich wcześniej napotkanych frakcjach

zmniejszyła się o 100.
Reputacja w Kartosie zwiększyła się o 100.
Otrzymałeś tytuł: „Artefaktor Klątw II poziomu".
Moc negatywnych efektów wzrosła o 10%.

Dajcie już spokój! Natychmiast otworzyłem tabelę z otrzymanymi parametrami i przekonałem się, że moja reputacja u Imperatora Malabaru została wyzerowana. Gdyby nie bonus codziennego wzrostu reputacji, to z Radą Szamanów byłbym już na minusie. Ale z jakiej racji powstało TO?

Wyjąłem przenośne kowadło, postawiłem na nim statuetkę, zamachnąłem się młotkiem i zniszczyłem swoje dzieło. To kolejna cecha stwórcy – nikt oprócz niego nie może niszczyć przedmiotów, a tym bardziej ich likwidować. Zachowanie tego cudaka byłoby niewłaściwe. Takie rzeczy trzeba niszczyć od razu, jeśli to oczywiście możliwe. Nie miałem najmniejszej ochoty zostać drugim Mrocznym Władcą.

Zniszczyłeś Przeklęty Przedmiot.
Twoja Reputacja we wszystkich wcześniej napotkanych frakcjach zwiększyła się o 100.
Reputacja w Kartosie zmniejszyła się o 100.

Uff! Kamień z serca. Na wszelki wypadek upewniłem się, że moja reputacja u Imperatora też wróciła do normy i zacząłem analizować sytuację.

Cóż, więc? Jakimś cudem stworzyłem kompletny koszmarek. Coś, czego zupełnie nie chciałem. Zniszczenie przedmiotu zrekompensowało moje straty, a nawet byłem na plusie – rozwinąłem Rzemiosło i Jubilerstwo. Z kolei niemożność kontrolowania tego, co robię, mocno mnie spinała. Włączyłem tryb konstruowania i ściągnąłem obraz Malucha. Teraz, gdy już go miałem, trwało to dosłownie chwilę. Normalny, łagodny i włochaty pies. Gdzie jest błąd? Nie rozumiem. Muszę spróbować raz jeszcze, tylko teraz postaram się stworzyć Różę. Wyszedłem z trybu konstruowania i złapałem kolejny kawałek Marmuru, po czym zacząłem tworzyć Różę. Dzięki recepturze proces okazał się szybki: raz-dwa i gotowe. Co mi wyszło?

Przeklęta Róża.
Opis: Nienawiść i złość przeobraziły ten kwiat...

Niezwłocznie przywróciłem swoją reputację sprawdzonym wcześniej sposobem i usiadłem na łóżku. Dobrze przynajmniej, że posiadana przeze mnie receptura nie spowodowała przeskoczenia na kolejny poziom „Artefaktora Klątw". Co prawda Jubilerka też nie urosła, ale to nie miało teraz znaczenia. Muszę się dowiedzieć, co się ze mną dzieje. Dlaczego tworzę wyłącznie przeklęte przedmioty? Czy to z powodu mojego tytułu? Istniało ryzyko stworzenia takiego przedmiotu, ale teoretycznie ten proces nie był prosty. Tymczasem raz po razie sypię Przeklętymi Przedmiotami jak z rękawa. Co jest, do cholery? A co, jeśli...

Wziąwszy Malachit, który wydobyłem w „Dolmie", po raz trzeci dzisiaj zacząłem tworzyć. Coś mi podpowiadało, że nie chodzi o mnie, a o materiał, z którego wytwarzam rzeczy. Co więc zrobić? Różę czy Malucha? Nie będę tracić materiału, zrobię psa. Teraz dowiem się, o co chodzi.

Wesoły Pies.
Opis: Miłość i przyjaźń otaczają dobrego Wilczarza...
Utworzyłeś recepturę: Statuetka Wilczarza.

Statuetka nie miała żadnych dodatnich parametrów, ale było mi wszystko jedno. Najważniejsze, że mogę tworzyć normalne rzeczy. Stopniowo zaczynałem rozumieć zasadę tworzenia Przeklętych Przedmiotów. Rzuciłem worek na łóżko i zacząłem przebierać pierścienie stworzone w czasie całego pobytu w Kołotowce. To pierścień z Miedzi, którą wydobyłem w Kopalni „Pryka". Zwykły pierścień z dodatnimi parametrami. A ten jest z Brązu i ma w sobie tutejszą Cynę. Oprócz dodatnich parametrów miał jeszcze jedną interesującą funkcję: -10% od zdobywanego Doświadczenia. Nieźle. Przejrzałem wszystkie pierścienie i odłożyłem na bok czterdzieści dwa, które zmniejszały Doświadczenie, Wytrzymałość, poziom Energii i innych parametrów. Nawet opis był odpowiedni: Gniewny Pierścień czegoś tam. Wychodzi na to, że nie warto robić niczego z lokalnego materiału, w przeciwnym razie będę się narażał na takie niespodzianki. Ponownie spojrzałem na kawałeczki Marmuru pozostałe po zniszczonym przedmiocie. Uff... Chyba nie będzie tak źle.

Wyjąłem kolejny kawałek Marmuru i użyłem umiejętności „Istota rzeczy". Ciekawe, czym chce być ten Marmur. Z początku panowała cisza, spotykana u wielu kamieni, które nie chciały być niczym innym jak tylko kamieniem, ale po chwili uderzyła we mnie fala nienawiści, wstrętu i obrzydzenia. A wszystko to pochodziło ze zwykłego Marmuru. Okazało się, że ten kawałek kamienia chciał być Przeklętym Przedmiotem: nie miało znaczenia, jakim. Ale dlaczego tak się działo?

Zdecydowałem, co dalej. Aktywowałem tryb pracy z Duchami, zwolniłem jedno okienko i zacząłem przywoływać Duchy. Potrzebuję teraz Ducha, dzięki któremu będę mógł skontaktować się z Kornikiem. Tylko on może mi wyjaśnić, co z tym zrobić.

Zrzucając powiadomienia o dostępności tych czy innych Duchów, uporczywie raz za razem przywoływałem kolejne. Nie ten, nie ten. Potrzebuję innego. Na ulicy zrobiło się ciemno, a ja wciąż powtarzałem próby wywołania potrzebnego mi Ducha. Jestem Szamanem czy nie?

Czy chcesz dodać do wolnego slotu Ducha Aerokomunikacji?

Nareszcie! Zrezygnowany chciałem już przerwać cały proces, ale wrodzona wytrwałość uniemożliwiła mi porzucenie tej beznadziejnej sprawy.

Uwaga! Wezwanie Ducha Aerokomunikacji nie może zostać przerwane. Ze względu na to, że dany typ Ducha jest poza twoją rangą, co minutę twoje Punkty Życia będą się zmniejszać o 5%. +2 do Duchowości. Łącznie 3.

Procenty – ich się nie boję. I tak w żadnym wypadku nie umrę, nawet jeśli całą wieczność będę wywoływać Kornika. Więc idźmy dalej: muszę się dowiedzieć, co się dzieje.

Kamłanie trwało dokładnie minutę, aż pierwsze pięć procent Życia zniknęło w niebycie. Ból był tak dziki, że mimowolnie krzyknąłem, przerywając tym samym Wysłanie Ducha. Hmm... Czyli jednak niełatwo będzie nawiązać kontakt z Kornikiem. Nie tak to sobie wyobrażałem. Chwilę odetchnąłem, przywróciłem straconą liczbę Punktów Życia i zacząłem ponownie eksperymentować z masochizmem.

Za szóstym razem byłem w stanie się skoncentrować i całkowicie zignorować ataki bólu, odnotowując procentowy wzrost Odporności. Pięć minut, dziesięć, dwadzieścia – Kornik nadal pozostawał nieosiągalny. Może znowu poleciał do Smoków?

– KTO? – W mojej głowie usłyszałem rozpaczliwy krzyk bólu, gniewu i cierpienia. Jest kontakt!

– Nauczycielu, tu Machan. Mam pytanie...

– UCIEKAJ, GŁUPCZE! UCIEKAJ! NIEEE! – Dławiący krzyk Kornika był jak grzmot pośrodku nieba.

– Nauczycielu?!

– Cześć, Machanie. Naprawdę sporo o tobie słyszałem. – Piękny męski głos wciął się w moją rozmowę z Nauczycielem. – Pozwól, że się przedstawię: jestem Gieranika. Kornik jest moim gościem, dlatego nie może teraz rozmawiać. Dołożę wszelkich starań, żeby nie mógł rozmawiać jeszcze przez najbliższą wieczność.

– Kornik tam jest? – zapytałem osłupiały, nadal koncentrując się na wywoływaniu Ducha, kiedy dopadł mnie kolejny atak bólu.

– Oczywiście, że jest. Zawsze doprowadzam sprawy do końca. Zapamiętaj to. Mmm. Czuję twój ból. Przyjemne uczucie. Cierpienie, nienawiść, strach... Wkrótce się spotkamy, a ja pokażę ci całe piękno Kartosa. Teraz jednak zasługujesz na karę. Nikt nie ważył się włamać do mojego zamku w tak głupi sposób. Do widzenia, Machan. Myślę, że kiedy odczujesz moje małe niezadowolenie, to pomoże ci ono zrozumieć, że powinieneś stanąć po mojej stronie.

Gieranika coś powiedział i nagle otoczyła mnie kolejna fala bólu. Ile można? Moja Wydolność zdążyła podskoczyć do stu trzydziestu dwóch. Zgodnie z założeniem powinienem czuć dwadzieścia sześć procent mniej bólu, ale teraz to było coś niewyobrażalnego! Od razu przypomniałem sobie Żółwia, który próbował mnie przeżuwać. Ból był podobny, jednak tym razem z jakiegoś powodu odczuwałem go w głowie – moje oczy płonęły. W końcu zło zlitowało się, a ja straciłem przytomność.

– Machanie, proszę się ocknąć! – Głos Elżbiety był jak promień światła w bezkresnej ciemności.

Nie czułem już bólu, więc podniosłem się na łokciach i rozejrzałem. Nie rozumiem... Dlaczego słowa gospodyni były jedynym jasnym promieniem? Dlaczego wokół mnie panowała ciemność? Chociaż nie, nie ciemność – buffy i debuffy nigdzie nie zniknęły, były na swoim miejscu i świeciły jasnym światłem. Ale tego debuffa wcześniej tu nie było:

Oślepienie. Czas trwania debuffa: 3 dni.

Trzy dni w ciemności? Wesoło. A może da się usunąć ten efekt?

– Machanie, pana oczy! – Usłyszałem zdziwiony krzyk Elżbiety.

– Co z nimi nie tak?

– Nie ma ich! – Gospodyni bardzo starała się nie krzyczeć, ale w jej głosie słychać było panikę.

Rzeczywiście, palcami wyczuwałem puste oczodoły. To nie jest normalne! Takiego debuffa nie można usunąć. Trzy dni przesiedzę w ciemności.

– To nic strasznego. Za trzy dni wszystko wróci do normy, nie ma o co się martwić. Proszę lepiej powiedzieć, co się stało.

– Już kładliśmy się spać, gdy usłyszeliśmy pana krzyk. Było w nim tyle bólu i cierpienia, że natychmiast do pana przybiegliśmy. Później krzyk zamilkł, jak gdyby pan się nim udusił. Weszłam do domu i zobaczyłam pana na podłodze. Kiedy zawołałam, obudził się pan... Och, pana twarz cała jest we krwi...

Udało mi się uspokoić gospodynię, umyć się i położyć spać. Trzy dni w ciemności – to już przesada. Planowałem spędzić ten czas z korzyścią dla siebie, ale okazało się, że będę zmuszony siedzieć w pokoju. Nigdzie nie będę mógł wyjść. Jasna cholera! Złapię Gieranikę i powiem mu kilka czułych słów. Z tą myślą odpłynąłem.

Następnego dnia rano byłem już w stanie trzeźwo myśleć, więc spróbowałem ocenić, co właściwie się wydarzyło. Kornik był więźniem Gieraniki. Mogłem już zapomnieć o nauczycielu. Szkoda, goblin był świetny, pomimo wszystkich swoich dziwactw. Gieranika wiedział o mnie i obiecał, że jeszcze się spotkamy. To mi się bardzo nie podobało. Naprawdę nie miałem ochoty na spotkanie z niezrównoważonym NPC-em, który w każdym momencie mógł użyć siły. Skąd on się wziął? Czy nie miałem dość własnych problemów, żebym jeszcze miał myśleć o tym świrze? Złe było też to, że wywoływany Duch zabierał dużo Punktów Życia, i to właśnie za jego pośrednictwem Gieranika mnie oślepił. Nawet jeśli to efekt tymczasowy, to i tak był nieprzyjemny. Mówiąc wprost, moja próba ustalenia, dlaczego z zasobów wydobytych w Kołotowce wychodzą przeklęte rzeczy, doprowadziła mnie do ślepoty. Pełna porażka.

Przespawszy w łóżku pół dnia, zdałem sobie sprawę, że jeśli dalej tak będę leżał, to zwariuję. Ciemność z palącymi się piktogramami i cisza na dziedzińcu, gdzie wszyscy starali się nie hałasować, żeby nie przeszkadzać choremu, nie nastrajały pozytywnie. Muszę się czymś zająć, inaczej zacznę wyć. Spróbowałem wezwać Duchy, żeby skontaktowały się z Almisem – chciałem powiedzieć mu o Korniku – ale nic z tego nie wyszło. Po prostu nie widziałem panelu z Duchami. Może oczy będą działać w trybie konstruowania? Sprawdźmy.

Chwała wszystkim twórcom gry – w kreatorze widziałem. Miałem więc co robić. Wziąłem pierwszy lepszy kawałek czegoś, mając ogromną nadzieję, że będzie to Malachit albo Lazuryt. Odtworzywszy przedmiot, zachwyciłem się. Lazuryt. Przysłał mi go Helfajer, więc mogłem śmiało z niego coś robić, bez lęku, że stworzę kolejne draństwo. Pozostawało tylko jedno pytanie: co mógłbym zrobić? Krasnoludy? Dlaczego nie? I tak ktoś musi je wykonać. Czemu nie ja?

Zdecydowałem się użyć Eryka w charakterze prototypu. Helfajer się napraszał, i nawet miałem gotową jego podobiznę, ale przedstawiciel Feniksa mi się nie podobał. A skoro tak, to prawdopodobieństwo, że znowu wyjdzie z tego coś strasznego, było bardzo duże. Potrzebni są Krasnoludzcy Wojownicy.

Eryk.

Nie zdradził mnie w trudnym momencie, nie połasił się na bonusy od Feniksa, zebrał wszystkich razem i wytrwale czeka na mnie, aż dotrę do Anchursu. Uczciwy, lojalny, zrównoważony. Prawdziwy krasnolud. Jego obraz sam wskoczył do kreatora. Teraz mogłem go skorygować.

Miecz, tarcza, hełm... Argh! To nie to. Wielcy Krasnoludzcy Wojownicy byli inni. Dlaczego nie poprosiłem Helfajera o przysłanie ich podobizn i opisu dokonań? Ze standardową bronią to nie wychodzi. Potrzebuję pomocy.

– Machan, przyniosłam jedzenie. Proszę! – Elżbieta, dotknąwszy mojego ramienia, sprawiła, że wróciłem do ciemności. Sprawdziłem timer debuffa: minęło już dziesięć godzin! Jak szybko płynie czas w trybie konstruowania!

– Tak, dziękuję. Elżbieto, czy mogę zadać pani pytanie?

– Możesz mówić mi Lizo i na ty. Pytaj, oczywiście.

Prawie się udławiłem, czym wywołałem stłumiony śmiech gospodyni. Eliza... Liza pozwoliła mi mówić do siebie *per* ty... To może znaczyć tylko jedno: poziom Atrakcyjności osiągnął pożądane osiemdziesiąt jednostek. Oby tylko nie zaczęła się do mnie kleić!

– Czy pani... Czy znasz dzieje Krasnoludzkich Wojowników z Zestawu Szachów Karmadonta?

– Oczywiście. Interesują cię wszyscy, czy któryś konkretny?

– Opowiedz o którymkolwiek. Muszę zrozumieć, dlaczego weszli do historii.

– W takim razie opowiem ci o Borchu Złotorękim. Jego historia jest bardzo typowa.

Usiadłem wygodnie i zamieniłem się w słuch. Opowieści zawsze przyjemnie się słucha nocą lub właśnie o tej porze dnia, która jest teraz. Denerwowało mnie tylko jedno: gdy tylko odzyskam wzrok, muszę złapać Lizę i uniemożliwić jej wywołanie demona. Szkoda, dopiero zaczęliśmy budować relacje.

– Wszystko wydarzyło się dawno, dawno temu – zaczęła gospodyni. – Kiedy krasnoludy żyły w ciasnych jaskiniach Góry Ruart...

– Borch, niech cię trzon łupnie, dokąd idziesz? – Potężny, prawie kwadratowy krasnolud, zmarszczywszy brwi, patrzył, jak Borch schodzi w głąb ogromnej szczeliny zwanej Czarnym

Gardłem. W całej wielowiekowej historii tego ludu jeszcze nikt, kto schodził poniżej poziomu ciemności, nie wrócił stamtąd cały. Nawet pochodnie, które tam wrzucano, nie mogły rozproszyć tak gęstego mroku i ujawnić, co kryje się we mgle. Śmiałkowie, którzy zeszli poniżej fatalnej linii, nigdy nie powrócili. Ci zaś, których spuszczano tam na linie, gdy wyciągano ich z powrotem, mieli oczy pełne przerażenia. Nie, nawet nie przerażenia, ich oczy były po prostu martwe... A teraz ten młody głupiec postanowił zgłębić tajemnicę szczeliny. Bez zabezpieczenia, zdając się wyłącznie na siłę własnych rąk i wrodzoną zwinność podgórskiego ludu.

– Ojcze, zrobię to szybko! Muszę się dowiedzieć, co skrywa ciemność. Jakim będę kiedyś wodzem, jeśli wszyscy poddani wciąż będą się ze mnie śmiać? Nasz lud potrzebuje wiedzy i ja ją zdobędę!

– Głupcze, wracaj! Złoję cię jak dzikiego osła, cokolwiek to znaczy!

Mimo że wódz potwornie martwił się o swojego syna, w głębi ducha był z niego dumny. Już od trzech tysięcy lat krasnoludy próbowały pogodzić się z faktem, że w ich skałach znajdował się tajemniczy obszar, którego nie można było spenetrować. A teraz jego syn, jedyny spadkobierca, zdecydował się zrobić to, co sprawiało, że nawet najwięksi wojownicy ludu mieli ze strachu pełne gacie – zejść do Czarnego Gardła.

– Ojcze, jeśli nie wrócę, powiedz Taiszy, że Borch Siergij nie boi się niczego na tym świecie! – Rzuciwszy pożegnalne spojrzenie ojcu, młody krasnolud skrył się w nieprzeniknionej ciemności.

– Argh, a niech cię! – Wódz w gniewie wbił topór w ziemię, ale natychmiast go stamtąd wyrwał. Krasnolud bez topora i kilofa nie jest krasnoludem. Wstyd na całe życie.

Ale kim trzeba być, by zachować się jak Brann! To on podpuścił swoją córkę, żeby przekonała Borcha do zejścia w czeluść Czarnego Gardła. Wprost na spotkanie z własną śmiercią. I jak on – wódz – mógł do tego wszystkiego dopuścić? Myślał, że młodzi się bawią i kłopoty ojców ich nie obchodzą, jednak tak nie było! Wszystko widzieli i bacznie ich obserwowali, bystrookie plemię! Czy to możliwe, żeby z powodu głupiego stuletniego sporu właśnie stracił syna?

Minęły dwie godziny, podczas których mroczna zasłona mgły pozostała nienaruszona. Syn nie wrócił... Ojciec więc przepędził precz łzę i udał się z powrotem do wioski. Był przywódcą, jego powinność to dbanie o lud. Nie miał prawa okazywać słabości, w przeciwnym razie przeciwnicy natychmiast rzuciliby mu wyzwanie. Ale dlaczego nogi zdradziecko odmawiały mu posłuszeństwa, a łzy wciąż próbowały znaleźć ujście?

– A gdzie jest pański zdechlak?

Przy wejściu do osady przywódcę powitał kpiący Brann. W porównaniu z rówieśnikami Borch rzeczywiście wyglądał na gnoma. Niższy od pozostałych prawie o głowę, węższy w ramionach. Może dlatego, że jadł mniej od innych, ciągle o czymś rozmyślał, coś robił. Zaczął nawet odwiedzać wzgardzonych Kowali, próbując poznać ich tajemnice. Borch interesował się wszystkim, tylko nie sztuką wojenną. To, co wiązało się z bronią, krwią lub zabijaniem, wykraczało poza pole jego zainteresowań.

– Wreszcie się zdecydował zostać pokarmem dla psów? Ha, ha, ha!

Tylko wypracowana przez długie lata rządzenia silna wola nie pozwoliła wodzowi rzucić się na Branna. W pewnym sensie Brann miał rację – w ludzie krasnoludów nie powinno być słabeuszy. Fakt, że Borch przeżył aż dwadzieścia lat, można było nazwać tylko cudem i jego, przywódcy, zasługą. Wcześniej czy później musiało skończyć się szczęście syna i właśnie teraz nastał ten czarny dzień...

Zgodnie z tradycją tryzna ku czci Borcha została wyznaczona na piąty dzień po jego śmierci. Niewielu się na niej pojawiło, właściwie tylko bliscy krewni, bo nie miał on przyjaciół. Tylko Taisza ku zdziwieniu wszystkich przyszła na znak solidarności ubrana na biało. W kolorze śmierci.

– Zebraliśmy się dzisiaj, żeby świętować powrót Borcha do naszych praojców. Żegnając zmarłego, będziemy się bawić i tańczyć. – Wódz zabrał głos. – Borch był dobrym krasnoludem, trochę nietypowym, ale...

– Wodzu! – Do sali wbiegł zdyszany strażnik.

– Dlaczego opuściłeś posterunek? – Wódz krasnoludów zmarszczył brwi.

– Wodzu... idzie Borch...

Nie wierząc własnym uszom, wódz wyskoczył z sali i natychmiast zmrużył oczy. Nie można powiedzieć, że jaskinie, w których żyły krasnoludy, były ciemne, ale zawsze brakowało w nich światła. Zauważył, że od strony Czarnego Gardła w kierunku osady nadciąga jasne słońce, rozpraszając odwieczny mrok jaskiń. Kiedy oczy przywódcy przyzwyczaiły się do jaśniejącego blasku, zobaczył, że jasność nie porusza się sama – niesie ją w swoich rękach boleśnie znajomy krasnolud. Wąskie ramiona, niski wzrost... Borch powrócił! Straciwszy głowę ze szczęścia, ojciec rzucił się w kierunku syna, ale po kilkudziesięciu krokach stanął jak wryty i zamarł. To był jego syn, ale jednocześnie ktoś inny. Oczy krasnoluda, wcześniej naiwne, teraz błyszczały niespotykaną mądrością. Mimo że chód wycieńczonego rozumnego zdawał się niepewny, rzeczą oczywistą było, że po kamieniach jaskini kroczył władca. Czarne włosy syna zamieniły się w srebrne kędziory starca, a jasne słońce błyszczące w jego rękach, okazało się zwykłym młotem.

– Ojcze! – Głos Borcha jak grzmot rozniósł się po jaskini. – Dowiedziałem się, co kryje ciemność. Nie trzeba się jej bać!

– Synu... – Oszołomiony wódz jeszcze nie wiedział, czy cieszyć się z jego powrotu, czy nie. Tak duże zaszły w nim zmiany... Czy to jego syn powrócił?

– Ojcze, zmieniłem się. My wszyscy musimy się zmienić, jeśli chcemy przetrwać. Na dnie szczeliny mieszka... Nie wiem, jak go nazwać, mieszka ktoś starożytny i mądry, kto od dawna nas obserwuje. Kiedy schodzi do niego krasnolud, on pokazuje mu, co czeka nasz lud, jeśli dalej będzie kroczył drogą wojny i przemocy. Ojcze, my przestaniemy istnieć, jeśli się nie zmienimy! Podgórscy tuziemcy muszą stać się Mistrzami i ja dołożę wszelkich starań, żeby tak się stało.

– Oj, zdechlak powrócił. – Obok uradowanego tłumu krewnych Borcha stanął Brann.

– Ojcze, przestań! – zawołała Taisza, ale stary krasnolud ją zignorował.

– Wyłącz to świecidło, małolacie! W przeciwnym razie wbiję ci je prosto w gardło. Nie dajesz mi spać!

– Jak śmiesz... – zdenerwował się wódz, ale Borch mu przerwał:

– Zostaw go, ojcze. Tacy jak on ciągną krasnoludy wstecz, wprost w szczęki gniewu i przemocy. Możemy być wojownikami, ale najpierw musimy być Mistrzami. On tego nie zrozumie. Jest za słaby.

– CO! – Ryknął Brann. – Nazwałeś mnie słabeuszem? Ty?! W imieniu przodków wyzywam cię na pojedynek! Od razu! Drugi raz już cię nie wskrzeszą!

Brann, nie czekając na odpowiedź młodzieńca, chwycił swój topór i uderzył. A raczej próbował uderzyć, bo w ostatniej chwili świecący młot wzleciał do góry, blokując cios, by następnie opaść na głowę przeciwnika, przekształcając ją w naleśnik. W jaskiniach zapadła cisza. Elficka zbroja, którą Brann kupił za ogromną sumę Złotych Monet i która była uważana za najmocniejszą w Barlionie, została spłaszczona jednym krótkim uderzeniem słabego krasnoluda.

– Zanim krasnolud zostanie Wojownikiem, musi zostać Mistrzem! – Po jaskiniach rozniósł się głos Borcha. – Stałem się Mistrzem, gdy wykułem ten Młot. Mądra istota pomogła mi i od tej pory ciemność nie jest niebezpieczna dla tych, którzy chcą wstąpić na drogę Mistrzów. Ale kto pragnie tylko siły... niech lepiej nie schodzi w dół, bo nigdy stamtąd nie wróci. Od dzisiaj ja, Borch Siergij, poprowadzę krasnoludy drogą Mistrzostwa...

Borch dotrzymał obietnicy. Po upływie stu lat krasnoludy stały się niedoścignionymi Mistrzami Kowalstwa, znacznie przewyższając w tej sztuce elfów. W Zestawie Karmadonta przedstawieni są wszyscy starożytni Wielcy Mistrzowie podgórskiego ludu. Każdy z nich zrobił co najmniej jeden jaśniejący przedmiot. Wszystkie one, wraz z młotem Borcha, stworzyły Legendarny Jaśniejący Strój. Osiem świecących obiektów. Krasnolud, który go założy, może zostać paladynem, niezależnie od swojej klasy.

Pięknie wyszło! Podczas opowieści Elżbiety czułem, jakbym niemalże stał obok wodza, kiedy Borch schodził w głąb szczeliny. Wraz z innymi krasnoludami opłakiwałem zmarłego, mrużyłem oczy z powodu jasnego światła młota. Ale od razu zrodziły się we mnie pytania:

– Kto był w szczelinie? Kto ukrył się za ciemnością? I gdzie teraz jest ten strój?

– Nie ma na to odpowiedzi. Kiedy liczebność krasnoludów wzrosła i lud opuścił Górę Ruart, zatrzęsła się ziemia. Podgórskie miasto, w tym czasie już praktycznie opustoszałe, zostało zniszczone, podobnie jak Czarne Gardło. Kto się w nim ukrywał, pozostało tajemnicą Wielkich Starożytnych Mistrzów podgórskiego ludu, której nikt nie odkrył. W tym samym czasie zaginął Jaśniejący Strój Krasnoludów. Wcześniej znajdował się on w centralnym obiekcie osady, ale kiedy sklepienie zaczęło się zapadać, nie zdążyli go stamtąd wynieść. Podgórski Król, protegowany naszego Imperatora, stale wysyła wolnych obywateli na poszukiwania Stroju, jednak bezskutecznie. Nie wiem, czy cię to zdenerwuje, czy nie, ale Król wysyła tylko krasnoludy. Przedstawiciele innych ras nie mogą przejść tej drogi.

Eryk, trzymaj się. Kiedy zdobędziesz setny poziom, będą cię czekały niełatwe poszukiwania.

– Dziękuję, Lizo. Bardzo mi pomogłaś. Teraz wszystko rozumiem...

Następny poranek zaczął się bardzo produktywnie. Przede wszystkim zawołałem Szprychę i wręczyłem mu prezent, na którego widok zawył z zachwytu. Wezwałem też Drako i wysłałem obu, żeby pobawili się na dziedzińcu. Niech chłopak leveluje mojego Smoka – i on się cieszy, i mi się to opłaca. Poziom siedemnasty pozwalał zostawić Totem już na trzy godziny, więc pod koniec tego czasu miałem nadzieję odzyskać Smoka na poziomie dwudziestym piątym, nie niższym. Gdy hałaśliwa ferajna wybiegła na podwórze, włączyłem tryb konstruowania. Wiedziałem już, jak powinni wyglądać Krasnoludzcy Wojownicy. Chociaż... nazywanie Wielkich Mistrzów Wojownikami wydawało mi się jakoś niestosowne. Ale jeśli tak je widział Karmadont, to musiał mieć swoje powody.

W ciemnościach trybu konstruowania pojawiła się podobizna Eryka. Zabrałem mu kilof, jednak po chwili zastanowienia oddałem mu go, zawieszając go na jego plecach. Dodałem jeszcze topór oburęczny. Krasnoludy bez nich nie istnieją. Żeby wyszedł z tego Borch, trzeba zwęzić Eryka, trochę go skrócić i nieznacznie podstrzyc brodę. I fartuch, jeszcze nie ma fartucha. Trochę pobrudzić twarz sadzą. I dodać rękawice na dłonie. Na butach nanieść przypalone ślady. I...

Było jeszcze wiele innych „i". Kiedy skończyłem korygować Eryka, wcale nie przypominał krasnoluda, którego znałem. Rozmnożywszy figurkę na osiem części, już chciałem wyjść z trybu, gdy coś mnie znowu zatrzymało. Figury mogły być podobne, ale ośmiu Borchów...? To nie było właściwe. System może nie zaakceptować wyniku, a wtedy Krasnoludzcy Wojownicy w ogóle nie powstaną. Potrzebna była jakaś różnica. Coś, na podstawie czego od razu można by rozpoznać Mistrza. Ale co? Odpowiedź przyszła sama, gdy ponownie rzuciłem okiem na figury. Jaśniejący Strój! Każdy z krasnoludów stworzył jakiś przedmiot z tego zestawu, czyli, jeśli temu damy młot, temu zarękawia, temu tarczę... Kiedy skończyłem rozdawanie przedmiotów, nawet nie wiedząc, czy rzeczywiście istniały, czy były raczej wytworem mojej chorej wyobraźni, wynik mi się spodobał. Nawet jeśli krasnoludy wyglądały tak samo, to różnorodne jaśniejące przedmioty sprawiały, że każdy z nich był wyjątkowy. Nie martwiłem się o to, jak uzyskam światło w kamieniu. Będę rozwiązywać problemy, gdy przyjdzie ich czas.

– Machan, a dlaczego nie woła pan Drako? Już od dwóch dni! – Sfrustrowany głos Szprychy przywrócił mnie do rzeczywistości. Otworzywszy oczy, rozejrzałem się. W jakim sensie dwa dni nie wołam? Chłopak, pochyliwszy głowę, stanął kilka kroków ode mnie.

– Mówisz o... – chciałem zapytać, ale w porę się zorientowałem. Widziałem Szprychę, a to mogło oznaczać tylko jedno: spadł ze mnie debuff *Oślepienie*. Innymi słowy, znów mam oczy. Dwa dni minęły, jakby ich nigdy nie było.

– O, pan już widzi? A ja nie wierzyłem – powiedział Szprycha, podniósłszy na mnie wzrok. – Więc wywoła pan Drako? Nie skończyliśmy się jeszcze bawić.

– Oczywiście. Już go wołam – odpowiedziałem obojętnie, pochłonięty własnymi myślami. Figury były gotowe, pozostało je wcielić w Lazuryt. Jeśli będzie tak jak z orkami, to wcielenie jednej figurki zajmie jeden dzień. Potrzebuję zatem około ośmiu dni w całości poświęconych tworzeniu figur. Czy mogę zrezygnować z masterowania postaci w tym czasie? Nie, muszę zdobywać kolejne poziomy. Figury mogą poczekać, nigdzie nie uciekną.

Wezwałem Drako i miałem już pójść coś zjeść, gdy mój wzrok padł na poziom Totemu. Trzydziesty drugi. A i sam Drako z półmetrowego węża zamienił się w metrowego Smoka. W takim tempie za kilka tygodni osiągnie potrzebny poziom! Kliknąłem w Drako i otworzyłem jego właściwości. O mamo! Ustawienia! Można zmieniać ustawienia Totemu! Wiedziałem, że teraz muszę zdobywać kolejne poziomy, więc powstrzymałem się i wysłałem dzieciarnię, żeby dalej się bawiła. Ale aż świerzbiły mnie ręce, tak bardzo chciałem sprawdzić, co można regulować, poprawiać, wybierać.

Trzy godziny spaceru po lasach nie sprawiły mi najmniejszej przyjemności. Żadnych wilków, żadnych goblinów. W ogóle w tej okolicy nie było niczego żywego, jakby wszyscy wymarli. Resztę dnia spędziłem więc na Żyle Marmurowej, osiągnąwszy tym samym trzydziesty trzeci poziom Górnictwa i po jednym poziomie do Siły i Wytrzymałości. Jeszcze trochę, jeszcze ciut-ciut i będę mógł zaproponować Kondratijowi, żebym zamiast niego wydobywał Rudę Żelaza. Myślę, że Kowal powinien się zgodzić – w końcu jakie to może mieć dla niego znaczenie, kto ją wydobywa?

Pod koniec dnia poszedłem do Tiszy, żeby omówić taktykę na wieczór. Mieliśmy zaplanowany spacer w poszukiwaniu mglistego potwora. Nie mówiłem jej o Lizie. Najpierw ją złapię, porozmawiam z nią i dopiero wtedy zdecyduję, co dalej.

Nie rozstawiłem pułapki. Jeśli złapałbym gospodynię tuż przy domu, mogłaby się tłumaczyć, że po prostu wyszła na spacer, a ja, niegodziwiec, przeszkodziłem jej w tym. Zamiast tego poszedłem na tutejszy cmentarz i ustawiłem wszystko tuż przy samym wejściu. Teraz nie wywinie mi się żadne stworzenie do sto pięćdziesiątego poziomu.

Kiedy ciemność spadła na Kołotowkę, dosłyszałem kroki. Oświetlając sobie drogę świecą, Liza ostrożnie zdążała w kierunku cmentarza. No cóż... dlaczego właśnie ona? Dlaczego sprowadza nieszczęście na wioskę? Czy to zemsta na Staroście? Przecież to głupie. A może...

– Oj! – Dosłownie jak mucha pajęczyną, Liza zaczęła owijać się Pułapką z Kości. Nagle noc przeszył jej krzyk: – Machanie, nie rób tego! Przestań! Ty nawet nie wiesz, co robisz! Wypuś... – Pułapka z kości dotarła do jej głowy, a krzyk Lizy przestał być słyszalny. Odczekałem kilka minut, żeby upewnić się, że więzienie mocno trzyma moją gospodynię, i zacząłem zmierzać do Kołotowki. Czas powiedzieć Tiszy, że dzisiaj nie będzie tu żadnego potwora.

Zrobiłem kilka kroków i się zatrzymałem. A raczej zostałem zatrzymany. Dwoje czerwonych oczu i mgła otaczająca potwora ze wszystkich stron. Nie rozumiem! Udało mi się złapać Lizę, zanim cię wywołała! Skąd się tu wziąłeś? Gorący oddech stworzenia był odczuwalny nawet z odległości metra. Potwór na kilka sekund zatrzymał się przy mnie, po czym w jednej chwili znalazł się przy kokonie z Lizą. Obszedł go ze wszystkich stron, zarzucił mglistą głową w górę, i wtedy przeszły mnie ciarki. Kreatura się zaśmiała. Złowrogo, z zadowoleniem... Jest rozumna! To nie jest demon! To coś innego!

– TAAAK! – Przez noc poniósł się triumfalny, skrzypiący metalicznie głos kreatury. To coś umie mówić! Kto to jest? – DWA LATA! DWA LATA JA NIE MOGŁO JEJ ZNISZCZYĆ. PAN BYŁ BARDZO NIEZADOWOLONY. DZIĘKUJĘ, SZAMAN! POMOGŁEŚ! ZA TO WYŚLĘ CIĘ NA SZARE ZIEMIE BEZ BÓLU! PAN SIĘ UCIESZY! – Nie zdążyłem niczego odpowiedzieć, bo stworzenie natychmiast do mnie doskoczyło. Błysnęły szpony i świat momentalnie zgasł. Cieszyło mnie tylko to, że potwór mnie nie oszukał. Bólu rzeczywiście nie czułem, przynajmniej fizycznego.

W związku ze śmiercią poziom Doświadczenia zmniejszył się o 30%...

W takim tempie wkrótce zacznę rozwijać poziomy w dół! Jasne słońce oświetlało Pułapkę z Kości blokującą wejście na cmentarz. I co ja teraz powiem Lizie?

– Szybciej, wciąż jest szansa, żeby ich zatrzymać! – Z Kołotowki dochodziły dziwne krzyki.

– Widziałeś! Zamienili się w gobliny! Mroczne!

– Trzeba wysłać gońca do Dalgoru! Jak my teraz damy sobie radę bez stada?

– A co ze strażnikami? Żyją?

– Żyją, na szczęście. Dokąd pognali stado?

– Co się stało z sąsiadami? Widzieliście, jak się zmienili? Może też nagle przeistoczą się w gobliny?

Tak, coś się wydarzyło w wiosce, i to bardzo niedobrego. Gobliny na nią napadły i porwały stado? Muszę znaleźć Tiszę i dowiedzieć się wszystkiego. Ale najpierw Liza.

– ...aj mnie! – Znów było słychać krzyk kobiety, gdy tylko pułapka się rozpadła. – Już jest dzień?! – Liza rozejrzała się, skonsternowana, po czym znów zaczęła krzyczeć: – Co ty narobiłeś?!

– Lizo, pozwól mi wyjaśnić...

– Dla ciebie nie jestem Lizą! Zapomnij to imię! Raduj się, wojowniku demonów! Dzięki tobie ciemność przybyła do naszej wioski!

– O czym ty mówisz?

Z Kołotowki wciąż dochodziły krzyki. Liza zamilkła na krótką chwilę, przysłuchując się im. Następnie zmrużyła oczy i spojrzała na mnie ze złością.

– Dziś w nocy trzy rodziny z naszej wioski zamieniły się w mroczne gobliny. Sześcioro dorosłych i siedmioro dzieci. Czy tego właśnie chciałeś, kiedy urządzałeś na mnie polowanie? No to się ciesz! Dopiąłeś swego!

– O czym ty mówisz? Nie rozumiem cię!

– Nie waż się mówić do mnie na „ty", chłoptasiu! Przez dwa lata chroniłam naszą wioskę przed czarną klątwą. Tylko dzięki mnie mieszkańcy osady nadal są ludźmi. Ale ty przekreśliłeś to wszystko jednym ruchem ręki! Kim ty jesteś? Mroczny cię przysłał?

– Nie rozumiem, o czym mówisz?

Elżbieta zrobiła kilka głębszych wdechów, próbując się wyciszyć, po czym kontynuowała zdystansowanym tonem:

– Dwa lata temu, tuż po śmierci mojego męża, na wioskę zaczęto co tydzień rzucać Klątwę. Początkowo działała tylko na najsłabszych mieszkańców. Widziałeś ich: przypominają małpy, ale wciąż są ludźmi. Kiedy stali się niezdolni do pracy wymagającej myślenia, wysłano ich do pomocy przy sianokosach. Nie stać ich na więcej. Wydało mi się to dziwne, że trzy rodziny nagle zaczęły podupadać, więc postanowiłam co tydzień otaczać wioskę chroniącymi ją zaklęciami. To pomagało. Mieszkańcy i ich zwierzęta już się nie zmieniali, ale sama ziemia zaczęła się stopniowo pogarszać. Stawała się przeklęta. Pisałam wszędzie, gdzie się dało, ale odpowiedzi na moje listy nie przychodziły. Ostrzegłam Starostę, jednak on tylko obiecywał, że postara się z tym uporać, nic więcej. Chciałam sama pojechać do miasta, ale dostałam zakaz... Tutaj nie chodzi o mnie. Przez dwa lata starałam się przeszkodzić ciemności, pomimo ataków mglistej kreatury. Jednak dzisiaj jednym gestem zniszczyłeś wszystko, czego tak troskliwie strzegłam! Trzy gospodarstwa domowe zniknęły na zawsze z mapy Kołotowki, mieszkańcy innych zaczęli się przeistaczać w gobliny, a to wszystko przez ciebie! Czy teraz już rozumiesz, co zrobiłeś?

– Dlaczego nic mi nie powiedziałeś? Pomógłbym ci!

– A kim ty jesteś? Śliczniutkim pupilkiem Zwiastuna? Jak możesz mi pomóc chronić wioskę? Poza tym, skąd mam wiedzieć, kogo przysłał do mojego domu Starosta, który umie tylko dużo obiecywać? Nie mogę nikomu ufać! Nawet robotników musiałam szukać w Anchursie i sprowadzać ich tutaj! Bez amuletu nie zdołam odkryć, kto nim jest, ale wiem, że w Kołotowce jest Mroczny. Może nim być każdy! Nawet ty!

– Ale ja tylko...

– Dość tego! Zabraniam ci wchodzić do mojego domu! Zabraniam ci rozmawiać z moimi dziećmi! Zabraniam ci nawet patrzeć w moją stronę! Niech będzie przeklęta ta chwila, w której zgodziłam się wpuścić cię pod mój dach!

Elżbieta odwróciła się i odeszła w stronę wioski, a mnie wyświetliło się interesujące powiadomienie:

Twoja reputacja wśród żerczyń bogini Eluny zmniejszyła się o 1000 punktów. Obecny poziom: Brak Zaufania. Do Neutralnego pozostało 1000 punktów.

Bogini Eluna... Zwierzchniczka panteonu bogów Barliony, zagorzałych przeciwników Kartosa. I teraz jej żerczynie nie będą mieć do mnie zaufania. Chyba nie czuję się najlepiej...

ROZDZIAŁ 10
MYŚLAŁEM, ŻE GORZEJ BYĆ NIE MOŻE, ALE...

– Tiszo, czy możesz mi wyjaśnić, co tu się stało? – Zebrałem się i wróciłem do wioski, gdzie natychmiast natknąłem się na Tiszę. W oddziale mieszkańców wsi zajmowała się naprawą bramy, która teraz wyrwana z korzeniami leżała w rowie.

– Machanie, przepraszam, ale absolutnie nie mam czasu – rzuciła mimochodem. – Trzymajcie słup! Zaczynamy wkopywać! Do roboty!

Zdając sobie sprawę, że w tym momencie nie dowiem się niczego od córki Starosty, zacząłem pomagać w ustawianiu upadłej bramy. Sądząc po charakterze uszkodzeń, została wyłamana od środka. Kiedy jej odrzwia i skrzydła wreszcie zajęły swoje miejsce, a para stolarzy zaczęła je naprawiać, ponownie zwróciłem się do Tiszy:

– Więc co się stało?

– Uff, jestem zmęczona. – Otarłszy pot i poprawiwszy włosy, dziewczyna kontynuowała: – Nikt nie wie, co się stało. Dziś rano mieszkańcy trzech domostw nagle przeobrazili się w gobliny, wypuścili z zagrody całe stado i pognali je do wyjścia. Zwierzęta są głupie, z przyzwyczajenia poszły prosto przed siebie, to one wyrwały bramę z korzeniami. Brama to jeszcze nic. Najgorsze jest to, że teraz nie mamy krów. Całą setkę, której tak strzegliśmy przed drapieżnikami, w ciągu zaledwie pięciu minut uprowadziło sześciu dorosłych goblinów. Ręce opadają. Nie wiemy, w jaki sposób się przeobrazili. To wydaje się niemożliwe!

– W tym świecie nie ma rzeczy niemożliwych. – Niezauważenie podszedł do nas Starosta. – Machan, nie mogę nikogo wysłać w pościg, ponieważ jesteśmy pokojowo nastawionymi cywilami, a nie wojownikami. Pomóż nam, przyprowadź stado z powrotem. W przeciwnym razie wioska nie przetrwa!

Dostępne zadanie: „Powrót stada".
Opis: Mieszkańcy Kołotowki, którzy zamienili się w gobliny, ukradli stado krów. Dogoń ich i zawróć stado do wioski.
Klasa zadania: Scenariusz.
Nagroda: Wariantywnie, w zależności od skali sukcesu.
Kara za porażkę (lub odmowę wykonania zadania): Wariantywnie, w zależności od skali niepowodzenia.

– Pomogę. Od razu udam się w pościg i zawrócę stado. – Prawie opadła mi szczęka, kiedy zobaczyłem warunki zadania. Teraz już miałem pewność, że w granicach Kołotowki korporacja przewidziała jakiś scenariusz. Ale dlaczego w miejscu, w którym diabeł mówi dobranoc? Tu praktycznie nie ma żadnych graczy! I jeszcze wariantywność nagrody lub kary. Wygląda na to, że wykonanie zadania będzie monitorowane przez osobny Symulator, który podejmie decyzję na podstawie moich działań. Tu jest naprawdę zabawnie.

– Czy mogę dostać konia? Mógłbym ich wcześniej dogonić.

– Niestety, nie. Moi synowie tej nocy wyruszyli z wioski, gdy tylko zdaliśmy sobie sprawę, że mglisty zniknął. Więc będziesz musiał dogonić ich pieszo, bo nie ma innych koni w wiosce. – Zdenerwowany Starosta wzruszył ramionami.

Nie było sensu iść do Elżbiety po moje rzeczy. Tym bardziej że po incydencie w Kopalni „Pryka", kiedy więźniowie mnie okradli, i tak wszystko, co ważne, nosiłem przy sobie. Ale jak tylko wrócę, z pewnością porozmawiam z Lizą i nie obchodzi mnie to, że zabroniła mi się do siebie zbliżać. Nie straciłem ani jednego punktu Atrakcyjności, spadła tylko reputacja. Oczyszczę swoje imię. Nie dostałem powiadomienia, że nie wolno mi wejść do jej domu: czyli kary nie będzie. Ponadto nie opuszczało mnie przeczucie, że niezrozumiałe zachowanie żerczyni jest częścią scenariusza.

Zrobiłem głęboki wdech i pobiegłem śladami stada. Gobliny miały około pięciu godzin przewagi, ale poruszały się wolno, więc dogonienie ich nie powinno stanowić problemu. Problemem będzie to, jak poradzić sobie z sześcioma dorosłymi, świeżo upieczonymi przedstawicielami Kartosa. Ponadto nie mogłem zapominać o ośmiorgu dzieci. Tylko w świecie rzeczywistym dzieci niczego nie mogą. W Barlionie nawet niemowlę na setnym poziomie mogło wbić mnie w ziemię aż po sam czubek głowy.

Biegło mi się zaskakująco łatwo. Włożywszy pierścienie z Intelektem zamiast pierścieni z Wytrzymałością, prawie nie zauważałem spadku poziomu Energii. Pasek wciąż był pełny, dlatego na początku utrzymywałem prędkość dobrego konia. Po dwudziestu minutach biegu zawisł na mnie dwudziestoczterogodzinny debuff *Zabiegany koń*, spowalniający wzrost Energii o dwadzieścia procent, a co dwadzieścia minut wartość ta stale rosła. O kolejne dwadzieścia procent. Przed końcem pierwszej godziny biegu postanowiłem zatrzymać się i odpocząć. Minus sześćdziesiąt procent wzrostu Energii nie pozwalało pierścieniom przywracać jej w wystarczającej ilości. In plus było to, że przebiegłem już dość dużą odległość i nawet zdobyłem osiągnięcie:

Zdobyłeś osiągnięcie!
Biegacz poziomu 1.

Czas biegu bez otrzymania debuffa „Zabiegany koń" wzrósł do 25 minut.
Następny poziom:
Po włączeniu 9 kolejnych debuffów.

Dopóki biegłem, starałem się nie zawracać sobie głowy głupimi myślami, ale teraz, kiedy po prostu szedłem, zaczęły mi się nasuwać pytania. Po pierwsze, dlaczego gobliny nie udały się na Wolne Ziemie, gdzie ukrycie stada byłoby o wiele łatwiejsze i gdzie mogłyby stacjonować oddziały Kartosa? Zamiast tego ruszyli drogą wiodącą wprost do Dalgoru. Wprawdzie od czasu do czasu z niej zbaczali, ale zawsze wracali na kurs. Dziwne zachowanie świeżo upieczonych zielonych pięknisiów. Czyżby rozpoczynali migrację do Kartosa? Przecież nie mogą tak po prostu przejść przez Imperium. Zostaną złapani w najbliższym zasiedlonym punkcie, w którym przebywają gracze.

Wezwałem Drako, żeby nie czuć się samotnie. Ostatnie spotkanie ze Szprychą podniosło mój Totem jedynie do trzydziestego szóstego poziomu. Wydaje się, że możliwości levelowania Smoka dzięki zabawie z chłopakiem się wyczerpały. Drako nie był już dzieckiem, ale nastolatkiem, który nie był zainteresowany ganianiem po podwórku. Co robią nastolatki? A kto ich tam wie...

Aktywowałem tryb pracy z Duchami i szedłem drogą, bez przerwy bijąc w Tamburyn. Póki nie wróci mi Energia, mogę popracować nad swoją Duchowością, nie będę tracić czasu. Nadal nie wchodziłem w ustawienia Drako, chociaż bardzo mnie kusiło.

Trzy godziny poświęcone Smokowi przeleciały zupełnie niezauważenie. Duchowość rozwinąłem do czternastego poziomu. Jeśli dobrze zrozumiałem opis, to na poziomie dwudziestym mogłem bez kary wezwać jednego Ducha innego żywiołu. Doskonale. Machnąwszy ogonem, Drako wrócił do swojego świata, a ja, z przywróconą Energią, znów pobiegłem za goblinami.

– Ej ty, stać! – Szorstki głos wyrwał mnie z mojego świata. Tak się zamyśliłem, że nawet przestałem się rozglądać.

– A ty co, nie rozumiesz? – Odwróciłem się, kiedy w końcu dotarło do mnie, że głos dobiegał zza moich pleców. Jasne, czerwone imiona nad głowami trzech graczy wesoło informowały mnie, kogo miałem szczęście spotkać. PK-rsi. Od sto dwudziestego do dwieście piątego poziomu. Ciekawe, czego te ślicznotki tu szukają?

– To on? – najbardziej wylevelovany gracz odwrócił się do drugiego.

– Nick pasuje. Ale gdzie jest czerwona opaska? Handlarz wspominał o niej kilka razy!

– Słuchaj! Jesteś z Kołotowki? – Wygląda na to, że tym razem zwracali się już do mnie.

– Nie. Z Dalgoru. Wykonywałem zadanie, a teraz wracam. – Ehe, jasne, już wam wszystko mówię.

Nie wolno być niegrzecznym dla PK-rsów, tym bardziej na takim poziomie: od razu wyślą cię na odrodzenie, a ja muszę dogonić stado. Ale mówić im prawdę, kiedy wiedzą skądś o mojej czerwonej opasce...? Przeczucie podpowiadało mi, że nie wolno mi tego robić. A tak przy okazji, gdzie się ono podziało, kiedy polowałem na Lizę? Milczało wtedy jak grób.

– Tygrys, trzymaj go, nie pozwól mu zwiać. – Przemówił lider tria, po czym znów zwrócił się do mnie: – Teraz sprawdzimy szybciutko, czy to ty, czy nie ty, a później cię puścimy. – Na twarzy Deartaniana wykwitł złośliwy uśmiech. Chociażbyś swoje imię poprawnie napisał, kiedy się rejestrowałeś, ty ośle patentowany. – Pełna gotowość do działania.

– Gotowy – odpowiedział nieprzyjemnie gracz, którego nazywali Tygrysem. Chociaż, jeżeli dobrze skojarzyłem jego ksywę, TigroKrys był po prostu Tygrysoszczurem.

– No to jazda. – Lider zeskoczył z konia i ruszył w moją stronę. Nie rozumiem: czy oni chcą mi zrobić jakieś świństwo?

– Dert, zostaw coś dla mnie. – Trzeci uczestnik akcji dał głos. Lanus. Nawet nie trzeba się specjalnie wysilać na złośliwości. Jego imię też samo się prosi o komentarz: L-Dupa.

Wszystko, co wydarzyło się później, zajęło dosłownie kilka sekund. Na początek dostałem buffa *Stłumienie bólu*, zmniejszającego obrażenia przychodzące o pięćdziesiąt procent w ciągu trzydziestu sekund i uniemożliwiającego wysłanie mnie na odrodzenie, dopóki buff działa. Przydatna umiejętność utrzymywania tanka, kiedy rajderzy atakują bossa. Wtedy Deartanian runął na mnie całym ciężarem dwieście piątego poziomu i zaczął szlachtować moją postać. Ciosy nożem, nogami, głową, kolcami zbroi. Wytrzymałem do końca, dobrze wiedząc, co ten PK-rs chce osiągnąć. Chce sprawdzić, czy odczuwam ból. Gnida! W dwudziestej sekundzie pękłem. Dla mnie to była wieczność. Krzyknąłem.

– Nooo! I teraz wszystko jasne! – oznajmił lider, wstając. Nadal leżałem zmordowany na ziemi, próbując złapać powietrze. Cholera! – Później opowiesz, jak udało ci się usunąć opaskę, a raczej: gdzie znalazłeś na to tyle kasy. A teraz słuchaj tego: dotarła do mnie informacja, że masz pewien bardzo interesujący przedmiot. Oko Mrocznej Wdowy. Potrzebuję go. Chyba nie chcesz doświadczyć prawdziwego bólu?

Dał się słyszeć plask teleportu i obok nas pojawił się Zwiastun.

– Dzień dobry, panowie. Jak wam się podoba pogoda? Czyż nie prawdą jest, że w tej okolicy jest szczególne słońce?

– Witam cię, Zwiastunie. – Deartanian pochylił głowę. – Czym mogę służyć?

– Oj, to zwykła drobnostka. Ktoś tu mówił o celowym zadawaniu bólu graczowi, który wyszedł z kopalni. Niestety nie mogę na to pozwolić. To sprzeczne z zasadami.

– Zaczekaj, Zwiastunie. Chyba coś pomyliłeś. To jest zwykły wolny obywatel. Czy w Barlionie polowanie na wolnych obywateli jest już zabronione? Czy to jest twoja oficjalna odpowiedź? – Ten lider nie jest taki głupi. Nie stchórzył przy tak ważnym gościu, trzyma się swego i jeszcze próbuje coś ugrać.

– Nie, no co pan! Polowanie nie jest zabronione. Jednak w Barlionie nie wolno nikogo torturować. Nie mówię tu o tych, którzy sami wchodzą do piwnic tortur: wiedzą, na co się piszą. Proszę zapamiętać. Jeśli dowiem się, że ktoś torturował wolnego obywatela, będę musiał wyciągnąć konsekwencje. Dziękuję za poświęcony czas. Powodzenia w przestrzeniach Barliony! – Zwiastun wrócił do portalu, a ten zniknął, robiąc hałas.

– Dert, i co my teraz zrobimy? – zapytał oszołomiony Lanus. – Czyli co, przyjechaliśmy tutaj po nic?

– Uspokój się. Mój błąd. Zapomniałem, że gracze, którzy wyszli z kopalni, są bacznie obserwowani. Może nie można go torturować, ale nikt nie zabroni nam pobawić się z nim trochę. – Dert spojrzał na mnie bardzo nieładnie. – Tygrys, nie atakuj go, cały czas będziesz go leczyć. I podnoś go do maksimum, bo jak mu się kichnie, to może nam zejść. To, czego nie można osiągnąć w sposób bezpośredni, można uzyskać, idąc naokoło.

Na początku nie bardzo rozumiałem, o czym mówią, ale kiedy usłyszałem krzyk Derta, zrozumiałem:

– Uwaga, gracze! W promieniu najbliższych trzech kilometrów planujemy przeprowadzić ćwiczenia z wykorzystaniem masowego rażenia. Proszę wszystkich o opuszczenie strefy. Przepraszam za niedogodności. Lan, zaczynaj. Pokaż mi, jak korzystasz z Lodowego Deszczu. Wywołaj go, proszę, o tam. – Dert wskazał ręką w moim kierunku.

– Dobrze. Robi się. – Lanus odpowiedział mu w podobnym tonie. – Od dłuższego czasu wiem, że z moim deszczem jest coś nie tak. Sprawdź, co źle robię.

W tym samym momencie obok mnie zaczęła się apokalipsa. Z nieba posypały się lodowe sople, szybkość moich ruchów spadła o siedemdziesiąt procent, Punkty Życia także gwałtownie leciały.

– Ostrożnie! – równie teatralnie krzyknął Tygrys. – Przypadkowo trafiliśmy gracza! Chwila moment i go wyleczę!

– Ludzie, pogrzało was? – Kiedy deszcz się skończył, wstałem. Masakra. Nie dało się odskoczyć, bo ciało przymarzało do ziemi. Nie można było uciec, czułem jakby coś mnie trzymało. A na dodatek bolało. To kanalie. Po deszczu został mi tylko jeden Punkt Życia, ale idiotyczny buff, którym obdarował mnie „przyjacielski" Tygrys, nie pozwalał mi się odrodzić. Gońcie się, leszcze. Zacząłem się rozglądać za kamieniem lub kawałkiem drewna. Przywalę mu – i już, żegnajcie, gnidy.

– Tygrys, podlecz go. Nie można zostawiać gracza w takim stanie. Przecież jesteśmy za niego odpowiedzialni. – Swołocz, jeszcze żarty sobie stroją i napawają się swoim małym zwycięstwem. Przecież oficjalnie ogłosili tę strefę poligonem doświadczalnym. Poprosili wszystkich o jej opuszczenie. Kto nie zdążył, sam jest sobie winien. Na dodatek, kiedy przypadkowo uderzyli gracza, natychmiast go wyleczyli. Ładnie pomyślane. Zabiłbym ścierwa.

Dzięki jednemu zaklęciu, które wypowiedział Tygrys, odzyskałem wszystko – Punkty Życia, poziom Energii, wyłączył się nawet debuff *Zabiegany koń*. Konieczne będę musiał poeksperymentować z Duchami, bo umiejętność usunięcia takiego debuffa może okazać się bardzo pożyteczna. Jeśli wciąż mogę myśleć, to znaczy, że nie jest jeszcze tak źle.

– Machanie, czy przypadkiem nie masz Oka? Byłoby wspaniale, gdybyś zechciał mi je podarować. Za pół roku mam urodziny, miło byłoby dostać taki prezent.

– Skąd pomysł, że je mam? Próbowaliście już kiedyś myśleć głową? Mam tylko dwudziesty pierwszy poziom i mieszkam w jakiejś dziurze!

– Nie chcesz po dobroci? Dobrze. Wracamy więc do treningu. Lan, sprawdź jeszcze Lodowaty Wybuch.

Ziemia obok mnie pokryła się skorupą lodu, wzdęła się i wybuchła z ogłuszającym trzaskiem, a mnie wyrzuciło w górę i odbyłem przeciekawy lot. Podczas podróży powietrznej podziwiałem nie tylko gwiazdy, lecz także powiadomienia, że dostałem taki, a taki cios, a uzdrowienie Życia było w takim, a takim wymiarze. Gdy tylko uderzyłem o ziemię, Tygrys natychmiast podładował mnie z jedynki do maksimum, żeby przypadkiem nie przyszła mi do głowy głupia myśl o samobójstwie. Dobry uzdrowiciel, nie mogłem złego słowa powiedzieć. Z wyjątkiem przekleństw.

Podczas gdy PK-rsi rechotali, zrobiłem jedyną rzecz rozsądną w tym momencie. Wyrwałem się w stronę lasu, który znajdował się kilka kilometrów od drogi. Dziękuję ci, główny programisto, że stworzyłeś ten wspaniały algorytm: szybkość biegu określoną przez stosunek Wytrzymałości i Zręczności do poziomu gracza. Często zdarzało się, że gracze niskiego poziomu byli dzięki temu znacznie szybsi niż gracze wysokiego poziomu, ale mniej wytrzymali. Z tego powodu poziom mojej energii spadał teraz zbyt szybko. Nie tracąc czasu na krzyki „Zatrzymaj się, bo zabiję!", w biegu włączyłem tryb pracy z Duchami i wezwałem do siebie Ducha Wzmocnienia. Nawet jeśli pomoże mi to tylko trochę, to i tak będzie szybciej.

Po minucie zrozumiałem, że się przeliczyłem. Tak, byłem zdecydowanie szybszy niż PK-rsi, ale za to zaskoczył mnie zasięg Lodowego Deszczu. Tuż przede mną uformowała się ściana lodu, a ja przy pełnej prędkości na nią wpadłem. Chciałem, żeby Tygrys dał już spokój i pozwolił mnie zabić... ale nie, on był w tym naprawdę dobry.

– Dlaczego się zatrzymałeś? – Wokół mnie zaczęli krążyć gracze, którzy zdążyli osiodłać swoje konie. – Dopiero zacząłem się rozgrzewać, nawet się podjarałem, ale króliczek wyciągnął już łapki. Kontynuujemy trening! Lan, bij po obszarze. Zobaczmy, jak długo wytrzyma. Tygrys, uważaj.

Ganiali mnie tak w kółko przez godzinę. Gdy tylko się zatrzymałem, obok mnie pojawiał się deszcz lodu, zmuszający mnie do dalszej ucieczki. Moje próby stawiania oporu, wzywania Ducha Kontroli i Ducha Wodnego Ataku wywoływały tylko ich śmiech.

– Kto powiedział wam o Oku?! – Nie wytrzymałem i krzyknąłem. Przelało mi się, już nie miałem siły znosić tego draństwa.

– A co, bieganie cię męczy? Nic się nie martw, jeszcze sobie pobiegasz, mnie się to nawet spodobało. Czarny rynek, koguciku. Czarny rynek. Słyszałeś o czymś takim? Można na nim kupić wiele interesujących rzeczy: od przedmiotów, które wysokolevelowi gracze sprzedają Handlarzom, po informacje pozyskane przez Handlarzy. Wiesz, ile mnie kosztowałeś? Trzydzieści tysięcy Złotych! Plus teleport do tej dziury: dziesięć tysięcy na każdego. Chłopie, mówimy o grubej kasie!

Niezrozumienie na mojej twarzy najprawdopodobniej było tak olbrzymie, że cała trójka zaniosła się śmiechem.

– Dert, on nie zrozumiał ani słowa! – roześmiał się TigroKrys. – Słuchaj, królewno, w grze są nie tylko dobre dzieci, ale też źli wujaszkowie. Tacy jak my. Ci, którzy byli w kopalniach. Ci, którzy wiedzą, czym jest czerwona opaska. Ci, którzy podporządkowali sobie prawie wszystkich i wszystko w tej grze. Jesteśmy tu carami! A dla tych, którzy mają wylevelowaną Podłość istnieje taki bonus, jak Czarny Rynek. Bardzo przyjemna sprawa. Na nim Handlarze sprzedają informacje o tym, co widzieli, czego się dowiedzieli, co zidentyfikowali, co kupili. Informacje w grze sporo kosztują.

– Tygrys, może chcesz jeszcze przed nim zatańczyć jig. Język ci się rozwiązał – przerwał mu lider i zwrócił się do mnie. – Informacje są sprawdzone. NPC-e nie mogą kłamać. Czekam na Oko albo będziemy dalej trenować. Sam rozumiesz, że mam jeszcze sporo uwag do tego, jak Lan w biegu wywołuje Lodowy Deszcz.

– Idźcie do diabła! – wyrwało mi się. – Nic mi nie możecie zrobić, zwyrodniali debile.

– Czyżby? To jest gra, słoneczko – słodziutko skwitował Dert. – Rozgrywka PK-polowania i treningu. A Tygrys, z dobroci serca, leczy cię i nie pozwala ci stracić dwunastu godzin rozkoszowania się Barlioną. Jak ty to robisz, że ciągle wpadasz w sam środek naszego treningu, pojęcia nie mam. Może robisz to specjalnie? Jak widzę, nadal nie rozumiesz. Kontynuujemy sesję, Tygrys, Lan, jedziemy...

Po kolejnym półgodzinnym biegu zabrakło mi tchu. Próbowałem stać niewzruszenie w deszczu z lodu, ale w drugiej, może trzeciej minucie zacząłem się łamać. To było zbyt bolesne. Moja Wydolność wprawdzie stopniowo rosła, w czasie tego ohydnego „treningu" podskoczyła już o trzy jednostki, ale to była kropla w morzu. Bezcenne pięć setek było tak odległe, że wydawało się niemożliwe do osiągnięcia.

Już postanowiłem oddać tym pokrakom Oko i niech się dzieje co chce, gdy wtem w cieniu drzew, do których stopniowo się przybliżaliśmy, dostrzegłem przemykającą sylwetkę. Goblin! W mojej głowie natychmiast pojawił się plan, w jaki sposób pozbyć się tych pokrak, chociaż na kilka minut.

– Ratunku! Złapali wysłannika Koordynatora i torturują go! Pomocy!

Trzej gracze popatrzyli po sobie, próbując zrozumieć, czy przypadkiem ich nie obraziłem. Oczywiście, że nie zrozumieli, krzyczałem w języku mrocznych goblinów!

– Za Kartosa, śmiało! – Dziesięciu zielonych przedstawicieli Mrocznego Imperium wysypało się z lasu. Hm... wszyscy, co do jednego, na pięćdziesiątym poziomie. Przeciwko trzem PK-rsom było to stanowczo za mało. Mogli być dla nich zaledwie małą przekąską. Ale gobliny miały to w nosie. Skoro przedstawiciel Imperium poprosił o pomoc, to trzeba było mu jej udzielić. Podczas gdy gracze próbowali poradzić sobie z napotkaną przeszkodą, ja rzuciłem się do lasu. Nie mogłem tracić cennego czasu.

– A ty dokąd? – Ponownie złapał mnie lodowaty deszcz. – Jeszcze nie skończyliśmy!

– Co to za cyrk? – Zdziwił się Dert, gdy od strony lasu rozległ się przeciągły ryk. Po grzbiecie przeszły mi ciarki. Niewiele było osób w grze, które nie wiedziały, co ten ryk oznacza: Dzika Horda. Główna siła uderzeniowa Kartosa w walce z graczami. Dziesięciu dwustupoziomowych trolli jadących wierzchem na swoich jaszczurach. Ktoś tu za chwilę będzie niezadowolony.

– Dert, zjeżdżamy stąd, to Horda! – zaczął wrzeszczeć Lanus, gdy na graczy posypał się grad strzał.

Nadciągała Dzika Horda.

– Tygrys, włącz tarczę. Lan, przyładuj Machanowi, to on wezwał to paskudztwo. Szybciej! – Dert znowu błyskawicznie ocenił sytuację. Sprytny drań. Nie miałem czym się osłonić przez Lodową Strzałą na setnym poziomie, więc po prostu czekałem na odrodzenie. Ukrywanie się przed magią było bezsensowne, ona potrafiła przejść przez wszystko. Szkoda, już myślałem, że udało mi się wszystkich przechytrzyć.

Cios!

Wciąż stałem i patrzyłem, jak z lasu wyłaniało się dziesięć jaszczurek z jeźdźcami i okrążało kopułę, którą stworzył TigroKrys. W tym czasie Lanus z okrągłymi ze zdziwienia oczami raz po razie wysyłał mi magiczne strzały.

– Aranmał dragornaław rpanwwły? – Obok mnie stanął mężczyzna ubrany w czarny strój i podniósłszy brew, o coś zapytał. W ogóle nie przejmował się magicznymi próbami Lanusa złamania mojej nieszablonowej obrony. Nieznajomy był pewny siebie i próbował się czegoś ode mnie dowiedzieć. A ja w ogóle go nie rozumiałem. Z mrocznych języków znałem tylko gobliński, więc szczerze odpowiedziałem po goblińsku:

– Koordynator nauczył mnie tylko języka goblinów. Nie rozumiem, co pan mówi.

Mężczyzna w czerni zmarszczył brwi, powiedział coś jeszcze i dotknął mojej głowy.

Nauczyłeś się nowego języka:
Uniwersalny Język Mrocznego Imperium.

– Pytałem, czy wszystko w porządku.

– Dziękuję, przybył pan w odpowiednim momencie. Jeszcze trochę i by mnie zabili. Wtedy nie mógłbym przekazać wiadomości.

– Nie zabijajcie ich! – krzyknął nieznajomy do trolli. – Magowie, aktywujcie oplątywanie!

Następnie znowu zwrócił się do mnie:

– Pozwoliłem sobie otoczyć pana kopułą chroniącą przed atakami tych rozumnych. – Wskazał na niestawiających już oporu graczy, na których wisiał debuff *Oszołomienie*. – Nie da się długo ich tak trzymać, po dwunastu godzinach znikną. To nieprzyjemna właściwość wolnych obywateli. Ale na razie niech sobie tu poleżą. Mniej więcej za jedenaście godzin moi wojownicy wyślą ich na Szare Ziemie: tym sposobem zyskamy całą dobę. Czego tym razem potrzebuje Koordynator? Czyżby znowu skończyły mu się teleporty?

Całą moją teorię na temat Koordynatora diabli wzięli. Teleporty! Jestem ślepym i głupim osłem, jeśli się nie domyśliłem tak prostej rzeczy! Po co marnować czas na przemieszczanie się między bazami, skoro można w dowolnym momencie zrobić skok? A na dodatek nikt niczego nie zauważy. Podejrzana jest znów cała wieś. Kurza twarz!

– Zgadza się. Skończyły się teleporty, a nie dało się wysłać nikogo innego. Przecież zna pan sytuację – zacząłem pleść wszystko, co przychodziło mi do głowy. Nie miałem pojęcia, o czym mówię, ale najważniejsze, że robiłem to z przekonaniem wymalowanym na twarzy! Za tymi Symulatorami kryje się jednak tylko program. Może na to pójdzie?

– Dobrze. Proszę wsiadać. – Nieznajomy wskazał na wyszczerzonego jaszczura, którego natychmiast podprowadziły do mnie trolle. – Nie mam przy sobie zapasu, muszę zwrócić się do Posesora, niech zrobi nowe.

Do Posesora? Tak nazywa się tylko tych NPC-ów, którzy kierują zamkami. Chyba natknąłem się na coś interesującego? Najważniejsze, to zachowywać się naturalnie, jakby wszystko, co się dzieje, nie było dla mnie niczym niezwykłym.

Ale to mi się nie udawało.

Po godzinie dzikiej jazdy przez las znaleźliśmy się na rozległej polanie, w której środku stała Mroczna Cytadela. Na jej widok opadła mi szczęka. Ogry na dwusetnym poziomie, gobliny od dziesiątego do setnego, mroczne orki... Wokół tętniło życie i można było odnieść wrażenie, że jest się w samym sercu Mrocznego Imperium. Kiedy zbliżyliśmy się do zamku, doświadczyłem skali rozmachu tutejszych Kartosjan: wielkie mury o wysokości około dwudziestu metrów, grube na pięć, głęboka fosa wypełniona wodą... Typowy Mroczny Zamek na czterechsetnym poziomie. Nieznajomy uśmiechnął się, obserwując moją reakcję.

– Robi wrażenie?

– Jeszcze jak! – szczerze przyznałem. – Nigdy bym nie pomyślał, że tu stoi takie cudo.

– Zgadzam się. Sam go projektowałem...

– Kto wpuścił człowieka? – Po zamku rozszedł się dziki skowyt.

– Posesorze! – Mój kompan schylił głowę. – To wysłannik Koordynatora. Znów potrzebne są teleporty.

– Czy on je zjada? Zaledwie miesiąc temu zrobiłem dla niego partię!

– Przecież zna pan sytuację – odpowiedział moimi słowami mężczyzna ubrany na czarno. Kim on jest? I co tu się dzieje?

– Dobrze, już schodzę. Zaczekajcie!

– Ośmiu wolnych obywateli i Zwiastuni snujący się to tu, to tam, przysporzyli nam wielu kłopotów. – W końcu mój kompan zaczął wyjaśniać. – Już były obawy, że cały plan się posypie, ale Koordynatorowi nie można odmówić sprytu. Przyznam się, że wątpiłem w powodzenie pomysłu zbudowania zamku w głębi ziem Dalgoru, sądziłem, że tak daleko od zigguratu plan nie ma prawa się ziścić, ale w praktyce wyszło na odwrót.

– Posesorze, to jeszcze nie wszystko. – Zdecydowałem się blefować na całego.

– A co jeszcze? – Znów dał się słyszeć głos.

– Koordynator nie wysłał mnie tutaj tak po prostu. Dziś rano kilkoro przeobrażonych porwało całe stado z Kołotowki. Tak więc Koordynator uważa, że stado należy zwrócić. Mieszkańcy zaczynają się niepokoić. Jest za wcześnie, by odsłaniać karty. – Co ja mówię? Jakieś bzdury! To improwizacja pod nazwą „chory na głowę"!

– Ar-r-rgh! – Głos przeklął. – Dziesięć sztuk już wysłałem na rzeź, zrobiłem ucztę dla wojowników. Czy Koordynator bardzo się zdenerwuje, jeśli nie wszystkie wrócą?

– Nie, ale trzeba będzie zwrócić mieszkańcom równowartość każdego zagubionego zwierzęcia. On przewidział taką sytuację, powiedział, że wystarczy po pięć tysięcy Złotych Monet za zabitą głowę. Będą mogli kupić w sąsiednich wioskach to, czego potrzebują. – Poczułem nieznaną mi wcześniej żyłkę do interesów. Trzeba wycisnąć z mrocznych, ile się da.

– Ar-r-rgh do potęgi trzeciej! Dobrze. Zaczekajcie, już schodzę.

– Nasz gospodarz bardzo przejmuje się bezpieczeństwem – powiedział mój towarzysz, a ja nie całkiem zrozumiałem, o kim mowa. – Jest gotów zadośćuczynić za stado, chciałby jednak pozostać w cieniu. – Czyli jednak chodzi o Koordynatora. Jest zatem lokalnym gospodarzem? Bardzo interesujące.

– Proszę, trzydzieści zwojów i pięćdziesiąt tysięcy. – Z małego budynku wyłonił się goblin na trzechsetnym poziomie. Pomyliłem się zatem. Zamek jest tylko na trzechsetnym poziomie. Poziom zamku zawsze zależy od poziomu jego Posesora. – Co robimy ze stadem?

– Niech gobliny je oddadzą: podprowadzą do wioski i wracają, co sił w nogach – zasugerowałem.

– Tak zróbmy. Ochraniać ich będzie Dzika Horda. – Goblin spojrzał na mojego przewodnika. – Dlaczego wciąż tu jesteś? Wykonać!

– A kto to jest? – Kiwnąłem głową w stronę odchodzącego mężczyzny.

– To? Nasz Mag. Nie zwracaj uwagi na to, jak wygląda. Próbuje skopiować swój poprzedni wygląd, licz niedorobiony. Mówiłem gospodarzowi, że trzeba wziąć zwykłą dziesiątkę Magów bojowych, ale nie. Uważa, że z liczem jest łatwiej.

– Rozumiem. Jak idzie budowa? Przygotowanie armii? Co przekazać Koordynatorowi? – Robiłem, co w mojej mocy, żeby zaliczyć swoje zadanie. Potrzebowałem chociaż malutkiej wskazówki, żeby zrozumieć, kto jest Koordynatorem.

– Jeśli chodzi o budowę, to już finiszujemy. Gotowe są już dwa Profanery, ale jeszcze nie były uruchamiane. Czekamy na trzeci. Armia jest w pełnej gotowości bojowej, zdolna odeprzeć atak dwustu wolnych obywateli na trzechsetnym poziomie.

Nie rozumiem: czy tutaj rozwija się odrębne państwo? W przejściu do zamku widziałem przemykające stado krów. Chociaż to zadanie wykonam.

– Proszę powiedzieć gospodarzowi, że jesteśmy gotowi zacząć, oczekujemy tylko na jego sygnał. – Posesor mnie dobił. Co chcą zaczynać?

– Nie podzieli się pan aktualnym planem działania? Po prostu chciałbym go porównać z tym, co powiedział mi gospodarz.

Uwaga dla gracza! Nazwałeś Mrocznego Koordynatora gospodarzem. Jeśli w ciągu dziesięciu minut powtórzysz ten tytuł, Reputacja w Imperium Malabaru zostanie zmniejszona, a Reputacja w Mrocznym Imperium zostanie zwiększona o 1000. Dokonaj wyboru!

Po co mi reputacja w Kartosie? Czy programiści już całkiem odpłynęli w swoich fantazjach? Jaki scenariusz tu wymyślili? Nieważne, już wiem, co robić.

– Nie różni się od tego, który wymyślił gospodarz. – Goblin spojrzał na mnie ze zdumieniem. – Co z panem?

– Proszę nie zwracać na to uwagi. Wciąż nie pozbierałem się po pościgu, który urządziła mi trójka wolnych obywateli – skłamałem, nawet się nie czerwieniąc.

– Tak, już mi o tym doniesiono. Czego oni chcieli od pana?

– Nic takiego. Po prostu im się nie spodobałem, więc postanowili mnie uszczęśliwić. Czy może mnie pan oprowadzić po zamku? Jestem bardzo ciekaw, jak to wszystko tu wygląda.

Spędziłem w zamku około trzech godzin. Posesor oprowadził mnie po cytadeli, pokazał budujące się Profanery. To urządzenia o dużym zasięgu, które przeklinają ziemię i ludzi. Podobno identyczny Profaner stoi gdzieś obok zigguratu. Wreszcie nadszedł czas powrotu. Stado powinno już zbliżać się do bram Kołotowki, będę musiał skorzystać z portalu. Może jest powiązany z konkretnym domem? Jeśli tak, to dowiem się, kto jest Koordynatorem. Strażnicy zaprowadzili mnie na skraj lasu, wskazali, w którym kierunku jest Kołotowka, i wrócili na swoje posterunki. Czas działać.

Ukryłem się w lesie i zanurkowałem w krzakach, żeby od strony zamku nie było mnie widać, a następnie wezwałem pomoc:

– Wzywam Zwiastuna. Potrzebuję pomocy.

Z niegłośnym klapnięciem otworzył się teleport, a z niego wyszedł ubrany na biało NPC.

– Wzywał mnie pan. Mam nadzieję, że powód jest ważny. W przeciwnym razie zostanie pan ukarany.

– Czy to jest ważny powód? – zapytałem, uśmiechając się, po czym rozchyliłem krzaki, żeby zrobić Zwiastunowi dobry widok na zamek Mrocznych. – Myślę, że powód jest wystarczająco ważny.

– Wielki Imperatorze – wyszeptał Zwiastun. – To zmienia wszystko, całkowicie...

Twoja reputacja w Imperium Malabaru wzrosła o 500.
Obecny poziom: Życzliwość.
Do Szacunku pozostało 2 930 punktów.

– Co to zmienia? – Spojrzałem na osłupiałego Zwiastuna.

– Nie możesz zostawić cytadeli bez opieki. Musimy wiedzieć, kiedy i dokąd wyruszą ich siły. Zamek trzechsetnego poziomu na terytorium Malabaru... To jest inwazja!

– Pomysł obserwowania cytadeli jest oczywiście dobry, ale ja nie mogę tu zostać. Zostanę przymusowo teleportowany do Kołotowki. Czy może pan usunąć to ograniczenie? – Wyczekująco spojrzałem na Zwiastuna. Może się uda i pozbędę się debuffa?

– Nie, usunięcie limitu nie jest w mojej mocy. – Zamyślony Zwiastun pokręcił głową. Cholera, wielka szkoda!

– W takim razie mogę polecić kilku wolnych obywateli, którzy z radością będą obserwować twierdzę.

– Ciekawe. Kogo może pan polecić?

– W Anchursie mieszka kilku rozumnych. Nazywają się... – Tu podałem Zwiastunowi prawidłowe imiona Eryka, Ciapy i Leyte. – Ci rozumni zrobią wszystko, co trzeba.

– Akurat ci mieszkańcy Imperium nie mogą brać udziału w takim zadaniu. – Zwiastun sprowadził mnie na ziemię. Już myślałem, że moja przyszła gwardia zacznie od teraz aktywnie zdobywać reputację. – Mają zbyt niski poziom zaufania w Imperium. Nie możemy polegać na tych, którym nie ufamy.

– Mogę za nich ręczyć. – Próbowałem przekonać Zwiastuna. – Oni wykonają to zadanie najlepiej na świecie.

– Nie! – warknął Zwiastun. – I tak daliśmy już panu szansę znalezienia Koordynatora. Zostały cztery tygodnie, a rezultatu wciąż brak. Kto jest Koordynatorem? Co robi? Co w ogóle robią wojska Kartosa na tych ziemiach? Nie ma pan odpowiedzi, dlatego wkrótce zostaną tu wysłani prawdziwi bohaterowie Imperium, którzy naprawią to, co pan zawalił.

– Znalazłem panu zamek – podniosłem już lekko głos. Co to za ataki ze strony Zwiastuna?

– Dziękuję za zamek, ale nie zdołał pan ustalić, kto koordynuje prace. Z uwagi na to, że zadanie znalezienia Koordynatora jest nadal w pana rękach, proszę wybrać z listy polecanych bohaterów tego, który będzie obserwował ruchy sił Kartosa.

Wyświetliła mi się długa lista graczy. Wszyscy, co do jednego, na poziomie wyższym od dwieście sześćdziesiątego. Począwszy od dziwnego Etamsylata, a kończąc na Helfajerze. Migiem przejrzałem listę – ani jednego z moich dobrych znajomych. Dla mnie wszyscy na liście dobrani zostali na jedno kopyto. Trzeba kogoś wybrać? Nie ma problemu!

– Czterdziesty od góry. Niech to będzie on. – Nie miałem pojęcia, kto to był, ale na pewno nie należał do Feniksa.

Zwiastun zamknął oczy i stał tak przez chwilę, po czym znów powrócił do rzeczywistości.

– Niestety, wolny obywatel, którego pan wybrał, przebywa teraz na zewnątrz tego świata. Proszę wybrać innego obserwatora.

– A co dostanie obserwator? – To pytanie należało zadać na samym początku, jednak przyszło mi do głowy dopiero teraz. To może nawet dobrze się składa, że pierwszy wybrany przeze mnie gracz jest offline.

– Z uwagi na wyjątkowość zaistniałej sytuacji nigdy przedtem nie zdarzyło się, że Kartos odważył się zbudować zamek na naszych ziemiach, nawet tak oddalonych, obserwator otrzyma nagrodę z rąk Imperatora. Jaka konkretnie to będzie nagroda, zdecyduje sam Imperator w zależności od jego stosunku do obserwatora. Lista zawiera tylko tych, którzy mają wstęp do pałacu.

– Czy obserwator powinien być tylko jeden, czy może być ich kilku?

– Główny jest tylko jeden, i to on przez siedemdziesiąt procent czasu powinien pilnować zamku. Przez pozostałe trzydzieści procent może pilnować go zastępca wybrany przez obserwatora.

– Czy mogę zrobić sobie kilkuminutową przerwę? Muszę pomyśleć.

– Oczywiście. Ja w tym czasie poobserwuję budowę.

Zwiastun odwrócił się ode mnie i zaczął wpatrywać się w zamek. Miałem jeden szalony pomysł, który chciałem zrealizować. Anastarija. Ona przez całe swoje życie w grze biegała za unikalnymi rzeczami, zadaniami, mobami. Dlatego, wybierając ją na obserwatora, postawię ją w zależnej ode mnie pozycji. I co z tego, że obiecała mi urwać to i tamto? Jest zbyt dumna, żeby wykiwać gracza, który jej pomógł. Będzie wychodzić ze skóry, żeby tylko spłacić dług. Wykorzystam to w odpowiednim momencie. Ponadto za taką obietnicę musi zostać ukarana. Cztery tygodnie odsiadki w krzakach, z dala od stolicy i toczącego się życia, to będzie taka moja maleńka zemsta. Niech posiedzi i poobserwuje gobliny. Przyda się jej. Wyciągnąłem amulet połączenia, trzymając kciuki, żeby Anastarija była w grze.

– Słucham.

Jest! No to trzymaj się mocno, Nastja, dziś ci się poszczęściło!

– Anastarija? Dzień dobry! Tu Machan. Masz chwilę?

– Machan... – Głos Anastariji zrobił się lodowaty. Gdyby mogła zadawać nim obrażenia, to mnie bez wątpienia czekałaby śmierć z wychłodzenia na miejscu i odrodzenie. – Nie mam teraz czasu. Rik do ciebie oddzwoni. On pomoże ci się uporać z twoimi rozterkami.

– Cóż, obok mnie stoi Zwiastun i prosi, żebym wybrał gracza do unikalnego zadania. Z nagrodą od Imperatora. Twoje imię jest na liście, którą mi wręczono, więc chciałem cię zapytać, czy może byłabyś zainteresowana? Ale, jak słyszę, nie masz teraz czasu. W porządku. Wybiorę kogoś innego. Przepraszam, że ci przeszkodziłem.

– St...! – Usłyszałem krzyk dziewczyny, ale już się rozłączyłem.

Amulet natychmiast zawibrował w moich dłoniach. Oczywiście, przecież Nastja nie przepuści takiej okazji. Padły trzy słowa klucze: „nagroda", „unikalny" i „Imperator". Teraz już mi się nie urwie z haczyka. Muszę się upewnić, że też dostanę za to jakiś bonus.

– Słucham – odpowiedziałem zachowawczo.

– Machan! – Śnieżna zamieć w głosie paladynki zniknęła jak za dotknięciem czarodziejskiej różdżki. – O jakim zadaniu mówisz? Powiedz mi coś więcej.

– Nie mam pojęcia. Znalazłem tutaj taki jeden interesujący obiekt i wezwałem Zwiastuna. On przyleciał, spojrzał i powiedział, żebym wybrał gracza, który będzie wykonywać dalsze instrukcje związane z tym obiektem.

– Skąd mam wiedzieć, że to nie ustawka?

– Nastja, czy ja jestem wrogiem własnego zdrowia? Tak, nudzi mi się, nie mam co robić i postanowiłem zadzwonić do ciebie. Stęskniłem się, cholera!

– Obiekt w Krongu?

– Tak.

– To ja pas! – W głosie dziewczyny można było usłyszeć rozgoryczenie całego świata. Jak pięknie potrafi grać na emocjach. Jestem pewien, że właśnie w tym momencie w jej głowie ścigały się setki wariantów rozwiązań problemu i możliwych reakcji.

– Poczekaj, od razu dopytam Zwiastuna o obostrzenia – powiedziałem niedwuznacznie, udając kompletnego kiepa. Zaproponowano mi wybranie dowolnego gracza, bez ograniczeń dotyczących klanu, więc klan nie dostanie żadnej kary. Ale Anastarija o tym nie wie, a ja muszę ugrać coś dla siebie. – Zwiastunie, jeśli wybrany przeze mnie gracz jest z Feniksa, a dokładnie chodzi o Anastariję, czy na jej klan zostaną nałożone sankcje?

– Nie. Tylko Anastarija będzie wykonywać moje zadanie. Pozostali przedstawiciele Feniksa, jeśli klan nie chce zawalić warunków otrzymania kolejnego zadania, dostaną zakaz pojawiania się w prowincji Krong.

– Słyszałaś? – zapytałem ciężko oddychającą dziewczynę. Myślę, że to wystarczy, już jest moja! Teraz trzeba ją powolutku doprowadzić do przekonania, że za prawo do siedzenia w krzakach i rozkoszowania się widokiem goblinów przez cztery tygodnie, musi mi nieźle zapłacić. Za darmo nie pracuję. – Żadnych kar nie będzie. Ty osobiście dostaniesz dostęp do tej lokalizacji.

– Zgadzam się! Powiedz Zwiastunowi, żeby mnie wezwał! Od razu!

– Prr! Nie tak szybko! Jeszcze nie rozmawiałem z Plinto. Muszę się dowiedzieć, czy przypadkiem i on nie chce brać w tym udziału. Teraz do niego tyrknę i dopiero podejmę decyzję. Dziękuję, że tak szybko się zgodziłaś. Oddzwonię do ciebie.

– Stój! Machan, nie musisz aż tak kombinować, żeby ugrać coś dla siebie. Plinto poprzysiągł, że dopóki Zwiastun nie odblokuje możliwości zabicia cię, on nie da ci opuścić punktu odrodzenia. Wiesz, co się stanie, jeśli zadzwonisz do niego teraz?

– Plinto chce mnie zgnoić? Dziękuję za informację. Ale sama rozumiesz, że nie mogę tak po prostu cię zaprosić. Przecież nawet psy będą się śmiały za moimi plecami, że mogłem wycisnąć z Feniksa, ile się da, a zamiast tego dałem się nabrać na ładnie narysowane oczka Anastariji. O nie. Od razu ustalmy, co dostanę.

Musimy zawrzeć jednoznaczne i konkretne porozumienie, i dopiero wtedy podejmę decyzję. Nie mam ograniczeń czasowych, Zwiastun powiedział, że mogę wybierać gracza choćby do jutra. Zastanów się, co Feniks ma takiego, na co od razu bym się rzucił?

– Machan, no proszę. – Anastarija przemówiła tak słodkim głosem, że przeszedł mnie dreszcz. – Obiecuję, że nie pożałujesz tego wyboru. Będę ci bardzo posłuszna...

Reptil miał rację – kobietom nie można ufać. Mogłem sobie tylko wyobrazić, na co liczy Nastja: efekt trucizny powinien działać na jej korzyść, a ja, jak posłuszny piesek, powinienem tańczyć, jak mi zagra. Przeliczyłaś się, ślicznotko!

– Oczywiście, Nastuś. Wybiorę cię... – zrobiłem pauzę, a po niej dokończyłem – gdy tylko uzgodnimy cenę tego wyboru. Masz dziesięć minut. Jeśli w tym czasie nie oddzwonisz, wybiorę Plinto, i niech się dzieje, co chce. Może nawet wybaczy mi Szachy. Czas start! – Z tymi słowami wyłączyłem amulet.

– Czy dokonał pan wyboru? – Zwiastun odwrócił się od zamku i spojrzał na mnie. – Proszę zauważyć, że ma pan na to godzinę, w przeciwnym razie zrobię to za pana.

– Wybiorę, proszę się nie martwić – zapewniłem przedstawiciela Imperatora i usiadłem na ziemi. Zapewne w tym momencie Anastarija w szalonym tempie łączyła się z Echkilerem i razem postanawiali, co robić. Świetnie się złożyło, że usłyszała dźwięczny głos Zwiastuna. Oczywiście da się podrobić jego głos w grze, ale wiąże się to z cholernie dużymi nieprzyjemnościami.

Po dziewięciu minutach – czas ustaliłem dzięki tykającemu timerowi powrotu do Kołotowki – amulet Feniksa zaczął wibrować.

– Wymyśliłaś? – wypaliłem prosto z mostu. Po co owijać w bawełnę?

– Dzień dobry, Machan! Wybacz mi, ale nie znam twojego prawdziwego imienia. – Z amuletu wydobył się męski głos. – Nazywam się Echkiler. To mnie przedstawił pan jako Króla z zadartym nosem. Anastarija opisała mi sytuację, jestem gotów wysłuchać pana żądań.

Do walki wkracza ciężka artyleria. Tego się nie spodziewałem. Niedobrze, muszę improwizować.

– Dzień dobry. Przepraszam za moje słowa: nie wiedziałem, że Anastarija odda panu amulet. Jeśli chodzi o zaistniałą sytuację, to naprawdę nie rozumiem. Złożyłem miłej dziewczynie propozycję wzięcia udziału w pewnym unikalnym zadaniu. Ona się zgodziła, więc zapytałem ją, co mogę dostać, jeśli wybiorę właśnie ją. Chyba sam pan rozumie, że absolutnie nie można oddawać za darmo zadania od Zwiastuna, który mówi w imieniu samego Imperatora. Z mojej strony to wszystko. Żadnych żądań, wręcz przeciwnie: spodziewałem się oferty od Feniksa. Mam silne przeczucie, że wasz klan będzie zainteresowany tym zadaniem.

– Ma pan rację, pewne zainteresowanie jest. Nie mogę zaprzeczyć tak oczywistemu faktowi. Ale każde zainteresowanie ma swoje granice. Jeśli zażąda pan czegoś nierealnego, to będę musiał zrezygnować z zadania, bez względu na to, jak bardzo chciałbym je zdobyć.

– Właśnie dlatego nie wysunąłem żadnych żądań. Przyznam, że oczekiwałem celnej oceny sytuacji ze strony Feniksa i adekwatnej propozycji, a nie rozmów o tym, czego potrzebuję. W jakimś sensie czuję się rozczarowany.

– Coś mi mówi, że nie interesują pana pieniądze. – Echkiler zamyślił się na chwilę. – Zanim złożę ofertę, proszę mi odpowiedzieć na pytanie. O ile wiem, ma pan amulet Plinto, a także możliwość wyboru dowolnego gracza. Dlaczego Anastarija?

– Nie uwierzy pan, po prostu jej amulet znalazłem jako pierwszy. Naprawdę jest mi wszystko jedno, który klan wybiorę. Dla mnie to już wyższa matematyka. Moim zadaniem jest odsiedzieć wyrok w jak najwyższym komforcie.

– Rozumiem. Czy zna pan taką frakcję jak Trójlistnicy?

– Oczywiście. – Przełknąłem ślinę. Echkiler był jednak w stanie mnie zaskoczyć i uderzyć w mój najczulszy punkt. – A kto nie zna sprzedawców Przedmiotów Skalowalnych?

– Anastarija ma wśród nich reputację wylevelowaną do Poważania i wolno jej zabierać ze sobą jednego gracza, któremu może kupić każdy przedmiot. Oferuję panu cztery dowolne przedmioty kupione od Trójlistników. Wszystko na koszt Feniksa. Co pan na to?

Najgorsze było to, iż obaj wiedzieliśmy, że gdy tylko Echkiler wypowiedział słowo „Trójlistnicy", wygrał nasz mały pojedynek. Sztuczna frakcja Barliony, której jedynym zadaniem była sprzedaż Przedmiotów Skalowalnych, tych, które rosną razem z graczem. Frakcja ta miała wyraźną hierarchię przyjmowanych graczy. Każdy gracz, nawet bez reputacji, mógł przyjść i kupić od nich za ciężkie pieniądze prosty przedmiot, taki jak mój Tamburyn. Ale gdy tylko reputacja w tej frakcji rosła, otwierał się dostęp do zdecydowanie bardziej interesujących przedmiotów. O tym, że można osiągnąć wśród nich Poważanie, nawet mi się nie śniło. Myślałem, że to nierealne, dlatego Anastarija naprawdę bardzo urosła w moich oczach. Zuch dziewczyna. Nieważne, jaka była w normalnym życiu, osiągnięcie Poważania u Trójlistników było wiele warte. I na dodatek mowa o czterech przedmiotach...

Ech... kupili mnie, całego. Dobrze wiedziałem, na co się piszę. Przyznam, że na początku chciałem wynegocjować w Feniksie cztery dowolne życzenia, oczywiście wykonalne i niewyrządzające klanowi żadnych szkód. Na przykład chciałem zobaczyć zwój Karmadonta. Ale później zmieniłem zdanie. Uważaj, czego sobie życzysz – chyba tak się mówi. Możliwe, że złapałaby mnie grupa uderzeniowa Feniksa, zupełnie jak tamta trójka PK-rsów dzisiaj, otoczyliby mnie i przegonili, aż błagałbym o litość. A wtedy by zapytali: „Czy to jest twoje życzenie?". W ten sposób straciłbym wszystko. Nie, dziękuję. Umowa musi być jasno zapisana, sformalizowana i potwierdzona literą prawa. Z wiodącymi klanami inaczej się nie da.

– I wreszcie zaczynamy się rozumieć. Teraz już wiem, kto jest prawdziwą siłą waszego klanu. Proszę mi wysłać porozumienie. Jeśli je zaakceptuję, wybiorę Anastariję. Decyzję koniecznie należy podjąć dzisiaj, chciałbym od razu dopełnić wszystkich formalności.

– W ciągu minuty dostanie pan tekst – odpowiedział zadowolony Echkiler. – Miło się z panem współpracuje. Do następnego razu.

Po dwóch minutach wyświetliło mi się powiadomienie, że gracz Echkiler oferuje mi porozumienie w imieniu klanu Feniksa. W tekście wszystko zostało szczegółowo opisane: co otrzymam, jeśli do wykonania zadania wybiorę Anastariję, a czego nie dostanę, jeśli jej nie wybiorę. A przy tym rezultat wykonanego przez Anastariję zadania nie miał wpływu na moje fanty. Świetnie. Uważnie przeczytałem tekst, ale nie zawierał żadnych dodatkowych punktów, wszystko było napisane ładnie i składnie, dlatego zaakceptowawszy porozumienie, zwróciłem się do Zwiastuna i dokonałem wyboru:

– Na bohatera, który będzie obserwował zamek, wybieram Anastariję z klanu Feniksa.

Zwiastun zamknął oczy, sprawdzając obecność Nastji w grze, coś wyszeptał i obok niego pojawił się portal. Minęło kilka sekund i wyszła z niego ta, którą przez trzy lata mojej gry uważałem za ideał kobiecego piękna. W przeciwieństwie do naszych poprzednich spotkań tym razem nie miałem ochoty upaść przed Nastją na kolana i jak obśliniony piesek biegać koło jej nóg. Teraz chodziło mi po głowie coś innego: ile ona ma lat? Załóżmy, że zaczęła grać w wieku czternastu lat, gdy tylko została uznana za umownie dorosłą. Myślę, że potrzebowała przynajmniej dziesięciu, żeby zdobyć dzisiejszą pozycję. Czyli ma minimum dwadzieścia pięć lat. Jeśli nie więcej.

– Serwus, Machan! – Anastarija przeczesała włosy i zamknęła oczy. Po kilku sekundach uniosła brew ze zdziwienia, prawdopodobnie właśnie przeczytała warunki zadania od Zwiastuna, po czym się roześmiała.

– O, jak ładnie. Och, Machan! – Anastarija, nie przestając się śmiać, zaczęła mi bić brawo. – Jeśli w Barlionie kiedykolwiek będzie ogłoszony konkurs na najbardziej epicką zasadzkę, nie będziesz miał konkurentów! Pięknie, po prostu pięknie! A co najważniejsze, wszystko zostało załatwione uczciwie!

– Anastarijo, Imperator pokłada w pani swoje nadzieje – przerwał jej Zwiastun. – Muszę was już zostawić. – Zwiastun skinął głową, otworzył portal i zniknął, zostawiając mnie sam na sam z rozbawioną dziewczyną na trzysta trzydziestym poziomie.

– Nastka, chyba trochę wyolbrzymiasz – uśmiechnąłem się. Śmiech paladynki był zbyt zaraźliwy.

– Oczywiście, przesadzam! Trzeba się nieźle postarać, żeby za takie pieniądze załatwić komuś zsyłkę na cztery tygodnie. Ale tobie się to udało! Powiedz chociaż, jak ich znalazłeś?

To nie była tajemnica, więc opowiedziałem, jak polowali na mnie PK-rsi, jak znalazłem gobliny i poprosiłem je o pomoc.

– Gdybym nie zobaczyła tego na własne oczy, nigdy bym w to nie uwierzyła. I dlaczego ty zawsze znajdujesz się w centrum takich interesujących wydarzeń? Może nasmarowałeś sobie zadek miodem, że przygody lecą do niego jak pszczoły? Dobrze już, nie spinaj się tak, przecież żartuję. Co zamierzasz teraz zrobić? Rozumiem, że mam tu siedzieć, dopóki nie skończysz swojego zadania? Nawet nie próbuję ci oferować pomocy: to za dużo kosztuje nasz klan – uśmiechnęła się Nastja.

– Wrócę do Kołotowki i przez pozostałe cztery tygodnie spróbuję się stamtąd nie ruszać. Ta trójka kretynów zapewne już wkrótce się pozbiera i będzie chciała się na mnie zemścić. Jeśli ci szaleńcy mnie dopadną, znów urządzą sobie polowanie. Przeczekam to w bezpiecznej strefie.

– To Kołotowka należy do bezpiecznej strefy? – zdziwiła się Anastarija.

– O ile rozumiem, nie. Powiedzmy więc, że jest warunkowo bezpieczna. Ale to już mi wystarczy.

– Tak, wystarczy. – Anastarija znowu się uśmiechnęła i zaczęła układać swoje rzeczy. – Pomożesz mi rozbić namiot czy musisz już uciekać?

– Muszę, ale dla ciebie znajdę kilka minut. Co mam robić?

Anastarija wyciągnęła z worka duży pakunek i podała mi go. Nieźle! Namiot Rangersów Śródziemia! Rozbijając taki w lesie, można się nie martwić o bezpieczeństwo: namiot można zauważyć tylko w jednym wypadku – jeżeli po prostu się na niego wejdzie. Ewentualnie, jeśli właściciel na to pozwoli lub jeśli jest się Łowcą i włączy się tryb wyszukiwania humanoidów lub... Ogólnie rzecz biorąc, można go zobaczyć, ale nie jest to wcale proste.

Rozstawiwszy namiot i alarmy, Anastarija spojrzała na mnie i nagle zapytała:

– Machan, rozumiem, że tak po prostu nie oddasz figurek, ale czy możesz mi je przynajmniej pokazać? Wiele razy widziałam podróbki, a teraz mam okazję zobaczyć oryginał. Nie wybaczę sobie, jeśli przynajmniej ich nie zobaczę.

Zaczęło się dziać coś dziwnego. Dlaczego nagle Anastarija zmieniła się w dobrą dziewczynkę odwołującą się do swoich pragnień? Coś jest nie tak. Pokazać? Nie ma mowy!

– Nastka, przecież wynegocjowaliśmy warunki i umówiliśmy się, że otrzymasz figurki dopiero wtedy, gdy przedstawisz mi odpowiednie porozumienie. Gdzie ono jest? Jakoś go nie widzę. Nie ma porozumienia, nie ma figurek. Przecież jesteś prawnikiem, powinnaś to rozumieć.

– Nie jestem prawnikiem! Skąd taki pomysł? Owszem, mam dwa fakultety, ale nie ma wśród nich prawa.

– Tak? To dziwne. O ile mi wiadomo, cały Malabar utrzymuje, że jesteś prawnikiem. A co kończyłaś? – Teraz trochę się wyjaśniło, w jakim może być wieku. Jeśli dobrze pamiętam, nie można robić dwóch fakultetów równocześnie. Dopiero po zakończeniu pierwszego można zacząć drugi. Czyli jeśli ma dwa, to uczyła się dziesięć–jedenaście lat, co mogłoby wskazywać, że Nastja ma więcej niż dwadzieścia osiem lat. Cholera, czym ja zawracam sobie głowę?

– Instytut Radioelektroniki i Ekonomię. Teraz jestem na specjalizacji Marketing.

– Tak, jasne. Wytłumacz mi prawo Kirchhoffa.

– Które z dwóch? – Zaśmiała się dziewczyna. – Machan, nie muszę kłamać.

– Przepraszam, wygłupiłem się. Po prostu wyszłaś poza schemat: piękna dziewczyna w Instytucie Elektroniki... Chyba inni studenci nie mogli się przez ciebie uczyć?

– Myślisz, że jestem piękna? – Anastaria spuściła oczy.

Och, jak ona gra! Musiałbym dużo trenować, żeby jej dorównać!

– Cóż... no dobrze, to będę leciał. Powodzenia w walce z potworami!

– Zaczekaj! – Anastarija wstała, wykonała ledwie dostrzegalny gest, jakby aktywowała aurę, po czym zrobiła wdech i słodkim głosem, który słyszałem w amulecie, powiedziała: – Podarujesz mi figurki Orków Wojowników, hmm? Przecież ty ich nie potrzebujesz, a mi bardzo się przydadzą.

– Nastja, przecież już to omówiliśmy. – Na początku nie wiedziałem, co ona robi, ale kiedy już zrozumiałem, to mnie zatkało. Używa swojej trucizny! Na mnie!

– No proooszę! Będę ci baaardzo zobowiązana!

O rany... Jednak miałem o niej lepsze zdanie. Czy naprawdę aż tak potrzebowała tych figurek, że była gotowa zaryzykować?

– Nastja... – W głowie zrodził mi się pewien plan, ale żeby go zrealizować, musiałem jeszcze trochę powalczyć.

– Machanku, bardzo cię proszę. Daj mi je. – Nastja robiła, co w jej mocy. To napięcie nawet wywołało rumieniec na jej twarzy. Dobrze więc, czas na działanie.

– Nastuś... – Upadłem na kolana przed dziewczyną. Trzymajcie mnie. Chcesz dostać figurki? Zobaczmy, ile nauczyłem się z twoich lekcji sztuki aktorskiej. – Nastuś, skarbie! – Zacząłem robić to, o czym fantazjowałem, odkąd dowiedział się o istnieniu tej dziewczyny: objąłem jej nogi i powoli zacząłem zmierzać w górę, śmiało badając jej awatara. – Nastuś...

– Machan, figurki! Zapomniałeś? – Na twarzy Nastji wyraźnie malował się grymas obrzydzenia, ale mnie to tylko bawiło. Rozumiałem, że to jedynie cyfrowa kopia dziewczyny, która prawdopodobnie ma włączone filtry doznań i nawet nie czuje mojego dotyku, ale przecież oczy wszystko widzą!

Zajęło mi to minutę, zanim wstałem, cały czas trzymając Anastariję w ramionach. Dziewczyna nawet nie próbowała się opierać, była przekonana, że jestem całkowicie pod wpływem jej trucizny. A teraz będzie przypał! Choć warto to przyznać, Nastja była miła w dotyku!

– Machan! Figurki! – powtórzyła z naciskiem, kiedy nasze twarze dzieliło nie więcej niż kilkanaście centymetrów.

Zbliżyłem się do jej ucha i wyszeptałem:

– Figę dostaniesz, a nie figurki, ślicznotko. Jeśli jeszcze raz spróbujesz tej sztuczki, wezwę Zwiastuna i powiem, że próbujesz przejąć kontrolę nad moją postacią. Wyjaśnić ci, co wtedy będzie?

I nagle zobaczyłem to, na co czekałem, odgrywając cały ten spektakl: rodzący się strach w oczach paladynki. Strach przed byciem zwykłym pionkiem w tej grze. Ożeż, jak przyjemnie!

– Jak? – wyszeptała Nastja. – Przecież na to nie ma antidotum...

– Jesteś sprytna i będziesz miała tu dużo czasu na przemyślenia. Spróbuj zgadnąć. A teraz: pa! – Pochyliłem się i pocałowałem ją w usta. Uznam to za bonus. Nieważne, jaka jest w realu, teraz miałem w rękach bardzo piękną przestraszoną kobietę. Grzechem byłoby jej nie pocałować. Szkoda, że nie odwzajemniła pocałunku. Byłoby jeszcze milej. Ale i tak było nieźle.

Puściłem zdumioną dziewczynę, wyjąłem jeden ze zwojów, który dostałem od Posesora, i uruchomiłem portal. Czas wracać do Kołotowki. Odebrać stado krów, zakończyć zadanie, poczłapać do Elżbiety, żeby jej wszystko wyjaśnić, i przygotować się do schwytania mglistego.

– Machan! – krzyknęła Anastarija, kiedy już praktycznie zanurkowałem w portalu. Spojrzałem na błyszczące oczy dziewczyny i uniosłem brew ze zdziwienia. – Kim jesteś? – zapytała.

ROZDZIAŁ 11

MGLISTY STWÓR I NOWE ODKRYCIA

Zwoje mnie zawiodły: wyszedłem z portalu na samym środku placu w Kołotowce. Tam, gdzie zwykle wyrzuca graczy, którzy nie są powiązani z konkretnym miejscem. Szkoda, byłoby dobrze, gdybym mógł od razu rozwiązać problem z Koordynatorem.

– Machan! Już wróciłeś? A co z krowami? – Obok mnie pojawiła się Tisza.

– Jeszcze nie wróciły? – Byłem zaskoczony. Według moich szacunków stado powinno już tu być.

– Niby dlaczego miały... – zaczęła Tisza, ale przerwał jej strażnik, który do nas podbiegł:

– Patrzcie... tam... krowy wróciły – powiedział, próbując złapać oddech. – Ale nie idziemy po nie...

– Dlaczego? – Dziewczyna zmarszczyła czoło.

– Gobliny i Dzika Horda. Krążą koło krów, jakby na coś czekali.

Cholera!

Może konwój otrzymał rozkaz przekazania stada z rąk do rąk? Jak będą patrzeć na mnie w wiosce, kiedy zacznę mówić w języku goblinów? Wyniosą mnie stąd na widłach. Spalę za sobą mosty.

– Machan, co robimy? – W głosie córki Starosty słychać było niepokój. – Ojciec jest zajęty, moich braci nie ma, Kondratij też wyjechał. Nie ma kto iść do goblinów.

– Ja pójdę. Znam język goblinów. Porozmawiam z nimi i dowiem się, czego chcą. Może przyszły przeprosić, a wy się boicie. A w ogóle, to gdzie się wszyscy podziali? – Dopiero teraz dotarły do mnie słowa Tiszy.

– Bracia wyjechali polować na mglistego...

– Na kogo? – dopytał strażnik, który ciągle kręcił się koło nas.

– To nie ma znaczenia. A Kondratij pojechał do wiosek naprawiać różne rzeczy. Więc naprawdę pójdziesz?

– Pójdę, nie martw się.

Dzika Horda krążyła wokół kuźni, starając się nie zbliżać do bramy. Biedne krowy, z obłędem w oczach spowodowanym obecnością mrocznego towarzystwa, całą swoją masą nacierały na częstokół, co groziło jego staranowaniem. Ale nie martwiłem się o ogrodzenie. To nie jest rzeczywistość. W Barlionie nawet najbardziej mizernie wyglądające ogrodzenie może być ścianą, której nie da się przebić. Żadna krowa jej nie podoła.

– Przejmij stado – powiedział jeden z goblinów, gdy tylko wyszedłem z bramy. – Mieliśmy rozkaz, żeby oddać je w twoje ręce. My już wracamy. – Po czym wszyscy odwrócili się i pobiegli jak najdalej od wioski.

Stałem zdezorientowany i patrzyłem na oddalającą się chmurę pyłu, kiedy nagle brama znów się otworzyła i wysypali się z niej mieszkańcy.

– Co oni powiedzieli? – Tisza od razu zaczęła mnie męczyć.

– Przeprosili. Powiedzieli, że popełnili błąd i że już tego więcej nie zrobią – skłamałem w żywe oczy. Mało prawdopodobne, żeby ktokolwiek oprócz mnie zrozumiał, co wyszczekał goblin.

– Przeliczcie krowy! – Wreszcie pojawił się Starosta, wyrwany z pracy. – Musimy być pewni, że wszystkie wróciły.

– Brakuje dziesięciu! – Od razu dotarł do nas czyjś krzyk. – Te zielone mordy przywłaszczyły sobie dziesięć krów!

Tisza i Starosta wyraźnie posmutnieli.

– To bardzo źle – przemówił zarządca wioski. – Minus dziesięć krów mocno w nas uderzy. Konieczne trzeba kupić brakujące w Dalgorze. Ale to są już nasze problemy. Dziękuję, Machan. Uczciwie wykonałeś zadanie.

Zadanie „Powrót stada" zostało zakończone.
Procent ukończenia: 80%.
Otrzymałeś: +100 do Reputacji w prowincji Krong, +80 Srebrnych Monet, +300 do Doświadczenia.

Tylko tyle? Czy warto było biegać za stadem dla takiej niedorzecznej nagrody? Miałem nadzieję na więcej. Ponownie przeczytałem warunki zadania: Wariantywne.

– A ile kosztuje jedna krowa w Dalgorze? – zapytałem odchodzącego Starostę.

– Pięć tysięcy za głowę. Ale na pewno uzyskam zniżkę w wysokości trzydziestu procent, jeśli kupię dziesięć naraz. Tylko gdzie zdobyć pieniądze? W tym momencie nie mam tylu. Będę musiał coś wykombinować.

A to podstęp! Cholerny Symulator odpowiedzialny za to zadanie! Podliczył nawet te pieniądze, które gra zabrała mi z automatu. Zniżka w wysokości trzydziestu procent. Czyli naciągnąłem tego goblina po nic? A jeśli nie poprosiłbym Posesora zamku o rekompensatę, miałbym zapłacić ze swoich Złotych Monet? Urocze są zadania w tej okolicy!

– Proszę poczekać! – Zatrzymałem Starostę i wręczyłem mu całą kwotę, którą otrzymałem od goblina w zamku Kartosa. – Proszę! Myślę, że częściowo ponoszę winę za tę sytuację. Nie udało mi się zwrócić całego stada.

Pieniądze łatwo przyszły i łatwo poszły. Ale z drugiej strony to jednak minus trzydzieści pięć tysięcy Złotych. Nawet nie chciałem się zastanawiać, co robię, kiedy oddawałem pieniądze. A co najważniejsze, dlaczego to robię. A jeśli w Anchursie czeka na mnie trójka przymierająca głodem? Jednak mam gest!

– Nie mam nic do zaoferowania w zamian. – Znacząco zaznaczył Starosta, patrząc na pieniądze chciwymi oczami. – Mogę tylko obiecać jedno: jeśli będzie taka potrzeba, przyjdę panu z pomocą.

– Proszę je zabrać! Nie robię tego, żeby coś dostać, ale dlatego że... – Sam nie zrozumiałem, co powiedziałem, ale brzmiało pięknie. – Kiedy przyjdzie czas, rozliczymy się.

Otrzymałeś: +500 do Reputacji w prowincji Krong,
+500 do Doświadczenia,
+2 do wszystkich głównych parametrów.

Nadeszła moja kolej, żeby rozdziawić usta ze zdziwienia. Reputacja jest oczywiście dobra, w Krongu zdobyłem już Życzliwość, ale +2 do wszystkich głównych cech... Super! Może to niewiele, ale za to w twardej walucie statystyk! Myślałem, że takie zadania są dostępne dopiero od setnego poziomu! Jak miło się czasem pomylić! Ponadto obietnica pomocy złożona przez Starostę... Coś mi mówi, że przyda mi się, gdy już odkryję, kim jest Koordynator.

– Słyszałem, że ma pan problemy z Elżbietą? – zadał pytanie Starosta, kiedy już udało mi się pozbierać z ziemi opadłą szczękę. Skąd on to wszystko wie? – Potrzebuje pan nowego domu?

– Nie, pójdę teraz do niej i myślę, że się dogadamy. Ale dziękuję za troskę.

– W razie potrzeby proszę do mnie przyjść, będę u siebie. – Wyraźnie rozweselony Starosta udał się do swojego domu. W porządku, nadszedł czas, żeby dowiedzieć się, kim jest Elżbieta...

– Przecież już powiedziałam, proszę tu więcej nie przychodzić! – Usłyszałem rozgniewany krzyk Lizy, gdy tylko przekroczyłem bramę.

– Powiedziała pani, nie zaprzeczam. – Na wszelki wypadek sprawdziłem poziom Atrakcyjności: 83 jednostki. Na rozmowę powinno wystarczyć, a dalej zobaczymy. – Dopóki nie porozmawiamy, nigdzie się stąd nie ruszę. I proszę się nie odwracać ode mnie, nie po to przyprowadziłem stado, żeby teraz rozmawiać z plecami.

– Pan... Przyprowadziłeś stado? – W głosie kobiety pojawiła się niepewność, którą postanowiłem wykorzystać. – A ludzie?

– Gorzej z ludźmi. Dla przeobrażonych nie ma powrotu, już na zawsze stali się goblinami, ale mieszkańcy Kołotowki nie będą klepać biedy. Myślę, że zasługuję na prawo do rozmowy. Może opowiem, jak to wygląda z mojej strony. Później zdecydujesz: przepędzić mnie czy pozwolisz mi zostać. Nie można podejmować decyzji w emocjach, żerczyni.

Elżbieta wzdrygnęła się, słysząc ostatnie słowo.

– Ja... nie jestem już żerczynią. Bogini odwróciła się ode mnie.

– Jasne, że się odwróciła. A jednak swoim gniewem zdołałaś obniżyć moją reputację wśród żerczyń Eluny do poziomu Niechęci. Jak to możliwe, że była żerczyni, od której odwróciła się bogini, może obniżać reputację? I to tak znacząco. Przyznaj się, byłaś Najwyższą? – Ostatnie zdanie było raczej żartem. Najwyższa jest granicznym stopniem w hierarchii, o ile dobrze pamiętam, i prawie niemożliwe jest usunięcie jej ze stanowiska.

– Tak... – W oczach Lizy pojawiły się łzy. – Dziesięć lat temu byłam Najwyższą Żerczynią Eluny w Anchursie. Ale usunęli mnie, gdy tylko... Kłamiesz, nie mogłam odebrać ci reputacji! – w końcu Liza krzyknęła.

– Mamo, co ci jest? – Z domu wypadł Szprycha. – Cześć, Machan. Czy to pan obraził moją mamę?

– W porządku, synku. Wszystko w porządku – odpowiedziała kobieta, ocierając łzy. – Po prostu Machan opowiedział mi bajkę, w którą prawie uwierzyłam. Wszystko w porządku.

– Bajkę? – Wolne żarty! Najwyższa Kapłanko! Teraz moja kolej na oburzanie się. – Nie mogłaś mi odebrać reputacji? No to spójrz! – Zrobiłem coś, na co nigdy bym się nie poważył z innym graczem: dałem jej pełny dostęp do swojej tabeli reputacji. Z niej od razu można było wyczytać, z kim się spotykałem, z kim rozmawiałem. – Poza tobą Szaman Machan nigdy nie spotkał na swej drodze Żerczyń Eluny. I niech Imperator będzie mi świadkiem!

Na świadka wezwałem najniebezpieczniejszego arbitra Barliony. Wokół mnie natychmiast uformowała się świetlista chmura i błyskawicznie rozproszyła się, nie czyniąc żadnej szkody. Wezwanie Imperatora na świadka było ostatecznym argumentem w komunikacji zarówno z graczami, jak i z NPC-ami. Tylko wolni obywatele mogli wezwać Imperatora, a przynajmniej wszyscy ci, którzy nie mieli czerwonej opaski. Taka możliwość bardzo by mi się przydała w kopalni, zwłaszcza gdy Bat po raz pierwszy mnie oszukał, biorąc Szczurze Skóry. Gdy gracz wzywał Imperatora, uruchamiał się specjalny Symulator, który analizował słowa wezwania, sprawdzał logi gry, weryfikował prawdziwość lub intencje stwierdzeń, a następnie otaczał gracza kopułą światła, pokazując, że ma on rację, albo – ciemności, aktywując trzymiesięczny debuff na minus pięćdziesiąt procent do wszystkich statystyk. Ponadto właściciel ciemnej kopuły otrzymywał wyjątkowy „bonus": minus dziesięć procent od poziomów. Wszyscy gracze znali zasady, szczególnie tę, więc nigdy nie było skarg. Chociaż ja od razu pomyślałem: więźniów nikt nie zapoznawał z zasadami, od razu wsadzano ich do kopalni. Muszę napisać do działu pomocy technicznej, że mają dziurę w systemie. Czy nie przewidzieli wariantu wyjścia z kopalni, zdjęcia opaski i wezwania Imperatora na świadka? A może tylko mnie nie zaznajamiali z zasadami, ponieważ grałem już wcześniej? Może więc to nie ma znaczenia?

Stała teraz przede mną osłupiała kapłanka Eluny, wielkimi oczami czytająca historię mojej reputacji. Zgadzam się, można znaleźć w niej wiele interesujących rzeczy.

– Znasz Imperatora? – Nie takiego pytania spodziewałem się od Lizy, kiedy w końcu doszła do siebie.

– Nie. To dostałem od Zwiastuna. – Nie było sensu jej oszukiwać.

– Zwiastun nie może zwiększać reputacji u Imperatora bez jego wiedzy, możesz mi wierzyć. Nie bez powodu byłam... nie bez powodu jestem żerczynią Eluny!

Twoja reputacja wśród żerczyń bogini Eluny wzrosła o 1000 punktów.
Aktualny poziom: Neutralny.
Do Życzliwości pozostało 995 punktów.

– Wybacz mi. Rzeczywiście trzeba było porozmawiać już na samym początku. Być może moglibyśmy zapobiec temu, co się stało. Chodźmy, nie będziemy powtarzać poprzednich błędów. I, Machan – żerczyni spojrzała na mnie – nadal nazywaj mnie Lizą. Lubię to.

– Wszystko zaczęło się dziesięć lat temu – zaczęła kobieta, kiedy już znaleźliśmy się w domu. – Mój mąż był jednym z pomocników Radcy Brasta, a ja, jak już wiesz, Najwyższą Kapłanką Eluny. Do mojego męża dotarły informacje o planach Kartosa dotyczących podboju Malabaru. Na początku myśleliśmy, że to głupi żart, ale stopniowo zaczęliśmy się przekonywać o prawdziwości tych informacji. Powiadomiliśmy Brasta, ale wyśmiano nas i nazwano panikarzami. Ani on, ani pozostali Radcy, do których na próżno próbowaliśmy dotrzeć, nie traktowali nas poważnie.

Wtedy udaliśmy się bezpośrednio do Imperatora, pomijając Zwiastunów i Radców. Imperator nas wysłuchał, po czym... – Liza gorzko westchnęła – zostaliśmy wygnani. Jako panikarze stanowiący zagrożenie dla integralności Imperium. Mąż został mianowany Starostą Kołotowki, a mnie pozbawiono rangi. Przez osiem lat rządziliśmy tą wioską, aż pewnego dnia mój mąż zniknął. To cała nasza historia. O klątwie ciążącej na tej ziemi już ci opowiadałam: dwa lata temu zauważyłam, że nasze ziemie i ziemie sąsiednich wiosek – podróżowałam wtedy między wioskami, próbując wybrać dla siebie nowy dom – zaczęły się zmieniać na niekorzyść. Ktoś rzucał na nie klątwy. Zwróciłam się do Starosty, ale nie mógł niczego zrobić. Magia wykracza poza jego możliwości pojmowania. Dla niego najważniejsze było, żeby ocalić ludzi i krowy. Do żercy Własta nawet nie poszłam. Jego nie interesuje nic oprócz wina. Napisałam listy do moich byłych sióstr z prośbą o pomoc, ale odpisały, żebym przestała wymyślać problemy. Chciałam porozmawiać ze zwykłymi ludźmi, ale pomyślałam: po co? Nie mają dokąd pójść, nawet nie chcieliby mnie słuchać. Wtedy postanowiłam bronić Kołotowki na własną rękę. Od tej pory co siedem dni wypowiadałam nad mieszkańcami wioski zaklęcie pomyślności bogini Eluny. Kilka miesięcy później pojawił się mglisty stwór, który próbował mi w tym przeszkodzić. Wezwał go ktoś z Kołotowki. A to oznacza tylko jedno: w wiosce jest zdrajca. To on chce pogrążyć nasz region w mroku. Nie mogłam nikomu ufać. Dlatego, kiedy pojawiłeś się ty i zacząłeś myszkować w poszukiwaniu potwora... Pomyślałam, że wszystko zostało zaplanowane z twojego powodu. Nawet się ucieszyłam, gdy Starosta przysłał cię do mnie. Myślałam, że będę cię miała na oku. Jakże się myliłam...

– A ja na początku myślałem, że to ty jesteś mglistym potworem, a później, że jesteś zaklinaczem, który go przywołuje – przyznałem zakłopotany. Oszaleć można, przede mną siedzi Najwyższa Żerczyni Eluny, nawet jeśli już tylko była. – Więc postanowiłem cię złapać, żebyś nie mogła wzywać mglistego. To nie było mądre z mojej strony, mogłem spokojnie z tobą porozmawiać...

– Nie jestem zaklinaczem!

– Tak, teraz to wiem. Oboje daliśmy plamę... Co teraz zrobimy?

– Nie wiem. Dzisiaj znów zamierzam wypowiedzieć nad wioską zaklęcie pomyślności: zaledwie dzień bez niego wystarczył, żeby wielu mieszkańców zaczęło się przeobrażać.

– Czy naprawdę podejrzewasz całą wioskę?

– Dlaczego całą? Kilka razy próbowaliśmy ze Starostą i jego rodziną złapać mglistego, jak go nazywasz, ale nam się to nie udało. Wiesz, kim oni są... – Liza zamilkła, patrząc na mnie pytająco.

– Worgenami? Tak, wiem. Też próbowałem z nimi dwa razy współpracować, ale za pierwszym razem skończyło się na tym, że cię śledziłem, a za drugim polowałem na ciebie.

– Śledziłeś mnie?!

– A skąd miałbym wiedzieć, gdzie odczyniasz swoje czary?

– Nie czaruję! Błogosławię!

– Źle się wyraziłem. A tak na marginesie, dlaczego na cmentarzu?

– Cmentarz jest jedynym nieskalanym obszarem. Chroni go świątynia.

– Wyjaśnij mi, proszę, co to znaczy, że twój mąż przepadł?

– To znaczy dokładnie to, co powiedziałam. Pewnego pięknego dnia opuścił dom i nie wrócił. Granica z Wolnymi Ziemiami jest bardzo niebezpieczna, często spotyka się tam potwory. Długo czekaliśmy, zanim zgłosiliśmy ten incydent w Dalgorze. Próbowałam go przywołać za pomocą magii, ale bez amuletu Najwyższej mogę jedynie wypowiadać zaklęcia pomyślności. Albo, jak się okazuje, zmieniać czyjąś reputację u moich sióstr. Nie wiem więc nic o losach mojego męża – skomentowała ze smutkiem Liza. – Już się z tym pogodziłam. Nawet nie zauważyłam, kiedy minęły dwa lata. Awtandil rośnie, próbuję nauczyć go wszystkiego, co sama wiem. Nie ma predyspozycji do magii, ale sztuki walki opanował na najwyższym poziomie. A i zasady dobrego wychowania też mu się w życiu przydadzą. Kiedy dorośnie, może wyruszyć w wielki świat. Wygnanie na szczęście nie dotyczy moich dzieci, tylko ja zostałam w ten sposób ukarana.

– Zostaliście wygnani na zawsze? Czy tylko na jakiś czas?

– Na zawsze. Możemy wrócić tylko w jednym wypadku: jeśli Imperator przyzna, że działaliśmy na mocy jego dekretu. Ale on nigdy tego nie zrobi. Kim ja jestem, żeby o mnie myślał? Więc do końca życia jestem skazana na pozostawanie tutaj.

Wyciągnąłem z worka jeden interesujący pierścień i przyjrzałem się jego właściwościom:

Osoba, która nosi ten pierścień, działa zgodnie z moimi rozporządzeniami i na korzyść Malabaru.

Chwila prawdy.

Z jednej strony, mam w rękach co najmniej milion Złotych Monet. W przybliżeniu za tyle można sprzedać ten pierścień tym, którym nie wolno wchodzić do Pałacu Imperatora. W rzeczywistości taki pierścień oznacza pełną indulgencję – darowanie winy. Daje możliwość naprawienia błędów. Z drugiej strony siedzi przede mną kobieta, która potrzebuje pomocy i nieważne, że jest NPC-em. Kobieta, która straciła już nadzieję na wsparcie i która jest Najwyższą Żerczynią Eluny. Jeśli wróci do Anchursu, to będzie musiała ponownie zająć utracone stanowisko. Co lepiej mieć – milion Złotych czy dług wdzięczności u Najwyższej Żerczyni najwyższej bogini? Dobre pytanie, nie umiem na nie odpowiedzieć. Zastanowię się jeszcze.

– Machan, coś się stało? – spytała zaniepokojona Liza. – Zdenerwowałam cię czymś?

– Nie, no coś ty! Po prostu się zamyśliłem. – Włożyłem pierścień z powrotem do worka. Nie czas na niego. – Proponuję, żebyśmy za sześć dni wspólnie zapolowali na mglistego. Zabierzemy ze sobą Tiszę. My pójdziemy z jednej strony wioski, a z drugiej: Starosta z synami. Tym razem na pewno go złapiemy. Co powiesz?

– Zgadzam się. Dziś rzucę zaklęcie pomyślności, które wystarczy na siedem dni, więc w noc polowania będę wolna. Jeśli chodzi o Tiszę, to dobrze to wymyśliłeś. Z Worgenem będzie spokojniej. Ze Starostą sam się umówisz, czy ja mam to zrobić?

– Sam do niego pójdę. Czyli mogę dalej u ciebie mieszkać?

W odpowiedzi Liza tylko się uśmiechnęła, a jej uśmiech i oczy były pełne obietnic, dlatego mimowolnie przełknąłem ślinę, czym wywołałem dźwięczny śmiech ładnej żerczyni...

Następnego dnia rano postanowiłem zająć się najważniejszą dla każdego gracza rzeczą. Levelowaniem. Plan zdobycia kolejnych poziomów był prosty: jeśli na tym obszarze nie ma mobów, to trzeba je stworzyć. A stworzyć moby mogę tylko przy pomocy jednej istoty w tej grze – Drako. Nikt nie zabraniał pojedynków między rozumnymi. Totem jest rozumny, dlatego z nim na pewno też można walczyć. Nie jest w niczym gorszy. Poza tym muszę sprawdzić jego ustawienia: może znajdę w nich coś ciekawego. Umówiwszy się ze Starostą na zakrojoną na szeroką skalę wspólną obławę na mglistego, poszedłem do lasu. Oprócz rodziny Lizy nikt nie wiedział o Smoku, więc nie chciałem się z tym obnosić. On wciąż był jeszcze mały.

Upewniłem się, że jestem sam, przywołałem Totem i od razu wszedłem w jego właściwości:

PARAMETRY TOTEMU DRAKO					
Punkty doświadczenia	1052 z 25200			Parametry dodatkowe	
Rasa	Smok				
Poziom Totemu	36			Zadawany cios	30
Punkty Życia	210			Odporność na cios	36
Mana	220			Odporność na truciznę	100%
Kierunek	nie wybrano			Liczba przenoszonych graczy	0
Statystyki	Skala	Baza	+Przedmioty	Współczynnik przyspieszenia 1	1
Wytrzymałość	58%	3	3	Współczynnik przyspieszenia 2	1
Zręczność	24%	10	10	Współczynnik przyspieszenia 3	1
Siła	2%	2	2	Współczynnik przyspieszenia 4	1
Intelekt	41%	4	4	Współczynnik przyspieszenia 5	1
Wolne punkty do statystyk			72	Współczynnik przyspieszenia 6	1

Nie miał zbyt wielu parametrów. Do trzydziestego szóstego poziomu Drako zdobył siedemdziesiąt dwa wolne punkty do statystyk: wychodzą dwa na poziom. Niewiele. Dzięki zabawie ze Szprychą urosły tylko Zręczność i Wytrzymałość. Ze mną podszkolił Intelekt. Jeżeli chodzi o współczynnik przyspieszenia i o to, że jest ich aż sześć – nie jest to dla mnie jasne. To samo dotyczy Kierunku. Chcąc zobaczyć właściwości tego ostatniego, kliknąłem komórkę i wyskoczyło okienko z listą: Ogień, Woda, Powietrze i Ziemia. *Voilà!* Znalazłem! Wybór kierunku rozwoju Totemu. Jeśli ja jestem „wodny", to...

Wybrano kierunek rozwoju Totemu: Woda.
Uwaga! Rozpoczęto modyfikację Totemu.

Drako przestał kręcić się w miejscu i zaczął ze zdumieniem obserwować pojawiającą się dookoła niego tarczę.

– Co to jest? – spytał lekko przerażonym głosem.

– Nie martw się, wszystko jest w porządku. Będzie trochę bolało, ale wytrzymaj. – Przypomniałem sobie swoją transformację, więc postanowiłem ostrzec Smoka.

– Dobrze, ja nie... – Nie usłyszałem, czego dokładnie dotyczy „nie" Totemu, ponieważ kopuła okryła go ze wszystkich stron.

Tak powstała konstrukcja wzniosła się na około jeden metr nad ziemię, zmieniła kolor na jasnoczerwony, a potem zaczął wybuchać na niej ogień. Po kilku sekundach nad ziemią zawisła płonąca dwumetrowa kula. Nie zdążyłem się nacieszyć drugim słońcem Barliony, ponieważ nagle dziki ryk Smoka rozniósł się po całej okolicy. Był on tak przeszywający, przygniatający, przygnębiający, że aż nogi mimowolnie ugięły się pode mną i upadłem na ziemię. Przed moimi oczami popłynął pokaźny strumień powiadomień, że aktywowane zostały rozmaite nieprzyjemne efekty. Patrząc na listę debuffów, wpadłem w zdumienie. Czy mój Totem to zrobił?

Ogłuszenie. Czas trwania: 60 sekund.
Nie działa na właściciela ani jego przyjazną grupę graczy.
Niemota... Strach... Zmniejszanie poziomu zbroi...

W sumie udało mi się naliczyć około dwudziestu negatywnych efektów, które zawisły na moim Drako. Nieźle! Trzeba będzie to wykorzystać w czasie levelowania na mobach.

Po chwili ryki Smoka ucichły i ognista kula zaczęła gasnąć. Początkowo zniknął ogień, powierzchnia stała się jasnożółta, następnie po prostu żółta, po czym przekształciła się w niebieską, a wzdłuż niej zaczęły płynąć strumienie wody. Wreszcie kula zmieniła się w ogromną kroplę, po której wściekle szalała woda. Minęło jeszcze kilka minut, już bez dzikiego ryku Totemu, i kropla spadła na ziemię, gniotąc i rozrywając trawę. Rozległ się cichy trzask – i wszystko zniknęło, pozostawiając na ziemi Totem, który, ciężko dysząc, podniósł się na przednich łapach i zaczął się sobie przyglądać. Jeśli przed modyfikacją Smok był całkowicie czarny, to teraz siedział przede mną soczyście ciemnoniebieski Totem. Łapczywie zaczerpnąłem powietrza. Okazało się, że przez cały ten czas obserwowałem to zjawisko z zapartym tchem. Nawet pasek *Brak powietrza* zdołał wyczerpać się prawie do końca...

– Czy to naprawdę jest „trochę" na twojej skali bólu? – Dotarł do mnie ochrypły głos Totemu.

– Gdybym powiedział ci, że będzie bardzo bolało, ucieszyłbyś się?

– Nie, ale...

– To zapomnijmy o tym. Teraz jesteś Czarnym Smokiem Wodnym. Usiądź grzecznie. Sprawdzę, co jeszcze można ulepszyć.

Wolne punkty do statystyk podzieliłem równo na wszystkie cztery cechy. Trzeba rozwijać Drako we wszystkich kierunkach. Cieszyła mnie obecność rubryki „+Przedmioty". To oznaczało, że Totemowi można wybrać ubrania, które poprawią jego parametry. Wyjąłem z worka jeden z utworzonych łańcuszków i spróbowałem umieścić go na Drako, ale otrzymałem wiadomość, że przedmiot nie pasuje do tej istoty. Cholera! Co noszą Smoki, skoro nikt w nie wierzy? Gdzie mam szukać zbroi dla niego?

– Ciekawe uczucie – powiedział zwierzak. Podczas modyfikacji trochę urósł i teraz wokół mnie latał półtorametrowy elastyczny wąż. – Czułem, jakby to we mnie płynęła woda.

– A co było wcześniej?

– Ogień. Przecież jestem ognistym Smokiem. – Drako zatrzymał się i zamyślił. – Przynajmniej tak mi się wydaje.

– Nieważne, kim byłeś, najważniejsze jest to, kim się stałeś – powiedziałem filozoficznie. – W porządku, nie traćmy czasu. Spróbujmy się pojedynkować.

– Dobrze, bracie. Chodźmy.

– Jak mnie nazwałeś? – Stanąłem, wpatrując się w Smoka. Czyżby wracała mu pamięć?

– No cóż... przecież ty też różnie się do mnie zwracasz. – Gdyby kolor Smoka nie był tak ciemny, pomyślałbym, że się zarumienił. – Masz coś przeciwko?

– Nie, no co ty! Po prostu to było nieoczekiwane. – Spojrzałem na wciąż zakłopotanego Smoka i zapytałem: – Co tak stoimy? Pojedynek!

Odniosłeś obrażenia.

Drako nie wahał się i natychmiast zaatakował. Wokół mnie utworzyło się morze ognia, które powoli, ale stanowczo, zaczęło odbierać mi Punkty Życia. To, co cieszyło mnie najbardziej, i na co w głębi duszy liczyłem, kiedy zarządziłem Pojedynek z Totemem, to fakt, że nie odczuwałem bólu. Tak, dookoła mnie szalał ogień, topniały Punkty Życia, ale klątwa kapsuły dla więźniów nie działała: Totem nie mógł sprawić bólu właścicielowi. Świetnie!

Drako zaczął od słabej ściany ognia (interesujący fakt: czy to normalne, że Smok Wodny zadaje obrażenia ogniem?), żeby nie zranić mnie przez przypadek. Zrozumiałem to, gdy w ruch poszły pazury, zęby, ryk i zdumiewająca umiejętność plucia w moim kierunku strumieniami wrzącej wody. Drako się rozkręcał, pokazując wszystko, na co było go stać. Dopóki obrażenia były niewielkie, nie martwiłem się o wynik walki, ale gdy tylko zaczęły we mnie trafiać ciosy krytyczne po czterysta obrażeń, i to co sekundę, zacząłem się martwić. Pora odpowiedzieć.

Ogólnie rzecz ujmując, przegrałem pierwszą walkę. Ledwo wszedłem w tryb pracy z Duchami, aby się wyleczyć, Totem zaczął posyłać splunięcia po sześćset obrażeń na sekundę. Wziąwszy pod uwagę moją umiejętność stawiania oporu, czyli Odporność i ubranie, to po prostu ogromna liczba. Udało mi się przywołać tylko jednego Ducha Uzdrowienia, gdy od Drako dostałem kolejny „bonus" o wartości tysiąca dwustu obrażeń! Mój poziom życia spadł do jedynki, a oczom ukazało się powiadomienie:

Przegrałeś pojedynek.

Przyszedł czas na przemyślenia.

Obrażenia bazowe mojego Totemu wynosiły dwieście dziesięć jednostek. Część z nich była blokowana, część trafiała we mnie, tak jak to było na samym początku walki. Później stało się coś niezrozumiałego: obrażenia zadawane przez Smoka zaczęły rosnąć niemal w ciągu geometrycznym. Dlaczego? Instrukcje z przewodnika i forum nie pomogły jak zwykle.

– Słuchaj – zdecydowałem się zwrócić do Totemu. Może on byłby w stanie wyjaśnić, co się stało? – Dlaczego na początku walki uderzałeś jak malec, a pod koniec tak się rozkręciłeś, że natychmiast nakryłem się nogami? To nie było normalne.

– Stałeś i nie reagowałeś. Wydawało mi się, że nic mi nie wychodzi, dlatego się wzmocniłem.

– I w tym miejscu poproszę o więcej szczegółów – przerwałem. – O jakim wzmocnieniu mówisz?

– To właściwość Smoków. Sam dowiedziałem się o niej, dopiero kiedy zaczęliśmy walkę. Wcześniej jej nie znałem. Okazuje się, że mam sześć poziomów wzmocnienia. Doszedłem dopiero do czwartego, a ty już przegrałeś. Na pierwszym poziomie mogę wzmocnić się o sto procent, wzmocnienie trwa tylko pięć minut, po czym trzeba poczekać godzinę, aż się odnowi. W czasie trwania pierwszego wzmocnienia można aktywować drugi poziom: już na plus trzysta procent obrażeń w ciągu czterech minut. Każde wzmocnienie ma niezależny czas regeneracji: na przykład drugi odnawia się w dwie godziny. Podobnie jest z pozostałymi poziomami. Co prawda po wszystkim strasznie boli głowa... I rwą łapy... I ogon chce odpaść...

Otworzyłem właściwości Totemu i zobaczyłem, że jego poziom Intelektu wzrósł o trzydzieści procent, a wartości niezrozumiałych parametrów, takich jak współczynnik przyspieszenia (do czwartego), wzrosły o tysiąc. Ten parametr nie był opisany, ale teraz można było się domyślić, że te współczynniki mają wpływ na czas regeneracji wzmocnienia Smoka.

Cztery godziny pojedynków z Drako rozwinęły go zaledwie o jeden poziom, a współczynniki pierwszego i drugiego poziomu wzrosły o kolejne 0,001. Po każdym wzmocnieniu Totem krzywił się z bólu, ale wytrwale to znosił. Mogę sobie tylko wyobrazić, co będzie musiał znieść na szóstym poziomie: plus tysiąc sto procent do mocy zadawanych obrażeń wymaga odpowiedniej ofiary. Jeśli chodzi o mnie, to mój Intelekt nie wzrósł nawet o jeden procent, i to pomimo faktu, że Drako był na znacznie wyższym poziomie niż ja.

Dozwolony czas przebywania z Totemem dobiegł końca i zostałem sam. Bez mobów i bez Totemu. Jak w takich warunkach mam się rozwijać, pojęcia nie mam. Pozostają mi tylko specjalności, przynajmniej tyle.

Pójście do kopalni było bez sensu: Górnictwo miałem rozwinięte na maksa, a wydobywaniem surowców, z których mogłem zrobić jedynie Mroczne Przedmioty, nie byłem zainteresowany. Nie sprzedałbym ich graczom, nie zrobiłbym z nich dobrych rzeczy, były zbyt mroczne. Chociaż, gdyby można było dodać im choć trochę światła, to... Liza!

Zerwałem się i pobiegłem z powrotem do Kołotowki. Przecież mam pod ręką Najwyższą Żerczynię Eluny, która powinna umieć przemieniać rzeczy przeklęte w święte. Trzeba po prostu w jakiś sposób zmienić ich polaryzację. O ile pobłogosławienie przedmiotów neutralnych było niezwykle trudne – potrzeba do tego ogromnej siły – o tyle jedynie zmiana znaku... Jeśli to zadziała, to levelowanie może zaczekać.

– Machanie, czy coś się stało? – spytała zaniepokojona Liza, gdy wpadłem na dziedziniec. Byłem zdyszany, trochę zmarnowany, ale dosłownie promieniałem z powodu pomysłu, na który wpadłem.

– Lizo, jest sprawa. Musimy porozmawiać.

Zaskoczona kobieta bez słowa poszła za mną. Zamknąłem drzwi i sprawdziłem, czy przypadkiem nikt nas nie podgląda przez okna, co spowodowało, że Liza zaczęła się denerwować.

Nie zważając na to, zasłoniłem okna i usiadłem przy stole, obok którego stała już żerczyni.

– Machan, co się stało? – wyszeptała, gdy tylko zapaliłem świecę.

– Posłuchaj, tylko my możemy przeszkodzić ciemności. Nikt nie wie, kto sprowadza potwora, który bezcześci te ziemie, i kto chce pogrążyć nas w mroku. Ale ja wymyśliłem pewien sposób, by zrobić temu komuś niespodziankę – zacząłem złowieszczym tonem nakręcać i bez tego już oszołomioną kobietę.

– I co wymyśliłeś? – Szept Lizy był jeszcze cichszy.

– Zobacz. – Wyjąłem kawałek Marmuru, upewniwszy się wcześniej, że chce być mrocznym przedmiotem. – Jeśli wykonamy jakąś rzecz z tego kawałka, to w naszym świecie przybędzie zła. On chce być zły. Ale ty jesteś Najwyższą Żerczynią! Czy możesz sprawić, żeby ten kamień przestał być przeklęty?

– I to wszystko? – Liza zrobiła okrągłe oczy. – Chcesz, żebym wymówiła zaklęcie nad tym kawałkiem Marmuru? Po co ci to? Zamierzasz rzucać takimi kamieniami w potwora?

– Liza, najpierw to zrób, a później pytaj dlaczego. – Mój plan chyba zaczął się sypać. – Czy przemiana przeklętej rzeczy w świętą jest niemożliwa?

– A! Czyli chcesz zmienić polaryzację? Tak, to łatwe. Na taki kamień powinno mi wystarczyć sił, później będę musiała odpoczywać około godziny. W końcu jestem byłą Najwyższą. Ale w jaki sposób ci to pomoże?

– Zobaczysz. Najważniejsze, żebyś to zrobiła.

Liza wzięła w dłonie kawałek Marmuru i zamknęła oczy. Po chwili wokół przeklętego materiału pojawiła się jasna poświata. Twarz kobiety zbladła, zmizerniała, pod oczami pojawiły się sine półkola, ale ona wytrwale trzymała w dłoniach kamień, który jej przekazałem.

– Trzymaj... – Żerczyni przemówiła osłabionym głosem, podając mi Marmur. – Pomyliłam się, godzina na regenerację mi nie wystarczy. Za dużo było w nim zła, a ja straciłam swoje moce. Muszę odpocząć około trzech godzin, inaczej będę się słaniać na nogach. Ale to za chwilę. Powiedz, co wymyśliłeś?

Wziąłem kawałek Marmuru, który nie różnił się szczególnie od tych leżących w moim worku i aktywowałem „Definiowanie istoty". Światło, dużo światła, szczęścia, radości i życzliwości. Ani śladu ciemności. To powinno się udać.

Skupiłem się i wszedłem w tryb konstruowania. Zrzuciłem utworzone wcześniej figurki Krasnoludzkich Wojowników, stworzyłem obraz kawałka Marmuru, który trzymałem w dłoni, otworzyłem recepturę Róży i wcieliłem ją w kamień. Zwykła Kamienna Róża, którą już wielokrotnie robiłem. Czy to może być błogosławiona rzecz? To chyba nie wystarczy. Niewiele myśląc, umieściłem podobiznę Anastariji na dwóch centralnych płatkach Róży. Ze wszystkich moich znajomych tylko ona pasowała do pojęcia bogini. Jedyną rzeczą, którą zmieniłem, było usunięcie arogancji z jej spojrzenia i dodanie w zamian odrobiny serdecznej życzliwości. Przy czym sam nie wiedziałem, jak to zrobiłem. Potem nieco rozszerzyłem jej twarz, sprawiając, że Anastarija się zaokrągliła. I nieznacznie zadarłem jej nosek. I skorygowałem rozstaw oczu. I... W rezultacie wyszła nie Afrodyta, bogini piękna, a jakaś zwyczajna kobieta, ciepła i uśmiechnięta, taka, jaką można spotkać również w rzeczywistości, nie tylko w Barlionie. W tej sytuacji Róża wydała mi się zbyteczna, więc ją usunąłem, zostawiając jednie twarz. Zrobiłem dla niej tło w kształcie owalu i chrząknąłem z satysfakcją. Rezultat mi się podobał. Pozostało mieć nadzieję, że nie pomyliłem się w trakcie projektowania. Z tą myślą otworzyłem oczy.

Stworzyłeś przedmiot: Jasne Oblicze Eluny.
(Część łańcuszka - Detal).
Opis: Wszystkie mroczne stworzenia w promieniu 10 metrów otrzymują -20% do parametrów. Przed Eluną nie można ukryć

swojego prawdziwego oblicza. Rozumnego, który nosi ten przedmiot, nie można przekląć.
+6 do Wiary, +6 do Intelektu.
Klasa przedmiotu: Rzadki.
+2 do Jubilerstwa. Łącznie 25.
Stworzyłeś recepturę: Jasne Oblicze Eluny.
Otrzymałeś tytuł „Artefaktor Przedmiotów Świętych".
Czy chciałbyś zastąpić nim tytuł „Artefaktor Klątw"?
Reputacja u bogini Eluny wzrosła o 100.
Obecny poziom: Neutralny.
Do Życzliwości: 900.
Reputacja u bogini Eluny nie może zostać zwiększona przez działanie osiągnięcia „Pierwsze Zabójstwo".
Otrzymałeś błogosławieństwo Eluny na poziomie 1:
+5% do wszystkich parametrów.
Czas trwania: Do utraty reputacji u bogini Eluny.

Zgodziłem się na zmianę tytułu Artefaktora, zawiesiłem utworzone Oblicze na Miedzianym Łańcuszku i podałem gotowy przedmiot Lizie, która oczami ogromnymi jak u lemura śledziła moje działania.

– To chyba może być to. – Próbowałem nie dać po sobie poznać, że mam wielką ochotę skakać z radości po całym pokoju. Udało się! Udało się stworzyć świętą rzecz! Może dla mnie jest bezużyteczna z powodu braku Wiary, ale istnieje cała masa graczy, którzy rozwijają tę cechę i dadzą za Oblicze dobre pieniądze. Teraz trzeba nakłonić Lizę, żeby pobłogosławiła dla mnie jak najwięcej kamieni.

– Przecież to jest... – wyjąkała żerczyni, która powoli zaczynała odzyskiwać siły. – Przecież to jest amulet młodszej nowicjuszki! Brakuje mu kilku parametrów, ale to jest on! Jeśli jestem żerczynią, to...

Liza założyła na szyi łańcuszek z Różą. W tym samym momencie ogromne sińce pod jej oczami zniknęły, a jej twarz nabrała zdrowych kolorów. Wokół żerczyni zatańczył słaby wietrzyk, roztrzepując jej włosy. Liza zamknęła oczy, jakby czymś się delektowała, a na jej twarzy pojawił się uśmiech. Piękny i dobry. Taki, jaki powinni mieć wszyscy NPC-e grający rolę żerczyń najwyższej bogini.

– Bogini przyjęła mnie z powrotem! – zaszczebiotała Liza pełnym zadowolenia głosem. – Ona nigdy się ode mnie nie odwróciła. Jakże byłam ślepa...

Twoja reputacja wśród żerczyń bogini Eluny wzrosła o 1000 punktów.
Obecny poziom: Życzliwość. Do Szacunku pozostało 2990 punktów.

– Jeśli rozdamy takie łańcuszki wszystkim mieszkańcom, to uratujemy Kołotowkę – kontynuowała Liza. – To nic, że nie jestem Najwyższą, ale nawet na poziomie młodszej nowicjuszki mogę dużo. Jeden kamień zajmie mi około trzydziestu minut, a może mniej. Trzeba wymyślić, jak szybciej przywracać mi siły. Kołotowka nie ma wielu mieszkańców. W ciągu miesiąca powinniśmy sobie poradzić. Zostaw mi cały przeklęty Marmur, który posiadasz. Od razu się nim zajmę.

Wywaliłem z worka około siedemdziesięciu kawałków. Obiecałem przynieść więcej i zostawiłem kapłankę samą. Nawet nie wspomniałem o tym, że kamienie zamierzałem zostawić sobie. Po co ją denerwować? Do wyjścia z Kołotowki zostało mi trochę ponad miesiąc, wciąż miałem czas, żeby je zebrać dla siebie.

Pomysł z Obliczem zasiał we mnie przekonanie, że byłoby dobrze kontynuować tworzenie krasnoludów. I tak nie miałem nic innego do roboty. Po powrocie do letniego domku wyjąłem

Lazuryt, który przysłał mi Helfajer, wróciłem do trybu konstruowania i zabrałem się za wykańczanie Wojowników. A dokładniej, Mistrzów. Poprawiwszy niektórym ubrania, które moim zdaniem źle na nich leżały, położyłem obok figurek kawałek Lazurytu. To dziwne. Kiedy tworzyłem Orków Wojowników, Malachit był kilka razy większy od figurek, co umożliwiło mi wykonanie z jednego kawałka ośmiu postaci. Teraz na jednego krasnoluda potrzebowałem jeden kamień. Może to dlatego, że krasnoludy są Mistrzami? Kto wie...

Wcieliwszy ostatniego Wojownika w Lazuryt, otworzyłem oczy. Powitaj, Barliono, odrodzoną legendę.

Stworzyłeś dokładną kopię Krasnoludzkich Wojowników z Zestawu Karmadonta. Stopień podobieństwa: 100%.
Klasa przedmiotu: Kopia.
+2 do Jubilerstwa. Łącznie 27.

I to wszystko?!

Nic nierozumiejącymi oczami patrzyłem na osiem dużych figur szachowych, z których każda była mniej więcej wielkości pięści. Coś mi nie wyszło, ale nie miałem pojęcia, co konkretnie. To były krasnoludy odpowiadające w stu procentach tym, które trzeba było zrobić. Tylko żeby być Legendarnymi Figurkami, nie mogły... Czyżby ktoś już stworzył je przede mną? Nie miałem więcej Lazurytu, więc nie mogłem powtórzyć eksperymentu. Od rozpoczęcia mojej pracy minęły zaledwie dwie godziny. Chciałem kogoś o to zapytać, ale poza Anastariją nie znałem nikogo, kto mógłby udzielić mi odpowiedzi. Pytanie jej o to nie było jednak warte zachodu. To nic, sam sobie z tym poradzę. Złapię potwora i rozwiążę tę zagadkę.

W ciągu sześciu dni, które pozostały do polowania na mglistego, odwaliliśmy z Lizą kawał roboty. Ona każdego dnia wypowiadała zaklęcia pomyślności nad około dwudziestoma kawałkami Marmuru, z których ja wieczorami wytwarzałem Oblicza Eluny. Moja reputacja u żerczyni już nie rosła: prawdopodobnie tylko pierwsze stworzenie amuletu korzystnie wpłynęło na Symulator wcielający się w rolę bogini. Mimo to dość dobrze rozwinąłem niektóre specjalności: Jubilerstwo wzrosło do czterdziestego drugiego poziomu, Intelekt i Zręczność – o dwie jednostki, Górnictwo i Kartografia – do kolejnej wartości maksymalnej. Mogłem już spokojnie polecieć do Dalgoru i zwiększyć poziom specjalizacji. Gdy tylko osiągnąłem czterdziesty piąty poziom Górnictwa, udałem się do kuźni i korzystając z nieobecności Kondratija jeżdżącego po wsiach, dwa dni wydobywałem Rudę Żelaza. Dlaczego miałaby bezpowrotnie przepaść? W przerwach między wydobywaniem zasobów a tworzeniem amuletów zajmowałem się doskonaleniem Kowalstwa i wytapianiem sztabek. Wprawdzie też musiałem dać je Lizie do „rozjaśnienia", jednak zauważyłem, że dla potrzeb levelowania specjalności rodzaj materiału, z którym pracowałem, nie miał żadnego znaczenia.

W końcu nadszedł dzień naszego polowania na mglistego potwora.

Sześcioro rozumnych, swoisty zespół szybkiego reagowania, zebrało się w domu Starosty, żeby przedyskutować plan schwytania monstrum.

– Musimy podzielić się na dwie grupy po trzech członków – zaczął Starosta, gdy wszyscy zajęli swoje miejsca. – Proponuję następujący podział: ja z synami będę w jednym oddziale, a Machan, Tisza i Elżbieta w drugim. My zbierzemy się przy bramie. Wy od strony lasu. Potem pójdziemy w kierunku centrum. W ten sposób ktoś z nas na pewno zobaczy tę kreaturę. Jakieś zastrzeżenia?

– Tak – wtrąciłem swoje trzy grosze. – Jeśli pójdziemy w zwartej grupie, stwór może się wystraszyć i nie zaatakować. Musimy się rozproszyć i oddalić się od siebie na odległość mniej więcej stu metrów. W ten sposób będziemy mogli sobie pomóc, jeśli to będzie potrzebne, a nie przestraszymy upiora.

– Zgadzam się – poparła mnie Liza. – Jeśli się rozejdziemy, to obejmiemy większe terytorium. Potwór nie będzie miał szans się ukryć.

– Zgoda. Teraz musimy omówić, jak go złapać.

– Przede wszystkim trzeba dowiedzieć się, kim jest – kontynuowała Liza. – Stworzenie otoczone jest mgłą, która je zasłania, więc przygotowaliśmy coś z Machanem. – Żerczyni wyjęła z kieszeni cztery Róże Eluny i położyła je na stole. – Jeśli potwór znajdzie się w strefie działania amuletu, mgła opadnie.

Cała rodzina Starosty, gdy tylko zorientowała się, co leży na stole, natychmiast cofnęła się do ściany. Oczywiście – przecież to Worgeny. W strefie działania amuletu powinni zamienić się w pieski.

– Amulety założymy dopiero wieczorem, żeby nikt w wiosce nie zobaczył waszej prawdziwej natury – dodała Liza, zauważywszy reakcję Worgenów. – Bez nich bylibyśmy bezsilni, więc musicie je zaakceptować.

– W porządku, założymy. – Starosta zgodził się na to, co było nieuniknione. – Ale od razu mam propozycję, jak jeszcze skuteczniej użyć tych amuletów.

– To znaczy? – zainteresowała się Tisza, wciąż przytulając się do drzwi.

– One mają zasięg działania ograniczony do niewielkiego terytorium. Jeśli więc ktoś z was spotka tego potwora, niech spróbuje nałożyć na niego amulet. Kreatura nie zdoła zdjąć świętego przedmiotu, dostanie wiele minusów i w ten sposób stanie się bardziej podatna na zranienia.

– Świetny pomysł! – krzyknęła Liza. – Zróbmy tak! Do wyjścia została jeszcze godzina, więc zdecydujmy, jak go złapiemy.

– Kreatura jest dużo powyżej setnego poziomu – wtrąciłem. – Kiedy jakimś cudem złapałem ją w Pułapkę z Kości, to nawet jej nie zauważyła. Jeśli chcemy, żeby polowanie się udało, będziemy potrzebowali czegoś mocniejszego.

– Powyżej setnego? – zamyślił się Starosta. – To nie jest dobra wiadomość. Dobrze, za chwilę coś wymyślimy. – Wstał i wyszedł z pokoju.

Podczas gdy Liza zastanawiała się, dokąd poszedł, Tisza podeszła do stołu i wzięła swój amulet. Gdy tylko znalazł się w jej dłoniach, mała chmura otoczyła dziewczynę. Potem nagle się rozproszyła, a obok nas stanął Worgen. A raczej Worgena.

– I jak ci się podobam? – warknęła Tisza, śmiejąc się ochryple. Niski, głęboki głos nie miał nic wspólnego z tym szumiącym strumyczkiem, który przypominał głos Tiszy w ludzkiej postaci.

– Typowy Worgen – wzruszyłem ramionami. – Jedna głowa, cztery łapy, jeden ogon. Nie mogę stwierdzić na pewno, ale sądząc po tym, że się nie drapiesz, nie masz pcheł.

– Worgeny nie mają pcheł, Machan – odpowiedział Starosta, który zdążył już wrócić. – Trzymaj. Tylko korzystaj z tego mądrze, mam ich tylko sześć sztuk. Dla każdego po jednej.

Spojrzałem na zwój otrzymany od Starosty. Zaklęcie Lodowej Pułapki na trzechsetnym poziomie. Temu nawet Anastarija nie dałaby rady. Żeby rozbić taką pułapkę od wewnątrz, trzeba by być co najmniej czterdzieści poziomów wyżej. Oczywiście, nawet jeśli różnica wyniosłaby tylko jeden, to też można by się uwolnić, ale to zajęłoby dużo czasu. Prościej byłoby poczekać, aż aktywuje się dwunastogodzinny zakaz blokowania postaci. W Barlionie jest takie prawo: można zablokować gracza na nie więcej niż dwanaście godzin dziennie. Po tym czasie gracz zostaje przymusowo teleportowany do najbliższej strefy bezpiecznej i dostaje dwunastogodzinnego buffa blokującego jakiekolwiek działania PK w jego kierunku. Ani on, ani inni gracze nie mogą nic z tym zrobić. Po dwunastu godzinach buff znika i można dalej robić sobie żarty z innych graczy.

Z pułapką, którą przyniósł Starosta, nocny potwór na pewno zostanie schwytany. Rozbicie tej na setnym poziomie zajęło mu kilka sekund, z tego wynika, że kreatura jest mniej więcej na sto trzydziestym. Trzy setki to ogromny zapas. Przezorny jest, jak się okazuje, ten nasz Starosta.

– Pułapka działa przez tydzień, więc będziemy mieli czas załadować ją na wóz i dostarczyć do Dalgoru. Niech Najwyższy Mag wyjaśni, co to jest – dodał Starosta.

Po ustaleniu planu działania zajęliśmy odpowiednie pozycje. Zapadła głęboka noc.

– Machanie, jak myślisz, uda się nam? – Oczy Tiszy płonęły żądzą polowania. – Cała drżę. Gdy tylko pomyślę, że złapiemy tę kreaturę, natychmiast zaciskam pięści. Z chęcią bym ją udusiła. Ile cierpienia przyniosła nam przez dwa ostatnie lata, tego nie da się opisać.

– Złapiemy, nie wywinie się nam. A teraz się rozejdźmy, stworzenie zwykle pojawia się w tym czasie.

– Tisza, chodź. – Liza pociągnęła Worgena za sobą. Ale Tisza zatrzymała się na chwilę, po czym wyrwała, podbiegła do mnie i... liznęła mnie w policzek:

– To na szczęście! – Później gwałtownie odwróciła się i na czterech łapach wtopiła się w noc.

Mimo jej szybkości udało mi się spojrzeć na właściwości: „Atrakcyjność: 83 jednostki". Czuję, że bez względu na to, jak zakończy się dzisiejsze polowanie, czeka mnie ciekawy tydzień. Zwłaszcza nocą.

– Ach, ta młodzież. Nawet pod postacią psa flirtuje w najlepsze – westchnęła Liza i też poszła zająć swoją pozycję, zostawiając mnie samego.

Dokładnie po dziesięciu minutach, jak uzgodniliśmy, zacząłem przemieszczać się w stronę placu.

– JESTEŚ NACHALNY! – Głos za mną sprawił, że aż podskoczyłem. – CZY NAPRAWDĘ AŻ TAK LUBISZ MÓJ DOTYK?

GOSPODARZ JEST Z CIEBIE BARDZO ZADOWOLONY. W JEGO ARMII JEST TYLU NOWYCH WOJOWNIKÓW, SZCZEGÓLNIE MŁODYCH, KTÓRYCH WIELE MOŻNA NAUCZYĆ. KAZANO MI ZABIĆ CIĘ BEZ ZADAWANIA BÓLU.

Zjawiła się, gnida. Nie zawiodła nas. Szybko się odwróciłem i spojrzałem w ogromne czerwone oczy kreatury. Kim jesteś? Dzieliło nas dziesięć metrów, więc amulet jeszcze nie działał.

– Kazali ci mnie bezboleśnie zabić? Świetnie, no to trzymaj! – Chwyciwszy amulet, rzuciłem się na kreaturę. Nawet jeśli mnie zabije, zobaczę, kim jest. – Jest tutaj! – krzyczałem na całe gardło, gdy ją goniłem. – Wszyscy do mnie!

Pokonanie dziesięciu metrów zajęło mi zaledwie dwie sekundy. Niby nic, ale kreaturze to wystarczyło. Zamiast rzucić się na mnie, odskoczyła mniej więcej dziesięć metrów w bok, odwróciła się i ruszyła w stronę placu. Dobrze, uciekaj, tam też na ciebie czekają.

– Biegnie na plac! Uwaga! – Nie zwalniając tempa pierwszego zrywu, pobiegłem za bestią. Niestety odległość między nami stale rosła, mimo że z całych sił próbowałem ją dogonić. Zdecydowanie brakowało mi Zręczności, będę musiał nad nią popracować. Może zacznę codziennie biegać...

Skręciłem za potworem w sąsiednią ulicę i dosłownie wpadłem na kogoś, kogo absolutnie nie spodziewałem się zobaczyć ciemną nocą. Kondratij, we własnej osobie. Skąd on się tu wziął?

– Machan? Co tak krzyczysz? Ludzi straszysz, nie dajesz im spać. Coś się stało?

– Ja... A co ty tu robisz? Przecież pojechałeś do wiosek rzeczy naprawiać. – Nic z tego nie rozumiałem. Skąd tu się wziął Kondratij? Nawet jeśli wrócił, to przecież jest NPC-em i w nocy powinien spać! Ach śpij, kochanie, jeśli gwiazdkę z nieba chcesz, dostaniesz.

– Właśnie wróciłem. Usłyszałem twój głos, krzyczałeś, że ktoś biegnie na plac, więc tu przyszedłem.

– Machanie, co się stało? – Przybiegła Tisza. – Widziałeś mglistego?

– Kogo? – zapytał Kowal, ale ja już wszystko rozumiałem.

Przypomniałem sobie pierwsze sekundy, kiedy wpadłem na Kondratija: wokół niego zaczęła tworzyć się ta sama chmura, co wokół Tiszy, kiedy wzięła amulet. Róża Eluny pozwalała zobaczyć prawdziwą twarz. Kondratij nie był człowiekiem.

– Nieważne. – Tisza zbyła Kowala i podała mi swoją łapę. I nagle w mojej głowie wszystkie puzzle wskoczyły na swoje miejsce. Kowal nie wydzierał się jak szalony, że stoi przed nim to straszydło: okazało się, że Worgen to dla niego nie pierwszyzna. Ale Tisza...

– Och, Kondratij, ty...! – zawołała dziewczyna i spuściła głowę.

– Tisza, co ty tutaj robisz? – zaczął Kowal, ale w tym momencie ja przystąpiłem do działania: stałem, więc wystarczył jeden mały skok, by założyć Różę Eluny na Kondratija. Zaraz zobaczmy, czy się pomyliłem.

– Machan, nie...! – krzyknęła Tisza, gdy wokół Kondratija pojawiła się mgła, a po kilku sekundach rozpłynęła się, ukazując dwumetrowego niedźwiedzia.

– MACHAN! NIE! – zdążył ryknąć cyberniedźwiedź, gdy rzuciłem mu pułapkę pod stopy. Mam cię, przystojniaku.

– Przestań! – Tisza zaczęła dziko ryczeć. Dlaczego? Przecież widziała, że się przeobraził! – Machan, otwórz pułapkę!

– Tisza, czy wszystko z tobą w porządku? Przecież to jest mglisty! Sama widziałaś!

– On nie jest potworem!

– Tak, to słodki i delikatny dwumetrowy miś z ogromnymi kłami i pazurami!

– Machan!

– Tisza, przestań mi robić wodę z mózgu. Chodźmy lepiej na plac, powiemy reszcie... Tisza, nie!

Dziewczyna złapała swoją pułapkę i rzuciła mi ją pod nogi. Nie miałem jak uciec, więc czas dla mnie zamarł.

– Machanie, tylko nie rób gwałtownych ruchów, możesz się zranić. – Niemal natychmiast usłyszałem głos Tiszy.

Dla mnie jako gracza z kapsuły więziennej czas w pułapce przeleciał niezauważenie. Czy minęła minuta, czy może zbliżał się świt – to była dla mnie zagadka. Zobaczyłem, że obok leży na ziemi ogromny niedźwiedź z nienaturalnie skręconą łapą. Wyglądała na złamaną.

– Machanie, pozwól, że przedstawię ci Kondratija, przedstawiciela rasy Metamorfów. On... jest moim przyszłym mężem, więc wierzę mu, jak samej sobie. On nie jest mglistym. Przepraszam, że rzuciłam na ciebie pułapkę, ale nie miałam wyboru.

– MACHAN! – Ryk cyberniedźwiedzia mógłby zmrozić krew w żyłach, gdybym miał krew. – UWIERZ JEJ.

– Ja...

– Pomocy! – Noc w Kołotowce przeszył krzyk Elżbiety. – Machan! Mglisty jest tutaj!

– Zostań tu! – Zdążyłem krzyknąć do Tiszy. – Zaopiekuj się nim! Później wyjaśnimy, kto jest kim!

Krzyk Lizy dochodził od strony lasu, w którym rozpoczęliśmy nasze polowanie. Kiedy jutro rano znajdę Kondratija, nie będę zwracać uwagi na to, że jest o wiele większy i silniejszy ode mnie. Stłukę mu twarz lub, jak będzie wolał, bezczelną niedźwiedzią mordę, i niech lepiej...

Gdy zobaczyłem nieruchome ciało Lizy leżące obok częstokołu, stanąłem jak wryty. Tylko nie to! Od razu zaznaczyłem ją i odetchnąłem z ulgą: zostało jej dziesięć Punktów Życia. Zaraz... ona jest na dwieście pięćdziesiątym poziomie! Kto zdołał pokonać Najwyższą Żerczynię na tym poziomie? Aktywowałem tryb pracy z Duchami i zacząłem wlewać w Lizę Duchy Uzdrowienia. Dziesięć Punktów Życia, dwadzieścia, pięćdziesiąt... Żeby w pełni zregenerować jej poziom Życia, potrzebowałem sześćdziesięciu siedmiu Duchów. I to mimo że miałem kosmiczny poziom Intelektu! Chyba nie miałem już ochoty spotykać mglistego. Jakby wyczuwając moje myśli, obok mnie pojawił się właściciel specyficznego zapachu. Potwór przyszedł po swoją zdobycz!

Wpatrywały się we mnie jego ogromne czerwone oczy. Otaczające je kłęby mgły nieco się rozproszyły, a ja ponownie zobaczyłem źródło moich kłopotów w ostatnim czasie: ogromne czarne pazury. Czy dziś czeka mnie kolejne odrodzenie? Mam cię dość, kreaturo! Co robisz w lokalizacji dla graczy na dwudziestym poziomie? Trzymając w dłoni Tamburyn z Tłuczkiem i naiwnie wierząc, że jeśli nie pokonam kreatury, to przynajmniej wyleczę samego siebie, zacząłem wycofywać się małymi krokami. Ogrodzenie! Teraz to już na pewno koniec.

Oczywiście trzeba oddać tej niepojętej gnidzie jedno – za każdym razem, gdy się spotykaliśmy, wykazywała się mistrzostwem w wyborze sposobu odesłania mnie na odrodzenie. To pazury, to trucizna, to uduszenie. Ani razu nie powtórzyła tej samej metody, kreatywna swołocz!

– Puszek, bierz ją! – Melodyjny głos przeszył ciszę wokół nas. Mgła znów otoczyła stworzenie, a obok mnie przemknęło jak błyskawica gigantyczne cielsko tygrysa. Usłyszałem krótki, głuchy ryk. To tygrys wbił się w mgłę. Puszek? Podniosłem wzrok i zobaczyłem tuż nad sobą dziewczynę stojącą na częstokole. Gracz! Zeskoczywszy z ogrodzenia, zrobiła kilka kroków do przodu i zostawiła mnie za swoimi plecami. Obrończyni, cholera.

– Niezłe tu macie noobowisko! Co to jest, do cholery? – Odwróciła się do mnie, pytająco unosząc brew.

– Mgła ukrywa właściwości, więc nie mam pojęcia, co to za cholerstwo – odpowiedziałem, próbując złapać oddech.

To elfka na dziewięćdziesiątym trzecim poziomie, Mirida Przewidująca. Jej twarz wydała mi się bardzo znajoma, ale gdzie ją widziałem – nie miałem pojęcia! Może spotkaliśmy się, gdy grałem Łowcą? Dobrze, zostawmy to wszystko na później, teraz musiałem rozwiązać palący problem:

– Ostrożnie! Kreatura zabija jednym strzałem!

Mirida uśmiechnęła się, ale chwilę później posmutniała, bo zobaczyła pasek Życia swojego zwierzaka. Tygrys to znikał we mgle, to się pojawiał, wymachując ogonem, tylko poziom jego Życia malał w przerażającym tempie.

– Puszek! Zbroja, uzdrowienie, unik! – Elfka rzucała krótkie komendy i posyłała w mgłę strzałę za strzałą.

Na chwilę zapomniałem o trwającej walce i wpatrywałem się w dziewczynę. Dziś jest dzień odkryć! Stał przede mną wysokopoziomowy Władca Zwierząt we własnej osobie! Żeby wyhodować sobie takiego zwierzaka jak Puszek, trzeba mieć anielską cierpliwość.

Ja zdołałem doprowadzić własnego pupila tylko do dwudziestego poziomu, po czym porzuciłem ten żmudny proces. Zbyt dużo czasu w grze trzeba poświęcić na wychowanie przyzwoitego zwierzęcia: karmienie, szkolenie, wyprowadzanie na spacery, więc wielu graczy woli nie marnować swojej energii na wirtualnego przyjaciela. Dopiero teraz, kiedy mam Drako i perspektywę siedmiu i pół roku w grze, postanowiłem, że na pewno go wyleveluję. Okazało się, że Puszek był na wyższym poziomie niż jego właścicielka – potrójna komenda była możliwa tylko od setnego poziomu zwierzaka. Maszyna do zabijania, dosłownie tank, uzdrowiciel i wojownik. Ze wsparciem strzał miał spore szanse, żeby wytrzymać do rana, kiedy kreatura zniknie.

Nie wierzyłem w to, że Mirida może zwyciężyć. Zbyt dobrze w ostatnich tygodniach poznałem naszego mglistego przeciwnika.

– Machan! – Cichy jęk Lizy był dla mnie jak powiew świeżego powietrza. Żyła! To było najważniejsze! – Potwór jest tutaj!

– Spokojnie, wiem. Jak się czujesz?

– Chyba żyję. Pomóż mi wstać. A kto to jest? – Wskazała na Miridę, przygryzającą wargi z bezsilności. Stwór w starciu z Puszkiem wygrywał, i to wszystkimi parametrami. Jeśli za chwilę nie odwoła swojego pupila, to ma gwarantowane minus dziesięć poziomów. Mirida doskonale to rozumiała, więc kiedy poziom Puszka spadł praktycznie do zera, zarządziła odwrót. Mglisty potwór obracał się jeszcze przez kilka sekund, wciąż nie wierząc, że został sam, a później znowu odwrócił się do naszej trójki.

– Co to za cholerstwo?! – krzyknęła Mirida, nie przestając wysyłać w mgłę strzały za strzałą.

– Mówiłem ci, nie mam pojęcia. Jest na dwieście pięćdziesiątym poziomie!

– TRZECHSETNYM! – Stworzenie przemówiło szyderczo, po czym rzuciło się na nas.

– W imię Eluny! Niech stanie się światłość! – wykrzyknęła Liza w trakcie piorunującego skoku bestii i uniosła obie ręce do góry. Wokół nas utworzyła się kopuła jasnego światła, w którą wbił się potwór, dosłownie jak mucha w pajęczynę. – Daj nam światło, wielka matko...

Liza zaczęła wołać do Eluny, żeby ta dała jej siłę, oświeciła ziemię i przepędziła ciemność, następnie przeszła z języka uniwersalnego na jakiś obcy. Mnie natomiast wpadła do głowy świetna myśl i zdecydowałem się nie marnować czasu. Kopuła nie rozproszyła mgły otaczającej potwora, jego funkcje były ściśle chronione, ale mglisty pozostawał w zawieszeniu. Skoczyłem więc do potwora, zamachnąłem się i przygrzmociłem mu Różą Eluny prosto w czoło.

Niepotrzebnie to zrobiłem, oczywiście...

Dziki krzyk kreatury słychać było chyba w samym Dalgorze. Zawisły na mnie debuffy *Ogłuszenie*, *Oniemienie*, *Unieruchomienie* i kilka innych efektów krótkotrwałych, które zniknęły, zanim zdążyłem im się przyjrzeć. Sądząc po przygnębiającym wyglądzie

Miridy, dostała to samo. Bestia dzikim szarpnięciem wyrwała się z kopuły świetlnej i przeskoczyła palisadę. Gdzie się wybierasz? Stój! Nie zdążyłem sprawdzić jej właściwości, więc miałem do siebie pretensje, że okazałem się nieporadny.

– Za nią, pędem! – Jak tylko spadły ze mnie debuffy, pomogłem obu kobietom dojść do siebie. – Liza, tutaj jest przejście, z którego korzystasz. Otwórz je! Mirida, wzywaj Puszka, od razu go wyleczę. Szybciej! Zaraz nam ucieknie!

– Machan! To jest Sklik! Opamiętaj się! – Paniczny krzyk Miridy spowodował, że zamarłem. Sklik!

– Liza! Przejście! – Walcząc z paniką, która ogarniała mnie od stóp do głów, nadal dowodziłem. – Biegiem! Nie taki Sklik straszny, jak go malują! Ma na sobie amulet Eluny, możemy go złapać i z nim porozmawiać. Liza! Przecież masz pułapkę na trzechsetnym poziomie, w sam raz dla niego. Biegiem!

+1 do Charyzmy. Łącznie 7.

– Tak, już! – Spieszyła się żerczyni, a ja usiłowałem przypomnieć sobie wszystko, co wiedziałem o Sklikach. Trzeba mieć niezłego pecha, żeby trafić na coś takiego!

Gracze Malabaru kochali rajdy po Kartosie i napady na tamtejsze zamki. Pewnego razu grupa składająca się z setki graczy dotarła do samej stolicy Kartosa, Bezimiennego Miasta. To tam mieszkał Mroczny Władca wraz ze swoimi Mistrzami i Magistrami. Mistrz odpowiadał rangą Radcy Malabaru, a Magister – Zwiastunowi. Grupa rajdowa rozpoczęła oblężenie zamku i wtedy do walki przystąpiło dwudziestu Magistrów Kartosa. W granicach swojego Imperium mogli z łatwością przenosić się w dowolne miejsca, więc pojawili się na tyłach napastnika. Nie przyszli jednak sami, ale ze swymi oswojonymi zwierzaczkami – Sklikami. Bestie na trzechsetnym poziomie dosłownie w kilka minut rozniosły grupę rajdową w pył, nie zostawiając jej nawet cienia szansy na ucieczkę. Po tym wydarzeniu podniosła się fala niezadowolenia graczy, a korporacja stworzyła Podziemie Strachu, którego głównym bossem był odpowiednik Magistra z jego Sklikiem. Podziemie jako pierwsi, z resztą jak zwykle, przeszli gracze Feniksa. Po roku od startu. Połączenie Magister – Sklik było bardzo silne.

Sam Sklik był ogromnym ośmionogiem, zdolnym przybierać dowolną formę. Jako bardzo rozwinięty Symulator z niesamowitą umiejętnością samokształcenia, miał kosmiczną liczbę umiejętności. Podziemia Strachu były wyjątkowe – boss mógł przewyższać najsilniejszego gracza w grupie rajdowej o maksymalnie trzy poziomy, dlatego nawet gracze na dziesiątym poziomie mogli próbować je przejść. Cóż, sam próbowałem, więc siłę Sklika znam nie tylko z opowieści.

Teraz najbardziej zastanawiało mnie to, że Sklik nigdy nie chodził sam. Nie mógł odejść od swojego pana na więcej niż kilka kilometrów, a to oznaczało, że w Kołotowce osiadł Magister Kartosa.

– Zrobione – zawołała Liza, wskazując na przejście. – Kreatura poleciała w stronę świątyni.

– Skąd wiesz? – zapytałem, chociaż po chwili sam znalazłem odpowiedź. Ciemna krew, najwyraźniej kapiąca ze zranionej głowy, zostawiała na ziemi płonące plamy. Do świątyni wiodła piękna ognista ścieżka.

– Tworzymy grupę! Liza, Mirida, zaakceptujcie zaproszenie! Prędzej, za nim! – Gdy tylko dziewczyny dołączyły do grupy, pędem rzuciliśmy się w stronę świątyni.

– Wbiegł do środka! Za nim!

– Spieszycie się gdzieś, moje dzieci? – Ledwo wbiegliśmy do środka, żerca Własta wyłonił się zza ołtarza. Podwinięte do łokci rękawy żercy odsłaniały jego ręce, które teraz ociekały czarną krwią kapiącą na podłogę. Najwyraźniej próbował usunąć amulet.

– Ojcze… – zawołała Liza stłumionym głosem i upadła na podłogę. Sądząc po jej ramce, wisiał na niej debuff *Odrętwienie*.

– Machanie, już jestem! – Do świątyni wbiegła Tisza, zobaczyła Lizę i zamarła. Zaskoczona spoglądała raz na nieruchomą żerczynię, raz na uśmiechniętego ofiarnika boga Własta. Chociaż, jaki z niego ofiarnik… Sądząc po tym, że przede mną stał NPC na czterechsetnym poziomie, to musiał być Magister we własnej osobie.

– I właśnie o to chodziło – mruknął zadowolony żerca. – Nie mogłem walczyć z żerczynią Eluny poza świątynią, zrobiłoby się takie magiczne przedstawienie, że zlecieliby się tu wszyscy Zwiastuni. Ale wewnątrz świątyni ja rządzę! Jeszcze raz dziękuję, Machanie. Po raz kolejny zrobiłeś mi prezent. – Wesoły, dźwięczny śmiech Magistra poniósł się po budynku.

– Przecież to ty zleciłeś mi znalezienie potwora – wyszeptałem odrętwiałymi ustami.

– Zleciłem, ale miałeś znaleźć Worgena i oddać go mnie. To był cel zadania, które ci dałem. Kiedy zacząłeś kryć Tiszę, wściekłem się! Chciałem rozerwać cię na strzępy własnymi rękami, a nie siłą Sklika! Powstrzymałem się i zostałem nagrodzony! To już koniec Kołotowki. To koniec całego Malabaru! Kartos zwycięży!

– Machanie, wyjaśnij mi, jak Magister znalazł się tak daleko od Kartosa? I gdzie są Zwiastuni? – Słowami Miridy dostałem jak obuchem w głowę. Dzięki temu mój mózg powrócił na swoje miejsce. Jak się stąd wyniesiemy, wycałuję cię, elfuniu!

– Zwiastuni? – Magister roześmiał się. – Ślicznotko, tu działa ziggurat. Tuż pod tym budynkiem. Żaden Zwiastun nie może zobaczyć, co się tutaj dzieje.

– Mylisz się. – Teraz nastąpiła moja kolej na świętowanie. – Apeluję do Zwiastunów: potrzebna jest wasza pomoc. Najlepiej od razu dwóch – dodałem, gdy zauważyłem, że Magister się wzdrygnął.

Usłyszeliśmy dwa klaśnięcia teleportów i w świątyni znaleźli się dwaj Zwiastuni.

– Wzywałeś nas i oto jesteśmy. Jeśli... Do ataku!

Zadanie „Nocny Postrach Osady" zostało zaliczone.

Świątynię oświetliły latające błyskawice. Kto jest silniejszy – jeden Magister na czterechsetnym poziomie na przeklętej ziemi czy dwóch Zwiastunów na czterechsetnym poziomie, każdy na swoim terenie? Za chwilę się przekonamy. Jeden ze Zwiastunów otoczył nas kopułą, więc ani mnie, ani dziewczynom nic nie groziło. Podziwialiśmy piękne widowisko.

Piorun Kulisty, Światło Oczyszczenia, Mrok Cierpienia, Przeklęta Mgła – w ruch poszły najstraszniejsze zaklęcia dostępne w Grze. Gdyby nie kopuła Zwiastuna, po naszych postaciach nie zostałby nawet ślad. Wnętrze świątyni stanęło w płomieniach, kamień zaczął się topić, i na tym bitwa się skończyła: Zwiastuni okazali się silniejsi. W pewnym momencie zza ołtarza wyskoczył Sklik i dołączył do walki. Ale, jak zauważyłem, na jego szyi wciąż tkwił mój amulet. Zwiastuni nawet nie zauważyli Sklika: kilka zaklęć wystarczyło, żeby mglisty na zawsze opuścił Kołotowkę. Pierwszy został załatwiony.

W kolejnej minucie Magister został związany. Dwaj Zwiastuni, ciężko oddychając, usiedli na podłodze i zaczęli coś pić. Prawdopodobnie przywracali sobie Punkty Życia i manę. Walka z Magistrem nie była dla nich wcale łatwa.

– Machanie, dziękuję ci w imieniu Imperatora. Teraz wiemy, kto koordynował całą pracę...

– MISTRZU! – Usłyszeliśmy dziki wrzask fałszywego żercy Własta. – MISTRZU, BŁAGAM O POMOC!

– Mistrzu? Czy on mówi o jednym z czterech doradców Mrocznego Imperatora? – Zdążyłem dopytać, gdy obaj Zwiastuni zastygli ze szklistymi oczami, a do świątyni, powoli stąpając, ktoś wszedł. Odwróciłem się i zamarłem z otwartymi ustami.

Zadanie „Poszukiwania Mrocznego Koordynatora" zostało zakończone.

– Nigdy bym nie pomyślał, że z powodu wolnego obywatela na dwudziestym poziomie mógłby się posypać tak mistrzowski plan. Witaj ponownie, Szamanie Machanie.

Mirida spojrzała na mnie oczami wyrażającymi niezrozumienie sytuacji, a ja chłonąłem głębię własnej naiwności. Dlaczego nie domyśliłem się od razu? Przecież wszystko było tak oczywiste!

ROZDZIAŁ 12

FINAŁ

– Nieźle trafiłam – wyszeptała przerażona Mirida. – Lokacja dla dwudziestego–trzydziestego poziomu, jak to możliwe?! Magister ze Sklikiem, Mistrz... Może za chwilę pojawi się tu jeszcze Mroczny Władca!

Uśmiechnięty Mistrz stał w drzwiach świątyni z ręką wyciągniętą w kierunku Zwiastunów. Wychodził z niej promień światła, który utworzył sferę wokół Zwiastunów i, jak się wydaje, wyrzucił ich z gry. Spojrzałem na poziom Mistrza. Nareszcie! Teraz nie było to 1 × N, które wcześniej widziałem, ale poziom czterysta pięćdziesiąty, typowy dla Mistrzów i Radców. Ponownie spojrzałem na przybysza i przekląłem siebie wszystkimi słowami, które znałem. Byłem osłem!

– Tak, moja droga, to bardzo interesujące miejsce. A zrobi się tu jeszcze ciekawiej. Nasz Pan długo przygotowywał się do inwazji, w końcu nadszedł właściwy czas.

– Jaki cel ma wtargnięcie do wioski aż tak bardzo oddalonej od Anchursu i Kartosa? – Mirida nie dawała za wygraną. – Z punktu widzenia zdrowego rozsądku to głupie.

– Dlaczego głupie? Zastanówcie się dobrze. Kiedy będziecie zajęci myśleniem, ja, za waszym pozwoleniem, też trochę popracuję. – Mistrz podszedł do Magistra, uwolnił go i zaczął wypowiadać jakieś zaklęcie. W tym czasie zacząłem gorączkowo wzywać Zwiastunów. Niech zaczną działać.

– Nie kłopocz się, Machanie. – Mistrz zwrócił się do mnie. – Zanim tu wszedłem, zawiesiłem nad świątynią kopułę. Zwiastuni wprawdzie słyszą twoje wezwanie, ale nie rozumieją, gdzie utworzyć portal.

Na piersi Mistrza zawibrował amulet.

– Słucham! Kontynuujcie obserwację! Jacy oni są przewidywalni, ci Zwiastuni. Nie wiedząc, gdzie mają iść, dzięki zigguratowi zaczęli przepychać się przez mgłę. Jak małe dzieci, przysięgam. Teraz przez chwilę będę zajęty, później dokończymy naszą rozmowę.

Przy wejściu do świątyni powstała migocząca zasłona, a Mistrz odwrócił się i zaczął rzucać kolejne zaklęcia. Magister, kulejąc, zniknął za ołtarzem. Najprawdopodobniej za nim znajdowało się wejście do tutejszych Podziemi. Rozejrzałem się po zmasakrowanym oddziale łowców Sklika. Liza leżała na podłodze, jej debuff *Odrętwienie* będzie działać jeszcze kolejnych piętnaście minut. Mirida nie ruszała się, ale z jej szklanych oczu można było wyczytać, że wyszła z osłupienia i teraz pewnie pilnie studiowała fora albo bazgrała na nich opisy naszej obecnej sytuacji. Zazdrościłem jej. Ostatni członek naszego oddziału czyścicieli, Tisza, z dwudziestominutowym debuffem *Ogłuszenie* leżała obok Lizy. Dziwne, zupełnie nie pamiętałem, kiedy ją poraziło. Zaliczę to na konto Mistrza.

Zwiastuni nie wiedzą, jak nas znaleźć? Nie mają punktu odniesienia? Jest źle. Bardzo źle. Czy naprawdę nie mogą włączyć mózgów i otworzyć teleportu do Kołotowki? Nieszczęsne NiePoCiumy!

– Machanie, jak rozumiem, z nami wszystkimi koniec? Może więc przynajmniej się poznajmy? Muszę ci opowiedzieć, dlaczego tu jestem – zaczęła Mirida, ale nieprzyjemnie jej przerwałem.

– Czekaj! Powiesz mi później! – Chwyciwszy amulet połączenia z Anastariją, o mało go nie zmiażdżyłem siłą woli, czekając na połączenie. No dalej, Nastja, odbierz!

– Słucham! – Zmęczony głos dziewczyny wydawał się najpiękniejszą muzyką. Nastuś, kocham cię!

– Anastarija, tu Machan! Natychmiast wezwij Zwiastuna! To sprawa życia i śmierci! – wrzasnąłem do amuletu.

– Machan, wszystko w porządku?

– Nastja, no dalej! Uwierz mi!

– Szamanie, czy ty już całkiem zwariowałeś? Nie dość, że muszę przez ciebie siedzieć na tym pustkowiu, to chcesz mnie jeszcze narazić na złość Zwiastuna?

– Nastja. Bardzo cię proszę: wezwij Zwiastuna. Po prostu mi zaufaj. – Mistrz nie zwracał najmniejszej uwagi na moje krzyki, a Anastarija zamilkła. Minęła wieczność, zanim w amulecie usłyszałem:

– Wzywam Zwiastuna, potrzebuję twojej pomocy. Machan... jesteś moim dłużnikiem. Pamiętaj o tym!

– Wzywałaś mnie, a ja przybyłem. Jeśli twoje wezwanie jest kłamliwe, Anastarijo, zostaniesz ukarana. Mów.

– Zwiastunie, tu Machan! W tej chwili w świątyni Własta koło Kołotowki przebywa Magister i Mistrz Kartosa, a także dwóch ogłuszonych Zwiastunów. Na świątynię została założona kopuła, która uniemożliwia wezwanie ciebie. Kierujcie się na wioskę!

Zwiastun mógłby usłyszeć mój dziki krzyk i bez amuletu, ale było mi już wszystko jedno. Mistrz też mnie słyszał, ale to jego koniec. Za chwilę przyjdą Zwiastuni i zrobią z wszystkimi porządek. Dwóch przeciwko osiemnastu – nie ma opcji.

– Wiadomość przyjęta, dziękuję, Machan! Wytrzymaj godzinę. Nie możemy otworzyć bezpośredniego teleportu do Kołotowki, wykorzystamy sieć teleportów. Potrzebna jest na to godzina! Trzymaj się! Anastarija! – To już do dziewczyny. – W imieniu Imperatora dziękuję ci za pomoc. Bez względu na to, jak zakończy się ta sytuacja, zostaniesz wynagrodzona.

Usłyszałem klapnięcie teleportu – najwyraźniej Zwiastun odleciał załatwiać swoje sprawy. W amulecie słychać było już tylko sapanie Anastariji.

– Myślę, że spłaciłem mój dług. Kiedy nadejdzie pora podziału fantów, poproszę Imperatora, żeby godnie cię wynagrodził. Dobrze, czas na mnie, dziękuję ci. – Po tych słowach wyłączyłem amulet. Nie wydawało mi się, żeby sytuacja wymagała jakiegoś patetycznego komentarza.

– Czyli jednak udało ci się przebić. – Kiedy zakończyłem połączenie, zauważyłem, że Mistrz obserwował mnie z zainteresowaniem. – Brawo, Machanie, brawo! Gieranika miał rację, jest coś w tobie.

Już chciałem się odgryźć, ale przed oczami zobaczyłem powiadomienie.

Obywatele Malabaru!
Siły Mrocznego Imperium wtargnęły do Malabaru! Proszę wszystkich bohaterów, którzy już wcześniej udowodnili swoją odwagę, aby przybyli z pomocą. Wezwijcie Zwiastuna i udajcie się z nim do punktu zbiórki. Na czas inwazji walka pomiędzy wolnymi obywatelami jest zakazana.
Teraz musimy się zjednoczyć i działać wspólnie.
Wyrażam wdzięczność wolnemu obywatelowi Imperium Szamanowi Machanowi, dzięki któremu odkryto spisek Kartosa.
Spieszcie się, odliczanie czasu na wezwanie Zwiastuna już się rozpoczęło.
Imperator

Warunki udziału w scenariuszu kontynentalnym: Poziom postaci nie mniejszy niż 280, pozytywna reputacja u Imperatora Malabaru. Opis scenariusza: Na 24 godziny w całym Imperium został wyłączony tryb PvP. Uczestnicy akcji otrzymają +200 do Reputacji u Imperatora Malabaru.
Twoja reputacja u Imperatora Malabaru wzrosła o 200 punktów. Do Życzliwości pozostało 700 punktów.

Ostatnie powiadomienie najwyraźniej przyszło tylko do mnie.

– Czyli mam godzinę – powiedział zadowolony Mistrz. – To nawet więcej niż się spodziewałem. Teraz możecie grać na zwłokę, wszystko jest już gotowe do spotkania. Dziękuję, że przypomniałeś mi o amuletach między wolnymi obywatelami. Żebyś nie mógł ich ostrzec, że to pułapka, musimy i je zablokować.

Natrafiłem na spojrzenie Miridy. Sądząc po jej uniesionej brwi, już zdążyła wrócić do gry, przeczytała powiadomienie i teraz z uznaniem oglądała mnie od stóp do głów.

– Dwudziesty pierwszy poziom, zgadza się? – To było raczej stwierdzenie niż pytanie. – A udało ci się wejść w to tak głęboko?

– Ja też początkowo byłem zaskoczony tym faktem – bezceremonialnie do naszej rozmowy wtrącił się Mistrz. – Przyznam, że spodziewałem się wyższego wysłannika Imperatora, więc na samym początku naszej znajomości popełniłem niewybaczalne głupstwo, które mogło pokrzyżować nasze plany. Ucieszyłem się, że Machan nie zwrócił na to uwagi.

Już miałem zamiar zacząć się usprawiedliwiać, powołując się na brak informacji, ale nagle nawiedziła mnie genialna myśl. Tak genialna, że aż rozpromieniłem się ze szczęścia. Mistrz zmrużył oczy ze zdziwienia i pochylił głowę.

– Co cię tak cieszy, mój drogi? – zapytał w końcu. – Czyżbyś znalazł sposób na zrujnowanie moich planów?

– Oczywiście, Mistrzu. – Postanowiłem grać w otwarte karty. Spodziewałem się, że gdy tylko zacznę działać, Mistrz może z łatwością mnie unieruchomić, a wtedy mój plan się nie powiedzie. Powinienem wykorzystać jego ciekawość. – Jeśli dasz mi słowo, że nie będziesz mi przeszkadzać, to po trzydziestu sekundach wszystkie twoje plany wezmą w łeb.

Początkowo Mistrz uniósł brwi, jakby z wielkim zdziwieniem. Po czym rozejrzał się po świątyni, ocenił zasłonę przy wejściu i sprawdził kopułę, a następnie zamyślił się i roześmiał.

– Ha, ha, ha! Czy naprawdę myślisz, że możesz mnie zniszczyć w ciągu trzydziestu sekund? Nawet jeśli wasza czwórka się zjednoczy, to i tak wam się nie uda.

– O czym my rozmawiamy? Czy ja jestem chory na głowę, żeby atakować kogoś, kto ma dwadzieścia razy wyższy poziom ode mnie? Nie, ale plan twojego Władcy ma taką lukę, że wystarczy mi tylko trzydzieści sekund, żeby wam przeszkodzić.

– Plan Władcy jest doskonały. Tworzyło go czterech Mistrzów, nie mogliśmy się pomylić. Przewidzieliśmy wszystko! Blefujesz, Machanie. Nieudolna próba gry na czas.

– Mistrzu, a może to sprawdzimy? – Byłem gotowy na najgorsze. Wszystko mi jedno, i tak nie miałem nic do stracenia. – Jeśli zapewnisz mi nietykalność przez trzydzieści sekund, zrujnuję wszystkie wasze plany. Nawet nie muszę się ruszać z tego miejsca. Jeśli wygram, to Mroczne Imperium spełni moje jedno życzenie. Jeśli przegram... jesteś inteligentny, sam coś wymyśl.

– Jesteś w stanie w ciągu trzydziestu sekund zniszczyć nasze plany? – Obserwowanie Mistrza w tym momencie było fascynującym zajęciem. Z trudem powstrzymywał się od śmiechu. – Zgoda! W imieniu Kartosa ja, Mistrz Naatchi, zgadzam się na twoje warunki! Jeśli zdołasz zniweczyć nasze plany, Imperium Kartosa będzie zobowiązane spełnić twoje dowolne pragnienie. Powtarzam, dowolne, które jest w naszej mocy. Łącznie z tym, że Mroczny

Władca zaśpiewa ci kołysankę. Ale jest jedno ograniczenie, życzenie może dotyczyć tylko ciebie. Żadnego pokoju na całym świecie, zaprzestania wrogich działań i innej głupoty społecznej. Ale jeśli ci się nie uda, przez rok będziesz pracował jako służący na zamku Władcy. Zostaniesz teleportowany do naszej stolicy i będziesz podawać jedzenie. Wszystkim! Przez cały rok bez wzrostu poziomów i reputacji! Zgadzasz się? – Rozbawiony Mistrz patrzył na mnie z góry z przekonaniem, że podyktował nierealistyczne warunki. Naiwni są dzisiejsi NPC-e.

– Zgadzam się. – Oczywiście szalenie ryzykowałem, ale przeczucie mówiło mi, że plan powinien zadziałać.

– Masz trzydzieści sekund, przyszły niewolniku.

Zawarłeś umowę z Mrocznym Imperium Kartosa. Warunki:...

– Machan, co ty robisz?! – zawołała Mirida. – Nie po to cię szukałam, żeby teraz patrzeć, jak niweczysz wszystkie moje wysiłki!

– Szukałaś mnie? Dlaczego? Dobrze już, później o tym porozmawiamy.

– Apeluję do Posłańca. Potrzebuję pomocy Radcy.

Po tym zdaniu Mistrz zaczął się śmiać. Nawet nie śmiać – on po prostu rżał.

– Przecież ci mówiłem, że świątynia jest otoczona kopułą! Ha, ha, ha! Zwiastuni nie mogą otworzyć tu portalu! Zwłaszcza portalu dla Radców! Witaj, nowy niewolniku Władcy.

– Mistrzu, znamy się od tak dawna. – Odwzajemniłem uśmiech Mistrza. – Czy naprawdę mogłeś mnie tak źle ocenić? – Otworzyłem worek, wyjąłem pierścień Imperatora, założyłem go na palec i ponownie spojrzałem na przedstawiciela Kartosa. Jak dobrze, że nie dałem pierścienia Lizie!

– Wzywam Zwiastuna. Potrzebuję pomocy Radcy. Połączenie przez pierścień Imperatora!

Mistrz zamarł. W jego oczach malowało się takie zdziwienie, że obserwując go, przegapiłem moment, w którym pojawił się portal i wyszedł z niego ubrany w białe szaty rozumny. Gdy przedstawiciel Kartosa oprzytomniał, ruszył ręką, a wtedy portal eksplodował z wielkim hukiem. Fala zniszczenia przetoczyła się przez świątynię, powalając posągi, ale wokół wszystkich obecnych natychmiast zostały utworzone kopuły. Na mnie i na dziewczyny zarzucił je Radca. Mistrz chyba bronił się sam. Chociaż, co mógłby mu zrobić jakiś tam wybuch?

– Radca... – mruknął Mistrz z jękiem. – I tak nie powstrzymasz inwazji! Spóźniłeś się!

– Też się cieszę, że cię widzę – odpowiedział Radca gardłowym głosem, któremu towarzyszyło grzmiące wołanie: „OJCZE!".

Wypełniłeś warunki porozumienia z Mrocznym Imperium Kartosa.
Masz prawo do jednego życzenia.
Żeby zażądać jego spełnienia, wezwij Mistrza Naatchiego.

– Ludzie, może mi wyjaśnicie, co tu się dzieje? – zapytałem. – Sądząc po sytuacji, i tak zginę, ale przynajmniej będę wiedział, z okazji jakiego święta to wszystko się dzieje.

– Ojcze, opowiesz mu?

– Nie waż się tak do mnie zwracać! – Jad w głosie Naatchiego mógłby zwyczajnie zabić Radcę, gdyby ten był niskolevelowym NPC-em.

– Cóż, skoro nie chcesz powiedzieć, sam spróbuję zgadnąć. – Radca uśmiechnął się. – Może jednak wypuścisz Zwiastunów? Nie chcę wszczynać bitwy. Jak by nie było, jesteś moim ojcem. Proponuję ci zdać się na łaskę Imperatora i poczekać, aż twój Władca cię wykupi. Nie chcesz? No dobrze, więc ja zacznę.

Radca obszedł dookoła zamrożonych Zwiastunów, dotknął dłonią bariery blokującej wyjście ze świątyni, zachichotał, doceniając jej wytworność i piękno, a następnie zwrócił się do nas:

– Nie będę opowiadać o sobie, to oddzielna historia. Wspomnę tylko, że nie podzielałem stosunku mojego ojca do Malabaru. Lubię spokój i harmonię, dlatego przeszedłem na drugą stronę. Teraz o obecnej sytuacji. Dwa lata temu w tajemniczych okolicznościach zniknął mąż tej kobiety, która została wygnana z Anchursu. – Radca wskazał na Lizę. – Kilka miesięcy wcześniej do Kołotowki przyjechał żerca Własta i zaproponował budowę świątyni. Poprzedni Starosta wiedział, że wioska potrzebuje ochrony, dlatego chętnie zgodził się na budowę, tym bardziej że świątynia miała powstać poza wioską. Później Starosta zniknął. Nie zginął, ale zniknął. Każdy Mistrz Kartosa z pewnością wie, że na wszystkich mieszkańcach Malabaru, zajmujących odpowiedzialne stanowiska, umieszczany jest specjalny znak, który sygnalizuje Zwiastunom, czy rozumny pozostaje pod ich kontrolą oraz to, czy żyje. Dlatego wiemy, że były Starosta wciąż żyje, ale nawet nie rozpoczęto jego poszukiwań, ponieważ nie został zniesiony dekret Imperatora o wygnaniu rodziny. Z tego powodu do Kołotowki wkrótce wysłano nowego Starostę. Został on powołany z pobliskiego miasta, z Dalgoru. Był tam znany jako przedstawiciel zrzeszenia przemysłowego. Nie miał na sobie żadnego znaku, mogę się więc założyć, że nie ma go już na tym świecie. Dalej będę zgadywać, możesz mnie poprawić. Mistrz przechwycił przemysłowca w drodze. Panowie odbyli interesującą rozmowę. W jej efekcie do Kołotowki przybył zupełnie inny Starosta, który jednocześnie był pełnoprawnym Mistrzem Kartosa. Mieszkańcy go przyjęli, a Zwiastun otrzymał wiadomość, że w Kołotowce zjawił się oczekiwany urzędnik. Przez pierwszych kilka miesięcy ojciec nie robił niczego złego, próbując pokazać się z jak najlepszej strony. Zapytaj byle którego mieszkańca, na pewno powie, że Starosta Kołotowki jest najlepszym i najbardziej gospodarnym człowiekiem na świecie. Umocniwszy się w ten sposób na swojej pozycji, dywersant zaczął realizować swój plan. Najpierw zorganizował budowę zamku, który ty, Machan, znalazłeś. Tak na marginesie, czas zamku dobiegł końca. Za kilka minut przestanie istnieć. Kiedy ojciec już go wybudował, zajął się bezczeszczeniem tej ziemi, umieszczając w każdej wiosce po jednym Profanerze. Zwiastuni bardzo nerwowo reagują, kiedy coś takiego pojawia się na ich ziemiach, więc ukryto je pod zigguratami. Mimo to Zwiastuni wiedzieli, że gdzieś na terenie Imperium stoi Profaner, ale nie mogli dojść do tego, gdzie konkretnie. Dobry ruch, nieźle to wymyśliłeś. Cel, jaki realizuje Kartos, wciąż jest dla nas niejasny, ale mogę przypuszczać, że w jakimś archiwum znaleziono wskazówkę dotyczącą artefaktu na tych ziemiach, stąd poszukiwawcze jednostki goblinów. To już koniec, ojcze. Czas, byś odpowiedział za swoje czyny.

Im dłużej mówił Radca, tym większe zadowolenie malowało się na twarzy Naatchiego, a pod koniec jego wywodu już otwarcie się uśmiechał. Miałem zamiar zatrzymać gadatliwego NiePoCiuma, gdy wyskoczyło powiadomienie:

Zmiana statusu porozumienia z Mrocznym Imperium Kartosa.
Nie udało ci się pokrzyżować planów Kartosa.
Biorąc pod uwagę poprzedni status, umowa została anulowana.

– Szkoda – powiedział Mistrz, którym okazał się obecny Starosta Kołotowki. – Chciałbym mieć takiego niewolnika jak ty. Machanie, może znowu się założymy? Warunki będą takie same, tylko teraz będziesz miał dzień. Dzień, żeby pokrzyżować nam szyki: co ty na to? – Mistrz ze mną igrał. Naprawdę nie rozumiałem, co takiego się teraz stało, ale było to bardzo nieprzyjemne.

– Ojcze, przegrałeś!

– Głupiutki mały Radco. Mógłbyś mnie powstrzymać, gdybyś natychmiast zaczął działać. Ale nie, ty chciałeś porozmawiać, popysznić się swoim zwycięstwem i przedstawić swój punkt widzenia. To właśnie różni Mroczne Imperium od was. Jesteście słabi! Działacie zgodnie z kanonami i nigdy nie spoglądacie dalej niż na czubek własnego nosa. Armia Malabaru już wkrótce pojawi się u bram wioski. Podziwiaj ten spektakl!

Na te słowa mury świątynne ustąpiły. Budynek wzniósł się na wysokość około dziesięciu metrów, po czym został odrzucony w stronę lasu. W miejscu ścian zostało kilka pionowych sworzni wystających z ziemi na wysokość dwóch metrów.

– Nie zmuszaj mnie, żebym po nie sięgnął, to wymagałoby dużo energii, SYNU – rzekł chytrze Starosta, zwracając się do bladego teraz Radcy. – Myślę, że dobrze wiesz, co to jest.

– Profaner? – Wtrąciłem się do rozmowy. – Podobne sworznie były na Profanerach, które widziałem w zamku.

Radca zbladł jeszcze bardziej, choć wydawało się to niemożliwe.

– Ojcze! – Tisza ocknęła się i podniosła z ziemi. – Żerca Własta nie jest tym, za kogo się podaje. On... Bracie?

– Nie dotykaj go! – Starosta podszedł do córki i poprawił płaszcz wiszący na jej ramionach. – On teraz ma coś innego na głowie.

– Naatchi, kilka dni temu powiedziałeś, że pomożesz mi, jeśli będę tego potrzebował. Właśnie teraz nadszedł ten moment. Wyjaśnij mi, co się dzieje? Usłyszałem już wersję Radcy, teraz chciałbym poznać twoją.

– Dlaczego nie? Wszystko jest już gotowe, a za chwilę zacznie się najciekawsze. Nic już nie zależy od nas, dlatego mogę ci poświęcić kilka minut. Na początek wzmocnimy wpływy Kartosa – powiedział Starosta i skinął głową na dwóch swoich synów stojących w pobliżu, niedaleko Zwiastunów. Radca tylko bezradnie zamknął oczy. Siłą był równy Mistrzowi, ale nie mógł zapewnić ochrony Zwiastunom. Każda próba zostałaby natychmiast powstrzymana przez Mistrza. Dwa milczące Worgeny błyskawicznie stanęły obok Zwiastunów... i w Malabarze od razu pojawiły się dwa wakaty na ich stanowiskach.

– Nieee! – krzyknęła Tisza, gdy jej bracia wykonali wyrok. – Ojcze, po co? Dlaczego?

– Uczyniłeś z dzieci swoich pomocników – szepnął przybity Radca. – Daleko się posunąłeś...

– Co ja bym bez nich zrobił? Tisza, uspokój się!

Mistrz machnął ręką i obok każdego z obecnych pojawiło się małe krzesło.

– Liza, wstań. Nie udawaj ogłuszonej. To głupie i niekomfortowe. Ziemia jest zimna, przeziębisz się, a mnie pozbawisz przyjemności zmiażdżenia cię.

– Ojcze, dlaczego to robisz? – płakała Tisza. – Przecież to Liza!

Starosta pokręcił głową, jakby chciał pokazać, że wychowywanie dzieci bywa trudne.

– Usiądź i posłuchaj mnie. Później będziesz krzyczeć. POWIEDZIAŁEM, SIADAJ! – Jego krzyk jak grom sprawił, że wszyscy usiedli, nawet Radca.

Stał teraz przed nami prawdziwy Mistrz Kartosa, bez wszystkich swoich masek i sztuczek.

– WSZYSCY GOTOWI?! W takim razie zacznę. – Powrócił do starego stylu komunikowania się. – Imperia Malabaru i Kartosa istnieją od dawna i cały czas utrzymywały zbrojną neutralność: raz my napadaliśmy, raz atakował Malabar, ale nikt nie próbował zbyt mocno zadzierać z przeciwnikiem. Kilka wiosek w jedną stronę, kilka w drugą; takie życie wszystkim odpowiadało. Ale piętnaście lat temu w naszym świecie aktywowali się wolni obywatele. Oni chcieli czegoś więcej niż tylko najazdów i zdobywania fantów. Zamiast nachodzić wroga i szybko zabierać przedmioty, które im się podobały, wolni obywatele zaangażowali się ludobójstwo. Czy gobliny są winne, że urodziły się zielone? A trolle? Czy mały warg jest winny, że potrzebuje mięsa, żeby przeżyć? Nie, to wolni obywatele nadali nam przydomek „mroczni" i zaczęli nas tępić. Widziałem wiele zamków, które przeszły w ich ręce. Zabijano tam wszystkich. Nawet małe metamorfy, które jeszcze nie zdążyły otworzyć oczu. Za co? Próbowaliśmy rozmawiać z Imperatorem, ale tacy chłoptasie jak on – skinął głową w stronę Radcy – odrzucili wszystkie nasze skargi. Chciałeś coś dodać, „oświecony"? – W ostatnie słowo Starosta włożył tak dużo nienawiści, że jego syn zadrżał.

– My... Oni... Pokonani są nieodłącznym elementem każdej wojny, ojcze.

– Pokonani są na polu bitwy, o ile wcześniej dostaną szansę stania się silnymi i zdolnymi do walki. Kiedy zabijane jest dziecko, bez względu na kolor skóry, ono jest ofiarą zbrodni. To dlatego zdradziłeś nasz ród? Lubisz patrzeć na męczarnie dzieci?

– Nie! Wyjechałem z powodu polityki Kartosa. Jest przerażająca!

– To tylko emocje pozbawione faktów. Cały Malabar! My po prostu postanowiliśmy wreszcie wam odpowiedzieć. Dziesięć lat temu zaczęliśmy opracowywać plan. Zostałem jego inicjatorem i głównym koordynatorem. Uważałem, że Malabar musi zapłacić za swoje zbrodnie. Z każdą napaścią wolnych obywateli było nas coraz mniej, więc postanowiliśmy wykorzystać pewien interesujący wynalazek. Transformer. Jeden z naszych czołowych Magów wymyślił sposób na dodanie nowych funkcji do Profanera. Oprócz bezczeszczenia ziemi Transformer zmienia wszystkich mieszkańców, którzy przebywają w polu jego działania. Wystarczy trzydzieści minut napromieniowania i wszyscy zamieniają się w przedstawicieli Kartosa. Zwykły wieśniak przeobraża się w goblina. Strażnik w trolla. Wojownik w berserkera. Przemieniają się wszyscy. Musiałem bardzo mocno stłumić siłę działania Transformera, żeby mieszkańcy Kołotowki i okolicznych wsi nie zmienili się zbyt szybko. Moi synowie co tydzień jeździli po okolicznych wioskach i blokowali działanie artefaktu. Ale nawet oni mieli jeden dzień wolnego dzięki Elżbiecie, która własną piersią broniła Kołotowki. Te dni były dla nas dużą rozrywką. A teraz najciekawsze: zgadnij, kto jest Magiem, który zaprojektował Transformer?

– On? – Skinąłem w stronę Radcy. Jeśli podążać za logiką Mistrza, ten wniosek był oczywisty.

– Dwa punkty dla Machana – uśmiechnął się Starosta. – Zgadza się. To mój zbuntowany syn wymyślił to cudo. Niewielu ludzi w Malabarze wie, jak ono wygląda, a on rozpoznałby je po jednej rurce.

– W takim razie kilku rzeczy nie rozumiem. Raz w tygodniu niczego nie robiliście. W tym samym czasie po wiosce biegał Sklik, na którego polowaliście. Jakoś mi to nie pasuje do tej wersji wydarzeń. – Historia Starosty okazała się interesująca, ale było w niej sporo niejasności.

– Polowaliśmy? W żadnym wypadku. Wyprowadzaliśmy go na spacer, pilnując, żeby za bardzo się nie rozkręcił i nie narozrabiał przed czasem. Sklik, chociaż jest rozumny, to w czasie bojowej transformacji może się zapomnieć. Żeby nikt go nie rozpoznał, wymyśliłem historyjkę o tajemniczym potworze w wiosce. Wysłałem nawet wiadomość do Dalgoru, na którą otrzymałem odpowiedź. Coś w stylu: „Sami zajmijcie się sprawą tajemniczej kreatury". Dało mi to możliwość zlecania wolnym obywatelom zadań i jednocześnie ukrywania wyglądu Sklika. Później przekazałem zlecanie zadań Magistrowi.

– A Tisza? Dlaczego żerca oczekiwał, że ją wydam? Chciał przecież dostać Worgena, nie Sklika!

– Tisza... – westchnął Starosta i zamilkł. Potem spojrzał na swoją skamieniałą córkę i jeszcze raz westchnął z goryczą. – Każdy ma swoje słabości. Tisza bardzo przypomina swoją matkę, więc nie zdecydowałem się wciągnąć jej w nasze plany. Otrzymała inne wykształcenie, zbyt poprawne: zgodne ze standardami Malabaru, a nie Kartosa. Nasze przekonania są jej obce. Dlatego chciałem jej pokazać, że wolni mieszkańcy są wiarołomni i gotowi dla pieniędzy zdradzić każdego, nawet piękną i bezbronną dziewczynę. Kiedy odmówiłeś wydania jej Magistrowi, wpadłem w szał. Byłem zmuszony polecieć do zamku i zorganizować tam pokazową chłostę dla robotników. Na dodatek to jej niezdrowe zainteresowanie niedźwiedziem...

– Ty wiesz? – Tisza pisnęła przytłumionym głosem.

– Kim byłbym, gdybym nie wiedział? Czy nadal masz pytania? Nie? Świetnie. Będę więc kontynuować. W Kołotowce został więc umieszczony Transformer. Ukryliśmy go pod zigguratem, aby przypadkiem nie został znaleziony. Później wszystko toczyło się zgodnie z planem. Wysłałem cię, żebyś upolował wilki, które zaczęły niepokoić naszych robotników. W tym samym czasie poleciłem goblinom, by zaczęły polować na ciebie. Musieliśmy skazać naszego małego tłuścioszka na bycie zakładnikiem. Żebyście nie dowiedzieli się od niego zbyt wiele, osobiście postawiłem na nim blokadę. Zrobiłem to, żeby Zwiastuni zaczęli biegać i zastanawiać się, co właściwie dzieje się w Kołotowce. Wyznaczyliśmy dziesięć punktów inwazji, w każdym z nich czekała jedna kluczowa postać, która mogłaby poinformować Zwiastunów o goblinach. Tylko tobie udało się wziąć zakładnika i zapoczątkować łańcuch kolejnych wydarzeń. Żeby pobudzić bohaterów Malabaru, postanowiłem zbudować poza strefą działania zigguratu zamek, który miał stać się naszą podporą w tym regionie. Zwiastuni musieli mieć możliwość przeskakiwania tam i obserwowania go osobiście, bez potrzeby wzywania ich na miejsce. Gdy tylko zamek był gotowy, pokazaliśmy go tobie. Handlarz, wobec którego byłeś tak nieostrożny i rozmawiałeś z nim o Oku Mrocznej Wdowy, od dwóch lat jest naszym człowiekiem. To on przekazał informację o Oku i człowieku, który jest w jego posiadaniu. Jak się spodziewaliśmy, wolni mieszkańcy Malabaru są chciwi i głupi, natychmiast rzucili się na taką zdobycz. Jesteśmy wdzięczni Zwiastunowi, że nie pozwolił cię zabić. Ponieważ dalej robiłeś dokładnie to, czego chcieliśmy. Wezwałeś na pomoc gobliny. Pokazano ci zamek i słusznie zauważyłeś, że znajdują się w nim cztery Transformery. Zostały one uruchomione kilka godzin temu. Według moich obliczeń zdobycie zamku zajmie siłom Malabaru około dwudziestu pięciu minut, po czym Zwiastuni teleportują je do Kołotowki. To mniej więcej pięciuset wolnych obywateli powyżej poziomu dwieście osiemdziesiątego oraz dziesięć tysięcy Wojowników i Magów osobistej gwardii Imperatora na trzysta osiemdziesiątym poziomie i wyższym. Już od dwudziestu pięciu minut są pod wpływem Transormerów, a oni nie mają takiego amuletu, jaki wisi na Lizie. Powiedzieć wam, co wydarzy się w Kołotowce za dziesięć minut, czy sami zgadniecie? I jeszcze zapomniałem dodać: usunąłem ograniczenia dotyczące przeobrażeń w wioskach. Zostało tylko dziesięć minut. Z mojej strony to wszystko. Dziewięć punktów inwazji zostanie odwołanych jako mało obiecujące, a prowincja Krong na zawsze stanie się częścią Kartosa. Nie potrzebujemy wiele, ale Malabarowi powinniśmy wreszcie pokazać pazur. Mogłeś wszystko zmienić, mój zdradziecki synu, gdybyś pozostawił wszystkich swojemu losowi i powstrzymał atak na zamek. Ale teraz jest już za późno. Działanie Transformera już się zaczęło. Ale i oto są nasi wielcy wojownicy!

Z niewielkiego wzgórza, na którym kiedyś stała świątynia, było doskonale widać, jak obok bram Kołotowki pojawił się portal. Wyszedł z niego Zwiastun i rozejrzał się. Obok niego pojawiło się jeszcze dziewięć innych portali. To z nich zaczęła się wylewać armia Malabaru. Pięciuset graczy i dziesięć tysięcy NPC-ów.

– Zaczęło się – szepnął zadowolony Naatchi.

Z jednej strony dobrze wiedziałem, że graczom, zwłaszcza tym na wysokim poziomie, nic się nie stanie. Cóż, może stracą trzydzieści procent doświadczenia, odpowiednio do ich obecnego poziomu, ale od tego się nie umiera. Przerażało mnie coś innego. Dziesięć tysięcy NPC-ów na wysokim poziomie, których bezapelacyjnie trzeba będzie zabić... Nie potrafiłem sobie nawet wyobrazić skali rajdu, który zostanie zorganizowany dla takiej armii.

Od strony Kołotowki zaczęły dobiegać okrzyki:

– Formować szeregi!

– Oddział pierwszy na prawo, drugi na lewo, trzeci zajmuje środek! Wolni obywatele mogą wybrać dowolną stronę, ale tak, żeby nie plątać się pod nogami! Armia, do ataku!

Rozległ się ryk dziesięciu tysięcy atakujących, ale nie do końca rozumiałem, kogo atakują. Czy zdecydowali się zmieść Kołotowkę z powierzchni ziemi?

– Liza, czy możesz powstrzymać przeobrażenie? – szepnąłem do żerczyni, gdy armia Malabaru zaczęła okrążać Kołotowkę.

– Nie... – odparła, również szeptem. – Nawet gdybym była Najwyższą, to by nie wystarczyło.

– Czyli to jest cała Gwardia Osobista Imperatora... – Zamyślił się Radca, a Naatchi uśmiechnął się zadowolony. – Ojcze, ale dlaczego? Dziesięć tysięcy Wojowników to oczywiście jest potęga, ale przecież nie taka, żeby nasi bohaterowie sobie z nią nie poradzili. Twój plan od samego początku był skazany na niepowodzenie. Nie będziemy tolerować Kartosa na naszym terytorium. Po co to zrobiłeś?

– A kto chroni teraz Pałac Imperatora? – zapytała Mirida.

– Gwardia Osobista... – zaczął Radca, ale natychmiast zamilkł.

– Ta, która teraz jest tutaj? A może to tylko oddział czołowy?

– To są wszyscy... – Znów było przykro patrzeć na Radcę. – A na dodatek przybył też każdy ze Zwiastunów i jeszcze dwóch Radców. Z Imperatorem został tylko jeden Radca...

– A także trzech Mistrzów Kartosa i dwudziestu Magistrów. Mam nadzieję, że nasz żerca też już tam jest, a także jeden bardzo interesujący Szaman. – Zakończył radośnie Naatchi. – Nie wspominając już o pięciu tysiącach Mrocznych Hord. Trochę udoskonaliliśmy Transformery, mój synu. Mogą między innymi blokować korzystanie z teleportów. Pozwoliłem otworzyć przejście tutaj, ale teraz Zwiastuni odkryją moją niespodziankę. Nie będą mogli się przemieszczać. Dwa lata przygotowań przyniosły soczyste owoce. Imperator zostanie obalony i nie będzie miał obok siebie nikogo, kto mógłby mu pomóc, bo nawet wszyscy wysokolevelowi wolni obywatele są teraz tutaj, daleko od stolicy. Tylko drobnica została w mieście. Dla naszej armii to nic. Wszystko toczy się dokładnie tak, jak zaplanowaliśmy. Podziwiaj swój upadek.

Nieludzki krzyk bólu, który roznosił się teraz wokół Kołotowki, zagłuszył wszystkie inne dźwięki. Wokół każdego Gwardzisty Imperatora uformowała się mgła, a kiedy po chwili się rozproszyła, w Barlionie było o dziesięć tysięcy przedstawicieli Kartosa więcej. I to przedstawicieli wysokolevelowych.

– To już raczej wszystko. Nie mam tu nic więcej do zrobienia. Chociaż... Lizo, obiecałem osobiście cię udusić, muszę dotrzymać danego słowa.

– Nie dotykaj jej albo nie jesteś już moim ojcem! – zawołała Tisza, stając między Lizą a Mistrzem. – Jeśli ty...

Radca nie tracił czasu i kiedy Starosta odwrócił się od niego, zaatakował swoich braci, zawijając ich w kokony.

– Uciekajcie! – krzyknął do nas, gdy zaskoczony Mistrz spojrzał na niego. – Może Malabar nie uniknął ciosu, ale ty już nie wyjdziesz stąd żywy! Machan! Zabierz ich!

Wokół nas rozszalały się błyskawice, ziemia zaczęła kipieć i zerwał się straszliwy wiatr.

Radca zmierzył się z Mistrzem.

– Feniks, szyk bitewny! Tanki, naprzód, do obrony okrężnej! – Z Kołotowki zaczęły dobiegać krzyki otoczonych graczy.

Rozpoznałem głos Anastariji, która dowodziła swoją grupą rajdową. – Kto jest bez klanu, precz mi stąd!

– Legion! Formacja alfa! Magowie, kopuła! Plinto, Magowie są w twojej grupie. Wbijamy się do wioski!

– Smoki, trzymajcie szyk! Kierujemy się do lasu! Zwiastunie, stwórz portal!

Wygląda na to, że klany zaczęły walczyć każdy o siebie. Jeśli są tu pełnowartościowe jednostki rajdowe, to będą w stanie przez pewien czas stawiać opór takiej armii. Przeobrażeni NPC-e nie mieliby zbyt dużo miejsca, mogliby atakować grupy rajdowe tylko na ograniczonej przestrzeni.

Przez szczęk mieczy i świst rzucanych zaklęć nagle dobiegł mnie histeryczny krzyk dziecka. Jak mogłem zapomnieć! Przecież zdążyliśmy z Lizą zrobić amulety dla osiemdziesięciu procent mieszkańców wioski. Oni nie powinni się przeobrazić, ale pozostałe dwadzieścia procent... Przecież teraz wewnątrz Kołotowki trwa rzeź!

– Boska Eluno, dzieci... – wyszeptała z przerażeniem Liza i rzuciła się do wioski.

– Stój! Dokąd to?! – Tisza rzuciła się na nią i kobiety przewróciły się na ziemię. – Nie przejdziesz dalej! Wokół są berserkerzy!

– Tam jest Szprycha z Marianą! – Jeśli się nie mylę, to Liza właśnie po raz pierwszy nazwała tak syna.

– Lizo, już im nie pomożemy! Spójrz! Berserkerzy zaczęli wyłamywać bramy! Kołotowka jest skazana na porażkę! Musimy się stąd wydostać!

– Zamknijcie się wszyscy! – Sam nie spodziewałem się po sobie takiej stanowczości, ale nie mogłem już znieść panikujących kobiet. Nasza grupa już zdążyła się zdezaktywować. Najwyraźniej stało się to, gdy tylko Mistrz usunął ściany świątyni, a może nawet wcześniej, umknął mi ten moment. – Tworzę grupę i wszyscy natychmiast ją akceptujemy. Szybciej! – Wysłałem zaproszenie

Lizie, Tiszy i Miridzie. Jeśli pierwsze dwie zaakceptowały zaproszenia bez żadnych pytań, to elfka demonstracyjnie uniosła brew.

– I co masz zamiar zrobić, chudy? Pokonać dziesięć tysięcy Wojowników?

– Ślicznotko – syknąłem. Już dość, ulało mi się. Teraz będą przekleństwa i dużo niecenzuralnych wyrażeń. – Jeśli nie chcesz iść z nami, zjeżdżaj lasem. Jeśli chcesz zadawać pytania i podawać w wątpliwość moje słowa, zjeżdżaj lasem. Chcesz zgrywać nietykalną królewnę, zjeżdżaj lasem. O tam na dole sterczy tłum graczy, rozejrzyj się, szoruj do nich i opowiedz im o swoich problemach. Na nic mi się nie przydałaś, nie muszę ci się spowiadać z moich działań. Nie chcesz być ze mną? To spadaj! Liza, Tisza, za mną, biegiem!

Wbrew logice i zdrowemu rozsądkowi rzuciłem się nie do Kołotowki, ale do miejsca, w którym wcześniej stał ołtarz Własta. Bardzo interesowało mnie przejście, w którym zniknął Magister. Coś mi podpowiadało, że to tam musimy iść.

Ognista kula, w którą zamienili się walczący Radca i Mistrz, potoczyła się w stronę wioski, rozpraszając jak kręgle dużą grupę NPC-ów. Ledwo wszedłem za ołtarz, zauważyłem, że moja grupa ma nowego członka – Mirida jednak przyjęła zaproszenie.

Tuż za ołtarzem otworzyło się przejście, którego spiralne schody prowadziły w mrok piwnicy. Nie pozwalając sobie na włączenie myślenia, rzuciłem komendę: „Za mną!", i zacząłem schodzić. Na dole znalazłem wąski korytarz oświetlony paroma pochodniami. Poczekałem na milczące dziewczyny i ruszyliśmy dalej.

Po kilkunastu metrach przejście skręciło i zaprowadziło nas do pięciometrowej jaskini, w środku której stało dziwne urządzenie. Portal, którym uciekł Magister, praktycznie już zgasł. Ale co najważniejsze, w jednej ze ścian jaskini mieściła się wnęka zagrodzona grubymi żelaznymi prętami.

– Teodor! – zawołała Liza i rzuciła się w tamtym kierunku.

– Liza? – Osoba w niszy zerwała się z ziemi i przylgnęła do krat. – Liza, słoneczko! Uciekaj stąd! On może wrócić w każdej chwili! Żerca Własta to Magister Kartosa!

– Wiem, kochanie...

– Czy wiesz, jak to się otwiera? – Wciąłem się w rozmowę dwóch rozdzielonych kochanków.

Programiści uwielbiają tworzyć takie sceny: zjednoczenie rodziny, powrót syna marnotrawnego i tak dalej. To sprawia, że gracze zaczynają się zastanawiać i – według twórców scenariuszy – stają się bardziej wyrozumiali wobec innych.

– Dźwignia jest z drugiej strony korytarza. – Teodor zdołał odkleić się od Lizy i włączyć myślenie.

Wreszcie. Potrzebny jest mi teraz w grupie ktoś z głową na karku.

– Mirida, znajdź dźwignię. Teodor, jaką masz klasę? Tisza, przestań ryczeć!

– Ja? Jestem żercą, uzdrowicielem.

– Świetnie. Wysyłam ci zaproszenie do grupy. Teraz jesteśmy w niej wszyscy, również Liza. Jak tylko cię wyciągniemy, wychodzimy stąd. Możesz iść sam czy potrzebujesz pomocy?

– Mogę. Tylko jaki to ma sens?

– Trzeba wyciągnąć dzieci! Na górze trwa teraz armagedon!

– Lizo, o czym on mówi?

– Kochanie, po prostu mu zaufaj. Liczy się każda sekunda. Awtandil i Mariana są w Kołotowce.

– Wszyscy za mną! – krzyknąłem, gdy krata się podniosła.

Zrzuciłem powiadomienie, że mój poziom Charyzmy wzrósł o dziesięć procent i zaczęliśmy wydostawać się na powierzchnię. Czas wyciągnąć tych, którym daliśmy amulety. Nie miałem tylko pojęcia, jak się przedrzemy przez ten tłum przeobrażonych...

– Hel, trzymaj się! Rik, prawa strona jest twoja! Bars, bierz pięciu i idź na lewą stronę!

Gdy tylko wyszedłem na powierzchnię, znów uderzyła mnie fala wrzasków graczy. Rozejrzałem się po polu bitwy i uśmiechnąłem nerwowo: gracze rozbili się na kilka małych oddziałów, mniej więcej po czterdzieści osób w każdym, stopniowo niszczonych przez wroga. Samotnicy, którzy odpowiedzieli na wezwanie Imperatora, zostali natychmiast zabici. Jako tako trzymały się tylko rajdowe grupy klanów, ale i one były coraz bardziej spychane na obrzeża wioski. Jedno bardzo mnie cieszyło – dziesięć tysięcy NPC-ów nie zdołało wyłamać bramy do wioski. Chociaż stała daleko ode mnie, doskonale widziałem, że jej poziom Stabilności utrzymywał się gdzieś w połowie paska. Jeśli dostaniemy się do Kołotowki przez wejście Lizy, to zdołamy wyciągnąć wszystkich NPC-ów, którzy nie zostali przeobrażeni. Tylko że między nami a wioską znajdował się ogromny oddział Kartosa, który otoczył wojowników Feniksa i Legionu. Wojownicy z klanów stali niedaleko siebie, ale pomysł połączenia sił raczej nie przychodził im do głowy. Dziwne, byłoby im łatwiej. W każdej z grup było dwóch lub trzech Zwiastunów, którzy pomagali graczom odpierać ataki, a w szeregach Feniksa walczył nawet sam Radca.

Ognista kula, którą stali się Starosta z synem, zamieniła się teraz w trąbę powietrzną szalejącą w odległości około pięciuset metrów od wioski.

– Machanie, co mamy robić? – zapytała zrozpaczona Liza. – Nie przedrzemy się przez ten tłum.

Musiałem coś zdecydować i to szybko. Wyjąłem moje amulety do Anastariji i Plinto, i połączyłem się z obojgiem.

– TAK? CO? – Prawie jednocześnie ryknęli oboje. – Kimkolwiek jesteś, odwal się, nie pora na pogawędki!

– Zamknijcie się i słuchajcie! Anastarija, jesteś liderem rajdu? Wysyłam ci zaproszenie do grupy, dołącz z całym swoim oddziałem. Plinto, ty tak samo!

– Machan, czyś ty całkiem zdurniał! – ryknął Plinto!

– Machan, wiesz co robić? Gdzie jesteś? – To już Anastarija.

– Nie ma czasu na wyjaśnienia. Nastja, po prostu uwierz, jak zwykle. Jestem na wzgórzu, około trzystu metrów od was. Plinto, cholera, nie odrzucaj zaproszenia! Przyjmij je!

– Feniks się przyłącza! – krzyknęła Nastja, a moim oczom ukazały się ramki trzydziestu graczy. Ramka Helfajera nieustannie poruszała się to w górę, to w dół: zapewne jest tankiem. – Nastja, co ty robisz? – Przez amulet dobiegły mnie krzyki Helfajera i Rika.

– Plinto, czy długo mam na ciebie czekać? – Było mi już wszystko jedno. Wysokolevelowi czy nie, dla mnie byli przede wszystkim bandą niezorganizowanych idiotów, z których każdy myślał tylko o sobie.

– Plinto, tu Anastarija! Dołącz do grupy! Zgadzam się z Machanem, że to pomoże nam wszystkim. Będziemy widzieć swoje ramki i w razie czego możemy się wzajemnie podleczyć.

– Idźcie do diabła! Legion nigdy nie idzie na łatwiznę! Wygrywamy! – Tymi słowami Plinto zakończył połączenie.

– Niech go jasna cholera! Machan, co proponujesz?

– Nastja, podaj amulet Radcy!

– Machanie? – Nawet w ogniu walki głos Radcy był spokojny.

– Radco, wiem, że Zwiastuni nie mogą utworzyć teleportu. Na tym obszarze działają tylko teleportery Kartosa. Tak się składa, że mam ich kilka. Ale zanim ich użyjemy, trzeba wydostać z wioski mieszkańców! – Co ja mówię? Przecież to jest tylko gra! Zanurzyłem się w niej tak bardzo, że przestałem zwracać uwagę na wysokolevelowych graczy, zacząłem stawiać warunki Radcy i w ogóle zachowywać się jak postać na czterechsetnym poziomie. – Jeśli będziemy walczyć pojedynczo, to szybko nas wybiją! Musimy się zjednoczyć, ale inne klany nie pójdą za Feniksem. Duma im na to nie pozwoli. Ja nie jestem z Feniksa, więc oni mnie nie znają. Daj mi możliwość dowodzenia klanami w tej bitwie. – To by było na tyle. Jak mówią, dałem się ponieść wyobraźni. Nawarzyłem takiego piwa, że sam nie będę w stanie go wypić.

– Jesteś pewien, że dasz sobie radę, dwudziestopoziomowy? – W amulecie usłyszałem zamyślony głos Radcy.

– Trzeba w to wierzyć. Zresztą i tak nie macie wyboru. Została wam połowa many. Jeszcze jakieś pięć minut i wojownicy z Feniksa odlecą na Szare Ziemie. Co stanie się z Radcami i Zwiastunami, trudno prorokować, ale najprawdopodobniej i dla nich to będzie mało przyjemne.

Uwaga dla graczy uczestniczących w bitwie pod Kołotowką!
Szaman Machan, wolny obywatel na dwudziestym pierwszym poziomie, będzie dowodzić akcją ewakuacyjną. Zostały mu przyznane wszelkie pełnomocnictwa.
Jego słowo ma rangę słowa Imperatora.
Czas trwania powołania: 2 godziny.

– Nastja, przejdźcie na lewo! – wciąż krzyczałem do amuletu. – Zwiastuni, potrzebuję połączenia z liderem klanu Lazurowych Smoków.

– Co? – Stłumiony i spięty głos gracza, najprawdopodobniej jednego z przywódców klanu, wybrzmiał w amulecie.

– Tu Machan. Ten w czerwonej czapce to ty?

– Tak! Czego chcesz?

– Wysyłam ci zaproszenie do grupy. Przeczytałeś komunikat? Jeśli tak, to chyba nie masz pytań. Nastja, spróbujcie się do nich przebić i zjednoczcie się. Sama ogarnij taktykę, kosisz najlepiej ze wszystkich.

– Tak jest kapitanie! – Nawet podczas bitwy słychać było radość w głosie dziewczyny. Oto co znaczy doświadczony rajder! Dla niej wszystko, co działo się dookoła, było po prostu grą, a ja zacząłem to postrzegać jak rzeczywistość. Nagle zawibrował amulet Plinto.

– Zmieniłeś zdanie? Wysyłam grupę.

– Machanie, tu Ewolett. Legion jest gotów przyłączyć się do ciebie. Wyślij mi grupę. Co mamy robić?

– Świetnie. Nieźle oberwaliście! Feniks i Lazurowe Smoki, spróbujcie dotrzeć do Legionu. Długo nie wytrzymają. – Nagle nawiedziło mnie głupie przeczucie. – Nastja, rzuć bańkę na Helfajera! Migiem! Niech drugi tank zbierze moby! Utrzymać drugiego tanka!

Nie wiem, co wymyślili wojownicy Kartosa, ale tylko Helfajer zaczął zbierać łomot po pięćset tysięcy obrażeń. Tak, on sam był dość mocny, miał około miliona Punktów Życia, z wszystkimi buffami i eliksirami. Ale nawet on nie przeżyłby takich obrażeń. Bańka, którą na niego zarzuciła Anastarija bez absolutnie żadnej dyskusji, przez dziesięć sekund może chronić cel przed wszelkiego rodzaju obrażeniami. To właśnie dla tej umiejętności wszyscy koniecznie chcieli mieć paladyna w swojej grupie rajdowej: gdy nadejdzie czas wielkiej rozpaczy, paladynek uratować cię raczy.

Dzięki Zwiastunom udało mi się przyłączyć do siebie jeszcze trzy kolejne klanowe rajdy. Razem z moją piątką przed oczami pokazało mi się dwieście ramek rozproszonych po całym polu. Ciągle skakali tam i z powrotem, co sekundę zapalały się na nich wskaźniki uszkodzenia lub uzdrowienia, można było dostać oczopląsu.

– Do wszystkich liderów rajdów! – krzyknąłem przez Zwiastunów. – Zarządzanie operacyjne należy do was. Ogólna strategia: do mnie. Teraz wszyscy zbieramy się razem i ruszamy w stronę częstokołu. Nastja, oddeleguj oddział, niech po mnie przyjdzie. Jestem na wzgórzu. Naprzód!

– Dlaczego, do cholery, mamy iść do częstokołu? Trzeba uciekać do lasu! – Nie dosłyszałem, kto siał ziarno niezadowolenia. Czyżby w szeregach już pojawiły się dyskusje? Takie zachowania trzeba tłumić w zarodku. Dostałem rzadką okazję dowodzenia najlepszymi graczami w Imperium, a ktoś chciał mi włożyć kij w szprychy?

– Musimy dostać się do wioski, dopóki siły Kartosa tam się nie wdarły. Brama wytrzyma jeszcze przez pięć minut, nie więcej. Zbieramy ocalałych mieszkańców i znikamy stamtąd. Wykonać!

Nie powiem, żeby jakoś szczególnie szybko, ale gracze zaczęli się uwijać. Zjednoczenie w jedną grupę dwustu wojowników, których ramki stały się widoczne, sprawiło, że odpieranie ataku Kartosa stało się o wiele łatwiejsze.

– Lizo, otwórz przejście. – Nadal na lewo i prawo wydawałem rozkazy. – Nastja, weź swoich ludzi i idźcie do bramy. Wkrótce nic z niej nie zostanie, a cały tłum wleje się do środka. Zatrzymajcie ich przy wejściu. Jest wąskie, będą musieli wchodzić dwójkami lub trójkami. Liza, co z przejściem?

Ciągle przed moimi oczami pojawiały się jakieś wiadomości, że otrzymałem to czy tamto. Niestety nie miałem czasu się w nie wczytywać. Jedyne, co zauważyłem to to, że w ciągu ostatnich pięciu minut rozwinąłem się do trzydziestego piątego poziomu.

– Machan, jesteśmy na pozycji. Brama wkrótce się zawali, miałeś rację – zameldowała Anastarija, gdy połowa graczy była już w wiosce.

– Ewolett, jesteś odpowiedzialny za ulicę po prawej stronie. Przeszukaj wszystkie domy. Krzycz, że jesteś od Imperatora, i zbierz wszystkich NPC-ów.

– Partaros! – zwróciłem się do lidera jeszcze innego klanu, nawet nie wiedząc, skąd się wziął. To nie czas, żeby się nad tym zastanawiać. – Ty weź lewą ulicę i zrób dokładnie to samo. Liza, dokąd się wybierasz? Bezpalcy, zabierz ją i idźcie na miejsce zbiórki. Spotykamy się na placu głównym! Radcy i Zwiastuni, musicie pędzić do pałacu. Imperator zostanie lub już został zaatakowany. Poradzimy sobie tu bez was. Trzymajcie teleport! Dokąd was zabierze, tego nie wiem. Mam nadzieję, że wyrzuci was gdzieś blisko pałacu. – Wyciągnąłem portal, który dostałem od schwytanego goblina, i aktywowałem go.

– Jeśli masz rację, Machanie, to Imperator będzie twoim dłużnikiem – powiedział jeden z Radców, po czym cała wierchuszka Malabaru opuściła Kołotowkę.

– Jest portal, zjeżdżajmy stąd! – Obok mnie rozległ się krzyk Plinto. Jeszcze czego!

– WSZYSCY STAĆ! – Nigdy bym nie pomyślał, że potrafię tak krzyczeć. Plinto ze swoją bandą dziesięciu graczy zamarli z rozdziawionymi ustami. – TRZYMAĆ POZYCJĘ NA OBRONIE!

Zastosowałeś umiejętność lidera rajdu „Grzmiący Krzyk". Poziom Energii wszystkich członków oddziału zostaje zwiększony o 20, wszystkie główne parametry: +20%. Czas trwania: 5 minut.

Zrzuciłem kolejne powiadomienie, że Charyzma znów wzrosła o jeden, i spojrzałem na potencjalnych dezerterów.

– Plinto, cholera! Jesteś graczem czy pipką? Jeśli graczem, to co ty wyprawiasz? Masz już dość grania? Chcesz wylecieć z Barliony? Stań w szeregu i trzymaj pozycję! Jeśli Kartos będzie chciał się przebić, gryź zębami, ale zostań na miejscu!

– Lewa ulica jest czysta.

– Prawa jest gotowa!

– Machan! – Wpadł na mnie Szprycha. Najprawdopodobniej już nigdy nie nazwę go Awtandil. – Maluch mnie zaatakował! Nagle stał się wielki, czarny i okropny. Rozerwał kraty i skoczył na mnie. Chciał mnie rozszarpać, ale z twojego prezentu wyszedł drugi Maluch, tylko że przezroczysty! Wyobraź sobie, że na naszym podwórku walczą teraz dwa Maluchy: jeden zły i czarny, a drugi miły i przejrzysty. Co się stało z moim psem?

– Chodźmy, synku, nie rozpraszaj go. On teraz ma trudne zadanie. – Liza odciągnęła ode mnie rozemocjonowanego chłopca, a ja spojrzałem na Bezpalcego, lidera Lazurowych Smoków.

– Ilu zostało normalnych?

– Stu trzydziestu pięciu. Czas uciekać. Feniks stoi na bramie, ale spójrz na ściany, są już w połowie uszkodzone. Wkrótce runą i wtedy wszyscy zginiemy.

– Zgadzam się. Uwaga, wszyscy! Zaczynamy odwrót! Bezpalcy, zabierz swoich i przygotuj się na przejęcie NPC-ów. Za wami pójdzie reszta. Nastja, jak się trzymacie?

– Mamy tu kłopoty! Tanki się trzymają, ale kończy się nam mana. Machan, zgadzam się z Bezpalcym, czas się stąd zawijać. Nie jestem gotowa na utratę Doświadczenia. Wystarczy mi, że wisi na mnie twój debuff.

– Przyjąłem! Gdy tylko połowa przejdzie przez portal, biegnijcie do nas. Rzucajcie zamrażanie, pułapki, cokolwiek, żeby ich spowolnić. Czas start!

Lazurowe Smoki przeszły przez portal, a za nimi uratowani mieszkańcy Kołotowki. Została tylko Liza z rodziną.

– Potrzebujecie specjalnego zaproszenia?

– My nie możemy wrócić. Jeśli opuścimy Krong, zostaniemy natychmiast zabici z rozkazu Imperatora. – Liza westchnęła ciężko. – Pójdą tylko dzieci, a my tutaj zostaniemy. Może uda nam się ich zatrzymać...

– Dlaczego z wami tak ciężko się dogadać? Masz, trzymaj! – Dałem żerczyni pierścień Imperatora. – Zmywajcie się stąd, i to szybko! Plinto, łap ją i wiej do portalu!

– Jak ty...

– Szybciej! Nie dramatyzuj. Idźcie! Nastja, to już wszystko, zawracajcie i biegiem do nas.

– Odwrót. Hel, drajw!

W pobliżu bramy pojawiło się kilka błysków.

Najwyraźniej Nastja użyła czegoś oślepiającego. W tej samej chwili gracze Feniksa wyłonili się zza zakrętu.

– Za dziesięć sekund tu będą! – krzyknęła Nastja w biegu.

– Ewolett, skacz do portalu, jak tylko Feniks przejdzie – wydałem ostatni rozkaz obrońcom przejścia i sam wskoczyłem do portalu. To koniec, miałem już dość tej walki.

– Jestem ostatni! – krzyknął Helfajer, wyskakując z portalu. – Zamknij to cholerstwo!

Dezaktywowałem portal, ze zmęczenia osunąłem się na ziemię i dopiero teraz otworzyłem mapę, żeby sprawdzić, gdzie nas wyrzuciło. Obrzeża zamku Kartosa! Ależ mamy pecha! To zaledwie dziesięć kilometrów od Kołotowki!

– A co z zamkiem, zniszczyliście go całkowicie? – Myśl o Transformerach nie dawała mi spokoju. Jeśli zostały aktywowane, to Zwiastuni nie zdołali otworzyć portalu i wszystko poszło na marne.

– Z zamku nie został nawet kamień – zapewnił mnie Evolett. – Obróciliśmy go w pył.

– A co to za cholerstwo? – W oddali dał się słyszeć stłumiony krzyk jakiegoś gracza.

Z Kołotowki nadciągało do nas tornado. W jego centrum znajdowały się dwie ogromne postaci: Radca i Mistrz, którzy jeszcze nie wyłonili zwycięzcy pojedynku. Już chciałem coś powiedzieć, gdy zobaczyłem kolejne powiadomienie:

Mieszkańcy Malabaru!
Nastał czas żałoby! Imperator nie żyje!
Reputacja u Imperatora przechodzi
na Reputację u Namiestnika Imperatora.

Wszyscy zamarli. Co to znaczy, że Imperator nie żyje? Jak to w ogóle możliwe? Minęła zaledwie minuta, gdy przed moimi oczami pojawiła się nowa wiadomość:

Mieszkańcy Kartosa!
Nastał czas żałoby! Władca nie żyje!
Reputacja u Władcy przechodzi na
Reputację u Namiestnika Władcy.

Teraz już absolutnie niczego nie rozumiałem. Co do naszego Imperatora, to jeszcze było to względnie jasne, przecież wróg szedł z zamiarem zabicia go, ale Mroczny Władca?

Tornado z Radcy i Mistrza rozpadło się i oba Worgeny, które z jakiegoś powodu miały teraz po trzy metry wysokości, zamarły w odległości około trzystu metrów od nas, zwrócone twarzami do siebie.

– Machan, tylko nie mów, że nie wiesz, co się dzieje. – Anastarija podeszła do mnie, a cały tłum graczy spojrzał na mnie pytająco. – Nigdy w to nie uwierzę!

– Doszło do małego konfliktu, moja droga – odpowiedział za mnie czyjś zadowolony i autorytatywny głos.

Już gdzieś go słyszałem... Na pewno! Przecież to...

– Pozwól, że się przedstawię! – Obok mnie pojawił się mężczyzna ubrany w nienaganne dworskie szaty. – Gieranika. Przyszedłem tutaj z powodu tego rozumnego. – Wskazał na mnie. – Teraz trochę się tu porządzę, i żeby nikt mi nie przeszkadzał.

Wykonał ruch dłonią, a wtedy na wszystkich NPC-ach i graczach stojących w pobliżu zawisło na piętnaście minut *Odrętwienie*.

– Teraz możemy porozmawiać. – Mroczny Szaman obszedł mnie dookoła i zaczął żartobliwie cmokać. – Kiedy rozmawiałem z tobą, byłeś zaledwie na dwudziestym pierwszym poziomie. Widzę, że podrosłeś. Przeskoczyć o czterdzieści sześć poziomów w ciągu kilku tygodni to bardzo przyzwoity wynik.

Co? Jak o czterdzieści sześć? W całym tym bałaganie zapomniałem śledzić status mojej postaci. Otworzyłem swoje właściwości i oniemiałem. Matko jedyna!

PARAMETRY GRACZA: MACHAN					
Punkty doświadczenia	10466 z 87100			Parametry dodatkowe	
Rasa	Człowiek				
Klasa	Szaman			Cios fizyczny	91
Specjalizacja podstawowa	Jubiler			Cios magiczny	3419
Poziom postaci	67				
Punkty Życia	2600			Odporność na atak fizyczny	840
Mana	8548			Odporność na magię	280
Energia	100			Odporność na ogień	280
Statystyki	Skala	Baza	Przedmioty	Odporność na zimno	280
Wytrzymałość	64%	53	260	Odporność na truciznę	100%
Zręczność	11%	22	22		
Siła	84%	29	33		
Intelekt	35%	95	855	Szansa wykonania uniku	14,60%
Charyzma	41%	64	64	Szansa na cios krytyczny	9%
Rzemiosło	0%	5	6		
Wydolność	30%	135	135	Ranga Duchów Wody	2
Duchowość	0%	21	21	Poziom Totemu	3700%
Wolne punkty do statystyk			265		
Specjalność				Specjalizacja	
Jubilerstwo	91%	42	42	Szlifierz kamieni	1
Górnictwo	1%	52	53	Krzepkość	0,05
Handel	25%	7	7		
Kuchmistrzostwo	20%	5	5		
Kartografia	50%	52	52	Tworzene zwojów	1
Kowalstwo	20%	24	24	Wytapiacz	0,05
Sztuka naprawiania	0%	3	3	Naprawa Skóry	

Można zatem powiedzieć, że bitwa zakończyła się sukcesem!

– Mój plan okazał się doskonały. Na naszym kontynencie nie ma już ani Imperatora, ani Władcy, ani Mistrzów, ani Radców. Nawet wszyscy Zwiastuni i Magistrzy zginęli. To prawda, że Mrocznego Władcę sam musiałem zabić. Szczęśliwie się złożyło, że w tym czasie cała jego armia zajmowała się Imperatorem. Teraz ja jestem tutaj jedyną siłą! Wszyscy będą leżeć u moich stóp! Proponuję, żebyś dołączył do mnie. Wciąż jesteś mały i niedoświadczony, a ja mógłbym nauczyć cię wszystkiego, co sam umiem. Dokonaj wyboru, Szamanie!

Uwaga! Otrzymałeś propozycję przejścia na stronę Szamana Gieraniki w charakterze ucznia Imperatora.
Opis: Przeciwstawiwszy się obu Imperiom, Gieranika zniszczył Imperatora oraz Władcę, i stworzył własne Imperium. Stolicą tego Imperium są obrzeża Wolnych Ziem zaznaczone na twojej mapie.
Czy zgadzasz się dołączyć do nowego Imperium?
Powiadomienie dla gracza znajdującego się w kapsule więziennej:
W związku z uruchomieniem scenariusza kontynentalnego decyzją sądu №45-RS344328 okres obowiązkowego pobytu w osadzie został anulowany.
Warunkowo otrzymałeś status wolnego gracza.
Pozostałe ograniczenia:
Obecność bólu, 30% podatku,
brak możliwości inicjowania ataku wobec innych graczy.
Życzymy miłej gry!

– Czekam, Machan. Nie nadwerężaj mojej cierpliwości! Będziesz miał wszystko, czego tylko zapragniesz – ponaglał mnie Gieranika.

Zostać uczniem Imperatora? To po prostu wspaniały pomysł! Od razu mógłbym wznieść się na takie wyżyny poziomów, które nawet trudno byłoby mi sobie wyobrazić... Ciekawe, jak długo spadałbym z takiej wysokości, gdyby rajderzy Malabaru przyszli po Gieranikę, żeby zemścić się za Imperatora? Chociaż... O co ja się martwię? Przecież jestem graczem, nie mogą mi nic zrobić. Ale jak szerokie możliwości gry otwierają się dzięki tej ofercie! Prawie już wcisnąłem przycisk *Akceptuj*, gdy przypomniałem sobie słowa Kornika: „Gdy nadejdzie czas wyboru, kieruj się sercem, nie rozumem". Czyżby mój zielony nauczyciel wiedział, co się wydarzy?

– Machan!

Nie zwracając uwagi na krzyk Gieraniki, wsłuchiwałem się w siebie. Czy potrzebuję tego, co oferuje mi ten NPC? Tak, potrzebuję. Czy chcę z nim iść? Eee... nie. Nie chcę, choć nie umiem wyjaśnić dlaczego. Cała moja istota krzyczała, że ten bydlak musi dostać za swoje. A jak już dostanie, trzeba by po nim trochę potańczyć. A na koniec jeszcze poskakać, tak dla pewności.

– Odmawiam – odparłem, materializując swoje uczucia przy pomocy słów.

– Czy właśnie taki jest twój wybór?! – Gieranika był wściekły. – Chcesz mi się przeciwstawić? Myślisz, że wystarczy ci sił, żeby ze mną walczyć? To ja unicestwiłem obu Imperatorów! To ja już wkrótce stanę się jedynym Władcą Barliony! Odrzucasz moją propozycję?! To trzymaj to, na co zasługujesz!

Z rąk mrocznego Szamana wystrzeliły błyskawice, ale utknęły w kopule, która niespodziewanie powstała wokół mnie. Co to ma znaczyć? Czyżby zjawił się kolejny wybawiciel?

– ZATRZYMAJ SIĘ, GŁUPCZE! – Grzmiący głos prawie powalił mnie na ziemię.

– Smoki – syknął Gieranika. – Tylko ich tu brakowało!

Rzuciłem okiem na leżącą obok mnie Anastariję, która spoglądała w górę ogromnymi ze zdziwienia oczami. Uniosłem głowę i zobaczyłem Renoksa wiszącego nad naszym rajdem.

– Cześć, Renoks. Co robisz w centrum tego szaleństwa?

– Nie mogliśmy spokojnie patrzeć na to, co robi ten opętaniec! Smoki musiały zainterweniować w sprawy tego świata!

– Machan, jeszcze się spotkamy! – złośliwie wykrztusił Gieranika. – Ale to spotkanie będzie dla ciebie bardzo nieprzyjemne. – I z tymi słowami zniknął.

– Renoks, dobrze cię widzieć. Czy mógłbyś zdjąć *Odrętwienie* z wszystkich tu obecnych?

– Witaj, mój synu. Oczywiście, ale najpierw chcę porozmawiać z nowym Imperatorem i z nowym Władcą!

– Z kim? – O kim mówi ten jaszczur?

– Naatchi, Regul! – krzyknął Smok, ignorując moje pytanie. – Chodźcie do mnie!

Oba Worgeny, nie mając odwagi się sprzeciwić, zbliżyły się do Smoka. Renoks, opuściwszy się na ziemię, wpatrywał się uważnie w oczy każdego z nich, jakby czytał ich myśli.

– Spójrzcie, do czego doprowadziły wasze kłótnie i wojenki! Imperator i Władca nie żyją, a wy zachowujecie się jak dwa małe wilki walczące o kość! Opamiętajcie się! Regul! Teraz i na przyszłe dni mianuję cię Bezimiennym Mrocznym Władcą Kartosa. Zbierz resztki armii i odbuduj pałac zniszczony przez Gieranikę. Naatchi! Teraz i na przyszłe dni mianuję cię Imperatorem Malabaru. Zbierz resztki armii i odbuduj pałac zniszczony przez Gieranikę. Przekazuję wam moc Imperatora i Władcy. Noście to brzemię z godnością! Rządźcie mądrze i godnie jak wasi poprzednicy. Powiedziałem już wszystko!

– Wielki Smoku, jesteś w błędzie... – zaczął Regul, jedyny Radca, który pozostał przy życiu, a teraz Pan Kartosa.

– MILCZEĆ! – ryknął Renoks. – Wiem, kim byliście! I wiem, kim się staliście!

– Kłaniam się mądrości Wielkiego! – Pochylił głowę Imperator, były Mistrz Kartosa.

Mieszkańcy Malabaru! Radujcie się! Imperator żyje!
Reputacja u Namiestnika Imperatora przechodzi
na Reputację u Imperatora.
Mieszkańcy Kartosa! Radujcie się! Władca żyje!
Reputacja u Namiestnika Władcy przechodzi
na Reputację u Władcy.

– Machanie, widzę, że spokojne życie nie jest dla ciebie. Już podczas naszego ostatniego spotkania zdołałeś mnie zaskoczyć, ale teraz jestem naprawdę zszokowany. Jesteś godnym Smokiem! Niestety moje przybycie tutaj naruszyło równowagę, dlatego przez następne sto lat Smoki nie będą mogły pojawić się w Barlionie. Postarajcie się w tym czasie nie zgładzić tego świata. – Z tymi słowami Renoks wzbił się w powietrze i zniknął, powróciwszy do swojej ojczyzny.

Dwa Worgeny, które urosły do pięćsetnego poziomu, najpierw spojrzały na siebie, a później na mnie.

– Machanie – zaczął nowy Imperator – jestem ci wdzięczny za wszystko, co zrobiłeś.

Twoja reputacja u Imperatora Malabaru wzrosła o 4000 punktów. Do Poważania pozostało 5700 punktów.

– I ja – dodał nowy Władca. – Ja również jestem ci wdzięczny.

Twoja reputacja u Władcy Kartosa wzrosła o 4000 punktów. Do Poważania pozostało 6000 punktów.

– Chodźmy, Imperatorze. Musimy wiele omówić. Czas nauczyć się normalnie ze sobą rozmawiać.

Nawet gdy obaj NPC-e zniknęli, a z wszystkich graczy spadł debuff *Odrętwienie*, jeszcze przez pewien czas nikt nie miał odwagi przerwać milczenia. Wtedy Anastarija podeszła do mnie i patrząc mi prosto w oczy, szepnęła:

– Machanie... nigdy nie przyszłoby mi to do głowy. Jesteś Smokiem?

Chciałem, jak zwykle, odpowiedzieć Anastariji coś w stylu: „Sama jesteś głupia", ale nie zdążyłem, bo kolejne powiadomienie kompletnie mnie zszokowało:

Uwaga! Z powodu licznych próśb administracja Gry otwiera możliwość tworzenia postaci w Imperium Kartosa. Aby przenieść swoją postać do „mrocznej" strefy, należy przeczytać zasady opublikowane na oficjalnej stronie Gry.
Witamy w najnowszej wersji Barliony!

O AUTORZE

Wasilij Michajłowicz Machanienko urodził się 20 kwietnia 1981 roku w Siewierodwińsku w Rosji. W 2004 roku ukończył studia na wydziale fizyki i matematyki Biełgorodzkiego Narodowego Uniwersytetu Badawczego. Następnie przeniósł się do Moskwy, gdzie pracował w branży IT.

Obecnie koncentruje się na twórczości literackiej, a w szczególności na LitRPG – nowym, dynamicznie rozwijającym się podgatunku fantasy i science fiction. Jest też zapalonym graczem i wielkim fanem *World of Warcraft* – gra oczywiście Szamanem, podobnie jak główny bohater jego powieści.

Swoją pierwszą książkę – o perypetiach Szamana i jego towarzyszy, którzy utknęli w surowym, nieznającym litości wirtualnym świecie Barliony – opublikował w 2012 roku na stronie Samizdat. *Droga Szamana* dała początek całej serii, która liczy obecnie siedem tytułów i jest tłumaczona na angielski, niemiecki, czeski, koreański i polski.

Machanienko opublikował także dwie części cyklu *Tiemnyj pаładin* (ang. *The Dark Paladin*) oraz zapoczątkował serię LitRPG o tematyce science fiction, zatytułowaną *Galaktiona*.

WKRÓTCE KOLEJNE ETAPY SERII LitRPG

DROGA SZAMANA

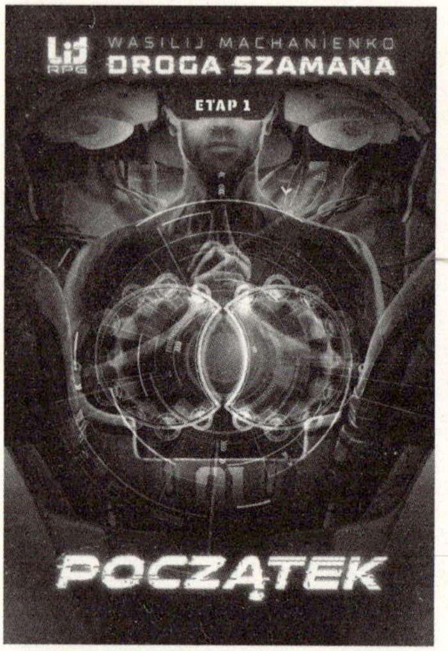
WASILIJ MACHANIENKO
DROGA SZAMANA
ETAP 1
POCZĄTEK

WASILIJ MACHANIENKO
DROGA SZAMANA
ETAP 2
GAMBIT
KARTOSA

WASILIJ MACHANIENKO
DROGA SZAMANA
ETAP 3
TAJEMNICA
MROCZNEGO
LASU

WASILIJ MACHANIENKO
DROGA SZAMANA
ETAP 4
ZAMEK
WIDMO